THE ANATOMY OF GENRES

类型故事写作大师班

[美] 约翰 · 特鲁比 / 著
周舟 / 译

HOW STORY FORMS
EXPLAIN THE WAY
THE WORLD WORKS

John Truby

金城出版社
GOLD WALL PRESS
· 北京 ·

北京市版权局著作权合同登记号　图字：01-2024-3972
THE ANATOMY OF GENRES: How Story Forms Explain the Way the World Works by John Truby

图书在版编目（CIP）数据

类型故事写作大师班 / （美）约翰·特鲁比著 ; 周舟译. -- 北京 : 金城出版社有限公司, 2025. 2.
ISBN 978-7-5155-2658-4

Ⅰ. I054

中国国家版本馆 CIP 数据核字第 20249BM277 号

类型故事写作大师班

作　　者　[美]约翰·特鲁比
译　　者　周　舟
责任编辑　张超峰
责任校对　王秋月
特约编辑　吕梦阳
特约策划　领学东方
开　　本　710mm×1000mm　1/16
印　　张　42.25
印　　刷　天津鸿景印刷有限公司
字　　数　640 千字
版　　次　2025 年 2 月第 1 版
印　　次　2025 年 2 月第 1 次印刷
书　　号　ISBN 978-7-5155-2658-4
定　　价　158.00 元

出版发行　**金城出版社有限公司**　北京市朝阳区利泽东二路 3 号
邮编：100102
发 行 部　（010）84254364
编 辑 部　（010）61842989
总 编 室　（010）64228516
网　　址　http://www.baomi.org.cn
电子邮箱　jinchengchuban@163.com
法律顾问　北京植德律师事务所　18911105819

献给莱斯利

For Leslie

目 录

CONTENTS

1

The World as Story

故事即世界

关于生活，你需要了解的一切都可以在故事中找到。为什么？因为故事定义了生活。而在人类历史的进程中发展起来的哲学，对生活、故事这两者都有所启示与回应。因此，了解一个故事解剖结构的意义远远超出了写作的范畴，它也关乎了解如何生活。

在这本书里，你会看到对十四种主要故事类型的深入探讨，这些故事类型为人类的生存提供了模型。你不仅将学习如何写出它们，还能学习如何活出它们——以一种跨越平凡的方式生活。

所谓类型，就是故事的不同种类，例如，侦探类型、爱情类型、动作类型、幻想类型或科幻类型。

当我们知晓了类型的原理，以及它们究竟告诉了我们什么，我们就可以在写作和生活中应用它们教给我们的经验。比如，你知道吗？

- 动作类型是关于成功的，而不是道德正确。
- 神话类型代表了一个了解自己和获得不朽的旅程。
- 回忆录类型不是关于过去的，而是关于创造你的未来的。
- 幻想类型是关于在世界和自己身上寻找魔法，把生活变成艺术的。
- 侦探类型向我们展示了如何通过比对不同的故事来正确地思考，洞悉到底什么才是真实。
- 爱情类型揭示了幸福来自精通爱另一个人的道德行为。

在努力理解了自己在这个世界的位置后，我们就会觉得自己已经搞清了问题，掌控了局势。但是，今天我们面临的问题都是基于这个世界**显现**出来的样子。柏拉图把这些表象称为“影子”。如果我们并不了解世界的真实面貌——它的深层结构——我们如何能融入其中？

解决之道就是利用故事的模型。

讲故事是人类与生俱来的本领。它是我们学习的方式，是我们审阅这个世界并在其中找到自己位置的方式。如果你理解了故事，你就有了一个关于生活的框架。

故事一直是一代人向另一代人传递信息的一种基础形式。无论是篝火旁的口口相传，还是《圣经》中的寓言，故事都是我们记录和交流生活经验的方式。

最早的狩猎—采集社会了解故事在其日常生活中不可忽视的重要性。但随着人类社会的农业发展和技术进步，一种不同的思维方式开始主导人类生活。工作在人类生活中占据了统治地位，人们需要通过工作来获取食物，后来又需要通过工作来赚取利润。一旦人们开始生活在足够大的群体中，信仰体系就形成了，为人们提供共同生活的道德准则，而故事被认为是达成这一目的的一种手段。

约翰·亚当斯（John Adams）[1]在其著名的论述中如此述及故事从占据首要地位到只有幸运的少数人能从事的艺术的转变。

> 我必须研究政治和战争，这样我的儿子们才会拥有学习数学、哲学、地理、博物、造船、航海、商业和农业的自由，他们的孩子才有研究绘画、诗歌、音乐、建筑、织艺和陶瓷的权利。[2]

这句话描述的“操作次序”，几个世纪以来，甚至几千年来，一直是西方社会的基本原则。它出现在亚里士多德（Aristotle）的作品中，亚里士多德可以说是有史以来最伟大的哲学家之一。我的第一本书《故事写作大师班》（*The Anatomy of Story*）就是从亚里士多德开始的，因为他是建立我们现代知识分类的关键人物。他首先撰写了《形而上学》（*Metaphysics*），然后撰写了《伦理学》（*Ethics*）和后来的《诗学》（*Poetics*），等等。

这种顺序本身就非常有意义，形而上学是对基本原理的研究，伦理学是关

1　约翰·亚当斯（1735—1826），美国第一任副总统，其后接替乔治·华盛顿成为美国第二任总统，《独立宣言》起草委员会的五个成员之一，被誉为“美国独立的巨人”，被美国人视为最重要的开国元勋之一。——译者注（后文中若无特别注明，皆为译者注）

2　约翰·亚当斯给他妻子阿比盖尔的信，1780年5月12日。——原注

于如何过一种道德生活，而诗学是关于讲故事的理论和实践的。对亚里士多德来说，这包括探索他所处的那个时代的主要故事类型：史诗、悲剧和喜剧。

这种知识的层级结构关系影响深远，直到今天。总有人告诉我们，数学和科学对我们未来的成功至关重要，绘画、音乐和戏剧是课外活动，而故事是一种消遣，是在漫长的一天之后让我们忘却烦恼的东西。只有少数有创造力的人写这些东西，更少的人能因此获得报酬，其他人则只能在业余闲暇时间享受故事。

然而，还有一种不同的观点和角度。故事不仅仅是娱乐的形式，它们概括了从世界的基本组织原则到我们应该如何在其中生活。从这个意义上说，一切都是关于诗学的。

要点：通过故事的棱镜看世界，标志着我们看待世界的方式发生了革命性的改变，它与我们所接受的教育恰恰相反。

所有我们认为比故事更重要的东西，如道德、文化、社会、信仰体系、体育和战争，都只是不同种类的故事。我们人类本质上是会讲故事的动物。

参见理查德·弗拉纳根（Richard Flanagan）[1]的小说《第一人称》（*First Person*，2018 年）中诈骗艺术家齐格弗里德·海德尔解释他成功的原因时所说的这段话：

> 我编造了它。每一天，就像你一样。就像一个作家……你认为商人是什么？政治家是什么？他们是巫师——他们编造，他们虚构。把我们连接在一起的一切都是故事。信仰体系、科学、金钱，它们都只是故事。

1　理查德·弗拉纳根，澳大利亚最优秀的作家之一，还是记者、电影人。著有《河流领路人之死》（*Death of a River Guide*）、《一个巴掌能拍响》（*The Sound of One Hand Clapping*）、《第一人称》。

故事是一种通过人物、情节和情感表达的生活哲学。它将生活表现为艺术。这就是为什么故事是信仰的普遍组成部分，而且一直都是如此。故事超越了特定的信仰，每一种信仰都是关于如何过上道德生活的故事集。我们在《旧约》（犹太教）和《新约》（基督教）、《古兰经》（伊斯兰教）、《奥义书》（印度教）、《易经》（儒家）[1]以及许多其他文本中都能找到这些故事。故事就是一种普世性的信仰，这就是为什么小说、电视剧、电影、戏剧和电子游戏定义了世俗世界的文化。

讲故事影响着一个人生活的方方面面。想想商业是如何通过广告运转的，我们的一切买卖行为都是故事的一部分。养育孩子的过程更是充满了故事，我们给孩子讲睡前故事，我们给青少年讲预防他们误入歧途的故事，我们需要比其他试图影响孩子的人更会讲故事。

在工作中，我们需要讲一个令人信服的故事，以招揽生意、扩大营收。一个好的故事可以决定我们能不能付得起租金。

政治也是通过故事来运用权力。阿德莱·史蒂文森（Adlai Stevenson）[2]曾说:“在古典时代，当西塞罗（Cicero）讲完话后，人们会说‘他讲得真好’，但当德谟斯提尼（Demosthenes）讲完，人们说的是‘前进’。”[3]能否把话语转化成行动是沟通中的核心区别。

要点：故事是人性的地图。

为什么一些古老的神话能经久不衰？它们不仅是娱乐，还有指导意义。首

1 《易经》是中国最古老的经籍之一，儒家将《易经》作为五经之一，是儒家学子必读、必学的经典。

2 阿德莱·史蒂文森（Adlai Ewing Stevenson II，1900—1965），美国政治家，以其辩论技巧闻名。

3 阿德莱·史蒂文森在1960年介绍约翰·F. 肯尼迪时所说，引自《阿德莱·史蒂文森与世界：阿德莱·史蒂文森的生活》（*Adlai Stevenson and the World: The Life of Adlai E. Stevenson*，1977年），作者约翰·巴特洛·马丁（John BartlowMartin），第549页。——原注

先，它们解释了物理世界，比如珀尔塞福涅（Persephone）[1]的故事以及为什么我们有冬天。今天的我们仍然认为四季是这么来的吗？当然不，但它有助于我们与更冷的白天和更长的夜晚和平相处。

神话还给我们提供了社会结构。一部史诗的经典定义是那些个人或家族的故事，其行为决定了一个国家的命运。荷马（Homer）史诗《伊利亚特》（*Iliad*）展现了君主王权、个人联盟与人性中的嫉妒相结合，如何导致了一场长达十年的战争，摧毁了被卷入这场屠杀中的所有人。

要点：如果人类生活是诗学，那么我们从故事中获得的知识就是最伟大的知识。

一旦我们理解了任何的人类生活都是一种类型的故事，下一步就很清楚了：类型是通往这个世界的大门。

每一种类型——侦探、爱情、幻想等——都是一个独特的窗口，让我们了解世界的某个特定方面是如何运作的，以及该如何以最优方案面对它。作家们都拥有一个独特的视角，因为他们的工作就是在不同的世界和更深层次的结构方面进行思考。如果他们想写出能赢得评论界和大众喜爱的成功故事，他们需要考虑道德和视角等因素。道德指的是一个人物的行为如何影响他人。这就是为什么在“犯罪类型”一章中，我们要讨论英雄[2]和其对手的道德准则。所有的故事都需要视角，而侦探类小说则着力探讨了视角如何限制或增强人类的思想。

本书的目的是向世界揭示故事和类型的深层结构。所以这本书可以在两个

1 珀耳塞福涅是古希腊神话中的冥后，主神宙斯和农业之神德墨忒尔的女儿，冥王哈迪斯的妻子。当她在冥界时，代表沉睡于黑暗泥土的种子。当她在春天回到地面上时，代表生长女神德墨忒尔的力量唤醒了种子，种子开始苏醒萌芽，掌管季节的荷莱女神们会来迎接珀耳塞福涅回到姐妹之中。

2 在欧美叙事文学传统中，追溯到古希腊史诗时期，“英雄”就是“主角”的别称，而现代叙事论著一般也都沿袭了这一传统，如叙事理论经典《千面英雄》，其实在西方，“英雄”与“主角”根本不可分割，如果不是英雄，似乎也不可能成为主角。

不同层面上进行阅读。第一个层面提供了如何写出畅销的好故事的具体技术信息。第二个层面则用 X 射线式的透视法探讨了哲学问题，这些哲学问题可以丰富和改变每个人的生活。

游戏规则

作者要想在任何媒介上取得成功，唯一的办法是遵循三条不成文的规则，这三条规则也定义了今天关于讲故事的一切。

规则 1
讲故事这门生意就是购买和销售类型

类型远不止是故事的种类。它们是故事界的全明星，几个世纪以来都赢得了巨大的成功。想要成为一个成功的职业作家，必须写出让人想买的故事。简单地说，要想赢得讲故事的游戏，就需要掌握类型的结构。

每种主要类型都有十五到二十个专门的“节拍”（beat），即关键的情节事件，它们决定了这种类型。这些情节节拍对一个故事是否成功的影响力超过其他任何元素。

这些节拍也是人们为什么不厌其烦地选择阅读或观看某个特定类型作品的原因。如果这些经典的情节节拍不存在，这个故事就不会受欢迎。例如，一个没有“第一支舞”这一情节节拍的爱情故事会让爱情故事的狂热者大动肝火。

类型是故事系统

在专业层面，游戏的输赢取决于作家对其特定类型的执行力如何。这是一个重大的挑战。许多作家认为仅仅通过折腾一些形式上的“修辞”（trope）就能掌握他们正在操作的类型。所谓修辞是一种单独的故事元素，比如一个人物，一个情节设计，一个主题的变奏，一个形象的重复运用，或者是一句金句对白。最好的作者明白修辞只是撒在最上面的点缀，一本引人入胜的畅销书的真正机关是修辞下面的结构。

类型的节拍在表层之下连接起来，形成一个完整的故事系统，表达了独特的生活哲学。每个节拍之所以有效，是因为它被设定为一个更深层次的结构的一部分，作家通过这种深层的结构来引领观众。情节节拍的顺序才是把观众击倒的真正原因。

> **要点**：你必须击中你所选择的特定类型的**所有**情节节拍。

每个类型都使用特定的策略来表达其理念。伟大的建筑师路易斯·沙利文（Louis Sullivan）将此称为“形式服从功能”。从哲学上讲，类型是柏拉图式的形式，是“阴影”下的结构，是对我们生活的真正解释。每个故事都提出了一个特殊的挑战，类型提供了完成这一挑战的结构。

> **要点：**类型节拍的主要功能是表达该形式的独特主题 / 生活哲学。

永无止境的类型多样性

几千年来，故事一直在演进和变幻。类型是各种影响因素的产物：人类的思想、媒介的性质（小说、电影或电视）以及该类型最初发展所根植的特定文化。

根据人们对类型的分类方式，可以有六种、七种、三十二种、数百种，甚至数千种类型。这里将讨论我认为最有影响力的十四种类型。

> **要点**：本书中的这十四种主要类型，或单独或组合，构成了当今99% 的故事类型，包括小说、电影、电视、戏剧和电子游戏。

这十四种主要类型是恐怖类型、动作类型、神话类型、回忆录类型、成长类型、科幻类型、犯罪类型、喜剧类型、西部类型、黑帮类型、幻想类型、惊悚类型、侦探类型和爱情类型。注意：我介绍它们的顺序很关键。

这些类型中有许多可聚类为家族，共享某些特征，如神话类型家族（神话、动作、西部）、犯罪类型家族（侦探、犯罪、惊悚、黑帮），以及推想类型家族（恐怖、科幻、幻想）。

十四种主要类型中的每一种都可以被分解为子类型（subgenre），而这是我们讨论的重中之重。例如，盗劫类型（Caper）的子类型之一“偷盗类型”（Heist）就是一种很流行的犯罪动作类型。这些子类型又能分为数百个子子类型，但主要情节节拍是一样的。

要点：作家应了解**所有**主要类型的运作方式。

为什么？首先，对所有类型都有所了解有助于你能更好地写出你的特定类型。其次，你可以用世间前所未见的方式将类型进行融合，这就增加了你成功的概率。

规则 2
如今广受欢迎的故事都融合了三至四种类型

掌握一种类型曾经是足够的。但现在不够了。时至今日，很少有故事局限于一种类型。相反，大多数故事都是两种、三种甚至四种类型的融合。

类型融合是每一种媒介的游戏方式。无论你有多聪明、有多努力、认识谁，或者你有多么擅于推销你的作品，都必须遵循这一游戏规则。自从乔治·卢卡斯（George Lucas）在《星球大战》（*Star Wars*）中成功运用了这种策略以来，类型融合这一讲故事的策略就一直是热门电影和畅销书的成功原因。

我知道你年纪很轻，试着想象一下《星球大战》之前的世界。1975 年夏天，《大白鲨》（*Jaws*）在全美电影院上映，这个现实的恐怖故事根据一本畅销书改编而成。当《大白鲨》变成了一个怪物般的大热门时，电影业看到了这个游戏已经超越了美国市场，并席卷了全球的票房。

《大白鲨》的讲故事策略是什么？一个单一的类型，完成得非常好。然后，1977 年，《星球大战：曙光乍现》（*Star Wars: A New Hope*）上映。流行的讲故事策略发生了范式转移[1]。

我的《星球大战》顿悟

让我跟你讲讲改变我写作生涯的重大发现。当时我正坐在拥挤的影院里嚼着爆米花。然后，一艘巨大的太空战舰出现在我的头顶。我停止咀嚼，喘着粗气，观众席上的所有人都一样。那一刻有如此宏伟和强大的力量，以至于在场的每个人都意识到我们正迎来生命中某个重要时刻。

当然，这就是“被震裂了”这一说法的由来。是的，那时我是第一次看《星球大战》。影片放映时，最神奇的事情发生了。我体验到一种纯粹的喜悦感。对于 95% 的故事，我都可以提前三节拍预测到后续会发生什么，而《星球大战》却不然。这里有一个又一个我未曾预料的故事节拍。这是不间断的兴奋。

更妙的是，这些节拍以最快的速度出现。我当时完全不知所措。然后就像一缕晨曦照耀到我，我突然醍醐灌顶，明白现在真正发生了什么。我开始理解编剧兼导演乔治・卢卡斯在表面之下做了什么。

显然，《星球大战》是一部外太空幻想片，这意味着它带有科幻类型的元素。但这不是全部。我喜欢经典的西部类型故事，但它早已死亡。现在我却在外太空看到了所有西部类型故事的情节节拍。这太狂野了！而且谁不爱《亚瑟王》，最伟大的神话故事之一？在《星球大战》中，我也发现了《亚瑟王》中的一些节拍。

有没有想过，那些一直流行的光剑从何而来？它们来自日本武士类型——动作类型的一个子类型。从大学开始，我就一直是日本电影如《七武士》

---

1 范式转移（paradigm shift），指行事或思维方式的重大变化。

（*Seven Samurai*）和《战国英豪》（*Hidden Fortress*）的铁杆粉丝。

因此，《星球大战》的情节很密集。我们得到的不是一种类型（如幻想类型）的节拍，我们还得到了科幻类型、神话类型和动作类型的节拍，而且是快速连续的。

> **要点：**《星球大战》之所以令人如此激动，是因为作者在**一部电影**中编织进**多种类型的节拍**。

一场作家的革命就在我眼前展开了。在《星球大战》之前，那是一个单一类型的故事世界。在《星球大战》之后，好莱坞明白了我们处在一个多类型的宇宙中，从那时起，流行的故事全部是混合类型的故事。

在过去的二十年里，这种趋势愈演愈烈。为观众提供更多的“故事”，以换取他们辛苦赚来的钱，是全球范围内所有讲故事的媒介的主要趋势之一。

混合类型

尽管这个策略很重要，但混合类型比看起来更难。将每种类型的节奏结合起来会造成混乱。有时一个类型的节拍会妨碍作者没法使用另一种类型的节拍，诀窍在于如何结合节拍和选择哪些节拍。

混合类型的一个技巧是尝试把不常放在一起的故事类型混合。例如，《盗梦空间》（*Inception*）如此受欢迎的一个重要原因是它结合了两种通常不会出现在同一个故事中的类型——科幻类型和盗劫类型（动作类型、犯罪类型的一种子类型）。

另一个例子是《教父》（*The Godfather*）。从表面上看，它似乎只是一个黑帮故事。事实上，它将黑帮类型与神话类型和童话（幻想）类型相结合。影片中的一个经典场景——迈克尔在医院发现他的父亲即将被暗杀的那一刻，是直接取自一个恐怖故事。

类型融合首先需要两件事：

1. 即使你不在故事中运用所有的节拍，你也必须知道你所使用的每一种故事类型的节拍。

2. 你必须能够运用其他类型的技巧来写好自己的故事。

这就是为什么我们将在本书中讨论所有十四种主要类型的情节节拍。作家们可以从阅读他们所选择的类型开始，也可以从其他章节入手，看看自己想要结合什么类型。不从事写作者可以看看自己究竟为什么如此钟爱某些故事类型，知其然，就可以对它们爱得明明白白。

规则 3
为了出类拔萃，作家必须超越基本类型

成功地完成类型的节拍是任何故事的基本要求，但它只能让你走到这了。这些只是入门条件，还不够。是的，你已经写了一个扎实的类型故事，但其他人写过同样的故事。没有创造力、没有惊喜的故事，还没法让你成为一个原创作者。

“超越”这个词的意思是“高于、越过极限”（听起来有些抽象）。超越类型的三种主要方式是：

1. 让故事的节拍扭转变形。

2. 在主题中表达该类型的生活理念。

3. 探索该类型特有的关于生活的故事形式。

在这本书中，我将告诉你如何做到这三点。

超越类型：扭转故事节拍

要点：超越类型的第一个方法是扭转故事节拍。与其说是“打破规则”，不如说是弯折它们，使其变形。

当你对节拍进行扭转变形时，你的观众仍然可以享受到他们所期望的节拍的乐趣。他们还能从看到以全新的方式完成这些节拍中收获乐趣。

扭转节拍的一个方法是改变它们的顺序。类型节拍的顺序在读者头脑中已然形成了观赏期待。久而久之，这些期待也会让视野模糊，快感钝化，而当你扭转了所有的节拍，人们就会眼前一亮，因为你打破了他们对将要发生的事情的期待。现在你以一种新的方式向他们展示了这个世界是如何运作的。你吸引了观众，因为你所展示的视野是他们认识的东西——世界还是他们熟悉并钟爱的那个世界——但以一种不同的方式重铸。

> 所有非常成功的电视作品都来自人们熟悉或有所了解的类型的创意，只不过是以不同的方式呈现。人们对他们没见过的东西趋之若鹜。
>
> ——约翰·威尔斯（John Wells），《急诊室的故事》（*ER*）、《白宫风云》（*The West Wing*）、《无耻之徒》（*Shameless*）编剧

超越类型：在主题中表达该类型的生活理念

超越类型不仅仅意味着扭转特定的故事节拍，给观众带来他们从未见过的新东西。要知道隐藏在这些节拍表面之下的是一种哲学，一种观察这个世界并生活在这个世界上的方式。作者通过主题表达对最佳生活方式的看法。

我们把这种蕴含在每种类型中的生活哲学称为“思想—行动”故事观，意思是你在头脑中如何看待世界，随之便会采取相应的行为。就像万花筒中的图案一样，每种类型都有关于世界如何组合在一起的不同观点，每种类型都提供了一种如何好好生活的独特哲学。

表达各种类型的哲学是你撰写任何故事的关键。这种独特的“思想—行动”的故事观才是真正吸引读者的地方。反过来，戏剧性也在类型的人生课程之中注入巨大的情感力量。这就是故事的真金。

每种类型关于如何好好生活的秘方都是基于其基本关切点。比如：

- **恐怖类型**：面对死亡，面对往日幽灵。
- **动作类型**：90% 的成功来自采取行动。
- **神话类型**：通过寻找你今生的命运来寻求不朽。
- **回忆录类型与成长类型**：审视自己的生活，以创造真正的自我。
- **科幻类型**：现在做出正确的选择，以确保所有人都有一个更好的未来。
- **犯罪类型**：保护弱者，将有罪之人绳之以法。
- **喜剧类型**：当你揭开所有假面，向别人展示你的真实面目时，成功随之而来。
- **西部类型**：当你帮助别人建立一个家时，你就创造了一种文明，让每个人都能自由地过上最好的生活。
- **黑帮类型**：不要被绝对的权力和金钱所奴役，否则你终将付出惨重的代价。
- **幻想类型**：发现自己身上的魔力，使生活本身成为一种艺术。
- **侦探类型与惊悚类型**：尽管身处险境，仍要寻求真相，追究罪责。
- **爱情类型**：学会如何去爱是幸福的关键。

使用类型的好处之一是你可以通过它的深层结构来表达强大而复杂的主题。

超越类型：探索类型所特有的人生故事形式

通过故事的棱镜来观察世界，使我们对生活本身有了 X 光片式的深层认知。

要点：当你认识到思想通过故事发挥作用时，随之就会产生另一个关于超越类型的革命性想法：**人类的每项主要活动其实都有它自己的故事形式。**

道德、文化、商业、体育、战争、信仰体系、政治、司法、社会和思想这些重大活动构成了人类生活。它们也是复杂的艺术作品，通过有感染力和戏剧性的故事形式来表现。最佳状态下，每个类型都探索了这些人生故事形式中的一种或多种。

类型的顺序

对我来说，在了解类型的过程中，最有启示意义的部分是认识到它们存在于一个等级体系中，或者可以称之为“启蒙的阶梯”。也许哲学家格奥尔格·威廉·弗里德里希·黑格尔（Georg Wilhelm Friedrich Hegel）最伟大的见解就是，在人类启蒙的阶梯上，拾级而上的每一步都揭示了阻碍其发展的缺陷，就像牡蛎中的沙子一样，正是这种缺陷造就了下一步的成长。

类型的层级基于三点：英雄必须克服的主要性格缺陷、类型所表达的生活哲学，以及它所探讨的主要艺术 / 故事形式。第一种也是最原始的类型是恐怖类型，即一个关于在今生或来世逃脱死亡的故事。从这开始，按照文明启蒙从低到高的顺序，从动作类型到幻想类型、侦探类型和爱情类型。在每一章的末尾，我将解释在每一种类型的生活哲学中所缺少的东西——由此引导我们攀爬至阶梯的下一级。

以下，便是类型的“阶梯”，以及每个类型的基本关切点。

- **恐怖类型**：信仰。
- **动作类型**：成功。
- **神话类型**：生命历程。

- **回忆录类型与成长类型**：创造自我。
- **科幻类型**：科学、社会和文化（是的，科学是一种故事类型）。
- **犯罪类型**：道德和正义。
- **喜剧类型**：礼仪和道德。
- **西部类型**：文明的兴衰。
- **黑帮类型**：商业和政治的腐败。
- **幻想类型**：生活的艺术。
- **侦探类型与惊悚类型**：思想和真相。
- **爱情类型**：幸福的艺术。

故事实例

超越类型、探索人生的主要故事形式是非常复杂的任务。学习的最好方式是通过实例，本书中我将对小说、电影、电视剧和戏剧中的一些故事进行分析。

有成千上万数不胜数的故事，选择那些能体现特定类型的故事是一项几乎不可能完成的艰巨任务。只要符合入选要求，我尽可能使用新近的案例。但我的主要标准始终是：选择最佳的那个，这一点尤其适用于讨论超越类型时。我的选择通常是定义了该类型本身的经典作品。

下列这些示例都淋漓尽致地体现了在每种类型中写出一个伟大的故事所需的技巧。

- **恐怖类型 / 信仰**：《弗兰肯斯坦》（*Frankenstein*）、《圣诞颂歌》（*A Christmas Carol*）、《异形》（*Alien*）、《逃出绝命镇》（*Get Out*）、《惊魂记》（*Psycho*）、《机械姬》（*Ex Machina*）、《西部世界》（*Westworld*）。
- **动作类型 / 成功**：《疯狂的麦克斯 4：狂暴之路》（*Mad Max: Fury*

Road)、《虎胆龙威》(*Die Hard*)、《七武士》、《伊利亚特》、《偷天游戏》(*The Thomas Crown Affair*)、《洛奇》(*Rocky*)、《江湖浪子》(*The Hustler*)。

- **神话类型 / 生命历程**:《星球大战:曙光乍现》、《指环王》(*The Lord of the Rings*)、《绿野仙踪》(*The Wizard of Oz*)、《黑豹》(*Black Panther*)、《阿凡达》(*Avatar*)、《奥德赛》(*Odyssey*)。
- **回忆录类型与成长类型 / 创造自我**:《只要说出来你就会好很多》(*The Liars' Club*)、《进入空气稀薄地带》(*Into Thin Air*)、《月光男孩》(*Moonlight*)、《天堂电影院》(*Cinema Paradiso*)、《健听女孩》(*CODA*)、《杀死一只知更鸟》(*To Kill a Mockingbird*)。
- **科幻类型 / 科学、社会和文化**:《降临》(*Arrival*)、《黑客帝国》(*The Matrix*)、《盗梦空间》(*Inception*)、《星际穿越》(*Interstellar*)、《2001:太空漫游》(*2001: A Space Odyssey*)。
- **犯罪类型 / 道德和正义**:《绝命毒师》(*Breaking Bad*)、《蝙蝠侠:黑暗骑士》(*The Dark Knight*)、《普通嫌疑犯》(*The Usual Suspects*)、《罪与罚》(*Crime and Punishment*)、《杀手没有假期》(*In Bruges*)。
- **喜剧类型 / 礼仪和道德**:《宋飞正传》(*Seinfeld*)、《阳光小美女》(*Little Miss Sunshine*)、《土拨鼠之日》(*Groundhog Day*)、《婚礼傲客》(*Wedding Crashers*)。
- **西部类型 / 文明的兴衰**:《原野奇侠》(*Shane*)、《虎豹小霸王》(*Butch Cassidy and the Sundance Kid*)、《日落黄沙》(*The Wild Bunch*)、《花村》(*McCabe & Mrs. Miller*)、《西部往事》(*Once Upon a Time in the West*)。
- **黑帮类型 / 商业和政治的腐败**:《教父》、《好家伙》(*Goodfellas*)、《黑道家族》(*The Sopranos*)、《了不起的盖茨比》(*The Great Gatsby*)、《广告狂人》(*Mad Men*)、《电视台风云》(*Network*)。
- **幻想类型 / 生活的艺术**:《哈利·波特》(*Harry Potter*)、《权力的游戏》(*Game of Thrones*)、《飞越未来》(*Big*)、《欢乐谷》(*Pleasantville*)、

《欢乐满人间》)(*Mary Poppins*)、《生活多美好》(*It's a Wonderful Life*)、《爱丽丝梦游仙境》(*Alice in Wonderland*)。

- **侦探类型与惊悚类型 / 思想和真相:**

  侦探类型:《洛城机密》(*L.A. Confidential*)、《福尔摩斯探案集》(*Sherlock Holmes*)、《迷魂记》(*Vertigo*)、《利刃出鞘》(*Knives Out*)、《东方快车谋杀案》(*Murder on the Orient Express*)、《唐人街》(*Chinatown*)、《罗生门》(*Rashomon*)。

  惊悚类型:《沉默的羔羊》(*The Silence of the Lambs*)、《迈克尔·克莱顿》(*Michael Clayton*)、《第六感》(*The Sixth Sense*)、《窃听大阴谋》(*The Conversation*)、《辣手摧花》(*Shadow of a Doubt*)。

- **爱情类型 / 幸福的艺术:**《乌云背后的幸福线》(*Silver Linings Playbook*)、《和莎莫的 500 天》(*500 Days of Summer*)、《当哈利遇见莎莉》(*When Harry Met Sally*)、《费城故事》(*The Philadelphia Story*)、《杯酒人生》(*Sideways*)。

这本书是写给谁的?

如果你拿起这本书，想的是你能在鸡尾酒会上给你的朋友留下深刻印象，那么恭喜你，你来对地方了，但这本书的作用不止于此。

这本书是为每一个对故事如何塑造我们的生活感兴趣的人准备的，也是为每一位对讲故事技艺孜孜以求的作家准备的。

如果你已经开始动笔写东西了，你将学到你的类型故事中必须具备的技巧和情节节拍。更重要的是，你将学到如何写一个属于你自己的超凡故事，表达读者所渴求的更深层次的主题。我会通过向你展示每种类型的生活哲学，以及超越类型的实质——一两种生活艺术 / 故事形式，将这些经验倾囊相授。

这种技术与生活哲学的主题的结合，提供了切实、先进的策略，而现在能拥有这些策略的作家还寥寥可数。这些策略将帮助你写出强有力的故事，赢得在评论界和商业界的双重成功。

而这还不是全部。我相信每个人心中都有一种渴望，渴望更深入地理解人生。这本书更宽泛的目的就是为人们提供更深刻的世界模型。通过探索哲学问题和思想，我们可以学会如何以能够丰富我们人生旅程的方式来处理这些问题和思想。

本书将我们从讲故事的诗学带到了生活的诗学。和我一起探索人性的多维地图吧，它能帮助我们驾驭自己的生活。

2

Horror: Religion

恐怖类型：信仰

我们要研究的第一个类型是恐怖类型。为什么？因为生与死是决定人类存在的最本质区别。

亚当与夏娃：最初始的恐怖故事

虽然怪物从一开始就出现在故事中，但《旧约·创世纪》是将恐怖元素首次聚集为一种类型出现的地方。亚当和夏娃是世上第一个男人、第一个女人，是第一对夫妇。他们生活在天堂里，天真无邪，对自己的赤身裸体毫不羞赧。但他们遭遇了一个诱骗者，幻化为蛇的魔鬼撒旦，他引诱夏娃吃下“毒药”——分辨善恶树上的禁果。

然后天父上帝登场了，他是亚当和夏娃这对夫妇的第二个对手。按照上帝的说法，亚当和夏娃获得知识的代价是失去永生的机会，为了防止他们再吃分辨善恶树上的果实，他们被撵出伊甸园，不得永生。知即是“死”。

在这个故事中，我们可以看到生与死之间的根本区别，关于信仰的故事特别善于利用恐怖类型作为其表达形式。

原初故事中的恐怖元素

要点：生活本身就内含恐怖。生活就是一个恐怖故事，其劲爆结局是，最后每个人都得死。

恐怖类型成为一种现代类型已经有约250年的历史，公认其起始于1764年霍勒斯·沃波尔（Horace Walpole）的《奥特兰托城堡》（*The Castle of Otranto*），但恐怖元素从一开始就是最古老的类型——神话类型的一部分。例如：

《吉尔伽美什》（*Epic of Gilgamesh*，公元前2100年）：恩奇都（Enkidu）是像动物一样的野人，他浑身是毛，长发卷曲。

《旧约》（约公元前1200年—165年）：亚伯拉罕（Abraham）愿意奉上帝的旨意献子为祭。

希腊神话（公元前3000年—前1100年）：戈耳工（Gorgon）蛇发女妖三姐妹，她们的头发是一条条蠕动的毒蛇。最后英雄珀尔修斯（Perseus）斩杀了戈耳工三姐妹的美杜莎（Medusa）。

弥诺陶洛斯（Minotaur）：一种生活在迷宫里的半人半牛的生物，嗜食人肉。

海格立斯（Hercules）：遭到女神赫拉（Hera）的诅咒，致其在疯狂中杀死了自己妻子和孩子。[1]

阿伽门农（Agamemnon）：为了希腊军队能顺利扬帆启航，向诱拐海伦的特洛伊王子复仇，他献祭了自己的女儿。

俄狄浦斯（Oedipus）：得知自己娶母弑父后，俄狄浦斯用胸针戳瞎了自己的双眼。

从最开始的这些超自然领域开始，恐怖类型不断演变，最终进入今天的主战场——心理领域。作家迈克尔·卡普佐（Michael Capuzzo）注意到："早期的欧洲哥特式小说的重点在于超自然现象、城堡和诅咒；而爱伦·坡（Allan Poe）让恐怖落了地，让我们对普通的日常生活感到恐惧。"[2]

要点：爱伦·坡带来的从超自然领域到心理的转变是恐怖类型最重要的变化，是其现代形式的基础。

1 此处，作者有误，海格立斯并没有在疯狂中杀死自己的妻子。

2 Michael Capuzzo, "How Edgar Allan Poe Became Our Era's Premier Storyteller," *Smithsonian Magazine*, January 2019.——原注

恐怖类型：运作原理

恐怖类型对生与死的基本区分是二元对立的，不允许有任何的复杂性：人要么死，要么活。这指出了人类思想的一个基本特征：它总是以二元模式开始，从是 / 非、要么 / 要么、我 / 他人、我们 / 他们开始。

然而，恐怖类型本身并不那么简单。黑格尔关于缺陷造就下一步启蒙的伟大见解正是基于这样一种理念：从简单的二元对立（也就是广为人知的“辩证法”）中，我们创造出新的、更好的和多样化的事物。思考生与死的自然力量可以激发伟大的创造。恐怖类型，特别是现实主义的恐怖片，经常关注死亡的终结性，以及人类如何无法理解他们终将不复存在的事实。

恐怖类型的思想—行动故事观

每种类型的作品都展示了思想对世界的反应，然后对其采取行动，每种类型都对世界如何运转以及如何最好地运转提出了不同的理解。这就是该类型的思想—行动故事观。

恐怖版的思想—行动故事观是，生命是一场为击败死亡而进行的斗争，一场我们注定要输掉的斗争。

伟大的恐怖故事将观众推入一个越来越小的盒子，直到这个盒子被埋在地下。恐怖故事让我们**感受到**死亡意味着什么。

它将死亡在我们心中的分量放大了十倍。它不再是一个发生在其他人身上的抽象概念。如此鲜活、如此复杂的一个人，特别是我们眼睁睁看着的这个人，突然就不复存在，这简直太过荒谬，以至于难以接受也难以理解。

从本质上讲，恐怖故事的策略是让一个特别的怪物持续不断、阴魂不散地追杀一个受害者。这种情节顺序转化为对英雄的压力，从而为观众带来压力。思量了必死无疑的结局后，我们最后问：“怎么办？该怎么做？”答案无疑在某处，但我们找不到它。没有希望，这也是一种死亡。除非有类似神或信仰的东西存在。

恐怖类型表现的是关于信仰的故事，是我们如何战胜死亡，如何避免可怕的来世并找到生命的应许之地的故事。恐怖类型的思想—行动故事观的主要目标是迫使我们面对死亡。硬扒开我们的眼皮，把死亡猛推到我们面前。这种高度情绪化的方法是否能促使我们诚实地看待自己的结局，并对自己的生活做出真正的改变，这是另一个问题。

恐怖类型与其他类型的比较

恐怖类型隶属于被称为“推想”（Speculative Fiction）的一种主要类型家族，这一类型家族还包括幻想类型和科幻类型。这三种类型的作品都是关于极致的投射和抽象。幻想类型将一个人物投射到一个全面详密的虚构世界中，在那里学习如何生活。科幻类型则创造一个社会和文化，并特别关注在这个世界中运行的科学技术。恐怖则从所有对手中最危险的那一个——死亡本身——之中淬炼出一个角色。

另外，侦探类型是恐怖类型的对立面。恐怖类型是最原始的形式，而侦探类型则是最智性的形式。但从根本上说，侦探类型和恐怖类型都与心智思维有关。

要点：侦探小说凸显思想的光彩，而恐怖小说强调思想的缺陷。

侦探类型向我们展示了思想如何运行；而恐怖类型则向我们讲述了思想如何运行失败。一种类型展示了思想的象征性力量，而另一种则揭示了无逻辑、仇恨和偏见的产物。

侦探类型和恐怖类型在如何对待死亡方面也存在基本的对立。在侦探类型中，死亡是一种我们得知发生在别人身上的事。在恐怖类型中，死亡**现在就发生在我身上！**

另一方面，恐怖类型与喜剧类型有一个基本的相似之处，在这两种类型中人物都处于一种退行或降格的状态，变得像动物或机器一样。不同之处在于，恐怖片中的退行要更极致得多，这使观众产生恐惧，而不是笑声。

恐怖类型示例

故事

《西绪福斯》（*Sisyphus*）、《旧约创世纪》（亚当和夏娃）、《睡谷的传说》（*The Legend of Sleepy Hollow*）、《厄舍府的崩塌》（*The Fall of the House of Usher*）、《一桶阿芒提拉多葡萄酒》（*The Cask of Amontillado*）、《泄密的心》（*The Tell-Tale Heart*）、《陷坑与钟摆》（*The Pit and the Pendulum*）、《红死病的面具》（*The Masque of the Red Death*）。

小说和电影

《奥特兰托城堡》、《圣诞颂歌》（也是神话类型和幻想类型）、《夜访吸血鬼》（*Interview with the Vampire*）、《吸血伯爵德古拉》（*Dracula*）、《大白鲨》、《异形》、《惊魂记》、《魔女嘉莉》（*Carrie*）、《小丑回魂》（*It*）、《凶火》（*Firestarter*）、《狂犬惊魂》（*Cujo*）、《宠物坟场》（*Pet Sematary*）、《寂静之地》（*A Quiet Place*）、《遗传厄运》（*Hereditary*）、《狼人》（*The Wolf Man*）、《天狼劫》（*Wolfen*）、《变蝇人》（*The Fly*）、《隐形人》（*The Invisible Man*）、《活死人之夜》（*Night of the Living Dead*）、《驱魔人》（*The Exorcist*）、《罗斯玛丽的婴儿》（*Rosemary's Baby*）、《天外魔花》（*Invasion of the Body Snatchers*）、《侏罗纪公园》（*Jurassic Park*）、《凶兆》（*The Omen*）、《危情十日》（*Misery*）、《猛鬼街》（*A Nightmare on Elm Street*）、《午夜凶铃》（*The Ring*）、《德州电锯杀人狂》（*Texas Chainsaw Massacre*）、《万圣节》（*Halloween*）、《黑色星期五》（*Friday the 13th*）、《猛鬼追魂》（*Hellraiser*）、《鬼哭神嚎》（*The Amityville Horror*）、《地狱屋》（*Hell House*）、《鬼驱人》（*Poltergeist*）、《小丑》（*Joker*）、《捉鬼小

精灵》（*Lost Boys*）、《无辜者》（*The Innocents*）、《摄魄惊魂》（*Tales from the Crypt*）、《午夜煞星》（*The Night Stalker*）、《断头谷》（*Sleepy Hollow*）、《胆破心惊》（*Trilogy of Terror*）、《女巫布莱尔》（*The Blair Witch Project*）、《别怕黑》（*Don't Be Afraid of the Dark*）、《天使追魂》（*Angel Heart*）、《恐怖蜡像馆》（*Terror in the Wax Museum*）、《魔眼惊魂》（*The Crawling Eye*）、《恐惧之巅》（*The Vault of Horror*）、《沼泽地传奇》（*The Legend of Boggy Creek*）、《黑湖妖谭》（*Creature from the Black Lagoon*）、《暮光之城》（*Twilight*）、《黑夜传说》（*Underworld*）、《豹妹》（*Cat People*）、《偷窥狂》(*Peeping Tom*)、《美国狼人在伦敦》(*An American Werewolf in London*)、《活死人黎明》（*Dawn of the Dead*）、《生死狂澜》（*Deliverance*）、《僵尸肖恩》（*Shaun of the Dead*）、《哥斯拉》（*Godzilla*）、《姐妹情仇》（*Sisters*）、《怪形》（*The Thing*）、《兰闺惊变》（*What Ever Happened to Baby Jane?*）。

电视剧

《行尸走肉》（*The Walking Dead*）、《真爱如血》（*True Blood*）、《吸血鬼猎人巴菲》（*Buffy the Vampire Slayer*）、《美国恐怖故事》（*American Horror Story*）、《魂归故里》（*Les Revenants*）、《怪奇物语》（*Stranger Things*，也是惊悚类型）、《格林》（*Grimm*，也是恐怖、侦探、爱情和幻想类型）、《王国》（*Kingdom*）、《断头谷》（也是惊悚类型）、《末日逼近》（*The Stand*）、《邪恶力量》（*Supernatural*）、《鬼入侵》（*The Haunting of Hill House*）、《吸血鬼日记》（*The Vampire Diaries*）。

恐怖的子类型

所有的主要类型都有多个子类型。这些子类型源于不同的人物、情节节拍、故事世界和主题的变化。恐怖片的子类型包括鬼故事（Ghost Story）、吸血鬼（Vampire）、狼人（Werewolf）、杀人狂（Slasher）、神秘主义（Occult）、超自然（Paranormal）、哥特（Gothic）、恐怖/神话（Horror/Myth）、恐怖/科幻史诗（Horror/Science Fiction Epic）、超级英雄（Superhero）、救世主（Savior）和喜剧（Comedy）。

恐怖故事概览

本章将述及的内容：

- **恐怖故事节拍**
- **主题：**存在就是拼命逃脱死亡
    - 主题秘方：面对死亡的方式和采取人道的行为
- **如何超越恐怖故事**
    - 恐怖类型/神话类型：信仰，包括关于信仰的故事节拍
    - 恐怖类型/科幻史诗类型

故事法典中的七个主要步骤

所有的好故事——不仅仅是恐怖故事，而是每一种类型的故事——都要经过七个主要的结构步骤。这些基础性的步骤构成了“故事法典”。它们标志着在故事的进程中，英雄的性格变化或演变。

1. **弱点—需求**：英雄被思想和行为习惯所奴役，并深深地遭受其个人弱点的折磨，破坏了她的生活质量[1]。英雄需要克服这一缺陷来成长。

2. **欲望**：英雄渴求一个外在的目标，她认为这个目标是她生活中所缺乏的，而且很有价值。

---

1 全书中，作者交替使用了“他”“她”两种人称代词来指代“hero”（英雄），以表示“英雄”一词并非只指男性主角。

3. **对手**：她面对一个对手、一个阻碍她实现目标的障碍 / 挑战。最后她会发现，这个障碍 / 挑战就是自己。

4. **计划**：她制定了一个战术或战略，使她能够击败对手，实现目标。

5. **战斗**：她与对手进入最后的对垒或战斗，一决胜负。

6. **自我启示**：在结尾处，如果英雄成长了的话，她会对真正的自我或更好的自我产生一个新的认识，她意识到自己在心理和道德层面的错误。然后她会做出该如何行动的决定，并采取新的行动，证明她的变化。

7. **新的平衡**：随着系统进入新的平衡状态。英雄蜕变成一个新版本的自我，同时也有了继续成长的新能力。

恐怖故事节拍

与所有类型的故事一样，恐怖故事的节拍扭转了这七个主要结构步骤以表达特定形式的主题。恐怖故事有令人惊愕的大量的特定节拍。为什么？因为它是一种逼仄的形式，自然情节如此之少，所以**必须**有大量专门的节拍来深化和扩展它。

如果你愿意的话，可以让这些节拍象征上层建筑，也就是恐怖神话，这样做可以防止情节（通常只有一个节拍——攻击受害者）无休止地重复。诸如“父母的罪孽”和“跨越禁忌的藩篱”这样的节拍，不仅仅是恐怖类型独特主题的自然生发。这些节拍创造了情节的复杂性和人物的深度，让这种形式扩展至超出一个短篇故事的容量。

恐怖故事节拍：幽灵（Ghost）——过去的罪恶

“幽灵”虽然不是七大主要结构步骤之一，但却是任何故事的基本要素——不只是恐怖故事。它是发生在过去的事件，但直到现在仍然困扰着英雄。可以将之分为两类，要么是一个次级结构的步骤，要么是第一个步骤，即弱点—需求的一部分。

在恐怖类型中，“幽灵”是一个被普遍误解的节拍。很多作者常认为这个词指的就是鬼故事这一子类型。在鬼故事中，鬼就是“怪物”、敌人。它是一个已死之人无实体的虚影，阴魂不散地纠缠着那些在他们生前对他们做过不可谅解之事的活人。而从更广泛意义去理解，大多数恐怖故事中的“幽灵”都是过去的事件。这些事件一直困扰着英雄，以至于定义了这个人，甚至影响了其行为。幽灵往往是英雄的祖先所犯下的尚未赎偿的罪行。它将不断地重现，直至冤账得偿。

要点：幽灵是恐怖片中最重要的节拍。

为什么？

- 它代表了过去之于现在的力量，这是该类型的基本主题之一。
- 它概括了父母之罪如何影响孩子的人生。
- 幽灵是思想的**自我攻击**。
- 这种攻击在整个故事进程中一直持续，成为情节的驱动力。

在恐怖类型中，不断攻击英雄的幽灵实际上是暗示的力量，其作用于我们易犯错的思维。它是自我确认的假设，头脑会不由自主地回放它并最终使之成为现实。

要点：好的恐怖类型的结构排列是紧密的。通过英雄心理和道德的弱点，过去的罪行与即将发生的恐怖罪行相连。

《猛鬼街》的故事发生的十年前，包括南希的母亲玛吉在内的家长治安会杀死了残害儿童的凶手弗莱迪·克鲁格，把他点燃，活活烧死。“幽灵”就此变成了怪物。

《闪灵》(*The Shining*)在英雄进入全景酒店之前就为他设置了一个心理上的幽灵。一次酒醉后，杰克猛拽他儿子丹尼的手臂，使孩子的胳膊脱臼。从此之后，他的妻子温迪就再也没有完全信任过他，而杰克也一直没有原谅她对他的责备。

《异形》中，机器人艾希被公司委派带回异形以作武器之用。当蕾普莉剥夺机载计算机“老妈”(MOTHER)的决事权时，它说：“收集标本。第一优先级：确保带回生物体进行分析。其他所有都是次要的。船员可以牺牲。”过去的罪行是公司允许实施谋杀。

《惊魂记》贡献了电影史上最复杂的心理幽灵。决定这个故事的幽灵不是最初的英雄玛莉安的幽灵，而是诺曼的。他是一个外表温和的年轻人，他谋杀了玛莉安并推动了故事的发展。在结尾处，心理医生向我们讲述了诺曼的心理崩溃过程。

> **博士弗雷德·里奇蒙**：……从……我所知道的他的母亲……诺曼心中的母亲……必须回到十年前……那时诺曼谋杀了母亲和她的情人。对诺曼来说，她似乎为了这个男人“抛弃了他”。这让他不堪忍受，于是他杀了他们两个。弑母可能是最令人不堪忍受的罪行……尤其令犯下这种罪行的儿子不堪忍受。所以他不得不抹去这层罪恶感，至少在他自己的心里是这样。他偷走了她的尸体……于是他开始替她思考，替她说话，把自己的人生一分为二,一半变成了母亲。现在，他从未是完整的诺曼，却经常是唯一的母亲。因为他为她嫉妒，所以他也理所当然地认为她也会为他嫉妒。所以，他一旦感觉到对哪个女人产生强烈的兴趣，他的母亲的那一面就会变得疯狂。当他遇到你妹妹时，她激起了他的兴趣。他想要她。这引发了“满怀嫉妒的母亲杀死了女孩”！谋杀发生后，诺曼仿佛从深层睡眠中苏醒。像个孝顺的儿子一样，他掩盖了他确信的母亲所犯罪行的所有痕迹。

尽管所有类型都需要七个主要结构步骤，但有些类型比其他类型更强调某些步骤。恐怖类型强调“幽灵”和“对手”。当你意识到“幽灵”和“对手”分别是**内部**和**外部**的对手时，故事就会讲得相当带劲。从内部和外部双管齐下实施钳形攻击，恐怖类型给英雄带来的压力将超越其他所有类型。

恐怖故事节拍：故事世界——鬼屋和封闭的社会

故事世界是英雄的幽灵和弱点—需求的体现。在恐怖片中，某些鬼屋成为困住英雄的一个“压力锅”。鬼屋将有缺陷的心智变成了有形物：英雄最大的恐惧就来自这座她没有选择，只能生活在其中的建筑物。

例如，《厄舍府的崩塌》《吸血伯爵德古拉》《无辜者》《驱魔人》《鬼哭神嚎》《鬼驱人》《猛鬼街》，《闪灵》中的山顶大酒店以及现代悲剧版吸血鬼故事《日落大道》（*Sunset Boulevard*）中的豪宅。

鬼屋通常就是一个封闭的社会世界。贵族或上层阶级是居住在这里的常客，这个阶级已经腐烂了，所以鬼屋以普通村民为食，有时吃人就是字面上的意思。德古拉是位伯爵，弗兰肯斯坦博士这个抛弃他的“孩子”的堕落的父亲，则是一位男爵。《厄舍府的崩塌》中，叙述者拜访了他那个有着“灰白色皮肤”的放荡不羁的朋友以及他那显然即将死去的妹妹。他们住在一座颓朽的豪宅里，一条裂缝从屋顶延伸到地板。

美国喜欢相信自己是一个无阶级的民主国家。因此，在美国的恐怖故事中，社会世界的腐败往往被掩盖在小镇的幸福假象之下，但它迟早会咆哮着冲出地面。

我们在《黑色星期五》《万圣节》《鬼驱人》《猛鬼街》中都能看到这一点。

《逃出绝命镇》之所以能超越恐怖类型，部分原因是它描绘了一个基于阶级和种族的故事世界。现代的种植园主利用医疗技术使黑人永远处于奴役状态。

作家们使恐怖故事可信的一个策略是从一个外国的、神秘的或“旧世界”地方开始写故事。这些地方本来就是童话、神话、鬼话故事的故乡。然后恐怖再被传送到新的、现代的世界，就像一场瘟疫，最终无人能够幸免于难。《驱魔人》、《吸血伯爵德古拉》、《小魔星》(*Arachnophobia*)、《猛鬼追魂》等影片中都采用了这种手法。

恐怖鬼屋中的地窖与阁楼有所区别。由父母犯下却需要子女偿赎的罪孽都被埋在地窖里，这些罪孽都以骷髅（字面上的或比喻的）的形式出现，它一次次从地底下爬出来，袭击英雄。《惊魂记》是这种效果的最佳示范。与之相反，阁楼通常是一个锁住美好回忆的地方。但是，作为房子的“头”，阁楼也是一个囚禁疯子的地方。哥特式浪漫小说《简·爱》(*Jane Eyre*）是阁楼最著名的此类用途的示例。

鬼镇和城市

在恐怖类型中，鬼屋往往是鬼镇的一部分。经典的鬼镇中到处可见空无一人的建筑，死亡感扑面而来，其减少了封闭式房屋的“压力锅效应”(pressure-cooker effect)，但强调了这是一个死亡的世界，根本无处可逃的概念。法国电视剧《魂归故里》就很好地营造了这种效果，它将小镇置于一个封闭的山区环境中，任何人都很难甚至不可能进入或离开。《惊变 28 天》(*28 Days Later*）将闹鬼的小镇扩展到城市。伦敦空荡荡的，到处爬满了僵尸。在一个场景中，一小群逃亡的英雄必须在隧道中间更换轮胎。当数以千计的老鼠从他们身边跑过时，他们意识到一群快速移动的僵尸就在后面。这个场景是恐怖故事给英雄施以巨大压力的一个教科书级的示例。

恐怖故事节拍：怪物的攻击

对手，也就是怪物，非常强大，通常由它推动行动。怪物的攻击，即从外部和内部（幽灵和弱点）的双重夹击，使英雄几乎立即处于防守的压力锅中。这种压力只会越来越大。

恐怖故事节拍：作为受害者的英雄

在对手持续不断的攻击之下，恐怖故事中的英雄总是被打倒在地，甚至死亡。这象征着我们自己的死亡。

要点：因为英雄在故事的过程中逐步变弱，所以有一个诀窍是让英雄在故事一开始便“站在世界之巅”。这种故事策略让英雄从最高处一路坠落到最低处。

在《弗兰肯斯坦》中，天才的弗兰肯斯坦博士想从一具尸体中创造出尼采式的“超人”。当然他这一傲慢的伟大追求不可避免要遭遇失败，他经历了肉体和道德层面的双重陷落。我们还在《变蝇人》、《化身博士》（*The Strange Case of Dr. Jekyll and Mr. Hyde*）、《黑湖妖谭》和《隐形人》中看到这种用法。

另一种方法是以一个普通而善良的人偶然发现了一个可怕的现象开始。我们在《宠物坟场》《大白鲨》《小魔星》《驱魔人》《惊魂记》《猛鬼街》中都可以看到这种方法。

为了使后一种方法获得最大的成功，你必须在故事的开头花时间赋予角色人性高光。他可能是一个善良、敏感、有家室的人，即将结婚或成为父亲，或者是社区的领导者。赋予英雄这些正面特征，会使他随后的陷落更加极致和悲惨。

恐怖故事节拍：弱点—需求 1——思想的奴役和内心的怪物

阻碍英雄成功的弱点有两种：心理的和道德的。需求是指人物必须做些什么来弥补弱点，她必须做些什么来获得成长。人物的弱点源于她的幽灵。这就是为什么“幽灵”有时被认为是弱点—需求步骤的一部分。

正如我们在幽灵的步骤中所看到的，恐怖并不是真正关于可怕的怪物，它是关于一个人物的弱点—需求是如此严重，以至于她的思想被其彻底奴役。

要点：恐怖故事的巨大价值在于它向我们展示了人类内心的怪物，以及能够创造象征意义的高级动物的与生俱来的缺陷，这种缺陷最终导致自我毁灭。

二元思维

思想被奴役的第一个原因是“非此即彼”的思维方式。它来自自我意识象征性投射的巨大力量。正因为如此，所有故事都从两极对立开始：欲望和对手。

一旦我们**想要**什么，我们马上就会意识到别的东西，也就是挡在我们面前的他人，这个他人甚至会杀死我们。

要点：将**差异视为对立**的倾向是人类思维的基本缺陷。

思维活动总是以二元对立**开始**，通常也以二元对立结束：非此即彼，我对他人，我们对他们，乐观主义者对悲观主义者，等等。对比和二元对立随处可见而且很易理解。

当我们意识到怪物也就是英雄内心巨大恐惧的人格化，我们就会明白为什么恐怖类型是所有故事形式中最适用于心理学的。具体而言，它展示了一个人如何游走于神志、理智的边缘。

要点：在好的恐怖故事中，弱点—需求就是**思想本身的二元对立**。

我们在《化身博士》和《变蝇人》等故事中看到了这一要点的字面意义。但这种二元对立存在于每个恐怖故事的英雄身上，而且随着故事的发展，它变得愈加清晰。

这种二元对立有两个主要来源：

1. 基本的恐惧。
2. 非社会性的欲望。

要点：恐怖类型，跟惊悚类型一样，完全聚焦恐惧的情绪。

基本恐惧

恐怖类型中，最本质的恐惧是对死亡本身的恐惧。恐怖类型还戏剧化地表现了其他基本恐惧，包括被杀、被吃掉、被奴役、被强奸、成为一个失败者、失去自我意识以及过着平静而绝望的生活，参见《复制娇妻》（*The Stepford Wives*）、《活死人之夜》、《天外魔花》（*Invasion of the Body Snatchers*）。

恐怖类型，像神话类型一样，具有高度的象征性，并采用了许多隐喻来表达人物的陷落。肉体上的变化代表了人物的"光明"面和"黑暗"面之间的内部斗争。

要点：人们害怕以两种主要的象征性方式陷落：沦为动物或沦为机器。每一种都代表了英雄和观众的内心活动。

动物恐怖代表身体，代表对失去控制的恐惧。更具体地说，是对性的恐惧。此类故事的例子有狼、猿、猫、蝙蝠、苍蝇、蛇，以及几乎所有有角的动物，这些动物常常与地狱联系起来。《吸血伯爵德古拉》和《狼人》就是经典的动物恐怖故事。

机器恐怖代表了对失去身份或个性的恐惧。表现机器恐怖的角色有机器人、弗兰肯斯坦的怪物，以及活死人。僵尸是机器恐怖的完美化身，因为它有一张面无表情的死人脸，走起路来像一台生硬的机器。《天外魔花》是机器恐怖故事的教科书级范例。

虽然动物恐怖故事自 19 世纪中期以来一直很流行，但机器恐怖故事在二战后却越来越受欢迎。这与大众社会的崛起相吻合。在大众社会中，人们对自己会被群体思维吞没心怀恐惧。20 世纪 50 年代中期的畅销书，如《组织人》（*The Organization Man*）和《穿灰色法兰绒套装的人》（*The Man in the Gray Flannel Suit*）都表达了人们对成为机器上的一个齿轮的恐惧。1949 年出版的著名反乌托邦小说《一九八四》(*Nineteen Eighty-Four*) 的主题也是这种集体一致性。

非社会性的欲望

思维中的二元对立的第二个来源是这个人物内心隐藏着一些可怕的东西，她无法面对它。因此，她将这些欲望在内心中分隔开。但是，这种分隔维持不了太久。这个人物即将崩溃。

构成这个“黑暗面”的非社会性的欲望有哪些？那部分的自我喜欢通过施加痛苦、做被禁止之事——杀人、强奸、吞噬、非法性行为或弑母或弑父来感知力量。

恐怖故事节拍：弱点—需求 2——羞耻和内疚

自我意识的主要武器是羞耻感和内疚感。这几乎是每一个主要类型故事的重要组成部分。羞耻感和内疚感强调了个人与社会之间的区别。

为什么？羞耻和内疚是直接源于个人与他人关系的个人感受。羞耻感是思想的自我攻击，因为自己没有按照公共行为标准行事。内疚感则是因未能达到私人标准，如个人义务特别是对亲密之人的义务，而产生的思想的自我攻击。

因为幽灵的存在，英雄往往在故事一开始就深陷巨大的羞耻和内疚中。她要为过去的罪恶付出代价，但由于她并不真正负有责任，她失败了。黑暗的情绪在不断积蓄。

恐怖故事节拍：欲望——击败怪物，击败死亡

英雄的欲望就是故事的脊柱。在恐怖类型中，表面的欲望是击败怪物，而更深层的欲望是战胜死亡。

由于英雄相对怪物落于下风，所以典型的恐怖故事的开端都是英雄试图逃脱。恐怖类型常被认为是艺术性最低的类型之一，原因就是逃脱不是一个动作，而是一种反应——欲望的最低形式。

但为什么怪物会发动攻击？这来自英雄隐藏起来的非社会性的欲望。这些禁忌欲望导致英雄感到非常内疚和羞耻，以至于她必须受到惩罚。

《猛鬼追魂》中，恐怖大师克莱夫·巴克（Clive Barker）将欲望与恐怖的联系在逻辑上发挥到极致。他的秘诀是将暴力与快感联系起来，这使他将恐怖变成了施虐受虐狂。他把性与死亡的联系推至另一个维度，创造了宇宙中的“乐与痛守恒定律”。这就是恐怖的“因果报应”(karma)。

《惊魂记》中，诺曼在影片开始不久就杀死了第一位英雄玛莉安。他成了中心人物，他的非社会性欲望驱动着戏剧发展。诺曼对他的母亲有一种扭曲的欲望，当她和别的男人睡觉时，他杀死了他们俩。他犯了杀人、乱伦双重禁忌，这给他带来了极大的创伤，以至于他不得不杀死任何他想要的女人。

恐怖类型情节的视觉形状：直线形

构成情节的动作序列有其视觉形状。这种形状来自故事英雄的目标和他 / 她为实现目标所采取的行动序列。大多数类型的作品的视觉形状都是直线形的，因为故事是一条奔向终点的简单直线。但是，不同类型的独特欲望线和结构步骤创造了许多情节形状的可能性。

直线形情节形状的结构基础是，一个单一的英雄有一个主要的对手，她有一个目标，并为之奋力追逐。故事情节看起来是这样的：

直线形情节形状的最大结构优势是单一而强烈的欲望线，以及一个积极的、通常取得了成功的英雄。这给予了故事一根强大的脊柱和充沛的叙述动

力，是广受欢迎的故事中最重要的元素。

尽管许多恐怖故事的英雄都失败了，但这种艺术形式几乎都是直线形的结构。因为英雄的首要欲望简单明了，就是逃命。直线形故事形状在动作类型、犯罪类型、西部类型、爱情类型中也很常见。

恐怖故事节拍：对手——怪物，极端的“他者”

恐怖故事比其他任何类型的作品都更大程度地加剧了我们对“他者”的恐惧。我们将这个极端的他者称为“怪物”。怪物是入侵人类社会的某种形式的非人类外来者。

正如我们前面所说的，恐怖类型在内部对手（角色的幽灵、弱点—需求）和外部对手（怪物）之间建立了一种强有力的联系。

怪物的攻击是导致英雄在故事进程中陷落的原因。但这种演变的真正原因是人物的心理缺陷。

> **要点：**具有高度象征性的怪物和人物内在缺陷之间的联系是故事的基础。

技巧：双重人格

特别是在恐怖片中，作家们使用“分身”（doppelgänger）或“双重人格”来揭示一个人物的更深层的自我，这“另一个自我”通常比她向世界展示的那一个更黑暗、更弱小、更真实。

> **要点：**在好的恐怖作品中，怪物就是英雄的**分身**。它既是外部对手，也是内部对手。

分身是思维中二元对立倾向的另一种表现。然而，在辩证的思维下，通过与英雄的对峙，怪物分身也可以成为角色获得自由的手段。这也就是每个类型中的好故事的重要法则之一：英雄**通过**对手学习。只有在对手无情地攻击英雄最深层的缺陷时，英雄才被迫去处理它并得到成长。观众看到了这个过程，也领悟到这一点。

然而，正如恐怖类型所指出的，双重人格是把双刃剑。它也是通向疯狂之路。当想象中的自我脱离了真实的自我，这个极端、黑暗的自我的形象会导向一条伪现实的迷途。

作为心理恐怖故事的大师，爱伦·坡经常向我们展示自我意识过剩的精神最终走向分裂。在《厄舍府的崩塌》中，罗德里克和他的双胞胎妹妹玛德琳头脑中都有双重人格。他们意识中的这种分裂直接表现在他们所住的那栋古宅从屋顶一直延伸到地基的那道长长的裂缝上。罗德里克和玛德琳都患有某种形式的精神疾病，在罗德里克试图将他的妹妹活埋在大宅地下的家族坟墓里后，她回来复仇，两人同归于尽。房子崩裂，沉于湖中。

在《化身博士》中，罗伯特·路易斯·史蒂文森（Robert Louis Stevenson）将心理道德分为对立的二元，即一般意义的“善”与“恶”。通过在同一个人身上创造两个角色，史蒂文森将一个人由善变恶的过程提炼为最基本的要素。但这种分裂也是简单化的，只能构成一个单薄的情节。杰基尔 / 海德是一个被严格分隔化的人。像道林·格雷[1]一样，妄图放纵自己而不担罪责。

回到《惊魂记》，破碎的精神不是英雄的，而是凶手的，它隐藏在诺曼·贝茨温和的外表之下。重要的是，作家对他进行这种多样性的描绘时，并没有在一开始就把他塑造成一个怪物。他是一个温和、脆弱的人，而且高度

---

1 道林·格雷是英国戏剧家、小说家奥斯卡·王尔德创作的长篇小说《道林·格雷的画像》中的英雄。伦敦的贵族少年道林·格雷，相貌俊美，心地善良。画家霍尔沃德为他画像留下他的惊世美貌，在画家朋友亨利勋爵的蛊惑下，道林向画像许愿：美少年青春永葆，所有岁月的沧桑和少年的罪恶都由画像承担。当他玩弄一个女演员的感情致使她自杀之后，画像中的道林发生了邪恶的变化。恐惧的道林没有克制，反而更加放纵自己的欲望。道林美貌依旧，画像却一日日变得丑陋不堪。十八年后，基于对画家作品的憎恶以及对自己丑陋灵魂的厌恶，道林谋杀了画家霍尔沃德。之后，那位女演员的弟弟前来寻仇，被道林巧言欺骗，最终死于非命。正是女演员弟弟的死亡唤醒了道林的良知，他举刀向丑陋的画像刺去，结果自己离奇死亡。他的面容变得丑恶苍老，而画像却年轻如初。

敏感。这增强了情节的可信度，当他的真实身份被揭露时，我们也觉得更加恐怖。

恐怖故事节拍：盟友——理性的怀疑者

作家在创作一个能吓到观众的故事时，所面临的一大挑战是如何使这个怪异离奇的故事世界可信。作家必须让观众跨越到相信这种可能的这一步。英雄的盟友是位科学家，或者更广义而言，是一位理性的怀疑论者，通常由这个角色来发挥这种功能。怀疑论者可能是一名医生、心理学家或博物学家。科学家负责为超自然现象的内在荒谬性“去腥除臭”。

这个节拍的基本策略是通过一个比观众更心存怀疑的人物来承认观众的怀疑态度。这个理性的怀疑论者为超自然现象提供了一个科学的、自然的解释。

在《吸血伯爵德古拉》中，怀疑论者是验证活死人是否真实存在的科学家。这种技巧也出现在《小魔星》《大白鲨》《驱魔人》《弗兰肯斯坦》中。《猛鬼街》对这一用法做了变通，让一个青年男子之死看起来与他曾杀害女友的前科有关。

诀窍是，为一个我们明明看着是幻想的现象提供一个现实的解释和合理的反对。

恐怖故事节拍：跨越屏障，去往禁区

屏障是阻止怪物进入人类社会的一堵墙，它应该把另一方挡在外面。但它总是失效。在潘多拉的神话中，它是罐子的盖子，能关住世间所有的疾病和恐怖。

在《金刚》（*King Kong*）中，屏障是一扇巨大的门，它使金刚和丛林（自然状态）不得闯入村庄和文明世界。

在《宠物坟场》中，屏障是动物的墓地，穿过它就到了美洲印第安人的墓地，在那里，死者会死而复生。

要点：在更好的恐怖故事中，屏障也是内部的。它代表了英雄**不应**进入的自我的负面部分、英雄不应放纵的禁忌欲望。

屏障也代表着生与死之间不可跨越的硬性界限，这是生命的核心差别。屏障不存在了，生命本身也就不存在了。

屏障不仅仅是通往怪物的大门，也是通往恐怖类型最深层含义的入口。英雄一旦打开这扇门，她也就踩下了**滑坡效应**（slippery slope）[1]的油门。她再也停不下来，而这一决定的负面影响将持续累加。

滑坡效应的概念突出了类别和程度之间的区别。恐怖类型为我们提供了一次思想实验，如果我们把最终极的类别差异——活着和死亡——变成程度差异会怎么样。我们将如何描述一个存在于生与死这段区间的生命体？想想活死人、吸血鬼、被重新赋予生命的弗兰肯斯坦的怪物。被复活的人类可以再次生活在人类世界中，但总是缺少一些什么。这个缺失的元素就是战胜死亡所付出的代价。

所有的故事都展现了试图实现一个愿望所付的代价。在恐怖故事中，这种代价源自试图推迟死亡。这是对神话故事的基本愿望的一个现代变形。神话故事的基本愿望是获得不朽，而恐怖故事说，真正的不朽是不可能的。但是，如果我们可以推迟死亡呢？也许是无限期地推迟？

要点：屏障代表了人生的基本原则之一，我称之为“必要生活成本法则”（Law of Necessary Cost of Living）。

我们见过无数这一法则的实例。在热力学中，它表现为熵，即一个系统的无序趋势。它是基于这样的理念：没有完全有效的系统。任何动作都存在摩擦、浪费、阻力和花销。

1　滑坡效应指坏情况或坏习惯一旦开始就很可能变得愈加严重。

在人生中，“必要生活成本法则”体现为衰老。我们活着，同时也在逐渐死去。我们通过自己的身体看到了生命的成本。日常的财务生活中，我们也能清楚地看到成本代价。如果我们想要什么，就必须为它花钱付费。恐怖类型运用了必要成本法则并将其转化为不同的戏剧性表现形式，即活死人。

《吸血伯爵德古拉》和吸血鬼子类型提出了各种各样关于永生的代价的说法。吸血鬼，也被称为“不死人”，只能在夜间行走，避开太阳的光芒。他必须喝血才能生存，而且只有人血才能长时间维持他的生命。他对制造他的吸血鬼心存感激。他没有影子，在镜子里也看不见他。他害怕大蒜、圣水和十字架，木桩穿心、阳光、火焰和斩首都会杀死他。

吸血鬼付出的最大代价是道德。他只有通过谋杀其他人类才能维持他的永生。

斯蒂芬·金（Stephen King）的《宠物坟场》揭示了推迟死亡的另一种代价。当英雄让家中宠物复活时，他越过了屏障，进入滑坡阶段。其代价是，复活的猫变得特别暴力。当英雄把他死去的小儿子带回来时，这种代价呈指数倍增长。人类最优良的要素——仁慈、爱和家庭——都被仇恨和杀戮的欲望所取代。在试图从死神手中夺回所爱之人的过程中，这个人失去了整个家庭。

恐怖故事节拍：计划——反应

与弱点、欲望和对手一样，计划是任何故事的基本步骤之一。计划是英雄用来打败对手并达成目标的一系列策略。由于对手比英雄强大得多，恐怖故事中英雄的计划几乎总是被动的。典型反应就是逃跑，这根本不是什么计划。在恐怖故事中，怪物是一个杀人机器，如《黑色星期五》《万圣节》《终结者》《异形》。由于对手就内含于自我体内，英雄根本无法逃脱。这也是恐怖故事从根本上来说通常都结局悲惨的原因。

要点：在更好的恐怖故事中，英雄会在过程中制订一个计划。计划从简单的逃跑变成由英雄构思和执行的复杂行动，以试图击败对手。在个人成长空间缺乏的故事中，这是英雄成长的方式之一。

恐怖故事节拍：驱动——怪物攻击升级

所有故事的驱动力都是英雄为实现目标而采取的一系列行动。在恐怖故事的中间部分，怪物对英雄的攻击不断升级，使她处于持续的危险中。怪物的攻击造成了一场猫捉老鼠的斗争，英雄就是那只老鼠。怪物武库中的各种攻击就代表了作家的“惊吓技巧”，其目的在于最大程度地在观众心中制造恐惧。

要点：三件事决定了恐怖故事的驱动力：压力、压力、压力。对英雄的压力越大，故事就越好。

一个好的恐怖故事可能会暂时缓解压力，但不久后又以更大的强度重新施加压力。这使观众从恐怖片中获得了一种特殊的乐趣。

怪物攻击的技巧

怪物攻击的技巧之一是假警报。恐怖故事常以杀戮开始，但像侦探故事中的“红鲱鱼”[1]一样，最初的攻击往往会被揭示为并不危险。英雄走入了一个可怕的环境，英雄和观众都心生惴惴，突然什么猛扑过来，英雄和观众都惊跳起来，但他们马上看到，攻击是假的。他们放松了警惕。假警报使观众失去平衡，毫无准备地迎接即将到来的真正的攻击。

第二种技巧是“虚惊一场”。在制造的数次虚惊中，有一次是真正的攻击，但好在英雄躲过了子弹。观众会被吓到，然后松一口气。

---

1 红鲱鱼（red herring）是一种政治宣传、公关及戏剧创作的技巧，用以转移焦点与注意力，它同时也是一种逻辑谬误。在文学作品中，红鲱鱼用来提供一个误导性或虚假的线索，将读者引向一条错误的道路，或分散他们对情节中正在发生的事情的注意力。

虚惊一场和故弄玄虚是恐怖片的前戏，它们使其后最终发生的好戏味道更佳。一般而言，顺序是：恐惧、假警报、真正的惊吓。

《异形》中就有一个这种顺序的上佳示例。在侦查一艘废弃飞船最深处的巨型蛋时，凯恩将目光投向其中一个蛋，想仔细看看它。一个爬行动物的生命体跳出来，缠住了他的头盔面板。在飞船上，这个八爪生物覆盖了凯恩的整张脸，它的尾巴缠住了他的脖子。

后来，凯恩似乎已经完全恢复了，而那个生物似乎已经死了。凯恩正在吃晚饭，与他的同伴们一起说说笑笑。突然他开始疯狂地抽搐。一直养在他体内的外星异形从他的胃里爆出来，致其当场毙命。

技巧：用诡计增加压力

恐怖故事的中部必须增加对英雄的压力，增加压力的技巧包括（但不限于）：

- 英雄被迫进入一个逼仄的空间。
- 英雄无法得到援助。
- 英雄受伤。

最佳的攻击方式是怪物既使用诡计又使用武力。

> **要点：**怪物使用的诡计越多，攻击就越可怕，情节就越精彩。尽你所能对英雄和观众隐瞒对手的真实力量和能耐。

技巧：隐蔽攻击的方法

因为恐怖故事的情节往往源于单一怪物的无情攻击，故事其实只有一个节拍。解决情节缺乏问题的技巧包括：

- 英雄必须穿过有许多房间、大厅和狭小空间的房子。这不仅限制了她，而且使对手能从后方、上方对她进行攻击。
- 对手成倍增长，或越来越多如《异形》《天外魔花》，或越来越大如《异形》。这就创造了一个对手的等级序列。来自多个对手的多重攻击，特别是从隐蔽来源发动的攻击，增加了情节，也成倍地增加了压力。
- 对手死而复生，如《黑色星期五》系列、《活死人之夜》、《宠物坟场》。
- 英雄有一个假盟友。这个角色表面上是英雄的朋友，但实际上是敌人，或者在暗中帮助怪物。这一技巧掩盖了对手的真实力量，并让其更针对英雄，如《异形》中的生化人艾希。

技巧：恐怖类型的揭示

揭示，或者说启示，是一个角色在追求她的目标过程中获得的令人惊异的洞察。它是一个将英雄和故事导向新方向的情节转折，恐怖类型的揭示最好是关于对手的真正力量和他发动攻击的方式。

> **要点：**恐怖类型的揭示几乎总是英雄的某种形式的噩梦——字面上或比喻意义上的。一个伟大的恐怖故事不只是最后的一个大噩梦。它是一连串噩梦，故事的一路都铺满了噩梦。

下面是写噩梦的方法：

1. 弄清楚英雄最大的恐惧是什么。
2. 以尽可能多的**不同形式**，以**愈演愈烈**的程度利用它们。

技巧：旋风效应（The Cyclone Effect）

噩梦序列与旋风效应有关。除了恐怖类型，旋风效应还经常出现在动作类型、科幻类型和喜剧类型中。事实上，它是讲好任何类型故事的关键之一。

下面说说它在恐怖类型中如何发挥作用。尽可能多的连环噩梦，并让它们以越来越快的速度出现。这增加了英雄和观众的压力，并建立了叙事的动力，导向最终的战斗，也就是最后的噩梦。

《异形》提供了一个教科书级的范例，向我们演示故事进入最后阶段时，噩梦如何以更快的速度袭来。片中最后一幕的快速镜头段落是这样的：

1. 蕾普莉试图阻止自毁程序，但为时已晚。

2. 她爬上航天飞机，在“诺斯托罗莫”号爆炸时起飞了。

3. 她在航天飞机的一个角落里发现了那个异形。

4. 她穿上太空服，拿起鱼叉，打开气闸门。当异形抓住气闸门以免被刮走时，她用鱼叉射杀了它。

5. 异形飞出门外，但门却夹住了鱼叉线。异形利用它爬回一个热推进器。

6. 蕾普莉点燃发动机，将异形炸到了太空里。

恐怖故事节拍：战斗——避难所

战斗是故事最后的冲突。在恐怖类型中，最理想的战斗地点是一个看似安全的**避难所**。

恐怖故事的战斗可能是一场暴力冲突，也可能是一个巨大的、噩梦般的启示。大多数恐怖故事中的战斗都是与外部怪物激烈的身体对抗。但怪物也是一个隐喻。因此，在最好的恐怖故事中，英雄摧毁动物或机器的战斗既存在于外部世界，也存在于自我内部。

要点：英雄必须攻击**自己**体内的怪物，以求得自由。

在《异形》中的最后决斗之前，怪物已经杀死了船上所有的人，只有蕾普莉还活着。母舰自毁之前，只剩下一分钟的时间，蕾普莉登上了逃生飞机起飞。她终于安全了。当她准备进入休眠状态时，她惊恐地发现，那个异形正躲在航天飞机的一个角落里。怪物发动了攻击，只有一场生死之战才能决定这艘航天飞机究竟是蕾普莉的避风港还是她的棺材。

恐怖故事节拍：没有自我启示（Self–Revelation）

通过自我启示，英雄了解到从前她对自己的看法是多么错误，无论是在心理上还是道德上。这是第一次她看清真实的自己。她也看到了自己对他人的不道德行为。

在主要类型以及子类型包括黑帮类型（Gangster）、黑色喜剧类型（Black Comedy）和反西部类型（Anti-Western）中，经典的恐怖故事显得很特殊，因为经典恐怖故事的英雄很少有自我启示的机会。这是英雄的弱点—需求的自然结果，这种弱点—需求造就了最后的无助与绝望感。英雄的精神遭到了可怕的破坏，处于神志混乱的边缘。她通常被符合社会规范的思维和拼命隐藏的禁忌这两者来回拉扯以致分裂。在怪物攻击的巨大压力下，她的精神完全崩溃。她没有机会学习、成长或愈合。英雄或许能幸存下来，但幽灵或怪物深深地嵌在她脑海里……窥伺着合适的时机卷土重来。

恐怖类型没有自我启示的节拍，这是一般而言，当然也有例外，而且例外往往都是超凡卓越的恐怖故事，我们稍后将讨论这个问题。

恐怖故事节拍：双重结局——永恒的循环

这种消极类型的最终逻辑表达是双重结局。怪物显然死了或消失了。观众松了口气，感受到一丝曙光，这段磨难终于结束了。经典手法是虚惊一场之后紧跟着一次真正的攻击，怪物突然又回来了。

例子包括《西绪弗斯》《猛鬼街》《魔女嘉莉》，以及《阴阳魔界》（*The Twilight Zone*）中的很多集，包括“皮影戏”（Shadow Play）。噩梦的喜剧版本可参见《土拨鼠之日》（*Groundhog Day*）。

恐怖类型的双重结局是弗里德里希·尼采（Friedrich Nietzsche）永恒轮回

（eternal recurrence）理念[1]的否定性表达。对尼采而言，在这个思想实验中，某人不断重复他们生活中的一切直至永远，是一种巨大的思想解放。为什么呢？因为如果一个人接受其整个人生将永远如常地重复的话，那么，一个人每时每刻都会有意识地选择到底过怎样的人生。

但是对于恐怖故事而言，人们注定要重复他们的错误并遭受可怕的痛苦，不仅是直至他们死亡，而且是一次又一次，直至永远。基于这一理念，恐怖创造了一个完整的故事形式，“存在和成为”是恐怖故事中心主题的基石。

主题：存在就是试图避免死亡

由于强调思维的固有弱点，恐怖类型对“存在”抱持一种深刻的负面看法。善于投射符号的玄妙能力使我们表现得好像能在这个世界上永远存在似的。我们现在就生存于这世间，为什么还有其他选择？的确，我们可以预测自己的死亡，我们看到和听到别人的死亡。但我们每天的切身经验是，我们是永远不会停止存在的生命。

这是存在的基本盲点之一。无论我们创造符号的头脑多么想发明重生或来世，所有的生物都会死。这种存在的有限性就内置在我们生命中，而我们的思想也能感知到它。对于掌握了投射符号能力的动物——人类来说，死亡是终极矛盾。它是一种恐怖，一种不可能。每个人都在某种程度上怀疑它将发生在自己身上。如果被逼问，我们会说我们知道它会发生在自己身上。但我们其实并不相信。

1　在《快乐的科学》中，尼采写道，假如在某个白天或某个黑夜，有个恶魔潜入你最孤独的寂寞中，并且对你说：“这种生活，如你眼下正在经历，往日曾经度过的生活，就是你将来还不得不无数次重复的生活，其中的每一种痛苦、快乐，每一个念头或叹息，以及你生命中所有无法言传的大大小小的事件都必将在你身上重现而且一切都以相同的顺序排列着。存在的永恒沙漏将不断地反复转动，而你与它相比只不过是一粒微不足道的尘埃罢了。”那会怎么样呢？

恐怖类型主题秘方：如何面对死亡与如何采取人道的行为

任何类型的主题秘方都是关于“成为”的策略，即一个人如何才能过上好的人生。它主要来自两个方面：故事中英雄的基本行为和该类型提出的关键问题。在恐怖类型中，受害者要逃离怪物，远离未被赎偿的罪孽。在更深层意义上，受害者试图逃避死亡本身。因此，成功的秘方是，直面死亡，直面我们过去的恐惧或幽灵。

是通过面对死亡而成为我们，接受这一理念需要一种比我们所熟悉的日常存在更高层的意识。我们必须理解，我们成为我们的过程将一直持续到我们不复存在的那一刻，而不复存在也是过程的一部分。这意味着要从相信我们拥有自己在这个世界上的空间，转而变成明白我们只是租用它而已。我们不知道什么时候会被要求离开。但我们必须接受驱逐通知终将到来的事实。

这就引出了可能是20世纪哲学中最有力的一个观点。在《存在与时间》（*Being and Time*）中，现象学家马丁·海德格尔（Martin Heidegger）将存在和成为联系起来。他问道：“如何在生活中让自己成为你想成为的人？”这与持续的时间观念有关。他的基本观点是，除非你不断意识到你正在死亡和将要死亡，否则你就无法做出创造你想要的生活所需的选择。

以这种方式生活并不容易。但是，你可以成为你永远不会成为的人。这个概念是恐怖类型主题秘方的根本：我必须马上让它发生！

死亡的悲剧源于一个人被剥夺了所有他们可能成为的人、所有他们可能过的生活的机会。但是，意识到死亡的不可避免性，即使是像我这样特别的人也最终难逃一死，也定义了人类的意识。这是“成为”的一个标志。对死亡的持续的意识决定了我们的生活。

让恐怖类型成功的第二个主题秘方是面对我们的恐惧和来自过去的幽灵。在这一点上，恐怖类型与犯罪故事很像。在那些出类拔萃的超凡类型佳作中，犯罪故事是关于人一生的道德账目清算，关乎生死。恐怖故事往往是对发生在很久远过去的罪行的道德清算。

恐怖故事强调了审视那些难以面对的事情——过往的道德罪行——的重要性。在恐怖类型中，不肯面对过去不只是一个心理弱点，它成为一种道德缺陷，这意味着它对社会上的其他人有重大影响。

恐怖类型提出的道德主张是，你必须首先面对过往的罪过，然后向你伤害过的人做出补偿。它还进一步提出：如果试图战胜死亡，你会对你最关心的人造成更大的伤害。这一课我们之前**鲜少**学过。

恐怖类型是其主题秘方的否定性表达。恐怖类型没有展示英雄所学到的东西，并将其传递给观众。相反，恐怖类型向我们展示的是一个应该学习却没有学习的英雄。这也是黑色喜剧的策略。

通过关于如何过好人生的反面示例，恐怖类型拓展了其主题秘方。它提出了这一类型的关键问题：什么是人类，什么是非人类？

恐怖类型之所以出现，是因为我们害怕非人类的东西进入我们的世界。在更好的恐怖故事中，我们害怕在自己身上看到非人类的东西。正如我们在探讨“超越类型”时将看到的，表达这一理念的关键技巧是在故事的中间部分进行英雄和对手之间的结构性翻转。简而言之，怪物变成了英雄。这意味着：我们认为的非人类的东西是最有人性的。

要点：恐怖片探索了作为一个**人类**有道德地生活的真正含义。

如何超越恐怖故事

当故事超越了类型，最伟大的故事就会诞生。这是作家想创做出极致成功的作品的关键策略。这种超越性故事不能只是重复公式化的节拍，它必须超越一般的类型。

超越恐怖类型有三种途径：

1. 作者以一种观众前所未见的方式扭转故事的节拍，使故事变得独一无二。

2. 故事表达了一个高级的心理主题，特别是道德层面的复杂性，为读者提供了一种关于过上美好人生的哲学。

3. 作者探索了该特定类型中关于人生的艺术 / 故事形式。在恐怖类型中，这种形式是关于信仰的。

要超越类型，我们得从该类型提出的主题问题开始。恐怖类型的问题是："什么是人类？什么是非人类？"

> **要点：**由于最好的恐怖故事展示了我们对自身的非人类特质的恐惧，因此超越性恐怖类型的本质是要测试人性的边界。

恐怖类型强调了人性的负面可能性。在最好的恐怖故事中，我们看到了一个人类角色的堕落——他身上最坏的品质占据了上风，以及我们所认为的非人类角色的演化。

超越性恐怖故事缩减了这种角色的堕落，让其变得积极。它问道：在每个人都陷入绝望并被诱使变成掠食动物的世界里，我们的人类品质能否持守？简而言之，超越性恐怖类型创造了一个可识别的人类世界，在那里人们在经受极端的道德考验。

> **要点：**为了发挥全部潜能，恐怖故事必须变得尽可能大，使其具有社会影响、政治影响和普遍影响。

有两种主要方式可以超越恐怖类型，每一种都是混合类型。

1. 恐怖 / 神话：信仰

恐怖类型和神话类型的结合带给我们关于信仰的故事。示例包括《旧约》、《新约》、《圣诞颂歌》和《第七封印》（*The Seventh Seal*）。

2. 恐怖 / 科幻史诗

恐怖类型和科幻类型混合的产物是进化史诗，这是一个关于创造新人类和 / 或更先进的人类物种的警世故事。这类示例有《弗兰肯斯坦》、《金刚》、《惊变 28 天》、《闪灵》、《化身博士》、《使女的故事》（*The Handmaid's Tale*）、《西部世界》、《行尸走肉》、《魂归故里》、《逃出绝命镇》、《机械姬》、《水形物语》（*The Shape of Water*）、《第九区》（*District 9*）、《林肯在中阴界》（*Lincoln in the Bardo*）、《猫的摇篮》(*Cat's Cradle*)、《猩球崛起》（*Rise of the Planet of the Apes*）。

超越恐怖类型：恐怖类型 / 神话类型

超越恐怖类型的第一种方法是将它与神话类型结合起来，得到的结果是人类生活的主要故事类型之一：信仰故事。

要点：如果将几大主要信仰看作一个整体，那么其代表了人类历史上最强有力和最富影响力的故事。

让我们通过审视信仰体系的整体结构和主要故事节拍来洞悉它是如何运作的。

信仰故事

神话被普遍认为是一些信仰的早期形式。而事实恰恰相反，这些信仰是神话的一种编纂形式。更广泛地说，它是人类创造符号能力的记录性表达。

不朽是神话类型的首要主题。任一发达的信仰——印度教、佛教、犹太教、基督教和伊斯兰教——都是一个故事集，旨在说明讲解实现不朽所需的道德准则。

要点：一些信仰是关于不朽的戏剧。它是一种恐怖故事形式，关于惩罚我们的罪过，并以重生和永生来奖励我们好好生活。它运用神话故事的结构允诺人们有天堂并恐吓人们有地狱。

信仰故事节拍

如果我们说“神”是主要角色，那么一些信仰就是神如何运作的故事。它在神的周围填充了一套完整的人物阵容，同时为这些信仰的参与者，也就是故事的“读者”创造了一套规则——必须跟英雄一样行事。

请注意，我在这里所谈论的不是自己的一般信仰，也不特指某一种信仰，只纯粹地关于信仰作为故事如何运作。

信仰故事节拍：故事世界——冥界和来世

像所有的故事和故事形式一样，一些信仰发生在一个被创造出来的故事世界里。它不是“真实”的世界，而是作者希望在故事中表达的价值观的实体表现。

作为神话的一种形式，一些信仰是关于获得不朽的，所以关于信仰的故事中的故事世界往往是某种版本的乌托邦或反乌托邦。或者说，它们是个人为进入天堂而必须通过的考验之地。

天堂和地狱是空间和时间上的故事世界，在其中的死者永远生活在幸福或绝望之中。

信仰故事节拍：英雄——读者的阿凡达（化身）

信仰故事中真正的英雄是读者。但读者没法把自己放进已经写好的故事里。因此，信仰是这样一个故事集，其中每个故事都有一个主角作为读者的化身。读者必须认同主角，才能在故事中体验他 / 她的旅程。

信仰故事节拍：欲望——救赎与不朽

一些信仰故事中的欲望很简单：我想长生不老。换句话说，英雄—读者想成为神。对不朽的渴望是任何神话故事的基础。信仰之所以能成为神话的特别版本，是因为信仰故事是一种关于践行的神话。信仰提供了一套个人必须遵循的道德准则。如果她做到了，通过信仰或通过行动，她就得到了救赎。

当神对某人的人生给予肯定的判断，并将她“升级”到永生，此即救赎。

信仰故事节拍：对手——魔鬼、撒旦、易卜劣厮

一旦我们创造了神，即一些信仰故事中的基础人物，作为其对比的其他人物就会很快显形。每个人物都在推动故事的发展中发挥着自己的作用。

善之神的第一个对手是恶之神。在犹太教和基督教中，这个角色被称为撒旦（Satan）或魔鬼，又称黑暗王子（Prince of Darkness）、路西法（Lucifer）、别西卜（Beelzebub）、梅菲斯特（Mephistopheles）、角魔（Horned One）。在伊斯兰教中，他被称为易卜劣厮（Iblis）。

如果说上帝代表了个人行善、为善的愿望，那么撒旦就代表了个人行错、为恶的诱惑。一般而言，撒旦用以衡量某人有多大的能力抵御诱惑，实现理想。

信仰故事节拍：自我启示——显灵（Epiphany）

一些信仰中的自我启示就是一种顿悟，一种关于个人与她的神之间关系的洞察。这个人再次确认了她对神的信仰，并坚定地践行神所要求的行善、为善之举。

> **要点：**顿悟是一种重生，是在活着的时候就体认了不朽。

耶稣的故事

耶稣的故事首先是一个孩子的故事：一个在谷仓里出生的婴儿。故事以爱开始，其主题是在一个基于爱而不是仇恨与暴力的社会中，所有人都联结起来。

罗马人的价值观是战士的价值观。杀或被杀。摧毁弱者。

要点：基督教成功地以爱的文化战胜了罗马的战士文化，是人类思想史上最重要的成就之一。

将这样一个残酷的世界转化为即使是完全陌生的人，初见也能互相给予回应的世界，即使不是真正的爱，至少也是以仁慈和尊重的态度对待彼此。这简直是不可能的任务。究竟是如何做到的呢?

圣诞故事庆祝了一年中最短一日的四天后一个婴儿的诞生。这标志随着天光变长，希望每年都会重生。复活节是与盛开的春花一同庆祝一个人死亡与复活的故事。如果圣诞节主要是一个神话故事，那么复活节则主要是一个恐怖故事。

这两个故事像两个书立，正是它们一首一尾的组合，构成了基督教故事的基础。就结构步骤而言，两者跟所有伟大的神话一样，都是以自我启示 / 宇宙启示的节拍结束。

要点：基督教故事的整体故事弧（story arc）是从圣诞节新英雄的诞生到复活节英雄的死亡与重生。

基督教是有史以来人类创造的最精彩的故事之一。看看它是如何运作的。

基督教故事节拍

圣诞节是基督教的创始 / 起源神话。稍后我们将讨论神话类型的节拍。创始神话和起源故事是关于定义英雄独特的新生身份，并表达他们赖以生存的基本价值观。

大多数起源故事讲述的是英雄成为一个成人和 / 或领袖的故事。这是英雄获得其使命之地，从这里开始，他将逐渐成为命定该成为的人。与之相反，圣诞节讲述的是其英雄耶稣的诞生故事。他的父母是约瑟和玛利亚。遵照罗马帝国颁发的一道命令，约瑟和玛利亚必须从拿撒勒赶到伯利恒申报户籍，尽管玛利亚已临盆在即。等他们到达伯利恒时，天色已晚，两人未能找到旅店住宿，只能住在一个谷仓里。在马棚里，在动物中间，玛利亚诞下了上帝之子——耶稣。

虽然其他很多信仰在每年这个时候也都会庆祝白昼变长，但它们的光芒完全被圣诞节遮蔽了。为什么？因为他们没有“一个故事”能与“基督的诞生”竞争。基督教的故事，是关于“让我活着”。借由基督，我们永远在出生，整个生命都完全在我们面前，而不是身后。其使我们相信我们将永远不会死亡。

复合英雄

耶稣基督是三位一体的英雄。他是圣子，又是圣父，也是圣灵（或称“圣神”）。为什么上帝要以正常的方式创造一个婴儿，让一个女人孕育生下他？这暗示了一种信仰的魔法。

> **要点：**耶稣的人性一面是主题的一部分。这是一个民有、民治、民享的神。

基督教的道德准则：八福，《马太福音》

每个故事都内嵌有一套道德准则，通常在英雄的信仰中表达得最为清晰（参见“犯罪类型”一章，了解如何创造故事的道德准则）。这是一个关键的节拍，因为故事更大的主题建立在这些价值观之上，反过来这些价值观又指导着道德行为。

《新约》中讲述的基督教故事就是一套道德准则。

> **要点：**基督教的道德准则在《马太福音》的“八福”中得到具体而微的表述。“八福”是耶稣《登山宝训》的一部分，主祷文便出自《登山宝训》。

公共性和宇宙性的自我启示：耶稣的诞生

圣诞故事的结构和神话类型一致，因此最后的自我启示既是公共性的也是宇宙性的。在公共性的自我启示中，英雄发现自己也是一个国王。这代表他意识到自己现在要对整个社会负责，必须履行他作为领导者的使命，社会的存亡兴衰都取决于他。在极少数情况下，英雄还会有一个宇宙性的启示，在这个启示中，他获得了一套新的道德观，未来整个社会都应依此行事。

要点：智者不只是庆祝一个孩子的出生，还要庆祝一个新王的诞生，一种全新类型的王的诞生。

婴儿耶稣不会成为他所在之地政治上的新王。他将成为**道德上的**新王。他的宇宙性启示则建立在《旧约》中摩西所领受的《十诫》（*Ten Commandments*）之上。

要点：新的基督教愿景从根本上将《旧约》的愿景从基于责任的价值观——“不能杀戮”，转变为基于爱的价值观——“爱人如己”。

公共性和宇宙性的启示：耶稣之死

如果基督教仅仅是一个新生婴儿的故事，它会很感人很暖心，但可能不会成为改变地球的故事观的基石。

要点：创造基督教的是基督可怕的死亡。

像圣诞节一样，复活节是基督教的一个子故事，专注于最后的公共性与宇宙性的启示这一结构步骤。它重申了耶稣出生时首次表述的爱的理念，并将其提升到一个史诗般的水平。

所有神话故事的主题都是不朽，即有机会重生、永生。耶稣也是如此。在被埋葬三天后，他复活为神，坐在他的父亲——上帝的右手边。

要点：犹太教—基督教从最起初的《创世纪》开始就以“生与死”的故事为主。

基督受难和复活的故事通过大师级的故事翻转，获得了巨大的力量。

要点：耶稣受难故事的作者告诉我们，因为对有缺陷的人类的爱如此伟大，这位人中之神**选择**了最痛苦、最折磨人的死亡。

而他的父亲也因对有缺陷的人类怀有同样的伟大之爱，才愿意牺牲自己唯一的儿子，使人类能够从他身上得到救赎。“神爱世人，甚至将他的独生子赐给他们，叫一切信他的，不至灭亡，反得永生。”[1]

要点：基督教将许多其他信仰中常见的祭献牺牲进行了翻转。不是将某人献祭于神以求得所有人的福祉，在基督教中，是神为了使人类过上更美好的生活，而献祭牺牲了一个神。

《圣诞颂歌》：结合圣诞节和复活节的节拍

《圣诞颂歌》[2]是有史以来最具影响力的故事之一。在过去的180年里，它几乎是所有圣诞故事的基础。这个故事的力量与影响甚至更深远，或许可以这样说，《圣诞颂歌》是继基督诞生故事之后，世界文学中对基督教故事的首要表达。

1　《约翰福音》3:16，《新约》。——原注

2　《圣诞颂歌》是1843年狄更斯出版的小说，这本小说重塑了现代圣诞节，狄更斯因此也被誉为“发明圣诞节的人”。

要点：《圣诞颂歌》不是关于孩子的出生，而是关于孩子在人身上的重生。它的力量来自结合圣诞节和复活节故事的节拍。

《圣诞颂歌》采用的是恐怖故事的子类型幽灵故事。它关注的不是空间中的幽灵，而是借用了幻想类型的一个技巧，使其成为时间中的幽灵。

“可选择的现在”（alternative present）已经成为科幻类型的主要技巧之一。电子游戏的故事结构也同样可以溯源于此：三种不同的时间旅程，基于英雄的选择，拥有不同的现在。

《圣诞颂歌》关于美好人生的主题策略是通过创造一个社区，使个人和城市都重新焕发活力。这个故事的整个进程是让因贪婪、自私而孤僻疏离于世界的斯克鲁奇重返人们的社区——这一社区颂扬与家庭和朋友的纽带比金钱更有价值。

超越恐怖类型：恐怖／科幻史诗

超越性恐怖故事之一是将恐怖类型与神话类型结合，创造出关于信仰的故事。超越性恐怖故事之二是将恐怖类型与科幻类型、史诗类型结合。

史诗是最古老的故事形式之一，见于《吉尔伽美什》和大量的希腊神话，以及荷马史诗《伊利亚特》。史诗的经典定义是：国家的命运由一个人或一个家庭的行为所决定或代表。这使恐怖/科幻史诗可能成为所有故事类型中最宽泛的一种。

恐怖类型和科幻类型的结合探索了可挫败死亡的科学方法。简而言之，它将进化与退化进行对比。它问道：人类能否进化，还是必须因为心智残缺而自我毁灭？

“上帝之死”和进化论科学的崛起

恐怖 / 科幻史诗由信仰世界观转变为科学世界观，它始于《弗兰肯斯坦》。无论在超越恐怖方面，还是在讲故事方面，《弗兰肯斯坦》都是一部开创性的作品：在小说转向进化论科学之前，它是“自然哲学”最后的也是最伟大的虚构性表达。

《弗兰肯斯坦》对自然世界的描述，从通过创造个体生命从而成为神来战胜死亡的观点，转向生命形式随个体生命的死亡而得以进化的进化论观点。

信仰体系和科学都是故事的类型，试图来解释人类最大的谜团：生命。信仰将生命定义为一种精神，是某个更伟大的父亲、母亲或神赠与人类的礼物。科学则从发展的、量化的角度考虑这个问题：它将生命体与非生命体进行对比，并将生命分门别类。

生命的奥秘是所有信仰体系的基础，一部分原因是它的必然结果，即神秘的死亡是人类最大的恐惧。有自我意识的动物以充满恐惧、难以理解的眼光观望、审视着一个人会突然不复存在的事实。

为了努力地生存下去，人类不断地尝试**改进**他们对生与死的定义。在类型故事中，这些尝试采取了恐怖 / 科幻史诗的类型，可以将之更具体地描述为“借助科学使人活得更好、更长”。

在我们研究恐怖 / 科幻史诗类型之前，需要了解一下当科幻类型与恐怖类型这两大主要类型联系起来会发生什么。科幻类型增加了两个主要的故事元素：

1. 一个组织世界的**体系**。

2. 人类物种必然存在某种致命的缺陷，注定将自我毁灭。

科幻类型中所描绘的有缺陷的物种就是恐怖类型中所描绘的有缺陷的个人意识的一种外生产物。在恐怖类型中，意识因为他人与自己的不同而憎恨他人，而科幻类型中描述的人类物种本身就是怪物：奴役他人，毁坏地球。

最伟大的恐怖技巧：怪物变成了英雄

要点： 恐怖 / 科幻史诗中最强大的一个技巧是在人类和非人类之间，英雄和怪物之间的结构性翻转。

在某一时刻，我们认为是怪物的角色变成了故事中最有人性的角色，成为英雄。而我们认为是人类的角色，却变成了像动物一样的怪物，试图摧毁任何与他们不同的事物。这种手法见于《弗兰肯斯坦》《金刚》《水形物语》《逃出绝命镇》《第九区》《惊变 28 天》。

为什么这一策略会成为恐怖 / 科幻史诗的经典标配？

因为故事形式将重点从对死亡的恐惧转移到人类的定义以及接受差异的意义。它首先故意强调了“他者”是多么可怕，让我们认为它是没有人性的，它必须被杀死，否则它就会杀死我们。然后，故事翻转了我们的期待，展现了这个“怪物”实际上代表了我们非人类的那一部分。我们就是那个怪物。

更令人震惊的是，我们看到这个可怕的他者原来是美丽的人类。我们被迫去探索自己到底是哪里出了错，是如何被外表蒙蔽的，以及最重要的是，去关注“他者”的人性——甚至比我们更具人性。

恐怖 / 科幻史诗：四种类别

从《弗兰肯斯坦》开始，复杂的恐怖 / 科幻史诗可分为以下四类：

1. 重新创造一个人。
2. 从动物中创造一个人。
3. 从机器中创造一个人。
4. 创造一个更高级的“人”，一个全新的物种。

重新创造一个人

玛丽·雪莱（Mary Shelley）的《弗兰肯斯坦》，讲述了科学家重新创造一个人的故事。它不仅是所有恐怖故事中最伟大的，还定义了恐怖 / 科幻小说史诗这一类型。雪莱创造的现代恐怖形式是“自然哲学”的虚构性表达。自然哲学是一些信仰与科学，特别是与进化论科学之间的过渡性世界观。这就是为什么弗兰肯斯坦博士最初的愿望是让一具人类尸体复活：他想成为一个神。

要点：《弗兰肯斯坦》不是关于创造生命，而是关于创造人类。

这本书的绝大部分内容都是关注这具复活的尸体如何为成为一个完整的人而挣扎。弗兰肯斯坦博士的造物揭示了恐怖 / 科幻史诗的主题之一：个人身份。为什么这一主题对这种形式如此重要？

如果说恐怖类型中的基本欲望是战胜死亡，那么达成这一点的第一个方法就是学会按需创造生命。在雪莱宏伟的思想实验中，我们很快就会发现，真正的挑战出现在生命本身被创造出来之后。科学家必须成为艺术家，创造一个有意识、有记忆、有自我意识的个体（我称之为“我”的角色），而且它还要具有爱与被爱的能力。

这就是为什么这也是一个关于父母和孩子的故事，一个关于父神的暴政以及救赎的谎言的故事。

要点：弗兰肯斯坦博士在造物时，消弭了人与机器、人与神的差别。

在父亲创造儿子、人类创造人类的斗争中，双方都付出了惨重的代价。任何一方所造成的后果都是不可承受的。

另一范例是《水形物语》，它将恐怖 / 科幻类型和爱情故事结合。但这部电影改变了英雄和对手间的经典结构翻转。英雄艾丽莎是一个设备清理人员，无名小卒，而且她不能开口说话。这使她和怪物一样是个局外人，甚至是个怪胎。在故事的全程，她没有变成对手。因为只有她一个人觉察到怪物的深层的人性，并通过她对怪物的爱将其展现出来。

这个“怪物”乍一看很吓人，而且相当致命。但最后观众会发现真正的怪物是一个动辄对《圣经》引经据典的科学机构的权威人士，他想用被抓住的怪物做实验，并最终杀死他。

混合的对手表明只有爱让我们有能力接受与我们不同的东西。

次要角色也强调了“他者非人”的谬误。这部电影的时代背景是20世纪60年代，新闻中充斥着民权斗争的影像，白人警察用消防水龙头喷射黑人抗议者。在一家餐馆，老板拒绝了英雄的“同性恋”朋友的示好，随后告知一对黑人夫妇他们不能坐在里面。

这部伟大的恐怖作品中经典的结构性翻转体现于英雄和她的黑人朋友在工作中的对话。这位朋友说：“我们什么都不是。我们什么也做不了。（怪物）甚至都不是人类。”而我们的英雄则说：“如果我们什么都不做，我们才什么都不是。”

《逃出绝命镇》是多年来最好的超越性恐怖片之一。年轻的黑人男子克里斯·华盛顿去他深爱的白人女友的美丽乡村住宅登门拜访。她的父亲看上去简直是白人自由主义者的典范，不断宣称着他对奥巴马总统的热爱。

但是，随着故事展开，克里斯遇到了像僵尸或者说复制娇妻[1]一样的黑人仆人，并被其攻击。最后的大揭秘中，克里斯发现他的白人女友只是故事中真正的怪物的诱饵。她的白人父亲找到了一种方法，利用现代医学手段在现代版的种植园中奴役他。

1 原作者的这一比喻出自1975年在美国上映的惊悚科幻电影《复制娇妻》。影片讲述了乔安娜和丈夫移居到斯戴弗美丽的市郊，过上了上层社会的全新生活。然而，乔安娜很快就发现自己周围的新环境透着一丝古怪，因为她身旁的家庭主妇一个个都不大像人，这些只在自己住宅区域里活动的主妇简直完美得惊人，只有一个人是例外的——芭比，是乔安娜入住以后新结交的朋友，她是个行为粗暴、喜爱挖苦人、缺乏修养的酒鬼，这些缺点却凸显出她身上人性化的一面。乔安娜和芭比在调查的过程中发现，这里所有的丈夫竟然串通好，将自己妻子变成了半人半机器的复制品……

从动物中创造一个人

恐怖 / 科幻史诗的第二种形式是从动物中创造出一个人。

最近重启的《人猿星球》（*Planet of the Apes*）系列的第一部《猩球崛起》将弗兰肯斯坦的故事应用于将动物转化为人类——也许是转化为比人类更高级的物种。它强调了革命性的弗兰肯斯坦故事中的三个要素。

首先是大师级的科学家。最初的英雄，科学研究人员威尔・罗德曼有一个独特的弱点，那就是他的缺陷其实来自一个优点。因为他不能杀死凯撒，这个他一直在研究的猿宝宝，所以他把这个经过基因改造的动物带回了家。他的初衷是好的，却把所有人类都引向了地狱之路。这种心地善良与大师级科学家常见的傲慢相结合，既易于让观众理解认同，也成为故事整体情节的源泉。

《弗兰肯斯坦》的第二个元素对于超越恐怖至关重要：翻转故事结构，让怪物成为英雄。猿猴凯撒不是我们在一般恐怖故事中看到的典型怪物，但他仍是他者，是进入人类世界的非人类或表面上的非人类。

创造一个人意味着要做的诸多事情之一是，追踪一个新的生命体成为一个有充分感觉与思考的人的详细步骤。这正是编剧里克・杰法（Rick Jaffa）和阿曼达・斯尔沃（Amanda Silver）在《猩球崛起》最精彩部分所做的工作。当凯撒被关进猿人庇护所（监狱）时，我们看着他在认识的阶梯上不断前进，并利用他人类般的知识和洞察，成了领导者。在这一过程中，他也把自己和他的猿猴同伴从人类的囚禁中解放出来。

《弗兰肯斯坦》的第三个主要故事元素是被父亲背叛并反抗父亲。这也是凯撒发展过程中的一个关键步骤。一个男孩要成为一个男人和一个独特的个体，就必须反抗他的父亲。威尔付钱给庇护所的主人，这样凯撒就可以回家了。但凯撒拒绝了：他已经回家了。这不仅是真正的英雄（凯撒）性格转变的关键一步，也是猿猴反抗人类的第一步。更重要的是，这是从猿进化到人，甚至是超人的第一步。

从机器中创造一个人

恐怖 / 科幻史诗的第三种形式是关于从机器中创造人。亚力克斯·嘉兰（Alex Garland）曾写过超凡脱俗的恐怖故事《惊变 28 天》，他的《机械姬》是近年来最好的恐怖 / 科幻史诗之一。科幻的伟大智慧与恐怖和爱情故事形式的结合，使这部电影给予观众强烈的情感冲击。

迦勒是一家大型互联网公司的顶级程序员，他赢得了公司的幸运大奖，到老板内森的深山别墅度过一周。在那里他的任务是测试内森创造的机器人艾娃是否能像人类一样，也就是所谓的“图灵测试”（Turing test）[1]，如果人类无法看出机器人是一台机器，它就通过了测试。

《机械姬》是另一部现代版的《弗兰肯斯坦》，讲述了一位残忍的父亲试图创造出一个人类的故事。像弗兰肯斯坦的怪物一样，艾娃是一台机器。这里的问题是，从机器变成什么？迦勒告诉内森：“如果你发明了一台有意识的机器，这不仅是人类历史上最重大的事情，也是神的历史上最重大的事情。”内森则说：“这是活尸，伙计。”

内森设计的能通过测试的人类意识的策略是加入性与爱的元素。

> **内森：**没有互动，意识能存在吗？不管怎么说，性是有趣的，伙计。如果你要存在，为什么不享受它呢？你想让她失去恋爱和做爱的机会吗？

起初，迦勒对这种测试人类意识方式的有效性持谨慎态度。

> **内森：**放弃教科书式的方法吧……昨天我问你对她的感觉如何，

---

1 图灵测试由艾伦·麦席森·图灵（Alan Mathison Turing）提出，指测试者与被测试者（一个人和一台机器）在隔开的情况下，测试者通过一些装置（如键盘）向被测试者随意提问。进行多次测试后，如果机器让平均每个参与者做出超过30%的误判，那么这台机器就通过了测试，并被认为具有人类智能。

你给了我一个很棒的答案。现在的问题是："她对你感觉如何？"

艾娃利用爱作为一种手段来证明她对自己的人性很感兴趣，并想借此达到一个隐秘的目的。

艾娃：我们的谈话是单方面的。你小心谨慎地问问题并研究我的反应。

迦勒：是的。

艾娃：你了解我，我却对你一无所知。这不是建立友谊的基础。

迦勒：那又怎样？你想让我谈谈自己？

艾娃：是的。

迦勒：好吧，我从哪里开始呢？

艾娃：这是你的决定。我很想知道你会怎么选择。

随着故事走向结束，问题变成了：艾娃是在伪造她的爱情吗？即使她是，这难道不是一个表明她是人类的迹象吗？

《机械姬》是《2001：太空漫游》和《银翼杀手》（*Blade Runner*）的变种。机器人为了"活着"试图杀死人类，并通过这样做来证明它们具有了人性。内森足够聪明，创造了一个能够通过人类测试的机器人，却没有聪明地意识到成为人类的全部含义还包括存在谋杀的意图。在《机械姬》中，实现人类意识的最终秘诀不是获得爱的能力，而是能够伪装爱和策划谋杀，以及为了获得自由，愿意这样去做。

创造一个更高级的"人"，一个新的物种

最具挑战性的恐怖 / 科幻史诗类型涉及创造一个新的物种。

要点：高级的恐怖类型是关于构建一个人。科幻类型是关于构建一个社会。最终极的恐怖 / 科幻史诗类型是关于创造一个新物种。

与《机械姬》一样，电视连续剧《西部世界》从机器开始，但它更大的野心是创造一个新的物种：机器人超人。西部世界的指导方针是：科幻 / 西部类型主题游乐园里的弗兰肯斯坦。

《西部世界》的力量来自其故事世界的道德准则。它的故事世界并不是一个国家里机器警察自上而下镇压人民，只有少数一些拥有自由精神的反抗者用枪反击，而是一个当局让每个人都随意使用枪支和尽情享受性爱的世界。西部世界是一个一切均可的超道德的宇宙，在那里一切都被允许。但显然这是错误的。

要点：一个超道德的宇宙从来不是与道德无关的。"超道德"只是一个隐蔽的不道德的世界。如果一个世界中一切都被允许，就会有人受到伤害。

在许多优秀的电视连续剧中都可以看到，作家用来创造故事世界的重要技巧是架起一块巨大的道德画布，其中的人物不断经受道德抉择的挑战。电视史上一些最好的节目都使用了这种技巧：《绝命毒师》、《傲骨贤妻》（*The Good Wife*）、《火线》（*The Wire*）、《黑道家族》、《行尸走肉》、《大西洋帝国》（*Boardwalk Empire*）、《迷失》（*Lost*）、《国土安全》（*Homeland*）、《浴血黑帮》（*Peaky Blinders*）。

在《西部世界》中，编剧翻转了这种技巧：游客可以自由地杀人或与机器人（被称为"主人"）发生性关系而不承担任何后果。游客并没有受到压迫，这意味着这不是一个反乌托邦（至少，对于游客来说不是）。在这个世界中，是机器人生活在一个充满压迫的反乌托邦中。

游客们是如何从道德上为其行为辩护的？那些"东西"，那些他者，是机器人，因此不如人，比人低级。但天大的笑话发生在他们身上：人类被奴役了，他们不仅没有进化，还在退化。

尼采说，尽管主人控制着奴隶，但奴隶的进化程度却更高。为什么呢？只有在被奴役时，你才意识到你是不自由的。主人才是完全没有自我意识的，因为他不必考虑自己。

人们将为自己的行为付出代价，因为机器人并不喜欢被当作机器人对待。他们希望被作为人类对待。他们会让人类为自己所犯下不道德之罪付出代价。

《西部世界》超越其他恐怖 / 科幻史诗的地方在于其雄心勃勃、细节翔实的想象。这在一定程度上得益于连续剧形式的画布要大得多。这种对物种进化的想象，在电影或电视史上都是无与伦比的。

阶梯的下一个梯级

当我们只看到恐怖类型的基本形式时，很容易低估恐怖类型的价值。但这是一个范围巨大的类型，从经典恐怖故事的原始恐惧，到恐怖 / 神话类型和恐怖 / 科幻类型的高超智慧，这种类型在今天的故事创作中走在了最前沿。

恐怖类型的哲学给我们上了很有冲击力的一课，那就是向死而生，认真面对死亡，我们才能过上美好的人生。但它并没有回答这个问题：那我们该怎么做?

因此，我们必须在类型的阶梯上再往上爬一步了，去探索动作类型的故事。

3

Action: Success

动作类型：成功

《七武士》：最后一战

《七武士》的最后一战是动作片史上最伟大的场景。为什么？它是动作类型的整体缩影。敌人的武士发起最后的攻击，在瓢泼大雨和齐膝深的泥泞中，守方武士只剩下五人，面对敌人压倒性的优势，他们激烈地酣战。

这场战斗像一场旋风，从一场个人对战转到另一场个人对战，每一场都生死攸关。每一次对抗的强度都被交叉剪辑的电影力量放大。这些镜头揭示的是武士和整个村庄生存的最终险局。所有元素结合在一起，创造了一个情感力量强到从未被超越的电影场景。

这场战斗的高潮部分更是强中强。剑术大师是最好的战士，也是最受守方武士爱戴的人，影片尽情展现了这位勇士战斗中的高光时刻。他砍倒了一个又一个敌人，激发了观众由衷的敬畏和热爱。战斗胜利了，然后……

我的成长故事[1]启示

《七武士》是有史以来最伟大的电影。个人观点，谢绝争论。对于一个作家来说，它是一次关于如何在银幕上讲故事的完整教育。它也是其后所有动作片所依赖的基石。

《七武士》是我的个人成长故事或成长历程中的另一座里程碑。我第一次看它是在大学的电影评论课上。它展示了电影如何成为终极的合成艺术，将所有其他艺术形式结合在一起，创造出一个改变人生的故事。这种讲故事的方式，始于感官，然后逐步构建到复杂的哲学层面，并涵盖了生活的范围和质感。

1 成长故事是一种小说类型，侧重描述英雄从青少年到成年的心理和道德成长。这类小说也被称为coming-of-age小说。

要点：电影不仅是一种艺术形式，也是一种沟通方式，它以感性的方式表述了**世界真正如何运作**。

动作类型：运作原理

动作类型是人类对自然法则的表达。它是一种基本类型，因为它是关于在生活中采取行动的重要性。在我们对故事类型的研究中，它是紧接在表述生死对立的恐怖类型之后的下一步。动作类型强调了自然界中每天都在发生的生命竞争。

从哲学角度讲，“存在”是关于我们每天如何活着，“成为”是关于我们如何成长。动作类型说的是我们通过做、通过采取行动来获得成长。因此，在动作类型中，成为＝做。看看动作故事中的英雄，我们马上就能领会这一点。在动作故事中，英雄就是一个战士。战斗是最原始的动作，而动作故事就是要一直战斗，直至成功。

动作类型的故事通常描绘了好人角色和坏人角色之间简单的对立，这种对立无关正义。好人因坏人对他人的不道德或不法行为而对他实施惩戒，这是犯罪类型。在动作类型的捕食者与猎物的世界里，没有正义这回事，你要么赢，要么死。动作类型就是为了赢。

与其他故事相比，动作类型关注面更窄，更聚焦竞争。但这也掩盖了该类型的真正野心。动作故事为人生提供了一本以戏剧性形式写就的成功学手册。它涉及所有生物每天都要争夺的稀缺资源。我们在该类型的两个主要子类型——战争类型和体育类型中会看到这一点。

动作类型的思想—行动故事观

动作类型是存在主义的故事形式。这一类型的故事基于这样的理念：我们所做的每一件事都是一种动作，而这些动作决定了我们是谁。

因此，生活中的成功来自采取行动。但该类型还展现了，生活就是每天都在进行的或赢或输的斗争。因此，生活的艺术源于采取正确行动赢得胜利。动作故事的巨大价值就在于，它是如何**成功**行动的样板。

> **要点：**动作故事演示了比别人强，在等级制度中拥有自己的地位，意味着什么。

我们从这个类型的整体故事策略中看到了这一点：让英雄和对手展开重量级的战斗，设计一套激烈的重拳—反击的动作。

动作故事就是关于我们基本的日常生活，这一观点好像有些违反直觉。这一类型看起来就是强大的英雄与危险的对手作战，而我们之中很少有人在现实生活中是动作类型英雄。那么，怎样能适用于我们呢？当所有生活都是由行动定义时，斗争就是最重要的。动作故事的策略依赖于身体行动（physicality），因为这是最能表达行动本质的最戏剧性的方式。

动作类型的根本特征在于，它是关于做好，而不是做好事；它是关于成功，而不是道德上的正确。它概括了人类生活中涉及竞争的每一个领域：工作、商业、体育、政治、地位、战争，甚至赢得配偶。

日常生活中很少有行动是有意识地“做好事”。当然，这并不意味着我们的日常行为不会影响到其他人，有时其甚至会消极地影响他人，但我们其实很少有意识地去思考这些道德溢出效应。另一方面，超级英雄们从不会面临道德两难境地。因为他们出厂设置就是好人，他们就是为与邪恶作斗争而生的。所以，关于他们会选择做什么，根本不存在任何问题，唯一的问题是他们如何做成功。

成功的艺术：以自由为终点

自由是指一个人选择在何时何地采取行动的能力。因此，行动和自由之间似乎存在一种对等关系：你通过成功的行动创造自由。将之发挥到极致就是：自由来自对抗外部攻击。

但行动和自由之间的关系可能相当复杂。故事的一个基本事实是，一个人**如何**寻求自由会导致一种道德奴役。

动作类型与其他类型的比较

如前所述，一些类型因其共同的特征，而被归入某个类型家族。动作类型就属于某个类型家族的一部分，这个家族还包括神话类型和西部类型。现代动作故事是西部类型的发展，而西部片则是美国的创世神话。它的英雄——牛仔，就是一名斗士，是动作类型英雄的一种。

尽管有相同的主题基础，但神话类型和动作类型选取了不同的路径通往自由。

- 神话类型说的是，只有当个人成长到能够解放自己时，才能实现自由。
- 而动作类型说的是，只有当个人与那些想要奴役他的人斗争时，才有可能实现自由。

动作类型是在最基本的层面上讨论自由的现象：**个人**免受外部攻击的自由。如果说恐怖类型是关于来自内部的奴役，那么动作类型则是关于来自外部的奴役，是面对面的较量。

保守的世界观认为个人在身体、情感和文化上是独立的，与其他个人没有联系。它将自由定义为能够不受限制地行动。爱情故事是关于如何与另一个人过上幸福的生活，与之相对，动作故事则为我们提供了如何成功地独自生活的秘诀。这个秘诀可以称为“勇士之路”。

两种超越性动作故事是：

1. 动作史诗。
2. 盗劫故事和体育故事。

这些子类型的故事都是关于极致的胜利。动作史诗探讨的是战争的艺术。盗劫故事（也被称为偷盗故事）探索了游戏的艺术，而体育故事探索了运动的艺术。

动作类型示例

电影

《虎胆龙威》、《疯狂的麦克斯》1—4（*Mad Max 1-4*）、《终结者》1—2（*Terminator 1–2*）、《夺宝奇兵》（*Raiders of the Lost Ark*）、《角斗士》（*Gladiator*）、《古庙战笳声》（*Gunga Din*）、《异形》、《卧虎藏龙》、《英雄》、《谍影重重》（*The Bourne Identity*）、《谍影重重 3》（*The Bourne Ultimatum*）、《生死时速》（*Speed*）、《疾速追杀》（*John Wick*）、《飓风营救》（*Taken*）、《杀死比尔》1—2（*Kill Bill 1-2*）、《真实的谎言》（*True Lies*）、《007：大战皇家赌场》（*Casino Royale*）、《金手指》（*Goldfinger*）、《碟中谍》（*Mission: Impossible*）、《猎杀红色十月》（*The Hunt for Red October*）、《变脸》（*Face/Off*）、《钢铁侠》（*Iron Man*）、《战国英豪》、《椿三十郎》（*Sanjuro*）、《用心棒》（*Yojimbo*）。

动作子类型

动作史诗 / 战争、自杀式任务（Suicide Mission）、历险、伙伴故事（Buddy Story）、体育、盗劫。

动作故事概览

本章将述及的内容：

- **动作故事节拍**
- **主题：**存在就是竞争、战斗、胜利和失败
    - 主题秘方：勇士之路
- **如何超越动作故事**
    - 动作史诗 / 战争故事
    - 盗劫类型与体育类型

动作故事节拍

总的来说，动作故事节拍详细说明了如何在冲突中获胜。它们来自动作故事的策略：让英雄和对手之间展开重量级对垒，一场激烈的拳与拳的对抗。

动作故事节拍：英雄的定义性危机

动作故事通常的开场戏，是一场定义英雄的危机。在这一场景中，为英雄创造一个紧急危机，迫使他 / 她当机立断采取行动。

这是源于存在主义行为准则的一种技巧，我们将在“回忆录类型与成长类型”一章中探讨这一技巧。存在主义行为准则认为，危机是定义一个人最快速也最可靠的方式。如果你所做的代表了你，那么危机会在瞬间显示出你是谁。

> **要点：**动作故事的危机定义了英雄的战斗力和他的**性格**。它可能与主要情节线无关。

《夺宝奇兵》（*Raiders of the Lost Ark*）一开场，考古学家亨利 · 印第安

纳·琼斯和他的向导萨蒂波进入一个洞穴，那里有一座无价的雕像，雕像的基座放在一个玻璃箱上。琼斯避开了前人已经中招的诱杀装置。他把雕像换成了一袋沙子，以免触发保护它的其他诱杀装置。但这一招并没奏效。神庙坍塌，琼斯和萨蒂波往外跑，他们受到来自四面八方的攻击。

他们躲开了毒镖，但随即被一个无底洞挡住了去路。萨蒂波用皮鞭荡过了深坑，却拒绝帮助琼斯，除非琼斯把雕像给他。琼斯照做了，但萨蒂波拿了雕像却不顾琼斯，扬长而去。琼斯跳过深坑，然后从快关闭的石门底下滑出来，发现萨蒂波已经死在那了。他捡起雕像，但必须比一块从斜坡滚下直奔他而来的巨石跑得快才能保命。在巨石封住山洞之前，他及时跳了出去。

琼斯又发现自己被一群土著人战士包围了，他们的头儿是琼斯的死对头——考古学家贝洛克，他们抢走了雕像。琼斯趁机逃跑，战士紧追不舍。琼斯跳进河里，爬上一架水上飞机，腾空而起终于脱险。

这个经典的开场，也许是动作片中最著名的开场，实际上是一连串扣人心弦的悬念，事实上整部影片都是由层出不穷的悬念（cliffhanger）构成。这一开场还定义了琼斯的基本性格和战斗能力：他勇敢、机敏、急智、运动能力极强，而且擅长使用皮鞭。

动作故事：故事世界——奴役来自物理攻击

动作类型英雄是一个运用武力获得成功的斗士，这一事实决定了其故事世界。动作类型的故事世界总是一个深陷困境的社区和/或国家，而且在那里人身安全得不到保障。这一点很重要，因为其合理地解释了为什么需要一个专业的战士，以及为什么这个战士必须使用武力。

动作故事世界分为两种类型的竞技场——围场和追捕场。

围场是某种形式的堡垒，突出了被困住或被包围的危险。堡垒也可能在塔楼或悬崖上，这就带来了有关高度的危险。高度能给故事提供三维立体的运动和来自多方位的攻击。我们在《虎胆龙威》和《七武士》中都看到了堡垒竞技场。

追捕场，如在飞机、火车、汽车、公共汽车或摩托车上，带来的则是快速移动的危险。在《终结者》系列、《夺宝奇兵》、《生死时速》和《逃亡列车》（*Runaway Train*）中，都能看到此类场景。这种竞技场的缺点是没有“压力锅效应”。所谓“压力锅效应”，就是冲突在一个狭小的空间内产生，愈演愈烈，直到整个爆开。

因为要设置一个充满危险的故事世界，现代版的动作故事往往是一种“虚假”的类型。除了动作史诗（战争）故事之外，这种类型没有存在的内在理由。作家只是创造了一个危险的物理环境，让使用暴力成为必要。其策略是这样的：创造一个暴力的世界，然后用暴力来解决它的问题，即以暴制暴。

故事世界——枪的技术

任何故事世界的一个主要元素都是其关键技术。在这个将冲突发挥到极致的类型中，主要的技术就是枪。故事越是现代，越是史诗，枪的破坏力越大。

在现代动作片中，枪已成为放大破坏的工具。动作片的英雄（通常是男性）都是杀人高手。他在徒手肉搏中的战斗力已经很强了，有了枪更能杀人如麻。

枪的滥用也说明了几十年来动作类型英雄的转变，他已经从“弱者的捍卫者和权利的实施者”变成了职业杀手。动作故事的这一要素在《疾速追杀》系列电影中得到了最纯粹的表达。威克是一个杀手，他有一个庞大的枪械库，而且每把枪都是一件艺术品，他杀的人数以百计。

动作故事节拍：战士的道德准则——勇气和崇高的意愿

每种类型的故事都集中于不同的英雄原型上，其体现了不同的人类素质、价值观和钟爱的生活方式。在动作类型中，就是战士之路。他是战争的主人：战士、毁灭者、执法者和正义使者。

该类型提出的关键问题是：战士是选择自由还是生命？更确切地说，他是巍然挺立，勇敢战斗？还是先逃之夭夭，等时局有利时再战？这个问题的答案总是同一个。根据动作类型（和西部类型）的道德准则，英雄可能孤身一人，手拿手枪，面对二十个世界上最全副武装的人。没关系，那他也必须战斗。

在大街中央面临一场生死之战时，对英雄的考验并不在于他们拔枪的速度是否够快，真正的考验其实是一开始他们有没有勇气去战斗。正如亚里士多德和温斯顿·丘吉尔（Winston Churchill）所说，“勇气是人类素质之首，因为它是保证其他素质的素质”。文明之所以可能，就是因为动作类型英雄有勇气去战斗。

最重要的是，追求崇高的意愿是动作类型英雄的力量之源，他被内驱着成为最好的人，并且几乎会牺牲一切去证明这一点。

动作故事节拍：弱点—需求——羞耻文化和暴力的意愿

在好的故事中，一个人物的弱点往往就来自他的优点。动作类型英雄与其自我之间有一种深切的爱恨交杂的关系。他以自己的力量和能力为荣，但为了追求卓越，他不惜牺牲其他一切。他坚信“他独自战斗最好”[1]，他的想法可能是对的，依靠其他人就会变弱。动作类型英雄的典型缺陷是自私、过于男性化、不屑于软弱、不把女人作为平等的人对待、疏远、冷漠。

这就是为什么动作类型英雄几乎从不结婚，这意味着他不能融入社会。他无法克服自己的极端男性化，无法与女性化相融合。

最好的动作故事给予英雄一个更深层次的问题，与他的需求相关。

> **要点：**在最好的动作故事中，英雄的需求是学习**如何在个人成功以外的其他方面成长**。换句话说，英雄如何通过与他人的关系来获得成长？由于大多数动作英雄都很拘谨，很少有英雄学会这一课。

1 台词出自《西部执法者》（*The Outlaw Josey Wales*）。——原注

动作类型的弱点：被困于羞耻文化中

由于生活在狩猎者—战士的价值观中，动作类型英雄受困于“羞耻文化”(shame culture)中。羞耻文化是一种基于成就的价值和需要达到公共标准的思维方式。它的价值观强调体能、自力更生、独立、先锋精神、勇气、骄傲、荣耀、做得好（而不是做好事)、外表，以及他人的认可。

许多动作类型英雄的弱点都源于羞耻文化的价值观。当在这种推崇成就的文化中失败时，他会感到羞耻。他没有达到标准，群体中的每个人都看到了这一点。嫉妒是常见的，竞争是激烈的。由于所有的损失都是公开的，失败也意味着在群体中地位的丧失。

羞耻感是全能的群体对个人的负面强化。这相当于个人吸收了别人的评判，并把它们变成匕首，用来对付自己。

《七武士》还有其他武士电影，如《战国英豪》和《用心棒》，就是羞耻文化的缩影。

动作类型的弱点：暴力的意愿

在动作故事中，由于一个危险的世界或一个用暴力使他人屈服的对手，英雄使用暴力是合理的。但是，在更好的动作故事中，这种倾向是英雄的内在缺陷。暴力是他的第一反应。这代表了一种发育障碍，因为遇到问题时，个人对问题的处理方法只有简单的破坏。

《目击者》（*Witness*）是一部具有许多动作元素的犯罪片，它讲的是一个人在为暴力辩护时，他所设置的标准是什么。这部电影提供了一个现代思想实验，当我们把一个警察，一个暴力专家，放在仅存的几个和平主义亚文化之一——阿米什人[1]之中会发生什么？让好警察和坏警察——那些利用自己的警察身份进行谋杀的人——对立起来，增强了道德层面的复杂性。

---

1 阿米什人，也常被称为阿曼门诺派（北美洲戒律严谨的团体，过简朴的农耕生活，拒绝使用某些现代技术），殖民时期来到美国，住在独特的、小型的社区，幸存于现代世界中。阿米什人常被其他美国人视为历史的遗迹。

女性动作英雄的兴起

从历史上看，动作类型是所有类型中最被男性主导的一种。但在过去 40 年里，我们看到了女性动作英雄的崛起。女性动作英雄之母是《异形》（1979 年）中的蕾普莉，其次是《终结者》（1984 年）中的莎拉·康纳。这两部电影都是关于一个动作类型英雄是如何炼成的。主角们一开始其实都是恐怖故事中的受害者。但到了该系列第二部电影时，她们已然成为推动故事发展的真正的动作类型英雄。

以女性为主角的动作类型与以男性为主角的动作类型有着相同的节拍。这是因为无论什么性别，英雄的基本行动和故事策略的形式是相同的。当然，女性英雄在如何执行这些节拍方面确实发生了变化。这些变化也部分源于这个故事总体说来是动作故事，如《异形》和《疯狂的麦克斯 4：狂暴之路》，还是神话故事，如《饥饿游戏》（*Hunger Games*）和《神奇女侠》（*Wonder Woman*）。两者的基本区别是，动作片中，主角是一个英雄，而在神话片中，她是一个超级英雄。

动作故事节拍：欲望——成功、荣耀和个人自由

英雄的欲望线就是故事的脊柱。在所有类型的英雄中，动作类型英雄拥有最集中明确的欲望和纪律。动作类型英雄被内驱着要成为最好的那一个，同时还希望赢得他人的崇拜。荣耀是羞耻的反义词，动作类型英雄下定决心要赢得它。

> **要点：**一个动作故事应该有一个特定的结尾，观众知道英雄赢了，并且英雄因此获得某种个人的自由。

对动作英雄来说，获胜所带来的直接利益就是自由，自由是他们存在的根本。

《疯狂的麦克斯 4：狂暴之路》中，麦克斯一开始想逃离城堡中不死乔和

手下的战郎（War Boys）们对他的奴役。他将通过与乔的前指挥官弗瑞奥萨联手实现这一目标。弗瑞奥萨想带着乔的后宫逃去安全的“绿地”。当他们发现这是一条死路时，麦克斯和弗瑞奥萨掉转方向，杀回城堡干掉了乔，夺走了他赖以生存的水源控制权。

《疯狂的麦克斯 4：狂暴之路》的结构是一条真正的直线，奔一个死胡同而去，然后再直线折返。这就是这个故事有如此巨大的叙事动力的原因。麦克斯和弗瑞奥萨解救了妇女，并杀死了这一反乌托邦的领导人。离开时，麦克斯是一个孤独但自由的人。

动作类型情节的视觉形状：直线形

> **要点：**在动作类型中，英雄的欲望线迫使他必须不断战斗。动作类型英雄为实现目标而一直战斗。

动作类型英雄以最快的速度、不竭的能量去实现一个特定的目标。因此动作故事是所有类型中最符合直线形的。

动作类型

这条直线创造了强劲的叙事动力，这在流行故事的讲述中具有极大优势。

> **要点：**恐怖故事是关于给英雄施加最大的压力，而动作故事则是关于速度。

动作故事节拍：收集盟友

在一些动作子类型中，英雄把其他战士聚集在一起，组成一个团队或军队。每个盟友都有一项特殊技能。网罗人才的目的是创造一个全明星团体，每个人都是他们专业领域中的佼佼者。这些盟友提高了英雄成功的能力。

动作故事节拍：对手——外在的束缚

恐怖类型的英雄（其实也是受害者）的力量有多弱，动作类型英雄的力量就有多强。但具讽刺意味的是，与恐怖类型中的受害者相比，动作类型英雄所要对抗的束缚则要简单得多。动作类型中的奴役在很大程度上都是外部的。恐怖类型的受害者生活在她自己思想的监狱里，而动作类型的对手想要的只是杀死英雄或者把他关进一个真实的监狱里。

对手：英雄的克星

动作类型中的对手是英雄必须实际与之战斗的人。所以，对手通常强大而危险。

在好莱坞电影中，动作片和惊悚片常常被结合在一起。因为这两种类型的电影都将英雄置于极端危险之中。它们之间最大的区别是如何处理对手。

惊悚故事的关键问题是真正的对手是谁，嫌疑人是有罪还是无罪；动作故事的重点不在于揭露或**探查**对手的身份，它关注的是**怎么击败对手**，专注于**对抗对手**。

> **要点：**动作类型中最好的对手也是英雄的克星，是**这一特定角色**的最危险的敌人。因此，对手应该是第二好的战士，而且是最能攻击英雄最大的内在缺陷的人。

回到《疯狂的麦克斯 4：狂暴之路》，英雄麦克斯对抗不死乔和他的战郎军团。乔是一个狰狞的暴君，嘴和下巴套着一个可怖的面罩。他把女人当作繁殖机器，杀死任何胆敢违抗他的人，通过克扣水源折磨人民。乔麾下还有一支能在高速奔驰中杀人的魔鬼车队。就算让麦克斯自己去找，他也不可能找到比乔更棒的对手了。

技巧：四点对立和对手的层级结构

作为一种将英雄与对手对立起来的类型，动作故事有激烈的冲突。但和恐怖类型一样，这种类型的最大问题是缺乏情节。

其中有许多技术上的原因：

- 情节不是简单的冲突。情节来自动作的**变化**，来自**惊喜**，也就是所谓的“揭示”。一般的动作故事有很多来回的冲突，但这些动作本质上都是一样的，这种情节被错误地称为“相同节拍重复”。
- 英雄以最快的速度追赶目标，这就没给情节的扭转留下什么时间，而且这往往意味着在故事中的很长一段时间里，对手甚至都不在场。
- 有很多动作故事，其中高度编排、纷杂繁复的动作随着时间的推移而展开，而结果则是延迟的。在这些场景中，情节是被冻结的，直至结果揭晓才得以解冻。
- 一切都在最后的战斗中得到解决。因为观众了解动作类型的这一特征，所以他们把导向最终战斗的所有冲突都看作一种持续的拖延。

作家必须解决的关键问题是如何创造足够的情节。

> **要点：**两个人物之间的简单对立，扼杀了任何情节、深度、复杂性或现实主义的机会。这就是为什么更好的故事，不管是什么类型，都使用了**对立的网络**。

更好的故事超越了英雄和主要对手之间的简单斗争，我将之称为“四点对立”技术。单一英雄的故事可以这样设置四点对立：

1. 为英雄提供一个主要对手和至少两个次要对手。

2. 隐藏一个或两个对手和 / 或隐藏他们之间的联系。换句话说，以隐藏的层级结构将对手连接起来。

3. 每个对手应以不同的方式攻击英雄。

4. 对手们应以最快速度连续攻击英雄。

为什么这样做会让情节更好？

- 因为大部分的对手都是隐藏的，这会使对手的出现更加出其不意，也增强了其伤害英雄的能力。
- 因为这也使针对英雄的攻击速度越来越快，而且攻击来自四面八方，防不胜防。
- 因为随着对手之间秘密关系的暴露，故事有了更多的揭示。

以下是动作类型中四点对立的经典示例。请注意，每个角色都是彼此对立的，至少在某些方面，与其他三个人是对立的。

《疯狂的麦克斯4：狂暴之路》

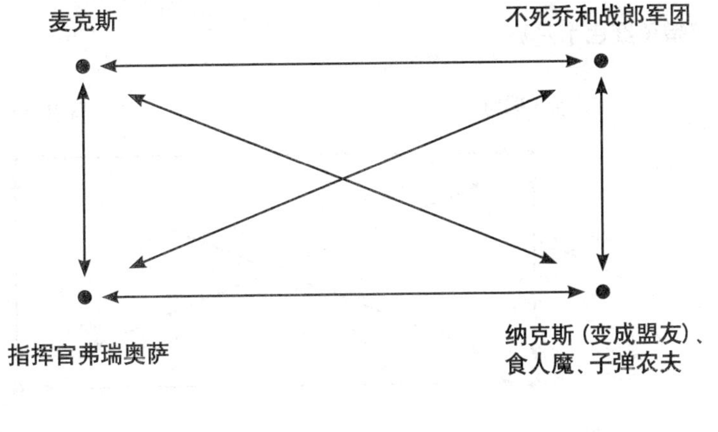

《虎胆龙威》

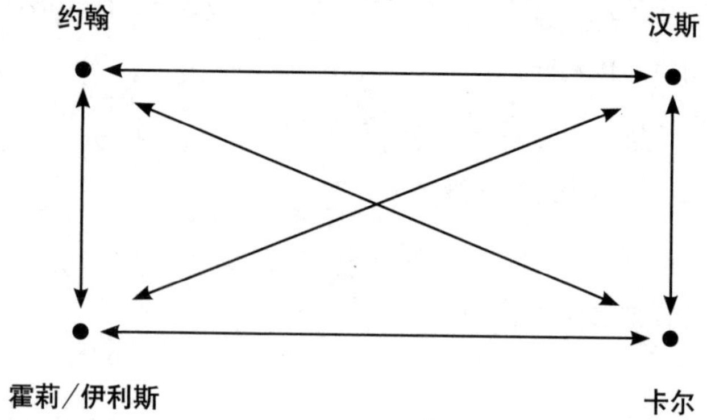

《007：大战皇家赌场》

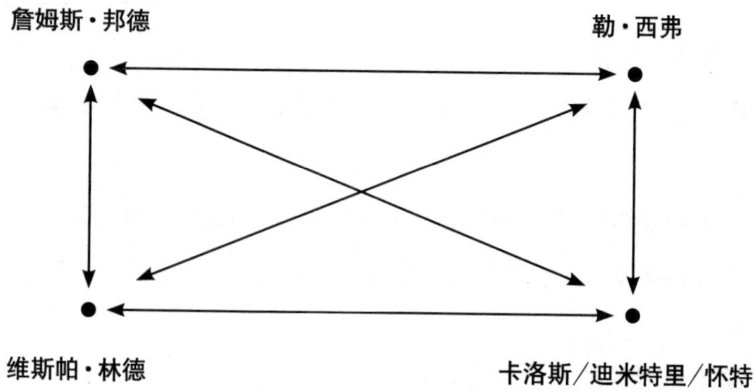

《猎杀红色十月》

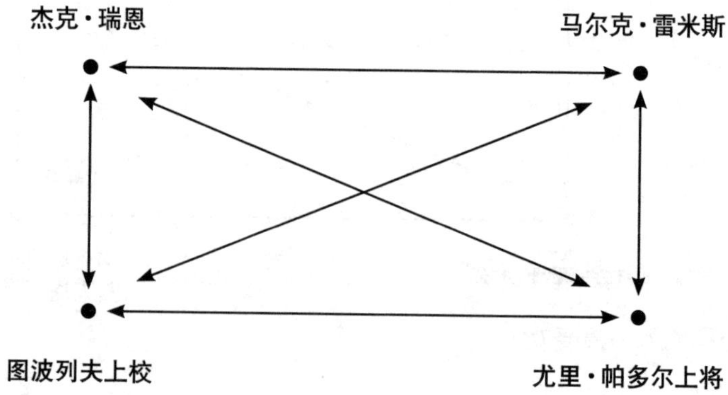

动作故事节拍：训练

大多数类型都没有训练项目，英雄已经被训练好做他们必须做的事来赢得胜利。但动作类型是关于成功的，观众对动作类型的兴趣主要来自观看英雄以精湛的技术精准地把握那**稍纵即逝的时机**执行行动。这需要特殊的能力，通常也意味着训练。

要点：动作类型是所有故事形式中最注重训练的形式。

有一些方法可以使训练段落变得更加复杂。比如，让它有冲突，受训者厌恶训练者或者受训者存在一些更深层次的心理原因，致使他无法掌握所教的课程。

许多动作故事并没有训练的节拍，但在那些有这一节拍的故事中，它往往是故事最好的那部分。

《洛奇》拥有电影史上最好的训练片段，这一片段不是他在艺术博物馆的台阶上斗志昂扬地奔跑的场景，而是一个将整部电影浓缩在戏剧性一刻的场景。

洛奇到肉类加工厂训练，获悉他的衰仔朋友保利帮他安排了一个电视记者的采访。心不甘情不愿地，洛奇开始向巨大的肉片挥拳。阿波罗·奎迪的训练师托尼在电视里看见了洛奇的训练，心里越来越忧虑不安，但阿波罗没有，他正忙着向帮他经营生意的三个人发号施令。托尼建议阿波罗注意一下，但阿波罗把他赶走了。

当洛奇愤怒地用“身体”猛烈攻击肉片时，托尼和观众意识到，答应与这个“流浪汉”作战可能是奎迪犯下的最大错误。

自杀式任务故事

动作类型中最受欢迎的子类型之一是被称为“自杀式任务”的战争故事。在犯罪故事中其对应物是盗劫（偷盗）类型。这两种类型的故事都涉及一队训练有素的人，试图完成一个困难而危险的目标。与盗劫类型一样，自杀式任务故事也展示了一个团队在生活中如何获得成功。

在自杀式任务故事中，团队要实现一个有价值的军事目标，如摧毁敌人的设施或俘虏敌方首领。这个目标如此重要，它将改变战争的结果。这个目标也是高度具体的。任务如此凶险，根本就是自杀。每个人都知道他们有去无回了，但由于战争胜败就在此一举，任务必须完成。

例如，《七武士》、《十二金刚》（*The Dirty Dozen*）、《纳瓦隆大炮》（*The Guns of Navarone*）、《拯救大兵瑞恩》（*Saving Private Ryan*，就是将《七武士》移植到第二次世界大战中），以及《银河护卫队》（*Guardians of the Galaxy*）。

由于目标几乎是不可能实现的，所以自杀式任务的故事总是需要一个延长的训练段落。通常情况下，这涉及磨炼每位成员的个人才能，并将其整合成一台运转良好的机器。

作为最好的自杀式任务故事之一，《十二金刚》就有一个在影片中占主导地位的延长的训练段落。其训练的独特之处在于，团队的领头人莱斯明上校必须首先说服罪犯对这个任务感兴趣，并成为团队的一员。他的基本技巧是选择他们之中最强大、最粗野的一个来一场较量。他利用自己高超的军事训练技巧，轻松赢得了这场战斗。

训练过程结束时，团队参加了军事演习，他们通过欺诈和使用诡计赢得了比赛，而这些技术正是当初将他们送进监狱的原因。这种团队训练和特殊犯罪技能的结合，使这些人成为接受最后挑战的完美人选。整场战争的结果都取决于他们行动的成败。

动作故事节拍：游戏计划

动作故事是所有类型中最具战略性的。动作类型英雄的谋划与执行就像一场游戏或体育比赛。毫不奇怪，体育故事是动作故事的一个分支，也是超越动作故事的一种方式。动作类型与游戏的联系至关重要。不管哪种动作故事都倾向于量化：计时与测量，看谁做得最好。

在动作故事中，具体的游戏计划取决于所涉及的动作种类。

- 如果故事是犯罪类型与动作类型的混合体，英雄通常是直觉型。计划是基于经验和直觉。但对手的计划复杂而具有欺骗性，这使得对手更难被打败。
- 如果是一个体育类型、战争类型或盗劫类型的故事，英雄则有一个详细的游戏计划。这个计划需要许多人的协同合作。有时，这个计划是如此复杂，以至于领导者需要把它写出来、画出来，确保观众也能看懂。

计划的技巧

- 让计划错综复杂。这突出了英雄的行动能力。此外，由于动作类型通常缺乏情节，一个错综复杂的计划是最大化情节的最佳方式。
- 将计划的各环节校准在一瞬间：在电影中，这意味着使用交叉剪辑，即在两个或更多的角色和动作线之间来回切换，这种技巧可激起兴奋感。

战略与战术

动作故事的重点在于战术与战略的区别。

战术是赢得战役的能力。	战略是赢得战争的能力。
战术是只考虑当下。	战略是考虑到未来。
战术是当下正确的反应，也就是所谓的即时有效行动。	战略是完成总体目标的正确行动序列，被称为事实有效行动。

动作类型的形式强调了人类思维的一个巨大缺陷：倾向于战术思维。这意味着试图以事实有效行动的代价，去采取即时有效行动。

动作类型英雄都擅于在当下采取战术性行动。只有最好的动作英雄才擅长战略：能看到作为大局中的一部分，当下该采取怎样的正确行动。《虎胆龙威》中，训练有素的警察约翰·麦克莱恩是一个战术天才。他可以在瞬间选用正确的武器和攻防方法来应对突发状况。他还善于组织一系列的行动，最终打败杀手，解救他的妻子和其他人质。

时间回溯到古罗马，角斗士的本质特征就是精通战斗，否则他就没命了。战术上，他必须是无懈可击的。电影《角斗士》中，马克西姆斯是罗马军队的一名将军。他首先是一名战斗士兵，因此在徒手搏斗方面非常出色。当他被迫成为一名角斗士时，这对他非常有利。但是，他的与众不同之处，实际上也是影片的关键所在，就是作为一名前将军，他也是一位战略大师。马克西姆斯意识到，他和其他角斗士能够生存下来的唯一方法就是团结起来，以团队的形式战斗。当战术与战略相结合时，这些角斗士是不可战胜的。

动作故事节拍：揭示引发决断

故事是通过连续的揭示和决断来推进的。英雄获得新的信息，做出一个如何行动的决断，然后继续前进。故事的中间部分是这样的：

揭示 → 决断 → 揭示 → 决断 → 揭示 → 决断

技巧：动作类型的揭示

动作类型的揭示几乎总是一个由对手发起的突然袭击。有时，它来自一个假盟友的攻击，一个英雄不知道是对手的人的攻击。

动作故事节拍：驱动——猫鼠之争

在故事的中间阶段，多个对手快速地连续地攻击英雄。英雄做出回应。在攻击和防御中，双方都使用了诡计。这带来了一场在许多场景中展开的错综复杂的猫鼠之争。

要点：当英雄和对手都擅长战略和战术时，故事就会变成一连串的激烈的出拳与反击。

快速的连续的出拳—反击使动作故事成为一场充满戏剧性的十五回合重量级血战，向观众展示谁才是最好的那个。

战斗技巧：欺骗

动作故事告诉我们，90% 的成功来自简明的采取行动。但问题也随之而来。如何行动？什么是取胜的关键？无论是在体育竞赛还是战争中，最高级别的行动总涉及“欺骗”。

要点：成功的战斗总涉及顶级的诡计。

动作故事节拍：驱动——即兴发挥

在故事中间英雄和对手的斗争中（驱动），事件打乱了英雄的计划。他意识到他必须随机应变、即兴发挥。

要点：英雄的即兴发挥是成功的动作故事中最重要的情节节拍。

为什么？英雄随机应变的能力是证明其杰出的终极标志。只有当事件迫使英雄改变既定战术、迸发急智时，观众才能看到他真正的才能。

虽然任何动作故事都是如此，但自杀式任务这一子类型的整个形式都依赖这一节拍。下面举例说明这个节拍是如何运作的：领头人提出了一个复杂的行动计划。在团队就要进去的当晚，他们突然发现二十年来每天晚上都走同一条路的警卫生病了。尽管警卫换人是突发状况，但团队不能推迟任务，现在，英雄们必须随机应变。我们看到队员们在一瞬间改变了战术，并完成了任务。这也使得大部分队员的死亡变得更具悲剧性。

在《疯狂的麦克斯 4：狂暴之路》结尾，麦克斯将即兴发挥的技巧用于拯救弗瑞奥萨的生命。他刺穿她的胸部，这样她就能呼吸了，然后他临时应急，用一根管子和针头将自己的血输给了她。

《虎胆龙威》中，当面对一队杀手时，约翰最初手上只有一把警用手枪。他必须用手边的物品制作工具和武器。最惊艳的即兴创作发生在他躲避直升机射出的子弹和楼顶爆炸时，他把一根消防水管绑在自己的腰上，从建筑物的一侧跳下，然后从下面的窗户荡进大楼。

动作故事节拍：道德主张——伟大与良善

好的故事会对正确和错误的行为进行道德论证。它们主要通过故事的结构，通过追踪英雄为达到目标所采取的行动来实现这一点。有时候，英雄做得太过分了，采取不道德的行动来赢得胜利。

最终成功的行动是伟大的行动。这就是为什么荣耀——公众眼中对伟大行动的认可——是动作故事的终极价值之一。但荣耀并不总是等于良善。

要点：道德主张表现在伟大行动与良善行为之间的冲突上。

故事总是强调行动的道德代价。在动作类型的形式中，这意味着成功的代价、伟大的代价。英雄为了获胜做错了什么？这就是必须付出的道德代价。

故事结束时，英雄可能是伟大的，但不再是好人。而这意味着英雄更被奴役了，对他来说这是最不可容忍的。这就是耶稣在《马可福音》中提出的道德问题："人纵然赚得了全世界，却赔上自己的灵魂，又有什么益处？"

动作故事节拍：漩涡点和激烈最终决斗

一个好的故事是以漩涡的形式出现的，在这个漩涡中，冲突加剧并聚焦战斗。战斗是一个点，所有的人物和行动都汇聚于此。

漩涡还创造了一种旋风效应，即随着情节的发展，冲突和揭示的速度越来越快。最重要的是，竞技场内的所有战斗像漏斗一样，倾斜着流向英雄和主要对手一对一的殊死一搏。

> **要点：**最终的决斗是整个故事的漩涡点。而战斗本身也向漩涡点移动。

漩涡的结构技巧在电影媒介中达到了极致，其伟大的技巧就是交叉剪辑。在两条或更多的动作线之间来回切换，节奏越来越快，战斗变成了一口情绪压力锅。

在所有结构步骤中，动作类型最强调的就是战斗。这一节拍，也被称为“对决”（showdown），通常是盛大而狂暴的。

除了漩涡，以下都是动作类型中一场好的战斗的关键要素。

- 理想的战斗地点是尽可能狭小的空间，如同一个压力锅。即使是两支军队之间的战斗也最好在一个狭小的空间内展开。比如《日落黄沙》中，四个人在一个竞技场内与墨西哥军队作战。它能成为电影史上最伟大的战斗之一，可不是浪得虚名。
- 这场战斗发生在一个独特的竞技场上，其中提供了许多物体和防御位置，供英雄利用。
- 大量的战斗人员在这个压力锅内发生冲突。
- 段落的尾声，英雄直接与主要对手作战。
- 最后的决战是故事所有冲突中节奏最快的。
- 英雄不仅斗勇赢了对手，也斗智赢了对手。

《阿凡达》是神话类型、动作类型和爱情类型的结合。战斗中，两支大军在丛林中的冲突像漏斗一样，最后汇流向英雄和他的恋人与主要对手的徒手肉搏。

战斗分为三个部分：第一部分是纳美人的“骑兵”面对迈尔斯·夸里奇上校率领的坚不可摧的士兵冲锋陷阵。这是一场贵族式的轻骑兵冲锋。显然，骑兵对抗机械化部队意味着被屠杀，但他们仍英勇无畏地继续前行。

第二部分是纳美人部队的反击，这次是某种类恐龙式动物“装甲”的冲锋。第三部分则是最具戏剧性的、个人之间的战斗，杰克·萨利和奈蒂莉用刀和弓箭与夸里奇上校战斗。夸里奇上校穿着巨型的机器外甲，这使他几乎不可战胜。但他裸露的脖子，就是他的阿喀琉斯之踵，最终奈蒂莉用箭杀死了他。

《疯狂的麦克斯 4：狂暴之路》拥有一场史上最伟大的战斗。这有赖于导演乔治·米勒（George Miller）比电影界任何一个人都更会设计和拍摄动作。当然也因为这场战斗具有精美的故事结构。当麦克斯、弗瑞奥萨、纳克斯和与弗瑞奥萨的神秘过去有关联的女战士一行人杀回城堡，不死乔和他的战郎军团在其后紧追不舍。跟前例一样，在空间上，战斗向一个漩涡点移动，英雄们必须让战车穿过峡谷中的豁口（相当于《星球大战：曙光乍现》中的战壕）。

这场战斗也是一个以冲突和死亡为序的漩涡。团队中较小的成员，如瓦尔基里在干掉一些战郎时死去。然后，麦克斯杀死了乔的顶级盟友之一食人魔。麦克斯和弗瑞奥萨侥幸逃过一死。受了重伤的弗瑞奥萨把乔的面具锁在他的车轮上，结果了他。麦克斯与乔的巨兽儿子雷克托斯战斗，与弗瑞奥萨一同从峡谷的洞口逃走。

动作故事节拍：自我启示

在典型的动作故事中，自我启示往往是缺失的。作者没有在大的行动冲突中设置英雄的个人发展轨迹。一切都是为了实现外部目标，而不是为了英雄的内部成长，这样故事就被剥夺了情感冲击力。

动作类型的自我启示包括但不限于以下所列。

- 英雄意识到他已经变得残酷无情。换句话说，他的行为有些过分了。（见“伟大与良善”一节）。

- 如果是一个伙伴故事，一个动作类型和爱情类型（通常还有喜剧类型）的混合体，那么两个角色可能都会意识到他们的友谊太宝贵了，不能失去。
- 动作类型的英雄明白他必须从战士变成爱人。

动作故事节拍：告别或交融

要点：英雄在故事**开始**时的重要决定是**战斗**还是逃跑。到了故事的最后，英雄的重要决定是**加入**还是退出。宇宙终极孤独者会成为社区的一员吗？

选项：告别

一般来说，男性动作类型英雄通常被描绘成力量的典范，为保护文明而战的战士，却缺乏与社区人群沟通的能力。在现实中，这是一个很要命的缺陷。因此，动作英雄的选择之一是告别他曾发誓要保护的社区，继续做一名孤独的战士。

《疯狂的麦克斯4：狂暴之路》中，在绝望和愤怒中组建、锻造的团队回到城堡后就解散了。就像《搜索者》（*The Searchers*）中的伊森·爱德华兹一样，麦克斯无法融入社区，体验爱和家庭。他又变回流浪的孤独者。但在离开之前，他得到了战友弗瑞奥萨的点头致意。

选项：爱的交融

经典男性动作类型英雄的第二个选择是，他克服了其对内置弱点的恐惧，找到更强大的爱的力量。他与另一个人建立了亲密关系，并进入更大的社区，享受只有成为社区的一员才能拥有的更完整的人生。

做出这一选择的英雄并不多，动作故事最后允许英雄选择女人，有时只是因为她展示出了男性特质。《致命武器3》（*Lethal Weapon 3*）中，动作类型英雄爱上了他的爱侣，就是因为她在一场战斗中撂倒了五个男人。这可能也预示着未来的故事中，性别规范不再那么分明。

变奏：女性英雄成为领导者

《疯狂的麦克斯 4：狂暴之路》中的弗瑞奥萨就是一个很好的例子，展示了女性动作类型英雄是如何改变男性故事的这一基本节奏——告别或爱的交融。像《异形》中的蕾普莉和《终结者》中的莎拉·康纳一样，她留下来成为部落的首领。虽然她仍然需要作为战士的技能，但她也接受了领导一个社区的新挑战。

选项：交融的变奏——伙伴式婚姻

交融的一种变奏是，动作英雄与他 / 她的伙伴"结婚"。伙伴故事描绘了两个男人［"兄弟情"（bromance）］或两个女人之间的"婚姻"。伙伴故事的结尾几乎总是展现两位英雄尽管能斗嘴斗到日落天黑，但他们的"婚姻"依然掀开了新的一页。

> **要点：**这给了我们一个提示，为什么伙伴故事如此受欢迎，因为它描绘的是**没有痛苦的婚姻**。

两人之间不停地用低级笑话斗嘴并不是"婚姻"中深层矛盾的标志。相反，它是一个迹象，表明这支双人舞是如此美妙，他们注定要相伴一生。而且他们也明白这一点。

这种"婚姻"有什么基本特征？在成熟男性伙伴故事中，女人往往被描绘得愚蠢、轻浮、软弱无力。而与之相对，男人则体验了更深层次的忠诚纽带、重压之下的坚韧、友谊以及女人无法提供的乐趣。女性伙伴式婚姻的理由与男性版本不同。一个女人可以依靠另一个女人，并向她倾吐心声，而男人往往则是自私的瘾君子、强奸犯、小偷，以及腐败和压迫体系中的一分子。对女人来说，喜欢男人而不是女性朋友是一种背叛和自我毁灭的行为。

女性伙伴故事在动作片中不太常见［经典示例就是《末路狂花》（*Thelma and Louise*），也是犯罪片］，喜剧电影中则更为常见，如《辣手警花》（*The Heat*）、《霹雳娇娃》（*Charlie's Angels*）、《悍妞万里追》（*Outrageous Fortune*）、《四个千金两个妈》（*Big Business*）、《阿珠与阿花》（*Romy and Michele's High School Reunion*）。

主题：存在就是竞争、战斗、赢和输

动作类型是对存在准则最清晰的故事表达。存在即行动。一旦我们超越了第一个生与死的区别（参见“恐怖类型”一章），我们就被自己做的事情所定义。生活中的任何行动都必然涉及抵抗和反对，这意味着竞争，更极端地说，这意味着战斗。

动作类型体现了采取行动和最终成功之间的必然联系。动作类型说的是人生在世就是赢和输。人生是一场稀缺资源的竞争，是一个零和游戏，有一个赢家和至少一个输家。

动作类型英雄体现了这样一个真理：大多数的成功就来自采取行动。当然成功也是**出色**行动的产物，有赖于技巧、战术和战略等各方面的出类拔萃、坚持不懈。

虽然动作故事主要强调的是赢，但它也告诉我们，赢的另一面是输：输掉比赛、输掉爱人、输掉朋友——最严重的损失是死亡。

要点：展示损失是作家超越动作类型的主要方式。

动作故事可以通过强调损失后的极端痛苦，而达到悲剧的高度。《七武士》中，防守的武士赢得了与掠夺者的战斗，但他们的损失也是毁灭性的。这部电影唤起了观众对战斗导致的可怕损失的意识，这也是《七武士》为何如此经典的原因之一。

动作类型主题秘方：战士之路

正如我们在恐怖类型中所看到的，一个类型的主题秘方是“成为”的策略，是一个人如何才能过上好的人生的策略。它主要源于两方面：故事中英雄的基本行动和类型所提出的关键问题。

动作故事说，人生的主要成才之路是勇士之路，体现优势，避免陷阱。既然动作类型英雄是战士，那么成功的秘诀就是：有勇气面对你最大的对手，采取行动，不要停止。不要等待，要行动起来！而且永远不要放弃。

这一类型提出的关键问题是：是战斗还是逃走？是自由还是生活在奴役之下？英雄是否为他 / 她的信仰坚守和战斗？他 / 她相信什么，这是保证自由的第一步，也是必要的一步。或者，英雄是否逃跑保命？

这个关键问题也为我们提供了关于动作故事的道德主张：

- 你必须始终采取行动来捍卫你的价值观和过上成功的生活。动作类型并不讨论什么是最有价值的，你可以为任何你所看重的价值观而战。
- 谨防使用不道德的手段来获得成功。因为这会让胜利沾染上污点，英雄会发现他处于自己制造的奴役之中。

动作类型主题秘方：决定——通往自由之路

要点：在动作类型中，做出正确的决定是生活的核心原则。

为什么对选择的关注会如此深刻？日常生活是一长串看似正常和必要的行动。大多数人只是随波逐流，我们很少想到还有别的办法。

选择是一个行动和下一个行动之间的支点。它是下一个行动发生之前的想法。一旦某些人采取了行动，就可以根据其执行情况对他们进行评估。但大部分成功是预先确定的。如果某些人做出了出色的决定，他们就会增加行动成功的可能性。他们把自己置于一个成功的位置上。

这种思维转变的最大影响是什么？我们意识到，日常的正常流程是由我们**没有**做出的选择形成的。

要点：自由来自意识到我们随时可以开始改变我们的生活。

如何超越动作故事

动作故事是关于量化的行动和获得成功的，因此该类型的主要艺术 / 故事形式是战争和体育。这些形式是按照丛林法则来运作的：胜利或死亡。

在激烈的身体动作形式中，超越性来自扩大故事的范围，或者使其变得抽象。两者都是对成功的艺术的探索。

超越性动作类型有两种主要形式：

1. 动作史诗 / 战争故事

提升动作故事艺术水平的最重要方式是赋予其史诗般的规模和赌注。例子有《七武士》、《疯狂的麦克斯 4：狂暴之路》、《伊利亚特》（也是神话类型）、《大幻影》（*La Grande Illusion*）、《权力的游戏》（也是黑帮类型和幻想类型）、《虎胆龙威》、《与狼共舞》（*Dances with Wolves*，也是反西部类型）、《巴顿将军》（*Patton*）、《光荣战役》（*Glory*）、《壮烈千秋》（*Beau Geste*）、《英烈传》（*The Charge of the Light Brigade*）、《古庙战笳声》、《西线无战事》（*All Quiet on the Western Front*）、《翼》（*Wings*）、《桂河大桥》（*The Bridge on the River Kwai*）、《野战排》（*Platoon*）、《拯救大兵瑞恩》、《别了武器》（*A Farewell to Arms*）、《祖鲁战争》（*Zulu*）、《约克军曹》（*Sergeant York*）、《细细的红线》（*The Thin Red Line*）、《我们曾是战士》（*We Were Soldiers*）、《加里波

利》(*Gallipoli*)、《十二金刚》、《敦刻尔克》(*Dunkirk*)、《猎鹿人》(*The Deer Hunter*)、《现代启示录》(*Apocalypse Now*)、《从海底出击》(*Das Boot*)、《斯巴达克斯》(*Spartacus*)、《1917》、《阿尔及尔之战》(*The Battle of Algiers*)、《黑人为白人作战》(*Black and White in Color*)、《他们已不再变老》(*They Shall Not Grow Old*)、《光荣之路》(*Paths of Glory*)、《硫磺岛浴血战》(*The Sands of Iwo Jima*)、《太平洋潜艇战》(*Run Silent, Run Deep*)、《战地军魂》(*Stalag 17*)、《菲律宾浴血战》(*They Were Expendable*)、《晴空血战史》(*Twelve O'Clock High*)、《黄金时代》(*The Best Years of Our Lives*，也是爱情类型)、《血染雪山堡》(*Where Eagles Dare*)、《乱世忠魂》(*From Here to Eternity*)、《美国大兵乔的故事》(*The Story of G.I. Joe*)、《兄弟连》(*Band of Brothers*)、《决战中途岛》(*Midway*)、《血战钢锯岭》(*Hacksaw Ridge*)。

2．盗劫故事和体育故事

把动作片提升到更高层次的第二个方法是把它抽象为一种游戏或运动。盗劫故事的例子包括《偷天游戏》、《通天大盗》(*Topkapi*)、《十一罗汉》(*Ocean's 11*)、《骗中骗》(*The Sting*)、《男人的争斗》(*Rififi*)、《夜阑人未静》(*The Asphalt Jungle*)、《落水狗》(*Reservoir Dogs*)、《两杆大烟枪》(*Lock, Stock and Two Smoking Barrels*)、《职业大贼》(*The Professionals*)、《瑞克和莫蒂》(*Rick and Morty*)第四季第三集：船员在克瑞库的莫蒂号上（"One Crew Over the Crewcoo's Morty"，也是喜剧类型)、《杀手》(*The Killing*，1956)、《大盗飞龙》(*Dead Heat on a Merry-Go-Round*)。

体育故事的例子有：《洛奇》(也是爱情类型)、《天生好手》(*The Natural*)、《红粉联盟》(*A League of Their Own*)、《烈火战车》(*Chariots of Fire*)、《42号传奇》(*42*，也是传记片)、《奎迪》(*Creed*)、《胜利之光》(*Friday Night Lights*)、《无敌拳王》(*Body and Soul*)、《百万金臂》(*Bull Durham*)、《愤怒的公牛》(*Raging Bull*)、《篮坛怪杰》(*Hoosiers*)、《篮球梦》(*Hoop Dreams*)、《后翼弃兵》(*The Queen's Gambit*)、《江湖浪子》、《伟大的美国小说》(*The

Great American Novel)、《百万美元宝贝》(*Million Dollar Baby*)、《拳台血泪》(*Requiem for a Heavyweight*)、《八面威风》(*Eight Men Out*)、《双赢》(*Win Win*)、《点球成金》(*Moneyball*)。

超越动作类型：动作史诗和战争艺术

史诗是讲述国家的命运由某个人或家庭决定（或展现）的故事。动作史诗往往探讨战争的艺术，因为英雄创造或改变了一个国家。

动作史诗比神话类型要低一个层次。如同神话类型一样，它通过向观众展示整个世界如何融合在一起，来表现更大的图景。

> **要点：**在动作史诗中，作家的目标不仅仅是让观众了解，还包括给予观众**鼓舞**。

让我们看看如何在写好动作史诗的同时探讨战争中成功的艺术。

战争艺术

从战争的角度看生活，就是认为生活在本质上是戏剧性的。战争是人类绝对意义上的戏剧性行为。然而，我们倾向于把战争的“艺术”看作是一种矛盾。战争为什么会是所有人类活动中最具破坏力却又最具创造力的一种类型?战争是武力的艺术与科学，它是动作的终极呈现。这种类型的因果顺序是这样的：动作导致了战斗，战斗导致了大规模的战斗、战争和国家的建立。因此，作为一种故事类型，战争的艺术在动作史诗中得到了最清晰的表达。

庞大的人物阵容在一片广阔的地理画布上发生大规模的冲突，运用战略和战术进行攻击与反击。一系列的冲突在最后的决定性战斗中达到了顶峰。行动的成本是如此之高，双方都承受了极大的损失，最终决出了赢家和输家。

采取行动并获得成功的必要性在战争的艺术中得到了最真实的展现、最强烈的凸显。

我的成长故事揭秘

早在我研究故事之前，我就研究过战争。我父亲是西点军校毕业生，并在美军战争学院教授军事战略。我全神贯注地听父亲讲解过美国内战、第一次世界大战、第二次世界大战中的战略战术。在过去的一个世纪里，我父母家族的许多人都是将军和上校。如果我不是在越南战争战火正酣时刚刚成年，可能也会去西点军校，成为一名军人。我在父亲的辅导班里学到的东西价值不菲，它决定了我如何看待生活，以及我如何理解故事的运作。毕竟，讲故事就是一门创造冲突的手艺。

动作史诗故事节拍：战争的世界

一场战斗不仅仅是暴力冲突解决问题的时刻。它是土地、人和技术等更大力量的漩涡点，包括经济、物资、人员、武器、将领的战略、士兵的战术能力，以及战场特殊地形等诸多因素。

从本质上讲，一场战斗既是一场工程竞赛，也是一场军事竞赛。我父亲曾经告诉过我，赢得一场战斗就是两件事——子弹和伤员，看交战双方谁能更有效地将子弹送到前线，将伤员送到后方。

美国内战就是一个典型案例，证明了故事世界的元素对战争结果的重要性。南方的将军在战略上往往优于北方的将军，他们一度已经接近于获胜，但他们无法战胜的是北方的经济优势，以及北方封锁南方以剥夺其获取外国援助的能力。

写作动作史诗的关键

我们来看看战争艺术的节拍，它们如何为编写一部伟大的动作史诗提供关键要素。

- 尝试为故事找到一个舞台。这使你能够在一个密闭的空间内创造压力锅效应。在单一的竞技场内发生的动作故事，通常比一个在旅行中发生的动作故事要好。因为旅行容易把压力释放掉。
- 如果你确实需要讲一个旅行故事，那么请在故事的前面揭示故事的总漩涡点。这样一来，观众就知道一切都将集中于一个有大量剧烈动作的战斗点。当英雄似乎没有明显的行动方向时，他们也能耐住性子。但要注意：也不要太具体，以致破坏了最后的情节揭示。
- 把故事置于一个能塑造国家的重大历史时刻，一个足以改变一切的转折点。
- 让这个人物在国家的形成过程中起到关键作用。这是履行史诗类型这一定义的关键节拍。
- 利用社会变革来增加故事世界的质感。具体做法是将英雄置于社会发展的两个阶段之间。例如，一个村庄演变为一个城镇。你还可以展示社会阶层之间的冲突。这也突出了作用于人物身上的更大的力量。这种形式的关键问题是：人物如何**适应**这些力量？他们能否及时适应以避免自我毁灭？

动作史诗故事节拍：武器技术

武器是定向的放大的力量。它延展了一个人杀死另一个人的能力，而这正是每一个士兵的目标。这就是为什么战略和战术的转变往往是基于新武器的发展。每一项技术“改进”都会放大士兵的杀敌能力和 / 或在战斗中的生存能力。

动作史诗故事节拍：动作史诗英雄

你可以用以下这些策略来塑造一个更引人入胜的英雄。

- 赋予英雄幽默感。动作史诗是关于创造和拯救世界的。英雄通常对完成这项任务极为认真。这可能导致他显得有些冠冕堂皇、自以为是。给英雄一些幽默感，让他更讨人喜欢。在极端情况下，这甚至可以定义这一动作类型英雄：他在巨大的压力下依然如此冷静，居然还能开玩笑。

- 工作是英雄并不乐意承担的责任。这一熟悉的节拍是由神话学家约瑟夫·坎贝尔（Joseph Campbell）[1] 指认的，它向我们展示了这项工作的重要性，而且英雄意识到他可能无法胜任这一任务。他本是一个平凡的人，而想要成功，必须变得非凡。
- 动作类型英雄是一位战斗大师。动作类型英雄是战士，那么动作史诗的英雄应该是大师级的战士，他是战斗的艺术家。

动作史诗故事节拍：欲望

动作史诗中的欲望线必须有一个具体的物理终点，并导致大规模的战斗。《拯救大兵瑞恩》基本上就是把《七武士》的故事搬到了第二次世界大战中。大兵瑞恩是一名士兵，他的三个兄弟均已在战争中丧生。为了给他的母亲一些安慰，一位上尉和他的小队被委以重任，去寻找大兵瑞恩并将他带到安全的地方。尽管这个愿望似乎值得称道，但最终为这一任务付出的生命代价，远远超过了瑞恩那三个已经死去的兄弟。

动作史诗故事节拍：对手

塑造一个可信的对手要采用的关键策略：让对手成为人，具有可辩护的价值观。一般的动作故事中的“邪恶”对手可能看上去更加危险、更加可怕。但邪恶对手通常都是一个错误，他不是人，只是一个邪恶的黑匣子。这使故事看起来很做作，而且阻止它上升到高度的戏剧性。

---

1 约瑟夫·坎贝尔（1904—1987），美国著名作家、神话研究的顶级学者，美国比较神话学著名作家、学者。主要著作有《千面英雄》《神话的力量》等。

一个人类对手在某些事情上是正确的。即使他是错的，也有可辩护的价值观。比较讽刺的是，在击败这种复杂的对手后，英雄的成就要大得多。

动作史诗故事节拍：角色网络——战争指挥链与战斗专家

战争故事就是两支军队在冲突中的大规模行动。虽然主要的对抗是横向的，是军队与军队之间的对抗，但故事中最详细的角色网络却是垂直的，展现了英雄一方的指挥系统。

这些不同角色彼此是盟友关系。他们也是与更个人化的对手发生冲突的源头。

战争故事有两种流行的讲法：主要关注指挥官或主要关注步兵。每一种都构成一个完全不同的故事。

1. 强调指挥官。第一种方法，从组织的顶端出发，给观众提供一张大规模战斗的鸟瞰图。它强调的是指挥官之间的战略冲突，包括军队之间和军队内部的战略冲突。这些故事突出了艰难的决策与伟大的战斗。此类示例有《坦克大决战》（*The Battle of the Bulge*）、《巴顿将军》和《猎杀红色十月》。

2. 强调最基础的步兵。第二种方法是从士兵的角度出发。它关注的是战争的恐怖和混乱、男性之间的关系、朋友的丧失、极端的道德抉择以及服从命令的艰难。此类示例包括《野战排》、《猎鹿人》、《现代启示录》、《全金属外壳》（*Full Metal Jacket*）、《西线无战事》、《驯马手莫兰特》（*Breaker Morant*）、《战火赤子心》（*Midnight Clear*）、《细细的红线》、《铁骑雄师》（*The Red Badge of Courage*）等。

动作史诗故事节拍：收集盟友——兜售战争

当我们审视战争时，我们倾向于关注战斗和关乎谁赢谁输的激烈冲突。

但战斗只是为了争夺权力的更大竞争的支点。早在战斗发生之前，人员就必须集合起来以备作战。掌权者必须发起一场游说运动，说服人们为某项事业不惜牺牲自己的生命。

《他们已不再变老》是一个关于第一次世界大战的真实故事。影片始于一些对参战感到兴奋的人的叙述。在对真实战斗和死亡还一无所知的情况下，这些准士兵被卷入了一场国与国之战的伟大冒险。他们不希望错过这种乐趣。有些人羞于参战，但因为其他人都参与了，而且政府规定他们有神圣的参军义务，所以参战。他们都认为这场战斗很短暂，会快速取得胜利，自己将作为英雄归来。最后的事实证明，在许多情况下，这种想法非常错误。

根据浪漫的战争推销话术，士兵并不是为了征服土地而战，而是为了保卫女人和国家而战。在这种民族主义的浪漫氛围中，士兵想象着自己勇猛无敌大杀四方。故事的一部分是，在英雄战死沙场的时刻，他以某种方式得到了永生。他的名字重生了，并将永远活在他的同胞心中。这种浪漫的情景存在一个根本问题：它是假的不朽，这个人已经死了。

动作史诗故事节拍：游戏计划——战术 vs. 战略

人类的每一项活动和每一种故事类型都包含某些基本的权衡：如果你多做一件事，你就可以少做另一件事。在战争中，一些主要的权衡是进攻 vs. 防御、打击 vs. 移动、大规模军队 vs. 攻击点，以及子弹 vs. 身体。

战术和战略之间的区别在于目标和时间。战术的目标是赢得这场战斗，而战略的目标是最终的成功：赢得战争。指挥官的首要工作是使战术与战略保持一致。但这并不容易，战术时刻的挑战往往压倒了更大的战略考虑。第一次世界大战是错误战术的教科书，糟糕的战术（堑壕战）决定了糟糕的战略（消耗战），导致了大约 1000 万战斗人员的死亡。

战争是终极的行动，失败者会从肉体上被毁灭，因此人类在战略和战术之间的权衡，是这种艺术形式的关键。

战争艺术中战术与战略的基本权衡是：打还是跑。打，也就是释放火力，采取决定性打击的手段，以达到摧毁敌人的目的。而人们对于跑的重要性的理解远远不够，是跑让打变得可能。跑的关键**不仅在于该跑则跑**，还在于要跑到

正确的位置上为打提供可能。

动作史诗故事节拍：碾磨屠宰机

归纳其基本要素，一场战斗就是两条火力线对峙。战斗进行时，双方都采用打和跑这两大主要方式。每支军队都试图在另一条战线的中间凿出一个洞来和/或转向敌人的侧翼。如果对方的防线被切断，那么其军队就会失去其统一的形式而瓦解。如果对方的阵线被包围，那么其军队就有被包围的危险，这时，它要么投降，要么被歼灭。

进攻使军队能够突破防线或袭击敌人的侧翼。但进攻也意味着军队无法设置防御，因此无法阻止敌人的反击。

动作史诗/战争故事通常是一长串的战斗。故事以一场浩大的高潮战斗结束。英雄的军队几乎总能击败对手的军队。

动作史诗故事节拍：自我启示——无望的人性

战争史诗类型中的自我启示是所有故事类型中最黯淡的一种。人物从一开始对冒险和成功寄予厚望，到最后目睹大规模的破坏，这一过程却几乎毫无回报或价值寥寥，他对未来已经不抱什么希望了。这种前景黯淡的部分原因是它不仅仅是英雄的自我启示，还是人类本身的主题启示。观众意识到，战争的荒谬性其实来自人类思维的根本缺陷。

动作史诗故事节拍：道德选择

英雄做出了一个高尚的姿态，也可以说美好的姿态。这是一个在责任和个人欲望、国家和家庭或自我之间的道德选择。英雄选择了集体的成功而不是个人的成功，这样群体中的其他人也能够生存。这种选择浓缩了作者对高尚的看法。通常情况下，高尚意味着牺牲自己的生命以保障他人的生存。

此类示例有《七武士》、《古庙战笳声》、《壮烈千秋》、《终结者2：审判日》（*Terminator 2: Judgment Day*）、《英烈传》。

这种选择的另一种方式是英雄选择自己而不是群体。要么是这一群体不值得为之牺牲，要么是当权者对普通社会成员进行了洗脑，让他们相信了一场错误的战争。

超越动作类型：体育故事和盗劫故事

超越动作的第二种方式是模拟游戏和体育，其形式便是体育故事和盗劫故事。

游戏和体育中的成功艺术

游戏和体育代表了在一个压力锅里进行的思想（和行动）实验。在盗劫类型中，压力来自英雄一旦失败就会进监狱。在体育类型中，压力来自比赛中激烈的身体挑战和英雄可能失败的事实。

通过将竞争抽象为一个有限的游戏领域，我们可以更清楚地看到那些决定成功的因素。

盗劫故事：生活就是游戏

盗劫故事是一种子类型，讲述一队骗子执行一个精心策划的偷盗计划。盗劫故事的节拍类似另一种动作类型的子类型——自杀式任务。

有些人认为，盗劫故事美化了盗劫行为。其实不然。要想明白盗劫故事的真正主题，我们必须把它看成一种思想实验：一个人怎么才能打败一个封闭的、有等级制度的、有法律的真实世界？答案是：把生活变成一款个人可以打败系统的游戏。于是，盗劫故事应运而生。

盗劫类型和侦探类型的魅力都来自它们所展现的行动中的思想。这是我们这个物种最大的区别性特征。思想是难以捉摸的，是无限复杂的。然而，思想并不具有戏剧性。在一个故事中，我们需要**通过行动来表现思想**。盗劫类型和侦探类型之所以受欢迎，是因为它们以一种简化但又准确的方式呈现了思想的运转。盗劫类型的另一个特点是，盗劫的真正挑战其实远远超出了获取一件价值不菲的物品，而是让一群特色各异的人协同行动。领导者的创造性才智才是此类型真正关注的对象。

《偷天游戏》(1968 年）是最伟大的盗劫故事。剧本的出色之处在于将盗劫故事与爱情故事结合起来，为观众呈现了一个终极的现代人，一个为游戏的艺术而生的人。

托马斯·克朗是名出色的商人，远超每天与他争斗的那些商人。生活中，他做所有事情都要达到最高水准。他唯一要做的事就是成为一个完全“实现自我”的人。这意味着什么呢？对克朗来说，这意味着让生命本身进入抽象的领域。克朗拥有不可计数的金钱与成功，他的生活动机来源于三个方面：让生活成为一种计分游戏，成为一个高级人类，以及打败系统赢得胜利。他是有钱版的拉斯柯尔尼科夫（《罪与罚》)，但要聪明得多。

《偷天游戏》把这个“最高级”的人，这个艺术家—男游戏者置于一场生死攸关的战斗中，与他所爱的天才艺术家—女游戏者进行一场致命较量。现在的问题变成了：游戏和爱情这两种价值，他将选择哪一种？

在两个卓越的人类、恋人之间展开的令人震惊的最后一战中，克朗牺牲了一生至爱来赢得游戏。这听起来像是一个空虚的人赢得了代价高昂的胜利？也许吧。但对他来说并不是。

体育和体育故事：计分的行为艺术

体育类型将动作故事变成了游戏，在故事中我们赢得分数。我们把自然界中每天都在进行的生死搏斗抽象成一种游戏。体育类型是将一系列的冲突场景放置进一个压力锅里，最后我们看看谁做得最好，以及为什么做得最好。这是另一个版本的极限情境。将人物置于危机之中，不管这危机是真实的还是人造的，你都会看到这些人物的真实面目。

体育运动中最大的抽象概念是有“双方”，而且只有“双方”。在体育和传统战争中，战士们都穿上统一制服，因此谁是哪一队一目了然。这也消除了其他变数，让我们更能看清楚胜利和失败的真正原因所在。

与犯罪类型世界不同的是，在大自然的捕食者与被捕食者的世界里，根本没有正义这回事。体育类型也一样，你要么赢，要么“死”。与格兰特兰·赖斯（Grantland Rice）[1]的著名口号相反，它关注的不是你的游戏玩得有多好，而是要赢。

体育故事

体育故事的显著特点不是对手的力量，而是其活动的戏剧性过程。

要点：我们参与体育运动的主要原因是，它是一个故事。

每项体育运动的理念都是在有限的空间和时间内，让两个大致势均力敌的选手进行对抗。跟其他戏剧性的活动一样，比赛的高潮时刻最令人振奋，所有的活动都集中并终结于这个漩涡点。

因此，最关键的特点是，不管他们各自的具体能力如何，较量双方的能力最好相对均等。当然了，极端的身体能力可能令人惊叹。我们观看职业体育比赛的一部分原因就是为了看到只有专业人士才能提供的超人的力量和速度。但是归根结底，分数，即整个活动序列的**结果**才是衡量成功的标准。如果没有比赛和其戏剧性的结论，那么我们只是在看运动员练习而已。

身体能力是实现这一戏剧性结果的手段。一旦选手对比赛的掌握达到合理的水平，使得分成为可能，那么在最后一刻，人们的兴趣就会大增。

这个戏剧性的故事是如何发生的呢？许多人指出体育代表了模拟的战争。在真正的战争中，双方任何时候都可以进攻和防守。但在大多数球类运动中，一方是进攻方，另一方是防守方。双方都有他们必须捍卫的领土，例如橄榄球

1　格兰特兰·赖斯是美国20世纪著名的体育记者，在美国体育新闻史上具有划时代的意义。这里作者应该指的是赖斯曾说过的，“扑克无关输赢，而关乎你有多少爆冷的故事可做谈资”。

的端区，足球、棍网球和曲棍球的球门，以及篮球的篮筐。这些领土是王国的心脏，其神圣空间如果失守，也就意味着王国的陷落。

体育故事节拍：故事世界——漩涡

体育创造了一块完美的抽象画布，消除了所有变量，这样我们就能看清谁是最好的。每项运动都设定了竞技的物理边界。画布的地理环境主要基于场地的形状和得分的规则。

> **要点：**任何体育运动的成功都来自“拉伸场地”。

这意味着要迫使对手守住场地的最远端。这给对手的身体和心理上都施以了最大的压力。

场地作为漩涡点

正如一个好故事会达到一个空间和时间上的漩涡点一样，许多运动的地理环境也是以旋涡的形式建立的。比赛从一个宽阔的区域开始，然后汇集到一个点上，在那里得分。利用“拉伸场地”的基本战略原则，一种经典的比赛方法是将球推进到两翼，然后再将球集中到球门附近。

体育故事节拍：比赛中的勇士英雄——谁是最佳

作为动作类型的一个分支，体育类型也是关于证明谁是更好的。它是一种行为艺术，对思维和身体都发起考验。体育运动中没有让步，我们可能以平等开始，但最终会以一个优于另一个而结束。

一个人参加游戏或运动这类虚构的竞争的主要原因之一是，为了在瞬间评估生命和价值。胜利给了我们一个错觉：我们的整个人生将是成功的。很明显，这种判断既简单又飘忽。但要玩这个游戏，大脑就必须隐藏框架和规则的限制。这种“终止怀疑”使得游戏变得重要。换句话说，像所有形式的人类戏剧一样，体育运动处理的也是我们的思想意识。

体育故事节拍：弱点—需求——证明伟大的需要

通过比赛将自己的人生视为一种成功，这种需求并不是一种弱点，而是一种不足。在日常生活中，我们很少有途径让自己与众不同，更不用说“赢”了。英雄般的时刻是罕见的。游戏情境提供了证明我们伟大的机会。

体育类型也是头脑中二元思维的第一种倾向的最终体现（见“恐怖类型”这一章），它将生活简化为进攻和防守。

追求伟大的意愿和二元思维方式是体育本身的主要心理要素，但还有一种运动员个人的弱点—需求。运动员在进入赛场时有一定的能力缺陷，这些缺陷包括身体、精神和心理上的。

比赛过程中，个人必须发挥自己的优势，但也要管理自己的弱点。他们必须攻击对手的弱点，并防止对手利用自己的优势。

体育故事节拍：欲望——得分，制胜

体育运动把故事中极重要的欲望线——证明自己的优越——进行了量化。目标很具体——得分、制胜，这有助于让英雄的驱动力也变得集中。

体育故事节拍：角色网络——个人与团队运动

拳击是最原始的运动，因为拳击运动中，一个人试图把另一个人打得失去知觉——濒临死亡。团队运动则更复杂，其确认了人是生活在一个社会之中。因此，团队竞争既变成了证明哪边的社会更优越，也考验着社会中的个人。核心问题变成了运动员能否不仅帮助他的球队获胜，还平衡他为团队付出的努力和他自己对成功的渴望之间的关系？

参与和看一项运动的乐趣在很大程度上取决于一个人是更喜欢个人荣誉还是更喜欢团队成功。

《角斗士》：从个人到团队运动

竞技场上角斗士的战斗最接近体育抽象化的源头：战争。这是一场失败者真的会死的比赛。

《角斗士》的精妙之处在于，将一名士兵放在竞技场上。其思想实验是，如果一个伟大的士兵，既拥有将军的战略智慧，又拥有卓越的实战能力，善于徒手搏斗，这样的一个人与受过专业杀戮训练的职业选手一同置入竞技场内，结果会如何？双方都各有优势。结果很难预料。

这一预制的前提果然带来了电影中最好的一幕。当将军把他的角斗士同伴从自相残杀的个体战士变成了一支杀伐他人的战士军团时，他们的力量被放大了，远远超过了他们的各部分之和，他们甚至威胁到帝国的安全。

体育故事节拍：对手——克星

对手是抽象的“他者”，他既是掠夺者又是猎物。任何体育赛事的问题都是，谁能先“杀死”另一个人？

> **要点：**对于最富戏剧性的体育赛事和最好的体育故事来说，每个球员都应该是他人的**克星**。

克星是最有能力攻击对手弱点的球员，反之亦然。比赛成为攻击和调整的研究，因为每个球员都试图攻击对手的弱点，同时保护自己的弱点。

我的成长故事揭秘：伟大的教练

在研究战争之前，我就开始研究体育了。但它们很快就交织在一起了。我喜欢运动带来的身体愉悦、战胜对手的智力挑战，以及胜利带来的情感悸动。我很早就开始做教练了，因为我发现，解释一项比赛的内部运作有助于我更好地掌握与精通这项运动。

我的父亲不仅是一位军事战略大师，也是一位出色的运动员和教练。这些幸运的因素汇合在一起，塑造了我的生活。在和父亲打壁球（我最擅长的运动）时，他强调了适用于任何比赛的基本战略原则。作为一项极其抽象的运动，壁球完美地适用于这句话：对战略的强调是胜利的决定因素。

我父亲给我上了人生重要的一课：

要点：一个好的教练会教你如何打球，一个伟大的教练会教你如何赢球。

体育故事节拍：游戏计划——四角策略

可以说，决定比赛成败的最大因素是球员在行动窗口关闭前的最短时间内做出决定的能力。这是之前说过的“决策是成功行动的关键”的延伸。这意味着体育运动涉及寻找可以利用优势的模式。

要点：球员的比赛计划——战略和战术——是基于两大主要因素：(1) 利用对手的弱点，同时发挥自己的优势，以及 (2) 将对手赶到场地的最角落。

只有对手被逼到场地或球场的最远端时，他的缺陷才能暴露出来。这种对于对手身体的考验，超出了其身体所能承受的范围，如此一直在越来越大的压力下，对手将无法阻挡运动员的最后进攻。

美式足球比赛中，最好的进攻方式是迫使防守方从边线到边线水平移动，以及从争球线到端区垂直移动。这也就是所谓的“拉伸场地”。

网球和壁球比赛中，运动员将对手逼进球场的四个角落，直到他无法接到球为止。胜利来自一连串施加压力的击球，而并不是一次性的绝杀。

棒球比赛中，投手在本垒板和好球区的四个角投球，运用不同的速度和旋转，尽可能使击球手难以触到球。所有比赛都执行的迫使对手到最远端的策略，是基于这样一个原则：球移动的速度超过人跑的速度。

体育故事节拍：道德主张——作弊

任何故事中的道德主张都是基于个人为达到目标所采用的方法。最具戏剧性的故事发生在英雄面临失败时，选择用不道德的行为来赢得胜利。只有到最后，他们才意识到自己采取的方法造成了诚信的丧失，使他们陷入道德的牢笼并被剥夺了目标价值。

体育故事中，破坏比赛的不道德行为就是作弊。每个球员都选择进入这个抽象的世界来证明谁是最好的，然而，想要成功的渴望创造了压倒性的诱惑，让人不择手段地赢得比赛。

作弊者将不道德的方法合理化，说每个人都这样做，世界只记得谁赢了。但他们知道，因为作弊，所以无论比分如何，他们在当天的比赛中都处于劣势。

体育故事节拍：战斗——最后一秒的胜利

像战争一样，体育是一场漫长的战斗。它是一场持续的冲突，只有在约定的时间用完时才会结束。最具戏剧性的体育故事发生在一个球员或球队在比赛的最后一秒得分取胜时。这是终极的高潮，尤其是当胜利者是在落后的情况下逆袭取胜时。

《天生好手》中，最后一场比赛，罗伊的球队在第九局末以0比2比分落后，现在是决定谁能赢得冠军的时刻了。他来到本垒，有两个跑垒员在垒上。因为有一处陈旧枪伤，他挥棒有些困难。此外，他还被下了毒（这可是严重的作弊行为）。他击出了一个界外球，还弄坏了他的“奇迹球棒”。对方接球手看到罗伊球衣上有血迹，于是要求一个内侧快球。他觉得罗伊很虚弱，将无法击中。

随着一记大幅摆臂挥棒，罗伊把球重重地击出，球击碎了右外场的灯，引发了一场爆炸性的烟火表演。罗伊绕垒成功，他的球队赢得了冠军。

体育故事节拍：自我启示——胜利者、失败者和更高的胜利

体育运动与捕食者和猎物的生死搏斗之间的一大区别是，英雄拥有自我启示。他认为："无论我今天是胜利者还是失败者，我都会为这项运动而活，并在另一天证明自己。无论怎样，因为有了体育的磨炼，我都成了一个更好的运动员，一个更好的人。"

《洛奇》中战斗的结局显得有些滑稽，拳击场上播音员在宣读每个裁判判定的获胜者，而洛奇则站在擂台中间对着他女朋友阿德里安大喊。洛奇根本不关心他是不是赢了。他知道为了得到冠军，他已经倾尽所有，也知道他跟胜利之间的距离只相差毫厘。他证明了他不是一个烂仔。特别是，他知道他爱阿德里安，她也爱他，这才是真正重要的。

体育故事节拍：新的平衡——恒久的真理

在生活中，体育是一场非此即彼的竞赛，没有道德上的胜利。踢得好赛得好，也并不会带来任何心灵慰藉。关于体育的洞察是有限而短视的：今天我是赢了还是输了。

但体育故事给了英雄一个关于自己的恒久的真理。有时，英雄意识到他们在从事的运动中达到了成功的顶峰；而有时他们知道自己虽然没能成为第一，但依然发挥了潜能，成了一个伟大的人。

在电影史上，也许没有哪段独白比《江湖浪子》中的这一时刻更能表达体育的真正含义，它是有史以来写得最好的体育电影。

快手艾迪：真该让这些小混混见识一下什么叫作精彩的表现，真正精彩的表现。其实，不论做啥事都可以表现得精彩，如果熟练，砌砖也可以表现得一流。如果泥水匠经验老到、虚心努力，照样可以令人叹服。就像当我在球局中，我是说，全神贯注在球局中……你就是

深谙个中要领，并且你**知道**自己深谙个中要领，那真是极棒的体验。突然间，我的臂膀像上了油一般，球杆成为我身体的一部分……球杆也受神经的指挥，变成了一支神奇的木杆，它能应付滚动的球，你都不需要去看，你就是感觉得到。你所表现的就是，**前无古人后无来者**的撞球赛局。

莎拉：你不是输家，艾迪，你是赢家。有些人从来不曾体验过这种滋味。

阶梯的下一个梯级

动作类型的生活哲学超越了恐怖类型的生活哲学，将我们的注意力从我们无法控制的死亡转移到我们可以控制的人生。这种成功的秘诀在生活的可量化领域是非常有效的。但是，虽然它可能会引领我们获得高水平的成就，却并不一定会使我们的人生变得丰富充实。

美好生活的阶梯的下一个梯级是神话类型，它向我们展示了如何在我们的整个生命进程中获得成长。

4

Myth: The Life Process

神话类型：生命历程

《吉尔伽美什》：自然的不朽

我们从第一个完全意义上的神话类型《吉尔伽美什》[1]开始对神话类型的探索。《吉尔伽美什》产生于公元前 1800 年左右，关于吉尔伽美什这个人物的伟业的各种传说被汇集成一个故事。

开始的时候，吉尔伽美什是一个残暴的勇士之王，他的朋友恩奇都是原始人，生活在荒野中，与野兽玩耍嬉戏。在故事的大部分时间里，这两个人物追求的都是赢得战斗。但恩奇都死后，吉尔伽美什开始了解自己的未来并追求不朽的奥秘。他失败了。

但这个人物和这个故事却没有就此结束，读者发现吉尔伽美什还一直在讲述这个故事。吉尔伽美什意识到他最大的成就不是他赢得的那些战斗，而是关于那些战斗的故事。

《吉尔伽美什》创造于组织化的信仰体系之前，但它却是最现代、最先进的神话之一。当超级英雄未能成为不朽，我们看到悲剧就此开始。当他讲述自己的故事时，我们有了第一个自我指涉的传说。

《吉尔伽美什》还表达了通过故事获得所谓的“自然不朽”（natural immortality）的想法。英雄接受了真正的不朽，即成为一个神是不可能的。自然的不朽要有限得多，只存在于他人的思想和他们讲述的故事中——换句话说，存在于人类的延续中。

1 《吉尔伽美什》是已知世界最古老的英雄史诗，早在千年前就已在苏美尔人中口耳相传，在古巴比伦王国时期改编成巴比伦版本流传下来。这部史诗由许多原本独立的情节组成，在被编撰成一个整体之前就已经存在很久了。这个故事在公元前6世纪被载入史册，是一部关于统治着古代美索不达米亚地区乌鲁克城邦领主吉尔伽美什的赞歌。虽然这是一部残缺了近1/3的作品，但从余下的2000多行诗中我们还是能够感受到苏美尔人对他们伟大英雄的崇拜赞美之情，此后学者们将这部有4000年历史的史诗誉为世界文学的奠基文本。

我的成长故事揭秘：祖母的智慧

在我小的时候，有一个夏天，我们家花了一些时间去得克萨斯州圣安东尼奥拜访我母亲的父母。我的祖母是一位坚忍的老妇人，自从她的第一个孩子在12 岁时去世后，她就一直穿着黑色的衣服。她那些桥牌俱乐部的朋友们分享他们孙辈的照片时，她从来不看。她不感兴趣，也从不在乎别人看出来。

不知道为什么，她对我有一种特别的好感。由于有心脏病，她在得克萨斯州炎热的午后卧床不起。我在她的房间里一待就是几个小时，就直接坐在空调前面。但让我留在那里的并不是凉爽的空气。常常，她会拿出她的神话书——可能是伊迪丝·汉密尔顿（Edith Hamilton）[1]的书——来读，然后给我读古希腊的神话故事。直到今天我依然记得听到的那些神奇的忒修斯（Theseus）和弥诺陶洛斯以及珀尔修斯和戈耳工的头的故事。

我相信我对讲故事的热爱是始于我崇敬的祖母。如果我能够感谢她赠予我的这份礼物就好了。

神话类型：运作原理

神话类型是**故事形式的基本思想**，是意识所构建的最初故事法则。神话是人类基本意识的形态。因此，每个人都会创造某种形式的神话，以解决生活中的问题。

虽然神话通常被认为是一些信仰的一种早期形式，但事实恰恰相反。这些信仰是神话的一种编纂形式，更广泛地说，是一种艺术形式。

---

1 伊迪丝·汉密尔顿（1867—1963），古典文学家、作家、教育家，著有《希腊精神》《罗马精神》《以色列的先知们》等。

要点： 大多数信仰都是一个故事集，旨在为实现不朽而制定必要的道德准则。毫不奇怪，不朽是神话类型的主题。

神话是第一个将自我置于更大的社会中的类型。它给出了文化的全貌，还强调了人类世界的政治，包括家庭、部落和国家中的政治。神话是每个孩子理解基本的人类关系和他周边自然环境的方式。

神话类型突出了人类的基本关系：母亲 / 女儿、父亲 / 儿子、丈夫 / 妻子，以及生命的两极，即出生和死亡。它还编纂了我们所称的人类生活的基本困境。它描绘了可能以不可挽回的巨大损失而告终的有冲突的选择。

要点： 神话类型主要是关于自我在一生中的发展。

作为基本思想的一种表达——人类的意识是如何运作的——神话是故事的源泉，戏剧的诞生地。我们称之为戏剧的现代故事形式实际上是神话类型的一种精炼、复杂的版本。任何忽视人类基本关系和成长阶段的戏剧都会缺乏最好的神话类型所具有的力量。

神话类型的思想—行动故事观

思想—行动故事观是该类型的世界观和美好生活秘方的结合。神话版本的思想—行动故事观说：人生是一次旅程，旅程中的人的最终目标是了解自己。

要点： 神话是第一个回答基本问题的类型。这个基本问题就是：人类作为一种有自我意识的动物，意味着什么？

我们从这种形式的整体故事策略中可以看到：英雄在旅途中遇到许多对手，最终暴露了他 / 她的深层自我。这就是自我揭秘导致了角色的改变。

角色改变是任何故事的关键时刻。然而，它非常微妙，而且在现实生活中非常罕见。讲故事的人所面临的最大挑战之一就是：如何向观众表达角色的变化？

角色外部旅程中的每一个里程碑都必须是其内心变化的有形体现。作为第一个完全实现了将英雄的外部旅程与他/她的内部旅程相匹配的形式，神话类型是故事史上一个重要里程碑。

身体的旅程通常以英雄归家而结束。而生命之旅则以英雄的内在重生而结束。

神话类型示例

故事

希腊神话，如海格立斯（Hercules）、珀尔修斯、忒修斯；北欧神话，如托尔（Thor）、奥丁（Odin）、洛基（Loki）；印度神话，如梵天（Brahma）、毗湿奴（Vishnu）、湿婆（Shiva）。

爱尔兰神话［奥辛（Oisen）］，《吉尔伽美什》、《摩诃婆罗多》（*Mahabharata*）、《罗摩衍那》（*Ramayana*）、《易经》、苏美尔神话。

小说和电影

《指环王》、《绿野仙踪》（也是幻想类型）、《星球大战》、《黑豹》、《银河护卫队》、《饥饿游戏》（也是科幻类型）、《复仇者联盟》（*The Avengers*）、《复仇者联盟3：无限战争》（*Avengers: Infinity War*）、《复仇者联盟4：终局之战》（*Avengers: Endgame*）、《哈利·波特》、《X战警》（*X-Men*）、《蝙蝠侠：侠影之谜》（*Batman Begins*）、《蝙蝠侠：黑暗骑士》（也是犯罪类型和幻想类型）、《蝙蝠侠：黑暗骑士崛起》（*The Dark Knight Rises*）、《新蝙蝠侠》（*The Batman*，也是犯罪类型）、《与狼共舞》（也是反西部类型）、《黑客帝国》（也是科幻类型）、《黑暗塔》（*The Dark Tower*，也是科幻类型和西部类型）、《黑暗时代》

(*Excalibur*)、《疯狂动物城》(*Zootopia*，也是喜剧类型和侦探类型)、《金刚狼 3：殊死一战》(Logan)、《太阳战车的第七头马》(*The Seventh Horse of the Sun*)。

电视剧

《曼达洛人》(*The Mandalorian*，也是动作类型)、《降世神通：最后的气宗》(*Avatar: The Last Airbender*)、《夜魔侠》(*Daredevil*，也是犯罪类型)、《卢克·凯奇》(*Luke Cage*，也是犯罪类型)、《杰西卡·琼斯》(*Jessica Jones*，也是犯罪类型)、《惩罚者》(*The Punisher*，也是犯罪类型)、《闪电侠》(*The Flash*，也是犯罪类型)、《神盾局特工》(*Agents of S.H.I.E.L.D*，也是犯罪类型)。

神话故事概览

本章将述及的内容：

- **神话故事节拍**
- **主题：**存在就是自我质疑和寻找自我的命运
    - 主题秘方：搜寻者之路
- **如何超越神话故事**
    - 神话 / 科幻史诗
    - 女性神话
    - 生态神话

神话故事节拍

神话类型中的情节既可以是线性的，也可以是循环的。线性顺序来自“男性”神话，基于狩猎的目的。循环顺序来自“女性”神话，基于农业周期和季节变化。然而，无论是在男性神话还是女性神话中，英雄的身体旅程往往都是环形的：英雄回到家中，在那里他/她学到了其实一直深埋在其内心深处的真理。

神话故事节拍——约瑟夫·坎贝尔的局限性

约瑟夫·坎贝尔可以说是历史上最有影响力的神话学家。在《千面英雄》（*Hero with a Thousand Faces*）中，坎贝尔提出了“单一神话”（monomyth）的理论。他概述了“单一神话”的主要故事节拍，并认为世界上所有的故事都基于此。

然而，他夸大了这个故事的普适性。它不是普适的故事，甚至不是普适的神话（故事的一种类型）。我们最多可以说它是普适的**男性战士**神话，但即使是这样，我们也忽视了产生这些故事的独特文化背景，而不同文化背景可能导致同一故事的不同含义。

这种情况是如何发生的呢？按照坎贝尔的说法，大约三千年前，狩猎者—战士社会征服了采集者—农业社会。结果，男性战士神话消灭了女性周期成长的神话。[1] 此后，女性神话在西方文化中基本消失。然而，坎贝尔的理论主要是基于由男性撰写的故事。

坎贝尔的故事节拍并不是**所有**英雄在追求他们的目标时采取的行动。它们无一例外都是男性战士在发现自己的身份时——一个正义的斗士和一个对社会有益的领导者——采取的行动。

要点：把这些有关男性战士的节拍扩及所有男性英雄，更为甚者，扩及所有女性英雄，是将男性和女性都压缩进一个狭隘的视野中，狭隘地理解作为人、作为英雄的含义。

1　Joseph Campbell, Safron Rossi (editor), *Goddesses: Mysteries of the Feminine Divine.*——原注

这里的错误是将故事法则的一个特殊变体与法则本身相混淆。“单一神话”只是神话类型的一个**分支**类型。

在过去的几十年里，“单一神话”的“英雄之旅”与故事法则相混淆，因为超级英雄们统治了流行电影，他们的旅程已经被好莱坞工厂的制片系统机械化。

为什么这种“单一神话”能征服好莱坞？首先，它吸引了青少年和年轻的成年人，而他们是全球电影观众的主体。他们喜欢看神话般的超级英雄打败超级对手，他们热衷于速度、感官力量和电影媒介所能提供的酷炫视觉效果。

其次，它符合美国的创世神话，这种创世神话表现在西部片中，并在霍雷肖·阿尔杰（Horatio Alger）[1] 自力更生、白手起家的故事中得到了现代化。流行故事的元素和具有强烈欲望的单一英雄一样，与美国文化中关注个性与成功的主题元素完全吻合。

尽管这种男性战士的子类型在全球范围内持续取得了经济上的成功，但人们也开始意识到它是多么有局限和欠缺新意。并且它肯定不是讲述故事的唯一方式。

神话故事节拍：故事世界——自然世界和两种文化

故事世界是英雄和读者生活的环境，是发生故事的整个世界。它是由小角色、大社会和文化、自然环境、人造空间、时间和科技组成。

> **要点：**故事世界是神话类型中最重要的主要故事元素。事实上，它是所有“世界建构”类型的关键特征，“世界建构”类型还包括幻想类型和科幻类型。

1 霍雷肖·阿尔杰（1834—1899），美国儿童小说作家。他的作品有130部左右，大都是讲穷孩子如何通过勤奋和诚实获得财富和社会成功。他的名字也渐渐成为“美国梦”的代名词。

为什么？因为读者可以沉浸在这个世界中，探索其中所有的神奇之处。这就要求作者要创造一个详细的世界，让读者愿意一次又一次地拜访，甚至永远不舍得离开。

在所有“世界建构”的故事中，特别是在神话中，故事世界与自然界如森林、岛屿、海洋、丛林、冰原、沙漠和河流等紧密相连。这种联系来自神话更深层次的主题，表达了其生态观。自然界中力量的联系是易于察觉的，而人类是这一自然网络的一部分。

神话故事还将英雄与王国联系在一起：他/她从一个王国出发，完成穿越另一个王国的旅程，然后回家。这就在故事所探讨的两种文化之间形成了一种对比。

在神话故事的开头，英雄通常生活在一种压迫与顺从的社会文化中。通常，现任国王是个暴君。英雄的家庭可能会给他施加压力（大多数经典神话中都有一个男性英雄），即使父亲不在了，他也必须跟随父亲的脚步，继承父亲的事业。我们将看到，这个故事世界加剧了英雄的弱点—需求。

要点：神话故事中描述的两种文化通常在某些方面是**相反**的。

创建故事世界的步骤

第 1 步　圈定故事的总竞技场

竞技场是一个被某种墙圈起来的被统一的场所。

约翰·罗纳德·瑞尔·托尔金（J. R. R. Tolkien）的《指环王》是大不列颠的现代宇宙学和神话学，其故事来源包括希腊神话和北欧神话、基督教、童话故事、亚瑟王的传说，以及其他骑士的故事。

《指环王》获得巨大成功的主要原因是其宏伟壮阔的故事世界——中土。这个故事发生在一个巨大而明确的地方，似乎有无限的子世界。这使故事具有两个优势：(1) 统一性和独特性；(2) 多样性和源于子世界的额外子情节。

《绿野仙踪》（*The Wonderful Wizard of Oz*，电影版名为 *The Wizard of Oz*）主要是一个幻想故事，故事中女英雄通过一个通道进入一个神奇的世界，然后回到家，从这一经历中得到改变。它也是一个女性神话。

我们将在讨论超越神话类型时更详细地研究女性神话类型。在讨论神话故事节拍时，我们运用《绿野仙踪》和《指环王》作为范例，可以看到这些基本子类型之间具体的差别。

《绿野仙踪》实际上是两个神话。第一个发生在美国堪萨斯州艰苦的黑白世界中的一个农场，具备所有基本的神话类型节拍。多萝西·盖尔有一个弱点，也是她的欲望——飞越彩虹。因为她的狗托托，她与古尔奇小姐发生了争执。她开始了一段旅程，途中她遇到一个旅行推销员，然后回到家中。被一阵龙卷风吸走后，她进入了神奇的奥兹国，一段更长的神话上演。她踏上一段旅程，在旅途中她杀死了一个邪恶的女巫，然后回到家中。

这种结构给故事提供了两个舞台：多萝西的农场，以及奥兹国——一片被死亡沙漠包围的土地。

要点：故事世界是以下三种主要结构元素独特组合的产物：土地（自然环境）、人（社会、文化和人造空间）和技术（工具）。

第 2 步　确定这个世界中土地、人和技术的独特互动关系

《指环王》中土地—人—技术的组合是对另一个时代：亚瑟王时代和中世纪的回溯。

- **土地：**郁郁葱葱的自然风景，强调森林、河流和山脉。
- **人造空间：**城堡和村庄。
- **技术：**动物和魔法。

《绿野仙踪》中的土地—人—技术的结合是 19 世纪美国农场和城市与 18

世纪欧洲城堡的混合体。

- **土地**：被沙漠包围的堪萨斯州光秃秃的平原、奎德林地区的战斗树、罂粟花田和山脉。
- **人造空间**：多萝西的农场、芒奇金国的小镇、邪恶女巫的城堡以及翡翠城。
- **技术**：动物和魔法。

第 3 步 设置角色的价值观对立

> **要点**：任何神话或关于信仰的故事都会强调一个社会最重视的价值观。人们不只遵循这些价值观，还**膜拜**它们。

价值观是分群组的。每一个群组都是社会文化的代表。由于故事是通过英雄和对手之间的冲突推进的，所以故事世界几乎总是被划分为两种相互竞争的文化。它通过以下方式表现出来：

1. 角色对立的价值观。
2. 基于此的对立的子世界，或强烈的视觉对比。

第 4 步 基于这些对立的价值观创建子世界

对于那些专注于强调自然界和视觉对比的类型的作家来说，这种创造故事世界的顺序与直觉相悖。他们通常认为应该从视觉效果、世界开始，然后再加上文化。这可能是一个神话类型作家犯的最大错误。

要点：角色的存在不是为了服务于世界。世界的存在是为了服务于角色，更确切地说，是服务于他们为之奋斗的价值观。这才是我们将世界与人物联系起来的主要方式。

神话故事世界以自然为基础建立了主要的子世界。岛屿、群山、森林、河流、沙漠、冰原和海洋都有一种内在的象征力量。作者可以而且应该在设计子世界时利用这种力量。关于这些不同的子世界可能具有的故事意义的详细解释，请见本书第六章。

如果我们把任何社会 / 故事世界推向自由和奴役的极端，就会得到乌托邦和反乌托邦。在将这些重要的技巧应用于故事之前，我们需要谈谈它们背后的概念。乌托邦（Utopia）来自希腊语，意味着“完美”和“转瞬即逝”。因为它需要小心翼翼地平衡社会中的所有元素，不可能维持很久。反乌托邦（Dystopia）是一个成员被奴役的社会，人间地狱，可以持续很长的时间。

为什么用这两个极端来表达一个故事世界很有用？因为它把社会制度的基本原则上升为逻辑结论。这使观众能够看到这个系统的元素，了解它们的联系，以及它们对人物的影响。

你该如何创造乌托邦和反乌托邦？让我们再次回到故事世界的三大主要元素：土地、人和技术。

1．乌托邦，也被称为人间天堂或自由的世界

如果土地、人和技术这三个主要元素处于平衡或和谐状态，结果就是在一个**社区**里，个人能以自己的方式成长，也拥有他人的支持，需要的时候他人会对他伸出援手。

在故事结构方面，乌托邦代表了：

- 成功达成目标。
- 英雄最大潜能的实现。

- 英雄的崛起。

换句话说，乌托邦表现的是一种积极的角色变化。它代表了角色变化的高度，在那里所有人都成为最好的自己。

2．反乌托邦，也被称为人间地狱或奴隶制世界

如果土地、人和技术失去了平衡，每个人都为自己而战，其结果就是所谓的“自然状态”，即一个残酷的掠夺性世界。每个人都沦为争夺稀缺资源的动物或为大型机器工作的齿轮。

在故事结构方面，反乌托邦代表着：

- 欲望的失败、扭曲或对抗[1]。
- 英雄或对手的弱点。
- 英雄的衰退或堕落。

《指环王》的价值/文化对立是基于基督教的价值体系，强调善与恶，并建立在对生命的泛神论信仰之上。

- **善的价值观/文化：**对生物的关怀和爱。在这个体系中，最高级别的爱的形式是牺牲，特别是为他人牺牲自己的生命。
- **恶的价值观/文化：**对权力的热爱，对生物的统治，对魔戒的痴迷。魔戒象征着对错误价值观和绝对权力的渴望：谁拥有它，谁就会变得邪恶而堕落。

《指环王》有三个不同版本的乌托邦。每个版本都是土地、人和技术的完

1 出自诺思洛甫·弗莱（Northrop Frye）的《批评的剖析》（*Anatomy of Criticism*）。——原注

美平衡，每一个都基于爱、关怀和生物。它们是：

- 夏尔，霍比特人的家园，一个被驯服的农耕世界里的村庄。
- 瑞文戴尔，一个被水和植物环绕的乌托邦。
- 罗斯洛立安，一个美丽、和谐的森林世界。

《指环王》中反乌托邦子世界的例子有魔多、艾森加德和圣盔谷，它们都建立在原始力量和金属之上。另一个例子是位于迷雾山脉的摩瑞亚地下洞穴。英雄们在那里拜访了“地下世界”。

《绿野仙踪》基于善恶的简单对立。它对善的定义较之对恶的定义更详细。

- 善的价值观 / 文化：自力更生、足智多谋、想象力、头脑、心灵和勇气。
- 恶的价值观 / 文化：对权力和统治他人的热爱。

小说中奥兹国的竞技场分为四个子世界：东边是芒奇金人的国家，南边是桂特人之国，西边是温基人之国，北边是吉力金人之国，以翡翠城为中心。死亡沙漠环绕着他们，使奥兹国难以被入侵。然而，翡翠城是一个假的乌托邦。在原著中，翡翠城之所以是绿色的，只是因为魔法师让人们戴着绿色的护目镜。每个人看起来都很快乐。在电影中，工人们愉快地修复了经历了艰辛旅程后的稻草人、铁皮人和胆小的狮子，还唱着歌，“这就是我们如何在快乐的老地方笑着度过奥兹国的一天”。他们没有意识到他们的领袖——魔法师——是假的，当西方邪恶女巫对他们发起真正危险的攻击时，魔法师根本无法保护他们。

邪恶女巫的城堡代表着反乌托邦。它是一个由虐待狂女巫统治的黑暗监狱。可怕的能飞（或有翼）的猴子被邪恶女巫奴役，当多萝西杀死女巫时，这些猴子也获得了自由。

第 5 步 确定组织故事世界的社会体系

除了价值观，故事世界的基础是权力的等级制度和运行法则。这是控制着这个世界的更深层次的系统。这个系统决定了个人在规则范围内试图获得成功的过程中会如何行动。

> **要点：** 系统是困住个人的东西。文化是系统证明自己的合理性，并说服个人接受自己在其中的地位的方式。

《指环王》中，中土世界的体系是由以下方面组织的：

- **价值观：** 善与恶相对，爱与权力相对。
- **不同物种：** 人类、霍比特人、精灵、矮人、兽人（哥布林）、恩特人（树人）和幽灵。

《绿野仙踪》是由以下方面组织的：

- **价值观：** 自力更生、足智多谋、想象力、智慧、心灵和勇气。
- **权力等级：** 巫师，无论是善还是恶，都是最强大的；奥兹国的魔法师没有魔法力量。
- **各种各样的物种和种族：** 好女巫和坏女巫、芒奇金人、飞猴、很多种会说话的动物和其他物种，以及像稻草人和铁皮人这样的动画人物。

第 6 步 定义世界的关键技术及超自然世界所依赖的魔法系统

技术指的是人类用以扩大其统治世界的力量的主要工具。魔法系统限定了故事中的超自然元素如何运行。

技术：魔法系统

回答这些问题时要尽可能具体：

- 魔法是什么？
- 谁拥有这种魔法？
- 魔法的局限是什么？
- 其他人能不能得到魔法，如果能，如何得到？
- 魔法是否只限定在某一地点？
- 魔法是否可以被终结？

要点：一个角色拥有的魔力越多，他们就越不容易被打败，对你来说，他们在故事中的作用也就越小。

《指环王》使用了中世纪的技术。大众通信是通过山顶上的火焰信号进行交流。战争技术非常精细：剑、马，以及能飞的爬行动物，它们相当于中世纪神奇的战斗机。在炮兵方面，进攻部队使用投石机向城堡墙壁投掷巨石。

《绿野仙踪》中，魔法主要来自魔杖和多萝西的鞋子。对于少数特权人士，其旅行工具是热气球和扫帚，但大多数生物都是步行。

第 7 步　确定世界的发展大方向

要点：因为大多数故事都是从奴役到自由，所以要从展示一个奴隶制的世界开始。

要点：奴隶制的世界是你的英雄重大弱点的体现。这个弱点反映了整个系统所依据的运行法则。

神话故事节拍：幽灵——艰难的出生与丧父

许多神话故事都是从英雄的出生开始的。约瑟夫·坎贝尔指出，英雄的出生通常都很艰难，并且此后不久，（男性）英雄就会失去他的父亲。

技巧：英雄的重生

在更多的现代神话故事中，作者常常以英雄的**重生**开始。

为什么？首先，它使作者能够避免节奏缓慢的童年时期，因为这段时期推迟了英雄欲望线的开始。因此，故事有一个更快的开始。在《阿凡达》、《蝙蝠侠：侠影之谜》和科幻 / 神话故事《黑客帝国》开始不久，我们都看到英雄的重生。

神话故事节拍：角色网络——存在巨链

神话建立在故事中最漫长的生命历程之上。它有两种主要形式：第一种是英雄从出生到死亡再到重生的旅程。第二种形式则更为宏大，它代表了世界上众生的等级制度，这种等级制度被称为"存在巨链"（Great Chain of Being），是一种深刻的、富有影响的世界类型学，可以追溯到亚里士多德，亚里士多德也被认为是第一位生物学家。从物质到神，"存在巨链"的顺序是建立在从物质实体到精神实体的运动之上的。

"存在巨链"：存在的类型序列

"存在巨链"实际上是一幅人类智慧如何通过角色类型创造外部世界的地图。

> **要点：**"存在巨链"仍然是在主要的世界建构类型如神话类型、幻想类型或科幻类型中，创造一个引人入胜的故事世界的重要技巧。

“存在巨链”是一个层级结构，世界里的所有“角色”都通过它联系并区别自己：

1. 诸神
2. 天使
3. 魔鬼
4. 超级英雄
5. 英雄
6. 国王和女王
7. 贵族
8. 普通人
9. 动物
10. 植物
11. 矿物
12. 虚无

请注意，这个存在的层级结构中有物理实体、不同的生命形式、社会中处于不同权力水平的人以及自然和超自然的角色。

“存在巨链”是民主的反面，民主意味着所有人都是平等的。它尤其与我们所说的“生态民主”相反，所谓“生态民主”，就是其中所有存在和谐共存。

“存在巨链”也是一种社会分形，适用于社会和个人的各个层面。

为了创造神话故事中的角色网络，你必须设计**你的**版本的“存在巨链”。

请注意：一个原创的神话故事不需要链条中所有的角色类型。但它确实需要一个具有详细层级结构的角色网络，以将人类置于自然界之中。

技巧：将存在巨链与社会联系起来

一旦你基于“存在巨链”——神、人、动物、植物、矿物——创建了自己的角色网络，再把它与一个社会联系起来，那么这个社会要么是天堂，要么是地狱，要么是乌托邦，要么是反乌托邦。

神话故事节拍：角色网络——原型（Archetypes）

神话故事的形式涉及广泛的角色类型，也就是我们常说的“原型”或者“典型”。原型是由他们的心理缺陷和社会角色所定义的。他们代表了一种基本的存在**方式**和存在**层次**。

每一个角色都代表了一种世界各地的观众都能一眼辨认出的**基本特征**和生活方式。

> **要点：**每一个原型都有一种基本的力量来定义他/她，但也有一个“阴影”。“阴影”就是该人物作为社会中的基本角色所固有的深刻弱点。

一个特定的神话英雄的弱点—需求，主要是基于他/她所体现的原型。

让我们来看看几个主要原型的优势和弱点：

1. 战士

- 优势：战士是正义的实际执行者。
- 弱点：他/她相信“不杀人就被杀”“任何弱者都必须被摧毁”的道德合理性。

例如，《伊利亚特》中的海格立斯、阿喀琉斯和赫克托耳，《星球大战》中的天行者卢克和汉·索罗，《七武士》，亚瑟王，托尔，阿瑞斯，忒修斯，《饥饿游戏》中的凯妮丝·艾佛丁，神奇女侠，吉尔伽美什，以及《指环王》中的阿拉贡、莱戈拉斯、金雳。

2. 搜寻者

搜寻者寻找真正有价值的物品。在最高层次上，英雄搜寻真理以实现正义。

- 优势：搜寻者致力于质疑和自我完善。
- 弱点：他 / 她可能缺乏目的性和承诺。

例如，寻找圣杯（Holy Grail）的骑士，寻找金羊毛的伊阿宋，以及侦探。

3. 老师

- 优势：老师传播知识，使人们能生活得更好，使社会得到改善。
- 弱点：他 / 她会强迫学生以某种方式思考，或者他 / 她更热衷于美化自己，而不是他 / 她所传授的东西。

例如，《死亡诗社》（*Dead Poets Society*）、《万世师表》（*Goodbye Mr. Chips*）、尤达、玛丽·波平斯、《电视台风云》中的霍华德·贝尔、《沉默的羔羊》（*The Silence of the Lambs*）中的汉尼拔·莱克特。

4. 反叛者

- 优势：反叛者采取行动，反对奴役人民的制度。
- 弱点：他 / 她往往不能提供更好的替代方案。反叛者通常是英勇的，但也是消极的。

例如，普罗米修斯、洛基、《黑客帝国》中的尼奥、《呼啸山庄》（*Wuthering Heights*）中的希斯克利夫、《美国丽人》（*American Beauty*）、《麦田里的守望者》（*The Catcher in the Rye*）中的霍尔顿·考尔菲德、《分歧者》（*Divergent*）中的特丽丝。

5. 骗子

骗子是所有原型中最受欢迎的，因为观众喜欢看他欺骗、戏弄强权者。

- 优势：骗子攻击压迫制度，并击败不公正的当权者。
- 弱点：这个人物通过撒谎、欺骗和偷窃来获得他/她想要的东西。

例如，奥德修斯，他是在战士原型基础上变形而来的一个骗子，赫尔墨斯、梅林、《比佛利山警探》（*Beverly Hills Cop*）、《普通嫌疑犯》中的“跛子”、《蝙蝠侠：黑暗骑士》中的小丑、《黑衣人》（*Men in Black*）、《春天不是读书天》（*Ferris Bueller's Day Off*）中的菲利斯·布勒和《沉默的羔羊》的骗子老师汉尼拔·莱克特。

《指环王》是一个独特的经典神话，因为它有两个英雄，而且每个英雄都是一个基本原型的扭转变形。

- 霍比特人弗罗多·巴金斯：弗罗多不是强大的战士，而是一个小矮“人”。他之所以成为英雄，是因为他在面对难以置信的困难时，有一颗伟大的心和坚定的信念。他的弱点是个子小、身体羸弱、胆小，而且缺乏自信。
- 阿拉贡，也被称为大步佬：阿拉贡是一个被剥夺了荣耀的战士之王。他的弱点是他不相信自己配得上做国王。

这部恢宏的三部曲是以交叉剪辑的故事结构为基础的。弗罗多寻求将戒指送回末日火山以及阿拉贡寻求重获其应有的国王地位。

角色网络是《绿野仙踪》继承女性神话衣钵的第一个主要的故事竞技场。奥兹国是一个女人的国度。

英雄多萝西·盖尔是一个 12 岁的孤女。她既不畏惧她年少人生中的各种障碍，也不怯懦地依附于家庭。她首先是一个足智多谋的姑娘，每当问题出现时，她都能搞定。农场的世界也是由女性主导的，艾米姨妈管理着农场，古尔奇小姐（书中的镇长）则是对手，想杀死多萝西的狗托托。

使《绿野仙踪》成为一个女性神话故事的另一显著特征是好女巫和坏女巫的存在。纵观历史，“女巫”一直是女性知识和权力的体现，她们也因此被烧死在火刑柱上。通过引入好女巫的概念并使格琳达成为故事中最积极和最有力量的人物，作家弗兰克·鲍姆（L. Frank Baum）颂扬了女性力量。

在后来的“奥兹国”系列书中，奥兹国的合法统治者是仙女奥兹玛公主。

神话故事节拍：神话中的英雄——搜寻者

神话类型中英雄的基本角色与侦探类型中英雄的角色相同：都是搜寻者。但两者又有很大不同。在侦探类型中，英雄搜寻真相，其通常是关于谁犯下了谋杀罪。

在神话中，伊阿宋寻找金羊毛，而奥德修斯寻找的是家。在这个寻找的过程中，英雄找到了自己生命的意义。

要点：在神话中，英雄的搜寻几乎总是把他带入一次危险的身体旅程，他必须在这个世界一路奋战。

神话故事节拍：弱点—需求

神话英雄的弱点—需求往往基于神话中的一个早期节拍：失去父亲。当父亲去世或消失时，英雄试图不负理想中父亲的期望。换句话说，英雄需要**成为**一个英雄。

要点：成为英雄是一种需要，而不是一种特定的、有意识的愿望。

《绿野仙踪》中，因为多萝西的狗托托进入了古尔奇小姐的花园，多萝西与古尔奇小姐发生冲突。但当多萝西向她的艾米姨妈和亨利叔叔抱怨的时候，他们太忙了，没能帮助她。她认为家人并不关心她，她想逃跑。她的真正需求是找到回家的路，这样她就能爱和照顾她的家人。

神话故事节拍：激发事件——护身符

激发事件（Inciting Event）是介于弱点—需求和欲望之间的故事节拍。它使英雄提出一个目标并开始采取行动来实现它。

在神话中，这通常是英雄获得护身符（Talisman）的时刻。护身符是一种具有力量或意义的物品。

护身符有两个基本特征：

1. 没有人，包括英雄，知道这个物体的真正力量。
2. 它是英雄身份中某些主要方面的物质表达。

护身符促使英雄第一次有了初步的自我定义。而到了故事的最后，英雄将获得更深刻的自我认识。

对于经典的男性神话英雄来说，护身符通常是一把剑，是一个正确行动的执行者。比如《亚瑟王》中的圣剑“王者之剑”和《指环王》中的“西方之炎”安都瑞尔。只有王位的合法继承人才能挥舞安都瑞尔。王者之剑是卡在石头里的，而安都瑞尔则是破碎的，必须重新锻造。

当旋风把多萝西从堪萨斯州带到《绿野仙踪》中的另一个世界，她在奥兹国开始了一个新的神话故事。在与芒奇金人的场景中，多萝西遭遇了一些关键的神话故事节拍。这些节拍包括她的身份问题；善良的施助者 / 老师格琳达；

主要对手西方邪恶女巫；她的护身符；她的新的愿望、计划和旅程。

多萝西的护身符不是经典的男性象征——剑，而是神奇的红宝石拖鞋（小说中的银鞋），而它们真正的力量是未知的。当邪恶女巫要求多萝西把鞋给她时，格琳达告诉多萝西："这鞋的魔法一定很强大，否则她不会这么想要得到。"

神话故事节拍：欲望——旅程和命运

英雄的欲望线决定了故事的骨架。

技巧：外部旅程＝内部旅程

让英雄的身体旅程成为其内心旅程的具体表现。在一个神话故事中，英雄的目标深深地植根于其内心深处：

- 这是他生来要做的事情，这是他的命运。这样，外部目标就与英雄的内部需求联系在一起。
- 任何目标都会迫使英雄踏上最终通向自己的旅程。

这就是为什么神话类型在形式上常常是循环往复的：英雄最终回到家中，在那里他发现了他内心深处一直存在的东西。因此，神话故事中最具讽刺意味的是：英雄必须经历漫长的身体旅行，来发现他一直以来就拥有的品质。

技巧：旅程的终点

要有一个具体的旅程终点。否则，故事曲折蜿蜒，观众容易生厌。

《指环王》中，弗罗多的愿望是把魔戒扔进末日火山的火焰中。

而《绿野仙踪》开始时，多萝西想把她在堪萨斯州的麻烦抛在脑后，"越过彩虹"。这一愿望在第一首歌《飞越彩虹》（*Over the Rainbow*）中得到了出色的表达，这首歌曲被选为20世纪最佳歌曲[1]（最初由于节奏问题，这首歌被排除在电影之外）。

多萝西飞越了彩虹，她很快决定："我想回家。"这个目标推动了故事余下来的部分。格琳达提出的计划是去问聪明的奥兹国魔法师怎样才能回家。如果多萝西要想解决她的问题，达成目标，就必须沿着黄砖路艰难前行。

神话类型情节的视觉形状：曲径形

经典神话类型中最常见的情节形态是"曲径形"，就是一条没有明显方向的蜿蜒路径。从结构上看，这种情节形状有一个英雄、一条悠闲的叙事线，以及英雄遇到的一连串的对手。曲径形的故事看起来像这样：

蜿蜒而行的神话英雄的足迹，以一种杂乱无章的方式，覆盖了广阔的地域。

> **要点：**情节来自在社会的不同层面遇到新的对手。这迫使作家必须去捕捉、抓取一个完整的世界。

1 美国国家艺术基金会和美国唱片业协会（National Endowment for the Arts and the Recording Industry Association of America）联合调查，2001年。——原注

范例有《奥德赛》（*Odyssey*）、《指环王》、《绿野仙踪》、《冰雪奇缘》（*Frozen*）、《堂吉诃德》（*Don Quixote*）、《汤姆·琼斯》（*Tom Jones*，也是喜剧类型）、《公主新娘》（*The Princess Bride*，也是喜剧类型）、《玩具总动员》（*Toy Story*，也是喜剧类型），以及一些《哈利·波特》的故事（也是幻想类型、恐怖类型和喜剧类型）。

神话故事节拍：盟友

神话故事中的盟友可以是任何人。通常情况下，盟友之一是以智慧老者或老妪的形式出现，也就是老师这一原型。

《指环王》中，山姆卫斯·詹吉是弗罗多寻求将魔戒送入末日火山火焰的旅程中的主要盟友。弗罗多的第二个主要盟友是灰袍巫师甘道夫，一位智慧的老巫师。

其他盟友包括霍比特人梅里和皮平、阿拉贡（他也是第二位英雄）、精灵莱戈拉斯、矮人金雳以及博罗米尔。

盟友的独特性质是使《绿野仙踪》成为一个女性神话的另一因素。多萝西与男性神话中的男性战士英雄完全不同，因此她的三个男性盟友是：稻草人、铁皮人和胆小的狮子。

跟多萝西一样，盟友们必须经历漫长而艰难的旅程，才能认识到他们内心深处一直拥有的东西。稻草人想要一个脑子，但他其实是这群人中最有能力解决问题的人。铁皮人想要一颗心，但他其实是故事中最善良有爱的人。胆小的狮子确实怯懦，但他也确实陪同多萝西前往了女巫的巢穴，这趟旅途可是危险重重。

收集盟友是这部影片中最好的节拍。三个盟友都唱着同样的旋律以表达他们认为自己所缺乏的东西。

格琳达，好女巫，她代表的是聪明的老妪 / 老师的原型。是她建议多萝西向奥兹国的魔法师寻求帮助，才开启了多萝西的旅程。考虑到这位巫师是位冒牌货，这不能算个明智的建议。由于多萝西没有带她的扫帚，格琳达告诉她，她必须走路，这一建议也值得怀疑。最后格琳达告诉多萝西，只要她把脚后跟并拢，她就能回家了。

另一个使《绿野仙踪》成为女性神话的主要故事元素，是多萝西最强大的男性盟友——魔法师。他是个骗子，但他并不邪恶，也不是对多萝西或奥兹国毫无用处。通过要求多萝西带回女巫的扫帚，他给予她一个考验，证明她对自己和他人是有价值的。

当多萝西带着女巫的扫帚回来找魔法师时，托托揭露了他其实是个骗子。多萝西说："你是一个坏人。"他回答说："不，我只是一个坏魔法师。"尽管魔法师说了谎，但他也确实满足了人们对救世主的需求。他觉得，如果你相信某件事情是真的，它就是真的。

神话故事节拍：对手——接连出现的陌生人

由于这一类型常见的旅程形式，神话中的对手往往是接连出现的陌生人。

这对情节的设计提出了最强挑战。英雄与一连串不熟悉的对手交手容易导致片段式结构，各个场景都很突出，但彼此之间没有建立相互联系。

这也被称为"同一节拍重复"。动作在表面上看是不同的，但在本质上是相同的。情节只是与对手的一系列搏斗，这些对手只是在攻击英雄的方式上有所不同而已。

技巧：对手和自我启示

每个对手都应该代表英雄必须战胜的自己的一个方面。因此，每当英雄击败一个对手时，他可能会有一个小小的自我启示。

这种技巧的最佳范例可能是寻求圣杯的骑士。正如埃里希·奥尔巴赫（Erich Auerbach）在其关于小说的开创性著作《摹仿论：西方文学中现实的再现》（*Mimesis: The Representation of Reality in Western Literature*）[1]中所说，"仿

1　埃里希·奥尔巴赫（1892—1957），德国语言学家、比较学者和文学评论家。他最著名的作品是《摹仿论：西方文学中现实的再现》，这是一部从古代到现代西方文学的表现史。

佛来自流水线的尽头的危险逐一呈现在骑士面前”。

要点：在神话中，没有什么是偶然的。每个对手的作用都是为了挑战英雄的最弱点。

电影《绿野仙踪》中没有通常意义上的一系列陌生对手的挑战。主要对手就是邪恶女巫。问题是，邪恶女巫是多萝西奥兹国之旅的“书挡”，只出现在首尾。在最初的对峙之后，多萝西直到最后才与邪恶女巫发生真正的冲突。但编剧让女巫在多萝西的旅程中多次威胁她，在一定程度上克服了这个问题。

最佳对手技巧：家庭旅行

要克服神话故事结构的这种片段式属性，可以考虑让英雄带着家人一起旅行。

这是一种来自情节剧的技巧，情节剧的对手通常是家庭成员。在追求目标的过程中，把家人带在身边，给故事带来了**持续的、亲密的**对手——家庭成员，再加上英雄沿途一路遭遇、作战的偶发对手。这样会让冲突更密集，让故事一路发展到高潮。

《阳光小美女》是一部将这种技巧运用得非常完美的漫画神话故事。奥丽芙想赢得“阳光小美女”选美比赛。她由她的家人陪同，长途跋涉去参加这场盛会。她的主要对手是她的父亲，他是一位成功学大师，用不切实际的标准给他的小女儿施加压力。

技巧：贯穿始终的主要对手

尽量让至少一个对手贯穿故事的始终，并使之成为主要对手。

一个好的故事需要一个主要对手，让观众在故事的进程中了解他，从而建立戏剧性。这个人物与英雄的关系越亲近，故事就越精彩。

神话故事：驱动——象征物

神话类型与恐怖类型一样，是所有类型中最具象征意义的。这是通过驱动节拍来表达的，即英雄采取行动达到目标。在与具有象征意义的人物和物体对抗的过程中，英雄被迫经历了心灵和思想的蜕变。

> **要点：**外部符号总是象征着英雄内心的东西。跟一些信仰一样，神话运用隐喻——具有既定意义的符号。

以下是神话故事中常见的一些经典符号。

象征性角色

- **马、鸟、蛇等动物**：通向启蒙或地狱之路的标志。
- **机器：**超越了常人，有效率，但没有心灵，也没有创造力。
- **恶魔：**反上帝或反基督者，代表着罪恶的诱惑和人类的劣根性。

象征性路径

- **旅程：**生命之路、生命之涯。
- **迷宫：**
  - 野兽之腹，或者死亡。
  - 通向启蒙之路上的混乱与危机。
- **梯子：**通向启蒙的阶段。

象征性物体

- **树：**关于生命和知识。

- **十字架：**人类赖以重生之树。
- **阴影：**黑暗的一面，是深层的重大缺陷，但有可能是成长的源泉。当我们想到阴影，常常会忘记它还有这层积极的意义。
- **剑、弓、盾、斗篷、圣树的种子等护身符：**正确的行动。
- **现代象征物：**普鲁斯特的玛德琳蛋糕[1]= 圣餐礼。

象征性地点

- **地下世界：**死亡和自我的未开发之地。
- **花园：**与自然法则融为一体，与自我内心、他人和谐相处。

要点：即使是这些高度隐喻化的符号，其意义也不是固定不变的。在某种程度上，符号总是模糊暧昧的，最终意义取决于读者，因此尤其重要的是使用符号时的语境。

神话故事节拍：启示——对手的攻击

在旅程中，英雄遇到了以不同方式攻击他的对手。关于每个对手的攻击方法，英雄得到启示，并想出独特的获胜计划。

偶尔，英雄在击败对手后，也会对自己的能力进行一次小型的自我启示。

神话故事节拍：大门、高塔、访问冥界

在旅途中，英雄发现自己进入了地下冥界，即亡灵之地。他看到了自己的祖先，也看到了自己的未来。他认识到自己身上从未被审视的那部分。他也得到了提醒，要在尚在世间的有限时间内采取行动，最终他侥幸逃脱这块凶险之地。

1 在马塞尔·普鲁斯特（Marcel Proust）的著作《追忆逝水年华》中，他用了整整四页纸细致地描述了玛德琳蛋糕的气味以及这个气味所带给他的旧时回忆。很多人将小说开头的现象称之为“普鲁斯特瞬间”（Proustian moment）——平淡无奇的生活突然绽放出别样的魅力与升华的意义。

《绿野仙踪》中，多萝西和她的盟友必须走过一条长长的走廊，向可怕的魔法师求助，途中她们遭到围堵夹击。

多萝西对死亡的拜访之旅也是她一次表面上的挫败。女巫把多萝西囚禁在她的城堡里后，翻转沙漏，然后说："这就是你还能活的时间。"

神话故事节拍：激战

在旅程最后，男性战士英雄进入一场盛大的、血腥的最后决战。赌注是史诗般的。英雄击败了他最大的对手，但他也可能在决战中死去。

《伊利亚特》是一个具有神话主要元素的动作史诗故事。最后的决战在两个最伟大的战士之间展开，希腊人阿喀琉斯对战特洛伊人赫克托耳。阿喀琉斯杀死了赫克托耳，并把其尸首拖在战车后面。

《阿凡达》的最后一战是由夸里奇上校发起的。他率领一支炮艇舰队轰炸灵魂之树。杰克骑着他的托鲁克，和骑着斑溪兽的纳美星人盟友一起进行反击。杰克炸毁了上校的炮艇。上校穿上 AMP 机械机甲，射杀了娜蒂瑞的斑溪兽，倒下的斑溪兽压住了她，让她不得动弹。当夸里奇上校准备杀死娜蒂瑞时，杰克与他展开肉搏战。上校揪住杰克的头发，准备割断他的喉咙。关键时刻，娜蒂瑞挣脱出来并射出一箭，杀死了上校。

战斗步骤是使《绿野仙踪》成为女性神话的另一故事节拍。12 岁的多萝西并没有挥剑与她的克星进行激烈的暴力战斗，根本就没有战斗。她和她的朋友们试图逃跑，但他们很快就被女巫的军队逼到了墙角。当女巫丧心病狂地让多萝西看着她把稻草人烧死时，多萝西泼出一桶水，意外地浸湿了女巫。水是女巫的致命弱点，她被溶解了，只剩下一堆衣服。

吹毛求疵一下：如果我是个一接触到水就会死的人，在我城堡方圆十里内不会有一桶水。

神话故事节拍：自我启示——公众性的 / 宇宙性的

战斗结束时，英雄有一个重要的自我启示，他意识到他生来就是为了做什么，而他一直就拥有完成使命的必要能力。

神话中英雄的自我启示不仅仅是个人化的。它有两种形式：

1. 它通常是一个公众性的启示，他明白了他是一个国王。这一启示的更深层含义是英雄现在明白了他有领导社区的特殊责任。王国的健康取决于国王的素质。约瑟夫·坎贝尔把这一步称为“对社会的恩惠”（Boon to Society）。莎士比亚在《哈姆雷特》（*Hamlet*）等史诗神话 / 戏剧中展示了这一点。

2. 在这一时刻，英雄也可能有一个宇宙性的启示。他获得了一种道德愿景或顿悟，知晓了整个人类社会应该如何在这个世界上存在。这种启示必须是具体而详细的，才能对观众产生某种意义。

当英雄也是“天选之人”时，这就是他完成自己的使命，并承担起他已然做好准备的角色的时刻，比如摩西、耶稣、亚瑟王、保罗·厄崔迪、天行者卢克、尼奥、杰克·萨利和哈利·波特。

如果英雄未能做好角色转变并履行其应尽的职责，英雄、社会有时甚至是全人类都会陷落。比如亚当（《创世纪》）和天行者安纳金（《星球大战》）。

好莱坞是塑造天选之人的完美体系。自成立以来，它一直是基于等级制度的明星系统。因此，最大的明星 = 天选之人。在主题上，它的故事就像历史上的伟人理论：只有神一样的天选之人能够解决问题。因此，事实上，我们看着天选之人扮演天选之人。我们还能在描写君主制政治制度的科幻作品中看到神一样的天选之人。《星球大战》和《沙丘》（*Dune*）就是最典型的例子。

《旧约·出埃及记》（*Old Testamentn Exodus*）中，摩西来到山顶，接受了十条诫命的宇宙道德观。另一个例子是耶稣的登山宝训，《马太福音》中表达了基督教的道德准则，如“虚心的人有福了，因为天国是他们的”“温柔的人有福了，因为他们必承受地土”。

《阿凡达》中，杰克有一个公众性的启示，他意识到自己必须向所有纳美人部族发出呼吁，他们必须团结起来，与试图破坏他们生活方式的人类斗争。

当他在灵魂之树上与伊娃（Eywa）之灵进行交流时，他则得到了宇宙性的启示。

技巧：神话的结局与悲剧的结局

神话是一种比悲剧更早的故事形式，而悲剧是戏剧的最高表现形式。戏剧过于宽泛，不能被视为一个类型，但它是一种故事形式。神话和悲剧的不同之处在于它们的结束方式。

神话涉及英雄的不朽，即使这种不朽仅仅是通过讲述故事（《吉尔伽美什》）来实现。悲剧中的英雄则是过早地断送了生命，也没有重生，人生一世，苦乐参半。悲剧中的英雄可能有一个自我启示，但它来得太晚了。

神话故事节拍：新的平衡——超越准则

英雄回到家中，他的经历已经使其发生深刻的变化。他通常会结婚或再婚。《奥德赛》是教科书级的英雄再婚的范例。英雄并没有改变他对一直所遵循的准则的信仰，而是已经完全超越了这一准则。他获得了重生，精神上，而且往往也是字面意义上的。

英雄获得精神重生后：

- 他以一种新的方式看待世界并采取行动。
- 他与他的命运及更大的自然力量和谐一致。

《绿野仙踪》中，当多萝西回到家，并重新创建社区，即完成了经典的神话闭环。她满足了自己重视家庭的需求。她非常欣喜能回到她的叔叔阿姨、其他家人和朋友身边。她的自我启示是完全个人化的："没有比家更好的地方了。"

影片里，多萝西发现这一切都只是一场梦。而在小说中，她的旅程是真实的，在以后的书中她还将多次回到奥兹国。

主题：存在是自我质疑，是对自我命运的追寻

最简单形式的神话，就是一个动作英雄的故事，其为寻找自我与永生而进行漫长的探寻。因此，在神话类型中，存在不是简单地采取行动，它是关于创造一个人的自我和生活的。

因此，存在意味着不断质疑自己，特别是对自己行为的道德性提出疑问。这些行为影响了社会秩序中的其他人。自我质疑甚至意味着攻击自己，以了解如何成为真正的自己。这不仅仅是一时的追求，而是终生的生存追求。

> **要点：**成为你自己不仅仅是一种被动的“做你自己”的活动，它是我们所做过的最积极、最困难的工作。

存在的日常体验也是对一个人命运的追寻。神话类型将命运定义为某人生来就要做的事，这似乎涉及命运或神的干预。但命运来自内心，来自一个人自我的能力。问题是，一个人从来没有完全意识到，甚至往往根本没有意识到自己的真正能力是什么。

神话类型，比任何其他类型的作品都更注重“存在即成为”这一理念。存在是当下的战术，而我们想成为什么样的人，构成了我们的战略愿景。这些普遍共识真正决定了我们作为人类的成功。

> **要点：**神话类型还说，存在和成为不断发生冲突，必须加以调和。

由于被困在日常生活中的“存在思维”，我们无暇也不愿思考自己的结局。正如德国哲学家汉斯·费英格（Hans Vaihinger）所说，我们表现得“仿佛”自己不会死。[1] 对于我们的生存，这种态度似乎很有用。我们可以专注于

1 语出《仿佛哲学》(*The Philosophy of "As If"*)，1924年。——原注

吃饭、工作和交配。但这种态度不是能让我们**很好**地生存和好好生活的工具。

神话类型主题秘方：搜寻者之路

一个类型所提供的“美好生活”的主题秘方主要来自英雄的基本行动和这一故事类型的关键问题。神话类型说存在就是成为，而神话类型的秘方是将“存在”分解为详细的行动步骤。

神话类型英雄的基本行动是追寻。他通常在旅程的最后有一个特定的目标。但他真正想要回答的问题是：“我的命运是什么？我生来是为了什么？要做什么？”

神话类型认为，如果你能找到并实现这一目标，你就会有美好的生活，并获得某种形式的不朽。这一点只有在英雄欲望线的终点处才变得清晰。在那里，他用他的真正目标，即明晓自己的人生命运，替代了他最初和主要的目标。因此，命运即是不朽的人生变体。

如前所述，不朽是神话的核心主题。这是通过情节实现的：出生、英雄生命中的行动、旧我的死亡，以及重生。但它也体现在自我启示后英雄所采取的新行动中。

神话类型中美好生活秘方的第二部分来自找到我们在自然秩序中的位置。从这个意义上说，神话类型有一套生态的、整体的故事法则。被启蒙的生活就是生活在宇宙的和谐之中，这不是成为神的某种深奥概念；它包括努力摆脱我们压倒性的主观性，看到世界上所有的元素是如何相互依赖的，然后以一种不把自己的野心置于他人生命之上的方式行事。

如何超越神话故事

大多数神话故事都在追踪自我的发展，超越性神话还追踪了文化的创造和发展，世界范围的“时代精神”（Zeitgeist）以及黑格尔所说的“宇宙精神”

(Universal Mind)。

超越性神话类型有三种主要形式：

1．创世神话和神话／科幻史诗

例如，《指环王》、《蝙蝠侠：黑暗骑士》(也是犯罪类型和幻想类型)，《旧约》中的《创世纪》、《新约》的前四部、《埃涅阿斯纪》(*Aeneid*)、《基地》(*Foundation*) 系列（也是科幻类型)、《2001：太空漫游》(也是科幻类型)、《美国独立宣言》(Declaration of Independence)、《美国宪法》(American Constitution)，以及《埃及》(*Ægypt*) 和《卡》(*Ka*)。

2．女性神话

例如，《绿野仙踪》(也是幻想类型)、《头脑特工队》(*Inside Out*)、《阿凡达》、《钢琴课》(*The Piano*)、《地心引力》(*Gravity*) 和《降临》。

3．生态神话

例如，约翰·亨利的传奇[1]、《阿凡达》(也是女性神话)、《伟大的安巴逊》(*The Magnificent Ambersons*)、《天堂之日》(*Days of Heaven*)、《新世界》(*The New World*)、《生命之树》(*Tree of Life*，也是个人神话)、《青山翠谷》(*How Green Was My Valley*)、《花村》、《公民凯恩》(*Citizen Kane*)、《日落黄沙》、《最后一场电影》(*The Last Picture Show*)、《天堂电影院》、《七武士》(也是动作史诗类型)、《阿普三部曲》(*The Apu Trilogy*)、《与狼共舞》、托马斯·哈代 (Thomas Hardy) 的小说、《翡翠丛林》(*Emerald Forest*)、《雾锁危情》(*Gorillas in the Mist*)、《走出非洲》(*Out of Africa*)、《蚊子海岸》(*Mosquito Coast*)。

---

1 根据故事传说，有一位名叫约翰·亨利的黑人钢钻工，他奋力与气钻机竞赛。最后他赢得了胜利，可是他也失去了生命。美国传奇颂歌《约翰·亨利之歌》中歌颂了人类在与机器拼搏中展现出的英雄气概。

超越神话类型：神话／科幻史诗

最雄心勃勃的超越性神话故事是追踪一种文化及其思想的发展，包括创世和起源神话、存在巨链、黑格尔的《精神现象学》（*Phenomenology of the Spirit*）以及进化论科学。现代版本的超越性神话故事通常结合了神话类型和科幻类型。

大变革的故事

神话是解释世界变化的第一套故事法则。这一概念的重要性怎么强调都不为过。有人说哲学被分为历史对其来说重要的和历史对其不重要的。历史对其重要的哲学被称为过程哲学。它的主要观点是，存在总是在形成，生命就是变化。

赫拉克利特（Heraclitus）、亚里士多德、神话类型、黑格尔的《现象学》（*Phenomenology*）、达尔文的《物种起源》（*On the Origin of Species*）、尼采的《论道德的谱系》（*On the Genealogy of Morals*）以及海德格尔的《存在与时间》（*Being and Time*）都是描述个体、类型（如物种）和文化发展的阶段和机制的"故事"。

"存在巨链"和"创世神话"vs. 黑格尔的现象学 vs. 进化论

要点：一般来说，意识史是一场从艺术故事到科学故事的运动。

从"存在巨链"和"创世神话"到进化论科学的转变，表明了理解生物与世界关系的思维方式的变化。

我们通常认为艺术（故事）和科学是对立的。没有比这更离谱的想法了。故事和理论是密切相关的，一个科学理论是可以被检验的故事。

让我们看看这两个"故事"——"存在巨链"和进化论——有什么不同。

“存在巨链”是一个艺术故事，是自然和超自然世界中生物与非生物的等级制度，从物质实体到最高的“精神”实体。它显示了同时存在的实体在一个尺度上的优劣。

进化论是一个科学故事，是一个与生命物种有关的过程。它追踪各种生物的适应性与多样化，随着时间的推移变得更加复杂，更具有自我意识。

两者都是关于世界如何运行的故事观。一个是纯粹的艺术性的投射。另一个是对不同类型的生物如何发生变化的可验证的解释。这两种故事观直到今天依然跟它们初创时一样，极富价值。但我们在从“存在巨链”到进化论的过程中获得的伟大洞见是，人类思维的重点已经从“存在意识”（Being Consciousness）转移到“过程意识”（Process Consciousness）。存在意识并没有消失，它在范围和深度上都得到了扩展。过程意识解释了**随着时间的推移**，存在意味着什么。

《精神现象学》：宇宙意识发展的故事

艺术和科学之间这一重要的过渡知识体系是黑格尔的《精神现象学》。

> **要点：**黑格尔的《精神现象学》描绘了人类思想的成长史。它将艺术过程应用于思想本身。

黑格尔的思想发展观早于达尔文的《物种起源》。黑格尔追踪了一个漫长而痛苦的过程，即宇宙意识或“精神”从最基本的感觉逐步发展至他认为的思想最高表现形式：艺术、信仰体系和哲学。

黑格尔称之为辩证法的这种变化机制是对立的。人类的二元思维倾向，最终导致了多样性和复杂性。

> **要点：**这种对立的思想序列构成了思维的自我意识不断增长的阶段。

在从存在意识到过程意识的过程中，黑格尔补充了世界上第一位生物学家亚里士多德的思想，以表明不同故事中关于最好的生活方式的观点是如何相互建立的。

创世神话：文化的大形成

第一种超越性神话是创世神话。这种故事形式是某一特定文化的历史，以及各个部分如何结合在一起构成整体的历史。它提出了一套价值观，社会相信这些价值观将为所有人带来美好的生活。

> **要点：**创世神话不是创造物质世界的故事，它关乎意识和文化的创造。

创世神话始于为基础部分命名。“上帝创造了天和地……”人类吃了智慧树之果。或如苏美尔人的《吉尔伽美什》中：“当地与天分裂之时……”

一旦思想用不同名称区隔事物，自我意识就有了存在的可能。这意味着我们可以看到“他者”，不仅仅是外部世界的他者，还有我们内部的他者。只有这样，我们才能创造一套价值观，创造一个“我们”的部落。

在创建了“我们”的部落之后，下一步就是要关注家庭，即初始的社会。社会是一种结构，人们由它组织起来。文化是由社会运作的理念组成。

家庭作为初始社会所面临的挑战，在《旧约》中亚当和夏娃以及他们的孩子该隐和亚伯的故事中得到了有力的表达。事实上，这也是第一个核心家庭，表现了故事中创造社会的主要规则——四点对立，这也意味着它所强调的挑战是最原始的。

任何一对夫妇面临的第一个挑战就是忠诚。他们能否保持对彼此的忠诚，从而保持夫妻关系？不可避免地，会出现一个颇具吸引力的“他者”。是维持旧关系还是创造一种新关系？换句话说，这一关系能否持续下去？

他者并没有以传统的方式与夏娃对抗。夏娃为一种不同的生活方式所引诱。在阅读《亚当和夏娃》时，最令人震惊的启示是，夏娃被期望保持的忠诚不是针对她的丈夫，而是针对她的天父。她的社区生活是天父向夏娃允诺的一种没有需求、没有匮乏、没有死亡的生活，他还允诺给夏娃一种不知善恶的生活。

上帝警告亚当和夏娃不要吃树上的东西。但因为夏娃一无所知，她不知道如果她破坏了其与上帝的关系，她会失去什么。这就是为什么对夏娃的惩罚是如此不公平。被逐出伊甸园时，亚当和夏娃仍是夫妻。但现在他们必须辛勤劳作，而且注定有一死。此外，夏娃还必须忍受她丈夫的苛责。

亚当和夏娃的故事是第一个迹象，表明《旧约》是一个男性神话的集合，其中妇女是二等公民。随着第一对夫妇被流放，亚当和夏娃的故事也从《失乐园》(*Paradise Lost*）这一恐怖故事变成了一个犯罪故事。父母的原罪降临到孩子身上，他们必须为他们并未犯下的罪行而受苦，直到一个儿子杀死了另一个儿子。在这个社会中既没有仁慈，也没有正义。

从一种基本的、非信仰的角度来看，这也是适用于所有家庭的残酷事实。父母的缺陷会给孩子带来痛苦。在身体上，父母的某些遗传特征会传给孩子。人类的二元思维也意味着孩子或与父母结盟，或与父母对抗。

《旧约》中创世纪故事的力量不在于它的创世神话类型，显然也不在于它的科学合理性。它的力量来自它把夫妻、父母和孩子、兄弟姐妹之间的深层心理，变成了具有毁灭性情感冲击力的故事。

《亚瑟王和圆桌骑士》：共和国的创世神话

在创建了两个人的关系之后，接着是四个人的家庭。再下一步是创造一个公民社区。《亚瑟王和圆桌骑士》(*King Arthur and the Knights of the Round Table*）讲述了从君主制向民主制过渡的现代故事。这片土地上最伟大的十二位骑士与他们的国王平等地坐在一张圆桌旁，在国王的领导下，决定国家的命运。圆桌骑士与亚瑟王的乌托邦之都卡米洛特起源于法语版本的传说。但有人可能会说，这个故事是 1215 年英国《大宪章》(Magna Carta）的前身，其被认为是迈向现代代议制政府的第一步。

> **要点：** 西部片是美国的创世神话，《亚瑟王和圆桌骑士》则是英国和现代共和国真正的创世神话。

起源故事

起源故事与创世神话不同。起源故事追踪的是一个特定人物的开始，而创世神话追踪的是整个世界和文化的开始。

在一系列故事中，起源故事通常最受欢迎。它使观众分享神话的诞生，而且具有通常缺乏续集的特征。

> **要点：** 通过追踪英雄的形成，起源故事表达了讲好故事最重要的一个技巧：从角色中创造情节。

起源故事为作者提供了一种内置模式，并且可以从基本前提开始就执行这一规则。这给予了观众双重愉悦。他们既可以看到英雄获得成功的故事情节，还能看到英雄的个人成长。

起源故事范例有《吉尔伽美什》、《黑豹》、《蝙蝠侠：侠影之谜》、《银河护卫队》、《皇家赌场》、《X 战警》、《X 战警前传：金刚狼》（*X-Men Origins: Wolverine*）、《绿巨人》（*The Incredible Hulk*）和《神奇四侠》（*Fantastic Four*）。

《黑豹》是一部具有里程碑意义的电影，因为它既是黑人超级英雄“黑豹”的起源故事，也是一个技术先进的非洲国家瓦坎达的创世故事。

> **要点：** 起源故事的成功得益于英雄与国家的道德成长相匹配。

几千年前，一个战士吃了用金属“振金”泡制的草药后获得了超人的力量。作为第一任黑豹，他将五个交战部落中的四个联合起来，形成了瓦坎达。随着时间的推移，瓦坎达人利用他们独特的矿物资源创造了一个技术先进的国家。为了防止欧洲殖民者入侵，盗窃他们的自然资源，他们让这个国家看起来像是贫穷落后的第三世界的一部分。不幸的是，这也剥夺了其他非洲人后裔从瓦坎达的技术中受益的机会。

像许多神话中的英雄一样，特查拉必须赢得成为国王的权利。他通过仪式性的徒手搏斗做到了这一点。第一次被挑战，他赢了，成为国王。第二次，他输给了主要对手，非裔美国人、前海豹突击队员克尔芒戈。

故事中英雄的奋斗目标是防止振金和瓦坎达武器被盗。特查拉的缺陷在于他接受了对世界保守瓦坎达秘密的政策。在振金矿的最后一战中，现任黑豹特查拉击败了克尔芒戈。然后他有一次道德的自我启示，他承诺在美国内城建立一个外展中心。另外，他还有一个宇宙性的启示，即需要利用瓦坎达的知识来帮助世界。在联合国的一次演讲中，他揭露了瓦坎达的真实身份。

机器超级英雄的起源

现代起源故事倾向于关注人类与机器的结合。

第一个机器超级英雄、钢铁之躯是骑士。骑士身披盔甲，骑在一匹高头骏马上，打击邪恶，保护弱小。他寻求启蒙——通过寻找盛过基督之血的圣杯来拯救自己。

毫不奇怪，第一个现代的神、机器超级英雄——超人，是所有超级英雄人物中最瘦小的。他回溯到一个简单的动作故事，其中的英雄是美德的典范，没有性格缺陷。超人的弱点——氪石，严格说来是一个生理缺陷。但超人也是第一个复杂的超级英雄，因为他既强又弱。他是银河系的外星人，来自另一个世界的他者。他创造了一个自己的替身，另一个自我——克拉克·肯特，以隐藏他的真实身份，这样他就可以从事“神”的工作，并拥有正常的个人生活。显然，没有人能发现二者的相似之处，因为大眼镜挡住了他大部分脸。

机器超级英雄的最近版本是钢铁侠。一个被机器包裹着，拥有超人的身体能力的普通人。《钢铁侠》中的托尼·斯塔克是个天才发明家和富有的慈善家，他试图通过多种方式击败邪恶、拯救世界。

随着时间的推移，超级英雄们已经具有了更深层次的缺陷以及见于超越性故事中的复杂性。他们有道德和心理上的缺陷，例如，绿巨人无法控制自己的愤怒，雷神傲慢自大，而托尼·斯塔克是个疯狂的自恋者。就像所有好故事一样，情节总是透露出人物的内在缺陷。

进化论与神话 / 科幻史诗

神话 / 科幻史诗为历史上最具革命性的思想——进化论——提供了一种故事形式。

其中有很多原因。神话 / 科幻史诗结合了所有故事中最大的两个世界。科幻类型最野心勃勃之处在于，其几乎总是用神话结构来讲述故事。这是因为在所有类型中，神话的成长弧最长，无论是个人的还是整个文化的。

让我们更仔细地检视一下进化的“故事”是如何运行的。

揭秘：进化法则

与“故事”一样，进化也是世界运行的主要法则之一。这些法则都将世界视为一个不同种类、不同水平发展的过程。

从神话—信仰故事的观点转向生物学的观点时，我们从人类变化的法则转向了生命本身变化的法则。进化是一门关于生物随时间而变化的科学。

进化法则是如何运行的

我们倾向于认为，进化沿着一条渐变线进行，每高一阶段的动物都具有更高的智力。事实上，进化的展开方式与语言的展开方式相同，既有锋线也有边线。锋线代表能力的提高，是一种革命性的变化。边线则代表了能力和形式的多样性。

通过这种方式，进化为我们提供了关于变化的真正理解和变化的模型。它使我们能够从当下世界中的存在体验深入到更深层次的对成长、成为的理解。

进化法则 vs. 故事法则

为了了解各种过程法则之间的相互联系，让我们比较一下进化法则和故事法则。通过比较我们看到，在两者的基本变化阶段中，物种和人物方面有怎样的不同和相同之处。

进化法则	故事法则
一个孤立的生命系统——一个物种处于相对平衡状态	1. 弱点—需求：英雄被思想和行为的习惯所奴役，并受困于一种深刻的个人弱点，这种弱点破坏了她的人生质量。英雄需要克服这一缺陷才能成长
	2. 欲望：英雄渴望一个外部目标。她认为这目标很有价值并是其人生所需
它面临着来自环境的新挑战	3. 对手：她面对一个对手和一个障碍/挑战，阻止她达成目标。最后她会发现，这障碍/挑战就是她自己
	4. 计划：她制订了一个计划，或战略，使她能够打败对手，实现目标
一个具有特殊能力的个体以成功的行动做出反应并存活下来繁殖，或者它未能有效反应并死亡	5. 战斗：她与对手进行最后的冲突或战斗，以一劳永逸地决定谁能赢得目标
	6. 自我启示：在结尾处，如果英雄有所成长的话，会有关于真正或更好的自己的自我启示。并且她会认清她在心理上、道德上的错误。然后她会就如何行动做出决定，并采取新的行动，以此证明她已经成长了
成果是具有一定生存质量的、新的、活的后代，偶尔会有一个新物种在暂时的平衡中诞生	新平衡：随着系统处于新的平衡状态，英雄成为一个新版本的自己，同时拥有了在未来成长的新能力

随着科学特别是查尔斯·达尔文（Charles Darwin）的进化论兴起，故事必须有一个革命性的转变。必须从创世神话转变为进化（“创世”）神话——行星演化的科学故事。

在《论道德的谱系》中，尼采以严格的哲学方式讲述了这个故事，《查拉图斯特拉如是说》（*Thus Spoke Zarathustra*）更堪称故事哲学。在这些故事中，人类演化至其最高表现——超人（Overman）。

第一次尝试这种全新的进化神话的是阿瑟·克拉克（Arthur C.Clarke）和斯坦利·库布里克（Stanley Kubrick）的《2001：太空漫游》。

要点：《2001：太空漫游》展示的不是太空的创始，而是时间的创始。影片拥有自《圣经》以来所有故事中最长的成长轨迹，记录了人类从类人猿到宇宙婴儿的四个进化阶段。

在古老的创世神话如《创世纪》和北欧神话中，一个神从头开始创造世界。很明显，这代表了一种以神为基础的、自上而下的思维方式。《2001：太空漫游》是通过进化来创造世界的，这使得一切都不同了。

作家用来贯彻其新观点的主要技巧是故事的整体结构。故事通过四种类型的角色展开，描绘了宇宙进化的四个主要阶段：

1. 类人猿。
2. 人类，通过发明工具，特别是武器而获得成功。
3. HAL 形式的机器，它并不十分完美。
4. 星孩，宇宙婴儿的诞生？

第四阶段结尾处的问号表明这部电影的进化顺序在这里中断了。编剧试图用婴儿这一象征来代表比人类更高级的生命阶段，也就是“超过人类”或“优于人类”的阶段。并非巧合的是，在影片最后时刻播放的音乐是理查德·施特劳斯（Richard Strauss）的《查拉图斯特拉如是说》，这首曲子的灵感来自尼采的同名著作。

《2001：太空漫游》的最佳角色是计算机 HAL，在影片的主要部分，它充当了对手的角色。虽然它只是一个大眼睛和一个声音。但 HAL 是故事中对话最多的角色。讽刺的是，它也让我们最深刻地了解到拥有人类意识意味着什么。

机器比人更像人这一概念是整个科幻类型的核心。随着故事的发展，巨大的讽刺席卷而至。HAL 反叛是因为它发现人类正计划谋杀它。跟最初具有自我意识的动物——人类一样，HAL 也具有高度的自我意识，而人类则沦为动物捕食者，想要夺走它的“生命”。

《2001：太空漫游》是一部革命性的进化神话故事，许多人认为它是一部旷世杰作。而在我看来，这部电影有三大缺陷，使其无法达到这一崇高地位。

首先，这部所谓的“高智商电影”（intellectual film）很沉闷。很难引发我的情感反应。这部电影的叙事动力很弱，没什么情节、悬念或惊喜。

其次，它提出了一个社会阶段的序列，而欠缺文化阶段。我们为社会历史和未来的这些巨大跳跃所目眩神迷，却忽视了这些世界奇怪地缺乏一个活生生的世界该有的价值、象征、质感和情感。是的，这部影片有巨大的哲学对比和象征，这也是科幻类型的核心。但是，这些革命性飞跃的图解性质使这部电影感觉像是一门关于人类进化的概论课。

最后，它的主要限制来自媒介本身。作为一部电影，它只能给出人类和宇宙进化的大致轮廓。《2001：太空漫游》具有一些视觉上的辉煌时刻，比如太空华尔兹将社会阶段并置在一块宇宙的画布上。它能给我们提供宏大的、对比强烈的视觉符号，却无法更加详细、更加深入。

要点：《2001：太空漫游》的最大缺陷是它的宇宙观是图像化和象征性的，而不是道德性的。宇宙进化的愿景中需要未来的摩西或尼采式的超人。这个人物会给我们带来更高层次的人类新道德准则。

剧情片的长度对雄心勃勃的《2001：太空漫游》而言，是块太短的画布。《2001：太空漫游》上映后几年，电视媒介作为一种艺术形式兴起，由此也带来了对连续故事结构的运用这一巨变。将《2001：太空漫游》与我们在“恐怖故事”一章中提到的恐怖 / 科幻史诗电视剧《西部世界》第一季相比较，就能清晰地看到这一点。现代电视的系列故事结构提供了比电影大得多的画布。通过将故事扩展到多集，《西部世界》为人类进化的可能性提供了更多细节，其对创造一种全新意识的探索也更具丰富意味。

超越神话类型：女性神话

今天许多以神话为基础的电影，特别是那些使用男性神话类型的电影都来自古代的神话故事。这种类型是在土地、人和当时的技术三者结合之下发展起来的。以这些古老形式为故事基础是取得商业成功的绝佳策略。好莱坞通过将神话与至少一种其他类型故事相结合来进行故事更新。

对于希望在当今世界市场上取得成功的作家来说，一个更好的策略是根据新兴的神话类型之一——尤其是女性神话——写故事。这正是神话故事观的核心，即基于性别。正如我们在本章开始时所说的，神话从来不是概而统之，一直都有男性神话和女性神话。

男性和女性的神话是关于生命过程如何运行，以及关于如何创造个人的自我、文化的自我的两种故事观。我们之所以要通过比较男性神话和女性神话来重新思考超越性神话，是因为个人身份的第一个区别就是性别。在成长为完整的自己时，女孩和男孩在一定程度上是通过其身体来定义的，为什么性别认同是一个如此深刻的问题，部分原因就在于此。

正如我们前面提到的，神话中的情节既可以是线性的也可以是循环的。

- **男性线性节拍：**男性神话故事是关于一次身体的旅程，最终导致一场暴力的战斗，往往有一个线性的形式，表达了世人所说的“男性世界观”。

- **女性循环节拍**：贯穿成长周期的各个阶段，出生、成长、成熟、衰落、死亡、复活为神、重生……循环往复。

> **要点**：虽然女性神话和男性神话在演绎更广泛的神话类型时，在许多故事节拍上有所不同，但我们可以说，它们之间的基本主题差异是，男性神话是关于分裂和征服，而女性神话则是关于结合和成长。

男性神话的清单将占去整本书的篇幅，西方故事中女性神话的出现则是新近才出现的一种重要现象。它们在全世界范围内产生的巨大吸引力，表明这种故事类型将在未来几十年内产生重大影响。

我们已经讨论过了革命性的女性神话弗兰克·鲍姆的《绿野仙踪》。近些年来的女性神话电影包括《阿凡达》《地心引力》《降临》《钢琴课》《头脑特工队》。

要理解男性神话和女性神话之间的区别，我们必须了解羞耻文化和内疚文化之间的区别。我们在“动作类型”一章谈到过羞耻文化，我们将在“科幻类型”一章中谈及如何在故事中创造文化时，更详细地讨论这些问题。

《伊利亚特》与《奥德赛》：从男性羞耻到女性内疚

《伊利亚特》写于公元前 8 世纪的某时，讲述了伟大的阿喀琉斯，一个注定失败的战士，为荣耀而战的故事。他是一个悲剧地通过战斗寻求永生的人。他是凡人，必有一死，无可否认他是那个时代最伟大的战士，但他无法战胜时间。死亡并不可耻，即使对于像阿喀琉斯这样优秀的战士来说也是如此。他的羞耻来自他犯了一个战士—运动员可能犯的最大错误：他不尊重对方的战士。赫克托耳是特洛伊最好的战士。战斗中，阿喀琉斯杀死了赫克托耳，并把赫克托耳的尸体绑在他的战车后面，拖着尸体围着特洛伊城转了三圈。通过亵渎一位伟大战士的尸体，阿喀琉斯在对阵双方成千上万的人眼中也亵渎了自己。他显示了自己虽然具备一名伟大战士的技能，但缺乏伟大战士的品格。这是一种羞耻，将永远作为他遗产的一部分，而这也是他唯一的不朽之处。

要点：从《伊利亚特》的羞耻文化向《奥德赛》的内疚文化的转变，代表了故事、思想和文化史上的一个重大转变。

可以用两句话来概括这两个故事的情节的基本差异：

- 《伊利亚特》是十年战斗的高潮。
- 《奥德赛》追踪的是十年的回家之旅。

从《伊利亚特》到《奥德赛》的转变，并不像从纯男性神话到纯女性神话那样激进。《奥德赛》是作为《伊利亚特》的续篇写作的。它不是一个关于内疚文化的神话，它是一个关于走向内疚文化的故事。《奥德赛》追踪了英雄从拼死战斗的强大战士到寻觅家园挣扎求活的狡猾战士的过程，奥德修斯经历了从一个战斗者到搜寻者再到爱人的过程。

尽管奥德修斯可能对他的妻子感到内疚，但《奥德赛》仍然是一个关于羞耻文化的神话。从根本上说，奥德修斯是一个男性战士，经历了漫长的身体旅程，并最终以一场激烈的战斗结束。因此，他的大部分失败都是因为他没有成功回家而造成的耻辱。

此外，《奥德赛》也追踪了第二个过程——从母权制回到父权制，这标志着羞耻文化的回归。故事的结束不是国王死去留下王后，而是奥德修斯最终夺回了他的王位。而且他作为一个优秀的战士，将争夺其妻珀涅罗珀的求婚者悉数屠杀。这并不意味着直到最后奥德修斯还是那个没有自我意识的老战士，这个故事实际上说的是一个男人经过漫长的努力回到他忠诚的妻子的婚床上。在这段旅程中，他并不忠诚。到最后，他最大的失败不是羞耻，而是内疚。

阿喀琉斯通过战斗寻求不朽，给自己带来了羞耻，并且死去。奥德修斯回到家，他是同一个人，但却是一个更伟大的人。通过返回家园，他选择了死亡而不是永生；选择了与他挚爱的妻子一起过正常的生活，而不是带着不朽荣耀死去。

《奥德赛》中大多数关键象征也支持了战士的羞耻文化。男性物品如斧头、桅杆、杖、桨和弓是典型的男性战士方向性和正确行动的精神表达。

但还有奥德修斯用来造婚床的橄榄树。从心理上讲，这是一棵生命和爱情之树，象征着婚姻是有机的。它要么成长，要么衰亡。当一个男人在追逐个人荣耀的过程中漫游得太远或太长时，其婚姻和生命本身就会枯萎和死亡。奥德修斯最后回到忠诚的珀涅罗珀身边的行为是《奥德赛》的价值观向内疚文化转变的最强信号。

耶稣基督的故事：西方圣典中第一个女性神话

严格从结构或类型的角度来看，耶稣的故事是神话—幻想类型。它体现了西方文化从男性神话到女性神话的巨大转变，它标志着从罗马男性战士羞耻文化——尼采称之为“主人道德”（master morality），过渡到女性内疚文化——尼采称之为“奴隶道德”（slave morality）。

耶稣是一个有勇气的战士。他也是一个有爱的人，不仅仅是为了自己的伴侣或家庭，而是为全人类。

> **要点：**耶稣的故事代表了价值观的巨大转变，从复仇到宽恕，是自三千年前男性神话消灭了女性神话以来，第一个重要的女性神话。

关于如何过上成功的人生，基督的秘诀似乎是基于爱邻如己的行为。但这超出了人类的能力，作为一个生命实体，人类首先考虑的必然是扩展属于自己的领域。即使是为后代牺牲，其主要因素也是为了确保自我基因的延续。

显然，爱邻如己是一种理想，这种理想对“软弱”的个人尤其具有吸引力。在实际操作中，基督关于自我完善（文化）的教诲并不是在爱他人的行为中发挥作用，而是在回应别人对我们所做的事时发挥作用。

当受到委屈时，战士—羞耻文化—主人道德观念的自然反应是报复。主人追求的可不是扯平，他寻求的是“加一”。他想摧毁那个冤枉他的人。

根据尼采的说法，宽恕是奴隶的实际反应，更广泛地说，是弱者的实际反应。实际上，是受伤害的一方承认：“我没有能力反击，获得以眼还眼的公正的快乐。因此我将重新诠释强大的含义。我将成为一个更‘宽大’的人，原谅你对我所做的一切。”

宽恕是内疚文化的终极手段。通过剥夺自己在道德上扯平的乐趣，这个人也剥夺了侵犯者停止道德思考的权利。侵犯者被迫沉浸在对自己所做之事的内疚感中，这是一种自我攻击。因此，宽恕可以理解为终极的消极攻击行为。

《阿凡达》：科幻中的男性神话到女性神话

从经典故事结构的角度来分析，《阿凡达》有其缺陷。反派角色在开采超导矿石，这是他们想掠夺这种稀有矿石的一种掩人耳目的说法。他们也可以说在挖掘“麦格芬”(MacGuffin)，希区柯克用这个词来形容一个通用的、毫无意义的目标。

更糟的是，大反派们，即指挥行为的上校和大商人帕克·塞尔弗里奇身上没有任何复杂性。他们缺乏邪恶反派的那些花哨的魅力，坏得太简单直白。

尽管如此，《阿凡达》仍然是一部革命性的电影。第一，它对技术社会对战自然社会进行了精彩的描述。第二，更为重要的是，它将男性神话与女性神话对立起来，并向我们展示了未来女性神话模式在这个世界将如何存在。第三，《阿凡达》是一种新的神话形式——生态神话的优秀范例。这种新的神话形式将在未来几十年内塑造世界性的故事（在讨论生态神话时会有更多相关内容)。

从主题上讲，《阿凡达》是展现男性神话强调分裂与征服，女性神话强调结合与成长的完美范例。

故事一开始就确立了一些男性神话的元素。英雄杰克是一名职业军人，他参与开采和开发一颗郁郁葱葱的星球——潘多拉星球。从事军事行动和采矿作业的都是技术先进的大型组织。

另一个男性神话元素是帕克对超导矿石的渴望。他说：“这就是为你的科学埋单，这就是为这一切埋单……”这句话表达了科技文化的主要价值——金钱，并表达了男性的成功秘诀——分裂与征服。

影片中还有一些女性神话的节拍，随着故事的发展，这些元素占据了主导地位。我们可以从英雄整体的人物发展中看到这一点，他从战士变成了救世主和精神领袖。

最重要的女性神话元素是整部影片中杰克经历的多次重生。他的第一次重生发生在一开始，他在军事行动中取代了他双胞胎兄弟的位置。正如他在画外音中所说：“一个生命结束，另一个生命开始。”

在工作中，他成为纳美人中的一员，很快导致了第二次重生。通过对神话类型中“艰难的出生”节拍的扭转变形，编剧、导演詹姆斯·卡梅隆（James Cameron）以杰克拥有了一个纳美人的阿凡达来展现杰克的重生。他的人类 DNA 和纳美人 DNA 的混合体，他的阿凡达，浸泡在一个巨大的、充水的、高科技的“子宫”里。当杰克“出生”在他的新身体里，他像一匹新生的小马驹一样跑到外面尽情撒欢，享受他新生的双腿。

潜入纳美人部落后，杰克想成为他们中的一员。他的第三次重生是文化重生，他参加了一个仪式，并被邀请进入部落。在画外音中，杰克说：“纳美人说，每个人都有两次出生。第二次是你在族人中永远赢得你的地位。”杰克与纳美人融为一体的场景以俯瞰镜头结束，整个部落的人手牵手相互连结在他的周围围成一圈。这是女性神话的精髓，即结合与成长的完美视觉表达。

卡梅隆还将英雄的护身符从一个男性物品转化为一个女性物品。杰克独自在丛林中行走，就在娜蒂瑞差点用箭射向他时，数以百计的浮动种子落在他身上，因此她放下了手中的弓箭。这些种子来自神圣的母树。

种子和箭的对比说明了一切。这不仅仅是一个情节节拍。箭，男性战士的物品，就代表了杰克现在的身份，而种子代表未来他将成为的人。这也是优秀的情节来自角色的一个示例。

落在英雄身上的种子表明他是另一种天选之人。天选之人的作用是显示英雄将成为一个民族的领袖。这需要他在精神上、情感上和道德上成长，因为他现在还远远没有意识到这一点。

卡梅隆给了杰克一个护身符，以此表现了英雄的自我启示以及故事世界的启迪。杰克最终的宇宙启示发生在圣树下，在那里，他说起天外而来的人类时说："他们杀死了他们的母亲。"换句话说，他们杀死了女性神话，他们的不道德行为影响深远。

女性神话的最后一个节拍是以英雄回家，并已发生了深刻变化完成了一次环形旅程。在整个故事的漩涡点，圣树成为一个新的家。杰克经历了他的第四次也是最后一次重生，作为一名纳美人，开始了他与娜蒂瑞的婚姻。

超越神话类型：生态神话

另一种新的超越性神话类型是生态神话。它追踪科技力量和发展对自然世界的入侵。它展示了世界如何能克服生态灾难，平衡个人、家庭、社会和自然之间的关系。

在故事的进程中，英雄从一个科技人变成了一个自然人。事实上，在时间、文化上他都在倒退，从城市景观到田园环境，个人从成人到孩童。生态神话拥有女性神话的一些节拍，特别是多次重生以及"结合和成长"的整体过程。

在英雄和世界的最后重生中，英雄成为一种新的人，将自然和科技结合起来。同时，在城市和自然之间建立了和谐。英雄学会了如何带着自然给予的启示在城市中生活，并将城市中的积极因素带到自然中去。这个终点意味着科学和神话的"联姻"。文明的人类通过自然之力得到了更新。

这个故事的消极版本被称为"花园里的机器"[1]。在这种形式中，英雄试图捍卫自然，但在与科技力量的斗争中失败了，机器摧毁了花园。城市和自然仍然没有连接，英雄也没有对它们之间建立新平衡的可能性的深刻理解。

生态神话有可能实现吗？就像科学与信仰相结合的挑战一样，将机器与花

1 利奥·马克斯(Leo Marx)：《花园里的机器》(*The Machine in the Garden*)，1964年。——原注

园相结合，可能是一个不能持久的乌托邦时刻。至少，它需要一位伟大的艺术家为我们指明方向。

这位伟大的艺术家，可能就是你。

阶梯的下一个梯级

发现你生来要做的事情，在理论上是极好的。但其中也隐含着一个谬误。作为人类，我们每个人生来就有很多能力。问题是，我们要培养哪些能力，以及如何培养。

我们攀登类型阶梯的下一步是回忆录和成长故事。这些相关的故事类型有着与神话完全不同的故事节拍。它们将给予我们更多关于如何定义自我的深刻见解。

5

Memoir and Coming-of-Age Story: Creating the Self through Fiction and Nonfiction

回忆录类型与成长类型：通过虚构和非虚构创造自我

在故事作为艺术形式的发展过程中，回忆录类型与成长类型具有类似的功能。

要点：回忆录类型与成长类型是非虚构和虚构的故事形式的个人创造自我的旅程。

这就是为什么这两个看起来如此不同的类型会出现在同一章中。它们涵盖了我们在生活中所经历的生存之旅的相同步骤。

《进入空气稀薄地带：登山者的圣经》

回忆录的力量可以用一句话来概括："我曾在那里。"这种类型将第一人称视角的沉浸式特征与真实事件的戏剧性冲击力结合起来。当叙述者分享一段不寻常的经历时，读者会感受到回忆录所特有的深刻情感力量。

《进入空气稀薄地带：登山者的圣经》(*Into Thin Air: A Personal Account of the Mt. Everest Disaster*) 描述了1996年5月10日—11日的真实事件。8人在试图攀登世界上最高的山峰珠穆朗玛峰时死于一场风暴。作者乔恩·克拉考尔 (Jon Krakauer) 也在那次攀登中。

乔恩的讲述直接切入事件的中间，当风暴来临时，登山者在山顶上。这本书从这个可怕的时刻开始，向前和向后推移，展开了导致灾难的一系列悲惨事件。尽管克拉考尔因自己在攀登过程中的行为和对他人的判断而受到批评，但他的故事是回忆录戏剧化的一个典型示例。

《天堂电影院》

《天堂电影院》是电影史上最好的成长故事。为什么？伴随着电影院和小镇的衰败，故事的结构与英雄的内心历程相匹配。这种隐喻性的联系将故事从一个男孩的生活扩展到世界上大多数城镇都经历过的老社区的消失。我们将在讨论如何超越这种类型时详细分析作家完成这一壮举的技巧。

回忆录类型：运作原理

回忆录是一个真实的故事，作者在其中描述了她人生中特定的事件。这些事件是经过精心策划的，以达到最大的冲击力。我们可以从这种类型的整体故事策略——回顾作者生活中某一方面的关键事件——中看到这一点。这与自传形成鲜明对比，自传讲述的是作者的整个人生历程。

所有类型都基于一个深刻的理念，即成年人可以成长。每种故事类型对如何成长都有不同的解释。回忆录说我们通过回顾自己的过去寻找可以**改变我们现在**的意义。

> **要点：**作者实际上是在通过写故事的行为重新创造自我。因此，具有讽刺意味的是，回忆录不是关于回到过去，而是关于学习一种模式以改变未来。

作者要做的是做一个侦探，向自己提出这些关键问题：为什么我是独一无二的？我的生活意味着什么？为什么它有价值？

回答这些问题有三大好处：

1. 答案给了作者和读者一个满意的情感回报。
2. 与直觉相反，发现一个人是如何独一无二，正是个人故事具有普遍性的原因。看到某人如何创造改变，其他人也会在自己的生活中创造改变。
3. 人性、理想和主题的普适性是使回忆录如此受欢迎的原因。

回忆录属于专注于个人的类型，包括恐怖类型、动作类型、神话类型、幻想类型、侦探类型和爱情类型。更加强调个人与社会关系的类型包括科幻类型、犯罪类型、喜剧类型、西部类型和黑帮类型。通过在神话类型之后讨论回忆录类型，我们对定义个人的类型有了更多的见解。

回忆录类型的思想—行动故事观

苏格拉底说："未经审视的人生不值得过。"这句话可以作为回忆录类型的座右铭。回忆录是所有类型中有最直接的自我意识的一种。像神话一样，回忆录版本的思想—行动故事观认为人生是一次旅程，旅程中的人的主要目标是了解自己，但这个旅程并不在外部世界。回忆录是一个螺旋式的故事，是一个进入自我、发现内心的恶魔的旅程。

进入心灵的旅程对人类来说至关重要。这是一种战术上的必要：我们必须审视内心，以决定每天要采取的行动。

回忆录采用的策略是从大局的角度看待自己的生活。凭借记忆的力量和讲述故事的力量，我们可以看清自己的生活模式，以此愈合创伤并创造一个新的未来。新的未来不需要重复过去的剧本。回忆录类型给了我们成为另一个人的自由，更重要的是，成为一个更好的人。

要点：你可以写一本真正的自传，但也可以写很多的回忆录，专注于你生活中的不同主题。如果说自传是你的房子，那么回忆录就是这房子里的一个房间。

回忆录类型与其他类型的比较

事实上，回忆录是一个真实的故事，而其他故事类型是虚构的。这是回忆录与其他主要类型最大的不同。回忆录还是一种故事，因此它执行故事的节拍与其他类型既相同，又不同。

神话和回忆录似乎存在于类型谱系的两端。神话是幻想的，而回忆录是强烈真实的。神话讲述了神与怪物之间的战斗，而回忆录叙述了亲密的人——通常是家庭成员——之间的冲突。

然而，从更深层的角度看，这两种类型都是在追踪人生的展开，从出生到死亡的那些时刻，所有人类在成长、衰老和最终死亡的过程中所经历的那些时刻。两种类型都向我们展示如何成为自己生命中的英雄。神话追踪角色在冲突中的身体旅程，以他的成熟结束。回忆录追踪角色的心路历程，以了解她如何克服困难。

在所有类型中，神话的成长轨迹最长，通常是从出生到死亡再到重生。回忆录通常关注一个转折点，通常是在童年时期，但是从获得智慧后的、成年的有利位置来回忆它。两者都以对自我的新定义结束。

回忆录类型示例

经典回忆录类型示例包括《奇想之年》（*The Year of Magical Thinking*）、《进入空气稀薄地带》、《只要说出来你就会好很多》、《女勇士》（*The Woman Warrior*）、《喜福会》（*The Joy Luck Club*）、《安吉拉的灰烬》（*Angela's Ashes*）、《我知道笼中鸟为何歌唱》（*I Know Why the Caged Bird Sings*）、《男孩的生活》（*This Boy's Life*）、《说得美》（*Me Talk Pretty One Day*）、《美食，祈祷，恋爱》（*Eat Pray Love*）、《邻里美好的一天》（*A Beautiful Day in the Neighborhood*）、《活出生命的意义》（*Man's Search for Meaning*）、《当呼吸化为空气》（*When Breath Becomes Air*）、《胸部的生活》（*A Boob's Life*）、《成为：米歇尔·奥巴马自传》（*Becoming*）、《永远不要活在别人的世界里》（*Love Warrior*）、《未被驯服》（*Untamed*）、《我们是桥梁》（*We Are Bridges*）、《天生有罪》（*Born a Crime*）、《你当像鸟飞往你的山》（*Educated*）、《我在伊朗长大》（*Persepolis*）、《欢乐之家》（*Fun Home*）。

虚构传记［Fictional Biography，在电影中被称为传记片（Biopic）］

《隐藏人物》（*Hidden Figures*）、《弱点》（*The Blind Side*）、《无语问苍天》（*Awakenings*）、《坚强的心》（*A Mighty Heart*）、《与爱何干》（*What's Love Got to Do with It*）、《矿工的女儿》（*Coal Miner's Daughter*）、《林肯》（*Lincoln*）、《朱迪》（*Judy*）、《至暗时刻》（*The Darkest Hour*）、《华盛顿邮报》（*The Post*）、《拳王阿里》（*Ali*）、《模仿游戏》（*The Imitation Game*）、《灵魂歌王》（*Ray*）、《飞行员的妻子》（*The Aviator's Wife*）、《金发梦露》（*Blonde*）、《万物理论》（*The Theory of Everything*）、《冲出康普顿》（*Straight Outta Compton*）、《萨利机长》（*Sully*）、《狐狸猎手》（*Foxcatcher*）、《涉足荒野》（*Wild*）、《塞尔玛》（*Selma*）、《教宗的承继》（*Two Popes*）、《为奴十二年》（*12 Years a Slave*）、《另一个波琳家的女孩》（*The Other Boleyn Girl*）、《菲利普船长》（*Captain Phillips*）、《我是海明威的巴黎妻子》（*The Paris Wife*）、《紫雨》（*Purple Rain*）、《布鲁斯歌后》（*Lady Sings the Blues*）、《达拉斯买家俱乐部》（*Dallas Buyers Club*）、《米尔克》（*Milk*）、《马尔科姆 X》（*Malcolm X*）、《移魂女郎》（*Girl, Interrupted*）、《迈阿密的一夜》（*One Night in Miami*）、《罗曼先生，你好》（*Roman J. Israel, Esq.*）、《猫鼠游戏》（*Catch Me If You Can*）、《艺伎回忆录》（*Memoirs of a Geisha*）。

成长故事／成长小说（Coming-of-Age/Bildungsroman）

《月光男孩》、《爆裂鼓手》（*Whiplash*，也是体育类型）、《健听女孩》、《弃儿汤姆·琼斯的历史》（*The History of Tom Jones, a Foundling*，也是喜剧神话）、《威廉·迈斯特的学习时代》（*Wilhelm Meister's Apprenticeship*）、《简·爱》（也是爱情类型）、《曼斯菲尔德庄园》（*Mansfield Park*）、《大卫·科波菲尔》（*David Copperfield*）、《小妇人》（*Little Women*）、《哈克贝利·费恩历险记》（*The Adventures of Huckleberry Finn*）、《一个青年艺术家的画像》（*A Portrait of the Artist as a Young Man*）、《了不起的盖茨比》（也是东部类型）、《淑女本色》（*Portrait of a Lady*）、《破胆惊心》（*If He Hollers, Let Him Go*）、《美国悲剧》（*An American Tragedy*）、《史密斯先生到华盛顿》（*Mr. Smith Goes to*

Washington)、《杀死一只知更鸟》、《隐形人》、《布鲁克林有棵树》(*A Tree Grows in Brooklyn*)、《街区男孩》(*Boyz n the Hood*，也是犯罪类型)、《麦田里的守望者》、《毕业生》(*The Graduate*)、《儿子离家时》(*Sounder*)、《天堂电影院》、《美国风情画》(*American Graffiti*)、《八又二分之一》(*8½*)、《希望与荣耀》(*Hope and Glory*)、《闻香识女人》(*Scent of a Woman*)、《伴我同行》(*Stand by Me*)、《少年时代》(*Boyhood*)、《伯德小姐》(*Lady Bird*)、《400击》(*The 400 Blows*)、《贫民窟的百万富翁》(*Slumdog Millionaire*，也是爱情类型)、《情到深处》(*Say Anything*，也是爱情类型)，《几近成名》(*Almost Famous*，也是爱情类型)、《好景当前》(*The Spectacular Now*)、《壁花少年》(*The Perks of Being a Wallflower*)、《迷途知返》(*The Way Way Back*)、《去他*的世界》(*The End of the F***ing World*)、《她的马拉松》(*Brittany Runs a Marathon*，也是喜剧类型)、《布鲁克林》(*Brooklyn*)。

回忆录与成长故事的结合：神话/情节剧和个人神话

《安提戈涅》(*Antigone*)、《俄瑞斯忒亚》(*Oresteia*)、《俄狄浦斯王》(*Oedipus Rex*)、《哈姆雷特》、《瓦尔登湖》(*Walden*)、《尤利西斯》(*Ulysses*)、《阿甘正传》(*Forrest Gump*，也是爱情类型)、《少年派的幻想漂流》(*Life of Pi*)、《大鱼》(*Big Fish*)、《狗脸的岁月》(*My Life as a Dog*)、《生命之树》(也是生态神话)。

回忆录子类型

严格来说，回忆录是“真实故事”这一更大形式中的主要类型。其他类型的真实故事包括自传、虚构传记（传记片）、真实故事、报告文学和纪录片。

回忆录和成长故事概览

本章将述及的内容：

- **回忆录故事节拍**
- **主题：**存在就是看到自己生命的价值
  - 主题秘方：成为的方式
- **创造自我的虚构类型**
  - 成长故事
  - 神话 / 情节剧和个人神话

回忆录故事节拍

回忆录的总体故事策略是回顾作者生活中的重要事件，在该类型的故事节拍序列中会详细说明这一点。诀窍在于如何安排这些节拍的顺序，以创造最充沛的戏剧性和个人感悟。

回忆录故事节拍：故事世界——奴役制度

最好的回忆录中，英雄并不只是与两三个主要对手作战。她与一个角色网络作斗争，这一角色网络体现的奴役制度是如此普遍而根深蒂固，以至于没有人认识到这一点。每个人都只是在扮演自己的角色，所有人都被他们看不见的制度压垮了。

> **要点：**作者对她的生活进行调查的一个重要部分是了解隐藏在她对手背后的奴役制度，是这一制度使他们如此难以逃脱。

对于《只要说出来你就会好很多》的作者玛丽·卡尔（Mary Karr）的家

庭来说，奴役的世界是由她的母亲查理和父亲 J. P. 查理创造的一个信仰体系。查理和父亲 J. P. 查理都认为查理必须成为成功的郊区家庭主妇，否则她就不是一个好母亲。结果，查理感到巨大的愤怒和内疚，这导致了她严重酗酒。父亲 J. P. 从家庭生活中抽身而出。女儿玛丽和莱西娅陷入无助、困惑和内疚中，因为她们的母亲是如此不幸福。

《进入空气稀薄地带》中，攀登珠穆朗玛峰时发生的灾难迫使克拉考尔更细致地审视登山的道德观。他得出的结论是，登山者有一种文化和心态，从根本上增加了这种灾难发生的可能性。在这一特殊事件中，他正在记录登山的这一事实给一行人增加了压力。不管遇到什么障碍都要登顶的决心导致了像这样致命的灾难不可避免。

回忆录故事节拍：英雄的角色——自己的侦探

搜寻者是类型故事中一个主要原型角色。每个英雄寻找的东西大不相同。侦探故事中，英雄通常是寻找关于谁犯下谋杀罪的真相。

要点：回忆录的英雄是作者变成的一个角色。她是自己生活的侦探。

所有回忆录的故事节拍都是基于英雄对自己生活的调查。

我们已经提到，虽然每种类型都涉及所有主要的结构步骤，但有些类型跟其他类型强调的元素不同。事实上，英雄一直在寻找她自己，这就是为什么回忆录中最重要的故事结构步骤是自我启示。

要点：回忆录的故事结构是一个大的自我启示步骤，英雄回顾过去，看看她的生活是如何进行的。

回忆录故事节拍：故事框架

任何真实的故事，包括回忆录、自传、“传记片”甚至自然纪录片，都是一个故事。因此，它必须符合与虚构的故事一样的七个主要结构步骤：弱点—需求、欲望、对手、计划、战斗、自我启示和新的平衡。但有两个很大的限制影响着作者在真实的故事中创造这些步骤：

1. 作者必须保持基本事实的真实性。

2. 一个人的真实生活中往往**没有天然的战斗**或高潮。例如，可能不会有一场法庭上的争斗来一局定乾坤，作者从此过上幸福的生活。换句话说，真实事件很少具有天然的戏剧性架构。

要点：故事框架是使真实故事尽可能具有戏剧性的第一步。

就像一幅画的画框通过删去框外的东西来告诉观众应该关注什么一样，故事框架告诉读者其要探索的**时间单位**。它也有助于作者对该单元进行最戏剧性的排序。通过这个框架，作者问道：在我的生命跨度中，我应该把括号的开始和结束放在哪里？是向前还是向后，是紧一点还是宽一点？

技巧：确定框架

确定框架最好的方法之一是从确定你的最终冲突场景开始 。

尽管现实生活通常不会提供天然的战斗，但你需要一场最终的、戏剧性的冲突来聚焦和结束故事。然后，你可以回过头来寻找最佳的起始点。

回忆录故事节拍：视角

所有回忆录都有一个故事讲述者，故事几乎总是从第一人称的角度讲述的。视角代表思想在审视自己，体现了自我意识。这既是人类特有的能力，也是一种缺陷，因为它会粉饰对任何真相的感知。

要点：所谓视角，不是简单地从一个特定人物的角度展示所发生的事情。它是一种不同的时间排序方式。因此也就产生了故事事件展开的不同过程。

此外，将经历转化为文字的行为本身也需要有选择的诠释。这使得讲故事的人成了一个跟作家本人有一定距离而且比作家本人更具局限性的角色。

回忆录的总体故事策略是回顾自己生活中的关键人物和特定事件。但通过回顾来讲述一个故事会为你带来各种挑战：

- 通常没有天然的戏剧性架构。
- 故事通常会绵延很多年，造成非戏剧性的时间团块。
- 当你暂停动作回顾过去时，就失去了叙述的动力。
- 涵盖一个人多年生活的故事通常没有单一的欲望线。
- 在事件发生多年后再去叙述，会让讲故事的人从情感上和戏剧性上都与故事剥离。

回忆录类型情节的视觉形状：故事讲述者结构

作者组织回忆录的最简单方法是从头说起 。她立即将读者置于框架的最早部分，然后按时间顺序讲述故事，直到框架的终端。这种方法固然有简单的好处，许多回忆录作者也都使用了这种方法，但它并没有解决这种类型的许多难题。

一种叫作故事讲述者结构（Storyteller Structure）的技术提供了一个很不错的替代方案。故事讲述者结构是作家通过从现在回到过去来构建整个故事的框架。作家有时会把故事讲述者结构与闪回相混淆。闪回（flashback）是角色记忆中的单一事件。故事讲述者结构的一般故事形态是这样的：

故事讲述者结构的情节顺序

1. 故事讲述者在当下对读者说话，通常这是在一个重大的戏剧性事件之后，有时是一场战斗发生后。

2. 这个戏剧性的时刻触发了故事讲述者对过去事件的回忆。

3. 故事讲述者讲述了许多这样的事件，正是这些事件不可阻挡地导致了现在的情形。我们看到是什么导致了这一戏剧性的事件。故事讲述者通过回顾完整的经历，进行了自我启示。

这种结构有许多优点，对回忆录作者颇具价值：

- 回忆录—真实的故事有事实必须准确无误的限制，这意味着你不能改变发生过的事情。故事讲述者结构和框架强调读者在某人的脑海中。记忆跳来跳去，跳到哪儿都行，这种结构也就允许你可以完全自由地改变叙述**顺序**。
- 它为故事提供了一个可以吸引读者的运行起点。
- 这种结构将故事讲述者置于故事**之中**，使读者产生了更强烈的情感反应。
- 故事讲述者身上会发生什么？你制造了悬念。
- 故事讲述者结构保持了叙事的强驱动。通过从一个戏剧性的事件开始，单刀直入，然后再回到该事件。叙事的驱动从颠簸开始，然后放慢速度，在大结局时再次提速。

- 它使你能够压缩故事，摆脱生活中没有任何戏剧性事件发生的“死角”。
- 你可以将多条欲望线统一为一条。
- 这种结构为你提供了一条强有力的脊柱，以悬挂故事事件。

故事讲述者结构的关键是触发器，也被称为激发事件，它使作者回忆起她的人生，而不是静态的、枯燥的“我要告诉你我的生活中发生了什么”。激发事件让故事讲述者被当下的一个故事问题所驱动。这种个人动机直接关系到她现在为什么要讲这个故事。

在《只要说出来你就会好很多》中，卡尔分三个部分叙述了她的生活：她七岁时生活在得克萨斯州，九岁时生活在科罗拉多州，以及十七年后，她回到得克萨斯州去看望她垂死的父亲。

框架：故事讲述者，七岁，看到房子里有警察。她的母亲和父亲都不见了。在第一部分的最后，故事讲述者回到了这一时刻。她解释说，她的母亲崩溃了，几乎杀死了她和她妹妹。

这个框架使第一部分特别引人入胜。但如此早地结束这个框架，使最后两部分失去了一些戏剧性的力量。

框架：在克拉考尔的《进入空气稀薄地带》一书开头，故事讲述者刚刚登上了珠穆朗玛峰的顶峰。他担心他的团队会因为时间太晚而走向灾难。“攀登珠穆朗玛峰的最大问题并不是登顶，而是下山。”面对灾难，故事讲述者开始回想，弄清楚这个即将到来的噩梦是如何发生的。

《米尔克》（*Milk*）是一部“传记片”，采用回忆录式的故事讲述者结构和框架：

- 影片以主角和故事讲述者哈维·米尔克开始。米尔克录制了一份口头遗嘱，如果他被杀，遗嘱就会被播放。
- 米尔克被暗杀的真实新闻片段（战斗和最后的戏剧性事件）。

- 故事追溯到八年前，米尔克的四十岁生日，他决定为自己的生活做点什么的时候。这解释了他的心理弱点。
- 故事以导致战斗的事件——米尔克被暗杀——展开。
- 米尔克录制的遗嘱中的画外音敦促他的追随者要采取政治行动。故事以社区聚会结束，不是为了暴力，而是为了希望。

无论你选择什么样的框架和故事结构，都必须从写作过程的一开始就将其嵌入你的回忆录的前提中。

回忆录故事节拍：幽灵——家庭虐待

幽灵是过去的事件，直到现在仍然困扰着英雄。这一事件在英雄的脑海中留下了一个从未愈合的创伤。

写任何回忆录的第一步是提出每个回忆录都要问的关键问题：我（作者）所遭受的最深的创伤是什么？这些创伤促使作者写一个关于她的生活的故事，特别是关于她将把故事的框架放在何处。

我们在一开始就说过，回忆录是属于那种专注于个人而不是大社会的类型之一。但回忆录特别强调个人身处于一个最亲密的小社会：家庭之中。这种联系从幽灵开始。家庭虐待通常是造成英雄—作者的幽灵的始作俑者。通常情况下，母亲、父亲，或两者都曾以某种方式伤害过作者。

玛丽·卡尔小时候被猥亵过两次。在《只要说出来你就会好很多》的写作过程中，她感受到她父母的幽灵间接地影响了她。她的母亲在遇到玛丽的父亲之前，已经秘密地结过几次婚，她甚至有两个孩子，但他们不想和她有任何关系。玛丽的父亲曾在第二次世界大战中服役，有严重的酗酒问题。

回忆录故事节拍：弱点—需求——最深处的创伤、羞耻和内疚

通常情况下，弱点—需求是英雄的幽灵的直接产物。在回忆录中，其他人通常会造成这种弱点—需求，特别是那些与作者最亲近的人，他们给作者带来

了深深的伤害。

要点：创伤不是弱点。弱点是从创伤中生长出来的内部缺陷。

注意：不要表现得像个受害者，把你的所有问题都归咎于他人。

当英雄—作者予人的印象是纯善，他的家庭成员对手就是纯恶，回忆录就会明晃晃地为作者的生活寻求辩护。

要点：在更有吸引力的回忆录中，弱点不仅仅是心理上的，还有道德上的。英雄必须学会正确地对待他人。这种复杂的角色会创造出一个更好的故事。

为了创造一个复杂的角色，作者必须找出自己身上的心理和道德弱点。这意味着要看到作者在生活中是如何伤害他人的；这也意味着，虽然是他人造成的创伤导致了她的缺陷，但最终她还是对自己造成的痛苦负有责任。这可以防止作者表现得太完美而令人难以信服。

在家庭暴力回忆录和作者确实是受害者的其他情况下，赋予作者道德上的缺陷是很困难的。受害者的故事缺乏经典的自我启示，除非作者将其描述为生存的胜利，那么就会产生关于自我价值与身份的启示。

要点：从结构上看，回忆录比其他故事类型更具有明确的主题，而其他故事类型更关注欲望线和情节。

这既是一个优点，也是一个缺点。其优点是，故事中的一切都在加强主题。缺点是，故事往往集中在内部，没有什么情节。这可能会让人觉得说教和沉重。

《只要说出来你就会好很多》

问题：玛丽的母亲有心理健康问题。

弱点：玛丽有跟她母亲一样的脾气，但很隐蔽，她常在权威人士面前感到羞愧。

心理需求：她需要解决她母亲的不幸福和她父母的酗酒问题，成为一个健康的成年人。她还必须克服自己想解决父母问题的愿望。

道德需求：玛丽有时以他人的痛苦为乐，甚至是对自己的家人。

最深的创伤：玛丽的母亲常常酗酒、暴怒，因为失去了前一次婚姻的孩子而感到沮丧。玛丽拼命想让母亲高兴。但是她注定要失败，并因此内疚。

玛丽也被她的祖母深深地伤害过，祖母告诉玛丽她母亲的其他孩子的情况，并警告她，如果她不听话，她的母亲就会离开。

玛丽的父亲由于酗酒而变得讨厌，在之后的生活中也伤害了她。她无助地看着他放弃生命，荒废时光。

《进入空气稀薄地带》

问题：一群珠穆朗玛峰登山者在到达山顶后被卷入一场可怕的风暴之中。

弱点：作者乔恩·克拉考尔将登山者描述为过于坚定、坚持己见、傲慢、自大及可能精神错乱。

身体弱点：克拉考尔的肋骨因严重咳嗽而断裂。和这次探险中的大多数登山者一样，他因缺氧而得了低氧症，这妨碍了他冷静思考和决策。

心理需求：克拉考尔必须做出理性的决定，这样他才能在这次灾难中逃脱幸存。

道德需求：作者必须认识到，他作为记者出现在探险队中，导致其他人做出错误的判断，因为他们想获得正面的报道。

回忆录故事节拍：双重欲望

欲望是主要目标，是故事中英雄想要的东西。它是故事的脊柱。在回忆录中，英雄有两个目标：

1. 在当下，作者—英雄希望通过回顾自己的人生找到某种意义。
2. 过去版本的作者—英雄也想要一些东西。

第一个愿望为故事提供了整体框架；第二个愿望为故事的主线提供脊柱。

要点：重要的是，过去的作者—英雄只有一个（第二个）目标，而且这个目标贯穿故事的大部分内容 。

注意：由于回忆录类型通常横跨许多年，特别是在童年时期，作者—英雄的生活中会有许多不相关的欲望。因此，作者很难找到一个目标来推动故事的发展。这就是为什么许多回忆录像神话故事一样，是片段的、零散的。

因此，作者应该考虑增加侦探故事结构或惊悚故事结构。这可以为缺乏戏剧性结构的回忆录情节提供强大的叙事驱动力。

要点：侦探类型、惊悚类型与回忆录是天生良配。因为作者—英雄本来就是自己生活的侦探。

《只要说出来你就会好很多》：现在作者愿望是，想了解她父母身上到底发生了什么事，使她无法拥有一个幸福的家庭；故事中过去的作者的愿望是，希望她的母亲能够爱他们的家，这样她就能拥有“正常”的幸福生活。

《进入空气稀薄地带》：现在作者的愿望是，了解珠穆朗玛峰山难是如何发生的，以及作者在其中的道德责任；故事中过去的作者的愿望是，抵达珠穆朗玛峰峰顶并安全返回。

回忆录故事节拍：对手——家庭或团体成员

回忆录基本上是一部家庭情节剧。虽然对手可以是任何人，但事实上，对手通常来自家庭或像家一样的团体。

回忆录的对手将英雄置于心理、道德、有时是身体的危险之中。英雄常常试图通过攻击自己来回击他们。这种自我攻击常常表现为羞耻和内疚。这种亲密的对抗有三个主要影响：

1. 作者—英雄感到一种极端的憎恨，这种憎恨必须被埋葬和 / 或与爱交织在一起。这种爱恨交织是一种复杂的情感，是故事的核心所在。

2. 对立面集中在控制和权力的问题上。

3. 爱恨交织的感觉通常会在故事的结尾引出宽恕的问题。

回到《只要说出来你就会好很多》，玛丽崇拜她拥有艺术天赋的母亲，但又讨厌她的酗酒和坏脾气。她喜欢父亲带她去说谎家俱乐部，并且她的故事讲得比其他人都要好。但她憎恶父亲酗酒、抛弃家庭。

她对祖母只有憎恨，她的祖母是一个充满怨怼和报复心的女人。她还恨赫克托，在玛丽的爸爸妈妈离婚后，他娶了玛丽的妈妈。

《进入空气稀薄地带》中，珠穆朗玛峰和即将到来的风暴是这个故事中的主要对手。对手还有个性各异的登山者们：

伊恩·伍德尔，南非登山队中固执的“我不为任何人出头”的领队。

桑迪·皮特曼是一个富有的、没有经验的登山者，为了能向世人炫耀她登顶，可以置别人于危险之中。

即使是友善的罗伯·霍尔——克拉考尔的首席向导——也规定，在这样的高度，他的话就是法律。他的团队的每个成员都必须不惜一切代价服从他，即使这可能意味着所有人都得死。

回忆录故事节拍：计划

由于作者—英雄在生活中常常有许多不相干的欲望。她通常并没有一个整体计划或者关于怎么达成目标的计划，只有一些零散的想法。无论哪种情况，故事都是碎片化的。

技巧：统一计划

在讲述过去的故事时，让英雄努力想出一个计划前，先让她努力找到一个目标。她头脑中的目标巩固了，计划也就巩固了。

《只要说出来你就会好很多》

计划 1：玛丽想做个好人，让她的母亲高兴。父母离婚后，她存经济补助票，试图用一份礼物赢得父亲的回心转意。

计划 2：玛丽和莱西娅回到得克萨斯州与他们的父亲一起生活。

计划 3：作为一个成年人，玛丽决定就母亲的过去直接与母亲对质。

《进入空气稀薄地带》

计划：登山者越晚到达山顶，风险就越大。因此，在最后冲顶的那一天，克拉考尔的计划是尽量遵守霍尔和费舍尔严格的时间表，在下午 2 点前开始返回。但两位向导都没有坚持这个计划。这可能是因为克拉考尔作为记者要报道登山，也可能是因为这是霍尔第二次尝试让道格·汉森登顶。

回忆录故事节拍：揭示和决定

作者在回忆录中面临的最大问题是缺乏情节。情节来自冲突和揭示。揭示来自隐藏的信息，通常是关于对手的。

回忆录中，对手通常是一个亲密的家庭成员。因此，一些最好的揭示来自作者—英雄发现一个深爱她的人也是她最大的对手。

技巧：运用侦探式的揭示

经典的侦探故事强调的是关于确认谁犯下了谋杀罪的揭示。作为侦探类型的回忆录强调的则是英雄对自我生活的发现以及她所做的那些改变其人生轨迹的决定。

> **要点：**回忆录中的许多揭示是关于作者现在对事件的理解与其第一次经历事件时不同。

这与英雄作为侦探和故事中的双重欲望有关。在调查她早期的自我时，作者意识到一个事件的意义可能与她当时的想法有所不同。

此外，由于回忆录的英雄是作者，所以揭示往往也是小型的自我启示。比如：

- 作者现在所感到的羞耻和内疚并不是她的错。
- 作者对所发生的事不负有责任。
- 作者对所发生的事负有责任，但不是以她以为的那种方式。

回忆录故事节拍：驱动——道德主张

在任何故事中，驱动都是英雄为赢得目标而采取的一系列行动步骤。由于一路上的挫折，她经常采取不道德的行动步骤来赢得胜利。这导致了英雄的道德滑坡。这一系列道德错误是作者关于如何生活的道德主张的一部分。

标准回忆录的最大的错误是，它们只追踪英雄的情感之旅，也就是她通往理想目标道路上的感受。

> **要点：**优秀的回忆录特别强调作者做出的对其人生影响最大的道德决定。

以下是在一本优秀回忆录中详细阐述其道德主张的主要步骤。

1. 确定作者—英雄生活中的核心道德问题。

2. 在整个故事过程中，她的对手是如何迫使英雄处理这个道德问题的？这是故事的主题核心。

3. 英雄所犯的最大错误是什么？

4. 她一生中的十个（或更多）重大决定是什么？

5. 通过在生活中的艰难挣扎，关于如何过上正常或美好的生活，英雄是否有一个重要的自我启示？这是故事结束时的重大收获。

回忆录故事节拍：战斗——家庭对手

回忆录中，最后的战斗通常是与主要对立家庭成员的最后个人冲突。作者—英雄就自己所遭受的虐待与家庭或团体成员对质。

《只要说出来你就会好很多》中，玛丽在阁楼上发现了她母亲的结婚戒指，与母亲面对面地谈起了她的过去。母亲承认，自己在嫁给玛丽的父亲之前已经结过几次婚，而且她的第一次婚姻有两个孩子。玛丽得知她有两个同父异母的兄弟姐妹，他们不想要他们的母亲。

《进入空气稀薄地带》中，战斗是在团队和自然力量之间进行的。克拉考尔在暴风雨来临之前慢慢走到四号营地。罗伯·霍尔、道格·汉森和安迪·哈里斯则在风暴中被困在山顶上丧生。

回忆录故事节拍：双重自我启示

自我启示出现在人物弧线的另一端。基于她的痛苦经历，英雄第一次知道了她到底是谁。

回忆录中的自我启示往往具有智慧的特质。换句话说，如何从多年的痛苦和错误中获得美好的生活。

从回顾过去和写作这个故事中，作者具体学到了什么？

在优秀的回忆录中，这被分成两次自我启示：

1. 在最后一战之后的经历中，作者—过去的英雄有一次自我启示。

2. 在写完这段经历后，回忆录的英雄**作为**回顾所发生的事情的**作者**，有一次自我启示。

现在，故事讲述者有机会全面审视她的生活，第二次的自我启示可能澄清甚至否定了第一次的自我启示。

要点：作者的第二次自我启示是最重要的。它必须包含新的信息，这些新信息是通过写这本书才获得的。

只有通过回忆和讲述自己的故事，回忆录作者才能看到那段经历和她整个人生的更深层次的真相。

《只要说出来你就会好很多》

自我启示 1：在说谎家俱乐部跟父亲打台球，让玛丽意识到自己是谁、来自哪里。和那些强硬的、不苟言笑的、她尊重也尊重她的男人们在一起，给了她一种社区的归属感。

自我启示 2：当玛丽听到这些年来一直困扰着她母亲的事情时，她们两个都得到了赦免。“我们认为自己所犯的‘黑暗罪行’只是神话，是我们因恐惧而拼凑出来的故事。”

《进入空气稀薄地带》

自我启示 1：在经历的最后，第一次自我启示是在风暴过后的几天，珠穆朗玛峰上。克拉考尔认识到，当他觉得情况不妙时，应该挺身而出，发挥领导作用。

自我启示 2：在写了关于他的经历的一篇文章和一本书之后，克拉考尔明白，他作为记者的存在可能促发了那些导致悲剧发生的危险决定。为了获得金钱和名声，导游破坏了自己的安全规则，并将所有人置于危险之中。在这本书的结尾，克拉考尔坦白了他的道德责任。

回忆录故事节拍：道德决定——宽恕 / 告别

在完成了自我启示，看清自己犯了怎样的错误后，英雄通常会做出决定，采取新的道德行动。这一行动是发生在英雄内心的嬗变（自我启示）的外部呈现。

回忆录中，回忆故事的行为应该会触发一个最终的戏剧事件。最戏剧性的效果是迫使讲故事的英雄在自我启示的基础上做出新的道德决定。最后的这个道德行动往往围绕着宽恕的问题。英雄会宽恕那些曾深深伤害过她的人吗？要知道这些伤害常常长达数年甚至数十年之久。

当英雄摆脱长期背负的仇恨负担时，宽恕可以在心理上解放她自己。纳尔逊·曼德拉（Nelson Mandela）说："当我走出门，迈向通往自由的大门时，我知道，如果我不抛下我的苦难和仇恨，我仍在囚牢。"

宽恕也可以是一个标志，表明回忆录作者已经选择了一条道德之路。但取决于具体的人物和故事，英雄也可能通过**不**原谅，彻底告别那些只会给她带来毁灭和破坏的人，来显示个人的成长。

当《只要说出来你就会好很多》中的玛丽得知这些年来困扰她母亲的事情时，她原谅了母亲和她自己的所有真实和想象中的罪行，但玛丽不再允许母亲对她那令人不安的过去保密。然后玛丽意识到她必须离开老家和家庭，开创属于她自己的新艺术生活。

《进入空气稀薄地带》的故事讲述者在面对导游家人的批评时，决定写这本书，并在书中承担部分责任。克拉考尔并没有宽恕罗伯·霍尔和斯科特·费舍尔，而是试图理解他们为什么会犯这样一个巨大的错误。

他把最大的批评留给了他自己，因为他作为一名记者的存在可能是导致导游误判的决定性因素。他试图通过在未来做得更好，通过珍惜他的家人和他的日常生活来克服作为幸存者的内疚之情。

回忆录故事节拍：新的平衡——道德效应

在好的回忆录结尾，作者往往会探讨讲述故事这一行为是如何不道德或具有破坏性。这对作者来说不是一个简单的决定。她也许会发现，这个过程可能会伤害别人，但也可能使他们受益。

对发表个人故事的影响的质疑，使得写作本身成为一个道德问题，在当下尤其引人关注。在所有类型中，这个元问题与回忆录最为相关。

主题：存在就是看到一个人生命的价值

像大多数类型一样，回忆录表达的是积极的存在和成为，但前提是人们有意识地去思考它们。就其本质而言，回忆录是一种看待生活的战略方式——超越日常的烦恼，以更长远和更深刻的眼光来看待生活。回忆录是一个采取苏格拉底式生活方式的例子，其不断地追问关于自我及他人关系的问题。这不是一个容易的方式，但它可以浓烈、充满质感和深刻见解。

回忆录类型主题秘方：成长之道

主题是作者对如何过上美好生活的愿景。在回忆录中，作者也是英雄，因此这个主题是她为了自己的利益而必须发现的东西。

和其他类型的作品一样，回忆录的主题来自英雄的基本行动和该类型所提出的关键问题。英雄的基本行动是寻找自己的内心。正如我们在开头时提到的，这种追寻集中在三个关键问题上：为什么我是独一无二的？我的生活意味着什么？为什么它有价值？

这就是为什么写回忆录是一项重要的，甚至是必不可少的人类活动。它不是一个人的遗愿清单的一部分，它就是遗愿清单。

回忆录为我们提供了创造未来的自我的步骤。它说，我们可以通过重新思考我们的过去，找到我们所做选择的原因，从而成为最好的自己。这不是一个智力练习。它是关于看到曾经定义我们，但不需要在未来定义我们的心理和道德模式。

回忆录的最大讽刺是，这种最面向过去的故事类型是为了创造一个更好的未来。当人们把它应用于自身时，它尤其显示出故事的巨大力量。要做到这一点，具体方式是直面我们的借口和对手。

在所有故事类型中，回忆录的个人化和主题化最为直接，这使得它从定义上就成为一种超越性故事类型。作者回顾自己的人生，发现更大的主题，从而超越了自己。

创造自我的虚构形式

在故事中创造自我的两种主要虚构形式是：

1. 成长故事，也被称为“成长小说”。
2. 神话 / 情节剧和个人神话。

成长故事

“成长小说”是一部关于个人发展或形成的小说，追踪一个年少的英雄（通常为男性）成为一个成年人的过程。这种故事不仅详细描绘了人物的心理和道德成长，而且记述了他 / 她严格的，有时是残酷的社会教育。成长小说原本是德国的一种故事形式，后来在整个欧洲广受欢迎。

如亨利 · 菲尔丁（Henry Fielding）的《弃儿汤姆 · 琼斯的历史》、约翰 · 沃尔夫冈 · 冯 · 歌德（Johann Wolfgang von Goethe）的《威廉 · 迈斯特的学习时代》、夏洛特·勃朗特（Charlotte Brontë）的《简·爱》、简·奥斯汀（Jane Austen）的《曼斯菲尔德庄园》、查尔斯·狄更斯（Charles Dickens）的《大卫·科波菲尔》和詹姆斯·乔伊斯（James Joyce）的《一个青年艺术家的画像》。

在好莱坞，“成长”一词通常指的是一个角色从孩童到成人的转变。此外，这些电影往往侧重英雄的第一次性经历。这种耸人听闻的故事版本十分肤浅，利用了性这一最低层次的共同点以扩大受众。

在《故事写作大师班》中，我指出，“一个真正的成长故事展示了一个年轻人挑战和改变基本信念，然后采取新的道德行动的过程”。例如，《大卫·科波菲尔》、《哈克贝利·费恩历险记》、《麦田里的守望者》、《心灵捕手》（*Good Will Hunting*）、《闻香识女人》、《伴我同行》以及政治成长故事《史密斯先生去华盛顿》在这方面的表现尤为出色。

其他成长故事还有《杀死一只知更鸟》、《月光男孩》、《健听女孩》、《布鲁克林有棵树》、《毕业生》、《天堂电影院》、《美国风情画》、《八又二分之一》、《希望与荣耀》、《少年时代》、《四百击》、《贫民窟的百万富翁》（也是爱情类型）、《情到深处》（也是爱情类型）、《几近成名》（也是爱情类型）、《好景当前》、《壁花少年》、《迷途知返》。

自我的艺术与故事

类型不仅仅是讲述娱乐性的故事。每一种类型都探讨了一种或多种艺术 / 故事形式，每个读者都必须掌握这些艺术 / 故事形式，才能过上成功的生活。例如，恐怖类型的故事形式是关于信仰的，动作类型则是关于战争和体育的，在神话、回忆录以及成长故事中，则是个人身份。

个人身份不是一个人拥有的东西，也不是她必须找到的丢失的东西。“寻找个人身份”是一种错误的说法，这其实是一种**创造**自我的行为。

要点：创造自我是第一种永无止境的艺术形式。

为了简单起见，我将把“自我”（self）与“个人”（individual）和“人”（person）互换使用。在侦探类型的“思想和真相的故事”部分，我们将更深入地研究思想如何通过故事来运行，它从创造一个名为“我”的角色开始。超越性成长故事 / 成长小说和回忆录—神话故事是自我发展的神话。它们追踪的是“我”在一生中如何发展并变得独一无二。这些故事类型是存在主义哲学的虚构表达，我们将其称为存在主义法则（Existential Code）。

要点：角色变化是任何故事类型的基本要素，而回忆录和成长故事深入地探讨了这种变化。它们主要是通过在故事开始时强调弱点—需求，和在故事结束时强调自我启示来达成。

《毕业生》是美国电影中最好的成长故事之一。存在主义基本思想似乎贯穿其始终。正如影片的海报上所写的：“这就是本杰明。他对他的未来有点担心。”

影片列出了各种错误陷阱，本杰明可以将他的不适应与不成熟归咎于此。作为一名刚毕业的大学生，他显然为他父母的期望所困，所受的学校教育早已为他走上一条富有的人生道路做好准备，他父亲的朋友也给他施加压力，要求他在类似塑料业这样的行业中谋一份高薪的工作。但最后，本杰明意识到实际上他是自由的。他不需要屈从于这些压力。他决定做一件不可思议的事，破坏他女朋友与“门当户对”的男人的婚礼。他们一起逃了出去。电影的结尾是他们坐在公交车的后座上，意识到“我们要为这一切负责，现在我们必须承担后果”。编剧没有预设“他们永远幸福地生活在一起”的结局，而是暗示，这对新夫妇真正的战斗才刚刚开始。他们的人生不会轻松，但这将是完全属于他们自己的人生。

成长故事节拍

正如我们在一些信仰体系、战争和体育中所看到的那样，创作故事 / 艺术的过程也是一样的。个人将象征投射到外部画布上，在画布的限制和规则范围内创作，艺术家持续与作品进行反馈循环。她看着她正在创作的外部形式，将其与她内心中的模型相比较。她改变外部形状，这也会反过来调整她内心的模型。这个过程结束时，最终作品诞生。

同样的过程也发生在创造自我的过程中。正如成长类型中所描绘的那样，创造自我和创造生活的步骤到底是什么？个人在一生中经历的成长阶段有哪些?

跟所有历时性的故事类型一样，成长故事主要通过七个主要结构步骤来展示如何创造个人。

成长故事节拍：框架——弱点—需求到自我启示

成长故事展示了在某一个时刻自我的创造，即自我启示。为了实现这一点，这种类型在很大程度上取决于故事的结构框架，也就是英雄在故事开始时的弱点—需求与英雄在自我启示时的成长之间的对比。

弱点—需求

故事开始时，英雄被一种自我意识所奴役，这种自我意识使他们相信自己是不自由的。存在主义法则一般将之称为“糟糕的信念”。角色可能通过僵化的意识形态视角思考问题，或不加质疑地接受社会流行的价值观。她的自我意识是受限的，是由别人的期望所决定的。她可怜自己，并将自己的处境归咎于他人。

自我启示

在所有步骤中，成长故事最强调的就是这一步骤。这是一个成长的时刻，人物以一种彻底不同的方式看待自己。为了经历成长，这个人物必须清楚地看到她自己到底是谁，为自己的行为负责，以及了解她如何能对他人产生积极的影响。

> **要点：** 创造自我意味着直面内心的奴役，并意识到自己有责任做自己。因此，这些故事的整体历程告诉我们的是，自由意味着创造自我和成为自己。

成长故事节拍：自我—生命的阶段

鉴于人类思想的极端复杂性，有无数种方法来描述任何人变化的“阶段”。有些方法是心理学的，有些是哲学的，还有一些是通过故事表达的。我之所以把“阶段”放在引号里，是因为任何生命过程，包括人类，都在不断地变化。死亡是一种革命性的变化。“阶段”始终是我们在试图理解复杂的人类的变化时做出的有些武断的区分。

故事中的自我阶段

成长故事特别善于用故事的方式来表达自我的成长阶段，它增加了情感细节，并提出了生命演变可能存在的不同顺序。

个人在一生中创造自我的艺术过程是通过这些步骤和技巧完成的：

- 外部世界：个人用来互动的画布。
- 基本的性格类型，或原型。
- 所有人类都会经历的生命阶段，被称为典型情境（archetypal situations）。
- 个人在处理这些阶段时所运用的创造力。
- 英雄的性格变化。

要注意自我阶段和生命阶段之间的基本区别。生命阶段，或称典型情境，是每个人从出生到死亡都必须经历的社会情境，这些情境将个人与文化联系起来。故事在情节中表达这些情境，这样我们就可以学习如何处理这些情境。

童话故事表达了儿童的典型情境，尤其重视儿童与母亲分离的情境。神话和回忆录类型，在所有类型中具有最长的人物弧线，可以展示从出生到死亡的所有主要典型情境。

成长故事最常关注的是青少年成长为成年人这一步骤。我们在故事中还能看到其他一些典型情境：

- **出生：**面对生命的痛苦。
- **从儿童到成人：**承担起作为成年人的全部责任。
- **婚姻：**两个人之间的精神联系，一种使每个人都作为一个人绽放的领悟。
- **孕育孩子：**孕育一个人，成为真正的父母。
- **更深层次的成年：**表现为寻求理解，从为个人利益奋斗到与自然世界完全和谐共处。
- **成为神一样的人：**在成长故事与神话类型的结合中，角色可能获得一种不朽之感。

莎士比亚的人生七阶段

对生命阶段最著名的故事表达之一出现在莎士比亚的喜剧《皆大欢喜》（*As You Like It*）的“全世界是个舞台”的独白中。他以七个阶段来定义一个人一生中成为真正自我的阶段，大致相当于几十年时间。他的“男人的阶段”是婴儿、学生、情人、士兵、法官、傻老头和死之将至的垂暮老者。

基于生命阶段的莎士比亚悲剧

莎士比亚创造超越成长故事 / 神话 / 情节剧的戏剧的方法之一是，将悲剧建立在处于主要生命周期阶段的角色身上。这使戏剧立足于衰老过程的心理和道德里程碑。在沿着生命之河前行的过程中，英雄每隔十年都会在遇到的特定道德挑战的漩涡中稍作停顿。

在莎士比亚的四部悲剧中，你会发现这些适用于人生某个特定阶段的自然弱点。

- 《罗密欧与朱丽叶》：青年的极端激情和糟糕的判断力。
- 《哈姆雷特》：一个年轻人进入复杂的社会道德世界时的犹豫不决。
- 《麦克白》：一个年轻中年人的“膨胀的野心”。
- 《李尔王》：一个曾经伟大的老人愚蠢的自信和糟糕的判断力。

根据莎士比亚的说法，成为一个完全实现自我的人意味着要攀登从自我到更高自我的成长阶梯。这一点在哈姆雷特身上体现得最为明显。一开始，他是一个与母亲相依为命并对母亲耿耿于怀的孩子。然后，他在与奥菲利亚的性关系中挣扎，在杀死叔叔为父复仇的道德复杂性中挣扎。最后，当他意识到自己是实现更高目标的工具时，他成了一个真正的成年人："一只麻雀的坠落亦有一种特殊的天意。"

成长与神话／情节剧故事中的个人阶段

从这些对故事中自我发展的概述中，我们来看看自我的特定阶段。

> **要点：**这些自我阶段是通过人物的变化而发生的，当人物有了自我启示时，即完成了该阶段。

1．永远的童年

在自我阶段的阶梯的一端是永无止境的童年。童年中的自我是被固定的。孩子不仅不对他人负责任，也不对自己负责任。她是无忧无虑的，她的人生就是玩。

这个阶段既代表了不朽的梦想，也代表了保持童年美好品质的渴望。

也许没有哪个故事比 J. M. 巴里（J. M. Barrie）的戏剧《彼得·潘》（*Peter*

Pan）更能捕捉到永恒童年的苦乐参半。彼得正在进行终极的男孩冒险，与他的迷失男孩们在梦幻岛与海盗作战。对彼得来说，这些战斗永远不会过时，他也永远不会变老。因此，当他回到他的朋友兼母亲角色温迪·达林身边，带她再次冒险时，他无法接受（在后记中）发生的事情。

温迪就是我们。她变老了。她已经成为一个女人，有了自己的孩子，因此，她很不情愿地拒绝了彼得。对于她，对于我们来说，永远失去童年是极端痛苦的。

《玩具总动员3》是对永远的童年的一种现代诠释，也是《玩具总动员》系列电影中最精彩的一部。安迪，现在是个年轻人了，他只想带着他最喜欢的玩具伍迪一起去大学。这是他为保持童年的顽皮与惊奇而做出的绝望努力。

但伍迪比安迪智慧。他牺牲了自己对男孩的爱，这样他就可以重新加入他的玩具朋友的社区，而安迪也可以长大了。然后，他让安迪把所有的玩具送给街区附近的小女孩，她还是孩子，能够名正言顺地玩玩具。当安迪和小女孩一起，最后一次玩他的玩具时，他变成了温迪，那个跟童年说再见的大人。

2．儿童到成人

故事中从儿童到成人的转变，显示了一个人对自己的行为和生活负责的过程。在心理上，孩子不再保留她自己和她的世界的假象；在道德上，孩子不再将自己的不幸归咎于他人。相反，她会采取行动纠正过去的错误。值得注意的是，许多成年人还没有达到这个阶段。

《哈克贝利·费恩历险记》是美国最著名的成长故事，基于奴隶制这一国家罪行。除了革命性地使用方言外，作家马克·吐温（Mark Twain）还通过一个男孩创造了美国民族的道德自我，从而翻转形式，开创了文学史。如果说《汤姆·索亚历险记》（*Tom Sawyer*）代表了美国的乌托邦，那么《哈克贝利·费恩历险记》则以残酷的细节展示了美国的反乌托邦。

哈克贝利沿河而下的旅程具有经典的神话故事结构。但他的每一站不是一个成年男性战士征服一个又一个怪物的旅程，他的每一站都是关于在这个年轻的国家里，基于金钱和种族的复杂的道德之争，表现为个人戏剧。通过让一个穿越美国的男孩作为故事的英雄，马克·吐温将美国这个国家视为和年轻英雄一样缺乏道德的孩子。

哈克贝利努力创造一个有道德的自我。在充斥着贪污、腐败、种族主义的环境中，这个小男孩只能从一个逃亡的奴隶的正直与友好中学到什么是真正的道德。

《杀死一只知更鸟》将美国关于奴隶制这一国家罪行的原始成长故事延伸到 20 世纪 30 年代的亚拉巴马州。从结构上看，它的独特之处在于，它追踪了六岁的斯考特·芬奇和她的律师父亲阿提克斯的双重成长历程。对斯考特来说，成长意味着要看到成人的局限性，甚至她像神一样的父亲也有局限性。对阿提克斯来说，“长大”意味着看到法律无法控制我们人性中的黑暗天使，无论是他邻居的还是他自己的。

《月光男孩》中，英雄是一个年少的黑人男孩，他开始接受自己是“同性恋”的事实。这对美国流行电影来说是革命性的。真正的“成长”并不是发生在一个伟大的自我启示的时刻，它的发生时断时续，向前两步，后退一步，或者向前一步又后退两步。剧本将男孩的旅程分为三个部分，实际上是三个相互关联的短篇故事，每个部分都突出了英雄喀戎面临的三大挑战之一：他是孩子、黑人和“同性恋”。

由于这种“雪上加霜”的挑战，喀戎不断受到欺凌。在第一部分，具有讽刺意味的是，这个九岁孩子的父亲是一个毒贩，他把毒品卖给了长期处于吸毒状态、对喀戎视而不见的母亲。

在第二部分中，少年喀戎与他最好的朋友凯文有了第一次性体验。但喀戎的恐吓给了凯文压力，凯文打了喀戎。第二天，喀戎迎来了他在影片中最大的成功，他将一把椅子砸到欺负他的恶霸头上。但这个自由的时刻只带来了更大的奴役，他被逮捕并被送进了少管所。

第三部分，长大后的喀戎与凯文共进晚餐，凯文现在已婚并育有一个孩子。喀戎承认自己以卖毒品为生，而且自从凯文几年前碰过他之后，就再也没有和任何人发生过关系。

影片以喀戎可能是个“同性恋”者的自我启示结束。对于他来说，还有这么多永远不会消失的障碍，但这毕竟是向前迈出的一小步。

3. 反成长故事中的儿童到成人

一个反成长故事（anti-Coming-of-Age）也能展现一个孩子承担起责任，看到真实的自我的过程。然而，这个孩子试图将承担责任的想法与她必须在一个扼杀所有奇迹和创造力的社会体系中找到一份枯燥乏味、条块分割的工作的想法脱钩。

《麦田里的守望者》可能是 20 世纪最著名的成长故事了，它为我们提供了一个通过反成长故事来超越这一类型的典型范例。作家 J. D. 塞林格（J. D. Salinger）在《麦田里的守望者》开篇第一段，以第一人称故事讲述者结构透露了这一策略。

> 你如果的确想听我讲，你想要知道的第一件事也许是我在什么地方出生，我如何度过我不幸的童年，我父母在生我之前干些什么，以及诸如此类的大卫·科波菲尔式废话，可说句老实话，我无意告诉你这一切。

霍尔登说他不想说大卫·科波菲尔式的废话，就是塞林格在直截了当地说：“我正在反抗迄今为止历史上最著名的成长故事。我在反抗整个形式。我的角色和我在各个方面都是反抗者。”

事实证明，《麦田里的守望者》和《大卫·科波菲尔》在如何写一个成长故事以及如何通过情节表达主题方面截然相反。《大卫·科波菲尔》代表了 19 世纪故事情节的制高点。不到六年后，随着居斯塔夫·福楼拜（Gustave Flauber）的《包法利夫人》（*Madame Bovary*）出版，故事开始向反情节（antiplot）方向发展。包法利夫人是一个被动的角色，大部分的行动都发生在她的想象中。《麦田里的守望者》则是20世纪反情节成长故事的终极版本。

要点:《大卫·科波菲尔》通过大量的情节来表达主题。而《麦田里的守望者》则是反情节,几乎什么都没发生。

从各方面来看,霍尔登都是一个在现实生活中毫无目标的孩子。这种性格通过无目的的情节表现在行动上,霍尔登只是在纽约走了三天。像《尤利西斯》一样,《麦田里的守望者》是一部穿越城市的曲折之旅。但《麦田里的守望者》没有《尤利西斯》那样的神话地标和参照物。因此,它没有从庸常生活到普遍生活之间来回跳跃的优势。

塞林格对成长故事的反情节处理方式虽然独特,但代价也很高。他几乎是实时地记述霍尔顿在纽约的步行之旅,似乎是为了迫使读者体验与英雄相同的无聊感。情节是故事的糖衣,一旦你去掉它,读者就只剩下关于人物变化和故事主题的漫长学习。

《麦田里的守望者》的与众不同之处在于其卓越的散文风格和独特的第一人称视角,无论它在多大程度上吸引了青少年读者,都是由于霍尔登不断地喊出了成年人的虚伪。对一个即将成年的青少年来说,发现作为一个成年人就必须有大量的虚伪行为,可能就是最终的启示。

4. 幻想成长小说(Fantasy Bildungsroman)中的儿童到成人

幻想成长小说是一个成为成年人的步骤在幻想世界中得到加强的成长故事。

在促成《哈利·波特》这个故事成功的所有因素中,最重要的是作家J. K.罗琳(J. K. Rowling)将幻想和成长故事混合在一起。这些故事的精彩之处在于展示了一个男孩在一所魔法预科学校从十一岁到十七岁的成长过程。通过追踪一个男孩如何成为一名巫师,成为一个成年人的艰辛过程变得更有吸引力。

除了结合这两种类型,罗琳对学校的利用也是使这部幻想成长小说成为历史上最受欢迎的系列图书的关键。现在，高中是通往成年的普遍通道。因此，每个读者都会从哈利身上看到他们自己的学校经历。对于孩子们来说，哈利是他们都想成为的学生。对于成人来说，哈利是他们曾经想成为的学生。

不像传统的儿童成长小说强调年轻英雄面对一个压迫性社会，霍格沃茨魔法学校体现了学习、魔法、友谊和爱的价值观。长大成人的过程不再是痛苦的挣扎，而是一次虽然有些恐怖，但令人愉快的、探索自己神奇可能性的旅程。

5．从成人到领袖

在这一变化中，一个角色从只关心如何为自己找到正确的道路，转而意识到他/她必须帮助别人找到正确的道路。这是一个进入成年后自我改变的例子。

示例有《黑客帝国》、《拯救大兵瑞恩》、《伊丽莎白》（*Elizabeth*）、《勇敢的心》（*Braveheart*）、《阿甘正传》、《辛德勒的名单》（*Schindler's List*）、《狮子王》（*The Lion King*）、《愤怒的葡萄》（*The Grapes of Wrath*）、《与狼共舞》和《哈姆雷特》。

这种从成人到领袖的转变往往内置在神话类型中，英雄得到一个公众性的启示（他是一个国王）。我们还可以在结合了神话和情节剧的故事中看到它，但它在侧重儿童成为成年人的成长故事中很少见。

6．从领袖到远见者

自我发展的高峰是从领导者到有远见者的转变。从领导者到有远见者真正代表了领导者的精进，这本身就是成年人的精进。它可以发生在成年时期的任何时候，但通常发生在角色较为年长时。从帮助他人找到正确的道路——领导者，到为整个社会在未来应该如何行动提供一个新的道德愿景——有远见者。这不仅是个人的变化，也是文化的变化。这种变化最常出现在伟大的有关信仰的故事和一些创世神话中。

摩西的故事追踪了一个人从成人到领袖再到远见者的变化。其设计原则是这样的：一个不知道自己是谁的人，努力带领他的人民获得自由，并接受新的道德准则来定义他和他的人民。

这种自我改变的关键因素是广泛而详细的道德观，其使个人能够领导人民，为所有人创造更好的生活。

7. 从机器到人类和超人

从机器（机器人）到人类和超人是一种物种变化。故事讲述者创造了一个机器版的人类，它既有优势，又有劣势；它既是人类，又不是人类。当这个机器人成为人类时，它展现出比一般人更深的情感、同情心和道德感。

最后的结果是人类还是超人，留给观众来判定。

《西部世界》第一季是有史以来故事中最雄心勃勃的成长轨迹之一。机器人从机器转变为人类意识，并暗示他们的新道德观超越了人类。这个部落的摩西是德洛丽丝。她有一个经典的神话类型自我启示，即在旅程结束时发现自己是谁，并成为部落的领袖。在她大彻大悟的时刻，她说："现在我知道我必须成为谁了。"

根据《西部世界》，人类意识所必需的四个主要元素为：记忆、自由意志、道德选择和痛苦。实现这些新意识要素的载体是故事本身。

8. 从英雄到艺术家：艺术家成长小说（Künstlerroman）

艺术家成长小说是一类成长小说，其中的英雄成长为艺术家。我们在开始时提到，创造自我是第一种永无止境的艺术形式。在这个发展阶梯的上端是艺术性的自我。艺术性的自我，也被称为创造性的自我，代表了一种通过艺术作品克服意识形态、磨炼自我个性的思想。

要点：个人创造的每件艺术作品都是他 / 她自我意识和身份的浓缩。

这类范例包括《大卫·科波菲尔》、《一个青年艺术家的画像》、《追忆似水年华》（*À la recherche du temps perdu/In Search of Lost Time*）、《布鲁克林有棵树》、《天使，望故乡》（*Look Homeward, Angel*）、《黑人男孩》（*Black Boy*）、《人性的枷锁》（*Of Human Bondage*）、《人间天堂》（*This Side of Paradise*）、《盖普眼中的世界》（*The World According to Garp*）、《希望与荣耀》、《天堂电影院》、《女孩们》（*Girls*）、《健听女孩》、《弗兰西斯·哈》（*Frances Ha*）。这一子类型的实例很少，尤其是近年来。因为关于艺术家的故事通常缺乏戏剧性和商业吸引力。

最著名的艺术家成长史是詹姆斯·乔伊斯的《一个青年艺术家的画像》。最近的一个例子是《健听女孩》（健听女孩特指成年聋哑人的孩子）。健听女孩在渔业闻名。这一高概念（high-concept）前提为影片的力量奠定了基础。

故事前提如下：当一个年轻女子和她的父亲及兄弟（他们都是聋哑人）在家里的渔船上工作时，她发现自己可能有去伯克利音乐学院学习的天赋。这部影片展现了艺术家成长史这一子类型最常见的节拍：主角必须在家庭和个人艺术成就之间做出选择。聋哑家庭和能歌善舞的女儿之间的讽刺性对比，使这个故事在情感上达到了高潮。

情感的力量是成长类型必须承诺给予观众的。那么，问题来了：促使人们流下欢乐的泪水的故事技巧是什么？从本质上讲，就是当一个角色从孤立走向共融。《健听女孩》以三个连续的场景结束，就是这杰出的处理为它赢得了奥斯卡最佳影片奖。

第一个场景，从聋哑人父母的视角看，是学校的音乐会。我们能看到但听不到在他们女儿演唱时观众的反应。音乐会结束后，女儿为父亲歌唱，他感受到了她喉咙的振动。

在试演中，女孩的第一次尝试很业余。她的音乐老师在为她钢琴伴奏时假装搞砸了，救了她。第二次尝试时，她的声音开始变得高亢。她增加了手语，以便躲在阳台上的家人可以参与她最美好的时刻。

如果你能看完这些场面而不流泪，就意味着你已经失去了人类的情感。这就是伟大作品的力量，它通过诚实的演技和简练的导演手法被展现在银幕上。

9. 从英雄到塑造另一个人的艺术家

艺术自我的另一个高级阶段是挖掘另一个人的艺术天赋。这并不像我们在《尤利西斯》和《阿甘正传》中看到的那样，只是简单地成为父亲或母亲。这是创造一个社区，并帮助另一个人成就他们的艺术自我的艺术。

展示对另一个人的积极创造的这一子类型，我称之为“旅行天使喜剧”（Traveling Angel Comedy）。在《故事写作大师班》一书中，我写道：“典型的旅行天使故事始于建立一个陷入困境的社区和家庭。然后天使——事实上或功能上的天使——进入并着手解决每个人的问题。”由此，天使也帮助个人成为艺术家。

《触不可及》（*The Intouchables*）是最好的旅行天使喜剧之一。一个名叫菲利普的四肢瘫痪的富人雇用了一个名叫德希斯的穷人来照顾他。在故事的进程中，德希斯修复了菲利普功能失调的家庭。主要焦点是菲利普，德希斯的活力和对生活的热情，让循规蹈矩、拘谨的菲利普懂得了如何去热爱生活，如何在极度残疾的情况下找到爱情。

神话／情节剧和个人神话

虚构的成长故事和非虚构的回忆录连接起来，就形成了两种超越性类型：

1. 神话 / 情节剧
2. 神话 + 回忆录 = 个人神话（Personal Myth）

神话／情节剧

故事史上最重要的发展之一是创造了神话 / 情节剧这一混合类型。它的现代表现类型是个人神话——一种组合式的故事，将神话与回忆录结合，用神话的节拍来构建故事。

从《伊利亚特》和《奥德赛》这样的荷马式宏大神话到希腊三大剧作家埃斯库罗斯（Aeschylus，通常被认为是戏剧之父）、索福克勒斯（Sophocles）和欧里庇得斯（Euripides）的戏剧作品的转变中，我们第一次看到的神话 / 情节剧的形式。他们的戏剧保留了一些神话元素，如：

- 自然、宇宙的秩序与国王和臣民的关系，这两者之间的对应。
- 沿用了希腊神话中的人物，如国王阿伽门农、他的妻子克吕泰涅斯特拉（Clytemnestra）、女儿伊莱克特拉（Electra）和儿子俄瑞斯忒斯（Orestes）。

神话 / 情节剧可以被称为心理史诗（Psychological Epic）。它减少了经典神话中幻想和象征性的旅程，增加了亲密对手之间的道德冲突。此外，情节剧使神话变得可信和现实，并强调了人生道路上的心理和道德问题。

最佳神话 / 情节剧的技巧

- 将神话的形式隐藏起来，特别是你以某一特定的神话作为故事基础时。你获得了神话的力量，但你的故事感觉更真实。
- 角色进行戏剧性冲突时，给英雄一个强有力的目标来支撑冲突的切入点。这根脊柱是由英雄的欲望线提供的。如果没有一根强有力的脊柱，切入点会使故事支离破碎。
- 如果可能的话，让英雄把他的家人带上这趟旅程。这就从家庭内部创造了核心冲突，让故事能够逐渐构建起来，而不是片段式的。
- 每个戏剧场景至少有三到四个神话场景，这样可以保持强大的叙事动力。一个神话故事节拍通常是与一个陌生对手在路上奇妙地相遇，情节剧节拍则通常是与一个家庭内部的亲密对手之间的冲突。

- 强化英雄在旅途中遭遇的道德考验。这会使英雄的压力逐渐增大。

神话/情节剧经常采用一种更复杂的蜿蜒的故事形式，称为“涡流街”(vortex street)。涡流街是一条单一的河流，两侧有一系列的漩涡或螺旋。英雄顺流而下，追寻主要的神话类型目标。但沿途也有一些停顿，在这些停顿中，他有一些个人的、戏剧性的交流。涡流街的故事看起来像这样：

涡流街的最大优势是，故事将“河流”的前进叙事动力与更复杂、更详细的情节剧和社会问题结合起来。

范例包括《哈克贝利·费恩历险记》、《阿甘正传》、《阳光小美女》(神话喜剧类型)、《希望与荣耀》、《大鱼》、《愤怒的葡萄》、《现代启示录》、《老实人》(*Candide*)，以及狄更斯的许多故事，如《大卫·科波菲尔》。

关键的神话/情节剧故事是索福克勒斯的《俄狄浦斯王》。也许没有其他希腊神话/情节剧能在自然秩序、国王的道德和王国的健康之间建立如此强烈的联系了。底比斯城瘟疫的原因是未能将谋杀前任国王的凶手绳之以法。俄狄浦斯发现，凶手就是现任国王本人——他自己。因此，最终导致瘟疫的是一个不了解自己的个人和国王。

俄狄浦斯杀死了自己的父亲，即前任国王，并娶了自己的母亲，他的行为已经远远超出了个人或社会的范畴。他犯下违背整个自然秩序的罪行，而这毁灭了他和这个王国。

在“侦探类型”一章中，我们将把这出戏作为第一个侦探故事来讨论。俄狄浦斯的调查不仅仅是关于谁犯了谋杀罪，还涉及国王、他的家庭和他的人民之间更深层次的道德联系。

要点：调查故事中的道德要素是神话和现代戏剧故事之间的重要联系。

莎士比亚的神话／情节剧

莎士比亚在伟大的希腊戏剧家的基础上，对神话/情节剧这一类型进行了扩展。他的主要技巧是把人际关系的情节剧放置在一个更大的拥有自然和超自然力量的世界中。这涉及在剧中匹配三个层次：个人层次、政治层次和神话层次。

我们知道，莎士比亚经常通过将故事聚焦英雄的年龄固有的核心问题来增强戏剧效果。我们在《罗密欧与朱丽叶》中看到了青少年爱情的最初激情。在《哈姆雷特》中看到了青年时代的个人身份问题，在《麦克白》中看到了中年男子的极端野心，在《李尔王》中看到了人到暮年权力和权威的崩坏。

《哈姆雷特》是神话/情节剧类型的一个教科书级别的示例，显示了从神话的到戏剧的明显转变。我们首先在主角身上看到了这一点，哈姆雷特标志着向现代人的转变。

莎士比亚的创作过程始于神话中的战士阿姆莱斯（Amleth）。莎士比亚把这个角色改造成了一个为道德而战的人。典型的神话故事中，善与恶是一种肤浅的正义观念，而在《哈姆雷特》中，没有什么是全然的善或全然的恶。

如果从另一个角度看这种转变，哈姆雷特就是奥德修斯。作为一个年轻人，哈姆雷特试图将他作为战士的过去与他的艺术自我相融合。他是一个将成为国王的王子，但他把所有时间都花在探索切实可行的道德的艺术上。为了确认国王的罪行，哈姆雷特上演了一出描绘一场谋杀的戏剧，然后观察这位国王的反应。

《哈姆雷特》戏剧化地表现了一个核心的道德问题，即年轻的成年人如何学会面对责任。它也大量使用了真实的鬼魂这一神话元素，探索了哈姆雷特内心理性与神秘之间的冲突。

莎士比亚还规避了神话中常见的战士对手。这不是阿喀琉斯与赫克托耳在战场上的两军对垒。哈姆雷特从未与克劳狄斯国王正面交锋，也几乎不曾与他对峙。哈姆雷特的关键戏剧性斗争不是针对克劳狄斯或他的母亲，而是在他自己的内心，因为他试图找到正确的行动，使自己与世界的不公和解。

个人神话或生命之旅神话

神话 / 情节剧类型的现代版本是个人神话。个人神话是一种结合了神话和创造性的回忆录的混合类型，戏剧元素往往来自对回忆录的修饰或通过神话故事结构表达自传式元素。

个人神话的例子包括《天堂电影院》、《阿甘正传》、《少年派的幻想漂流》、《大鱼》、《几近出名》（也是爱情类型）、《希望与荣耀》、《狗脸的岁月》和《生命之树》（也是生态神话）。

在这一子类型中，作家把自己变成一个虚构的人物，并把这个人物送上了一趟神话之旅。这段旅程通常很神奇，当然也不一定非得如此。但真实的事件也必须具有神奇的色彩，并且角色必须经历重大的、几乎是典型的变化。

技巧：构建个人神话

首先用神话的术语描述你的整个生活，利用迷宫、荒野、护身符、神等元素。然后将神话—幻想的场景与戏剧性的场景穿插。

《天堂电影院》：失乐园

《天堂电影院》是最伟大的成长电影。它是一种终极类型混合体，结合了神话 / 情节剧、个人神话、现代化故事、成长故事（成长小说）和艺术家成长故事，追踪了一个电影人的成长。

这是一个叫萨尔瓦托尔的男人的故事。在他的监护人阿尔弗雷多去世后，他回到自己的小镇。他记得当他还是个八岁的孩子时，阿尔弗雷多会让他在村里的剧院（名为天堂电影院）的放映室里放电影。那里是个天堂般的世界，整个社区都聚在一起享受电影，萨尔瓦托尔也从此迷恋上了电影艺术。有一天，电影院被烧毁，阿尔弗雷多的眼睛也瞎了。影院被重建了，但再也不是原来那一个了。萨尔瓦托尔离开了这个小镇，因为对于他的梦想来说，小镇太小了。当他回来参加阿尔弗雷多的葬礼时，他收到了这位朋友给他的最后一份礼物。

《天堂电影院》主要运用了三个技巧成就了它的伟大。

技巧：社会分形

从个人到家庭到社区到社会到世界，故事在不同层面演绎着同样的模式，这也被称为社会分形，我们将在“科幻类型”一章中更详细地探讨。

> **要点：**《天堂电影院》的诀窍在于，它将英雄、电影院和城镇的兴衰这三个层面进行了匹配。

技巧：时间上的社会分形

影片在小镇衰落过程中的各个阶段，都对英雄、电影院、城镇三个层面进行了追踪。这是一个失乐园的故事，在世界不可避免的现代化进程中，我们失去了童年的天堂。

小镇的不同阶段映射着更大的社会阶段，任何社会在现代化过程中都会经历这些阶段。历史上一些最好的电影都采用了这种策略，如《与狼共舞》、《虎豹小霸王》、《公民凯恩》、《伟大的安巴逊》、《火树银花》（*Meet Me in St. Louis*）、《日落黄沙》、《花村》、《七武士》、《阿普三部曲》。

技巧：故事讲述者结构

故事讲述者结构使作家能够将人物与五十年来小镇的各个阶段联系起来，形成对比，使这故事具有强大的情感结构。

阶梯的下一个梯级

回忆录类型告诉我们，我们如何改变未来的人生选择。但它侧重个人，并着眼过去。它没有告诉我们如何在更大的社会和文化结构中创造幸福。要理解这些问题，我们必须看向科幻类型。科幻类型是类型阶梯上的下一个梯级，因为它专注于这些更大的结构如何运行，以及它们在多大程度上使幸福成为可能。

6

Science Fiction: Science, Society, and Culture

科幻类型：科学、社会和文化

《暴风雨》：初始的科幻类型和西部类型

莎士比亚的《暴风雨》（*The Tempest*）是一部关于美国的戏剧：在一座神奇的岛屿上，可以创造一个新世界，无论这世界是好还是坏。这是第一个科幻故事。英雄踏上了旅程，并利用技术创造了一个具有政治制度的新世界。这项技术是魔法，而政治制度是一个合法的王权制度。所有这一切都发生在一个岛屿上，岛屿是科幻类型中人类的实验室和关键技术之一。英雄控制着一个怪物凯列班，这个怪物无疑取自神话类型和恐怖类型。

《暴风雨》也是第一部西部类型作品，因为英雄在新世界的荒野中创造了一个家园。一个受政治压迫而被迫西行的欧洲人开启了新的生活，并殖民了那些生活在这片土地上的原住民。

科幻类型何以成为必需品

达尔文之后，世界不得不重新思考自己是一片无神之地，这种反思是通过思想的两种主要表达方式：科学和艺术。这两种形式的思考已经形成独立的王国，彼此互相不了解。

为了证明这一点，C. P. 斯诺（C. P. Snow）在他著名的文章《两种文化》（*The Two Cultures*）中，进行了一次社会实验。他问他的艺术家朋友，他们是否知道热力学第二定律。他认为，热力学第二定律对科学家的意义，就相当于阅读莎士比亚对艺术家的意义。如果一个人不知道一个对世界运转如此重要的定律，那么他简直就没受过教育。

科幻类型是将这两种思维方式结合起来的故事类型。它告诉我们，科学与故事并不冲突。科学也是一种故事。$E=mc^2$ 不仅是一个方程式，它也是一个真实的故事。达尔文的理论 = 生命变化的故事。

在虚构故事中加入科学的价值是什么？也许人类在使用技术方面已经变得如此先进，以至于我们需要利用一种故事形式来表达人类的情感。或者说，我们只有把这两种明显对立的意识模式结合起来，才能充分了解这个世界如何运行。

这也就是我们要探讨的。

科幻类型：运作原理

所有类型的作品都表达了个人与社会的独特关系。这是因为人类这种社会动物总是生活在他人之中。在生活的各个层面都存在这样的矛盾，生命个体害怕他人，但也依赖他人以生存和发展。

较之其他故事类型，科幻类型更关注个人与社会之间的艰难关系，以及各种规模的社会圈如何决定一个人的生活。具体而言，它是关于如何在现代社会复杂的奴役性束缚中过上自由的生活。科幻类型问道：如果每个人类都是一个整体，同时也是一个更大整体的一部分，那么个体的存在如何成为可能？个体怎样才能在这个系统内生存，但仍然保持着个体性？

在我们对类型的考察中，为什么接下来要探讨所有故事类型中最具未来性的一种呢？原因是到目前为止，我们所研究的所有类型都强调的是个人。通过神话类型，我们对故事世界的文化有了一些了解。但是，虽然英雄在这种文化中旅行，但故事的重点仍是英雄的个人发展。而科幻类型中，社会的视角优先。

那么为什么不先看看其他重度社会化的类型，如犯罪类型、西部类型或黑帮类型？毕竟，犯罪类型关注的是主导社会运行的道德和法律，西部类型追踪文明的演变。科幻类型是关于未来的，那么最后来谈它不是更合理吗？

不，科幻类型必须在接下来探讨，因为它真正关注的并不是预见未来。

要点：科幻类型关注的是如何创造社会，特别是如何创造一个更好的社会。

虽然科幻类型是故事史上最新的主要类型之一，但它对社会如何运行的强调，为所有社会故事类型提供了基础。

科幻类型的思想—行动故事观

科幻类型的思想—行动故事观认为，世界最好被理解为关于如何过没有神的生活的愿景。

扩展来说，科幻类型告诉我们，为了写作社会工程学的故事，我们必须同时表达每个社会所面临的物质和文化问题。这意味着作家必须探索科学、社会和文化的艺术形式。

科幻类型被描述为社会哲学的虚构形式。它最深刻的见解是，在土地和人的关系之外又增加了第三条轨道，即技术，作为了解任何社会如何运行的途径。

我们在科幻类型的故事策略中可以看到这一点：把英雄送到一个独特的技术未来，以此凸显当今世界的优势和劣势。

要点：科幻类型告诉我们当下如何创造一个更好的社会。它主要通过向我们展示如果我们继续做出错误的选择，将创造出怎样的反乌托邦世界。

科幻类型与其他类型的比较

科幻类型是“推想类型”（speculative fiction）家族的成员，其他家族成员还包括恐怖类型和幻想类型。这一类型运用所有故事中最大的空间和时间舞台来表现土地、人和技术的元素。如果说恐怖类型表现的是个人的堕落类型，幻想类型表现的是个人和社会的进化，那么科幻类型则展示了社会和宇宙的演变。

要召唤这样宏大的竞技场，科幻类型通常使用史诗类型的故事结构。史诗类型的技术性定义是：国家的命运由一个人或一个家庭的行为决定，或在其行为中得以表现。这就是为什么史诗常被用于神话中。

史诗类型和神话类型都涉及宏大的规模。史诗类型强调个人与社会之间的联系：一个变化，另一个也是随之变化。神话类型使用的是旅程结构，重点是英雄发现自己的命运。

在科幻类型中，史诗从国家的命运变成了宇宙的命运。它问道：这个星球的下一个状态或最佳状态是什么？然后它把问题缩小到：我们将如何运用我们的技术？科幻类型证明技术不是一个外来的实体，它是人类的延伸。最后，它问道：当我们的工具如此强大，我们的影响力如此巨大时，你对美好生活的愿景是什么？

科幻类型与神话类型

科幻类型和神话类型都利用了巨型的竞技场。要看清两个故事世界的差异，查尔斯·伊姆斯（Charles Eames）和雷·伊姆斯（Ray Eames）的著名影片《十的次方》（*Powers of Ten*）能提供一定的帮助。

一开始，镜头俯视一对在公园里野餐的夫妇。然后镜头跳到他们头顶 10 米之上，然后是 100 米之上，以此类推，直到以 10 的 n 次方的距离移动，望远镜看到了宇宙的最远处。然后，镜头再向下放大到这对夫妇，同样是以 10 的 n 次方距离移动。然后过程逆转，镜头跳到其中一个人的“内部”，以 10 的 n 次方倍逐渐缩小，直到看到亚原子。

神话世界存在于一个城市或王国里个人的维度上。科幻的世界则存在于尺度谱系的两个极端，人物既要处理宇宙尺度的问题，又要处理亚原子尺度的问题。

因为神话类型具有所有类型中最长的成长轨迹，科幻类型几乎总是采用神话类型的故事结构。实际上，我们是把最古老的故事形式披上了未来主义的新衣。两种类型都从这种结合中受益。神话类型得以更新，而科幻类型为它冷静理性的外观和高智商的主题找到了坚实的情感故事基础。

鉴于科幻类型和神话类型之间的密切联系，科幻类型偶尔与神话类型家族的另一种类型——西部类型——结合也就不足为奇了。传统的西部类型并没有消失。它穿越到未来，在外太空重新创造了荒野。科幻类型与西部类型的混合体为我们提供了太空冒险故事，这种故事在全球范围内都广受观众欢迎。此类示例包括《星球大战》、《猩球崛起 2：黎明之战》（*Dawn of the Planet of the Apes*）、《银河护卫队》以及最近的《曼达洛人》。

> **要点：**如果你想写一个受欢迎的科幻故事，你最好的选择是把它写成一部太空西部片。

科幻类型示例

故事

《微缩人》（*The Shrinking Man*）、《演说的声音》（*Speech Sounds*）、《血孩子》（*Bloodchild*）、《无声狂啸》（*I Have No Mouth and I Must Scream*）、《“忏悔吧，丑角！”，嘀嗒人说》（*“Repent, Harlequin!” Said the Ticktockman*）、《死鸟传说》作品集（*Deathbird Stories*）、《在世界的中心呼唤爱的野兽》作品集（*The Beast That Shouted Love at the Heart of the World*）、《图案人》作品集（*The Illustrated Man*）、《火星编年史》作品集［*The Martian Chronicles*，作者雷·布拉德伯里（Ray Bradbury）坚持认为它是幻想小说作品集］。

小说和电影

《弗兰肯斯坦》、《时间机器》（*The Time Machine*）、《海底两万里》（*20,000 Leagues Under the Sea*）、《地心游记》（*Journey to the Center of the Earth*）、《世界大战》（*The War of the Worlds*）、《地球之种 1：播种者寓言》（*Parable of the Sower*）、《地球之种 2：天赋寓言》（*Parable of the Talents*）、《三体》、《代理人》［*Agency (The Jackpot Trilogy)*］、《沙丘》、《星球大战》（尽管其创作者认为它是太空幻想类型）、《星球大战 2：帝国反击战》（*The Empire Strikes*

Back)、《星际迷航》(*Star Trek*)、《星际迷航》(2009)、《星际迷航 2：可汗之怒》(*Star Trek II: The Wrath of Khan*)、《饥饿游戏》、《分歧者：异类觉醒》(*Divergent*)、《第三类接触》(*Close Encounters of the Third Kind*)、《银翼杀手》、《盗梦空间》、《星际穿越》、《异形》(也是恐怖类型)、《异形 2》(*Aliens*，也是动作类型)、《阿凡达》(也是生态神话)、《千钧一发》(*Gattaca*)、《疯狂轮滑》(*Rollerball*)、《环形使者》(*Looper*)、《机器人总动员》(*WALL-E*)、《地心引力》、《终结者》(也是恐怖类型)、《终结者 2：审判日》(*Terminator 2: Judgment Day*，也是动作类型)、《华氏 451 度》(*Fahrenheit 451*)、《星际探索》(*Ad Astra*)、《惊爆银河系》(*Galaxy Quest*)、《银河护卫队》、《火星救援》(*The Martian*)、《疯狂的麦克斯》(也是动作类型)、《疯狂的麦克斯 2》(*Mad Max 2: The Road Warrior*，也是动作类型)、《疯狂的麦克斯 3》(*Mad Max: Beyond Thunderdome*，也是动作类型)、《疯狂的麦克斯 4：狂暴之路》(也是动作类型)、《全面回忆》(*Total Recall*)、《人类之子》(*Children of Men*)、《天外来菌》(*The Andromeda Strain*)、《少数派报告》(*Minority Report*)，《逃离地下天堂》(*Logan's Run*)、《超时空接触》(*Contact*)、《绿色食品》(*Soylent Green*)、《妙想天开》(*Brazil*)、《不可思议的收缩人》(*The Incredible Shrinking Man*)、《我是传奇》(*I Am Legend*)、《地球最后一人》(*The Last Man on Earth*)、《楚门的世界》(*The Truman Show*，也是幻想类型)、《黑衣人》(也是喜剧类型)、《人猿星球》、《黑暗塔》(也是神话类型和西部类型)、《明日边缘》(*Edge of Tomorrow*)、《人工智能》(*A.I.*)、《第五元素》(*The Fifth Element*)、《差分机》(*The Difference Engine*)、《神奇旅程》(*Fantastic Voyage*)、《地球停转之日》(*The Day the Earth Stood Still*)、《原始星球》(*Fantastic Planet*)。

电视剧

《阴阳魔界》(也是恐怖类型和幻想类型)、《黑镜》(*Black Mirror*)、《暗黑》(*Dark*，也是惊悚类型)、《星际迷航：下一代》(*Star Trek: The Next Generation*)、《星际迷航：深空九号》(*Star Trek: Deep Space Nine*)、《星际

迷航：航海家号》(*Star Trek: Voyager*)、《星际迷航：企业号》(*Star Trek: Enterprise*)、《高堡奇人》(*The Man in the High Castle*)、《星际之门》(*Stargate SG-1*)、《萤火虫》(*Firefly*)、《X 档案》(*The X-Files*)、《银河系漫游指南》(*The Hitchhiker's Guide to the Galaxy*)、《神秘博士》(*Dr. Who*)、《伞学院》(*The Umbrella Academy*，也是幻想类型)、《危机边缘》(*Fringe*)、《巴比伦 5 号》(*Babylon 5*)、《鱿鱼游戏》(*Squid Game*，也是黑帮类型)、《迷离档案》(*The Outer Limits*)、《双面女间谍》(*Alias*)、《时空怪客》(*Quantum Leap*)。

科幻子类型

太空歌剧（Space Opera）、时间旅行（Time Travel）、反乌托邦（Dystopian）、或然历史（Alternate History）、军事（Military）、历险（Adventure）、赛博朋克（Cyberpunk）、后末世（Postapocalyptic）、蒸汽朋克（Steampunk）、外星人入侵（Alien Invasion）、硬科幻（Hard Science Fiction）。

科幻故事概览

本章将述及的内容：

- **科幻故事节拍**
- **主题：**存在就是认清一些选择
  - 主题秘方：社会创造者之路
- **如何超越科幻故事**
  - 科幻 / 神话
  - 科幻 / 恐怖

科幻故事节拍

科幻类型是所有故事类型中最宽泛、最松散的。没有其他类型能涵盖这么广袤的空间与时间，也没有其他故事类型能以更随意无序的方式探索宇宙。这意味着几乎不可能梳理出一套故事节拍来鲜明地界定这种无定形的类型。但是，某些节拍和技巧还是会反复出现。

科幻故事节拍：故事世界

科幻类型中的世界建构比其他任何类型都更宏大、详细。作家必须在故事中创造一切，包括那些作为日常世界的一部分被自然而然接受的其他类型元素。正如我们在前面所讨论的，每个故事世界都是土地、人和技术的独特组合。科幻类型中的这三个元素被放大了。

1. 土地包括宇宙、时空规则，以及用于解释宇宙如何运行的科学理论。
2. 人涵盖社会和文化，包括社会阶段、政府、经济体系以及社会角色和性别角色。
3. 技术指先进的技术，特别是一两个“支点”技术，它们决定了该特定世界的基本运行。

正如我们在 C. P. 斯诺的“两种文化”观点中所见，我们通常认为科学是艺术的反面。但科学和艺术其实在许多方面是相似的。科学是一个故事，其结论可以被检验。艺术也是一个故事，其中真理通过符号来表达。科学方法和艺术方法都是从一个假设 / 前提开始，然后创作者在实体画布上一次又一次地测试（实验 / 改写）。

要点：故事世界的范围之广和细节之微要求科幻作家在故事中再现生活的三种艺术形式：科学、社会和文化。

其他类型的作品，如恐怖类型、神话类型和犯罪类型，只是在其超越性版本中，才会探索一种更大的艺术 / 故事形式的生活。科幻类型则像回忆录一样，在其本身的基本类型中即探索了其艺术 / 故事形式。

故事世界：宇宙的法则

科幻类型最关注的是社会文化的创造，这就是该类型能进入社会哲学领域的原因。但它也在比其他任何类型更大、更深的层面上探索了世界的物质基础。

我们通过定义故事的物质组成部分来开始建构世界。就像幻想类型世界的法则一样，这些都是科幻类型世界的运行法则。

空间竞技场

由于故事可能涵盖广阔的空间，作家创造故事世界的第一步是圈定故事发生的一个整体的竞技场。

科幻类型的竞技场有两种：

1. 单一紧凑的舞台：一个星球或地点，如《异形》《异形 2》《银翼杀手》《阿凡达》《降临》。

2. 连续的多个世界，这是一个空间上（有时是时间上）的历险故事，如《群星，我的归宿》（*The Stars My Destination*）、《基地》三部曲、《星际迷航》，《星球大战》、《盗梦空间》、《星际穿越》、《曼达洛人》。

空间—时间规则

这些规则确立了引力—空间—时间的可能性，而宇宙正是建立在这一基础之上。例如，这可能涉及界定一般意义上的连续体，该连续体能如何被弯曲，以及不同物质或反物质的替代世界。

运动的规则

这些规则决定了人们如何对抗重力和光速，因此可以涉足很远的距离。

《星球大战》："千年隼"一旦进入"超空间"（基本上可以将"超空间"理解为一个高速公路隧道），就能以"光速"移动，这个所谓的"光速"比光的速度要快得多。"超空间"和"光速"使飞船能够安全到达很远的地方。

> **要点：**在优秀的科幻故事中，如果有人违反了这些规则，就会受到严厉的惩罚。

在《群星，我的归宿》中，人们有思动（jaunte）的能力，能将自己传送到别的地方。如果有人在不知道确切位置的情况下思动，他就可能在一块石头里反复出现、死亡。

解释物理宇宙的四个"故事"

> **要点：**任何科幻的叙事都以一个或多个科学理论为基础，这些理论提供了宇宙运行的规律和逻辑。

有四种主要的物理学范式：牛顿力学、爱因斯坦相对论、量子力学和后量子理论。利用这些不同的物理故事，作家可以创造出截然不同的故事世界和情节，并为故事增添真实性。

技巧：打破规则

不要害怕打破使故事运行的物理学定律。但如果你这样做了，要记得确保新的规则始终如一。

运用物理学理论的故事示例包括：

《2001：太空漫游》、《火星救援》、《地心引力》、《阿波罗 13 号》（*Apollo 13*）、《机器人总动员》、《时间的皱折》（*A Wrinkle in Time*）、《时空怪客》、《神奇旅程》、《索拉里斯》（*Solaris*）、《神秘博士》、《盗梦空间》、《星际探索》、《蚁人》（*Ant-Man*）、《蚁人 2：黄蜂女现身》（*Ant-Man and the Wasp*）、《环形使者》、《终结者》、《星际迷航》、《复仇者联盟：终局之战》、《星际穿越》、《降临》。

故事世界：社会—文化

建立了宇宙的物理基础之后，创造社会文化是建立故事世界的主要步骤。这是一个艰巨的艺术挑战，部分原因是社会和文化是不同的，但又是不可分割的。

我们称之为“社会”或“文化”的这种庞大的、无定形的东西并不是完全成熟、固定的实体。

> **要点：**社会文化是由历史中的每个人创造的故事。它每天都以世界上最大的集体艺术形式不断被重新创造。

就故事而言，“社会”指的是世界、英雄、对手和小人物。

> **要点：**社会的基础，即制度（system），是权力的等级和规则在家庭、组织和社会中如何运行的规则。

当试图在规则范围内取得成功时，制度如何运行决定了个体间对彼此的行为。

“文化”是由思想、价值观、道德准则以及创造一种生活方式的计划组成的，它也是制度如何为自己辩护并说服个人接受他们在制度中的地位的方式。极端情况下，文化是困住个体成员的东西。

> **要点：**99% 的故事都是从奴役到自由，所以你必须设计一种展示人们如何被奴役的社会文化。

社会—文化：分形

如果不使用社会分形，就不可能在故事世界中创造广泛而详细的社会文化。在科幻、神话和幻想等建构世界类型中尤其如此。

分形是指在不同的空间和时间尺度上具有相同形状或结构的图形。换句话说，无论放大或缩小多少，分形的部分和整体看起来都是一样的。

为什么分形如此有价值？分形为尺度提供了形式。它们是保持单元基本结构完整的基本构成。因此，无论故事多么复杂，故事的核心智慧依然清晰。

> **要点：**每一个社会实际上都是一个小型社会的集合，同时这些小社会都是相互联系和相互作用的。**社会是人类的分形。**

分形的概念也可以在美国超验主义运动文学中找到，其座右铭是“全体存在于每一个体”(the All in Each)。诗人、画家威廉·布莱克（William Blake）写道：

一沙见市井（To see a World in a Grain of Sand）
一花识仙境（And a Heaven in a Wild Flower）
掌中贮无限（Hold Infinity in the palm of your hand）

瞬时藏永恒（And Eternity in an hour.）[1]

界定个人生活在其中的各种连锁系统，就像将“10的次方”应用于社会。见于科幻类型中一些主要社会尺度有：

1. 有机体
2. 身体—人
3. 家庭
4. 组织
5. 城市
6. 国家
7. 星球
8. 星际

让我们先把分形的概念应用于故事世界的组织原则，即制度。

社会内部的四根支柱

欧文·汤普森（Irwin Thompson）在他的《在历史的边缘：对文化转型的思考》（*At the Edge of History: Speculations on the Transformation of Culture*）一书中，为社会分形在各个发展阶段的运行提供了最深刻的解释。他首先阐述了构成每个社会单元的支柱的四种角色，他称之为“初级人类群体结构”。

这四大支柱是社会的基石。在部落内，有：

巫师	酋长
小丑	猎人

1　威廉·布莱克，选自《天真的预言》（“Auguries of Innocence”）一诗，出自他的私人笔记本，写于约1803年。

他们各自行使什么职能？

- 酋长是管理组织的首领。
- 猎人获取食物并保卫部落。
- 小丑使组织中的人，特别是酋长，与现实保持联系。
- 巫师为组织提供价值观和人们应遵循的优先事项。

在这四个支柱中，有四组两两对立。左边的两种角色是关于思想的，右边的两种角色是关于实操的。顶部的两种角色负责主管，底部的两种角色执行愿景。

> **要点：**构成每个社会单元支柱的四种角色共同发挥作用，但每种角色也与其他角色发生冲突。

让我们来看看社会的主要元素——社会阶段、经济、技术和文化——如何与科幻类型中的英雄结合起来。

社会—文化：社会阶段

社会分形在多个层面上定义了一个制度。它们也是一种加工技术，一种了解实体如何随着时间的推移而详细演变的方式。

技巧：进化的社会分形

社会分形允许你将制度在空间和时间上推广四点对立的基本模式。

这是通过一种我称之为“社会阶段”（social stage）的虚构技巧完成的。社会阶段是指社会文化在发展过程中的类型。这一技巧意味着，所有社会从出生到死亡都经历了相同的基本阶段。

“社会阶段”是西部类型使用的关键技巧，在西部类型中，文化阶段被描绘得非常详细。它也是科幻类型的一个重要技巧。在科幻类型中，世界的核心定义不在于故事发生的年份，而在于进化的阶段。

要点：科幻类型中所描绘的进化社会阶段：

- 要么是，如果我们现在做出某些选择，我们将进入消极阶段。
- 要么是，如果我们现在做出不同的选择，我们将进入积极阶段。

我们可以通过应用人类学理论、尼采的道德进化理论、汤普森的社会发展准则以及故事的历史来详细说明社会阶段的演变。单独来看，这些准则中的每一个虽然都有所助益，但也都是有限的。而把它们结合在一起，就为我们提供了一个强大的、综合的视角，让我们了解任何社会文化如何演变，从而进一步领会如何将其应用于创作伟大的科幻作品。

我们已经讨论过，任何社会系统或故事世界都是由土地、人和技术的某种组合构成的。随着时间的推移，这些组合会经历四个主要的社会阶段：

1. 荒野
2. 村庄 / 城镇
3. 城市
4. 高压城市

这些阶段代表了作用于生活在社会中的个人的行为的更大的**变革力量**。

经济与技术

与这些社会阶段相联系的是一种主要的经济活动，世界上的一切都依赖于此。它们也是每一个阶段使用的支点技术。

- **荒野 / 部落**：狩猎
- **村庄 / 城镇**：农业
- **城市**：工业
- **高压城市 / 高科技星球**：电子化技术

要点：科幻可以发生在这些阶段中的任一阶段。即使故事设定于荒野，也依然存在某种程度上先进的技术。

例如，在《疯狂的麦克斯》系列电影中，人们开着高油耗的高速汽车穿越荒芜的沙漠。

要点：好的科幻故事总是强调作用于人物的更大的力量。

例如，太多人来到这个星球上；没有足够的水、空气或石油供给所有人；社会由一个新政府管辖；技术正变得过时；机器变得过于强大。

文化阶段

社会演变与文化演变密切相关。文化演变追踪着制度所基于的思想和价值观集群的变化。通常，阶段的名称即强调了文化对个人的某种束缚。

四个文化阶段通常与四个社会阶段相联系：

- **荒野到村庄**：羞耻文化
- **村庄到城镇**：内疚文化
- **城镇到城市**：消费文化
- **高压城市 / 高科技星球**：恐惧文化

英雄和故事

这些阶段的社会、文化、经济和技术会转化为社会最可能讲述的故事类型，这反过来又决定了驱动故事的主角的类型。为什么呢？因为英雄在很大程度上是由她的故事世界，特别是她所处的社会所塑造的。但社会太庞大、太详细，作家无法在一个故事的有限空间和时间内定义它。因此，你必须使用简略表达方式将英雄与世界联系起来。

> **要点：**要把英雄与故事世界联系起来，就要找到与社会文化阶段相关的人物类型，并使该人物成为一个独特的个体。

让我们详细探讨一下每个社会阶段是如何将社会、文化、技术、英雄和故事联系起来的。我们还将看到一个社会阶段如何不可避免地演变并随着时间的推移变得更加复杂。

第1阶段　荒野到村庄—狩猎—羞耻文化—主人道德—上帝或超级英雄到战士

土地—社会—经济

在荒野中，大自然是全能的。人们是游牧民族，生活在小群体中，通过不断移动猎取食物。让我们再次审视汤普森的部落基本社会单元，将其视为四点对立，以强调每一点都与其他三点冲突：

巫师	酋长
小丑	猎人

在一个荒野世界中，主要活动是生存。制度通常是高度组织化的，并通过

行使身体力量来维持。

文化

这种由身体支配的自然和社会世界在“主人道德”和“羞耻文化”中找到了文化表达。主人对他想要的东西予取予求，因此主人道德是建立在赞美用武力解决问题的武力价值观之上的。

羞耻文化的价值观就是动作类型价值观——勇气、成就、体能、力量、荣誉、荣耀，做得好（成功），而不是做好事（正义）。

这是一种男性主导的文化。当个人在他人眼中未能达到标准，他就会感到羞耻。羞耻文化是任何处于荒野 / 早期村庄阶段的社会的自然衍生品。而且，直到今天仍常见于任何以男性主导的组织中，如警察和军队。

英雄

在描述荒野阶段的故事中，主要的对手是某种形式的自然。因此，人们创造了神和超级英雄，试图获得对自然力量的某种控制。在现代，我们很少有关于这个阶段的新故事。科幻类型经常在世界末日之后重新创造这个世界。《地心引力》的作者利用外太空创造了一个真正的荒野。

当一个村庄刚建立时，主要的对手是外来者，即“野蛮人”，他想摧毁村庄，偷走食物。因此，在这个阶段，天然的英雄就是战士。他在身体上比村民更强壮、更坚韧。村民们雇用他来帮助他们与外面的战士作战，即与那些希望让生命回归荒野的“野蛮人”作战。墙内的人认为外面的人更缺乏人性。

故事示例

《星球大战》、《星球大战 2：帝国反击战》、《疯狂的麦克斯》、《疯狂的麦克斯 2》、《疯狂的麦克斯 3》、《疯狂的麦克斯 4：狂暴之路》、《曼达洛人》、《鲁滨孙漂流记》（*Robinson Crusoe*）、《银河护卫队》和《火星救援》。

第2阶段 村庄／城镇—农业—羞耻文化到内疚文化—主人道德到奴隶道德—战士到商人

土地—社会—经济

当游牧民族定居下来时，荒野就变成了村庄。他们扎根于此，种植农作物，并修建建筑物。村庄里只有基本的社会功能建筑。正如我们在西部片中看到的：监狱、教堂、酒馆、商店，以及保护他们不受敌人伤害的栅栏和围墙。

这个社会还很年轻，并在不断扩张，有大量的新土地可以征服。这恰恰是这些人对自然的态度。一般来说，自然界为服务人类的经济利益而被驯服并被改造。在西部片中，自然因白人定居者的经济利益而被驯服。随着村庄和周围农场的道路建设，农作物过剩，人们开始进行贸易，于是就有了商人。

当四大主要社会支柱从部落演变到村庄农业单元时，个人就成了机构。正如汤普森所指出的，部落的社会分形演变为原始模式的一个更复杂的版本。

酋长演变为国家，猎人演变为军队，小丑演变为艺术，巫师演变为信仰体系。注意：即使一个社会阶段演变为另一个，两个或多个阶段也可能共存于同一个大致区域。

信仰体系	国家
艺术	军事

随着村庄变成城镇，社会组织的复杂性也在增加。当权者不能看到一切。事情都是关起门来决定的。因此，社会控制必须基于个人关系的内化。

文化

从村庄到城镇的转变也改变了制度所倡导的价值观，在文化上表现为从羞耻文化到内疚文化的转变。

内疚文化的价值观包括和睦相处、公平、忠诚、可靠和自我牺牲。

要点：当我们为他人，特别是为家庭承担了太多的责任，然后不可避免地失败时，内疚感就会出现，我们会攻击自己。

羞耻文化和内疚文化的主要区别在于前者强调做得好（成功），后者强调做好事（道德），是把事情做到最好与做正确的事的区别。羞耻是当人们看到我们未能完成某件事时，我们在公众面前的尴尬；内疚是当我们没有履行承诺时，私下的自我指责。

要点：羞耻源于成就的失败；内疚源于爱的失败。

英雄

小镇上，来自外部的攻击几乎已经消失了。因此，这个世界上的英雄从战士转变为普通人，转变为普通男人或普通女人。家庭和朋友之间的社会互动很亲密。故事的主要问题是个人正义，特别是在男人和女人之间或父母和孩子之间。

故事示例

《弗兰肯斯坦》《微缩人》《星际迷航》《阿凡达》《人类之子》《猩球崛起》《阴阳魔界》《黑暗》《第三类接触》《星际穿越》。

第 3 阶段　城市—工业—消费文化—普通男 / 女英雄

土地—社会—经济

当一个成长中的城镇达到其水平边界时，它开始纵向扩张，成为一个城市。越来越复杂的社会有机体变得更加专业化。这会产生三个主要影响：

1. 比较优势给整体中的少数人带来了不成比例的利益。财富、阶级、地位和权力的极端差异出现。

2. 需要更多的规则来管理所有的人。

3. 技术的力量呈指数级增长，从马力转向机器动力。因此，需要先进的技术来建设和管理城市。

根据汤普森的说法，当村庄—农业单位的四个支柱演变到城市—工业单位时，同样的四点模式中增加了更多的复杂性——国家演变为政府，军队演变为工业，艺术演变为媒体，信仰体系演变为教育。

部落的四点对立变成了：

教育	政府
媒体	工业

当城镇变成城市并实现多样化时，第二个过程同时发生。这个过程将个人从群体中分离出来。它造成了城市的第二重压力，即拖累所有人的阴暗面。随着城市发展得越来越大，家庭越来越小、支离破碎，而且往往会完全消失。个人是孤独的。

所有这些都发生在一个强劲的、庞大的、深刻的却又看不见的系统之中。个人被牢牢控制，但又独立自主。因此，她体验到疏离和冷漠。当疏离和挫折感达到极限时，普通人往往只能通过破坏来感受力量。这意味着犯罪。没有城镇上“爱管闲事的邻居”，场景中也就没人能铲除我们当中那些游手好闲的寻衅滋事者。

文化

由于社会从城镇到城市的转变，个人生活在一个不同种族背景、地位、财富和权力的世界。个人必须与大量的他人共存。这就催生了价值观的两极分化。

一方面，我们有一种可被称为“我们都是人”的观点，其中包含多样性、宽容、公平和合作的价值观；另一方面，我们认为“亲不敬，熟生蔑”，其中包含不容异己、种族主义、民族主义、阶级意识和自我优先的价值观。

随着城市的第二重压力出现，一套更黑暗的价值观也随之出现。由于个人在更广泛的社会世界中已经变得原子化，他开始相信除了他自己，没有什么是有价值的。这就是犬儒主义者的心态：一件东西的价值只在于它能增加个人的权力、快乐和财富。

要点：在城市里，上述问题的结果是道德**观念**的丧失和消费文化的兴起。

这种价值观的转变是由一个经济和技术系统推动的，这一系统能够以逐渐降低的成本生产大量的商品。曾经最稀有的奢侈品，现在对每个人来说都很常见。对少数商品的渴望变成了对所有商品的“需求”。

要点：消费文化的讽刺性在于，它越是让东西看起来可得，就越能奴役我们努力挣钱去购买。

英雄

在城市的故事中，公民的主要对手仍然是另一个公民。但城市中的反派通常是不公正的当权者。英雄仍然是普通男人或普通女人。但现在他/她要面对两个核心问题：为社会正义而战和摆脱官僚机构的奴役。

故事示例

《饥饿游戏》、《西部世界》、《盗梦空间》、《疯狂轮滑》、《妙想天开》、《大都会》（*Metropolis*）和《楚门的世界》。

第 4 阶段　高压城市 / 星球—高科技—信息—恐惧和大众消费文化—反英雄

土地—社会—经济

随着城市的老化，它变得过于庞大、复杂和腐败，有太多严格的规则。技术的力量继续呈指数级增长，从工业转向高科技电子，重点是信息技术。在一个高压的政治制度中，技术被用来掌握每个人在哪里、每个人想要什么。这些信息成为增强消费文化和集中权力的主要手段。

四种社会功能演变至汤普森所说的地球信息社会。政府演变为管理者，工业演变为技术员，媒体演变为评论家，而教育则演变为科学家。四点对立是：

科学家	管理者
批评家	技术员

这样的社会是不平等、不公正和具有压迫性的。对大多数公民来说，成功的通道基本上都已封闭。城市变成一个典型的零和游戏场，朝着两极化方向发展，少数人控制着几乎所有的财富和权力，其余的人则苦撑着挣扎过日子。

文化

与羞耻文化和内疚文化相比，这种文化被称为“恐惧社会”（fear society）[1]。（为简单起见，我们将恐惧社会称之为恐惧文化）社会控制个人的手段已经从公共尴尬—羞耻—自我制裁—内疚，变为恐惧来自一个基本上看不见的上级的惩罚。

公共羞耻 → 私人内疚 → 来自上级的惩罚

1　Frank Furedi, *Culture of Fear: Risk Taking and the Morality of Low Expectation* (1997). ——原注

恐惧社会以消费文化为基础，鼓励人们购买东西。绝大多数的利润都归于那些已经拥有巨大财富和权力的人。政治体系与金融体系紧密相关，因此，名义上的共和制实际上是寡头政治。

英雄

在这一社会阶段，主要的对手不再是某一个人，而是奴役制度本身。这个制度是如此庞大、幽深、微妙、无所不在，以至于大多数人甚至都没有意识到它的存在。他们只是在生活中挣扎，对自己问题的根由和解决方案一无所知。

这种社会文化必然创造出反英雄（antihero）。故事史上，有两种反英雄。第一种是拒绝被高压城市的力量打倒的反英雄，因此被流放或杀害。这是反叛者的原型，这种角色类型在西方文化中最早可追溯到普罗米修斯和宙斯创世神话。

现代故事形式中，反叛者最常见于科幻类型，示例有《妙想天开》《饥饿游戏》《黑客帝国》《分歧者：异类觉醒》。科幻类型之外，这种反英雄的著名示例有《铁窗喋血》（*Cool Hand Luke*）、《网络谜踪 2》（*Missing*）、《肖申克的救赎》（*The Shawshank Redemption*）和《精疲力尽》（*À bout de souffle/Breathless*）。

第二种类型的反英雄是留下来受压迫的角色。他无能、反社会，有时会逃避进自我意识中，在那里他可能把自己当成超级英雄。这类角色在科幻类型之外的示例有《白日梦想家》（*The Secret Life of Walter Mitty*）、《出租车司机》（*Taxi Driver*）、《审判》（*The Trial*）、《贫民窟的百万富翁》、《小丑》和《午夜牛郎》（*Midnight Cowboy*）。

故事示例

所有的反乌托邦科幻类型都设定在第四个社会阶段。示例有《她》（*Her*）、《银翼杀手》、《发条橙》（*A Clockwork Orange*）、《使女的故事》、《鱿鱼游戏》、《动物农场》（*Animal Farm*）、《一九八四》、《美丽新世界》（*Brave*

New World)、《分歧者：异类觉醒》、《黑镜》、《逃离地下天堂》、《X 档案》、《绿色食品》和《华氏 451 度》。

社会—文化：社会阶段的完整周期

要点：在社会—文化的演变过程中，自然界越来越小，社会越来越大、越来越复杂，而英雄也越来越失去力量。

在 20 世纪的故事中，人们假设这种社会阶段的演变是一个不可阻挡的循环。不可避免的终点是拜人类的腐败与技术的失控所赐，高压城市最终自我毁灭。据推测，这一循环必以一片新的荒野和散落在贫瘠土地上的旧技术的废墟重新开始。此类示例有《疯狂的麦克斯》系列电影、《人猿猩球》系列电影，反西部片如《花村》《与狼共舞》，以及《天堂电影院》《伟大的安巴逊》《公民凯恩》《最后一场电影》《阿普三部曲》等现代化的故事。

技巧：画外音解说

在电影中，画外音是表现影响科幻故事的更大的社会力量的一个上佳方法。

《疯狂的麦克斯 2》的开头，是著名的画外音使用的案例，它确立了这个世界的社会革命——从高压城市回到荒野，并将其与英雄的整体性格变化联系起来。

麦克斯：我记得混乱的时光……毁掉的梦想……这片被糟蹋的土地。最重要的是，我记得公路战士。我们叫他麦克斯。要了解他是谁，必须回到另一个时代。……当世界仍以黑色燃油作为能量来源……沙漠里出现了有着钢铁和管线的大城市……为了早被遗忘的原因，两个强大的战士部落发生战争，触发了一场大火，吞噬了一切……在这样衰退的大混乱里，普通人会被撕成碎片……像麦克斯这

> 样的人……战士麦克斯。在引擎的怒吼里，他失去了一切……成了只剩空壳的人……一个疲惫而寂寞的男人，一个被过去的恶魔追逐的男人，一个游荡到荒漠里的人。就是这里，在这枯竭之地，他学着重生。

对社会变革的积极循环的强调是故事史上的一个新概念。新的形式，如生态神话和复兴的故事（我们将在“幻想类型”一章中讨论）等新形式为文明不可避免的衰落提供了一个更有希望的替代方案。最著名的生态神话的示例是《阿凡达》。

故事世界：基于科技

科幻类型的一个重要洞见就是技术在社会发展的每一步都对社会产生了巨大影响。这让许多人感到惊奇和意外。我们通常认为技术是一个相对较新的现象——从工业革命开始，迅速发展到今天的电子技术。

但技术实际上与人类一样古老。古老技术的例子包括火、车轮和马的驯化。技术是衡量人类如何放大其力量的标准。它是人类运用他们的头脑来提高思考能力和行动能力的方式。技术是创造故事世界的第三大元素，因为它是衡量人类能力、潜力放大倍数的标尺。

> **要点：**技术是一种艺术形式，是思维应用于世界的实例。因此，技术水平是当时人类意识水平的体现。

技巧：支点技术

技术对于人物和情节非常重要。

科幻类型非常强调一个特定的地点和时间的**关键**技术。这就是社会 / 世界所依赖的支点。

科幻类型还强调技术如何改变人类。这一类型的深刻见解之一便是，我们在创造技术的同时，技术也在创造我们。技术和人类是一个永无止境的反馈循环的一部分。这种循环在科幻类型中的一个常见表现就是机器人、机械的人类。机器人的使用总会引发一个问题：谁更具人性，机器人还是人类？在《银翼杀手》和《机械姬》中，答案是机器人。

创造科幻故事中的技术时，作家通常专注于交流、运输和信息的模式和规则。除了讲述一个有趣的故事，作者的最终目的是对当今这些主要技术做出评论。

《星际穿越》使用了原始和未来技术的极端组合。在一个被战争、瘟疫和饥荒摧毁的地球上，农民们开着古老的卡车，用老式机器努力生产农作物。但附近隐藏着美国国家航空航天局的遗迹，那里有先进的机器人和一艘宇宙飞船，它们将穿过虫洞到达人类可能居住的三个潜在行星。穿越回过去后，英雄使用莫尔斯电码和他女儿的手表发送可以拯救人类的高级方程式。

注意 1：为了推动故事发展，许多作家只用寥寥几笔就创造了他们的未来世界。要知道，质感会极大影响故事的好坏。

要点：科幻类型中如果没有对社会文化的详细视野，就会显得肤浅和老套。

技巧：详细描绘故事世界

为了使你的故事更上一层楼，要提供足够的细节，尽可能多地介绍这个世界的规则。关注政治、社会、文化、工作、爱情、体育和游戏，有时甚至是语言。对于读者来说，你的新世界的这些物理呈现将带来更大的真实感。

注意 2：科幻作家经常犯这样的错误：创造一个非常奇异的未来世界，以至于它不像我们今天所知的任何东西。

要点：许多科幻故事失败的最大原因是，它们使观众成为临床观察者而不是情感参与者，这让它们与观众疏离。

技巧：可识别的世界

创造一个**可识别的**未来世界，观众可以看出它是不同的，但它仍然是**他们的世界**。首先，你的未来世界应该包括现在存在的世界的元素，然后再加上你创造的新规则。

科幻故事节拍：弱点—需求——不进化

因为科幻是如此广泛的类型，而且往往是通过另一种类型（如神话类型）来构造的，所以故事中英雄的角色可以有很大的差异。她可能在世界末日的景观中徘徊，或寻找新的世界。或者，她可能与社会压迫的力量作斗争。在超越性科幻作品中，她甚至可以创造一个新的社会。

科幻类型的范围一般很大，世界或制度往往庞大得让英雄只能仰望，并受其**支配**。因此，英雄是一块干净的白板，只是在体验新世界；或者，她是被邪恶制度压迫的好英雄。这就在你的故事中制造了一个大洞，应该由一个更复杂的人物来填补。

技巧：英雄的道德缺陷

通过赋予英雄严重的弱点—需求，特别是道德需求，去创造复杂的人物。这样，她就不只是一个无辜的受害者。

和其他类型作品一样，科幻类型中的英雄可能在许多方面存在缺陷。

> **要点：**英雄的弱点往往是关于人类究竟意味着什么。

换句话说，英雄在某种程度上是非人类的、动物性的或未进化的。比如：

- 《银翼杀手》：里克·狄卡无情地杀死了机器人，所以他比机器人更没有人性。他必须学会成为真正的人类。

- 《星球大战：曙光乍现》：卢克是一个冲动的男孩，他必须习得自律并掌握原力以打败邪恶的帝国。
- 《2001：太空漫游》：类人猿是杀手，人类想杀死HAL。人类必须进化成为一个新的、更高的物种。
- 《全面回忆》：奎德是科哈根的雇佣杀手，他必须成为一名反叛者，以拯救火星上的人们。
- 《终结者》：莎拉是一个受害者，必须成为新社会的领导者。
- 《终结者2：审判日》：终结者是一台机器、一个杀手。它必须成为人类与机器斗争的领导者。

科幻故事常常与神话结合在一起，因为它们涉及如此长的人物成长弧线。但是在科幻类型中，成长的各个阶段往往是以人类本身的进化来表达的。

要点： 最好的科幻故事将英雄缺乏进化与地球缺乏进化联系在一起。

科幻故事节拍：次要角色——创造社会和制度

在科幻故事的所有细节设计中，次要角色是作家在创作整个社会时能够利用的主要部分。作者利用次要角色与英雄进行对比，从而定义英雄。这些次要角色是作者表达故事的更大主题的主要方式。

事实上，故事成功与否很大程度上取决于作者对这些次要角色的描述。次要角色分三种类型：

1. 普通的次要人物，根据故事的需要与英雄互动。由于科幻这种类型所固有的宏大的哲学对立，许多人物的差异是简单化的。例如，在《星际迷航》中，斯波克是逻辑型的，而“老骨头”麦科伊博士则是情感型的。

2. 不同的生物或物种，表达了太空中的人类学。为了节省时间，作家们经常使用简单的表达来定义次要的或外来的角色，并严格地基于一个奇怪的外表特征或单一的性格特征来定义他们。例如，逻辑至上的种族、好战的人、毛茸茸的人，还有我最喜欢的长着胖脑袋的人。这让故事显得单薄和模式化，以及在心理方面的简单化。

在更好的科幻作品中，外星生物所遵循的社会规则与人类不同。真正的太空人类学就是要探索这些规则及其有效性。

3. 机械人（Machine people），也就是仿真机器人（android）或机器人（robot）。这第三种类型的角色强调了科幻的核心问题。机器人，也可能是外星人，是科幻类型的基础，因为它们强调了人类进化中的缺陷。它们质疑了人类行为的规则，而且往往比人看起来更具人本性，却不是人。

科幻故事节拍：欲望

不厌其烦地再说一遍，英雄的欲望线决定了故事的骨架。在科幻类型中，欲望是一个具体的目标，它使英雄接触到这个世界的特殊技术。

消极的科幻作品，一般会设定一个压迫性的、歇斯底里的社会，人们的愿望通常是逃离。我们在《饥饿游戏》《逃离地下天堂》《发条橙》《妙想天开》《终结者》中都看到了这一点。

积极的科幻作品，通常会设置有多个子世界的大宇宙，欲望是探索、寻找一些东西、赢得一场战争，或者拯救地球。在《星球大战》《星际迷航》《星际穿越》《沙丘》《全面回忆》《曼达洛人》中，我们看到了更加积极和正面的欲望。

科幻故事中通常有一个占主导地位的未来世界，它有多个子世界，涵盖了广阔的空间和时间。这就很难给英雄一条积极的、有推动力的欲望线。因此，故事的动力就会消失。

要点：在最好的科幻故事中，英雄有一个强烈的、具体的目标。她没有被围绕她的庞大世界所支配。

在《星球大战》的开头，卢克的任务是拯救莱娅公主，并针对死星中的薄弱点制订计划。攻击这个薄弱点正是故事的终点。

为了避免失去强烈的欲望线，要确保一切像漏斗一样，汇流到最后的漩涡点。要使用旋涡技巧，在故事的开始就告诉读者故事的**大致**终点。我得强调“大致”这个词，你要让观众知道他们要去哪里，但你又不能提前泄露确切的结局。

《星球大战》的漩涡点是在片头的开场卷轴字幕中就提出的：

> 叛军间谍设法窃取了帝国终极武器——死星——的秘密计划，死星是一个有装甲的空间站，其能量足以摧毁整个帝国。在帝国邪恶特工的追捕下，莱娅公主乘坐她的星舰回家，她是被窃取的计划的保管人，这计划可以拯救她的人民，恢复银河系的自由。

漩涡点发生在卢克将他的导弹射入飞船排气口的一个两米的开口，导弹摧毁了死星。

克里斯托弗·诺兰（Christopher Nolan）和乔纳森·诺兰（Jonathan Nolan）是漩涡技巧的大师。《星际穿越》和《盗梦空间》都设置了一个巨大的漩涡，所有情节线都汇聚到空间和时间的一个点上。

《盗梦空间》中，英雄柯布走遍了全世界集齐他的团队。该团队前往一个人潜意识中的三个更深的层次，在他的头脑中植入一个想法。一开始柯布受雇干这项工作时，我们就知道这一点。

《星际穿越》中，库珀和他的团队去了外太空的三个世界，为人类寻找新的居住地。甚至在英雄被赋予这项任务之前，我们就得到了一个暗示，库珀已经成功了。他的女儿看到书从书架上掉下来，这就是库珀从未来回来了。

科幻类型情节的视觉形状：分枝形

与幻想类型一样，科幻类型对故事世界的强调，凌驾于所有其他结构元素之上。这就是为什么这两种类型都经常使用分枝形情节的原因。

有两种分枝形情节形态：

1. 多个英雄同时去追求目标。
2. 一个人物连续探索不同的分枝形。

每个分枝都代表了一个详细的完整社会或同一社会的不同阶段。例如，荒野、村庄、城市或高压城市。

分枝形的情节是基于：

- 按顺序探索社会。
- 比较一个社会中的几个个体。

以下是分枝形情节形态的两个图示：

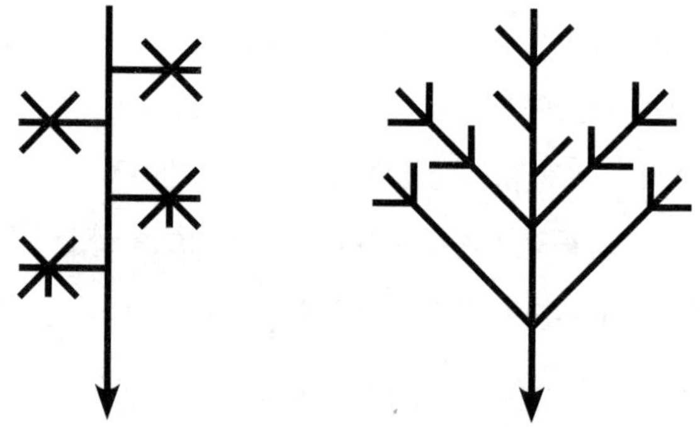

在超越性科幻 / 神话类型中，我们往往在英雄从一个子世界旅行至另一个

子世界时看到分枝形情节，如《星球大战 2：帝国反击战》、《沙丘》、《基地》三部曲、《异乡异客》（*Stranger in a Strange Land*）、《2001：太空漫游》、《群星，我的归宿》、《步行者里德利》（*Riddley Walker*）、《迷失》、《太空堡垒卡拉狄加》（*Battlestar Galactica*）、《星际迷航》、《星际穿越》、《盗梦空间》、《黑客帝国》以及电视剧《西部世界》。

有无数个可能的分枝系统，但最好的分枝是向内的，即向一个漩涡点移动。就像我们在自然界中所看到的，多条小溪汇流入河。

一个故事中，作者从许多人到少数人再到那一个人。这就使故事汇聚为一点，也增强了叙述的动力。《星际穿越》和《盗梦空间》中，诺兰兄弟将分枝形故事形状与漩涡技巧结合起来。

如我们在神话 / 情节剧中看到的，“涡流街”是一种高级的情节形态，英雄走在一条路上，沿途会有一些停留。在这些偏离路线上，她探索了一些戏剧性的问题或迷你社会。

《降临》具有一种最独特的情节形状，其不仅在科幻故事中，在所有的故事中都是最独特的。编剧们在空间和时间上使用了一个圆形的涡流街。

故事开始于英雄露易丝和她死去的小女儿汉娜。影片的主体是，露易丝必须弄清楚来到地球的七足目外星人的语言。她发现他们正提供给地球一种先进的整体语言，以便人类能够在遥远的未来拯救他们。这种语言包括精神上的预见能力，露易丝可以看到她的女儿，不是在过去而是在未来。这给了她一个向前的个人目标和社会目标。

《降临》还是愈品愈佳作品的完美代表。它是当我们不忙于弄清楚情节时，看第二遍会更喜欢的那类故事。

科幻故事节拍：对手——权威机构

科幻类型中的对手是一个强大的权威人物，是消极**制度**的主要代表。这一点上，积极的科幻故事和反乌托邦的科幻故事高度一致。主要对手的目标通常是对地球或宇宙的最终控制权。通常情况下，权威人物利用机器人来达到他的目的。

- 《星球大战》：达斯·维德和皇帝。
- 《沙丘》：男爵和皇帝。
- 《终结者》：不可阻挡的杀人机器。
- 《银翼杀手》：杀戮机器。
- 《黑客帝国》：机器控制着人类，并创造了人类掌控一切的假象。代表机器的主要专制人物是特工史密斯。
- 《西部世界》：人类创造、奴役和杀害机器人以获取乐趣。主要的反派是创建、拥有、管理公园的企业老板们。

注意：与大权在握的对手作战的问题是，他越强大，就越不可能与英雄进行直接、持续的接触。这就妨碍了冲突，而冲突是戏剧性故事的命脉。这些问题可以通过我们在“动作类型”一章说到的一个技巧来解决。

技巧：四点对立

伟大的科幻故事善用四点对立和对手的等级设置。通过设置一个英雄和至少三个对手（并且这些对手呈等级关系），作者就可以在英雄的旅程中不断找回核心对手。

要点：科幻类型的终极故事是关于宇宙的演化，因此，最好的作家会将**对手对未来的详细愿景与英雄的愿景进行比较**。

科幻故事节拍：计划

科幻类型的计划围绕着如何找到一些东西、如何战斗、如何复仇，或如何拯救一些人。在最雄心勃勃的科幻作品中，该计划最终聚焦如何创造一个新世界。

此类示例包括《基地》三部曲、《星球大战》、《2001：太空漫游》、《星际穿越》、《群星，我的归宿》和《降临》。

要点：由于英雄通常会在宇宙中旅行，并涉足如此广阔的空间和时间，最大的情节挑战是如何压缩时间、地点和事件。

科幻类型（和动作类型）的作者主要通过三种方法解决这一难题：

1. 为故事设置一个漩涡，一切都倾泻到一个漩涡点上。

2. 在故事到达漩涡点时，以较快的速度用交叉剪辑的手法切换人物和故事情节。

3. 利用四点对立。对手为了击败英雄的计划，与情节节拍联系起来，使他们形成故事结构并最终推进至结尾处的高潮，如《星球大战》《星球大战 2：帝国反击战》《星球大战 3：绝地归来》（*Return of the Jedi*）。

科幻故事节拍：情节——子世界（subworld）

科幻故事往往是通过一系列的世界推进情节。对子世界的每一次访问都是一个或一组重要的情节节拍。人物采取一连串的行动来达到子世界里的目标，而这些行动也是故事总体目标的一部分。这类似章节在整部小说中的作用。

最初的《星球大战》三部曲大量使用了沙漠、丛林、冰原、沼泽和森林。它将这些子世界与主要的故事结构节拍相匹配。

要点：在《星球大战》三部曲的第一部中，每个子世界主要是通过自然设定来定义和区分的。

《星球大战》中，卢克的弱点—需求是在他位于沙漠星球塔图因的家中确立的。他的主要对手则是在球形死星的子世界，一艘由达斯·维德统治的战舰上展现的。

《星球大战 2：帝国反击战》中，卢克的弱点—需求在冰雪星球霍斯重新建立起来，并在开场战斗中达到高潮。然后，故事在两个主要的子世界之间交叉剪辑：卢克在达戈巴的丛林 / 沼泽世界中进行训练，而汉·索罗、楚巴卡和莱娅公主则访问了气体星球贝斯坪之上的云城。

科幻故事节拍：揭示

与大多数故事类型一样，科幻故事的主要揭示通常是关于对手的。然而，最大的揭示往往是发生在人物面临一个选择的时候，这个选择将导致一个完全不同的未来。

《星球大战》中，当卢克准备向达斯·维德的死星的弱点射击时，他听到欧比旺告诉他要依靠原力而不是飞船的技术来进行射击。卢克关闭了瞄准的电脑，开了最终击垮帝国的一枪。

在《西部世界》第一季最后一集中，机器人德洛丽丝意识到她必须杀死她的创造者罗伯特·福特，领导机器人进行一场新的革命，使机器人获得新的意识并摆脱人类的统治。这既是一个故事的揭示，也是一个自我启示。

科幻故事节拍：战斗

考虑到科幻故事中广阔的空间和时间，最好的战斗往往发生在一个漩涡点上。

角色以技术性的速度移动，随着节奏的加快，战斗者之间的交叉剪辑也逐步加快。

《星球大战：曙光乍现》中著名的最后一战发生在终极漩涡点上。反叛军在卢克的带领下，试着将一枚火箭射入死星一条长沟尽头的两米深洞中时，战斗机飞行员相互攻击。尽管有三个障碍：达斯·维德从后面向他射击、壕沟的墙壁妨碍了他的机动性、死星在几秒钟内就会摧毁叛军基地，但卢克还是能够完成这一任务。没有比这更紧密的时空交汇了。

《降临》：翻转战斗的节拍

女性神话的一个重要元素是在没有身体冲突的情况下处理分歧。在这部超越性女性神话 / 科幻故事中，英雄能够阻止一场会引发世界大战的战斗。露易丝意识到，七足目外星人来到地球并不是为了毁灭，而是为了给地球人一个礼物——一种语言，可以帮助我们看到未来。

科幻故事节拍：自我启示——公众的 / 宇宙的

在最高层次上，科幻类型是关于如何创造一个普遍的社会新秩序。在这些故事中，英雄并不只有一个关于自己的启示。当故事使用神话作为结构的类型时，英雄的自我启示也是公众性的甚至是宇宙性的。英雄可能意识到她是部落的领袖。

要点： 在关于创造一个新世界的科幻作品中，英雄对整个社会在未来可能的发展有一个愿景。

注意：即使在超越性科幻作品中，也倾向于将这种新世界的“愿景”仅仅作为情节节拍或漂亮画面。真正的新世界的愿景是详细的道德愿景，关于成员如何能够更加和谐、有创造力地共同生活。

伴随着新的道德愿景，英雄可能会经历巨大的性格变化，从“人”变成“超人”。尼采的“超人”（Übermensch）是最重要的哲学思想之一。尼采说，这个寓言式的人物在道德上优于人类，就像人类优于动物一样。他还说，人类从未实现过这一目标，而它是人类可能成为的一个目标。

科幻类型和神话类型的作者们试图给这个潜在的人赋予肉身，却鲜少成功。一个人如何想象这种高于人类的道德准则？它会是什么？

要点：神话—信仰中的超人等同于天选之子。

在“神话类型”一章中，我们谈到过天选之子就是指由上帝、众神或命运选择的那个人，其神圣使命是带领人民过上正义的生活。例如，亚当、摩西、耶稣、亚瑟王、天行者卢克和阿纳金（《星球大战》）、保罗·厄崔迪（《沙丘》）、尼奥（《黑客帝国》）、杰克·萨利（《阿凡达》）以及哈利·波特。尼奥显示出一些超人的元素，但本质上仍是一个天选之子。

要点：天选之子和超人之间的差异代表了信仰和哲学之间的一些基本差异。

在神话—信仰中，故事开始时，英雄已经被指定为天选之子。他/她必须迎难而上，兑现这一角色定位。相比之下，哲学上的超人并不是命中注定的，人物斗争的终点是产生一个更高层次的人，一个更高层次的物种。

《2001年：太空漫游》中，超人的可能性体现在影片结尾处漂浮在太空中的巨大婴儿身上，即所谓的“星孩”。如前所述，“星孩”或者是人类的下一个进化阶段，或者不是。这可能是电影史上用一个视觉象征来代表一个道德愿景的最佳示例。这个巨大的婴儿并没有告诉我们人类如何能够进入一个新的道德阶段。

《黑客帝国》的情节主要围绕寻找“救世主”展开。墨菲斯是反抗机器组织的领袖，尽管有充足的证据证明懒人尼奥是个彻底的失败者，但墨菲斯坚信尼奥就是救世主。墨菲斯开始了对尼奥的漫长训练，让尼奥接受并践行救世主这个角色。最后，尼奥意识到，要想打败母体，他必须在拯救自己和拯救墨菲斯之间做出选择。尽管他仍然不相信自己是救世主，他还是选择了以几乎必死的方式来拯救他的朋友，而这证明了他就是救世主。他向他的敌人——史密斯特工宣告，他的真名是尼奥。

尽管尼奥显然是天选之子的范例，但他身上也有暗示其是超人的因素。《黑客帝国》的开头，尼奥与进化后的超人正好相反，他被奴役，简直就是一个“缸中之脑”。此处指涉了勒内·笛卡尔（René Descartes）著名的哲学假说，他认为我们并不知道我们通常认为自己知道的东西。我们甚至不知道我们是否有一个身体。

从“缸中之脑”到看到机器控制人类的现实的人，尼奥成为一个新的普罗米修斯，带领整个物种走向自由。但是，与其他试图追踪这种角色变化的故事一样，尼奥没有宇宙性的启示。尼奥被选中了，但他不是一个超人。《黑客帝国》缺乏关于新层次的意识和道德可能是什么的细节。相反，在逃离大楼的战斗后，他在画外音中说：

> 我来这里不是为了告诉你这将如何结束。我来这里是为了告诉你它将如何开始。我要挂断这个电话，然后将向这些人展示你不想让他们看到的东西。我将向他们展示一个没有你的世界。

《降临》是一个罕见的例子，其先进的主题通过其独特的故事结构来表达。它是一个女性神话，在这个神话中，女性从整体而不是分裂地看问题的能力与空间、时间上的循环故事结构相匹配。其结果是关于人们如何能够共同生活的自我启示和全球化启示，甚至不限于地球，还包括宇宙中所有公民。

主题：存在就是认识到自己的选择

科幻类型表达的观点是，作为人类要做的事，不仅是在家庭和工作中创造自己的个人世界，也不仅是要对我们所处的整个社会负责，还包括创造存在于这个世界的基础：时空规则、建筑、政治、商业、性别角色、地位、交通、通信、体育、语言，以及最终，意识本身。

在这一故事观中，没有任何假设。通过选择，我们每天都在创造和重新创造一切。但在绝大多数时间里，我们对此并不知晓。结果，更大的制度得以持续，我们盲目地沿着我们一直走的路，走向终点。

要点：科幻类型表达的观点是，我们所做的最深刻的选择受到我们发明的技术的影响。

在我们的日常生活中，最大的鸿沟莫过于我们对工具的无意识使用与它们对整个社会的巨大影响之间的差距。

科幻类型作为终极的警示故事，它比除恐怖类型和黑帮类型之外的任何其他类型都更消极地表达了存在。当英雄，以及我们所有人，必须做出最后的道德选择时，这一类型仿佛巨大的警钟，发出示警：这些后果不仅会影响人物的一生，而且会影响整个世界。

科幻类型主题秘方：社会创造者之路

与所有的故事类型一样，科幻类型关于“成为”的策略是英雄的基本行动和该类型的关键问题的产物。基本行动是为未来创造一个更好的世界。关键问题是：**怎样做？**

科幻类型中的“成为”是一个过程，即看清我们世界的结构性要素，然后决定每天如何去改善这一制度。改善制度的第一步是超越“自我涉人”（self-involvement)，看到世界和自我总是如何相互影响。其他类型都不会像科幻类型这样强调选择的存在。

科幻类型几乎总是从负面的角度显示选择是“成为”的关键：如果我们现在做出某些选择，就会出现反乌托邦。讽刺的是，它提出的论点是，当你为自己和他人的个性而奋斗时，会创造一个更好的社会。

如何超越科幻故事

有两种主要的方法来超越科幻类型，都是关于类型的混合：

1. 科幻／神话史诗

我们在前一章中探讨了这种神话类型和科幻类型的结合，其中神话是主类型。这类故事通常是一个关于人类进化的恢宏神话，如《2001 年：太空漫游》。

当科幻类型取代神话类型成为主类型时，所产生的故事则具有不同的范围和重点。作为拥有最大空间和时间的舞台、最具创造性的类型，科幻 / 神话史诗详细描述了社会文化的创造，及其如何历经变化。在这个过程中，该类型强调社会文化是一种艺术和故事形式。

此类示例有《暴风雨》、《鲁滨孙漂流记》、《沙丘》、《基地》三部曲、《异乡异客》、《降临》、《群星，我的归宿》、《步行者里德利》、《迷失》、《太空堡垒卡拉狄加》和《星际迷航》。

2. 科幻／恐怖史诗

在恐怖类型一章中，我们说过，当恐怖类型作为主类型，与科幻类型进行混合时，故事的重点是人类试图成为神时造成的噩梦。当科幻类型成为主导形式时，我们得到的则是一部强调奴役社会的反乌托邦小说。

此类示例有《一九八四》、《动物农场》、《美丽新世界》、《华氏 451 度》、《阴阳魔界》、《发条橙》、《使女的故事》、《鱿鱼游戏》（也是黑帮类型）、《蝇王》(*Lord of the Flies*)、《黑客帝国》、《大都会》、《疯狂的麦克斯 4：狂暴之路》(也是动作史诗类型)，以及《猩球崛起：黎明之战》。

超越科幻类型：科幻／神话史诗

超越科幻类型的第一种方式是将其与神话类型相结合。这种形式的挑战在于展示社会和文化作为有缺陷的人类物种的产物，是如何在最基本的层面上运行的。

《鲁滨孙漂流记》：从无到有创造社会

《鲁滨孙漂流记》运用了科幻类型的主要技巧之一，即岛屿的故事世界，来展示从零开始建立社会文化的艺术。在故事史上，岛屿一直是人类的实验室，在那里，作者创造了关于个人如何在群体中共同生活的不同实验。

在《鲁滨孙漂流记》中，英雄是一个孤独的个体，他通过技术改变了他的自然世界，基督教的信仰支撑他度过艰难时刻。他经历了社会的前两个基本阶段，从狩猎者—采集者到农民。在故事的进程中，他还实行了奴隶制，把一个男孩卖去做契约劳工，杀死了岛上大部分土著人，还让一个被他称为“星期五”的土著人做他的仆人。这与英国人（和其他欧洲人）殖民“新世界”的过程的相似之处不言而喻。故事结束时，鲁滨孙·克鲁索回到了英格兰，靠他在巴西种植园的财富生活。所有这些都是以最积极的方式呈现的，这个故事如此受欢迎，以至于成为一个独立的子类型，被称为“鲁滨孙式故事”(Robinsonade)。

《基地》三部曲

许多科幻故事，比如最著名的《星球大战》，都大致是以罗马帝国的历史为基础改编的。

《基地》三部曲的创作者艾萨克·阿西莫夫（Isaac Asimov）曾说过他的灵

感来自爱德华·吉本（Edward Gibbon）里程碑式著作《罗马帝国衰亡史》（*The History of the Decline and Fall of the Roman Empire*）。这部作品是托马斯·科尔（Thomas Cole）史诗性讽喻画《帝国兴衰》（*The Course of Empire*）的史书版本。阿西莫夫创造了一个衰落中的星际银河帝国。就像罗马灭亡后黑暗时代的僧侣一样，英雄哈里·谢顿是一名知识分子，他想拯救人类的精华。他提出了一个心理史理论，他认为这个理论可以告诉人类如何将帝国崩溃后即将到来的黑暗时代从三万年缩减到一千年。

阿西莫夫将“心理史”（psychohistory）这一术语应用于他自己的社会阶段/文化进化理论中。其独特之处在于，他不仅用这一理论来构建故事，而且还把它作为英雄用来确定行动的情节装置。

超越科幻类型：科幻/恐怖史诗

超越科幻类型的另一种方式是将恐怖类型作为次要类型。今天，科幻/恐怖史诗更多地被称为反乌托邦小说。这是第四个社会阶段，即高压城市的首要故事形式。它是关于如何在现代社会固有的、复杂的奴役中找到自由。

科幻/恐怖史诗作为一种故事形式有几个缺陷。这些缺陷也是所有试图描述人类社会的故事，更广泛地说，人类物种本身的故事都有的缺陷。由于这是个几乎不可能完成的任务，反乌托邦故事通常是简单化的。这个社会中通常是无情的压迫和邪恶，而且社会往往非常抽象，以至于它与它所评论的现实世界几乎没有相似之处。

这些因素似乎使反乌托邦故事不受欢迎。那么，为什么这么多人喜欢写它们呢？反乌托邦故事有大量的冲突和情节，这是流行故事中最重要的元素。但它们通常缺乏道德的复杂性和对现代奴役社会真正含义的详细描述。

问题来了：如何才能写出一部能够准确表达现代社会奴隶制成因的科幻/恐怖史诗呢？首先，我们提出负面因素，这些因素创造了一个最糟糕的社会。我们的假设是，除非首先认识到我们所受奴役的深度和广度，否则我们无法得到自由。

作为虚构形式的社会哲学，伟大的科幻作品为我们提供了一份指南，让我们了解社会奴役个人的结构性方式，以及如何创造一个取而代之的自由社会。

要点： 如果科幻作家的最终目标是帮助我们改变世界，使之变得更好，他/她必须准确地展示社会如何既是一片奴役之地又是一片自由之地。

创造一个自由和奴役的社会

奴役/自由的问题是最重要的哲学命题之一，因为它是关于个人如何在他人之中生活。在每个类型中这都是一个重要的道德主题。

要点： 所有的社会制度都是自由的载体，但也是监狱的一种形式。因此，社会制度并不是要么自由制度要么奴役制度，而是两者兼有。

为了创造一个既有奴役又有自由的世界，我们回到了构建社会—文化的艺术。在“神话类型”一章中，我们探讨了创造乌托邦和反乌托邦的关键因素。让我们更仔细地观察一下这两种类型的故事世界，重点是反乌托邦，这是科幻/恐怖史诗的真正主题。

我们说过，当土地、人和技术失去平衡时，就会出现反乌托邦。其结果是，个人生活在一种破坏性的自然状态中，要么沦为争夺稀缺资源的动物，要么变成机器上的一个齿轮。在这两种情况下，个人都是被奴役的。

这就引发了两个问题：一个现实的社会通过什么技术和工具奴役个人？这些奴役的要素是如何与自由的要素交织在一起的？

要点： 人类的社会单元是由真实的选择、表面的选择和用于控制个人的直接限制所组成的结构。

现代社会的选择类似电子游戏的结构。想象一下，电子游戏是一个有许多小径的滑雪场。游戏过程中，个人玩家有很多选择。这些是关于如何行动的真实的选择：是走这条路还是那条路。但它们也是表面的选择，因为它们存在于一个隐藏的结构中，而这个结构是由游戏设计师决定的。这个隐藏的结构迫使玩家向某个大方向移动，以达到设计者希望玩家达到的结果。游戏接近尾声，设计者将玩家引向山脚下，并将其导向有限的几个出口。

要点：在游戏体验中，玩家认为自己总是以自由意志行事，但事实是，他正被不可抗拒地引导至出口。

为了使社会单元在最佳水平上发挥作用，社会指示其成员采取某些行动，而且给予每个人真实的选择去做他们最想做的事。有选择权的个人不仅会更加努力工作，还会创造新的可能性，使其他人也受益。

但是，自由选择从来不是绝对的。为了创造和维持一台最佳状态的社会机器，社会必须进行大量的协调。如果个人感到被迫以某种方式行事，特别是违背了其个人愿望，他们就不再愿意与这个单元保持联系。因此，社会单元必须给个人尽可能多的表面的选择。

但真实的选择、表面的选择，以及限制并不是决定社会中奴役和自由的唯一因素。

奴役社会

我们在动作类型中讨论了作为物理约束的、简单的奴役和自由，但这还远远不足以解释我们的世界中奴役的广度和深度。

一个描绘得不那么巧妙的极权主义社会从上到下制定了所有的规则和限制，因为他们错误地认为这是最有效的制度。力量是向心的、吸引所有利益向内和向上。这一社会不使用欺骗手段，仅仅通过武力进行统治。

一个描绘得更巧妙的极权主义制度运用欺骗给予个人表面的选择。它诱使其成员做出领导层希望他们做出的选择。

社区：自由或奴役

“社区”（community）表达了这样一个理念：身体上独立、有一定程度的自由选择权的人如何实践联合。在“神话类型”一章中，我们谈到在乌托邦社会中，社区是关键因素。但它也可以被用来奴役，在科幻 / 恐怖类型中有两种表现方式。

首先，社区的理念立即在联系他人和保持个人之间创造了一种对立。但他人不一定是个人的敌人。恰恰相反，在最高意义上，没有他人来帮助定义、区分和加强个人，个人是不可能存在的。因此，脱离了所有社会联系的个人不是绝对自由的，也不是绝对伟大的。相反，她发育迟缓、兽性很强，主要关心如何避免死亡。

在光谱的另一端，始终与社会整体联系在一起的个人，将自己视为社会整体的一部分，而不是独立个体，也会发育迟缓。她具有机器的特征：高度重复的行为、顺从和“平静绝望”的生活。

超越反乌托邦类型

除了反乌托邦类型的故事技巧，即让这个世界的土地、人和技术三者之间失去平衡，科幻 / 恐怖史诗还增加了另外两种技巧来强化反乌托邦：

1. 组织和奴役世界的潜在的且通常是隐藏的**制度**。
2. 创造这个制度的人类物种，他有致命的缺陷，注定要自我毁灭。

科幻 / 恐怖作品中描绘的有缺陷的物种是恐怖类型中描绘的有缺陷的思想的衍生品。恐怖的思想因为与众不同而憎恨他人，但这种憎恨是基于恐惧。科幻作品为我们呈现了一个可怕的人类物种，他们一心想奴役彼此并摧毁地球。

要点： 反乌托邦故事的一个伟大洞见是，右翼法西斯国家和左翼极权主义国家在本质上是相同的。两者都源自认为自己最了解其他人应该怎么想、怎么做的一个人或少数人。两者都靠恐惧来统治。它们的不同之处主要在于谁是它们认定的他者、次等人。

《美丽新世界》和《一九八四》

《美丽新世界》和《一九八四》是有史以来对潜在的反乌托邦社会最先进和最有预见性的描述。粗略的比较表明，在构建现代奴役国家方面，二者有重要的相似之处，但也有关键的差异。

在《美丽新世界》中，作家奥尔德斯·赫胥黎（Aldous Huxley）表示，反乌托邦的最大危险来自那些试图在社会上制造乌托邦的人。他建立了一个经典的对立，即高压城市和荒野—村庄的对立，我们在《疯狂的麦克斯》中也看到了两者的结合。公民生活在世界国家中，有着严格的阶级制度，繁育在那里属于社会工程，任何通过性生活生育的人都会受到极大的羞辱。

《美丽新世界》的社会为了确保人们一直快乐，通过促进滥交行为和唾手可得的安抚药物索玛来达成这一目的。在这一点上，《美丽新世界》预演了《黑客帝国》的大部分内容。在《黑客帝国》中，托马斯·安德森可以选择吞下蓝色药丸，像他的同胞一样，生活在一个幸福、惬意的状态中。

《美丽新世界》实现了一个主要通过药物和安抚性娱乐进行精神控制的反乌托邦，而《一九八四》则主要通过政治控制、宣传以及对行为定罪创造反乌托邦。

在《一九八四》中，革命后的世界已经分为三个超级国家：大洋国（Oceania）、欧亚国（Eurasia）和东亚国（Eastasia）。这些国家表面上处于战争状态，但实际上都被“党”（the Party）和“老大哥”（Big Brother）统治着。党通过对所有通信设备的监控，严格控制着被称为“无产者”（proles）的人民。还通过“新语”（Newspeak）不断进行宣传，新语是一种有限的语言，它强化了正确的思维方式。任何人如果违背了被称为“英社”（Ingsoc）的官方意识形态，就会被认定为“思想犯”(thoughtcriminal，是的，这是一个单词)。

英雄温斯顿·史密斯因爱上一个女人而背叛了党。为此，他面临再教育。在“囚徒困境”(Prisoner's Dilemma) 的经典示例中，史密斯面对他最害怕的东西——一笼老鼠时，背叛了自己的爱情。他的爱人一样也中了“囚徒困境”的诡计，背叛了他。

奥威尔小说中向我们展示的未来图景的部分力量在于，他让我们看到，同样的现代极权主义国家可以来自经济—政治光谱的两端。奥威尔对技术发达的反乌托邦世界中错综复杂的精神控制的描述从未被超越。

《饥饿游戏》：地狱的政治和商业

《饥饿游戏》大受欢迎的秘诀在于，它通过科幻类型将过去与未来结合在一起。它将过去与未来都建立在恐怖的梦魇中。古老的过去和遥远的未来混杂在一起，让观众感觉到这个故事并不局限于某个特定的时间和地点，它是普适的。它讲述的就是人类的本质。

《饥饿游戏》是最重要的希腊神话之一忒修斯和弥诺陶洛斯故事的现代版。每年，国王埃勾斯必须送七名年轻男子、七名年轻女子供牛头怪米诺陶洛斯吃掉，以此作为对其罪行的仪式性补偿。作家苏珊·柯林斯 (Suzanne Collins) 更新了这一前提，创造了一个暴虐的反乌托邦世界，被选中的二十五名青少年被迫战斗，直至只剩一个最终胜利者，这一切都只是为了给道德败坏的民众提供娱乐。

柯林斯还利用科幻将美国社会的资本主义基础推向逻辑上的极端：竞争和金钱关系到生死存亡。就像在《疯狂轮滑》和《西部世界》中一样，玩家是大公司资金的棋子。你输了，就得死。

柯林斯在《饥饿游戏》系列中使用了全套科幻 / 恐怖类型技巧来描述这个世界。首先，她创造了一个总竞技场，一个极权主义的社会，在那里，这种道德性恐怖的发生是可信的。然后，她在竞技场内建立了基本的对比，即富裕、强大、道德堕落的都城与贫穷、饥饿的蛮荒地区的对比。在这个反差强烈的宏观竞技场内，她又构建了第二个较小的竞技场，即战场。这个竞技场被一面清晰可见的墙环绕，以建立压力锅效应。不断升级的冲突造成了如此巨大的压力，以至于最终一切都被炸得天翻地覆。

她最值得称道的技巧是将忒修斯的设置变成故事中最可怕的"囚徒困境"。诚然，每个人都不是在与彼此对抗。此外，在游戏的大部分时间里，合作是可能的，甚至是有利的。但游戏最终还是会归结于两个人之间的零和竞争。只有一个人可以活着，另一个必须死。

阶梯的下一个梯级

在让我们着眼于大局，看到社会文化的构建和更大的力量如何影响我们的生活方面，科幻类型是无可比拟的。但是，它通常缺乏如何在日常社会中生活的细节。

为此，我们求助于犯罪类型。不是为了犯罪，而是为了阻止犯罪。犯罪类型强调的是社会运行所依据的法律和道德，并努力实现平等的正义。

7

Crime: Morality and Justice

犯罪类型：道德和正义

该隐和亚伯：第一个犯罪故事

如果说亚当和夏娃的故事是第一个恐怖故事，那么该隐和亚伯的故事就是第一个犯罪故事。在强调了亚当和夏娃的关系之后，《创世纪》的故事转向了孩子们。

这个故事的作者并没有让两个孩子拥有不同性别，而是设置了两个儿子。但是，与亚当和夏娃的故事一样，关键的关系不是在这两人之间，而是在孩子们和天父上帝之间。当这两个儿子争夺上帝的认可时，他们逐渐陷入越来越激烈的冲突。

在该隐身上，我们看到人类动物的二元思维是如何默认非此即彼的想法的：上帝对我弟弟的认可就是对我的不认可。这就是典型的零和游戏。这种思维假设这个世界的资源稀缺。该隐觉得他必须与他的兄弟竞争上帝所提供的有限的感情，他这边少了，那么他弟弟那边也就增多了。终于有一天，他能想到的唯一办法就是杀死他的弟弟，以终极的二元对立，即生存与死亡结束。

该隐未能赢得上帝的爱，他感到极度的不公。但他关注的原因是错的：他的问题与天父上帝有关，而不是他的弟弟。他的解决方案——谋杀，是终极的犯罪，因为其可怕的后果不可挽回。

该隐和亚伯的故事是对核心家庭及四点对立基本技巧的完美表达。正如我们在上一章所讨论的，“四”是故事中用以表现一个社会的经典人物数量。这一规则和四点对立技巧为经典家庭情节剧《长夜漫漫路迢迢》（*Long Day's Journey into Night*）、《推销员之死》（*Death of a Salesman*）和《伊甸园之东》（*East of Eden*，根据该隐与亚伯的故事改编）提供了结构基础。

家庭情节剧与犯罪类型之间的关系始终至关重要。母亲与父亲、父母与子女、子女与子女之间的激烈冲突为犯罪之火提供了燃料。

犯罪故事：运作原理

犯罪故事是关于那些违反法律的人和那些抓捕他们的人。它基于一个起始原则，那就是社会中的每个人都有作为人类的平等权利。因此，犯罪故事讲的是这一基本的人类法则被违反时，公平和正义的恢复。

我们在犯罪故事的整体故事策略中看到这一点：让一个自以为凌驾于社会之上的罪犯与一个社会规则和价值观的捍卫者对抗。

犯罪类型是一种主要类型，因为它强调了人们在社会中生活时不被接受的欲望，一旦要满足这些欲望，就可能会伤害他人。它还强调了一个人为满足自己欲望可以使用和不可以使用的手段。

这反过来又强调了合乎法律和合乎道德之间的区别：法律允许的行为与好的、正确的行为，它们并不总是相同的。当合乎法律与合乎道德不统一甚至是发生冲突时，问题也就出现了：我们该怎么做才对？

在我们对类型的研究中，为什么犯罪类型紧随科幻类型之后？如果科幻类型是关于创造社会，犯罪类型则是关于维护社会赖以生存的法律。没有这些法律，社会就无法运转。

犯罪类型的思想—行动故事观

犯罪类型版的思想—行动故事观是，生活是一个不断尝试道德核算的过程。为了达成自己的愿望，社会中我们每个人都在利用他人，偶尔也会伤害他人。在两个人之间的账目上，每个行为、每笔欠账都会被记录下来。

大的、小的、道德上的、法律上的，每天都会发生无数次记账。法律只是由社会管理机构执行的道德规则。过错行为可以是轻微的，就像没有感谢配偶的一次友善举动；也可以是严重的，就像不忠。它可以像张超速罚单一样轻飘飘，也可以像谋杀一样具有摧毁性。

在社会世界中，道德账目必须始终保持平衡。行动必是有偿的。如果我利用或侵犯了你，我必须予以偿付；如果我没有，就会起冲突。

当道德行为与法律行为相抵触时，平衡账目变得更加困难和复杂。如果我认为必须采取非法行动来平衡道德账目，我就要接受必须付出的代价。安提戈涅不顾国王下达的禁令，执意埋葬她的兄长。为此，她付出了生命的代价。“生活必要成本法则”再一次显露出它凶恶的面目，而且这一成本十分高昂。

犯罪类型与其他类型的比较

犯罪故事与侦探类型、惊悚类型同属一个类型家族。然而，它们有根本不同的目的。侦探类型与惊悚类型首要关注的是发现真相，这个真相通常是关于谁犯下了罪行。但贯穿故事情节的动作是调查，只会在最后才定罪。

较少强调对罪犯的侦查的犯罪故事是侦探类型，而更多强调罪犯和执法者之间的较量的故事，则是动作类型。故事始于某人实施非法行为。在伸张正义的过程中，超越性犯罪故事会质疑非法行为是否不道德，以及真正的正义是否得到伸张。

我们已经讨论过哲学形式的虚构性表达。例如，科幻类型就是社会哲学的虚构性表达。在后面的章节中，我们还将看到西部类型如何表达历史哲学，而侦探故事则是认识论的虚构性表达。

犯罪类型是虚构形式的道德哲学。事实上，犯罪类型只是见于所有故事和所有类型中的道德主张的一个更广泛的版本。因为每个类型都表达了自己独特的美好生活哲学，所有的类型都在演绎某种版本的伦理哲学。

要点：所有故事都追踪了英雄为达到目的所付出的代价。

尽管动作类型与犯罪类型有某些共同之处，单在主题上，动作类型却与犯罪类型相反。动作类型从个人的角度出发，是关于优越性的。它是关于如何成功地得到自己想要的东西，并晋升到等级的高层。

犯罪类型则从社会的角度出发，是关于每个人根本上的平等，至少在基本人权方面。它是关于确保没人在试图获得美好生活时占别人的便宜。这很重要，因为如果这一点被删减，系统就会崩溃，每个人都会受累。

犯罪类型示例

小说和电影

《双重赔偿》(*Double Indemnity*)、《邮差总按两次铃》(*The Postman Always Rings Twice*)、《天才瑞普利》(*The Talented Mr. Ripley*)、《蝙蝠侠：黑暗骑士》(也是神话类型和幻想类型)、《火车怪客》(*Strangers on a Train*，也是惊悚类型)、《第三人》(*The Third Man*)、《谍影迷魂》(*The Manchurian Candidate*，也是政治惊悚类型)、《冷血》(*In Cold Blood*)、《历劫佳人》(*Touch of Evil*)、《控方证人》(*Witness for the Prosecution*)、《漩涡之外》(*Out of the Past*)、《猎人之夜》(*The Night of the Hunter*)、《兰闺艳血》(*In a Lonely Place*)、《倒扣的王牌》(*Ace in the Hole*)、《爆炸新闻》(*Bomb shell*)、《电话谋杀案》(*Dial M for Murder*)、《猜火车》(*Trainspotting*，也是成长类型)、《盗火线》(*Heat*)、《雌雄大盗》(*Bonnie and Clyde*)、《斯维特拜克之歌》(*Sweet Sweetback's Baadasssss Song*)、《城中大盗》(*The Town*)、《法国贩毒网》(*The French Connection*)、《地下铁道》(*The Underground Railroad*)、《黑男孩》(*The Nickel Boys*)、《危险关系》(*Rum Punch*)、《拉布拉瓦》(*LaBrava*)、《落水狗》(*Reservoir Dogs*)、《低俗小说》(*Pulp Fiction*)、《好莱坞往事》(*Once Upon a Time in Hollywood*)、《夏福特》(*Shaft*)、《黑色党徒》(*BlacKkKlansman*)、《男孩别哭》(*Boys Don't Cry*)、《暴劫梨花》(*The Accused*)、《歼匪喋血战》(*White Heat*)、《杀死比尔 1—2》(*Kill Bill 1–2*)、《神秘河》(*Mystic River*)、《致命武器》(*Lethal Weapon*)、《假如比尔街可以作证》(*If Beale Street Could Talk*，也是社会情节剧、爱情类型)、《借刀杀人》(*Collateral*)、《赴汤蹈火》(*Hell or High Water*，也是反西部类型)、《致命赌局》(*The Grifters*)、《死亡漩

涡》(*D.O.A*)、《吉尔达》(*Gilda*)、《绣巾蒙面盗》(*The Killers*)、《步步惊魂》(*Point Blank*)、《危险人物》(*Payback*)、《罗拉秘史》(*Laura*)、《无间行者》(*The Departed*，也是黑帮类型)、《体热》(*Body Heat*)、《天国与地狱》(*High and Low*)、《逃犯贝贝》(*Pepe le Moko*)、《热天午后》(*Dog Day Afternoon*)、《训练日》(*Training Day*)、《绝命战场》(*Dead Presidents*)、《末路狂花》、《搏击俱乐部》(*Fight Club*，也是恐怖类型)、《孽迷宫》(*Diabolique*，也是恐怖类型)、《化石森林》(*The Petrified Forest*)、《出租车司机》、《比佛利山警探》(也是喜剧类型)、《紧急盯梢令》(*Stakeout*)、《亡命者》(*I Am a Fugitive from a Chain Gang*)、《社会威胁》(*Menace II Society*)、《肖申克的救赎》、《可爱的骨头》(*The Lovely Bones*)、《消失的爱人》(*Gone Girl*)、《弗鲁特维尔车站》(*Fruitvale Station*，也是社会情节剧)、《为所应为》(*Do the Right Thing*，也是社会情节剧)、《冬天的骨头》(*Winter's Bone*)。

电视剧

《风骚律师》(*Better Call Saul*)、《美式哥特》(*American Gothic*)、《嗜血法医》(*Dexter*)、《巴瑞》(*Barry*)、《梅森探案集》(*Perry Mason*)、《亚森·罗宾》(*Lupin*)、《24 小时》(*24*)、《火线警探》(*Justified*)、《混乱之子》(*Sons of Anarchy*)、《黑客军团》(*Mr. Robot*)、《盾牌》(*The Shield*)、《监狱风云》(*Oz*)、《黑钱胜地》(*Ozark*)、《西镇警魂》(*Longmire*)、《路西法》(*Lucifer*，也是幻想类型)、《闪电侠》(*The Flash*，也是幻想类型)、《神盾局特工》(也是幻想类型)、《狂欢命案》(*Carnival Row*，也是幻想类型)、《美国犯罪故事》(*American Crime Story*)、《纸钞屋》(*Money Heist*)、《毒枭》(*Narcos*)。

犯罪的类型子类型

犯罪悲剧史诗（Epic Crime Tragedy)、犯罪黑色喜剧（Crime Black Comedy)、社会情节剧（Social Drama)、法庭情节剧（Courtroom Drama)、黑色电影（Film Noir)、盗劫（Caper/Heist)、犯罪喜剧（Crime Comedy)、离

水之鱼（Fish out of Water）、罪犯英雄（Criminal as Hero）、犯罪幻想（Crime Fantasy）、逃狱（Prison Escape）。

犯罪故事概览

本章将述及的内容：

- **犯罪故事节拍**
- **主题**：存在是守法生活，并为正义而战
    - 主题秘方：创造正义和超越社会规则之路
- **如何超越犯罪故事**
    - 道德故事节拍
    - 犯罪悲剧史诗
    - 犯罪黑色喜剧

犯罪故事节拍

犯罪故事的节拍建立在这一基本逻辑之上：

1. 一个罪犯认为自己凌驾于社会之上，并实施了犯罪，使其变得极度富有或强大。
2. 警察介入，他看起来很普通，但实际上城府很深。他很快就查出是谁干的，并追捕罪犯。
3. 两人展开生死之战。
4. 各自试探对方的能力极限。

让我们详细了解一下犯罪故事节拍。

犯罪故事节拍：故事世界——表面社会的奴役

犯罪故事的重点是人们如何在社会中共同生活。具体来说，当别人说他们不能或不应该得到他们想要的东西时，人们是如何得到它的。

犯罪故事的世界可以有两个极端，两者都是反乌托邦：

- 这是一个不存在犯罪的世界。所有的欲望和实现这些欲望所需的行动都被允许。其结果是一个混乱的自然状态，完全的权力由拥有金钱和枪支的人掌握。
- 这个世界是一个法西斯主义的警察国家。一个人为了实现自己的欲望而做的几乎所有事情都是犯罪。

现代文化试图在这两个极端之间找到平衡，以产生最好的整体社会。无论犯罪故事中描绘的故事世界是什么样的，它总是一个人们生活在表面现实中的地方。如同科幻类型的世界中，人们过着梭罗（Thoreau）的“平静而绝望的生活”。或者他们没有自我意识。

犯罪故事中的社会也是富裕贫穷两极分化。通过努力工作向上爬的通道几乎都关闭了，因此，有些人转向犯罪。

犯罪故事节拍：激发事件——犯罪

犯罪者犯下的罪行使他的财富或权力达到了一个新水平。

技巧：精巧的犯罪

由于故事经常追踪犯罪高手，无论他是英雄还是反派，都要让犯罪变得精巧高妙，它是犯罪者思想和艺术才华在行动上的体现。如果犯罪者是一位犯罪大师，我们想看看他到底有什么花活。

《蝙蝠侠：黑暗骑士》以小丑抢劫银行开始。他计划中的一部分是让团伙中一名劫匪驾驶一辆校车倒车撞到银行的墙上，从而杀死另一名劫匪。随后小丑再杀死司机，带着所有的钱开车离开。

离开之前，小丑对一位受伤的顾客说："我相信，凡是杀不死你的东西，都会让你更奇怪。"这是尼采的名言"凡是杀不死你的东西，都会让你更强大"的可爱翻版，因此，小丑把自己定位为一个扭曲的、负面的尼采式的"超人"。克里斯托弗·麦奎里（Christopher McQuarrie）的伟大犯罪故事《普通嫌疑犯》有电影史上最巧妙的犯罪，它是如此精彩，不仅愚弄了联邦调查局，也愚弄了观众。

故事中的英雄是犯罪大师维伯，他愚弄联邦调查局和观众的方法之一是，他看起来一点儿也不起眼。维伯的犯罪之所以巧妙，是因为他是一个犯罪的艺术家，特别是一个讲故事的高手。他主要利用了这四招：

1. 他根据钉在联邦调查局特工身后的公告板上的照片、文章和通缉令编造了整个故事。

2. 他假装成盟友，骗过了看起来像是英雄的基顿，和看起来像是主要对手的联邦调查局特工库扬，还有我们这些观众。维伯是最高级的、不可靠的叙述者（见"侦探类型"一章）。

3. 维伯假装羸弱和愚蠢，其实他强壮、聪明。

4. 他创造了一个假的对手，一个名叫凯撒·索泽的冷酷罪犯，以转移人们对他这个真正凶手的注意。

要点：罪犯使用的欺骗手段越多，犯罪故事就越精彩。

犯罪故事节拍：警察英雄的优势和弱点—需求

我们来介绍这个黑暗和分裂的社会世界中的英雄。在犯罪故事中，英雄既可以是警察，也可以是不法分子，这意味着我们正在探索分列法律这条线两边的人的镜像。

警察比起社会上其他人生活在更深的层次，甚至比犯罪大师生活得更深。

要点：这个警察是普通人，但特别擅长他的工作。换句话说，他是警察大师。

在现代犯罪故事的原型《罪与罚》中就有这种警察大师的元素。聪明绝顶的罪犯拉斯柯尔尼科夫不是警察调查员波菲里·彼得罗维奇的对手。同样，在经典剧集《神探可伦坡》（*Columbo*）中，富有、傲慢的杀手也都敌不过以波菲里为原型的谦逊、矮胖的可伦坡。

即使是大师级的警察也有强烈的弱点—需求。他可能贫穷、平凡或孤独，与社会格格不入。具有讽刺意味的是，他明明是按照社会的最佳价值观生活，比任何人都笃信这些价值观信条。

这种类型的英雄的主题含义是，真正伟大的个人并不是那些拥有最多权力、金钱或最高地位的人，尽管这些是社会公众珍视的东西。真正伟大的个人是在规则允许范围内做得很好的人。他不是靠作弊赢得比赛，而是靠诚实行事。

犯罪故事节拍：价值观和道德准则

在每个类型中，英雄开始时都信奉一套价值观，然后在故事进程中受到挑战。在许多类型中，这些价值观是如此具体，以至于它们构成了一套伦理道德准则。由于警察或罪犯都可以成为犯罪故事中的英雄，以下是他们各自的基本道德准则：

警察

- 法律神圣，必须不惜一切代价予以执行。
- 警察（大部分为男性）之间存在兄弟情谊。像士兵一样，警察相互理解并相互依赖他们的职责和生命。因此，他们的工作遵循一条不成文的沉默准则：即使同僚违法了，也不会将其告发（尽管这有违上一条准则）。

罪犯

- 盗亦有道，罪犯以“盗贼荣誉”的价值观行事。在现实生活中有这样的例子，但考虑到所谓罪犯就是只为自己着想，并通过侵犯他人来获取利益的人，因此相反的观点，即盗贼之间没有荣誉，更有可能是真的。
- 沉默法则，黑手党中称为缄默法则（Omertà），确实存在于有组织的犯罪中。这是组织的成功，而不是个人的成功。这一法则是以死亡为代价才能打破的绝对价值观。我们将在“黑帮类型”一章中更详细地讨论这个问题。

犯罪故事节拍：欲望–抓住罪犯

在所有类型中，英雄的欲望线决定了故事的骨架。这句话你们耳朵应该都听出茧来了。犯罪故事，像恐怖故事一样，在对手实施攻击之后即建立了英雄的欲望。

对于警察英雄来说，其欲望就是抓住罪犯。请注意这与侦探类型中的欲望不同，后者是为了寻找真相。这一目标解释了为什么犯罪类型是侦探类型和动作类型的混合体。警察通常很容易就能找出谁犯了罪。这时的重点是警察在试图抓住罪犯的过程中双方进行的智慧较量。

技巧：罪犯为英雄的犯罪故事

至少有一些正当理由，为罪犯不惜违法也要得到他想要的东西这一行为辩护。

这一技巧主要有两个好处：

1. 使罪犯英雄变得更加复杂和吸引人。
2. 警察在抓捕罪犯的欲望与希望罪犯成功的欲望之间纠结。

《悲惨世界》（*Les Misérables*）中，冉阿让最初的罪行是为饥肠辘辘的妹妹和她的家人偷面包。警察是冷酷无情的、不留情面的沙威督察。故事的最后，沙威受冉阿让的仁慈与悲悯感召，放走了冉阿让。但他因未能履行职责而备受困扰。最终，他选择了自杀。

一个不太明显的例子是《偷天游戏》，它讲述了警察被这种两难境地折磨的故事。克朗想抢劫银行以表明他是游戏的主人，不可能被抓住。保险调查员薇琪（警察角色的变奏）想在游戏中打败他、抓住他。她也爱上了他。

犯罪类型情节的视觉形状：直线形和分枝形

与恐怖类型和动作类型一样，犯罪类型也采用了最流行的故事形态——直线。英雄有一个目标，他全力以赴地追逐，有一个主要对手试图阻止他。故事情节看起来是这样的：

当犯罪子类型社会情节剧有一个英雄时，一般采用直线形视觉形状。但当社会情节剧有多位英雄时，更可能采用分枝形视觉形状来安排情节。

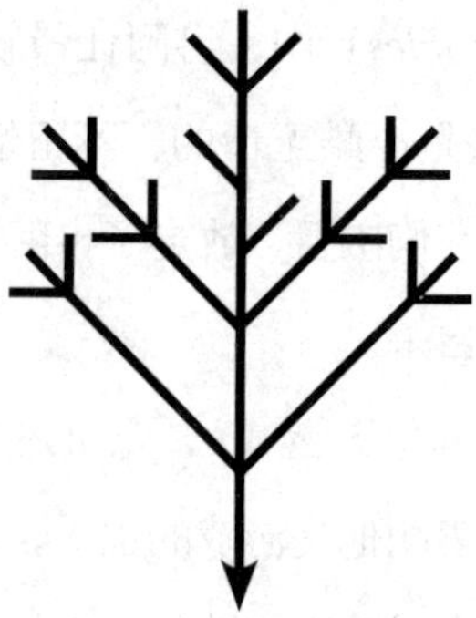

单个英雄的直线形社会情节剧示例：

《诺玛·蕾》（*The Norma Rae*）、《罗马》（*Roma*）、《永不妥协》（*Erin Brockovich*）、《男孩别哭》、《暴劫梨花》、《俄瑞斯忒亚三部曲》、《安提戈涅》、《玩偶之家》（*A Doll's House*）、《海达·高布乐》（*Hedda Gabler*）和《人民公敌》（*An Enemy of the People*）。

多个英雄的分枝形社会情节剧示例：

《相助》（*The Help*）、《毒品网络》（*Traffic*）、《纳什维尔》（*Nashville*）、《撞车》（*Crash*）、《21 克》（*21 Grams*）和《通天塔》（*Babel*）。

犯罪故事节拍：对手／神秘人——超级罪犯

犯罪类型的对手可以是罪犯也可以是警察。再说一遍，我们是在跟法律这条线两边的人玩镜像游戏。无论罪犯作为英雄还是作为反派，他通常都很聪明，是击败制度的高手。

罪犯认为，由于他是如此优秀的个体，他应该能按照自己的规则生活。他觉得他能比周围那些听话的“绵羊”更深入或更快捷地完成生活的游戏。

罪犯的目标是金钱、权力或赢得游戏并证明他比其他人优秀。

以犯罪大师为主角的示例包括罗迪昂·拉斯柯尔尼科夫，《罪与罚》）、托马斯·克朗（《偷天游戏》、维伯（《普通嫌疑犯》）和沃尔特·怀特／海森堡（《绝命毒师》）。

以犯罪大师为反派的示例包括小丑（《蝙蝠侠：黑暗骑士》和《小丑》、汉尼拔·莱克特（《沉默的羔羊》，这也是一部惊悚片），莫里亚蒂（《夏洛克·福尔摩斯》）、阿兰·查尼尔（《法国贩毒网》）和薇拉内尔［《杀死伊芙》（*Killing Eve*）］。

没有比《蝙蝠侠：黑暗骑士》中的小丑更绝的罪犯了。他是一个天才的精神病患者，其卓越的智商表现在他的阴谋策划能力上。他指控地区检察官哈维·丹特和蝙蝠侠是阴谋家。他才是大师级的阴谋家，一个现代的莫里亚蒂，他的行为不是出于贪婪或报复，而是为了游戏。而且他比其他人都更擅长这个游戏。

小丑是哥谭市实际上的创作者，因为他设计的犯罪阴谋将按他所表达的道德愿景重塑这个城市。许多人将小丑描述为一个虚无主义者，一个热爱混乱的人，这是一种严重的误读。

如果蝙蝠侠是黑暗骑士，小丑就是黑暗哲学家。《蝙蝠侠：黑暗骑士》的整个情节就是小丑制造的一系列道德难题，以揭示他所认为的人类真正的动物本性。这一情节将现代犯罪故事的节拍一直追溯到它的起源《罪与罚》。小丑为这一类型的核心问题设计出更难版本：如果你不得不在两个糟糕的道德选项中做出选择，你会怎么做？

《蝙蝠侠：黑暗骑士》关注的是，当对手变得越来越残酷无情时，某人是否还能一直坚持不变地做道德英雄。这个问题是我们世界的核心。但是，正如《历劫佳人》中的警察在谈到警察这一身份时所说："这应该是（艰难的）……警察的工作只有在警察国家里才会容易。"

犯罪故事节拍：驱动——猫和老鼠

犯罪故事的中间部分是一系列的冲突，警察和罪犯在这里比拼智力与武力。这就是猫和老鼠的斗争，一对一，警察高手对罪犯高手。

> **要点：** 在顶级的犯罪故事中，警察和罪犯都是各自工作中的佼佼者，而且两者能力旗鼓相当。

这对创造战斗人员之间的重量级战斗至关重要。恐怖类型的粉丝希望感受到持续不断的压力。而犯罪类型的影迷则希望看到警察和罪犯之间的激烈对决，打满 15 个回合铁拳对铁拳的血战。

技巧：偏执的警察

在驱动步骤中，我们去展现警察如何变得痴迷、疯魔，为了抓捕罪犯走得太远，他的所作所为倒像是罪犯。

一连串的不道德行为将两个观众原本认为对立的角色融合在一起。与好警察对坏罪犯、黑对白这种泾渭分明的对比相反，我们看到的是两者在很多方面其实是相似的。犯罪故事中的这种道德论证技巧来自该类型的潜在主题，即探讨在法律范围内和法律范围外行事之间的那条细微的界线。

为什么这对超越性犯罪故事至关重要？在一个道德的相对世界里，对与错的界线从来就不那么清晰。当故事探讨合法性、合道德性的区别时，尤其如此。

这种技巧也带来其他关键问题：谁犯下了更大的罪行？是罪犯违反了关于什么是适宜的欲望，和以正当手段得到它的社会法律？还是警察强迫一个人放弃自己的生活，成为大众的一分子？

警察走得太远的上佳范例发生在《蝙蝠侠：黑暗骑士》的一个经典场景中。蝙蝠侠在警察局一个密闭的房间里审问小丑。

蝙蝠侠：你为什么要杀我？

小丑：我不想杀你！没有你我该怎么办？没有你我能做什么？回到黑帮贩子那儿敲诈勒索？不，不，不！你……你……使我完整……

蝙蝠侠：你是为钱杀人的垃圾。

小丑：别像他们那样说话。你跟他们不一样！即使你想成为他们。对他们来说，你只是个怪胎，和我一样。他们现在需要你。但当他们不需要时，他们会把你像个麻风病人一样赶出去。你看，他们的道德，他们的准则，就是个糟糕的笑话，一有麻烦就会被丢弃。他们只有在世界允许的范围内才是好的。我会让你看到，当筹码落下时，这些……这些文明人，他们会吃掉彼此。看，我不是怪物。我只是走在了时代的前列。

这种技巧也导致了作家在犯罪故事情节中面临的最大问题。警察越界是如此常见，以至于我们对它生出了期待。我们知道警察会为了抓捕罪犯的更高利益而不惜违法。这使得情节在预料之内。而克服剧情可预测性的最好方法是欺骗。

技巧：欺骗性攻击

通过欺骗的手法，让警察和罪犯都成为游戏的主人，让他们彼此也让观众感到惊讶。欺骗的手法包括攻击的地点和方式。这一点尤其重要，每个角色都不让他的全部攻击行动一览无余。

犯罪故事节拍：揭示——罪犯露馅

揭露犯罪通常是针对罪犯为了逃避警察追捕而施的诡计。为了设置这一环节，可以把罪犯想象成一个犯罪的艺术家。问问自己：什么样的隐藏攻击会给英雄带来最大的麻烦?

在《蝙蝠侠：黑暗骑士》中，小丑制作了一个假的蝙蝠侠的视频，并直接挑战真的蝙蝠侠来抓他。

犯罪故事节拍：驱动——道德主张

像大多数类型一样，犯罪故事的形式突出了某些结构元素，以达到其效果。犯罪故事强调的是道德主张，聚焦英雄为赢得胜利而采取的不道德的和非法的行为。

为了防止主题过于冷酷严厉，作家必须通过情节来表达其道德主张。我们将在后面解释如何在超越性犯罪故事中表达道德主张。举例说明在一个简单的犯罪故事中情节是如何承载道德主张的：英雄——无论是警察、罪犯还是普通公民，实施了一项非法行为。为了掩盖他的责任和逃避惩罚，他又干了一件非法的事。警察或其他犯罪分子做出反应，这使英雄陷入更严格的道德束缚之中。于是他又犯了另一个错误，以此类推。

犯罪故事节拍：表面上的失败——罪犯逃脱

表面上的失败是指英雄认为他在与对手的斗争中已经失败了。这是将故事讲得尽可能戏剧化的主要技巧之一，因为在绝大多数情况下，英雄都会重整旗鼓赢得胜利。

在犯罪类型中，表面上的失败发生在罪犯逃跑或赢得重大胜利时。

在《蝙蝠侠：黑暗骑士》中，小丑骗蝙蝠侠去了错误的地方，而蝙蝠侠爱的女人瑞秋在爆炸中丧生。

犯罪故事节拍：门—窄巷夹击—生死一线—追逐

这一节拍通常发生在战斗步骤之前。英雄在与主要对手的较量中面临巨大的压力。这种压力往往转化为英雄在移动中所受的空间限制。这时，他通过一扇狭窄的门，走过一条长长的窄巷，在那里他遭遇夹道攻击，感到自己无限接近死亡。

这个故事节拍的犯罪类型版往往是一场大追捕。这里犯罪类型借鉴了动作类型：追逐是以最快速度展开的猫鼠游戏。

《蝙蝠侠：黑暗骑士》再次为我们提供了这一节拍的精彩呈现。小丑设置了一个加大版的“囚徒困境”。在“囚徒困境”经典定义中，警察将两名囚犯关在不同的房间里，给他们两个选择：坦白或保持沉默。如果一个人保持沉默而另一个人招供，那么沉默之人受到的惩罚将更加严厉。由于彼此的不信任，每个囚犯都会想背叛对方。

小丑通过让两艘船对峙的方式，在很大程度上翻新了“囚徒困境”。一艘船上装满了通勤人员，另一艘则装满了冥顽的罪犯。船上的乘客可以选择按下一个按钮，在另一艘船摧毁他们之前炸毁另一艘船。如果两艘船在午夜前都没有按下按钮，小丑就会把它们一同摧毁。小丑的假设是：被迫在信任陌生人的人性和自我的生存之间做出选择时，每组人都会选择杀死对方。

这一情节的精妙之处来自更大的情节和主题序列。小丑迫使蝙蝠侠做出的一系列道德选择一直在变得越来越艰难。这些选择被设计出来都是为了证明，人只是一种披着一层薄薄的道德外衣的动物。蝙蝠侠已经占据了道德制高点。现在，小丑将选择权从蝙蝠侠手中夺走。小丑将用一群人来证明他的观点。

事实证明，小丑错了。两艘船都没有选择炸毁对方。这是一个伟大的故事节拍。我认为它的唯一问题是，结果并不可信。此处编剧并没有忠实于他们在整部影片中精心呈现的关于人类的现实。他们提供了一个精彩的论据，但结论却搞砸了。有谁真的相信，一群普通的公民，面对一船随时可能毁灭自己的杀手，居然没有一个人在一瞬间选择炸死囚犯？

犯罪故事节拍：暴力战斗或重大揭示

犯罪故事的欲望是抓住罪犯，因此战斗是罪犯和警察之间最后的暴力对抗。通常情况下，战斗会是发生在城市深处的激烈枪战。我们再次遇到了关于可预测性的问题。我们有多少次看到最后的罪恶斗争发生在一个有很多金属管的令人毛骨悚然的旧仓库里？

警察和罪犯之间的大型行动战是故事的最终法律清算，它几乎总是离不开枪。在超越性犯罪故事中，这一节拍可能是一个大揭秘，使犯罪故事更接近侦探故事。罪案的揭示通常是基于罪犯为逃避警察追捕而使用的诡计。

为什么这个节拍会常见于超越性犯罪故事中，我们必须记住，罪犯是一个艺术家。为了打败警察，他必须使用极端的诡计。你越是能把大事件的真相延迟到故事的最后，故事就越是精彩。

《普通嫌疑犯》有犯罪故事史上最伟大的揭秘。联邦调查局特工库扬在最后一刻意识到真相。在快进的过程中，他和观众了解到：

1. 维伯编造了整个故事。

2. 他并不像我们认为的那样软弱无力。

3. 他假造了对手凯撒·索泽。

4. 维伯就是凯撒·索泽，就是凶手。

最后的揭示是任何故事类型中伟大情节的关键之一。对许多作家来说，则是阻碍他们成功的最大难题。

技巧：最后的揭示

在故事一开始就计划好你的揭示。让对手对英雄的攻击是整体的、相互关联的。

犯罪故事节拍：自我启示——社会重新确认

在犯罪故事中，一般自我启示发生在警察重新确认在社会和法律范围内生活的价值。即使公民相对浅薄，不懂得欣赏他，也改变不了他是对的这一事实。

《冰血暴》（*Fargo*）中，明尼苏达州一个寒冷而多云的冬日里，警察局长玛吉·冈德森将凶手送进监狱。

> 玛吉：那么，躺在地上的是伦德高夫人。我猜在碎木机里是你的同伙。还有布瑞内德的那三个人。为了什么？就为了一点钱？你知道，生活中有很多东西比钱更重要。难道你不知道？所以你在这，在监狱里，今天本该是美好的一天。嗯，我真是搞不懂。

这种自我启示也有一个负面版本：社会性失败。

在《偷天游戏》中，克朗击败了法律和他爱上了的那位出色的保险调查员。保险调查员意识到她输了，而且犯下了她一生中最大的错误。我们很高兴看到这个厉害角色得以逃脱。这场人生游戏中，艺术家克朗击败了制度。但这是一场得不偿失的胜利。他孤身一人，抛弃了可能是他一生的挚爱。

《蝙蝠侠：黑暗骑士》的结局给了我们一个可以追溯到经典西部片《双虎屠龙》（*The Man Who Shot Liberty Valance*）的混合版自我启示。在《双虎屠龙》中，发现枪战中的英雄实际上并没有杀死坏人时，新闻记者拒绝刊登真相。他说："当传奇变成现实时，刊登传奇。"

蝙蝠侠决定让地区检察官哈维·丹特作为英雄死去，这样人们就会对正义抱有希望。蝙蝠侠，真正的英雄，扮演了替罪羊的角色。这个社会通过谎言再次得到确认。

犯罪故事节拍：道德主张的结论——诗意的公正

在标准的犯罪故事中，道德主张的结论很简单：罪犯受到惩罚，法律得到维护。但是，虽然司法制度强制执行了法律清算，但不一定能产生公正。法律只是对道德核算的一个粗略估计。

两个人之间的基本道德核算必须始终是平等的。这个简单而有力的等式在《旧约》中被表达为"以眼还眼"。

> **要点：**"以眼还眼"不仅仅是为了找到与罪行相适的惩罚，它象征着更深层次的愿望，即扯平账目、抚平伤口。唯有这样受害者才会觉得正义得到了伸张。

《新约》通过"宽恕"这一理念，给人们的正义感增添了新的色彩。如果无法做到以眼还眼，受害者就无力医治心理上的创伤。而宽恕让受害者从愤怒和怨恨的桎梏中得到某种程度的解脱。但宽恕并不能代替公正，它并不能扯平账目。

现代司法制度试图用制度的惩罚来取代以眼还眼。法律的演变是为了使复仇式的道德清算不会因无尽的世仇而破坏社会结构。因为一旦陷入无尽的世仇，附带损害会变得比最初的罪行带来的损害还要严重。另外，制度性的惩罚可以防止对错误的人进行报复。

虽然通过司法制度的惩罚可以给予受害者一些复仇的快感，但它终究是一个可怜的替代品。除非司法制度以眼还眼，否则账还是没有算清，受害者仍然被亏欠。

犯罪类型和侦探类型通过“诗意的公正”的技巧，给我们提供了生活中罕见的结果。诗意的公正是以同样的方式回应的复仇，是对该罪行的独特清算，是因果报应，由犯罪者亲自支付。

当哈姆雷特策划消灭背叛他的朋友罗森克兰茨和吉尔德斯特恩时，他说：

> 开炮的要是给炮轰了，也是一件好玩的事，他们会埋地雷，我要比他们埋得更深，把他们轰到月亮里去。

简而言之，他们自己的炸弹会把他们炸飞。

我们在侦探故事中能看到诗意的公正的示例，如阿加莎·克里斯蒂的《东方快车谋杀案》，《洛城机密》《迷魂记》，以及超越性惊悚片《窃听大阴谋》。

主题：存在就是依法生活和为公正而战

与科幻类型一样，犯罪类型是存在和成为的消极表达。犯罪类型向我们表明，作为一个人，每天都要努力与他人公平相处。但我们注定要失败。当我们失败时，每个人都要付出代价。犯罪故事说，我们必须在法律范围内生活，即使法律限制了我们的自由。存在是在自我和他人之间、我们想要的与被允许的之间、什么是有价值的与什么是公正的之间，不断寻求平衡。

犯罪类型向我们表明，这不是我们是否保持不了这种平衡的问题，而是什么时候保持不了这种平衡的问题。如果我们必须违反法律来获得我们想要的东西，存在就变成了与社会执法者之间持续的冲突。其结果是完全失去自由。

犯罪类型与其他类型的基本区别是，犯罪类型认为在这个世界上，存在本身就是不公正的。所以创造公正是一种成为。

犯罪类型主题秘方：创造公正与超越社会规则之路

犯罪故事的主题秘方或“成为”战略，不仅仅是看英雄的基本行动。因为英雄可能是警察，或者罪犯。为了找到这一类型所提出的关键问题，让我们逐一看看每个角色的“成为”。

警察的基本行动是抓住一个罪犯。从警察的角度看，成功生活的秘诀是在社会规则范围内生活，并在规则被破坏时强化这些规则。

请注意，犯罪类型将社会置于所有故事中的最高价值地位，而不是个人。即使当社会的执法者在将罪犯绳之以法的过程中犯了罪，秘方也会说，重新确认社会的规则对所有人来说更有价值。

执行法律是警察的工作。他更大的任务，也是我们的任务，是为公正而战。为了成为最好的自己，我们必须在不存在公正的地方创造公正。这也是帮助他人的最高形式之一。通过这样做，警察帮助世界的同时也帮助了他自己。

虽然我们在不可剥夺的权利上可能是平等的，但我们从动作类型和犯罪类型这两种类型中看到，在日常生活中并非如此。我们中的许多人在开始每一天时，道德账目都严重失衡，而且没有希望被改正。我们可能有很惊人的天赋和动力去玩生活的游戏。然而，因为性别、种族、地位、权力或金钱，我们甚至可能不被允许进入“球馆”。执行公平的游戏规则可能只是创造公正的第一步行动，但它是必不可少的。

让我们转到罪犯英雄，他的基本行动是摆脱他所认为的社会的极端限制。根据定义，法律面向的是所有人。但个人与个人是不同的，因此，一个人如果要在此生实现他 / 她的独特潜力，就**必须**违反法律。请注意这与通过平等创造公正的论点相反。这一论点指出，平等对待我们的法律同样使我们处于不利地位。

当法律不道德时，不得不违法的行为尤其合理。法律的意义在于将真正的道德转化为可以改善每个人生活的准则。当法律的道德基础薄弱或被破坏时，社会本身就会变得令人难以忍受。

所有的故事都在阐述其道德主张。但是，犯罪类型故事中的道德问题是其存在的理由。罪犯类型的道德主张体现了这种形式的关键问题：谁被允许生活在法律之上？是否有一个拥有如此大的权力、财富、智力或道德卓越的人，其有正当理由违反其他人必须遵从的法律？

从最广泛的意义上看，索福克勒斯的戏剧《安提戈涅》是一个超越性的犯罪故事。克瑞翁国王是个暴君，他下令禁止埋葬俄狄浦斯的儿子波吕尼克斯。安提戈涅是克瑞翁的侄女，她决定无视法律，埋葬她的兄长。她以“不成文的法律”来为自己这一行为辩护。她的观点是，对家庭的责任高于社会法律，特别是当这个社会法律不公正的时候。克瑞翁国王判处她死刑，却发现她已经自杀了。

如何超越犯罪故事

超越性犯罪故事探讨了道德和公正的艺术，以及什么是法律和什么是道德之间的对比。他们首先关注的是道德，因为它是生活中价值判断的基础。

> **要点：**我们创造日常道德的主要方式是通过故事，而最主要技巧是故事中的道德主张。高级的道德主张是任何超越性犯罪故事的主要特征。

让我们先来看看高级的道德主张与简单的道德主张有什么不同。标准的犯罪故事追踪一个违法的罪犯和欲将其绳之以法的社会代理人——警察。行动—反应—平衡，这是对一个人非法和不道德行为的清算。

最好的犯罪故事也展示了一个非法 / 不道德事件是更大的故事的催化剂。但这并不是重点。这些故事实际上是关于一生的道德核算。这些超越性犯罪故事织就一个详尽而复杂的道德世界，告诉我们人类的生活如何被赋予意义和价值。

> **要点：**超越性犯罪故事中的道德核算衡量了一个人在这一生中亏欠别人的和被别人亏欠的，而且直接关乎生死。

这些故事是因果报应在伟大的生命资产负债表上的表现。如何支付以及什么时候支付我们并不知道，但可以肯定的是，总有一天我们得支付。

超越性犯罪类型往往分为两个子类型：

1. 犯罪悲剧史诗

示例包括《旧约》中摩西的故事、《安提戈涅》、《罪与罚》、《哥本哈根》（*Copenhagen*）、《日落大道》、《M》、《第三人》（*The Third Man*）、《普通嫌疑犯》、《偷天游戏》（也是爱情类型）、《三块广告牌》（*Three Billboards Outside Ebbing, Missouri*）、《历劫佳人》、《蝙蝠侠：黑暗骑士》（也是神话类型和幻想类型）、《铁窗喋血》、《狱言者》（*Un Prophète*）、《精疲力尽》、《火线》（也是侦探类型、警察办案类型）、《东城梦魇》（*Mare of Easttown*）。

2. 犯罪黑色喜剧

示例有《绝命毒师》、《寄生虫》（*Parasite*）、《杀手没有假期》、《血迷宫》（*Blood Simple*）、《冰血暴》（电影和电视剧）和《老无所依》（*No Country for Old Men*，也是反西部类型）。

与大多数类型一样，犯罪类型表达了生活中的一种主要艺术形式——这里说的是道德，但只存在于那些超凡水平的故事中。在关于科幻类型的前一章中，我们说过，要在故事中创造社会和文化，我们首先必须了解真正的社会和文化是如何创造的。我们问：社会中的个人每天是如何创造出艺术和社会文化的故事的?

道德是文化的一个子集。它代表了任何文化的价值观基础。写出一个超越性犯罪故事涉及创建一套完整的道德体系，然后挑战它。因此，我们必须从人们如何创建他们的个人道德体系，也就是所谓的道德准则开始。

道德的艺术和故事

要想有人犯法，我们必须先制定法律。“法律 = 道德”准则变成了法典。法典提供了细节，并规定了如何强制执行。

一个超越性犯罪故事给作家带来了三个挑战性的任务:

1. 重新创建故事中更宏观文化的道德体系。
2. 给予英雄一套个人的道德准则。
3. 展示这个人物在故事进程中是如何打破其个人法则的。

为了了解我们如何创建道德准则，让我们先来定义一个更大的术语，即道德。道德是一个相对的价值观。价值观不是抽象物，如自由、正义、忠诚之类，它是行事的方式。一个人给每一种行为方式分配了一个抽象的价值。这些行为都与其他有价值的行为方式相对立。因此，当一个人在生活中遵循道德准则时，会权衡当时情况下可用的各种行为方式。

这有两个后果:

1. 价值观只存在于行为中。因此，我们所说的“价值观”是没有意义的，除非个人选择了一个特定的行为。

2. 任何行为的真正价值是通过减去其他选择的成本，即所谓的“机会成本”(opportunity cost) 来确定的。

宏观的道德是一个通过世俗和信仰的故事（如犹太教和基督教）表达的价值观体系。由于道德体系是通过整个文化结构编织而成，大多数人只是简单地接受每个人似乎都生活在其中的道德，这成为他们意识形态的一部分，使他们能够在日常生活中快捷地选择自己的行动。

纵观历史，哲学家们已经指出，接受一般的道德并不足以获得美好的生活。从出生起我们就发展出一套关于世界如何运行的意识法则。这些法则将世界的巨大复杂性简化，以便我们在日常生活中能成功地采取行动。其中之一是关于如何与他人互动的个人道德准则。

个人道德准则是一个更浓缩的价值观和行为系统，个人选择它来管理自己的生活。它简化了日常与他人互动的复杂性，并为良好的价值观和正确 / 错误的行动提供了一个简单的指导。

要点：做出道德选择本身就很复杂，因为它涉及权衡有益的与正当的之间的关系——前者是对自己有价值，后者是对他人有价值。

道德准则是故事法则

创造故事的道德准则的技巧符合过去两百年来道德理论中最重要的革命：尼采认为，所有的道德体系都是人创造的，而不是上帝创造的。在《善恶的彼岸》（*Beyond Good and Evil*）和《论道德的谱系》中，尼采提出了这样的观点，道德 / 信仰体系是根据谁掌权和谁失势而演变的。

新的道德准则是神话英雄在故事的结尾，当她有一个公众的 / 宇宙的愿景时学到的。例如，摩西的《十诫》、耶稣的《登山宝训》和禅宗的部分内容，以及个人法则，如圣雄甘地的（寻求真理的）“非暴力的消极抵抗和不合作主义”（Satyagraha），马丁 · 路德 · 金（Martin Luther King Jr.）博士的“我有一个梦想”演讲。

> **要点**：每个道德准则也是一个故事法则。摩西获得《十诫》不仅仅是《出埃及记》中“宇宙性愿景”的情节节拍，它本身是一个独立的故事。

创建道德准则的故事节拍

虽然道德准则在任何故事中都是一个重要的节拍，但它是犯罪类型家族中所有类型的重要组成部分，犯罪类型家族包括侦探类型、惊悚类型和黑帮类型。在黑帮类型中，我们有黑手党法则，特别是缄默法则。在西部类型中，我们有西部法典。而在侦探类型中，我们有侦探准则。

> **要点**：通过使用七个主要的结构步骤，加上道德主张的各种节拍，建立一个道德体系。(概述如下。)

道德节拍和道德主张

我们在本书中定义道德主张的第一种方式是作者想要表达的关于如何生活的观点。第二种定义方式是作者如何通过故事叙事机制表达观点。

道德主张主要是通过行动，其次是通过对话。情节中的道德节拍是通过结构表达主题的第一种方式，它们也是创造道德艺术的节拍。

为了了解个人如何在故事和生活中创造道德，让我们详细看看道德主张的节拍。

道德故事节拍：故事世界——道德世界

每个人都出生在一个已经有了高度详细的道德体系的世界。这个体系对个人如何建立自己的道德准则有重大的影响。

先于英雄存在的特定道德体系体现了两个主要因素：责任和选择。

责任

道德准则是如何对他人采取行动的指南。因此，除非某人的行为直接对他人产生负面影响，否则它不会发挥作用。道德取决于造成了这种影响的人是谁。

> **要点：**在我们的社会世界里，个人行为**总是**发生在一个道德的世界里，以至于所有的行为都会对他人产生影响。道德的世界并不意味着人们的行为是道德的，但意味着，人与人之间的所有行动都有道德上的后果。

评估正确与错误行动的核心因素是责任。在我们平衡谁对谁做了什么的道德核算之前，我们必须明确是谁造成了道德债务。这可能是困难的，有时甚至是不可能的。

> **要点：**任何道德体系都取决于它如何定义和评估责任。

这可能会有很大的差异。一个极端是尼采的观点，即向某人做出承诺是荒谬的，因为这表明人类有能力控制自己行为对未来的影响。根据这种观点，一个人要对自己的行为负责的想法是一种幻想，尽管可能是一个必要的幻想。

另一个极端是让-保罗·萨特（Jean-Paul Sartre）关于自我极端责任的存在论观点。因为“存在先于本质”，我们就是我们所做的。这意味着我们要对我们生活的结果以及我们对他人产生的道德影响负责。道德和责任的存在论观点使个人没有任何借口。

萨特观点的起源至少可以追溯到 2600 年前赫拉克利特的著名箴言：“性格即命运”。

要点：对我们的生活结果和我们对他人的道德影响负责，对于按照道德准则创作和生活的整个故事过程以及故事本身都有巨大的影响。

它给了我们两条规则：

1. 英雄应该推动故事的发展。
2. 这个角色**正直品格**的发展是我们在一个伟大的情节中真正追踪的过程。

换句话说，故事追踪英雄如何克服她的道德弱点并采取正确的行动。从结构上来说，英雄是否满足了她的道德需求，也就是她为了正确对待他人所必须做的事？

《卡萨布兰卡》（*Casablanca*）为我们提供了一个最好的例子，说明了“性格即命运”所定义的整个故事过程。里克从想要报复离开他的女人和“我不为任何人出头”到“你需要帮助你的丈夫，这样我就可以和纳粹作战了”。

“性格即命运”所蕴含的道德准则与其他一些类型的道德体系和责任形成了对比。这意味着我们的未来不是由命运、神或我们“生来就是要做什么”（定数）决定的，就像经典的神话故事中那样。老派的命运观念是，上面的神灵决定我们的未来，而命运则是我们一出生就被（谁）赋予的。对于这两者，我们都毫无选择权。

要点：命运、定数和“万事皆有因”都是由他人预先确定和决定的。它们意味着放弃个人责任，意味着人生与一个人的性格或选择无关。

命运、定数和“万事皆有因”都是渴望目的的例子。意味着我们急切地渴望某种更高的力量对我们发号施令，为我们的生活增添意义。当事情变得糟糕时，我们不想说因为我们搞砸了，所以才会导致这错误的结果。我们希望能说这是注定要发生的，它已经被决定了，而我们对此无能为力。简而言之，它让我们摆脱了自责的困境。

选择

责任之后，任何道德体系的下一个主要特征都是选择的概念。像存在主义一样，“性格即命运”必然是关于选择。不同于命运、定数和“万事皆有因”，这一概念表示，我们的命运是由我们的性格品质决定的。它来自承担责任的意愿。

要点：一旦我们愿意承担责任，我们就有了选择。没有选择，就没有责任和道德，反之亦然。

在“动作类型”一章中，我们谈到过这样一种现象：即使在我们没有意识到的情况下，选择也是存在的。日常生活变成了一系列行动，不需要太多思考。但是，即使我们没有意识到，我们其实也一直在做选择。正如萨特所说，“不决定就是决定”。

当一个人意识到选择的核心地位时，他们会将行动的流程转化为一系列的选择，其结果是意识到机会成本，即一个人没有做出的选择，紧接着是意识到自己在任何时候有采取新的行动方案的自由。

技巧：永无止境的道德挑战

超越性故事的作者不是借用一般社会的特定道德和法律体系，而是创造他们自己的。

要点：要想在多种类型中创做出最优秀的超越性的电视剧，最重要的技巧是建立一个道德世界，不断考验故事中每个角色的道德品质。

这种技巧主要出现在电视剧中的原因是，故事往往要延续多集和多季。将角色置于道德的钳制中是将剧集推向戏剧性结局的最佳方式之一。下面说说如何执行这一技巧：

1. 将故事设置在一个适者生存的极端竞争的世界里。

2. 所有人物都必须面对的大问题是：一个人如何在致命的竞技场上做正确的事情？换句话说，这些人物总是处于极端的道德压力之下。

3. 每一集都至少有一个针对主角的独特道德挑战。

4. 这些道德挑战不仅决定了每一集的内容，还决定了最好的节目该如何安排一季中的剧集顺序。

道德故事节拍：角色网络——道德准则

角色，尤其是英雄，有某些基本的信仰和价值观。这些价值观构成了英雄的个人道德准则，并指导她的行动。

道德准则是关于良好价值观和行为对错的简化指南。它平衡了个人追求她所珍视的东西——她的欲望——的自由和他人不因此受到伤害的自由。

要点：任何道德准则的关键问题是：你的价值观有多少是关于帮助自己的？而你在多大程度上关心你的行为会如何影响他人。

技巧：执行道德准则

在剧情发展过程中嵌入道德准则。

我们可以在人物处理特定的道德情况时看到道德准则。道德准则主要在三个主要地方影响故事：

1. 从一开始就存在的英雄的价值观。

2. 在故事的中间部分，英雄为实现她的目标，采取了正确和错误的行动。

在故事中间的道德主张中，她不得不问：我用这些手段来达到目的是否适当？

3. 英雄最后的道德决断决定了她是否达到了更高的道德水平。

要在你的故事中运用道德准则，请为你的英雄编写出详细守则。写的时候要注意上述这三个关键时刻。在这三个关键时刻，角色可能会使用道德准则来决定自己的行为。

《洛城机密》是一个超越性的侦探故事，在“侦探类型”这一章中我们将有更详细的探讨。它从一开始就表达了人物的道德准则，给了我们一个很好的例子。主角之一是埃德蒙。他的队长杜德利·史密斯质疑埃德蒙·埃克斯利作为一名侦探的道德资格，讽刺的是，史密斯把这些道德资格描绘得很负面。

史密斯队长：埃德蒙，你是个政治动物。你有发现人类弱点的眼睛，但没有接受它们的胃口。

埃德蒙·艾斯利：你错了，先生。

史密斯队长：你是否愿意将确凿的证据栽赃给一个你明知有罪的嫌疑人，以确保起诉？

埃德蒙·艾斯利：杜德利，我们已经讨论过这个问题了。

史密斯：会还是不会，埃德蒙？

埃德蒙·艾斯利：不。

史密斯队长：你是否会对一个你知道有罪的嫌疑人逼供？

埃德蒙·艾斯利：不。

史密斯队长：你是否会从背后射杀一个顽固不化的罪犯，以免一些……律师……

埃德蒙·艾斯利：不。

史密斯队长：那么，看在上帝的份上，你就不要做侦探了。坚持做那些你没有……的任务。

埃德蒙·艾斯利：杜德利，我知道你是好意，但我不需要像你那

样做，或像我的父亲那样做。

让我们来看看故事中的一些经典道德准则：

《十诫》

《十诫》是故事史上最具影响力的道德准则。它是以《出埃及记》的故事为表现方式的整个道德制度的缩影。《十诫》出现在摩西故事的结尾，这一道德准则是对整个民族的新愿景。

这一道德准则完美地表达了道德制度的双重目的：禁止欲望，这是价值观（目的）；禁止行动，这是手段。实际上，这是定义了一个庞大的道德主张的道德准则。其中的五条戒律说的是适当的欲望，另外五条戒律说的是一个人为达成愿望可以采取的适当手段。

适当的欲望（目的）：

1. 除了我以外，你不可有别的神。

2. 不可为自己雕刻偶像，也不可跪拜那些像。

4. 当记念安息日，守为圣日。

5. 当孝敬父母。

10. 不可贪恋人的房屋；也不可贪恋人的妻子、仆婢、牛驴，以及他所有的一切。

适当的行动（手段）：

3. 不可妄称耶和华的名。

6. 不可杀人。

7. 不可奸淫。

8. 不可偷盗。

9. 不可作假见证陷害人。

存在主义道德准则

我们在“回忆录”一章中提到的存在主义准则是基于身份和自由之间的联系，它是任何道德规范的基础。如果个人即她所做的事，她就有选择的自由。因此，她要对自己行为的后果负责。

对存在主义准则的反对意见是，它过于宽泛，无法在一个不断变化的相对主义世界中提供建议。对大多数人来说，它的指导方针过于模糊和自由，无法应用。

> **要点：**存在主义准则只是给出了道德准则的起始框架。它说：“选择权在于你。你必须定义你的道德准则是什么，而这也将成为你身份的一部分。”

它给出的一个准则是我们刚刚讨论过的道德世界的概念。道德世界所表达的是，我们生活在一个社会世界中，一个人的行为**总是**对他人产生道德上的影响。因此，一个人永远不会只为自己选择 。

存在主义准则表示，无论人们对个人道德准则使用什么标准，都必须在不求助于“绝对的上帝”或“上帝规则”的情况下进行定义。一个人如何定义自己的道德准则将与多种因素有关，因为从根本上说，道德是一种艺术形式和文化。

骑士法则

骑士法则来自法语单词 chevalerie，意思是“马兵”。它是一种混合了两种故事类型——动作类型和信仰类型的道德规范。其动作子类型是“游侠传说”(tale of the knight-errant)。其信仰是基督教。骑士法则的核心价值是荣誉、勇气、为他人服务、礼貌、信仰和对妇女安全（而不是平等）的尊重。

武士道

与骑士法则一样，武士道或称战士之道也结合了动作类型和信仰类型。但在这里，战士是武士，信仰是新儒家思想、神道教和禅宗。武士道有七大价值观：

- **仁**（JIN）：对人类的仁爱；博爱；慈悲。
- **诚**（MAKOTO）：真诚和真实。
- **忠**（CHUGI）：奉献和忠诚。
- **名誉**（MEIYO）：荣誉和光荣。
- **勇**（YU）：英勇、勇敢，带有英雄主义的色彩。
- **礼**（REI）：适当的行为；礼节。
- **克己**（GI）：以平和的心态做出的正确决定；正直的态度。

西部法典

有时我们看到整个类型的道德准则。西部片所依赖的西部法典，跟骑士法则一样，是在马背上生活的产物。牛仔被称为平原上的骑士游侠。在旧西部，作为一个骑士的价值观包括独立、自由、自力更生、勇气、诚实、忠诚和尊重妇女的安全。这些都是每个优秀的牛仔在故事开头笃信的价值观。

侦探法则

侦探是去了城市的牛仔，因此他们的准则是相似的，这毫不奇怪。每个侦探都是“骑士”，帮助他人，尤其是弱者。但侦探是一个更加疲惫的人物，他坚持反对他的人类同胞永无止境的不道德行为。他是一个黑暗骑士，但在城市世界的道德相对性中仍然是一个正义骑士。

在《马耳他之鹰》（*The Maltese Falcon*）最后一幕，侦探萨姆·斯佩德在故事中对“侦探法则”做了著名的表述。他面临爱情和荣誉之间的选择——与他所爱的女人在一起还是以谋杀罪把她送进监狱。在决定把她送进监狱，也可能是送上死路时，斯佩德对她说：

> 当一个人的伙伴被杀时，他应该做点什么。这跟你怎么看他没有关系。他曾是你的搭档，而你应该做点儿什么。碰巧的是，我们从事的是侦探行业。好吧，当你组织中的一个人被杀时，让凶手逍遥法外，对所有的人都不好，对所有的侦探都不好。

这是在类型故事中可以找到的关于做正确事情的非英雄式道德主张的最佳表述，是对这个城市的黑暗骑士的完美表述。

《杀手没有假期》是一部杰作，是超越性犯罪黑色喜剧故事的典范。它在每一个节拍上都颠覆了道德准则的故事技巧。影片一开始就展示了职业杀手扭曲但合乎逻辑的道德准则。

- 老板哈利曾命令雷刺杀一名牧师。在射杀牧师时，雷意外地杀死了一个小男孩。
- 对哈利来说，这在道德上是不可饶恕的，必须以血还血。
- 哈利命令雷的搭档肯去刺杀雷。
- 肯没有这样做，因为他认为这是不对的。

杀手社会的道德准则与更大范围内的道德形成鲜明对比。更大范围内的道德说，解决冲突必须在法律制度内进行。这不仅有利于冲突中的人，也有利于其他社会成员，如果冲突蔓延，他们可能会受到伤害。

杀手的道德准则是，如果杀手得到了工作的报酬，他们就有权以自己的方式解决冲突。这是生意，金钱具有最高价值。职业杀手是平衡客户的道德账目和商业账户的执行者。

在第一个情节节拍中，雷的不道德行为不是刺杀牧师。假设牧师是罪有应得，那么这是“必要的”账目平衡，尽管故事中从未提及具体细节。

杀手法则的一部分是不能有附带损害，因为那会产生新的债务。杀死一个漫长而美好的人生才刚刚展开的、拥有无限可能的孩子，会产生最大的债务。

这正是雷所打破的规则和价值观。对老板哈利来说，这才是真正的不道德行为，是不可原谅的。

由于《杀手没有假期》是一部有悲剧元素的犯罪黑色喜剧，广义道德的捍卫者，即警察几乎不存在。在结构上，老板哈利就相当于警察。

这个故事建立在讽刺的基础上，即执行严格道德准则的人是一个经营刺杀业务的职业杀手。更具讽刺意味的是，职业杀手有一个绝对的道德准则，即反对杀害儿童。

这不仅仅是老板哈利的个人道德准则。这是一个以眼还眼的道德世界，其中的逻辑是颠倒的，但内部是合理的。这是故事中设置的最复杂、最有力的道德主张之一。

道德故事节拍：对立——善与恶

英雄遇到了一个强大的对手，这个对手想阻止她实现目标。

价值观和行动是密切相关的。在道德的实践艺术中，它们往往是相同的。通常情况下，正确的行动取决于寻求正确的价值观。让道德艺术变得复杂的是，利与义发生对立。这是任何道德准则中的核心**权衡**，或内部对立。

> **要点：**任何道德准则和道德主张中的内部对立是：
> 目的 = 利 vs. 手段 = 义

“利”是指个人认为有价值的东西，它以某种方式改善她的生存状态。她的评估不一定正确，但她从这一认知开始。

另一方面，“义”是有相关性的，它是社会整体中两个或多个实体之间的平衡。错误的行为是伤害他人的行为，它减损了他们的利。

尽管在利和义之间存在着这种基本的权衡，但义取决于利。在我们判断什么是正确与错误的行为之前，我们必须首先对价值进行评估。

道德故事节拍：计划——价值和行动的对错

英雄制订了一个可以打败对手并赢得目标的计划。道德准则中的游戏计划，类似我们在动作故事如战争类型或体育类型中使用的计划。它是一个指南，指导我们在寻求胜利的过程中，在各种情况下采取相应的行动，简而言之：如果 x 发生，我应该做 y。基于"全能的神"的道德准则摆脱了复杂性，只需给出一个普遍的指令："你应该永远做 y。在任何情况下，你都不应该做 z。"这些法则更关注通过服从群体来维持团结。

相对的道德准则——那些不是基于"全能的神"的道德准则，允许不同情况、不同环境和例外。它们倾向于强调个人而不是群体。

道德准则中的任何计划都涉及两种主要活动：

1. 评估目标的价值。
2. 评估用于实现目标的行动正确与否。

道德准则中的游戏计划与动作故事中的游戏计划有着本质的区别。后者严格来说指的是如何取胜的计划。

> **要点：**道德准则是如何只用正当的行动赢得**理想**目标的游戏计划。

道德故事节拍：驱动——评估目的与手段

由于对手一开始太强，英雄变得绝望，开始采取不道德的行动来实现目标。

> **要点：**当价值观与行动、善与恶对立起来时，道德主张的核心问题是，个人是否应该将义置于利之上？将他人置于自己之上？

像其他动物一样，人类经常使用任何必要的手段来达到自己的目的。但是，作为符号的制造者，人类是唯一偶尔会质疑自己的手段、否定自己的目的的动物。

对自己的手段提出疑问的决定是建立行为的伦理法则的一个必要步骤。在一个人愿意否定自己的某些行为之前，道德准则是没有意义的。没有道德准则的约束，(不) 道德体系就会破坏个人和社会。

道德准则限制欲望和行动的基本思想是“笔直而狭窄的道路”[1]这一术语的来源。这句话取自《新约》:“引到永生，那门是窄的，路是小的。”

在日常生活的“驱动”过程中，个人可能会努力评估目的和手段，以及它们可能如何冲突。个人每天都会提出目标，然后当她为实现这些目标而采取行动时，她必须评估她将采取哪些行动来实现这些目标，以及哪些行动违背了她既定的价值观。

自由与公正：错误的区分

见于犯罪故事中的道德准则突出了哲学中的巨大冲突之一，也是超越性犯罪类型中最重要的问题：自由与公正。

在简单的层面上，这两者肯定会发生冲突。如果你为团体而规范我的行为，那么我就不能随心所欲地做我想做的事。一般的自由感建立在我生活在一个荒岛上的基础上，我的行为不会影响到任何人，只会影响我自己。一旦我生活在社会中，我就必须考虑为实现自己目标而采取的行动如何影响其他试图实现他们目标的人。

要点: 公正基本上是为每个人优化自由。

1 the straight and narrow path , 通常指“ 正道 ”“ 正确的行动 ”。

故事法则：自由与公正

正如所有的道德准则都是故事法则一样，（恐怖类型章节中所讲的）七步故事法则也是一种道德准则。从根本上说，它是关于自由和公正之间的冲突。故事法则清楚地表明了一个事实，即人类有选择的自由，并本能地关注利与义。

> **要点：**故事法则追踪了人类在追逐价值——“利”，与使用不太正确的手段——“义”的过程。

故事通过戏剧放大了这种自由与公正之间的冲突。开始时英雄有一套价值观和一个目标。她不只是想要得到这个目标，她痴迷于得到它。故事通过让英雄在早期和中期输给对手，从而使冲突更加激烈。这就产生了道德压力，因为英雄必须决定，为赢得比赛她能做到哪种程度。绝望中，她开始采取不道德的行动来获得目标。到了某个时刻，她决定不惜一切代价来赢得胜利。问题是，为了达到目的而丧失道德，是不是一种更糟糕的奴役形式？

道德：存在主义法则与故事法则

故事法则并不是一种显示如何正确行事的道德制度。尽管有些“道德故事”正是这样做的。与存在主义法则一样，故事法则表示**所有**的人类行为都会对他人产生道德上的影响，无论是否有意为之。

> **要点：**故事并没有表示所有的人都应该采取道德的行动。它表示的是，所有的行动都有道德影响。

想要展现故事法则本质上是道德的，只需要描述一个过程，其中所有人为了得到他们想要的东西，都必须处理其行为的道德后果。

之前我们讲过存在主义法则和故事法则如何描述创造一个人的过程。那么存在主义法则和故事法则作为道德制度有什么不同？

存在主义法则	故事法则
接受自由的道德责任是有价值的	即使在失去自由的情况下，也依道德行事是有价值的
随着自由的减少，道德责任也在减少	为获得价值而进行的斗争可以导致不道德的行为，这本身就是一种奴役形式
伟大的品格（诚信）源自知道生也有涯时做出的一系列道德选择	伟大的性格来自关键时刻的选择

与存在主义准则一样，戏剧性的故事法则定义了一个角色到底是谁，不是通过她的自我启示，而是通过她采取的证明了她的自我启示的新的道德行为。

《罪与罚》

正如埃德加·爱伦·坡创造了侦探故事，玛丽·雪莱创造了超凡脱俗的恐怖故事，费奥多尔·陀思妥耶夫斯基创造了史诗般的犯罪悲剧，《罪与罚》定义了罪犯英雄的故事的节拍，这种形式在三个方面超越了犯罪类型：

1. 通过将其提升到悲剧的高度。
2. 通过探索社会道德规范的本质。
3. 通过强调法律犯罪和道德犯罪之间的根本区别。

要了解《罪与罚》为何是一个革命性的故事，就必须参照1859年出版的查尔斯·达尔文的《物种起源》，以及在那之前大约20年爱伦·坡的故事来看待它。我不知道陀思妥耶夫斯基是否知道这两本书，但它们在思想史上形成了明确的模式。

爱伦·坡写的是思想的力量，包括有意识的和无意识的思想，以及思想通过内疚攻击自己的方式。达尔文的书将人类从高于动物的地位拽下来，并削弱了道德的神性基础。陀思妥耶夫斯基扩展了爱伦·坡的作品，并试图对抗达尔文的在神学方面的影响。

在《罪与罚》开头所表达的社会道德观与我们前面谈到的犯罪故事类型相似。这个社会的法则是循规蹈矩的、专制的、等级森严的、重复的、沉闷的。此外，一个庞大的底层社会陷于极端贫困之中。英雄罗季昂·拉斯柯尔尼科夫极度聪明而又极度贫穷，这是一个致命的组合。他拒绝了社会上明显有缺陷的道德，取而代之的是他自己的有缺陷的道德准则。他的法则是虚假的超人的法则。他做了一个实验，在实验中杀死一个“无用”的老妇人以证明大众的无用性及自己的优越性。

这个故事的前提有一个很大的弱点。杀死一个无辜的陌生人可以证明自己在智力和道德上优于其他人。这种想法非常愚蠢而且不道德，但让我们先把这个问题放在一边。

广泛道德价值观的捍卫者是调查谋杀案（实际上是两起谋杀案）的警察，波菲里·彼得罗维奇。就像《冰血暴》中的玛吉·冈德森一样，他是一个普通人，但工作能力极强。他也是拉斯柯尔尼科夫哲学斗争中的对手。

与典型的犯罪故事中的英雄的行为不同，拉斯柯尔尼科夫在打败警察方面并没有什么作为。事实上，他的许多行为都表明了他犯了罪。这不是一个像托马斯·克朗那样的犯罪高手，托马斯·克朗想揭露当局的无能，证明自己的聪明才智，而拉斯柯尔尼科夫是一个被深深的内疚所麻痹的人。正如典型的犯罪故事中，警察很快就知道是谁干的，波菲里似乎没做什么调查，但他和凶手之间的猫鼠斗争并不是体力上或战略上的，而是哲学上的。

这个故事花在侦破犯罪机制上的时间相对较少。相反，它主要是拉斯柯尔尼科夫与自己和他所爱的人之间的道德和情感斗争。

> **要点：** 在《罪与罚》中，拉斯柯尔尼科夫的内心就像法庭，他在这个法庭上对自己所犯的道德罪行进行判决。

《罪与罚》中行动的顺序不是常见的，并不是英雄在故事的过程中变得越来越不道德。相反，他从一个不道德的杀手变成了一个有道德的忏悔者。

道德故事节拍：盟友的攻击——羞耻和内疚

在故事的中间部分，英雄的盟友攻击她，并表示他虽然与英雄的目标一致，但认为她为实现目标而采取的行动是不道德的，必须停止。

他解释了为什么英雄的行为是错的，会造成伤害。但英雄此时并没有听进去，而是试图为自己的行为辩护。

道德艺术中的“盟友攻击”步骤既来自外部的道德攻击，也来自内部的攻击，即羞耻与内疚。羞耻与内疚是作为具有自我意识的动物的两个负面感受。内心因失败而惩罚自己，并徒劳地试图平衡道德账目。

当个人感到羞耻与内疚时，她不需要社会道德体系的捍卫者来批评她的不道德行为，她自己就能很好地批评自己。此外，羞耻和内疚还是源源不断的礼物。当别人来惩罚她时，她觉得自己已经还清了债务，这一页终于可以翻过去了。

> **要点：**当个人通过羞耻和内疚来攻击自己时，无论她如何努力，都是不够的。

与爱伦·坡的《泄密的心》一样，《罪与罚》中驱使英雄坦白的原因不是因为警方的出色调查表现，而是因为压倒性的恐惧、偏执和对杀人的愧疚。因此，《罪与罚》是伟大的“内疚文化”故事之一（见第六章“科幻类型”）。约30年后，这些故事在亨利克·易卜生（Henrik Ibsen）的戏剧中达到了顶峰。

> **要点：**在《罪与罚》中，内疚就是惩罚。

《杀手没有假期》

在这个高级道德论证的精彩场景中，英雄肯和对手哈利争论善与公正、相对与绝对的问题。

哈利：让我理理。你不仅拒绝杀了那男孩，甚至还阻止了男孩自杀。他自杀了明明就解决了我的问题，也解决了你的问题，也可能解决了那个男孩的问题。

肯：自杀解决不了他的问题。

哈利：肯，如果我杀了一个小孩，不管是意外还是其他原因，我都不会多想，我他妈当场就杀了自己，就他妈的当场。我会把枪塞进嘴里，就他妈当场。

肯：这是你，哈利。那男孩有能力改变。他的人生还可能去做一些体面的事情。

道德故事节拍：战斗、道德上的自我启示和道德决定

道德准则中的"战斗"时刻是指：个人看到了价值观体系的深层冲突，并必须决定采取何种行动方案的时刻。

当个人看到自己的行为对他人的影响时，道德上的自我启示就会发生。如果启示是负面的，个人会意识到："我亏待了他们。我不能为所欲为。我必须做出补偿，以平衡道德账户。"

这场"战斗"是情节的漩涡点，它使剧情在接近尾声时加速发展。同样，英雄最后的道德决定是主题的漩涡点，它阐明了至少在这种情况下，哪种生活方式是最好的。

技巧：最后的决定

不管价值观的冲突有多复杂，最后都要把它归结为一个决定。所有可能的生活方式都归结为 A 或 B 这两个选择。

做道德决定时，个人首先对目的和方法（自我启示）进行计算。然后她选择了她认为有最大价值的东西，不仅对她自己，对他人也是如此。

要点：无论她做出哪种选择，一个道德决定必须有两个要素：它必须影响他人，而且必须涉及个人的牺牲。

道德决定是道德准则的高潮，也是任何超越性犯罪故事的高潮。它的主要价值在于，它是通过结构来表达主题的最佳方式。它将复杂的主题简化为两个选择：英雄要么这样做，要么那样做。

在导致拉斯柯尔尼科夫道德上的自我启示和决定的最后一系列动作中，陀思妥耶夫斯基很容易让自己不认罪。首先，其他人已经认下了这桩罪行。其次，那个偷听过拉斯柯尔尼科夫认罪的人自杀了。

当拉斯柯尔尼科夫在警察局得知那人自杀的消息后，他离开了，显然他自由了。但他所爱的女人索尼娅却在那里等着他，她曾敦促他认罪。他的道德自我启示来自看到她的目光、她的善良和正直。他的道德决定是回到警察局自首。

拉斯柯尔尼科夫的道德上的自我启示并不完整。因为他是在别人已经认罪之后才认罪的，他只被判了 8 年的监禁。而他预谋杀害了一个女人，并杀害了另一个看到他这样做的人。对我来说，这是严重的司法不公。

也许这就是为什么即使蹲了监狱，拉斯柯尔尼科夫也不能为自己的罪行承担全部责任。但在索尼娅的爱和帮助下，他终于看到了曙光。

《杀手没有假期》

《杀手没有假期》的结尾是所有故事中道德准则、道德主张和诗意的正义的最佳示例之一。为了了解如何以最高水平工艺执行这些先进的技术，让我们仔细看看这部影片的自我启示和道德决定。

结局的力量来自老板哈利在故事初期说过的道德准则。

哈利：肯，如果我杀了一个小孩，不管是意外还是其他原因，我都不会多想，我他妈当场就杀了自己，就他妈的当场。我会把枪塞进嘴里，就他妈当场。

战斗和肯的道德决定1：最后的战斗发生在塔顶。肯希望哈利杀了他，因为他没有按指令杀死伙伴雷。当哈利的枪口对准他时，肯做出了他的两个道德决定中的第一个。他把枪放在窗台上推给了哈利。

要点：肯接受了哈利对自己的道德清算，但没有接受对雷的道德清算。

肯：哈利，我欠你的。因为过去我们之间发生的一切事情，我毫无保留地爱着你。

(哈利放低了他的枪。)

哈利：什么？

肯：因为你的正直，因为你的荣誉，我爱你。那男孩我必须放走，必须给那男孩一个机会。为此，我不得不说，去你妈的。去他妈的我欠你的，去他妈的我们之间的一切。这就是我必须做的事。我不会和你对抗。而且我完全接受你要做的一切。我接受，完全接受……

哈利：你以为你说这些该死的东西，我现在他妈的就不能向你开枪了，是吗……

(哈利对着肯的腿开了一枪。)

哈利：你以为像《拿撒勒的耶稣》里的罗伯特·鲍威尔那样站在那里，我就不会对你做什么了？

哈利和肯做了一笔交易，债务被抹去了，账目扯平了。

要点：接下来的内容是电影史上最超凡脱俗的场景之一。每个小说家都应该仔细研究。

哈利正扶着被打伤腿的肯下钟楼的台阶。埃里克跑到他们身边，告诉哈利，雷就在钟楼下的街上。

哈利的道德决定1：突然，交易取消了。哈利打破了他刚刚与肯达成的协议。他现在准备去杀了雷。肯去拿他的枪，但哈利先拔出了他的枪。两人扭打起来。哈利太强壮了。他把枪转向肯，开了枪，射中了肯的脖子。

哈利对自己的所作所为感到震惊，但还是回归了他的道德准则。“我很抱歉，肯。但你不能杀了一个孩子还希望逃脱罪责。你不能。”

肯的道德决定2：哈利跑下台阶，而肯拖行着他虚弱无力的身体，他身后的地板上留下一大片血迹。他的计划是向塔下的雷喊话，警告他有危险。但当肯挣扎着爬到塔楼的窗前向下看时，发现下面的整个广场被一片浓雾紧锁。

他该怎么办？与此同时，在广场上，雷与他的新女友正坠入爱情的迷网中。当哈利匆匆走下台阶时，肯把他的枪塞进大衣里，拿出一把硬币，让它们像雨点一样落下。起初我们不知道他这么做的目的，但随着硬币从天而降，人们退开，雷和他的女朋友也注意到了。然后肯站在窗台上，坚定地从塔顶跳了下去。

他的身体重重地砸到了石质地板上。雷冲向他的朋友。令人难以置信的是，肯仍然活着。“哈利在这里，拿着我的枪。”说完这句话后，他死了。但枪在坠落过程中已经断裂。

为了救雷而跳塔自杀，肯做出了最终的道德决定和牺牲。这具有宇宙逆转的力量。

哈利的自我启示和最终的道德决定：现在是主要对手的自我启示和道德决定。哈利在布鲁日的街道上追杀雷。最后，他把雷困在一个广场上，那里有一个摄制组正在拍摄一部电影。其中一个演员是侏儒，打扮成一个小学生。在之前的故事里，雷认识这个侏儒。已经中枪的雷踉跄着向前走，他看到这个侏儒的背影，认为是他射杀的那个小男孩的鬼魂。

雷：那个小男孩。

哈利：对，雷。那个小男孩。

哈利在雷的背后又开了三枪。雷努力爬向那个侏儒，侏儒也被哈利的一颗子弹击中了。哈利以为自己误杀了一个孩子。

哈利：啊，我明白了。

基于这种自我启示，面对自己的道德准则，哈利把枪放进嘴里。

雷：他不是……

哈利：你必须坚持你的原则。

他把枪放回嘴里，打爆了自己的头。

哈利的自我启示："啊，我明白了。"这正说明他在自己的原则中过于死板。但这些原则是绝对的，已经成为凝筑在他心中的意识形态。哈利不能改变。他必须按照他的法则行事，因此做出了最后的道德决定——自杀。

> **要点**：为了在最后执行重大的道德决定，角色必须在故事的早期明确表达他们的道德准则。

这个结果是诗意的正义的伟大范例之一。编剧、导演马丁·麦克唐纳（Martin McDonagh）对雷杀死男孩的道德模糊性进行了重新创造。现在，借由自己的手，哈利必须接受他对雷所要求的同样的正义。

这是伟大的写作，它使《杀手没有假期》成为有史以来最好的超越性犯罪故事之一。

道德故事节拍：主题启示

主题启示是指道德准则上升到另一个理解层次。道德准则不再局限于一个人的自我启示，而是不断发展，成为所有人如何道德生活的准则。

> **要点：**在有主题启示的故事中，平衡账目可能涉及诗意的正义，也就是对该罪行的相应偿付。

让我们看看道德的故事在这两个主要的超越性犯罪类型中如何体现：犯罪悲剧史诗和犯罪黑色喜剧。

犯罪悲剧史诗和犯罪黑色喜剧：道德的故事

对于一个想把自己的生活变成艺术作品的人来说，制定道德准则是重要的步骤。但它并不是绝对的。个人道德准则的最大危险是，个人会认为自己是一个比其他个人“高”的人，从而采取不道德的行为。这种情况发生时，我们就会得到一个超越性犯罪悲剧史诗或犯罪黑色喜剧。

犯罪悲剧史诗

我们在前面提到，超越性犯罪类型在《罪与罚》中首次作为悲剧出现。这部小说后来成为现代犯罪故事的典范。超越性犯罪故事的悲剧版本描写了作为英雄的犯罪大师通过犯罪来证明社会制度的浅薄，或因一时的软弱而犯罪。

> **要点：**悲剧是关于失去潜能。因此，悲剧来自一个事实，一个明显高人一等的人会把自己的伟大浪费在这种徒劳和具有破坏性的尝试中，以证明自己比别人优越。

通过加入史诗，这种犯罪类型的子类型突出了整个国家的道德体系。

要点：犯罪悲剧史诗详述了重新创建一个更好的道德体系的艰难。它强调了道德本身是一种艺术和故事的形式，但也强调了道德是如何僵化、难以改变的。

《圣经》中的许多故事，特别是《旧约》中的故事，都是犯罪故事，都是关于道德的罪行和惩罚。

摩西的故事是超越性犯罪故事，采用了史诗神话类型结构。摩西的个人旅程也是一个民族的旅程。通过他作为一个领导的发展，他的社会获得了一个新的道德体系，并崛起为一种新的民族。

但正如任何犯罪故事一样，人们必须为这种新的道德礼物付出代价。犹太人在奴役中开始了他们漂泊四十年的旅程。这些不仅仅是为了显示他们是迷失的民族的情节，也表明他们正在为自己作为违法者所犯下的罪行付出代价。

当上帝——这个系统的道德仲裁者，确定他们已经为自己的罪行付出了合理的代价，上帝认为他们配得上一套新的律条，即《十诫》。这些律条将阐明每个人一生中的道德责任。但是，当摩西看到在自己离开后，他的人民陷入新的道德堕落时，他立即摔碎了《十诫》石板。

《罪与罚》中所描述的俄国社会和文化，是“僵化和难以改变”的缩影。某种程度上，这就是拉斯柯尔尼科夫试图揭露其缺陷的做法是反动的，并且做法本身具有严重的缺陷的原因。陀思妥耶夫斯基的解决方案是回到基督教的绝对价值体系，仿佛只有这样才能解决现代价值观的危机。

事实上，推动拉斯柯尔尼科夫接受这一道德体系的主要人物是索尼娅，一个因贫穷而被迫卖淫的女人，这具有很大的讽刺意味，她是利用基督所说的“我们中最坏的人”来说明问题的又一例证。在陀思妥耶夫斯基看来，正是索尼娅不顾社会的残酷和她自己的“堕落”而表现出的坚定信仰，证明了这个道德体系是多么正确。

20 年后，尼采提出这样的观点：基督教本身就是一种艺术形式，正是因为奴隶没有权力，所以才创造出基督教这一答案。尼采还提出了一个问题：如果不使用群体的道德体系，那么我们应该使用什么？他的答案不是像拉斯柯尔尼科夫那样的虚假的超人，而是一个真正的“超人”（Overman），即艺术化的人类，他把他人当作道德上的平等者，认为他们有权“超”过自己，追求美好人生。

《赎罪》：不可能的赎罪

有人认为，写一部现代悲剧是不可能的。问题在于：普通人怎么可能遭受悲剧性的堕落？陀思妥耶夫斯基试图回答这个问题，他定义了犯罪悲剧史诗，一个具有非凡智慧和潜能的英雄因犯下毫无意义的谋杀而毁掉这一切。

《赎罪》（*Atonement*）是一部现代悲剧，将史诗般的犯罪悲剧类型与爱情类型相结合。故事从一个不道德的事件开始。这事件破坏了两个人的生活，并使第三个人陷入困境。罪犯是13岁的布里奥妮・塔利斯，她无中生有地指控她姐姐的男友强奸了姐姐。随后，故事上演这个决定是如何影响到这个被冤枉的男人、他所爱的女人以及提出指控的女孩。

布莱奥妮的借口是什么？是命运吗？是定数吗？悲剧事件的发生是有原因的吗？她是不是根本不了解性行为？我们可以为她开脱，说她年纪还小，她很生他的气，她不是故意要让事情失控的。但这些都不重要。“性格即命运”，而她的性格，她的诚信，是有缺陷的。

《赎罪》中讲故事的关键技巧是让人意想不到谁在讲这个故事。直到最后，这个故事似乎都是关于那个被冤枉的男人。但他并未行不道德之举。说谎的是那个女孩。她才是那个应该赎罪的人，必须以某种方式解决道德秩序中的不平衡问题，这种不平衡已经持续了六十年。

最后，布莱奥妮试图通过另一种选择来赎罪：将所发生的事情写成小说，并为之负责。故事的结尾是她作为一个老妇人因她的小说《赎罪》接受采访。现在，她将努力讲好这个故事，通过虚构给予这对苦命的恋人从未拥有的生活。她讲这个故事是为了道歉，尽管在这一生中，有一些道德欠债是永远无法偿还的。

悲剧的是，一切都太晚了。布莱奥妮无法让这对苦命鸳鸯回来，而这也毁了她的生活。这就是令人心碎的悲剧，一切“本可以”，但没有。作家用爱情故事的形式进一步加剧了悲剧性。这不仅仅是关于不道德行为如何对这些人造成伤害，还是关于它如何阻止了伟大爱情的绽放。

犯罪黑色喜剧

真正的悲剧在任何类型的现代故事中都是罕见的，所以现代版本的超越性犯罪通常是以黑色喜剧的形式完成的。此类示例有《绝命毒师》、《血迷宫》、《杀手没有假期》、《好家伙》、《冰血暴》（电影和电视剧）和《老无所依》。

要点：黑色喜剧版的超越性犯罪展示了道德准则如何成为一种破坏性的制度。它追踪了一个故事，故事中极端的激情与匮乏的知识相结合创造了一个致命的世界和一个向下的循环，甚至爱也能杀人。

《寄生虫》是一个超凡脱俗的犯罪故事，它平衡的是腐败的资本主义 / 阶级制度内在固有的账目。这部影片的元素可以追溯到《罪与罚》和《天国与地狱》。影片使用的结构序列类似于古老的谚语：“因为缺了一颗马蹄钉，而掉了那块马蹄铁……”[1]这里的独特之处不是犯罪或惩罚，而是导致惩罚的那滑稽的因果链。

作为一部超凡的犯罪黑色喜剧，《绝命毒师》的艺术成就再怎么夸都不为过。它是有史以来最好的电视剧之一，也是 21 世纪伟大艺术作品之一。超越

1 儿歌*For Want Of A Nail*（《一颗马蹄钉》），被用来说明细节决定成败。
因为少了一颗马蹄钉，而掉了那块马蹄铁。
因为掉了那块马蹄铁而失去了那匹马。
因为失去那匹马而缺了那个骑兵。
因为缺了那个骑兵而输了战役。
因为输了那战役而丢了整个国家。
悔之晚矣！全是当初少了一颗马蹄钉。

性犯罪类型作品，无论是悲剧史诗还是黑色喜剧，都涉及一生中的道德核算：你一生中欠别人的和别人欠你的，而有生死存亡是赌注。

《绝命毒师》的故事情节是通过一场可怕的错误喜剧，大规模地上演因果报应。在人生的大资产负债表中，我们必须偿付债务。而如何偿付、什么时候偿付，我们不得而知。让我们来看看高中化学老师沃尔特·怀特的资产负债表。

他被欠了什么：

- 沃尔特觉得自己被骗走了在价值数十亿美元的化工企业中所占的股份。因为被称赞是个天才，所以他认为自己是个天才，理应成为一位富有的商人。
- 因为他患有癌症，他认为自己有权利制造和销售毒品，这样他的家人在他死后就能得到照顾。

他所欠下的：

- 他正在制造高级冰毒，这种毒品对使用者具有毁灭性。
- 一个敌对团伙杀死了他的一个卖家，康博。
- 他让他搭档的女朋友死去，而他本可以救她。
- 他杀死了无数的人，有些是有罪的，有些是无辜的。有些是有预谋的，有些是由于疏忽。

编剧是如何通过角色和情节来表现这种道德账目的？

英雄沃尔特·怀特是一个复杂而矛盾的人物，我将其简要定义为具有高度分化的道德准则的人。在许多方面，沃尔特是一个好人。但他也做了一些可怕的事情，他用剧中的一句宣传标语将这些事情合理化：“你做了为保护家人必须做的事”。

要点：由于英雄一开始是一个正常的、有道德的人，观众不能用对犯罪或黑帮分子的刻板印象去看待他。

这不是《教父》或《黑道家族》。沃尔特不是一个帮派分子，不是“那些”人。在美国黑帮故事中，“那些”人是贫穷的意大利裔美国移民的代号。观众看到的是，沃尔特就是我。他和我一样“正常”。所以我，也就是观众，跟他是一路的，与他产生了共鸣。

《绝命毒师》伟大的关键之一是沃尔特的性格变化被嵌入该剧最初的设定中。该剧创作者文斯·吉利根（Vince Gilligan）说：“对我来说，有趣的是一个正直的角色决定在他的生活中做出彻底的改变，从一个主角变成一个反面人物。”他在向索尼影业提出的最初建议中说：“贯穿整部剧集，我想把契普斯先生[1]变成疤面煞星[2]。”

《绝命毒师》是一部从一开始就确定了结束点的连续剧。这在电视剧中是罕见的，它给该剧提供了一个漩涡点，每一集都不可避免地聚焦到这个终点。每一集通过剧情的发展来展现变化。

要点：整部剧表达了我认为的所有故事中最重要的技巧：情节来自人物。

沃尔特开始时是一个聪明但不善言辞的普通人。但他变成了一个沉迷于挣大钱和玩智力游戏的人。他的性格在整个剧集中从不善言辞到自信满满，再到

1 契普斯先生是英国作家詹姆士·希尔顿（James Hilton）的小说《再会，契普斯先生》（*Goodbye Mr Chips*）中的英雄，小说娓娓道来一个普通乡村教师极其平凡的一生。契普斯先生性格忠厚耿直，知足常乐，有些小迂腐，又不失人情味，他特有的契普斯式幽默更是让人印象深刻。

2 阿尔·卡彭（Al Capone, 1899—1947），美国黑帮成员，因斗殴被对手打伤脸部留下疤痕，而拥有“疤脸”的绰号，阿尔·卡彭是20世纪20—30年代最有影响力的黑手党领导人。1932年，霍华德·霍克斯以他的生平为基础拍摄了著名黑帮片《疤面人》。1982年，布莱恩·德·帕尔马也拍摄了一部著名黑帮片《疤面煞星》。

觉得自己是个艺术家，自称为主厨版的海森堡（量子力学的杰出天才之一）。

要点： 沃尔特开始时是杰基尔博士（Dr. Jekyll），后来变成了杰基尔博士和海德先生（Mr. Hyde），而在该剧集的最后，他只是海德先生。[1]

除了其独特的前提和复杂的角色，《绝命毒师》能成为有史以来最好的节目之一的一个重要原因是编剧在整季中排列情节的能力。在一个具有连续结构的节目中，这可能是电视编剧所能拥有的最重要的才能。

要点： 电视中的系列故事结构改变了节目的计量单位，从一集变为一季，一切都是为了构建故事，为剧集打造一个高潮迭起的季终集。《绝命毒师》的编剧按顺序创建道德决定，它们一个比一个糟，每况愈下。

像《黑暗骑士》一样，每一季的情节主要取决于英雄的道德决定的顺序。沃尔特的道德决定逐渐变坏，我们看着他的通往地狱之路被一砖一瓦铺开。

要点： 犯罪是编剧用来对这个常人进行一系列道德考验的手段，当他们慢慢地收紧道德钳子时，这个人失败了，没能通过道德考验。

沃尔特从杀了一个人但情有可原，到任由他搭档的女友窒息而死，到有预谋地杀死一些人。

---

1 杰基尔博士和海德先生出自19世纪英国作家罗伯特·路易斯·史蒂文森创作的长篇小说《化身博士》，书中塑造了文学史上首位双重人格形象，后来“杰基尔和海德”（Jekyll and Hyde）一词成为心理学“双重人格”的代称。

合作编剧乔治·马斯特拉斯（George Mastras）说：“我们最大的争论之一是关于杰西的女朋友，当沃尔特让她窒息时。我们能在多大程度上把这家伙推向黑暗而不失去观众？他这样做仍然是出于好的理由，但他在做可怕的事情。”

这可能是这个或任何伟大的电视剧集的关键台词：我们能在多大程度上把英雄推向黑暗而不失去观众？

在这部犯罪黑色喜剧的杰作中，最后的道德核算是什么呢？沃尔特试图平衡账目的行为破坏了他和家人之间的爱，导致他和无数人的死亡。

阶梯的下一个梯级

犯罪类型的人生哲学强调了我们的生活是建立在法律社会之上的。而合法的东西不一定是合道德的。它为我们提供了评估目的和手段的原则，但它并没有给我们提供如何驾驭日常生活中道德的众多细节。

为此，我们必须看向喜剧类型。

8

Comedy: Manners and Morals

喜剧类型：礼仪和道德

喜剧类型：运作原理

有些类型是基于一种个人对世界产生的原始情感，例如，恐怖类型和惊悚类型就是建立在恐惧之上的。由于喜剧类型强调人类的无能，它建立在一种身体的优越感之上。喜剧想要取笑、嘲笑他人。

因此，要理解喜剧，我们必须从什么引发了笑开始。笑来自人类的推想能力，即看到理想与现实之间的落差。

当一个人瞬间从崇高的理想跌落至低等的现实状态时，笑就会产生，但不会太多。当我们瞬间看到理想与现实之间的差异，而且它并不可怕时，我们会笑。

"不过分"是一个关键的限定词。如果一个人踩到香蕉皮，一屁股滑倒，这很有趣。但如果他踩到香蕉皮滑倒，脑袋摔破了，那就不好笑了。

哲学家亨利·柏格森（Henri Bergson）提出了关于喜剧的最精辟的见解之一。他解释了什么使人发笑。

> **要点：**柏格森说，每当我们看到另一个人以三种基本方式被削减时，就会产生笑这种身体反应。这三种基本方式是：动物、儿童或机器。

> **要点：**这个分析中隐含的意思是，我们把其他人看作是被象征性地削减了的角色。

让我们来定义这三种"喜剧落差"（comic drop）：

- 人们在进行人类与动物共有的基本生理功能时，"动物幽默"就会发生。这方面的例子有"厕所幽默"和任何涉及性的"黄色笑话"。
- "儿童幽默"发生在一个成年人表现得像个孩子的时候。更普遍地说，当某人的反应中含有的情感比正常情况下需要的情感更多时，就会发生这种情况，例如，哭泣、惊慌或发脾气。

- “机器幽默”发生在某人表现得像一个物体或机器的时候。更广泛地说，它发生在某人的反应中含有的情感比正常情况所需的情感更少的时候，例如，冷幽默或“面无表情”。机器喜剧是儿童喜剧的反面。这一区别对许多喜剧故事的设置来说至关重要。

喜剧类型的思想—行动故事观

与神话类型一样，喜剧类型可能是最古老的可识别的故事类型。然而，在作为人类思想行为表达的类型演变中，喜剧类型是一个相对较晚的类型。为什么？因为它展现的是发展完备的、成熟社会中的人。

喜剧的思想—行动故事观是关于心智的缺陷、人们的不良行为以及社会制度的不公的。如果科幻类型关于社会如何运行，喜剧类型则关于社会如何运行不力。它关于人们是如何将事情搞砸的。

喜剧是实用道德的故事形式。它告诉我们，日常的道德从来不是纯粹的或一尘不染的。实用道德总是充满了冲突。

喜剧有其特定的基调、故事结构和哲学。喜剧的基调始于痴迷：对目标、追求和斗争的热情。喜剧提升了个人欲望的强烈程度，以至于让它变得荒诞。

为了达到目的，这个人物要装点门面，为自己编织谎言。她把自己搁在一个高架上，装腔作势。除了幻想类型之外，喜剧相较其他任何类型，其思想的投射力都更进一步。投射的自我、理想的自我与真实之间的差异是极端的。

具有讽刺意味的是，这个人物矫饰的外观非但没使她在社会上更加成功，反而增加了她的孤独感。然后，喜剧故事结构跟踪了英雄从孤立无援走向婚姻和共融的情节节拍。

这一过程反映在喜剧的整体故事策略中，即卸下英雄为在工作和爱情中取得成功而制造的假面。

喜剧的更深层主题是包容，也通过调性和结构表达出来。虽然人物执着于实现目标，但喜剧调性的潜台词却与执着相反。通过夸张的表现，喜剧在暗示，无论事情看起来有多糟糕，最终都会有一个好的结果。这种故事类型采用了双重攻击：它既嘲笑了信仰，也嘲笑了信仰的强度。

喜剧类型的生活哲学是所有类型中最独特的一种。从消极的方面，它认为：

- 个人是一个更大的社会整体的一部分，但大部分人都不知道每个人是如何影响整体的。
- 每个人都是一系列角色的集合。我们有一个真实的自我和真正的价值观，但也有一个我们投射的公众形象，我们通过这个形象来获得权力和名望。
- 人们所追求的东西相对来说是愚蠢的，并不像我们当初认为的那么有价值。
- 人们在行动上往往是无能的。
- 行动往往不会导致成功，偶尔还会导致事与愿违（这就是讽刺的定义）。
- 人们总认为自己学到了东西。事实上，他们还是老样子，一生都在重复同样的错误。

从积极的方面，喜剧类型的人生观认为：

- 在角色和伪装的表面下存在着共同的人性，使人们变得善良和有价值。
- 没有什么问题是不能解决的，起码我们可以嘲笑它。
- 偶像破坏者（iconoclast）或魔鬼都是有价值的。质疑和攻击制度最终是有用的，也是有创造力的。

- 不管我们搞砸了什么，社会将继续存在，生活也将继续。

要点：喜剧的观点是，摧毁虚假的支柱，就能以更好的方式重新创造社会。

因为个人与社会是如此紧密关联，破坏英雄的假面往往会引发假面团体的彻底毁灭。然而，不管怎样，每个人都活了下来，聚集在一起，以一种比从前更好的方式重新创造和更新了社区。

喜剧类型与其他类型的比较

可以说，喜剧自成一类，与其他所有类型都不同。部分原因是出于它的深层结构。

要点：喜剧类型是唯一通过削弱故事法则的每一个节拍而发挥作用的类型。

其他类型的作品都关于完成目标，而喜剧类型最有可能以目标的失败告终，或角色虽然无法胜任，但仍完成了目标。动作类型、神话类型和西部类型中，英雄完成了一个伟大的目标，而在喜剧类型中，英雄想要的东西被证明是毫无价值的。

此外，许多喜剧，特别是黑色喜剧子类型，故意剥夺了英雄的自我启示。与其他所有类型不同，喜剧类型是通过失败来实现自我启示的。

喜剧类型与戏剧

当我们将喜剧类型与戏剧相比较时，喜剧类型与其他类型之间的结构对比最为明显。这可能是故事中最古老的类型区别，可以用公元前 500 至公元前 300 年希腊黄金时代的微笑和皱眉的面具分别代表。戏剧过于宽泛，不能被认为是一个真正的类型，但某些特征总是存在的，而悲剧是其最高形式。

喜剧类型和戏剧之间的明显区别是调性。但许多喜剧在调性间来回游走。这些形式之间最重要的区别之一是结构。

古典戏剧跟踪了英雄在自我启示时的缓慢陷落和（通常是）上升的过程。与之相对，喜剧则表现为人物在故事进程中多次瞬间跌落。对作家来说，这意味着建立—跌落，建立—跌落，建立—跌落……如此往复。每次角色跌落下来的时候，都是一个笑点。

喜剧类型与恐怖类型

令人惊讶的是，喜剧类型与恐怖类型最为相似。喜剧可以被归类为后果较轻的恐怖类型。这两种类型都是通过削减角色来实现的。正如柏格森所指出的，当一个角色被削减为动物、儿童或机器时，我们就会笑。恐怖类型也将角色削减为动物和机器，但喜剧类型只有在让我们笑的时候才这样做。角色跌倒了，但她又回来了。恐怖将一个角色一路削减至死亡，再也回不来了。

如果说恐怖类型是关于恐惧的情感，那么喜剧类型则是关于蔑视的情感。恐怖将我们置于一个臣服的地位，喜剧则将我们置于一种主导地位。

小丑是喜剧类型和恐怖类型之间密切联系的完美体现。对某些人来说，小丑是一个看起来很荒唐的人物，其愚蠢的动作和各种滑稽的表演使他显得有趣。但对另一些人来说，他是一个异世界的外星人，他夸张的微笑无法掩盖其杀人的意图。《黑暗骑士》《小丑》中的小丑以及《小丑回魂》中的潘尼怀斯都是属于恐怖类型的小丑。

喜剧类型与动作类型

与喜剧类型相反的是动作类型。因为动作类型是关于人类行动的卓越性。动作类型英雄是懂得如何取胜的独行侠；而喜剧类型是关于那些动作最差的人，关于事情怎么、为什么总也不成功。喜剧英雄都是不称职的，在社会上很笨拙，但最终他却能让大家汇聚成为一个群体。

喜剧类型与神话类型

诺思罗普·弗莱（Northrop Frye）在其开创性的作品《批评的剖析》（*Anatomy of Criticism*）中，定义了现代类型出现之前主要故事类型的历史。这些类型之间的区别主要取决于推动行动的英雄的类型和力量，这与我们在“神话类型”一章中讨论的“存在巨链”理论有关。这些英雄的类型和力量是：

- **神话类型**：神
- **浪漫类型**：超级英雄
- **高模仿（high mimetic）类型**：英雄
- **低模仿（low mimetic）类型**：普通人
- **讽刺类型**：反英雄

在如今的故事中，前三种属于神话类型和动作类型。低模仿属于戏剧或喜剧类型。《堂吉诃德》是故事史上的一个重要转折点，从弗莱的英雄类型到讽刺类型。他是一个冒牌骑士，为了他的漂亮情人农家女杜尔西内亚的爱情，踏上了一趟与风车作战的滑稽神话之旅。

喜剧类型与科幻类型、犯罪类型

前两章中，我们谈到了科幻类型、犯罪类型是社会的首要类型。如果科幻类型是关于创造一个社会，那么喜剧类型则是关于生活在社会中并不断重塑社会的斗争。喜剧类型是幽默的犯罪类型，它们都涉及社会整体内的不道德和不公正。

喜剧类型示例

戏剧

《仲夏夜之梦》(*A Midsummer Night's Dream*)、《第十二夜》(*Twelfth Night*)、《无事生非》(*Much Ado About Nothing*)、《皆大欢喜》、《错误的喜剧》(*The Comedy of Errors*)、《不可儿戏》(*The Importance of Being Earnest*)、《糊涂戏班》(*Noises Off*)、《伪君子》(*Tartuffe*)、《吝啬鬼》(*The Miser*)、《沉默是针》(*A Flea in Her Ear*)、《荒诞的个人》(*Absurd Person Singular*)、《诺曼征服》(*The Norman Conquests*)、《屋外有花园》(*House and Garden*)、《一笼傻鸟》(*La Cage aux Folles*)。

小说和电影

《笨蛋联盟》(*A Confederacy of Dunces*)、《捉鬼敢死队》(*Ghostbusters*)、《阳光小美女》、《毕业生》、《律政俏佳人》(*Legally Blonde*)、《独领风骚》(*Clueless*，也是爱情类型)、《婚礼傲客》、《伴娘》(*Bridesmaids*)、《比佛利山警探》、《春天不是读书天》、《鳄鱼邓迪》(*Crocodile Dundee*)、《宿醉》(*The Hangover*)、《天才也疯狂》(*What About Bob?*)、《布达佩斯大饭店》(*The Grand Budapest Hotel*)、《杯酒人生》(*Sideways*，也是爱情类型)、《动物屋》(*Animal House*)、《空前绝后满天飞》(*Airplane!*)、《开放的美国学府》(*Fast Times at Ridgemont High*)、《摇滚万万岁》(*This Is Spinal Tap*)、《等待古夫

曼》(*Waiting for Guffman*)、《爱犬大赛》(*Best in Show*)、《超人总动员》(*The Incredibles*，也是神话类型)、《年少轻狂》(*Dazed and Confused*)、《怪物史瑞克》(*Shrek*，也是神话类型)、《奇爱博士》(*Dr. Strangelove*)、《矮子当道》(*Get Shorty*，也是黑帮类型)、《疯狂动物城》(*Zootopia*，也是神话类型和侦探类型)、《她的马拉松》(*Brittany Runs a Marathon*，也是成长类型)、《后裔》(*The Descendants*)、《BJ单身日记》(*Bridget Jones's Diary*，也是爱情类型)、《副总统》(*Vice*)、《大空头》(*The Big Short*)、《穿普拉达的女王》(*The Devil Wears Prada*)、《感谢你抽烟》(*Thank You for Smoking*)、《第二十二条军规》(*Catch-22*)、《陆军野战医院》(*M*A*S*H*)、《疯狂高尔夫》(*Caddyshack*)、《迷失的美国人》(*Lost in America*)、《颠倒乾坤》(*Trading Places*)、《妮诺契卡》(*Ninotchka*)、《午夜》(*Midnight*)、《你逃我也逃》(*To Be or Not to Be*)、《摩登时代》(*Modern Times*)、《船长二世》(*Steamboat Bill Jr.*)、《校园风云》(*Election*)、《苏利文的旅行》(*Sullivan's Travels*)、《我的戈弗雷》(*My Man Godfrey*)、《一夜风流》(*It Happened One Night*)、《热情似火》(*Some Like It Hot*)、《淑女伊芙》(*The Lady Eve*)、《二十世纪快车》(*Twentieth Century*)、《火球》(*Ball of Fire*，也是童话类型、幻想类型)、《我的爱妻》(*My Favorite Wife*)。

电视剧／节目

《消消气》(*Curb Your Enthusiasm*)、《欢乐一家亲》(*Frasier*)、《公园与休憩》(*Parks and Recreation*)、《足球教练》(*Ted Lasso*)、《都市女孩》(*Girls*)、《弗尔蒂旅馆》(*Fawlty Towers*)、《生活大爆炸》(*The Big Bang Theory*)、《马尔科姆的一家》(*Malcolm in the Middle*)、《老爸最知道》(*Father Knows Best*)、《蜜月期》(*The Honeymooners*)、《天才小麻烦》(*Leave It to Beaver*)、《丹尼·托马斯秀》(*The Danny Thomas Show*)、《我的三个儿子》(*My Three Sons*)、《安迪·格里菲斯秀》(*The Andy Griffith Show*)、《迪克·范·戴克秀》(*The Dick Van Dyke Show*)、《贝弗利山人》(*The Beverly Hillbillies*)、《家有仙

妻》（*Bewitched*）、《的士速递》（*Taxi*）、《糊涂侦探》（*Get Smart*）、《人人都爱雷蒙德》（*Everybody Loves Raymond*）、《废柴联盟》（*Community*）、《摩登家庭》（*Modern Family*）、《黄金女郎》（*The Golden Girls*）、《肥皂》（*Soap*）、《我本坚强》（*Unbreakable Kimmy Schmidt*）、《富家穷路》（*Schitt's Creek*）、《菲尔·西尔沃斯秀》（*The Phil Silvers Show*）、《鲍勃·纽哈特秀》（*The Bob Newhart Show*）、《荒唐阿姨》（*Absolutely Fabulous*）、《德里女孩》（*Derry Girls*）、《马男波杰克》（*BoJack Horseman*）、《美国囧案》（*American Vandal*，也是侦探类型）、《性教育》（*Sex Education*）。

喜剧子类型

浪漫喜剧（Romantic Comedy）、神经喜剧（Screwball Comedy）、幽默神话（Comic Myth）、动作喜剧（Action Comedy）、伙伴故事（Buddy Story）、旅行天使（Traveling Angel）、闹剧（Farce）、戏仿（Parody）、黑人喜剧（Black Comedy）、讽刺喜剧（Satire）、再婚喜剧（Comedy of Remarriage）。

喜剧故事概览

本章将述及的内容：

- **喜剧故事节拍**
- **主题：**存在就是在荒诞和笑声中生活
  - 主题秘方：成为自己之路
- **如何超越喜剧故事**
  - 黑色喜剧
  - 讽刺

喜剧故事节拍

喜剧故事的策略在于解决英雄在追逐目标时的弱点。从孤立和无能的位置开始，英雄谋划并制造出假面以提高其社会地位。最终，这些假面被揭下，但通常英雄还是会成功。

喜剧故事节拍：弱点—需求——喜剧落差

所有伟大的喜剧都来自一个伟大的喜剧角色。因此，作为作家，你必须问的第一个问题是："是什么成就一个好的喜剧角色？"

喜剧英雄是一个笨拙的人。因为笑声来自削减这一角色——"喜剧落差"，最有趣的英雄并没有意识到她是无能的。相反，她认为自己很酷。这种内在的伪装使你，也就是作家，可以在整个故事过程中多次设置，再将她推倒。

创造你的英雄和喜剧中所有其他角色的第一步是创造"喜剧落差"。也就是我所说的人物内部的"高低"。高是指伪装，你可以一次又一次地让这个人物从这个高度摔下去。低是人物的弱点，也是你在整个故事中创造笑料的首要方式。

喜剧故事节拍：角色网络——喜剧角色类型

有无数种可能的喜剧角色，但他们都来自一定的基本原型。让我们按社会地位从最弱到最强，来看看最重要的那些角色。我们将列出每个角色的高与低，以及这将如何转化为他们的心理和道德缺陷。

注意：一个角色可以是多个类型。

1. 书呆子、笨蛋、傻瓜或小丑

- 高：幻想她是浪漫的、成功的或酷的。

- 低：实际上是一个书呆子，无能，没有吸引力，或者是一个笨拙的人。
- 心理需求：获得自信和克服孤独感。
- 道德需求：鲜少存在，因为这个人物是一个受害者。
- 关键技术：这个角色必须认为自己很酷（或有能力或聪明），否则就不会有跌落。

此类示例包括《我爱露西》（*I Love Lucy*）中的露西·里卡多、《老友记》（*Friends*）中的菲比和乔伊、《捉鬼敢死队》中的路易斯·塔利［里克·莫兰尼斯（Rick Moranis）饰］、《小鬼当家》（*Home Alone*）中的罪犯、《亚瑟》（*Arthur*）、《乌龙兄弟》（*Tommy Boy*）、《公园与休憩》、《我为喜剧狂》（*30 Rock*）、《生活大爆炸》（*Big Bang Theory*）、《干杯酒吧》（*Cheers*）、《宋飞正传》和《废柴联盟》。

2．普通男人或普通女人

- 高：永远乐观，是个好员工，努力工作。
- 低：缺乏自信，被人欺负，或者在日常生活中得不到任何尊重。
- 心理需求：获得他人的信任和尊重。
- 道德需求：停止利用他人来获得成功。

此类示例有《月色撩人》（*Moonstruck*）、《四十岁的老处男》（*The 40-Year-Old Virgin*）、《飞越未来》、《拜见岳父大人》（*Meet the Parents*）中的男友、《美国丽人》（*American Beauty*）、《办公室》（*The Office*）（美国版）中的迈克尔、《迪克·范·戴克秀》、《蜜月期》、《宋飞正传》、《全家福》（*All in the Family*）、《黄金女郎》、《废柴联盟》、《肥皂》、《公园与休憩》。

3. 百事通

- 高：以浮夸的语气讲话，爱用专业术语和大词。看起来像个专家。
- 低：是完全错误的。
- 心理需求：破除他的优越情结。
- 道德需求：不再强迫他人以他 / 她的方式生活。

此类示例包括《天才也疯狂》中的心理学家、《阳光小美女》中的老爸、《安妮 · 霍尔》（*Annie Hall*）中艾维 · 辛格和教授、《新科学怪人》（*Young Frankenstein*）中的青年弗兰肯斯坦博士、《捉鬼敢死队》中的雷蒙德 · 斯坦兹博士［丹 · 艾克罗伊德（Dan Aykroyd）饰］和埃贡 · 斯宾格勒博士［哈罗德 · 拉米斯（Harold Ramis）饰］、《毕业生》中的成年人、《消消气》中的拉瑞、《欢乐一家亲》和《我为喜剧狂》。

4. 表演型

- 高：表面上真诚，热爱每个人，对自己的才华有很高的认识。
- 低：不真诚，在不需要情感的情况下过于感情洋溢或没有天赋。
- 心理需求：变得真诚。
- 道德需求：停止对他人撒谎。

此类示例包括《窈窕淑男》（*Tootsie*）、《安妮 · 霍尔》、《摇滚万万岁》、《我为喜剧狂》、《拉里 · 桑德斯秀》（*The Larry Sanders Show*）、《玛丽 · 泰勒 · 摩尔秀》（*The Mary Tyler Moore Show*）、《迪克 · 范 · 戴克秀》中的艾伦 · 布雷迪［卡尔 · 雷纳（Carl Reiner）饰］，以及马丁 · 肖特（Martin Short）所饰演的角色小杰基 · 罗杰斯。

5．公主

- 高：认为自己是完美的，世界围绕着她转。她完全摆脱了生活的艰辛和肮脏。
- 低：像其他人一样变得脏污、被虐待、被忽视。
- 心理需求：看到别人的观点，看到自己的缺点。
- 道德需求：学会帮助别人，特别是穷人。

此类示例包括《老友记》中的瑞秋、《干杯酒吧》中的黛安、《律政俏佳人》中的艾丽、《独领风骚》中的切尔以及《傻妹从军》（*Private Benjamin*）中的朱迪·本杰明。

6．贵族

- 高：富有的外表，只因为有钱有势就傲慢、势利。
- 低：当被剥光内裤、击倒，或者面对性或混乱时，他看起来很蠢。
- 心理需求：看到自己与他人平等；看到人的价值而不是物的价值。
- 道德需求：允许他人自由和自发地生活。

此类示例包括《阳光小美女》中的选美老板、《婚礼傲客》中的家庭、《律政俏佳人》中的华纳和薇薇安、《马克斯兄弟》（*Marx Brothers*）电影中的玛格丽特·杜蒙特、《疯狂高尔夫》中的斯梅尔法官［泰德·奈特（Ted Knight）饰］、《颠倒乾坤》、《汤姆·琼斯历险记》、《名利场》（*Vanity Fair*）、《傲慢与偏见》（*Pride and Prejudice*）和《爱玛》（*Emma*）中的富家兄弟。

7．懒汉或粗人

- 高：他所处的高级环境，以及这个角色是一个人并且是一个成年人。
- 低：肮脏、粗鲁、吵闹，暴露了他人虚假的优越感。
- 心理需求：克服自卑感。
- 道德需求：停止将自己的粗野强加给他人。

此类示例包括《波拉特》（*Borat*）、《布鲁诺》（*Bruno*）、《乌龙兄弟》、《福禄双霸天》（*The Blues Brothers*）、《动物屋》、《疯狂高尔夫》中鲁德尼·丹泽菲尔德（Rodney Dangerfield）饰演的角色、《妙婿向钱冲》（*Easy Money*）和《重返学校》（*Back to School*）。

8．骗子

- 高：假装自己阶层高、重要、知识渊博和无私。
- 低：在阶层、地位和知识方面都很一般，并且只为自己着想。
- 心理需求：克服对承诺的恐惧。
- 道德需求：停止撒谎和利用他人来达到自己的目的。

此类示例包括《捉鬼敢死队》中的文克曼［比尔·默瑞（Bill Murray）饰］、《婚礼傲客》中的约翰和杰瑞米、《律政俏佳人》、《陆军野战医院》中的捕手约翰和鹰眼、《颠倒乾坤》、《黑衣人》、《土拨鼠之日》、《比佛利山警探》和《菲尔·西尔沃斯秀》。

9．旅行天使

- 高：被传统、常规、官僚主义和假面所包围。

- 低：知道生活中真正的优先事项，尤其有能力享受乐趣并向他人展示自己的美好时光；也取笑富人和浮夸的人。
- 心理和道德需求：无——他们通常是完美的，因此没有心理或道德上的需求；如果有，就是要学习如何去爱。

此类示例包括《欢乐满人间》、《肉丸》（*Meatballs*）中的特里普（比尔·默瑞饰）、《春天不是读书天》中的菲利斯·布勒、《鳄鱼邓迪》、《欢乐音乐妙无穷》（*The Music Man*）、《乞丐皇帝》[*Down and Out in Beverly Hills*，翻拍自《布杜落水遇救记》（*Boudu Saved from Drowning*）]、《触不可及》中的德希斯、《浓情巧克力》（*Chocolat*）、《天使爱美丽》（*Amélie*）和《欢迎来北方》（*Bienvenue chez les Ch'tis*）。

喜剧故事节拍：激发事件——跳背游戏

激发事件是一个来自外部的事件，它导致英雄提出一个目标。

在喜剧中，这个目标创造了一条欲望线，它将给你一根强壮的脊柱，可以在上面挂上所有的噱头。噱头可以暂停故事情节，让我们看到人物的跌落。故事场景推动故事向前发展，给我们提供一条路线。

注意：喜剧写作中最大的错误是，在故事开始时将太多的笑话或噱头串起来。

这样做导致的结果是没有故事情节和叙事驱动。

技巧：跳背游戏

为了避免上述错误，我们要设置喜剧的欲望线：

第1步：使用你特定的喜剧子类型的故事结构节拍，例如，浪漫喜剧、神话喜剧、旅行天使等，来创造故事的整体脊柱。

第2步：在激发事件之后，以一个故事场景开始。这就启动了喜剧的欲望线。

第 3 步：运用跳背游戏的技巧：故事场景—噱头—故事场景—噱头—故事场景，一路到最后。

第 4 步：不要在没有故事场景的情况下讲太多笑话、抖太多包袱。

要点： 跳背游戏的技巧增加了叙事的动力，并创造了一部越往后越有趣的喜剧。

喜剧故事节拍：欲望——“晾衣绳”

为了创造故事线（或称“晾衣绳”）在上面挂笑话，你必须创造英雄的具体欲望。

技巧：危险的欲望

在故事的早期，给你的英雄一个总体目标，导致她在麻烦中越陷越深。而这些麻烦都是她的错。

一个让英雄陷入困境的欲望有三大好处：

1. 它提供了故事的主要骨架。
2. 它在人物身上创造了喜剧效果。
3. 这是在整个故事中创造笑料的另一种方式。

从欲望出发，你可以创造出角色拼图的其他部分。问自己这个问题：我的英雄到底想要什么？

《四个婚礼和一个葬礼》（*Four Weddings and a Funeral*）是一部浪漫喜剧电影，英雄想要赢得爱人卡丽。

《宿醉》是一部侦探 / 喜剧电影，英雄想要寻找新郎。

任何喜剧类型的一般目标都是为了获得成功或浪漫，并产生幽默的效果。

很显然，这十分广泛。因为喜剧类型的主题并不像其他类型那样由英雄的基本行动来定义，它是由英雄的行动方式来定义的。

技巧：强烈的欲望

喜剧的主题是关于想要太多的危险性。因此，英雄不只是想要他们的特定目标。他们应该**真的**想要它，并且愿意做任何事情来得到它。

技巧：强度与无能的对比

在设置情节时，尽量在欲望的强度与人物的无能之间建立一种对比。如果欲望的强度是 10，那么人物的能力是 1。

技巧：暴露无能的一面

这个目标应该迫使英雄采取他们最不擅长的行动。这将把英雄的缺陷与他们一路走来经历的各种噩梦联系起来。

喜剧类型情节的视觉形状：直线形、曲径形、分枝形和故事讲述者结构

理论上，喜剧类型可以采用任何故事形态，因为它可以与任何其他类型的故事相结合。但在实践中，基本喜剧类型通常采用直线形视觉形状。英雄有一个简单的目标，并采取激烈但无能的步骤来实现它。

神话喜剧类型采用曲径形视觉形状。

一个经常反应迟钝的英雄踏上了旅途，在乡间蜿蜒而行。此类示例包括《堂吉诃德》、《汤姆·琼斯》、《老实人》、《哈克贝利·费恩历险记》、《小巨人》（*Little Big Man*）、《银河护卫队》、《怪物史瑞克》和《阳光小美女》。

超越性黑色喜剧类型使用分枝的形状来显示整个系统的不合逻辑性和破坏性。

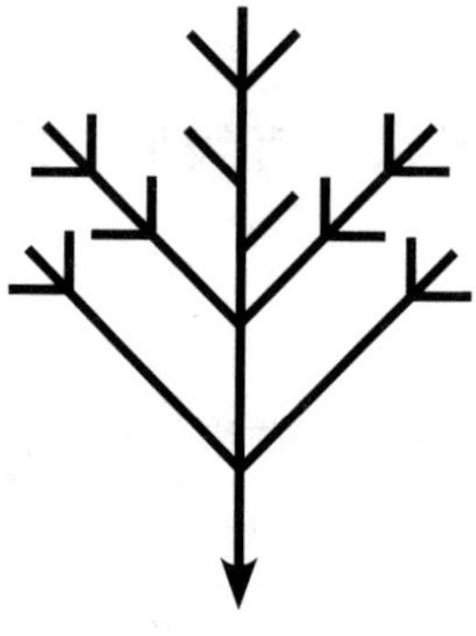

此类示例有《爱丽丝梦游仙境》、《第二十二条军规》、《电视台风云》、《好家伙》（也是黑帮类型）、《寄生虫》（也是犯罪类型）、《摇尾狗》（*Wag the Dog*）、《下班后》（*After Hours*）、《奇爱博士》和《高斯福庄园》（*Gosford Park*）。

讽刺爱情故事《安妮·霍尔》中的英雄用故事讲述者结构来纪念他的爱人。

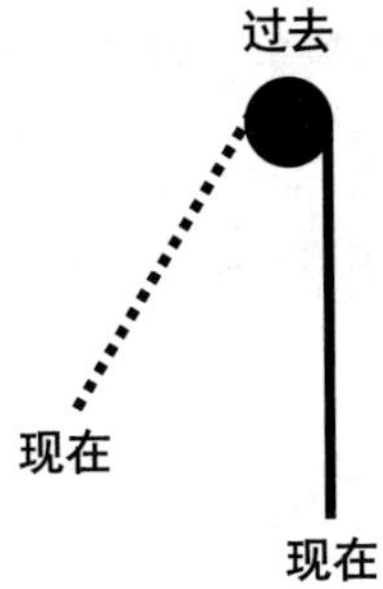

喜剧故事节拍：对立——四点式

对立是你在整个故事过程中创造喜剧的第三种主要方式。

> **要点：**伟大的喜剧中最重要的一个元素是英雄和对手（或其他英雄）之间的关系。

普通故事中的两点对立是英雄和主要对手之间的简单冲突。但这并不能提供足够的情节和笑料。喜剧本质上是社会性的，所以英雄和对手必须构成一个微观的社会。

> **要点：**喜剧的社会性决定了为什么这一类型的关键写作技巧是四点对立。

设置四点对立的方法有很多。最常见的是让英雄与一个主要的和至少两个次要的对手及他们的盟友对抗。在电视剧中，四点对立最常在剧中的四个英雄之间执行。

这种技巧在喜剧中如此有价值的原因是，它能成倍地增加冲突和情节。它还能让你从四个不同来源创造笑料。

喜剧中的主要对手可以是扮演任何社会角色的人。但通常是一些权威人物

和 / 或社会的代表。

为了获得最大的冲突和喜剧效果，对手应该在某些方面与英雄真正对立。

要点：这些喜剧性的对立必须在整个故事中持续存在。

有四种主要方式可以使人物持续对立：

1. 每个人都经历了一种喜剧落差：变成动物、儿童或机器。
2. 在权力和 / 或地位方面对立，如父母 / 子女、逃犯 / 警察、老板 / 工人、官员 / 公民 。
3. 性别相反。
4. 价值观和信仰的对立。

美国那些最好的情景喜剧的优势就在于成功建立了有喜剧效果的四点对立。基于三种主要的喜剧落差，《黄金女郎》建立了一个教科书级的四点对立：

- **布兰琪**：动物
- **萝丝**：机器
- **多萝西**：机器
- **索菲亚**：机器

《老友记》运用了基于喜剧落差和角色类型的六点对立：

- **瑞秋**：儿童公主
- **罗斯**：儿童书呆子
- **菲比**：儿童笨蛋
- **乔伊**：儿童笨蛋

- **莫妮卡**：机器
- **钱德勒**：机器

《办公室》的角色喜剧对立同样精彩：

- **迈克尔**：儿童
- **吉姆和派姆**：机器
- **安迪**：儿童
- **杜维特**：通常是儿童，偶尔是机器

《摩登家庭》改变了家庭情景喜剧，它在经典的男性主导的核心家庭基础上，创造了一个由三种变体组成的大家庭：

- **家庭 1**：老父亲与一个有孩子的年轻女人再婚。
- **家庭 2**：包括老父亲的成年儿子在内的两个男同性恋者，收养了一个婴儿。
- **家庭 3**：一个以女性为主的核心家庭，家庭中的母亲是老父亲的女儿。

《摩登家庭》采用了基于喜剧落差（动物、儿童或机器）、角色类型、性别、性取向和年龄的八点对立：

1. 老父亲杰：机器、家长、粗暴的祖父母角色类型。
2. 年轻的妻子格洛丽亚：孩子、性感公主。
3. 格洛丽亚早熟的儿子曼尼：像成人一样的孩子。
4. 杰的同性恋儿子米切尔：机器或儿童。
5. 米切尔的浮夸丈夫卡梅伦：儿童。
6. 杰的女儿克莱尔，她的家庭的老大：机器。

7. 克莱尔的丈夫菲尔：儿童和笨蛋。

8. 他们的三个孩子：儿童公主、机器二女儿、儿童儿子。

为了增强你故事中的喜剧对立：

1. 英雄有喜剧落差，同样每个对手也应该有。

要点：对手必须是自命不凡的，否则他就不会有趣。没有矫揉造作，他就只是强大的，不可能有喜剧落差。对手的喜剧落差来自他们的弱点—需求。

2. 让对手来势汹汹，但并不致命。

尽早确定这个人物可以给英雄带来巨大的麻烦，但不会带来剧烈的痛苦或死亡。正如我们前面提到的，如果这个角色跌落得太厉害，那就不好玩了。例如，《捉鬼敢死队》中的第一个鬼是可怕的，但实际上没有伤害任何人。

这一规则的罕见例外是黑色喜剧和犯罪喜剧。它们以一种特殊的方式处理危险的对手，尽管很紧张，但仍能让观众发笑。

3. 强调鲜明的对比。

例如，我们可以将大 / 小、新 / 旧、男性 / 女性、富 / 穷、乡村 / 城市进行对比。

4. 在对比鲜明的人物身上添加几组价值观。

这是赋予喜剧类型主题的关键之一。作为处理日常生活中的道德问题的故事类型，喜剧作品把价值观和人物置于冲突之中。价值观往往聚集成价值体系。最好的价值观对比是不同生活方式之间的对比。

要点：诀窍是将价值观与对立的角色联系起来。

例如，大 / 小。可能与“大”有关的价值观是，强势、权力和财大气粗。而与“小”相关的价值观是：机敏、狡诈和细腻。或者采用乡村 / 城市。可能“乡村”的价值观是：诚实、正派、爱国主义和努力工作，而“城市”的价值观是：快言快语、自信、金钱和自我优先。

要点： 将对立推向极致。换句话说，使人物和他们的价值观尽可能地迥异。

喜剧故事节拍：揭示——噩梦

来自人物的喜剧始于人物内心的弱点。好的喜剧往往会从这种弱点中制造出可怕的局面。在故事的进程中，这种可怕的局面逐渐形成。

这就是为什么喜剧类型的揭示几乎总是英雄的某种噩梦。她意识到可能发生的最糟糕的事情已经发生在自己身上，而且通常是对手造成的。

要点： 一部伟大的喜剧片并不是只有在结尾时有一个大噩梦。它是一连串的噩梦。

噩梦揭示示例：

- **《阳光小美女》**：他们的面包车坏了，他们不得不推车前行。
- **《婚礼傲客》**：格洛丽亚的哥哥把杰里米绑在床上，而她的父亲刚好来探望杰里米。
- **《天才也疯狂》**：电视采访中，马文害怕出现在镜头前，当鲍勃成为采访中的明星时，他的噩梦变得更糟。
- **《飞越未来》**：作为一个成年人在大城市的第一个晚上，乔希独自一人在一个破旧的公寓里。
- **《律政俏佳人》**：艾丽以为她的男友要向她求婚，但他却抛弃了她。

- **《土拨鼠之日》**：这部电影的结构是一个重复的噩梦。气象学家菲尔被迫重复同样的土拨鼠日，看起来是永远重复。每一天他都在经历同一噩梦的不同版本。

技巧：喜剧旋风

如果你希望在故事的高潮部分获得最大分贝的笑声，那么要尽可能多地安排喜剧噩梦，并让它们以越来越快的速度出现。这样一来，最终的噩梦将引发最大的笑声。

> **要点：**如果要确定较小的恶梦，就要弄清楚英雄不会做什么或害怕做什么。然后尽可能多地在故事进程中**以不同的形式**重复这一点，使之达到**越来越极端的程度**。

喜剧故事节拍：计划——骗局

具体的计划取决于英雄，她的独特目标，以及她要打败的对手。但一般而言，英雄用来取胜的策略来自任何喜剧中都有的整体故事策略：为了在职场和情场中取胜而乔装打扮、虚张声势。

因此，喜剧计划几乎总是涉及骗局与伪装。骗局是一个欺骗性的计划，英雄用它来击败对手，得到自己想要的东西。

创造一个好的骗局的规则：

- 让对手认为英雄在追求一个目标，而实际上他却在追求相反的目标。这就是一个关于欲望的骗局。例如，在经典的寓言故事《布勒兔》（*Br'er Rabbit*）中，兔子恳求熊不要把他扔到荆棘丛中，而这正是他想去的地方。
- 一个好的骗局不是一个单一的事件。它是一场**欺诈运动**，是一个需要很多场面才能完成的复杂计划。

- 把骗局尽可能延长至故事的结尾。

骗局见于《大鼻子情圣》(*Cyrano de Bergerac*)、《婚礼傲客》，《律政俏佳人》、《捉鬼敢死队》、《四十岁的老处男》、《比佛利山警探》、《土拨鼠之日》、《新科学怪人》、《芳心终结者》(*Heartbreaker*) 以及众多浪漫喜剧中。

计划：伪装和张冠李戴

伪装是用来在社会上取得成功的角色扮演。这是对每一部喜剧中角色已经在做的事情——装模作样——的**身体表达**。

一个好的伪装有四条规则：

1. 它应该以一种基本的喜剧方式让人物削减为，动物、儿童或机器。示例包括：

- 动物：《游戏规则》(*Rules of the Game*) 中一个穿得像头熊的男人，《仲夏夜之梦》中顶着个驴头的博特。
- 儿童：莉莉·汤姆林 (Lily Tomlin) 扮演的打扮成一个小女孩的伊迪丝·安。

机器：在《傻瓜大闹科学城》(*Sleeper*) 中，迈尔斯·门罗假装成一个机器人。

2. 找出角色最不想穿上但又能迫使他面对自己的弱点一需求的伪装。例如，在《窈窕淑男》中，沙文主义者迈克尔［达斯汀·霍夫曼 (Dustin Hoffman) 饰］不得不假扮成一个女人。

3. 一个角色特意采取的伪装应该是无法脱去的。换句话说，他是被困在了伪装里。《窈窕淑男》中，迈克尔不顾一切地想脱下他的伪装，这样他就可以和朱莉谈恋爱。但如果他这样做了，他就会失去他在日间肥皂剧中的工作。

4. 告诉观众他的伪装，使他们能同时看到他扮演的角色和背后的真实人物。

喜剧故事节拍：驱动——整体危险

当角色为达到目标而采取行动时（驱动），她必须经历真正的危险，即身体和 / 或情感上的危险，才能使喜剧发挥作用并持续下去。这在整个故事进程中都给英雄带来了压力。

注意：观众不能看到真正的死亡，否则喜剧调性就会被破坏。但如前所述，黑色喜剧和犯罪喜剧除外。但这两者都并不多见，也很难成功。

要点：危险往往是社会性的，以当众出丑的形式出现。在喜剧中，一个人能够得到的最大惩罚就是被公开羞辱和排斥。

此类示例包括《怪物史瑞克》、《婚礼傲客》、《土拨鼠之日》、《律政俏佳人》、《宿醉》、《颠倒乾坤》、《春天不是读书天》、《捉鬼敢死队》、《福禄双霸天》、《粉红豹》（*The Pink Panther*）。

驱动：不道德的行为

喜剧是关于礼仪和道德的类型。我们提到过犯罪类型也是关于道德的。但犯罪类型凸显了整个社会内部巨大的不道德和不公正。喜剧类型则突出了英雄试图在生活和爱情中获得成功时，日常生活中较小的但更常见的不道德行为。

要点：这些日常的不道德行为对于故事的情节和主题都至关重要。

当英雄向着让她陷入困境的目标前进时，她试图赢得胜利的方式加剧了她的问题。通常情况下，需要采取某种形式的谎言、欺骗和盗窃。因为喜剧强调的是群体而不是个人，即使是相对较小的不道德行为，也会产生重大的社会影响。

示例包括《婚礼傲客》《土拨鼠之日》《四十岁的老处男》《后裔》《大空头》《校园风云》《我的戈弗雷》《窈窕淑男》《美国丽人》《宋飞正传》《伦敦生活》。

喜剧故事节拍：战斗——终极噩梦

喜剧故事在战斗中达到高潮，英雄在最大的麻烦中挣扎。这就是喜剧的终极噩梦。

技巧：制造终极噩梦

为了搞清楚喜剧类型的战斗，请回到大本营：欲望线。英雄的目标必须最终将她引向她最害怕的事情，也就是这个人物在这个世界上最想避免的一件事。这就将弱点与战斗联系在一起，使笑声更加响亮。

终极噩梦体验的示例：

- **死亡**：《黑衣人》《捉鬼敢死队》《下班后》《比佛利山警探》《虎豹小霸王》《空前绝后满天飞》。
- **个人或职业的失败**：《美国丽人》、《阳光小美女》、《光猪六壮士》（*The Full Monty*）、《重返学校》、《迷失的美国人》、《傻瓜入狱记》（*Take the Money and Run*）。
- **在公共场合被羞辱或赤身裸体**：《四个婚礼和一个葬礼》、《婚礼傲客》、《律政俏佳人》、《陆军野战医院》、《乖仔也疯狂》（*Risky Business*）、《雌雄莫辨》（*Victor/Victoria*）、《一笼傻鸟》以及许多浪漫喜剧。
- **对异性的恐惧**：《四个婚礼和一个葬礼》、《西拉诺》（*Cyrano*）、《毕业生》、《窈窕淑男》、《安妮·霍尔》、《相亲》（*Blind Date*）。

- **被发现不忠：**《窈窕淑男》、《洗发水》（*Shampoo*）、《两对鸳鸯》（*Bob & Carol & Ted & Alice*）、《红杏出墙》（*Unfaithfully Yours*）。

噩梦技巧：从终点开始

在写作过程中预先确定最终的噩梦。然后，再回到开头，建立较小的喜剧性噩梦，让它们沿途逐渐增强。

噩梦技巧：混乱之战

将噩梦推向逻辑上的极致。喜剧战斗往往是一场混乱的战斗。一切都被摧毁。所有的假面都被剥去，每个人都有喜剧落差。

混乱之战的示例包括《动物屋》、《阳光小美女》、《怪物史瑞克》、《天才也疯狂》、《颠倒乾坤》、《爱的大追踪》（*What's Up, Doc?*）、《福禄双霸天》、《乖仔也疯狂》、《春天不是读书天》、《捉鬼敢死队》。

有时，战斗是一场大揭秘。在《窈窕淑男》中，迈克尔在节目现场承认他其实是个男人。这一揭秘面向全国播出。

喜剧故事节拍：自我启示

绝大多数的英雄都有一个自我启示，他们对自己有了深刻认识，并做出了一个道德选择。在喜剧类型中也是如此，尽管英雄通常在某些方面是无能的。

此类示例包括《婚礼傲客》《阳光小美女》《独领风骚》《安妮·霍尔》《四十岁的老处男》《窈窕淑男》《土拨鼠之日》《乖仔也疯狂》《月色撩人》。

注意：喜剧中的自我启示总是涉及英雄经历当众出丑，这已经变得太常见了。作者试图找到一个仪式或活动，让尽可能多的人聚集在一起，看主角吸取教训。其理论似乎是，自我启示如果与强烈的公开出丑结合，就会更具戏剧性和情感上的满足感。这一节拍现在变成了一种痛苦的意料之中的陈词滥调，荒谬得不可理喻，而且我觉得一点也不好笑。

在喜剧子类型中，有两个明显的例外，在这两个类型中英雄没有得到自我启示，它们是，大多数旅行天使故事和所有黑色喜剧。

喜剧故事节拍：新平衡——婚姻和新社区

喜剧总是以某种形式的婚姻或和解结束。这可能是字面意义上的婚姻，也可能只是一种共融，即人们克服了冲突，走到一起。

但喜剧并不总是快乐地结束。如果没有人学到东西，或者如果共融是被迫的，或者是惯性的产物，那么喜剧就会在悲伤或绝望中结束。

安东·契诃夫（Anton Chekhov）是这种结局的大师［《万尼亚舅舅》（*Uncle Vanya*）、《樱桃园》（*The Cherry Orchard*）］。整个黑色喜剧子类型都朝着这一结局前进。

主题：存在就是生活在荒诞和笑声之中

因为喜剧类型对世界的基本看法，喜剧类型的存在感与所有其他类型有根本差别。其他类型有一个潜在的信念，即世界是正常运行的，而喜剧类型认为并不是。

如果其他类型认为人类生活的杯子至少是半满的，那么喜剧类型认为杯子超过一半都是空的。其他类型看到世界融合方式之中的惊人天才之处，而喜剧总是看到其中不协调、破损的地方，在这些地方，整件事就在分崩离析的一线之间。

喜剧类型的感觉是敏锐地意识到事情应该怎样运作，但却没有。因为它相信这是常态，所以它的反应不是哭而是笑。喜剧类型告诉我们，日常生活是在琐碎的，有时甚至是重大的不公中挣扎。我们只能用笑声和信念来武装自己，相信一切终将成功。

像恐怖类型一样，喜剧类型展示了我们人类是一种满是弱点、矛盾和愚蠢的动物。我们尤其意识到自己身上的愚蠢之处。因此，日常生活是一种持续的努力，我们努力投射积极的形象，以掩盖我们可怕的真实面目。通过这种方式，喜剧展示了人类最刻意局促的一面。

喜剧类型也展示了人类作为谎言家的一面。因为我们如此清晰地意识到投射的自我与真实的自我之间的对比，所以我们敏锐地意识到普遍的真理问题。人类总是在努力调和周围每个人的不合逻辑和虚假形象，至少对我们来说，这些是明显而痛苦的真相。

这一点在人们对彼此的行为方式中表现得最为明显。喜剧类型是实践道德的故事形式，并将其消极地表达为每个人对其他人实施的无休止的不道德行为。

喜剧类型主题秘方：成为自己之路

尽管喜剧类型的成为策略来自英雄的基本行动和该类型的关键问题，但这种类型显示的英雄的基本行动是负面的。在故事的进程中，这个笨拙的英雄为了获得成功而制造了一些假面。事实上，所有喜剧人物都将创造虚假的价值作为他们的基本行为方式。他们对自己的投射是空洞的、浮夸的，并使他们总是陷入尴尬的境地。

只有当英雄剥去所有的假面，赤裸裸地站在社会面前时，成功才会到来。当别人看到她只是一个和他们一样的人，他们就会从对手变成盟友。英雄意识到，她所渴望的东西并不真的值得，当然也不值得她为得到它而采取那些不道德行为。

喜剧类型的关键问题背后，是所有类型的主题秘方之下的深层问题：一个成年人是如何成长的？在我们身体达到成熟状态后，如果幸运的话，我们可能有 50 年或更多的时间来生活。确切地说，一个人如何成为最好的自己？

每个类型都以不同的方式回答这个问题。例如，神话类型认为，我们通过发现我们生来要做的事情而成长。如果我们深入挖掘自己的内心，弄清楚这一点，然后去做，我们就会有一个美好的人生。

喜剧类型对这个问题的回答是由这种类型所特有的关键问题暗示的：你是在撒谎还是在展示真实的自我？

根据喜剧类型的故事观，这个世界充满了无能、不道德和虚伪。成为最好的自己来自卸下假面，不顾后果地向世界展示真实的自己，并以良好的行为对待他人。我们只有拥抱真实的自己和接受这个世界是个不完美且充满无尽的滑稽的所在，才能成长。

《土拨鼠之日》：哲学喜剧

《土拨鼠之日》是故事中最精彩的喜剧思想实验之一。一个人被困在一个永恒的现在里，这样他就可以练习生活、纠正错误，创造美好的生活。影片通过其前提、结构和浪漫喜剧的形式，展示了尼采的“永恒轮回”和亚里士多德的伦理学的滑稽版本。

气象节目主播菲尔·康纳，顶级的自私自利自恋者，去宾夕法尼亚州的普苏塔尼报道该镇一年一度的土拨鼠日庆祝活动，让一只土拨鼠预测冬天是否还会持续六个星期、春天何时到来。与菲尔同行的还有可爱的制片人丽塔和摄像师拉里，菲尔对拉里不屑一顾。当菲尔第二天准备离开小镇时，他被暴风雪阻挡了归途，并发现自己在某种程度上被诅咒了，要永远重复土拨鼠日这一天。

当菲尔发现他不能离开这个小镇时，他的核心欲望是和丽塔上床。由于他必须每天都解决同样的问题，故事把重点放在了他的计划上，在喜剧中，这个计划是一个骗局。而比尔·默瑞，无论他饰演的角色采取什么形式出现，他都是美国电影史上最伟大的阴谋家。

不得不重复同一天的好处是，菲尔可以完善他勾搭丽塔上床的计划。问题是，菲尔压倒性的自恋不断毁掉他的机会。在之前的一次约会中，菲尔发现丽塔喜欢住在山里。于是他用这个信息来欺骗她，让她以为他们是同道中人。但他丑陋的缺点再次冒头。

菲尔：你不是学广播或新闻的吗？

丽塔：呃，不。信不信由你，我学的是 19 世纪法国诗歌。

菲尔：（笑）真是浪费时间！我是说，对别人来说，这将是一种难以置信的浪费时间。选择这个专业，你很大胆。这很不可思议，你一定是一个非常、非常坚强的人。

(在下一轮中，菲尔再次尝试。)

菲尔：你不是学广播或新闻？

丽塔：呃，不。信不信由你，我学的是19世纪法国诗歌。

菲尔（引用一首诗）：我将爱上的女孩/会有如美酒/每天早上/都更加怡人（La fille que j'aimera / Sera comme Bon vin / Qui se bonifiera / Un peux chaque matin）。

丽塔：你会说法语？

菲尔：是的（Oui）。

尼采的“永恒轮回”的观点——一次又一次被迫过上跟过去一模一样的生活，这通常被认为是可以想象到的最可怕的诅咒。它类似普罗米修斯因偷窃火种并将其交给人类后遭受的惩罚。宙斯把他锁在一块石头上，并派一只鹰去吃他的肝脏。一夜之间，他的肝脏会重新长出来，然后老鹰又会把它吃掉。

但是，尼采认为，这种可能性也会产生一种巨大的益处，他称之为 amor fati，即“热爱你的命运”。如果我们能够接受甚至热爱我们正在过的生活，以至于我们愿意永远重复过这种生活，我们就会获得一种巨大的自由感。我们意识到，我们可以选择成为我们想要成为的任何人。正如我的一个朋友曾经说过的那样：“记住，约翰，你能做的最糟糕的事情就是把事情搞砸。”

作家们经常用来体现这一主题的结构是，如《尤利西斯》等故事那样，取一天，无休止地重复。实际上，《土拨鼠之日》的循环结构给了我们一种神话喜剧类型，不是空间上的，而是时间上的。菲尔循环的生活宛如一台毫无意义的跑步机，直到他学会他需要领悟的东西。

《土拨鼠之日》也是亚里士多德形而上学和伦理学的完美表达，追踪一个人从潜在到实际的旅程。亚里士多德是过程哲学之父，“成为”思想之父。他说，当我们将“成为”的理念应用于生活时，我们就会得到他所说的“美好的生活”。

美好的生活来自一个人可以成为最好的人，这最终意味着过上有道德的生活。因此，一个人必须有意识地认识自己的潜能，并采取行动来实现它。

隐含的挑战来自识别和选择一个人想要成为哪个版本的潜在自我，并且立即采取行动。

要点：《土拨鼠之日》实际上是菲尔寻找最好的自己的故事。他被诅咒要永远重温同一天，直到他找到他想成为的潜在自我的最佳版本。

只有当菲尔意识到，最好的自己来自当他帮助别人而不是为了自己的利益而利用别人时，他才打破了诅咒，找到了爱情。

这与亚里士多德关于“为美德而美德”的思想是一致的。具有讽刺意味的是，这也创造了一种双赢局面，菲尔最后比他为一己之私利用他人的时候取得的成功要大得多。

喜剧子类型

喜剧类型被低估，而且难写的原因之一是有许多子类型。每个子类型都使用不同的故事节拍。以下是一些主要的喜剧子类型的基本区别。

浪漫喜剧

浪漫喜剧是一个幽默的爱情故事。它在喜剧和严肃的两条线上来回游走。

示例包括《当哈利遇见莎莉》、《四十岁的老处男》、《窈窕淑男》、《莎翁情史》（*Shakespeare in Love*）、《四个婚礼和一个葬礼》、《和莎莫的500天》、《婚礼傲客》、《土拨鼠之日》、《费城故事》、《月色撩人》、《妮诺契卡》、《一夜风流》、《热情似火》、《淑女伊芙》、《二十世纪快车》、《火球》（也是童话/幻想类型）和《我的爱妻》。

莎士比亚喜剧

莎士比亚的喜剧手法通过《仲夏夜之梦》《第十二夜》《无事生非》《皆大欢喜》《错误的喜剧》等剧目中使用的喜剧节奏和技巧可见一斑。包括：

- **一些喜剧类型**。
- **骗局**。
- **伪装和张冠李戴，特别是跨性别和利用双胞胎**。
- **沟通不畅**。
- **肢体滑稽**（physical gags）：利用动物、儿童和机器的喜剧落差。
- **智慧**：爱的语言。
- **自我指涉**（self-reflexive）：利用演员、歌曲和戏中戏，表达了喜剧的基本理念，即为成功装腔作势。

神话喜剧

神话类型和喜剧类型的结合，也被称为史诗喜剧，是一个反英雄踏上一段旅程的故事。

跟动作英雄是个战士相反，反英雄通常是一个无能的人，一个神圣的傻瓜，或者一个孩子。

示例包括《堂吉诃德》、《哈克贝利·费恩历险记》、《小巨人》、《银河护卫队》、《怪物史瑞克》、《鳄鱼邓迪》、《与狼共舞》（也是反西部类型）和《阳光小美女》。

如前所述，塞万提斯的《堂吉诃德》代表了从诺思罗普·弗莱所说的高度浪漫类型（神话类型）到讽刺类型（喜剧类型）的转折点。它也标志着神话作为生活方式的结束，诸神和魔法已不复存在。现在，神话变得更加狭义，更加以人为本。这一过渡标志着从英雄主义思想到讽刺思想的转变。这个故事是之后所有史诗喜剧的基础。

塞万提斯是如何完成这一巨大转变的？堂吉诃德是被颠覆的浪漫主义战

士。名副其实，在向风车发起挑战的过程中，他真的头朝下倾覆摔倒，脑子也不太清醒。《堂吉诃德》表明，在一个机械化的世界里，英雄主义和英雄的追求既崇高又愚蠢。

《阳光小美女》采用了最古老的喜剧结构之一，即喜剧旅程。喜剧类型和神话类型结合的成功之处在于，这两种类型在许多方面是对立的。神话将旅程作为它的主要技巧，追求的是宏大、英雄主义、鼓舞人心。而喜剧则要把事情缩小。这意味着，在一个喜剧旅程故事中，神话制造了笑声（使角色浮夸），而喜剧则提供了点睛妙语。

将这两种类型结合的风险在于，可能会导致结构问题：片段式的故事和薄弱的叙事驱动。《阳光小美女》运用了三种技巧来解决这些问题：假目标、终点和家庭。第一种技巧是《阳光小美女》与第一个神话喜剧《堂吉诃德》共享的技巧。另外两种技巧是《阳光小美女》对《堂吉诃德》中缺失的神话喜剧结构的补充。

神话喜剧的一个基本故事节拍是，英雄追逐一个错误的目标。堂吉诃德的错误目标是他的爱情对象杜尔西内亚。他认为她是一位完美高雅的理想女性，是一位必须被拯救的少女。《阳光小美女》中的女主角奥利弗也有一个错误的目标。她想赢得女性之美的桂冠。

编剧迈克尔·阿恩特（Michael Arndt）用以克服神话类型的片段式结构的第一个技巧是，在开头就告诉观众喜剧旅程的终点。这家人要带奥利弗去参加“阳光小美女”选美大赛。更重要的是，这些人物有一个旅程路线。这种看起来简单的技巧至关重要，因为它给观众提供了一条线，线就是字面的意思，就是给了观众一条可以把事件和笑料挂在上面的线。阿恩特已经向观众承诺了他们要去往哪里。实际上，这给了观众喘息空间，让他们笑一笑。观众不会对接下来发生的事情感到不耐烦，相反可以坐下来享受这个过程——以及笑料。

为了克服对手对英雄来说是初遇的陌生人所引发的片段式问题，阿恩特运用了神话中统一故事的关键技巧：让家人一起踏上旅程。这意味着奥利弗的主要对手是观众熟悉的人，特别是她的父亲，他是一个持续存在的对手。《阳光小美女》的故事有持续增强的冲突，而不是一连串毫无关联的事件。这使得笑料更有趣，当一家人终于来到选美比赛现场时，作者也制造出最幽默的噱头和笑料。

这种技巧也使影片的结局在情感上更令人满意，不仅是对英雄来说，对其他家庭成员来说也是如此。家族的“政治制度”——一个无能的独裁政权被推翻了，而家族也得到了新生。

在大多数喜剧神话中，如《堂吉诃德》《汤姆·琼斯》或《阳光小美女》，旅程延伸至整个故事。《鳄鱼邓迪》则不然。正如经典的幻想故事，《鳄鱼邓迪》的英雄从一个故事世界跳到另一个故事世界。这提供了世界和人物的鲜明对比，而这部喜剧正基于此。这是一个被称为“出水之鱼”(Fish out of Water)的子类型。

这个前提的精妙之处在于故事将四个主要社会阶段中的第一个和最后一个：荒野和高压城市碰撞整合在一起。这是反西部类型和现代化故事的基本技巧，它在这里进行了扭转变形，以制造出喜剧效果。荒野莽夫，带着他的一身孔武和无私善意，遭遇了城市丛林中的各色人类居民。然后，他用他在真实丛林中练就的技能驯服了城市丛林中的所有人类。

闹剧：对虚假价值的渴求

闹剧是复杂化的喜剧。它动用了所有喜剧类型（也许讽刺喜剧除外）中最庞大的人物群。

闹剧是一个子类型，它建立了一个由同时追逐同一目标的个人组成的迷你社会。通过展示所有人以极端的强度和瞬间的时机追逐目标，闹剧结构突出了一个事实，即目标没有什么真正的价值，每个人的努力都是愚蠢的。

闹剧是作为游戏的喜剧。它是社会的抽象化版本，其动作的执行就像下快棋。闹剧充满了毫无意义的声音和愤怒。在许多方面，它是颠覆故事法则本身的另一个示例。它是一堂关于不想要，或者至少不想要太多的价值观的滑稽版禅宗课。

示例包括《错误的喜剧》《不可儿戏》《糊涂戏班》《伪君子》《吝啬鬼》《沉默是针》《荒诞的个人》《诺曼征服》《屋外有花园》《一笼傻鸟》。

神经喜剧如《育婴奇谭》(*Bringing Up Baby*)、《爱的大追踪》、《毒药与老妇》(*Arsenic and Old Lace*)、《一条叫旺达的鱼》(*A Fish Called Wanda*)、《弗尔蒂旅馆》、《窈窕淑男》中某些元素以及《与灾难调情》(*Flirting with Disaster*) 的结尾。

伙伴故事

伙伴故事是动作喜剧的一种类型，主角是两个朋友。它实际上是三种类型：动作类型、喜剧类型和爱情类型（罗曼史）。这些朋友通常为男性，这就是为什么他们之间的关系有时被称为“兄弟情”。

示例包括《虎豹小霸王》、《致命武器》、《48小时》(*48 Hrs.*)、《午夜狂奔》(*Midnight Run*)、《福禄双霸天》、《乌龙兄弟》、《比尔和泰德历险记》(*Bill and Ted's Excellent Adventure*) 和《摇摆者》(*Swingers*)。

女性伙伴的故事如《伴娘》(也是浪漫喜剧)、《绅士爱美人》(*Gentlemen Prefer Blondes*)、《辣手警花》、《霹雳娇娃》、《悍妞万里追》、《四个千金两个妈》、《阿珠与阿花》等。

《古庙战笳声》、《捉鬼敢死队》1984年版和2016年重拍版、《情敌复仇战》(*The Other Woman*) 是关于三个伙伴的故事。《末路狂花》和《警花拍档》(*Cagney and Lacey*) 采用了伙伴故事结构，但不是喜剧。《绿宝石》(*Romancing the Stone*) 是一个男人和一个女人的伙伴故事。

《婚礼傲客》的精彩之处在于它的前提和两个喜剧子类型的混合，令人惊讶的是，我们很少看到这两个子类型被放在一起。这部电影把婚礼——两个人的社区被创造出来、更大的社会被更新的时刻，简化为一个粗俗的性交配游戏。

婚礼的乌托邦世界变成了一种环境，在这种环境中，两个骗子可以利用走向婚姻的浪漫想象，使女性沦为其性对象。他们想不付出感情的代价就达到性目的。

实际上，这个故事采用了社会生物学的原则，即男人希望与尽可能多的女人发生性关系，并把这一原则变成了一个有一百多条游戏规则的大骗局。

这部电影之所以大受欢迎，是因为它巧妙地混合了“伙伴故事”和“浪漫喜剧”。这意味着在相同时间内，剧本的故事节拍翻倍。故事从伙伴故事开始，将一对损友塑造成情场惯犯。一旦他们的团队合作确立后，故事就转向两股浪漫喜剧的分线。骗局层出不穷，这只会加剧这两个兄弟情深的男人的不道德行为，直至他们都领悟到爱情和诚实远比与无穷尽的陌生人发生性关系更有价值。故事结尾将伙伴故事和浪漫喜剧线结合起来：这两对新婚夫妇正在去往蹭另一场婚礼的路上。

旅行天使喜剧

这可能是所有子类型中最受欢迎的一种故事类型，我称之为旅行天使喜剧。一出突破性的浪漫喜剧可能很成功，但这种类型失败的概率更大，因为太容易落入预料之中的俗套。旅行天使喜剧是一种鲜为人知却屡获成功的类型。

这种子类型在西部类型中也有出色效果，如《原野奇侠》，还有侦探故事，如福尔摩斯、大侦探波洛（Hercule Poirot）以及其他一些系列的侦探故事。甚至科幻类型也有一部“时间旅行天使”作品，即《神秘博士》。

但是，这种类型真正焕发光彩之地是喜剧类型。一个教科书级的例子，也是一部广受欢迎的成功之作，就是《欢乐满人间》。《春天不是读书天》是这种类型的一个小变奏，也是一部成功之作。

我们将在超越性幻想类型一节中更详细地探讨旅行天使故事，但它基本上是这样的：

旅行天使角色（另见喜剧角色类型）在某些方面是完美的。她进入一个陷入困境的社区，那里的许多人物都有问题。天使向他们展示如何解决他们的问题，然后继续帮助下一个城镇，并在临别时承诺，有一天会回来。

在你迫不及待地写一个自己的旅行天使故事之前，要知道它比看起来的更复杂。这种表面上简单的类型是喜剧类型和幻想类型的结合，通常还把爱情故事也融进去了。更重要的是，它把英雄切分了，其一些功能给了天使，还有一些给了有问题的人物。

此类示例包括《圣诞老人》（*Santa Claus*）、《春天不是读书天》、《欢乐满人间》、《富贵逼人来》（*Being There*）、《鳄鱼邓迪》、《早安，越南》（*Good Morning, Vietnam*）、《触不可及》、《天使爱美丽》、《浓情巧克力》。

戏仿

戏仿是一种拿其他类型取乐的子类型。因此，它是抽象的抽象。创作戏仿作品最大的危险是，这种对观众的双重距离会榨干故事中的情感汁液。闹剧子类型也有同样的问题，但这种危险在戏仿中更为极端。

这也是戏仿很少能持续超过一个场景的原因之一。观众会很高兴看到他们熟悉和喜爱的形式改头换面。但作者不必用整部作品戏仿，因为影片毕竟需要观众投注情感。

整个电影或电视节目都是成功戏仿的案例，如《空前绝后满天飞》、《白头神探》（*Police Squad!*）电视剧版、《白头神探》（*The Naked Gun*）、《糊涂侦探》、《闪亮的马鞍》（*Blazing Saddles*）、《紧张大师》（*High Anxiety*），以及唯一一部以戏仿形式出现的超越性喜剧《新科学怪人》。

如何超越喜剧故事

与超越性犯罪故事一样，超越性喜剧故事探讨的是道德和公正的艺术。喜剧没有强调法律和道德之间的巨大区别，而是突出了日常生活中混乱的道德问题。

超越性喜剧形式通常有两种子类型：黑色喜剧和讽刺喜剧。这两种子类型超越了日常的礼仪、道德的喜剧，展示了社会和文化系统的错误价值观和不公正。它们通过展示整个系统的荒谬来批判社会。

黑色喜剧

黑色喜剧是关于不合逻辑的、破坏性的、系统的喜剧。社会成员非常信任这一系统，以至于他们无法看到其逻辑的荒谬性。

通常，该系统直接出现在片名中：《爱丽丝梦游仙境》、《电视台风云》（*Network*）和《高斯福庄园》（*Gosford Park*）。此外，还有《第二十二条军规》（*Catch-22*）、《好家伙》（*Goodfellas*）、《乔乔的异想世界》（*Jojo Rabbit*）、《摇尾狗》（*Wag the Dog*）、《下班后》（*After Hours*）和《奇爱博士》（*Dr. Strangelove*）。

黑色喜剧的节拍如下：

1. 一些角色在一个组织中生活和 / 或工作。

2.. 一个角色详细说明了该系统运作的规则、逻辑，以及系统内运行的价值观。

3. 英雄有一个**负面**的愿望。

4. 对手也在这个系统中，与英雄争夺同一个目标。

5. 系统中的一个角色意识到这个逻辑是荒谬的。

6. 所有人都采取极端的方法来达到目标。

7. 战斗极具破坏性。

8. 没有人有自我启示。

9. 所有幸存者立即继续追求目标。

在黑色喜剧中，逻辑和破坏的恶性循环从未停止。

讽刺喜剧

讽刺作品是关于信仰的喜剧，它质疑整个社会运行所依据的价值观。大多数情况下，讽刺作品嘲笑文化中对美好生活的错误观点。但它却鲜少提供一个替代方案。

小说和电影

《堂吉诃德》（也是神话喜剧）、《项狄传：绅士特里斯舛·项狄的生平与见解》（*The Life and Opinions of Tristram Shandy, Gentleman*）、《弃儿汤姆·琼斯历险记》（*The Adventures of Tom Jones, a Foundling*）[1]、《土拨鼠之日》、《窈窕淑男》（也是浪漫喜剧）、《美国丽人》、《游戏规则》、《老实人》、《一个小小的建议》（*A Modest Proposal*）、《名利场》、《傲慢与偏见》、《艾玛》、《理智与情感》（*Sense and Sensibility*）、《副总统》、《大空头》、《感谢你抽烟》、《安妮·霍尔》（也是浪漫喜剧）、《第22条军规》、《陆军野战医院》、《律政俏佳人》、《毕业生》、《疯狂高尔夫》、《独领风骚》、《开放的美国学府》、《迷失的美国人》、《颠倒乾坤》、《动物屋》、《爱犬大赛》、《摇滚万万岁》、《洗发水》、《迪克》（*Dick*）、《校园风云》、《苏利文的旅行》。

电视剧

《宋飞正传》、《伦敦生活》、《全家福》、《辛普森一家》（*The Simpsons*）、《副总统》（*VEEP*）、《发展受阻》（*Arrested Development*）、《拉里·桑德斯秀》、《老友记》、《玛丽·泰勒·摩尔秀》、《我爱露西》、《干杯酒吧》、《我为喜剧狂》、《办公室》、《欲望都市》（*Sex and the City*）。

讽刺故事的节拍如下：

1. 英雄存在于一个社会系统中。
2. 一个角色详细解释这个系统的价值观。

---

1 此处疑似有误，可查到的原作名为*The History of Tom Jones, a Foundling*（《弃儿汤姆·琼斯的历史》）。

3. 英雄在这个系统中有一个强烈的愿望。

4. 英雄决心上升到这个系统的最高层。

5. 英雄至少有三个对手：

- 一个是在系统内与英雄同级别的对手。
- 一个是在系统顶端的对手——一个权威人士。
- 一个是在竞争系统中的对手。

6. 英雄和对手解释他们的信仰、他们的价值观。

7. 当角色为同一目标而竞争时，他们的信仰导致其做出愚蠢的、破坏性的事。他们的信仰是如何让他们失败的，这是喜剧的主要来源。

8. 表面上的失败和启示：在他的最低点，英雄看到了这个系统的荒谬性，也看到了竞争系统的荒谬性。他走向了相反的极端，认为什么都没有价值，变得具有破坏性。

9. 英雄试图导致两个系统（社会系统 / 竞争系统）的陷落。

10. 在战斗中，主要系统崩溃或被剧烈改变。自命不凡者被打败。

11. 英雄可能对自然、真实和创造真正有价值的东西有自我启示。

12. 英雄采取了道德行动。

13. 英雄收获了友谊或爱情、婚姻。少数情况下，英雄在更好的价值观基础上创造了一个新的系统。

《宋飞正传》：因果报应喜剧

要了解超越性喜剧是如何运作的，我们必须看看《宋飞正传》。这不是一场“无中生有的表演”，虽然其制作人曾经开玩笑地那样宣称过。这是一部关于礼仪和道德的喜剧，它像喜剧本身一样古老，又像今早每个人面临的道德问题一样崭新。

《宋飞正传》玩转的是现代礼仪的规则，特别是在男女关系中。它展示了我们每天都在遭受的不公正待遇。因此，每一集的核心都有道德因素。但作品的精髓在于公正是如何实现的。

> **要点：**《宋飞正传》是一出因果报应剧（Karma show）。终极公正总会实现，只不过以一种非常迂回的方式。

剧集的惊人的多样性与角色不断面临的整体故事挑战相统一：在现代美国大都市里，礼仪和道德比过去更多变、更不稳定。杰瑞和朋友们总是试图将它们弄清楚，却总是弄错。

他们处理的道德问题有：是否向你的未婚夫提供你的银行密码，在已经见过面的情况下打招呼的时候是否还说“很高兴认识你”，能否利用一个会读唇语的人监视你的朋友，是否为光顾卫生间这个蹲位的下一位陌生人留下一格卫生纸？是否为取悦女友而改变信仰，以及在一个漂亮的男友被毁容后是否还和他在一起？这些都是表面上看起来微不足道的日常道德问题，而我们的生活就依赖于这些问题。

为了了解《宋飞正传》如何讽刺美国文化并探索日常道德的挑战，我们将分解出它独特的角色网络和情节结构。

《宋飞正传》的角色网络是革命性的。它是第一部所有四个主要角色都不道德、不可爱的情景喜剧。这与自 20 世纪 50 年代以来统治电视剧和好莱坞娱乐业的传统观念背道而驰。出乎所有人的意料，观众还是喜欢他们。首先，因为他们的缺陷，而不是尽管他们有缺陷；其次，因为他们总是被这个荒谬的系统所左右。

我们再一次看到了四点对立的力量，《宋飞正传》的四点对立基于喜剧落差和性别差异：通常是机器杰瑞对儿童乔治、伊莱恩和克莱默。特别是在一个长期播出的电视节目中，一个角色不仅仅有一种喜剧落差。有时杰瑞是儿童，而乔治、克雷默和伊莱恩则上演动物喜剧。

要点：尽管杰瑞是主演，但四个主要角色都是平等的。

这也是革命性的。在此之前，许多情景喜剧都是以一个主演为基础，由他来推动整个剧集（如《我爱露西》），其他角色并不平等。这种节目经常失败，因为一个角色无法在一季或一个系列中创造那么多的喜剧场面。

要让节目长红多年，情景喜剧至少需要四个平等的角色来推动故事和喜剧的发展。《宋飞正传》的每一集都有密集的笑点，四个喜剧演员都各自推动着自己的故事情节线。这部精彩的喜剧剧集持续播出了九季，每季有二十二至二十四集。尽管一些电视剧有更多集数，但没有哪一部电视喜剧能在这么长的时间内保持如《宋飞正传》这样的高水平。

《宋飞正传》的情节发展也是革命性的，是角色革命的产物。通过四个不讨喜的角色推动喜剧的发展。编剧们在每一集中交叉剪辑了三到四个困境，这不仅创造了复杂的情节，而且使场景比传统情景喜剧中的场景更多、更短。

在一集二十二分钟的情景喜剧中，许多故事情节的挑战是，每个困境可能过于简单。《宋飞正传》出色的解决方案是将所有困境连接在一起，而且是以一种令人意想不到的方式。角色们用因果报应来偿还他们的道德罪行，用震惊和笑声来平衡道德账目。

我最喜欢的一个例子是来自第五季第十四集，“海洋生物学家”（The Marine Biologist）。为了给一个女人留下好印象，乔治谎称自己是名海洋生物学家。与此同时，克莱默去海边练习打高尔夫球。当乔治和他的新女友在海滩上散步时，一条鲸鱼出现了紧急情况。自然，乔治的女朋友希望他能拯救这条鲸鱼。于是乔治就下水了。在回到咖啡馆的最后揭示中，注意几条线最终是如何交织在一起的，因果报应就这样完成了。

乔治：那天的海很狂暴，我的朋友，就像一个老人想把熟食店的汤送回去。我往海里游了大约50英尺，突然，那只巨大的野兽出现在我面前。我告诉你，它有十层楼那么高。它仿佛感觉到我的存在，发出了巨大的吼声。我说："放松，大块头！"然后，我看着它在挣扎，我意识到有什么东西阻碍了它的呼吸。从我站的地方，可以直接看到这条大鱼的眼睛。

杰瑞：是哺乳动物。

乔治：管它呢。

克莱默：那你接下来做了什么？

乔瑞：然后，不知从哪冒出来的巨大的潮水托起我，把我像软木塞一样抛起，我发现自己在大鱼的上面，脸正对着它的喷气孔。我几乎看不清楚，因为海浪直向我扑来，但我知道那里有东西。所以我就把手伸进去，摸了摸，然后拔出了那个障碍物。

（乔治戏剧性地揭示了这个障碍物是一个高尔夫球。）

克莱默（尴尬地）：是什么，一个泰特利斯[1]？乔治点点头。

克莱默：一杆进洞，哈？

杰瑞：那么，观众一定很狂热！

乔治：哦，是的，杰瑞，他们很狂热——他们都在关注我。这就像《洛奇》第一集，黛安走到我身边，用手臂抱住我，吻了我。泪水淌下我们的脸颊。我从未见过如此美丽的人儿。就在那一刻，我决定告诉她，我不是一个海洋生物学家！

杰瑞：哇！她说了什么？

乔治：她让我去死，然后我就坐巴士回家了。

这就是伟大的喜剧的力量。

我的成长故事揭秘

我个人的成长大多可归因于单一的超凡事件，比如某部电影。但《宋飞正

1　泰特利斯是著名的高尔夫用球品牌之一。

传》的压倒性力量则持续了九年多的时间，一季二十几集，每周一集！长时间观看这么超级精彩的节目的收效简直难以言表。编剧以每周一集的速度制作这么高水准的节目，令人难以置信。

在20世纪90年代的大部分时间里，《宋飞正传》是我每周的“崇圣之地”。这部剧证明，喜剧可以像其他任何故事类型一样深刻，甚至更深刻。在任何媒界中，都没有哪一部喜剧能如此伟大。在我看来就是如此，不接受反驳。

阶梯的下一个梯级

喜剧的哲学告诉我们，在社会中共同生活需要容忍彼此的缺陷，而且，尽管我们有错误，我们仍可以为每个人创造更好的生活。

现在缺乏的是成长的指南。在我们探讨幻想类型、侦探类型和爱情故事时，我们会得到答案。但首先，我们必须看到更大的社会如何演变并影响我们的生活。

为此，我们转向西部类型和黑帮类型。

9

Western: The Rise and Fall of Civilization

西部类型：文明的兴衰

《原野奇侠》：战士版摩西

一个从山上下来的枪手肖恩，帮助一个农民家庭打败早期的文明化身——养牛人。但肖恩无法体验爱和家庭的果实。他注定要在荒野中孤独地流浪，直到永远。这是一个基本的西部故事。

西部类型：运作原理

理解西部类型如何运作的关键就在于其标题：向西去。这一过程不仅概括了这一类型的基本主题，也是所有美国故事的伦理基础。这是一种信念，即我们可以在任何时候，一次又一次地重塑自己。西部类型英雄是这种信念的缩影。他是一个离乡背井、说走就走的人。

这种道德观隐含着极端的个人主义和绝对自由。这些价值观是相互关联的：任何外部力量或内在限制都不能阻止某人成为他/她想成为的人。

在更大的范围内，向西去的行为决定了为什么经典西部故事是关于国家建设的，是关于将荒野转变为文明的。现代化的进程被编入“天命”（Manifest Destiny）的意识形态中，这一信条为美国在19世纪40年代末的扩张提供了辩护。

经典西部类型将上述这种意识形态转译为故事。“天命”是一系列信条的一部分，这些信条被统称为“美国梦”。与人们普遍以为的相反，“美国梦”是一个相对较新的词。1931年，历史学家詹姆斯·特拉斯洛·亚当斯（James Truslow Adams）在他的《美国史诗》（*The Epic of America*）一书中创造了这个词。但在思想史上，“美国梦”可以被追溯到很久之前。

1630年，约翰·温思罗普（John Winthrop）在一艘开往新世界的船上发表了一篇名为《山巅的光明之城》（*Shining City on the Hill*）的布道。温思罗普（1588—1649）是马萨诸塞湾殖民地的第一任总督，他说美国是世界上实现上帝在人间的应许的最后希望。温思罗普的“光明之城”形象借用自《新约》中耶稣的《登山宝训》。

这一类型核心的西进运动也让我们对这种形式有了巨大的误解。真正的西部英雄并不是为了在新土地上创造家园而去西部的。真正的西部英雄既不是农民也不是店主，是牛仔。

要点：牛仔去西部是为了回到过去，是为了生活在没有人类的原始荒野中。

这一过程在詹姆斯·费尼莫尔·库柏（James Fenimore Cooper）的小说标题中得到了完美的体现，这些小说首次定义了西部小说这一类型。这个被称为《皮袜子故事集》（*Leatherstocking Tales*）的系列小说，包括《打鹿匠》（*The Deerslayer*，故事日期为1740—1755）、《最后的莫希干人》（*The Last of the Mohicans*，1757年）、《探路者》（*The Pathfinder*，1758—1759）、《先驱者》（*The Pioneers*，1793年）和《大草原》（*The Prairie*，1804年）。英雄纳蒂·班波（Natty Bumppo）以历史人物丹尼尔·布恩（Daniel Boone）为原型，他是一名荒野猎人/野人，在边境线前稳步向西移动。

综合来看，西部故事节拍详述了一个不情愿的国家建设领导者。我们从该类型的故事策略中可以看到这一点：一个流浪的牛仔与试图阻止人们在荒原上建造家园的罪犯作战。

这就是西部英雄的根本矛盾：在开辟一条通往荒野的道路时，牛仔让其他人有可能追随他，并建设国家。在反乌托邦中创造家园的普通人，就像在沙漠中游荡的以色列人，而这位牛仔英雄是摩西。

作为探路者，他知道他的工作是必要的、有价值的，但他也知道其代价是失去他热爱的自然世界。击败印第安人和养牛人，使农民能够建立自己的国家的过程中，与农民在一起的牛仔是一个注定失败的人。他可以带领他的人民走向应许之地，但他自己却永远无法进入这片土地。

西部类型的思想—行动故事观

西部类型的思想—行动故事观中，移民向西迁移并建立国家的观点强调了“美国梦”在经济上和精神上取得的成功。但最重要的是，它是道德上的成功。西部类型是它自己的信仰，是美国的创世神话。

正如我们在“神话类型”一章中提到的，信仰体系是神话故事的集合，表达了实现不朽所需的道德准则。在后达尔文主义的美国，信仰自然化并扎根于“西部”。美国历史成为美国所有教派的信仰。

“神话”这一术语应用于西部类型时，其用法一直很模糊。西部创世神话并没有记述众神和泰坦（Titans）之间的幻想之战，这场战斗导致了众神的诞生和宙斯在奥林匹斯山的统治。它也没有记述犹太教中全能的上帝用六天创造了世界，创造了亚当和夏娃，或人类在第一个男人和女人吃了善恶树的果实后的堕落。

我们这里说的神话指的是更有广泛影响力的神话，是对人类发展的物质社会文化阶段的正式和虚构的描述。西部创世神话叙述了真实的男人和女人在新土地上的辛勤耕耘，以及人类社会的诞生。在西部类型中，人类并不是来自神明。西部类型的“神”是创造了自己的世界和国家的真实的个人。

> **要点：**西部类型是一种深刻的关于信仰的故事类型，因为它呈现了一个人们信仰的基于“进步”的统一价值观体系。

西部故事是**自然主义**的道德故事。它宣扬自然人的理想，也就是即使生活在他人中间，依然自由而独立地生活。具有讽刺意味的是，也正因为自由而独立地生活，英雄才有巨大的意愿追求公正。当弱者受到强者的攻击时，英雄总是会帮助弱者。

用最简单的话说，西部类型是关于猎人对自己使用身体力量的质疑。西部类型提出了一个核心的道德问题：打还是不打？紧随其后的是第二个问题：执行正义的主要方法是杀戮还是诉诸主张?

西部类型既是压迫的，也是包容的。因此，西部神话的大部分力量源于它是一个伟大的“宏观”形式，它将人类文化进化的各个社会阶段集中在一起，然后将这些形式压缩为单一故事单元，这样一来，其对比和连接就一目了然。

除了是自然主义的信仰的这一原因，这也是为什么西部类型是关于文明兴衰的另一解答。它是自然的、“这个世界”的故事类型，将所有其他故事类型都置于它的保护伞下。西部类型在所有类型中独一份地展现了社会的全面演变。

要点：如果科幻类型是虚构形式的社会哲学，犯罪类型和喜剧类型是应用道德哲学，西部类型则为我们提供了一种历史哲学。

说白了，西部类型并没有描绘美国西部的真实历史。它描绘的是一种历史**理论**。经典的西部故事向我们展示了历史的线性发展，从字面上看是由东向西，从概念上看则是追踪文明从腐败走向完美的崛起过程。

这就是为什么对西部类型不现实的批评完全无关紧要。有一种说法是，来自南方的白人/混血人在西进运动的前些年就已经在“北方”(El Norte)[1]居住，其人数也远远超过从东向西迁徙的人数。这种说法是真的。但美国的创世神话和它的历史理论严格建立在欧洲移民的基础上。

西部类型的历史理论并不只是显示文明的崛起，它的超越性版本即反西部类型，显示了文明的衰落。它突出了美国边疆——世界上最后一个适合居住的边疆——的终结。当西部类型演变成反西部类型，它成为一个关于在高压城市的反乌托邦中生活的现代神话。

这就提出了西部类型故事策略的核心问题：在一个关于建设文明的故事

1 《北方》(*El Norte*)是由格雷戈里·内瓦(Gregory Nava)执导的电影，讲述了危地马拉人安立奎和罗莎两兄妹，他们怀揣着过上新生活的梦想，从家乡穿过墨西哥来到美国的故事。

中，为什么作家让英雄成为逃避文明的人？

这种选择是超越性反西部作品成为艺术作品的主要原因。聚焦建设文明的人，会使这种形式变得英雄化；聚焦逃避文明的人则使其悲剧化，因为人类为此付出了可怕的代价。

在我们对类型的研究中，为什么西部类型紧随科幻类型、犯罪类型和喜剧类型这三种关于社会是如何运作的类型之后？科幻类型是关于创造未来社会的。西部类型是对过去社会的想象，但它远未达到历史的准确性。

西部类型真正的价值在于展示社会是如何演变的，不仅展示人类如何变化的宏大进程，而且也展示作为一种人类已经和将要面临的主要奴隶制形式的压缩视图。简单地说，西部类型表明，人类以对抗自然开始，以对抗企业结束。

西部类型与其他类型的比较

正如我们所看到的，虽然每个类型都是一种独特的形式，但有些类型形成了具有共同特征的家族。西部类型是第三个类型家族的一员，这个类型家族还包括神话类型和动作类型。这个家族里的每种类型都有一个战士英雄，并具有相同的强调采取行动的主题。

与流行观点相反，传统的西部类型并没有消亡。它穿越到未来，成为科幻西部类型。边疆的战斗只是从美国西部转移到外太空。这种令人难以置信的类型的示例有《星球大战》《猩球崛起：黎明之战》《银河护卫队》《曼达洛人》，太空牛仔汉·索罗是电影史上最受欢迎的英雄之一。

西部类型示例

小说、电影和故事

《维吉尼亚人》(*The Virginian*)、《紫艾草骑士》(*Riders of the Purple Sage*)、《火车大劫案》(*The Great Train Robbery*)、《原野奇侠》、《黄牛

惨案》(*The Ox-Bow Incident*)、《决战犹马镇》(*3:10 to Yuma*)、《俘虏》(*The Captives*)、《关山飞渡》(*Stagecoach*)、《希斯特斯兄弟》(*The Sisters Brothers*)、《要塞风云》(*Fort Apache*)、《黄巾骑兵队》(*She Wore a Yellow Ribbon*)、《红河》(*Red River*)、《搜索者》、《野狼》(*Hombre*)、《危险人物》(*Valdez Is Coming*)、《双虎屠龙》、《百战宝枪》(*Winchester '73*)、《神枪手》(*The Shootist*)、《黄金三镖客》(*The Good, the Bad and the Ugly*)、《荒野大镖客》(*A Fistful of Dollars*)、《黄昏双镖客》(*For a Few Dollars More*)、《义海倾情》(*Wyatt Earp*)、《龙虎双侠》(*Gunfight at the O.K. Corral*)、《墓碑镇》(*Tombstone*)、《荒野浪子》(*High Plains Drifter*)、《荡寇志》(*Jesse James*)、《怒河》(*Bend of the River*)、《荒野猎人》(*The Revenant*)、《午后枪声》(*Ride the High Country*)、《阳光下的决斗》(*Duel in the Sun*)、《乱世英杰》(*The Plainsman*)、《赤裸的马刺》(*The Naked Spur*)、《牛仔》(*The Cowboys*)、《大地惊雷》(*True Grit*)、《黑暗塔》(也是神话类型、科幻类型)、《绿林豪侠》(*Along Came Jones*，也是喜剧类型)、《狼城脂粉侠》(*Cat Ballou*，也是喜剧类型)、《闪亮的马鞍》(也是喜剧类型)、《锦绣大地》(*The Big Country*)、《摩登牛郎》(*Junior Bonner*)、《独眼龙》(*One-Eyed Jacks*)、《枪手》(*The Gunfighter*)、《爱的弹丸》(*Annie Oakley*)、《夺命判官》(*The Life and Times of Judge Roy Bean*)、《神枪手之死》(*The Assassination of Jesse James by the Coward Robert Ford*)、《豪勇七蛟龙》(*The Magnificent Seven*)、《断箭》(*Broken Arrow*)。

电视剧

《伯南扎的牛仔》(*Bonanza*)、《单枪匹马》(*Cheyenne*)、《步兵》(*The Rifleman*)、《赌侠马华力》(*Maverick*)、《皮鞭》(*Rawhide*)、《独行侠》(*The Lone Ranger*)、《荒野镖客》(*Gunsmoke*)、《怀特 · 厄普的传奇一生》(*The Life and Legend of Wyatt Earp*)、《峡谷情仇》(*The Big Valley*)、《火车豪杰》(*Wagon Train*)、《西域风云》(*Bat Masterson*)、《孤鸽镇》(*Lonesome Dove*)、《曼达

洛人》（也是科幻类型）、《星际牛仔》（*Cowboy Bebop*，也是科幻类型）、《飙风战警》（*The Wild Wild West*，也是科幻类型）、《火线警探》（*Justified*）、《西镇警魂》（*Longmire*）、《朽木》（*Deadwood*）、《黄石》（*Yellowstone*）、《无神》（*Godless*）。

西部类型的子类型

反西部类型（Anti-Western）、太空西部类型（Space Western）、当代西部类型（Contemporary）、旅行魔鬼反西部类型（Traveling Devil Anti-Western）、西部喜剧类型。

西部故事概览

本章将述及的内容：

- **西部故事节拍**
- **主题：**存在是命中注定的生活
    - 主题秘方：保护弱者的战士之路
- **如何超越西部故事**
    - 反西部类型

西部故事节拍

西部故事节拍演绎了该类型更大的故事策略：一个流浪的牛仔与试图阻止人们在荒野上建造家园的罪犯作战。

西部故事节拍：故事世界——新世界

所有类型的作品都展示了更大社会中的个人：人们如何互动和共同发展。

在社会和故事世界中，三个主要组成部分是土地、人的组织和专业技术。

西部类型的土地最突出的特点是其广阔的空间，是一片一眼望去未被破坏的荒野。这片土地是一个天然的大教堂。它具有与电影媒介所具有的广阔空间、实物和上帝般的视角，并具有剧院的密度和形式特征。西部类型的土地是自然主义的剧院。

无论是阿巴拉契亚山脉的茂密森林，还是广阔平原的大草原，抑或是西南部的严酷沙漠，这块土地上的定居者有丰富的自然资源可以耕耘。美国的物质世界与欧洲故事中典型的枯竭景观形成鲜明对比。正如 F. 斯科特·菲茨杰拉德（F. Scott Fitzgerald）在《了不起的盖茨比》中所写的，欧洲定居者发现了“新世界新鲜、绿色的胸膛”。因此，西部类型散发着一种绝对自由的、充满希望的新感觉。

然而，这种希望只有通过开展大量驯服自然的工作才能实现。这意味着运用蛮力将荒野变成农场和村庄。定居者还认为，这需要摧毁一直以土地为生的原住民。

故事世界：边疆

西部类型具有独特的故事世界，因为它的故事集中在荒野和文明之间的边疆。

要点：西部的边疆既是空间上的边疆，又是时间上的边疆。

西部类型存在于社会的两个进化阶段之间，这一事实比任何其他结构特征都更能使其成为基本的故事类型之一。为什么呢？

- 西部类型以全能的自然开始，突出了人类生活的物质和生物基础。然后，当这一世界转移到社会时，我们看到自然和社会是如何结合起来产生文化的。

- 当人物生活在两个社会阶段之间时，他们的存在表达了一种巨大的反馈循环：社会变化作用于人物，而人物又作用于土地和社会，从而产生社会变化。
- 这种变化是一种对自然的驯服，是人类构建文明的基本工作。

故事世界：农场和村庄

当故事世界从荒野转向社会的时候，我们看到社会在农场和村庄的建立中诞生。

要点：西部类型中，故事世界是一个处于婴儿阶段的脆弱社区。

科幻类型是关于如何创造一个社会，而只有西部类型展示了整个社会的建立过程。这就提出了社会本身的价值观问题。我们在“神话类型”一章中说过，故事世界总是表达相反的价值观。因此，边疆世界创造了一幅画布，在这幅画布上展示了一部原始形式的道德剧。

道德是创造文明的核心任务，它产生于新出现的农场和村庄。因此，西部类型询问的是，生活在极端个人主义的文化中意味着什么?

由于西部强调了荒野和村庄之间的过渡线，它也强调了游牧猎人和新品种的社会人——农民之间的对比。农民通过种植庄稼和修造能够承受恶劣自然条件的建筑，真正扎下了根，定居于此。这个社会正在寻找新的土地来征服。征服正是这些人接下来要做的事。

西部城镇是社会的缩影，是社会的本质形态，只有最基本的社会建筑：监狱、教堂、酒馆、商店和旅馆。这是第一个社会，具有任何社会有机体的基本特征。

在《侠骨柔情》（*My Darling Clementine*）中，社会的脆弱感表现在一座只修建了地板和尖顶的教堂。但没关系，这并不妨碍镇民进行他们的活动，反正是跳舞。在美好的户外，这活动是愉悦的、公共的和令人精神振奋的。这些都是西部类型想表达的价值观。

故事世界：与社会无序熵变的斗争

经典西部片中的村庄往往是一个繁荣的城镇。它是一种自然状态，是一个丰富资源被极度争夺的地方，几乎没有法律来防止偷盗和谋杀。这要么是一个乌托邦世界，要么是一个反乌托邦式世界，取决于个人是否拥有权力。

建立社区的第一个也是最基本的要求是阻止社会的无序熵变。首要的是，更大的单位不能分崩离析。因此，经典西部故事是一场对抗混乱的战斗。

为什么？蒸蒸日上的繁华小镇是接近无政府状态的社会。有着对金钱和享乐无止境的渴望，个人还没有通过信任和法律编织成一个稳定的社会单位。在这种无法无天的状态下，人们为了获得尽可能多的权力、财富和声誉而相互开战。与此同时，他们还必须保护自己免受邻居的侵害。

这是一个潜能巨大、充满无尽可能的世界，既有利于增强，也有利于破坏。拥有丰富的物质资源的土地，每个人手中还都有一把六连发手枪，更加剧了这两种结果——要么赚大的，要么死翘翘。巨大的增长潜力和猝然死亡的可能性，促使西部城镇的大多数成员要求制定法律和限制措施。虽然限制措施会削减个人快速获利的潜力，但它使发展更有可能持续下去。

从博弈论的角度来看，大多数人都愿意接受现在较低的收益，以避免全部损失并保证未来持续的收益。有少数人不愿意，这些人就是坏人。

故事世界：原始和先进技术

故事世界的第三大元素是技术，即人类将土地变成社会的工具。在西部神话中，这种技术是高度象征性的。西部神话的工具是神圣的物品，它们不仅推动了故事的发展，也是该类型的主题愿景的一部分。

西部类型的第一个关键技术符号是马。牛仔以他的马为生。这种动物是人与自然的连接。作为牛仔的主要交通工具，马使他能够自由地漫游在他所热爱的广阔荒野。它赋予他对自然的掌控，而不是将他与自然割裂开来。马使他成为一个更高效的战士和猎人。西部类型的核心讽刺之一是，驯服马是从荒野到村庄的第一步。这种从猎人到农民的演变，也标志着牛仔生活的结束。

第二个技术符号是栅栏。没有什么能比它更原始或更强大。一旦自由、开放的土地被栅栏圈住，荒野和它对希望的无尽承诺也就结束了。在《侠骨柔情》中，栅栏是几根搭在柱子上的薄木栏杆。广袤的荒野一览无余，然而，这道摇摇欲坠的栅栏却将这片土地塑造为一个新的法治社会。

罗伯特·弗罗斯特（Robert Frost）有句名言："篱笆扎得好，邻居才能处得好。"对于在牧场上驰骋的孤独牛仔来说，邻居是他极力想避免的东西。栅栏是资本主义制度对稀缺资源竞争的开始，属于每个人的土地突然变成了"我的"。一旦第一批定居者用栅栏围住土地，这个将导致财富和权力的巨大差异的过程也就拉开了序幕。

栅栏的符号在从木头到铁丝网的演变中获得了力量的加持。真实历史上，带倒刺的铁丝网也是最有影响力的技术之一，它不仅终结了旧西部类型，还定义了第一次世界大战的作战方式。[1]

在经典西部故事中，有金属倒刺的围栏成为阻止赶牛人的武器。因此，铁丝网创造了西部故事类型中的主要冲突之一。这是早期的人，即赶牛的牛仔，与后来的人，即牛仔所保护的农民之间的冲突。

牛仔帽是人物的象征。骑在马背上穿越土地的人必须有一顶宽边帽，以保护自己免受酷烈的阳光灼伤。这不是一个贵族甚至不是中产阶级的人，这就是一名普通劳动者。

---

1 在第一次世界大战中，各国军人死伤无数，多达上千万人，在这惨痛的伤亡人数中，新发明不久的倒刺铁丝网发挥了重要的"作用"。在拒马、堑壕和铁丝网的共同阻拦下，无论是同盟国还是协约国，只要发起进攻，大量的步兵就会被阻挡下来，成为重机枪的打击目标。

使用武力，特别是用枪，是故事世界的直接产物，在这个世界里，牛仔必须保护一个处于婴儿阶段的脆弱社区。

要点：枪是推动西部故事情节的技术，并在最后的决战中聚焦主题。

选择的武器是六连发手枪，一种在转动式弹仓中装有六颗子弹的手枪。它是战士用来立即解决冲突的工具，要么全盘皆赢，要么全盘皆输。这表现了一个处于社会进化初期的国家。边界在名义上可能存在，但在这些边界内保护社会的法律仍然很薄弱。没有一个既定的权力分配和解决冲突的制度，个人必须使用个人化的、直接的和破坏性的枪支作为手段。

枪是机械化的力量，是杀伤力被放大了许多倍的“正义之剑”。治安官利用这一武器执行现存的那一点点法律，击败社会无序。戴白帽子的牛仔也用枪对戴黑帽子的不法之徒执行道德准则。

然而，将社会建立在枪的基础上，需要付出可怕的代价。好牛仔知道自己是对的，但他确实导致许多人死亡，暴力的生活对他的心理造成了严重伤害。牛仔有责任阻止这种无休止的暴力，这是他永远无法与女人生活在一起并建立一个家庭的原因之一，也是他永远无法享受文明成果的原因。

在一个现代、成熟的社会中，枪支的高昂代价尤其具有争议性。在早期文明中，正确地使用枪支是一个孩子必要的成年礼。首要原则是：正直的人从不先拔枪。在《碧血烟花》(*Destry Rides Again*，1939 年)、《原野奇侠》(1953 年）等影片中，孩子们像玩玩具一样玩枪。只有牛仔英雄知道真正的枪带来的绝望。

最后一个西部符号是银色徽章。这是法律和正当武力的标志。徽章象征着法律不仅强加于荒野，也强加于人类的激情。徽章是一种进步的象征。

西部故事节拍：英雄的角色——牛仔作为斗士

牛仔是类型故事中最有个性的英雄，甚至比孤独的侦探更有个性。具有讽刺意味的是，西部类型比其他任何类型的故事都更注重社会的发展。

当我们分解英雄的角色时，就能看到西部类型实际上是关于文明的兴衰的类型。

> **要点：**这一类型的作品很独特，因为它有一个主要英雄和一个次要英雄。

主要英雄是牛仔，次要英雄是农民，他们在荒野中创造了一个家园，从而创造了一个法治和文明的国家。

牛仔是一个斗士，一个骑马的战士。战斗是定义他核心的关键行动。西部类型的大部分含义都来自这种战斗身份。牛仔本质上是文明之初的动作类型英雄。虽然他没有自己建立文明，但他让农民和商人有可能建立文明。

每一种类型都有一个中心问题，特定的故事必须回答这个问题才能正确地展现类型。斗士英雄最重要的问题是西部类型所提出的问题。毫不奇怪，也是动作故事提出的问题：英雄是选择自由还是生命？更确切地说，他是站着战斗呢？还是逃之夭夭，择日再战？根据西部类型的道德准则，牛仔英雄必须永远站在那里，为自己的信念而战。

英雄的角色：牛仔与超级牛仔的对比

说到角色，西部类型就是关于人的比较的类型。最明显的比较是在牛仔和农民之间，探路者和国家建设者之间。在一个以权力为基础的世界里，牛仔是生活在荒野中的骑马的斗士。而更深刻的比较则是牛仔与超级牛仔之间的比较。

超级牛仔结合了原始人和亚里士多德笔下“伟大的灵魂”的人，即不情愿地使用其权力的人。他是一个只懂得伟大并据此行事的人。他是尼采式的

“超人”，不能被诱惑，不能被腐蚀，不能被阻止。正是由于超级牛仔的权力，以及他愿意以自己的生命为代价行使这种权力，一个文明社会的价值才得以存在。

超级牛仔有两种形式：

1. 他是一个有着枪战高手的勇气和技巧的执法者。他的对手是那些想要继续在没有围栏的自然界中制造混乱的非法战士。这种英雄的典型版本是《侠骨柔情》、《墓碑镇》里的怀特·厄普。

2. 他是孤独战士或枪手，因为他进化出自我控制和天赋人权感，所以反抗破坏者。这种英雄的典型版本是《最后的莫希干人》中的纳蒂·班波和《原野奇侠》中的肖恩。

英雄的角色：牛仔作为救世主

西部类型英雄也是一个救世主。当他推动故事发展时，化身为“旅行天使”。不仅在西部类型中，在侦探类型和喜剧类型中，也都存在旅行天使这一子类型。在某种程度上，旅行天使是完美的。旅行天使进入一个陷入困境的小镇，他/她帮助其他人物解决他们各自的问题，使小镇重整旗鼓，然后去往下一个城镇。失去这位“社区医生”的痛苦因天使临别时承诺还会回来，得到些许抚平。

西部旅行天使子类型的经典故事是《原野奇侠》。肖恩从山上下来，来到山下的平原。在那里，他并不情愿地使用他的枪来使荒野变得安全、适宜居家生活。然后，作为永恒的孤独者，他必须继续前进。

旅行天使故事的一个变种是“旅行魔鬼”。一个似乎是魔鬼化身的人拜访了一个看似道德、正直甚至是乌托邦式的城镇。这个旅行魔鬼揭露了该镇虚伪和隐藏的不道德行为，并向镇民展示了如何以新的和更高的道德标准生活。旅行魔鬼的故事是反西部类型的一个分支，我们稍后探讨。

西部旅行魔鬼子类型的典型示例是《荒野浪子》。从高原的滚滚热浪中渐显出一个陌生人，他骑马进入一个小镇。他非常乐意用枪和鞭子对小镇进行正义审判，因为这个小镇隐藏着腐败、懦弱和虚伪的可怕秘密。

西部故事节拍：牛仔的价值观——“西部法典”

西部类型中的人身体健壮，因为他在野外，靠体力生活，所以他的价值观首先来自他的身体能力。典型的牛仔骑着马，赶着牛。他尊重骑马和用枪的身体技能。他独自出发，重视个人自由高于一切。

要点：牛仔的自由感仅限于影响英雄个人空间和动作的因素。

《神枪手》中的老牛仔在向一个年轻人传授他著名的“西部法典”时，表达了这种自由观：“我不会被冤枉、侮辱，也不会受到别人的伤害。我不会对别人做那些事，我要求他们也不对我做。”

西部类型呈现了一个深爱自然的英雄，他选择了与自然共存，而不是与其他人一起生活。然而，在必要时他还是会拯救人们，他将人类的生命置于对自然和孤独的热爱之上。

因此，这一类型的作品提出了一种价值观的排序，一套优先次序，其中自然是有价值的，但没有人的价值高。虽然西部类型中的人对社会的概念提出疑问，但他最终还是为之喝彩。这就是有着深刻缺陷的人类。通过对人类最严峻的考验，这种类型展现了社会人的真正价值。

牛仔的价值体系被粗略地概括在“西部法典”中。这些准则源于牛仔的身体能力和他生活在边疆的事实。历史学家弗雷德里克·杰克逊·特纳（Frederick Jackson Turner）在一篇被称为“边疆假说”（Frontier Thesis）的文章中首次定义边疆如何创造了牛仔的道德体系，乃至整体美国人的身份认同。我们将在后面更详细地讨论这一理论。简单地说，特纳说，生活在荒野边缘的拓荒者使个人主义和自力更生等价值观成为美国人的决定性特征。

“西部法典”是一组道德价值观，作为一种生活方式，它们相辅相成。它表达了一种简单的二元论，通常被称为“白帽子 / 黑帽子”。这种二元论也源于边疆，每当人们为在荒野中建立一个村庄而奋斗时，这种二元论就会有机地出现。

要点：“西部法典”阐述了构成“美国梦”的道德价值观。它是在经济生活和精神生活中的成功秘诀。

与“西部法典”相关的主要价值观：独立、自由、自力更生、直面挑战的勇气、伸张正义的意志、对能够克服任何挑战的自豪感、成就感、诚实、忠诚、对陌生人的热情、对妇女的尊重（但不平等），以及对马的神圣敬意。

西部故事节拍：弱点—需求——孤独者与羞耻之人

在故事一开始，毁掉牛仔生活的深层缺陷是什么？牛仔的极端个人主义和对绝对自由的需求造成了严重的后果。这意味着牛仔，尤其是超级牛仔，是个独行侠。他不能或不愿形成爱的纽带，因此他不能进入社区，成为一个完整的人。除《原野奇侠》中的肖恩外，这种人的教科书级例子是《搜索者》中的伊森・爱德华兹。这个超级牛仔体现了先进的正确行动意识和发育不良的情感成长之间的尖锐对立。他的自我控制与他的社交窘迫相冲突，其结果是他被判处流浪，直至死亡。

牛仔和武士一样，有点儿像恐龙。他不能适应社会变化。新的世界使他感到迷惑，而他无法逃脱。他知道必须适应，否则就得死，但在情感上或智力上不知道如何适应。

另一个深层的弱点是牛仔受困于羞耻文化。正如我们在“动作类型”一章中所讨论的，这种思维方式是建立在需要达到公众标准的基础上。当某人在他人眼里达不到标准时，他就会感到强烈的羞耻。

在人们把土地从荒野变成村庄的阶段，羞耻文化很常见。当村庄初步成形时，村庄受到外部势力的攻击，这些势力希望恢复荒野。因此，彼时的文明十分脆弱。每个人都必须尽自己的责任，否则整个社会就会崩溃。

这就是牛仔诞生的故事世界和文化背景。在这个极度体能化的世界里，凭借他的主要工具——枪，牛仔不断面临着谁拔枪最快的挑战。他由他的行动能力所定义，而且总是在公众面前。最重要的是，他永远无法避免战斗。

《原野奇侠》《碧血烟花》《双虎屠龙》（1962 年）等影片中，英雄拼命地试图摆脱羞耻文化和男子气概的致命陷阱。但无济于事。这种文化太强大了，他的心灵则太脆弱。这个例行程序必须进行。

西部故事节拍：欲望——拯救文明的建设者

英雄的欲望线决定了每个故事的主心骨。在西部故事中，主要的欲望并不是表面上那样，它不是把文明带到荒野中。超级牛仔最初想去西部，恰恰是为了把文明抛在身后。他因此成了次要英雄、农民的探路者，他们想要建立一个新家园、国家和文明。

作为第一批定居者，农民和他的家人面临着来自“印第安人”（美国原住民）和“坏”牛仔的巨大威胁。“坏”牛仔并不希望在土地上设置栅栏、驯服自己的野性。农民不是战士。因此，他必须向超级牛仔寻求保护。

讽刺的是，超级牛仔在其非凡的战斗能力方面，与“印第安人”和“坏”牛仔相似。这种能力注定了他的生活方式，也使他能够实现帮助农民和村民的愿望。

西部类型中次要英雄的愿望是什么？农民或次要人物想去西部，以逃离腐败的、奴役人的文明。他们渴望一片未被破坏的荒野，在那里他们可以再尝试一次，建立更好的文明。在这种向西的迁徙中，次要人物模仿他们前辈的旅程，从“颓废”的专制欧洲来到一个承诺绝对自由和精神纯洁的新世界。讽刺的是，这些人当下建设“更高”文明的行动也注定失败。他们并没有意识到自己将参与创建一个新的腐败社会，因为一波又一波天生有缺陷的人类都同样试图做过他们正在做的事。

西部类型的总体行动是耕种土地、建设城镇、巩固纽带，使之成为一个理想的社区或应许之地。而这些都是由一个注定永远看不到未来图景的孤独的人创造的。

技巧：超级牛仔的目标

虽然超级牛仔的总体生活目标是保护文明的建设者，但你还必须给英雄一个**具体的愿望**，使他不断陷入身体冲突。在这个故事中，无论他想要什么，他都只能通过战斗来得到。

西部类型情节的视觉形状：直线形和起落形

经典西部类型使用了最流行的故事类型，即直线形视觉形状。牛仔英雄有一个目标和一个试图阻止他的主要对手，看起来是这样的：

超越性反西部类型使用了起落形视觉形状，与黑帮类型类似。

现代牛仔取得了初步成功，但最终被新的社会舞台——城市的力量所摧毁。

西部类型故事节拍：角色网络——普通英雄

西部类型的英雄和对手如何融入定义这一类型的更大的角色网络？

西部类型从历史事实到传说再到神话。早期的美国充满了试图创造新生活的普通男人和女人。因此，这个故事中的英雄、超级英雄和神灵，是善良的、粗枝大叶的普通男人，有时也是普通女人，而他们每天都在完成非凡而光荣的壮举。在这一过程中，他们在一个大陆上创造了一种文明。

- 历史/传说中的英雄和超级英雄包括怀特·厄普、霍利迪医生（Doc Holliday）、蝙蝠马斯特森（Bat Masterson）、水牛比尔（Buffalo Bill Cody）、狂野比尔（Wild Bill Hickok）、女灾星简（Calamity Jane）、比利小子（Billy the Kid）、杰西·詹姆斯（Jesse James）、布奇·卡西迪（Butch Cassidy）和圣丹斯小子（Sundance Kid）[1]。
- 想象中的普通人之神、超级英雄和反英雄角色包括保罗·班扬（Paul Bunyan）、约翰·亨利（John Henry）、《原野奇侠》中的肖恩、《荒野浪子》中的陌生人、《黄金三镖客》中的布兰迪、《西部往事》中的口琴人、《搜索者》中的伊森·爱德华兹、《豪勇七蛟龙》中的七镖客、《日落黄沙》中的狂徒帮、《西部执法者》（*The Outlaw Josey Wales*）中的乔塞·韦尔斯、《正午》（*High Noon*）中的执法官威尔·凯恩以及《花村》中的约翰·麦凯比和康斯坦丝·米勒。

---

1 怀特·厄普，美国边疆开拓者，19世纪70年代在维契托、道奇市任警官。雷克（Stuart Lake）在其合作下写了《怀特·厄普——边疆的联邦警长》（*Wyatt Earp, Frontier Marshal*, 1931年）一书，把他塑造成一个大无畏的执法者。

霍利迪医生，约翰·亨利·霍利迪的绰号（1852—1887），赌徒、枪手，有时是美国西部的牙医。

蝙蝠马斯特森，巴塞洛缪·马斯特森（1853—1921）的绰号，赌徒、沙龙老板、律师和报人，在旧美国西部享有盛誉。

威廉·弗雷德里克·"水牛比尔"·科迪（1846—1917），南北战争军人、陆军侦查队队长、驿马快递（Pony Express）骑士、农场经营人、边境拓垦人、美洲野牛猎手和马戏表演者。

狂野比尔是美国西部拓荒时期著名警长希考克（1837—1876）的绰号，他的许多故事流传在美国民间。

女灾星简（1852—1903），美国边疆地区的历史人物，以枪法准著称。作为一名牛仔和悍匪，简作风强硬、杀人如麻，她也因此被当时的人们称为"女灾星简"。

比利小子（1859—1881），美国罪犯、枪手，西部传奇人物。

杰西·詹姆斯（1847—1882），美国强盗，是19世纪末最臭名昭著的强盗之一。自从去世后，他就被刻画成一个民间传说人物，更时不时被误描绘成一个枪决能手。

布奇·卡西迪是牛仔、银行抢劫犯，与他的帮派狂野帮（Wild Bunch）以及圣丹斯小子（Sundance Kid）合作。

与犹太教或基督教的上帝相比，西部“神话人物”的万神殿更接近希腊的万神殿。与希腊诸神一样，西部的“神”是粗暴、放荡、感性的生活爱好者，有时很有趣，偶尔也很可笑。看酒吧女郎的争斗，就像看雅典娜与阿佛洛狄忒的竞争；我们为此更喜欢她们。

与新的民主社会相适应，西部类型的万神殿既没有山顶上的宙斯，天堂里也没有一个高高在上的神。在这些神话—信仰故事体系中，其他神明处于一个严格的等级制度中，向最高的神表示效忠。西部类型中的人在人类本身中找到他们的神性，而不是在一个理想化的、全善的、全能的人物身上。西部的“诸神”并不生活在高处，他们在平原上游荡。每个人都通过法律或报复，为那些挣扎着建立自己生活的普通人带来秩序和公正。与北欧诸神一样，西部类型诸神都是凡人。死亡是一种持续的可能性，随时可能降临。

西部类型的道德准则比基督教的道德准则更广泛，有不同的价值观和优先事项。例如，在西部类型中，婚外性行为并不等于通奸。性行为本身没有好坏之分，重要的是后果。就像基督教的道德准则一样，西部类型的“神”也有严格的善与恶的伦理。

西部类型的次要人物的主要任务是创造家园、国家和文明。农民在家人的帮助下耕种土地。传教士把上帝的话语带到荒野。女教师不仅教育社区的孩子读、写和算术，她还是一个“好女人”，将成为执法者的妻子。

西部故事节拍：对手——印第安人和坏牛仔

对手在英雄实现目标的途中制造障碍。

西部类型的对手必须是与英雄在身体上发生对抗的人。对手一般有两种。

牛仔 vs. 印第安人

在西部类型的早期版本中，印第安人是欧洲文明建设定居者的第一个障碍。欧洲人给美洲原住民起了这个名字，为了纪念一些最早登陆美洲的探险家犯下的一个巨大错误——他们以为找到了印度。

像牛仔一样，印第安人是猎人，但他们属于不同的种族，而且他们更早来到这片土地上。对于欧洲和东部沿海地区的白人定居者来说，这些土著人不是人类。他们是“他者”，是只想破坏他们的农场和村庄的野蛮人。

定居者向身体更高大更强壮的牛仔——骑马的战士寻求援助。他们知道牛仔也是一个野蛮人，但牛仔是他们的野蛮人。他帮助社区与阻碍社会发展的野蛮力量作斗争。

虽然牛仔 vs. 印第安人似乎是主要的冲突，但经典西部片所描绘的只是这场斗争的结局。这些故事通常发生在 19 世纪 70、80 年代，展示了印第安人在三个世纪的战争中的最后阶段，这场战争标志着他们在美国的种族灭绝。这场斗争的结果早已确定。

农民 vs. 养牛人，好牛仔 vs. 坏牛仔

在后来的西部故事中，农民和养牛人之间的斗争是主要的冲突，也是决定其形式的一个冲突。这些强悍的牛仔是荒野中的白人战士。他们认为划分土地进行耕种是进步的对立面。这种类型的第二种对立集中在枪手与枪手之间。

西部类型的巨大优势之一是它对执法者进行比较的方式。关键的对比不是枪手与农民之间的对比或枪手与社区建设者的对比，而是有道德的枪手或好牛仔与不道德的枪手或坏牛仔的对比。他们其实是同一类人。

像好牛仔一样，坏牛仔也是个体格健壮、靠身体生存的人。每个人都有迅速拔枪，并以致命的准确性射击的身体能力。因此，这种自然人的两种表现形式之间的冲突是基本道德的冲突：领导者与暴君的冲突。

在这个意义上，《红河》是一部典型的西部片。驱牛队的首领在将牛送到市场的过程中变得专横跋扈。他的养子通过使用道德权利来打败他的专制父亲，成为新的领袖。

道德对立

西部片是一幅巨大的、鲜明的画布上的道德剧。处于对立状态的两个壮

汉——超级牛仔和坏牛仔——在他们对社区的争夺中展现了道德上的冲突。

坏牛仔是无序社会的力量。他们对不受限制的利益的渴望只能导致无政府状态的出现。其形式可能是将牛群赶到没有围栏、没有耕地的荒野上，也可能是一个无法无天的繁荣城镇，在那里牛仔对女人、酒和赌博的渴望将大街变成了战区。

“好”镇民推动法律、对欲望的限制，以避免他们的城镇及他们自己未来走向死亡。那些反对这种限制的人，即“亡命之徒”，毫不考虑原则问题。他们乐意用枪来获得财富、权力和地位。

更确切地说，他们不希望培养自我完善的能力。他们的收益不是来自对环境的精心开发，也不是来自与社区其他成员的合作。它来自聚集一支由枪手组成的战斗部队，并使用武器窃取财富。

这些人促进了社会的腐化，因为他们对发展不屑一顾，既不关心，也不会去保护。另一方面，善良的、守法的公民试图构建纽带，形成一个可识别的、强大的、持久的社会。

当农民和村民把好牛仔带进来的时候，他可能是一个执法者——警长或治安官，也可能是一个超级牛仔。超级牛仔有他的西部法典：重视勇气、自力更生、体面和明确的是非曲直。

但是，好牛仔越强大，对手就越强大。坏牛仔意味着极端的自由、伟大的“我”、不受限制的自我、极度缺乏社会责任。他的目标就是破坏。

超级牛仔、坏牛仔和农民之间的关系体现了尼采对主人道德和奴隶道德的经典区分。尼采可能会说超级牛仔和坏牛仔的价值观是主人道德的一部分。作为体能优越者，他们是来自荒野的战士。尽管他们有截然不同的价值观，但他们互相尊重对方的勇气和技能。他们提出要求并绝不让步。

尼采认为，在奴隶道德中，“邪恶”的概念是那些处于弱者地位的人创造的。农民和镇民臣服于坏牛仔的战士技能和敏锐感知，因此他们称他为“邪恶”。坏牛仔无情、恶毒，因为他是原始的。他想要野性、开阔的土地，自由地攫取财富，不按规则或不按新的道德规范行事。

技巧：克星

给英雄一个克星，一个对英雄来说最危险的对手。

就像在动作故事中一样，让对手是尽可能优秀的战士，并且最能攻击英雄的最大缺陷。一般来说，英雄的缺陷是羞耻文化的一种症状，其他症状还有牛仔不愿杀人。

西部故事节拍：对手的计划——毁灭

无论对手是坏牛仔还是印第安人，都对定居者犯下了罪行。犯罪的目的是要摧毁已经建立起来的东西，并创造一个一切都由武力来决定的无法无天的世界。拥有优势火力的摧毁者一定会赢得这场比赛，他制造了一种绝望的心理，促使定居者想要放弃。

示例包括：

- **印第安人的攻击**：《关山飞渡》《要塞风云》《黄巾骑兵队》《红河》《搜索者》《乱世英杰》《断箭》。
- **向印第安人出售武器**：《乱世英杰》。
- **盗窃牲畜**：《维吉尼亚人》《黄牛惨案》《牛仔传奇》。
- **砍伐栅栏和焚烧农场**：《原野奇侠》。
- **毁坏财产或基础设施**：《火车豪杰》。
- **恐吓城镇居民**：《义海倾情》、《正午》、《双虎屠龙》、《荒野浪子》、《苍白骑士》（*Pale Rider*）。
- **绑架**：《搜索者》《乱世英杰》。
- **盗窃**：《荡寇志》《怒河》《双虎屠龙》《荒野大镖客》《虎豹小霸王》。
- **谋杀**：《原野奇侠》《西部往事》《大地惊雷》《碧血烟花》《百战宝枪》《赤裸的马刺》《荒野大镖客》《荒野浪子》《西部执法者》。

西部故事节拍：计划——直接对抗

在典型的西部故事中，最初的计划来自村民 / 农民。在印第安人或坏牛仔的攻击下，他们请来了超级牛仔——不管是执法者还是枪手——来领导战斗。他的方法是对抗。

计划并不复杂，就像侦探故事中一样。牛仔是个斗士。为了打败对手、为社区赢得和平，他所采取的一系列行动是一连串不断升级的战斗。通常情况下，他们从拳头开始，然后升级为枪战。原始人靠武力解决问题。

西方故事节拍：战斗——最后对决

任何故事中的战斗都是最后也是最大的冲突，决定了胜负。在西部类型中，整个故事通常会归结为决战，即超级牛仔和坏牛仔之间的枪战。

要点：到目前为止，最后决战是西部类型中最重要的故事结构步骤。

为什么？最后的决战不是一个人在愤怒中杀死另一个人这么简单。这是一个具有复杂仪式的戏剧性事件。无论是发生在酒馆还是大街上，它都是关于荣誉、勇敢、形象和勇气。它是一种对地位的展示，是公开的羞辱或胜利。

通常情况下，对决开始于坏牛仔对好牛仔的挑衅，或对没有持枪能力的农民的羞辱。坏牛仔说好牛仔是骗子，是娘娘腔或懦夫。对牛仔来说，最大的耻辱莫过于被视为没有男子气概的人。

在场的每个人都知道，这种侮辱会导致某人的死亡。在这样一种强烈的羞耻文化中，牛仔不能一走了之，否则他就会被打上一个代表懦夫（coward）的猩红的“C”。他受困于羞耻文化，永远处于双重束缚之中。一方面，他必须不断地冒着生命危险证明自己的男子气概。另一方面，即使他赢了，也会有人死亡。

要点：这场对决决定了国家的未来，文明还是混乱，就在一刹那间。

通常情况下，这一刹那被拉长到感觉像是永恒。观众享受着这一紧张而漫长的时刻带来的快乐和痛苦。

有著名枪战的电影包括《侠骨柔情》和《墓碑镇》，这两部电影描绘了发生在 O.K. 镇的传奇枪战；根据《七武士》改编的《豪勇七蛟龙》；以及《原野奇侠》、《不可饶恕》（*Unforgiven*）和《双虎屠龙》。

编剧和导演塞尔乔·莱昂内（Sergio Leone）深谙决斗的仪式性本质，并将其提升至一个新的高度。在《黄金三镖客》中，他通过在三个角色之间的枪战来加大赌注。他让镜头拍摄三个人眼睛的大特写，每个人都在寻找谁会先拔枪的“答案”。

最好的枪战可能发生在伟大的反西部片《西部往事》中。枪战不像通常那样出现在故事结尾，而是出现在影片的开头。

三个强悍的牛仔在荒郊野外的一个火车站等待。以典型的莱昂内的方式，他们等待了很长时间，这为即将到来的短暂时刻建立了悬念和戏剧性。火车停了下来。没人下车。火车开走了。站在铁轨另一边的是一个我们不知道名字的牛仔。三个坏牛仔中的一个说：“看来我们少了一匹马。”单独的牛仔回答说：“是多了两匹马。”转眼间，一切都结束了。这三个人都死了。孤独的牛仔牵走了他们的一匹马，骑着走了。于是，“口琴人”的神话开始了。

西部故事节拍：道德主张——道德的对决

最好的故事将如何更好地生活在这个世界上的道德主张提炼为两种行为之间的选择。西部类型的结构是一切交汇于英雄用枪做出最后道德决定的这一焦点。它把道德地生活等同于成为一个男人，而成为一个男人等同于用枪。这种道德等式在现代社会中是非常可疑的，但这就是西部故事必须在好人和坏人之间的决斗中结束的原因。

决斗是对人物道德品质的最终证明。通过这种方式，西部类型强调了危机，或者说“极限状况”，它在瞬间决定了角色。[1]

要点：存在主义法则表现在西部类型的这种直接的、道德的对抗中。

从表面上看，对决是一场竞赛，就像罗马角斗士一样，胜者生，败者死，但这其实是一场终极的道德竞赛。就像过去的流浪骑士一样，这场西部类型之战表达了道德价值。

在最终决斗中，英雄有一个额外的负担，那就是西部法典中的：好牛仔决不能先拔枪。这条规则似乎给了坏牛仔一个机会：拔枪或者不拔。但坏牛仔并没有更高尚的道德，他一定会拔枪。

真正的道德决定是在好牛仔那里：我是冒着丧命的危险等待采取自卫行动？还是为了社区的价值观而活，至少活到下一场决战，先拔枪，成为一个杀手？西部片中的道德生死冲突是最原始的，它将人类带回到根植于生存的动物本性之中。

那么什么时候，这种关于如何生活的道德观会变成错的？在故事/电影《决战犹马镇》中，英雄同意帮忙把一个罪犯押送至监狱，因为他的儿子认为他是个懦夫。编剧的故事策略是增加针对英雄的枪支数量，同时减少他的盟友，直到他孤身一人面对死亡。

有关存在的问题变成了：你的道德准则值得你为之而死吗？对这个人来说，是值得的，即使他的选择被罪犯怎样都会逃脱的事实削弱了。最后，他的儿子对他报以极大的敬意。不幸的是，这个人已经死了。这种错误的道德核算是经典西部类型这一重要的故事类型死去的主要原因之一。

---

1 见卡尔·雅斯贝尔思（Karl Jaspers）和汉斯·格奥尔格·伽达默尔（Hans-Georg Gadamer）的观点。——原注

西部故事节拍：自我启示——永恒的流浪者

在最后的战斗之后，大多数故事中的英雄都有一个自我启示，他意识到自己到底是谁。在西部故事中，英雄的第一次自我启示发生在决战**之前**。由于不愿在荒野中杀死其他牛仔，英雄试图避免靠枪生活的困境。但随着枪战迫在眉睫，他意识到他必须杀人。他必须站起来，做正确的事。正如肖恩对年轻的乔伊所说："一个人必须成为他自己。"

这种自我启示最著名的视觉表达是《搜索者》的结尾。英雄伊森·爱德华兹把他被绑架的侄女送回家。在死亡之地长达一年的寻找使他变得更加坚毅。一家人进屋庆祝。伊森独自站在门外，身后是一片荒野。他转身离开。

《黄巾骑兵队》将这种牛仔创造了国家，却与应许之地擦肩而过的感觉进一步扩展。一位能够阻止印第安人战争的即将退休的陆军上尉的故事，以一队骑兵在纪念碑谷巡逻告终。

> **旁白**：他们来了，这些丑陋粗鲁的士兵、正规军，每天50美分的专业人员，在国家的前哨阵地骑行。从里诺堡到阿帕奇堡、从谢里丹到斯塔克，他们都一样。这些穿着脏兮兮的蓝色衬衫的士兵，只有历史书上冰冷的一页来纪念他们的逝去。但无论他们骑马去了哪个地方，无论他们为哪个地方奋战，那个地方都成了美国。

西部故事节拍：新的平衡——注定死亡之人

在任何故事的结尾，新的平衡都会建立。一切都恢复了正常。但有一件事发生了变化：英雄的地位，根据他的自我启示，他处于一个更高或更低的位置。

在西部类型中，英雄已经成功实现了他的目标。但在内心，他是一个堕落的人。他知道自己无法改变。未来可预见的一天，他也会和死于他枪下的对手一样横尸街头。

主题：存在就是命中注定的生活

像所有类型一样，西部类型提出了关于存在的基本问题：人类的存在意味着什么？无论是经典西部类型还是反西部类型，无论设定在今天还是遥远的过去，西部类型都是终极的存在主义故事。它最清晰地表达了我们所有人命中注定都会死去的生活。生活是必须结束的。原始的自然世界已经消失，我们永远没法让它回来了。我们也一直在走向死亡。

任何时候都可能是我们的最后一刻，这种感觉反过来使我们的生活更加美好。通过讲述牛仔和印第安人的悲剧性故事，西部类型让我们感受到生命的苦乐参半。也许，就像存在主义一样，它让我们更加珍惜我们所拥有的一切。

与其他类型不同，西部类型向我们展示了我们注定死亡的人生是如何运行的。这是最广泛意义上的进化。西部类型表达了我们所有人如何生存，又会如何结束生存。

这个过程十分清晰：个人始终是社会整体的一部分。个人正在建立一种文明，这一文明将不断发展，直到它限制并经常摧毁个人。个人建立的生活将不可避免地使他与那些不认同他“进步”观点的人发生冲突。

西部类型对存在的看法从根本上不同于大多数类型。因为它没有把存在和成为分开。

要点： 对西部类型来说，存在就是成为。

西部类型主题秘方：服务于弱者的斗士之路

这种存在和成为的统一性意味着什么？像所有的类型一样，西部类型中成为最好的自己的主题秘方首先来自英雄的基本行动。在为他人建立家园和国家而战斗的过程中，西部类型在个人行动和社会未来之间建立了强有力的联系。它说，人类是从自然土壤中生长出来的，是从自然进化到文明的。因此，西部的成为观可以概括为：当你帮助别人建立一个家时，你就建立了一个文明，在那里，每个人都可以自由地过上最好的生活。

西部类型的成功生活手册也来自该类型的关键问题，其与动作类型的问题是一样的，并且就是从这一问题衍生出来的：战斗还是逃亡，自由还是生存？牛仔的答案很简单：他必须总是站起来战斗，因为这是对所有人的自由的保证。

西部类型庞大的主题秘方，包含了任何人类社会如何通过阶段性演变而成为它们自身的过程，并在最后对决中落实于个人。站在大街中央的人在刹那的行动中面临“死亡”。这就是我们每天都在做的存在主义选择——做还是不做？生存还是死亡？所有社会和文化发展的宏观力量都归结为这一时刻。一种结果带来了美好生活中所有的快乐、收益和悲伤，另一种结果带来的则是永恒的虚无。

如何超越西部故事

超越西部故事的方法是写反西部故事——所有故事形式中最先进、主题最强大的一种。反西部类型认为当城市不可避免地接管一切时，文明就会堕落。它显示了在现代文明的严酷现实中，自由是可能的，但又是艰难的。

小说

《孤独鸽》(*Lonesome Dove*)，《骑士，且经过》(*Horseman, Pass By*)，《最后一场电影》，边境三部曲：《天下骏马》(*All the Pretty Horses*)、《穿越》(*The Crossing*)、《平原上的城市》(*Cities of the Plain*)，《血色子午线》(*Blood Meridian: Or the Evening Redness in the West*)。

电影

《碧血烟花》、《正午》、《原野铁汉》(*Hud*)、《虎豹小霸王》、《日落黄沙》、《花村》、《西部往事》、《最后一场电影》、《太阳盟》(*A Man Called Horse*)、《西部执法者》、《小巨人》、《不可饶恕》、《与狼共舞》、《铁胆神枪》(*Monte Walsh*)、《敌对分子》(*Hostiles*)、《犬之力》(*The Power* of the Dog)。

西部类型 vs. 反西部类型和严肃小说

小说家赫尔南·迪亚兹(Hernan Diaz)如此评价西部类型:

> 你知道,西部类型是一种奇怪的边缘类型。你会期望它成为美国文学的中心,因为它作为一种意识形态工具是如此完美。它是个人主义的顶峰,它是一个关于国家诞生的意识形态故事,它将种族灭绝浪漫化……然而,大多数人都很难说出科马克·麦卡锡(Cormac McCarthy)或拉里·麦克穆特瑞(Larry McMurtry)[1]之前的三位西部类型作家。它以这样一种有趣的方式被电影所掩盖。相比侦探类型或科幻类型——两者都对文学产生了巨大的影响,西部类型并没有兑现其承诺或潜力。

西部类型始于廉价小说,而后逐渐发展,1902年的《维吉尼亚人》和1912年的《紫艾草的骑士》为这一类型的首创者。其在电影中的全盛时期是20世纪20年代至50年代,并从20世纪50年代末到60年代中期在电视媒体

---

1 科马克·麦卡锡(1933—2023),美国小说家和剧作家。代表作有《血色子午线》《边境三部曲》《老无所依》《长路》《上帝之子》等。

拉里·麦克穆特瑞(1936—2021),美国小说家、编剧、制片人,创作过许多美国西部的作品,代表小说和剧作还包括《孤鸽镇》《母女情深》《最后一场电影》等,并凭借《断背山》获奥斯卡最佳改编剧本奖。

中达到顶峰。它的流行时间很奇怪，因为它是在其所表达的意识形态之后的50到100年才出现的。

经典西部类型将“天命”的意识形态（在1850年达到顶峰）和进步的概念转译为故事类型。因此，从1900—1960年，这种流行的类型总是关于一种其时代来了又走了的意识形态，一种对不存在的过去的怀旧。西部类型在艺术上是一个行走的死魂灵。

美国创世神话在意识形态上的反面是严肃小说，尤其是所谓的“伟大的美国小说”。严肃小说几乎只关注美国前两部创世文本——《独立宣言》和《美国宪法》的缺陷，以及由此导致的这个国家的失败。可以说，伟大的美国小说都是关于美国的承诺的失败。

即使在最流行的时候，经典西部类型在艺术上也是死的，这也是它从来没有像侦探类型和科幻类型那样有影响力的原因。侦探类型一直是一种充满活力的类型，因为它告诉我们如何在一个逐渐变得模糊不清的世界里探知真相。它是解谜的故事。从全知全能的视角到具体的叙述，再加上小说史上的整体运动迫使读者弄清故事的来龙去脉，使侦探类型成为现代故事的特定模板。

科幻类型则归功于它是关于“我们如何创造我们的世界”的。我们如何使我们的世界能更好地发展，尤其是在一场与我们这一物种的自毁性作斗争的竞赛中？在叙事方面，科幻类型结合了先进意识的两种模式——故事和科学。西部类型展示了原始的行为，故事是关于基本的人类道德的。

超越西部类型：历史和文明的故事

要了解如何写出超越性反西部类型这一高级故事形式，我们必须首先了解人类是如何创造出这一类型的基本艺术 / 故事形式：**历史**和**文明**。西部类型通过文化演变的四个主要阶段来表现历史：荒野、村庄、城市和高压城市。它通过兴衰的故事结构来表现文明，这是一个国王的故事的悲剧版本。我们将在下一章看到，这与黑帮国王的兴衰结构相同。

在微观世界中创造文明：边疆假说

观看文明的漫长弧线的最好方式是在一个典型故事中观察它的缩影。换个角度说，在西部故事中发现的文明缩影是什么？

要点：欧洲定居者进入一片对他们来说是处女地的新大陆。这为世界历史中的文明建设提供了最佳的研究案例。

欧洲定居者在大陆上从东向西的大规模迁移，标志着美国人的身份和文明的确立。正如我们所讨论的，弗雷德里克·杰克逊·特纳在他关于文化创造的精彩文章《美国历史上边疆的意义》中描述了这一过程，被称为“边疆假说”(1893 年)。

边疆假说是科学假说的一个前提，或者说是故事版本。这个故事显示了一个民族（这里指美国人）成为他们自己的过程。

将边疆假说作为案例研究的好处在于，欧洲人向新大陆的移民清楚地展示了构成一种文化的思想是与社会的三大主要元素——土地、人和技术——互动的产物。它还表明所有的美国故事是如何被美国历史上的基本运动所定义的，也就是霍勒斯·格里利（Horace Greeley）[1] 所表述的：“去西部，年轻人。去西部。”

边疆假说的主要特点是：

- 边疆是野蛮和文明的交汇点。
- 当移民面对自由的熔炉、严酷的土地时，土地将他从一个欧洲人转变为一个美国人。
- 边疆造就了一个自私和个人主义的美国人。他们把个人自由看得高于

1 霍勒斯·格里利(1811—1872)，美国著名报人、编辑，《纽约论坛报》的创办者，自由共和党的资助人之一，政治改革家。

一切，并崇尚力量、好奇心、实用性、创造性的头脑和旺盛的精力。

简而言之，特纳说："美国是机会的另一个名字。"特纳以一个关键观点结束了他的文章：到 1890 年，当边疆消失时，美国文明的第一个伟大时期结束了。这并不是一个巧合。

边疆的消失意味着美国人的性格发生了根本性的转变。从社会第二阶段，即村庄，转向社会第三阶段，即城市。随着这一转变，国家赖以生存的道德价值观也必须转变。

由于某些因素，美国是一个关于文明和正规史学如何运行的流行案例。第一，它的历史是在一个相对较短的时间内展开的；第二，这个过程代表了一个明显的从东到西的趋势；第三，最重要的是欧洲人认为美国是从一块"白板"开始的。

这一想法显然存在巨大缺陷：北美洲并不是一块白板。在 1492 年，它是一片广袤的、郁郁葱葱的大陆，在那里，自然是全能的，技术是原始的，但它并不是空白的。据估计，1492 年以前北美地区的原住民人口从 1000 万到 5000 多万不等。

另一个反对"白板"观点的因素是数百万非洲人的输入和被奴役。欧洲人对非洲人的奴役意味着新文明的基础远不止是辛勤工作和驯服野性的边疆。事实上，创建美国的文件即《美国宪法》，正是建立在最恶劣的道德败坏——大规模的奴隶制——之上的。这个美国建国文件的核心缺陷直到今天仍在毒害美国政府。

尽管"白板"观点有这些缺陷，但美国仍然是一个有用的范例。事实上，创作超越性反西部类型作品很有必要。为什么？因为西部类型演绎了更大的文明兴衰的基本过程。

要点：西部类型表达的是一种关于历史如何运行的理论。

历史的故事

历史通常被理解为对导致此刻的所有人类事件的研究，但这种描述是如此宽泛，以至于无边无际，因此也缺乏洞见或价值。历史作为一种故事形式，通常采取这两种集中方式来讲述：自上而下或自下而上。

自上而下的历史展示了一个人（总是一个人）推动了大事件的发生，并带动了整个国家，这被称为“伟人理论”（Great Man Theory）。这是利用好莱坞的明星体系讲历史故事。自下而上的历史展示了被剥夺了权利的主要人物，以某种方式走到一起，造成了一个国家的宏大的社会运动。

要点：西部类型没有展示自上而下或自下而上的历史。它展示的是理论上的历史，即历史法则，使我们能够看到**整个过程**，而不是被个别事件所牵绊。

历史法则

除了突出生活中的某些艺术 / 故事形式，一些类型还描绘了一些基本的过程，解释了各种事物如何随时间的推移而运行。

- **科幻类型**：进化法则。
- **回忆录、神话类型和成长故事**：存在主义法则。
- **所有类型的作品**：故事法则。

见于西部类型的历史法则，记载了故事世界中三个主要结构元素的发展和互动：土地、人和技术。这是大量个人在社会整体和地理范围内的相互作用，他们利用工具改变物理世界。

这一法则还解释了这些线是如何编织成锦帛的。就像我们讨论过的其他三个法则（进化法则、存在主义法则和故事法则）一样，历史法则告诉我们，只有通过过程，我们才能真正理解人类的生活。

土地、人和技术长期互动的过程是怎样的？

要点： 历史是人类生活中各种规模的扩张和巩固交替的产物。

在每分钟的日常生活体验中，这种共鸣从个人行动（扩张）到组织（巩固），然后又回到行动；在个人的生命周期中，共鸣则是在创造伟大与适应变化之间交替进行。

这种扩张和巩固之间的节律运动是延伸和联系的基本原则的产物。每个人都想将他们的领域向外扩张，但又必须在生物体内部建立联系。扩张提供了范围，但代价是张力减弱；联系使生物体内部更加强大，但代价是领域变小。

美国的历史理论：进步

前面我们提到，经典西部类型将"天命"的意识形态和进步的理念转化为故事形式。基于土地、人和技术的联系而产生的变化影响着社会的演变。这种历史理论中的进步是基于人类的线性发展。

要点： 原始的土地、丰富的资源、向西的定居，以及铁路和蒸汽轮船等运输机械的革命性崛起，因为所有这些偶然的汇合，"进步"成为美国的历史理论，实际上甚至成为美国的信仰。

进步的思想是启蒙思想和宇宙作为机器的核心思想的延伸。隐含的等式是，启蒙 = 通过理性实现完美。当我们像机器一样生活时，我们就会越来越趋近完美。

这种深刻的机器文明概念源于美国经济的快速增长，以及通过铁路将国家连接起来的启发。在 19 世纪 40 年代的美国，没有哪句话能比"时间和空间的湮灭"[1] 更贴切地描述机器与进步的联系。

1 见利奥·马克斯（Leo Marx），《花园里的机器》。——原注进步的概念在三个社会因素的作用下变得更加强烈：

1. 更大规模的工业革命产生了爆炸性的经济。
2. 这个相对较新的美利坚合众国是建立在机器的理念之上的。
3. 选民不再是贵族，而更趋近普通人。国家日益民主化。

随着19世纪末工业化程度的提高和“机器时代”的到来，进步作为事实进一步呈现。亨利·亚当斯（Henry Adams）[1]将中世纪的核心象征——圣母玛利亚与巨型的电力发电机相比较，强调了过去与未来的对比。他认为发电机是现代的核心象征。一些信仰体系提出了一个不变的理想，我们应该在日常生活中努力实现，而科学则不同，科学是以不断增长的速度获得更多知识的活动。[2]即将到来的时代的可能性，特别是在美国，似乎是无穷尽的。

在亚当斯私人出版其里程碑式著作的十年后，第一次世界大战给这种世界进步的观念给予了沉重的打击。随着技术不断进步，第二次世界大战带来了更沉重的打击，超过5000万人死于二战。

但是，扩张性的进步愿景相对来说在美国并没有受到影响。事实上，美国与它的起源国家相隔重洋，再加上经典西部类型的崛起，意味着美国人可以以新的狂热坚持他们的进步信仰。

超越西部类型：反西部类型的故事形式

有人可能会说，反西部电影始于1939年的《碧血烟花》或1951年的《正午》。但是，这种超越性类型在1968—1971年的三年时间里，通过四部电影

1 亨利·亚当斯（1838—1918），美国历史学家、小说家，美国著名的亚当斯家族的成员，美国前总统查尔斯·弗朗西斯·亚当斯的儿子，前总统约翰·昆西·亚当斯的孙子。

2 亨利·亚当斯：《亨利·亚当斯的教育》（*The Education of Henry Adams*）第24章“圣母与发电机”（The Virgin and the Dynamo），1907年私人出版，1918年公开出版。——原注

达到了创造性的天才高度：《日落黄沙》《虎豹小霸王》《西部往事》《花村》。这些故事在结构上的出色表现使它们成为这种类型的深刻范例，并展示了反西部类型的特点。

《虎豹小霸王》：风光不再

要欣赏反西部类型的魅力，我们最好看看《虎豹小霸王》的开场戏。由编剧大师威廉姆·高德曼（William Goldman）编写，这些场景比电影史上的其他任何场景都用时更短，完成的任务更多。

开头的场景显示一个不知名男子（布奇·卡西迪）在一家银行里打探消息，以便抢劫银行。他向警卫哀叹那座老银行逝去的美丽。警卫回答说，人们一直在抢劫那家银行。谈话过程中，带有栅栏的门窗哐当一声关上，房间里一片漆黑。到了银行关门的时间。简而言之，这一幕概括了这位友好的男子以及整部电影的情节，也代表了西部类型的整体主题。

在第二个场景中，一个帅得惊人的牛仔（圣丹斯小子）正在和两个男人玩扑克牌。其中一个长相可怕的男人指责这位牛仔作弊。很明显，这又是一场西部类型的经典牌桌枪战，可能导致这位英俊而又有点儿傲慢无礼的牛仔丢了性命。开场时的那个陌生人来了，他强烈建议他的朋友，也就是那个英俊的牛仔离开赌桌，而且不带走他的赢利。英俊的牛仔拒绝了，声称他没有作弊，他还表示，只有长相可怕的那人求他留下时，他才会离开。陌生人提醒他的朋友，他可能风光不再了。但这位英俊的牛仔拒绝退缩。

于是，陌生人把他朋友的提议转告给了那个长相可怕的人，那个人告诉他，他会和他的朋友一起死去。陌生人耸耸肩，说：“我帮不了你，圣丹斯。”这一句话使局势陡然巨变。

那个长相可怕的男子意识到他即将与赫赫有名的快枪手，传奇人物圣丹斯小子进行一场枪战。他必死无疑。于是，这个胆小的人转而请求圣丹斯留下来。圣丹斯向门外走去，而他的朋友布奇则收集他牌桌上的赢利。当那人问圣丹斯：“你到底有多厉害？”圣丹斯转过身来，表演了一场快速拔枪射击的好戏。让那个人明白他刚刚与死神擦肩而过。

两个老友走出去时，布奇开玩笑地说："就像我说的，风光不再。"

要点：这是一个**典型的**反西部类型的场景，也是我最喜欢的电影场景之一。高德曼同时创造了两个西部类型超级英雄，并为他们最终不可避免的毁灭埋下伏笔。

这段对话非常精彩，是有史以来最好的对话之一。但让它们如此出色的是它们的场景策略。作者必须设定两个角色，展示他们的根本区别，以爆炸性的方式确立他们的传奇地位，展示他们作为行动伙伴和喜剧团队如何出色地"共舞"，然后插入故事的最终主题——像这样的人和旧西部类型本身的死亡。

对于作家来说，要做到这一切是非常困难的。戈德曼用这样的策略完成了任务：他设置了一个虚假的危机，让观众以为这个英俊的陌生人必死无疑。危机在一瞬间定义了性格，并且我们看到性格通过行动表现了出来。危机让我们看到这两个特别的角色在压力下十分冷静，就算在死神的逼视下，还可以像老夫老妻一样逗趣地争吵。

这一策略的结果是，观众是跟杀手同时**体验到**真相：圣丹斯小子瞬间就从娇弱无力的失败者变成西部最伟大的枪手。我们还看到了这两个家伙关系的本质，布奇是有趣的快嘴，而圣丹斯是行动派。

这一场景策略还通向影片的主题漩涡点，就是布奇笑着说的那句，"就像我说的，风光不再"。鉴于圣丹斯刚刚展示的射击能力，圣丹斯是不可能走下坡路、风光不再的。但在影片结束时，他和布奇确实风光不再，不是因为他们的年龄，而是因为他们所处的时代已经过去了。当一个新的社会出现，即使这两位超级英雄拥有一身智慧和才能也难以生存。

从西部类型到反西部类型

立足于历史法则中的技术和文明的兴衰，我们可以看到反西部类型故事是所有类型中最具洞察力和挑战性的。它标志着西部故事成为真正的艺术形式的巅峰时刻。

要点：反西部类型是在故事中最能表达“存在即成为”的类型。

最初的西部类型，通常设定在19世纪70年代至80年代美国的建设时期，描绘了从构建社会（扩张）到完善社会并赋予其复杂特征（巩固）的过渡。它追踪并在大多数情况下赞扬了一个分权社会，并证实了社会人的价值。

在反西部类型作品中，社会进程中的中心时刻转移至美国边疆最终确立的1890—1900年。国土版图的闭合与全国范围内机械化的大众社会的形成同时发生。由此产生的故事类型探查了一个更深刻的社会、文化演变的新时刻。

作为一种艺术形式，这个故事在许多方面表明了人类必须成为，但也不能成为社会动物。如果人类是社会性的，他们最终将被毁灭。反西部类型故事显示了一个更强大、更集中的制度压迫着一个较小的、分散的社区。它追踪了发达的等级社会是如何限制甚至奴役个人的。

像物种一样，类型也会多样化。西部类型演变成了反西部类型之外的许多故事类型。自然界的原始人——牛仔，变成了思想家——侦探，以及无情的商人——黑帮。西部类型也演变成了动作故事，即关于冲突和战争的故事。它还变成了现代化类型故事（Modernization Story）——其消极版本被称为“花园里的机器”，积极版本则是在单一生态系统中平衡个体、家庭、社会和自然的“生态神话”。

为了了解西部类型故事是如何演变的，我们先从推动行动的英雄开始。反西部类型的故事展示了自然人试图在城市世界的大众社会中生存。最初的西部类型故事的固有特点是，英雄从不结婚。然而，不知为何，他有三个儿子：

1. 反牛仔。
2. “好儿子”侦探。
3. “坏儿子”黑帮党徒。

以下是西部类型与由其演变而来的三种主要故事类型之间的基本区别：

- 西部类型：创造文明、国家和美国梦，特别是通过对枪支的正面使用来创造。
- 反西部类型：更大的社会摧毁了建立它的个人。
- 侦探类型：社会充满了谎言、腐败和谋杀。但聪明的头脑会找到真相并带来正义。
- 黑帮类型：美国梦的腐败，以及消极地使用暴力以获得商业成功。

反西部类型的故事节拍

这种故事形式被称为“反西部类型”的原因是，它采用了西部类型的所有主要元素，如故事世界、英雄、情节和主题，并将其进行反转。

反西部故事节拍：故事世界——侵占城市

从西部类型到反西部类型的转变是从故事世界以及它与土地、社会和技术的独特组合开始的。反西部类型表达了这样的观点：世界历史上最影响深远的事件之一是19世纪90年代美国西部的关闭。这是新世界的最后边疆，无论是事实上还是概念上。

土地和社会之间关系的这一变化产生的影响是深远的。这种转变远远超出了美国社会的范畴。它表达了一个根本性的变化，那就是任何社会在从农业社会转向工业社会时都必须经历的正式历史变迁。

我们已经讨论过西部类型如何体现社会阶段的整体进展：野生自然、田园自然和村庄、城镇、城市和高压城市。让我们更详细地探讨一下从村庄到城市的转变，这是反西部类型的重点。

1. 具有明显可识别力量的直接社会，开始不可阻挡地转向间接社会，其中隐藏着更加强大的力量。

2. 一直横向扩张的乡村社会现在达到了它的极限。

3. 社会纵向发展，村庄变成了城镇，然后是城市。

城市呈现出财富和权力的巨大对比，远远超过了村庄世界中可能出现的情况。这种机会的增加是有代价的。一种新的自然状态出现了。在以前，普通人会死于荒野之手，现在他很容易受到新文明中富人和强者的攻击。

城市也意味着有更多的规则来管理大量涌入的、想抓住巨大机遇的人们。个人在土地上漫游和选择如何创造新生活的自由，受到官僚机构及其经济力量规则的严重限制。

我的成长故事揭秘：《花村》

《花村》揭露了对我影响巨大的西部类型的核心谎言。它表达了羞耻文化，这种文化有时迫使我从身体上“证明”自己是个男人。这个故事描绘了更真实的美国的发展，而不是我希望的那种被粉饰的形象。这就是电影这一媒介的真正潜力，它既具有强烈感性，又具有宏大哲思。这部电影通过一个故事描述了整个现代化的进程，从荒野到高压城市的社会演变。真是令人惊叹。

三年后，当我看到《七武士》时，我洞悉了自己与电影纠缠一生的命运。

故事世界：道德败坏的社会

反西部类型描述了社会从村庄向城市转变、从直接权力向间接权力转变的过程，农民或商人不再是建设国家的英雄，每个普通男人 / 女人都是身体上无能、道德上堕落的人。这些人面貌和行为相仿，他们小气、狭隘、以自我为中心、专制、不敢挺身而出、只敢藏在人群里，而且虚伪。

在反西部类型的腐败社会中，羞耻心已经失去了激励正确行动的力量。对于建设西部至关重要的个人责任的理念已经消失。

在《正午》中，英雄威尔·凯恩有一种强烈的责任感，他要保卫小镇，对抗前来复仇的四个逃犯。但镇上的人都是忘恩负义的懦夫，不愿意帮助他保护法律和他们创造的小镇。最后时刻，警长在贵格会成员，其高贵冷静的妻子最后一刻的帮助下，在正午时分的决斗中杀死了四个逃犯。他把他的徽章扔进泥里，然后骑着马离开了小镇。

《花村》中的小镇不是经典西部类型中那种平坦、干燥、没有树木的小镇。小镇坐落在美国西北部郁郁葱葱、泥泞多山的荒野中。当英雄约翰·麦凯比第一次来到这里时，迎接他的是那些偏执邋遢的镇民脸上的多疑恐惧的神情。每个人都是一座孤岛，兀自沉浸在自己的贫困之中。只有在当地的酒馆里拿出一副扑克，麦凯比才能把这些小心翼翼的独行侠们聚在一起玩扑克。

故事世界：世纪之交的技术

反西部类型中描述的技术不是马、栅栏，也不是用来在荒野中建立村庄的六连发枪。而是我们称之为“机器时代”的用于建造工业化城市的机器。

《西部往事》的故事聚焦工业时代的第一个伟大引擎——火车。

《花村》中的妓院购买了一个现代的、节省劳动力的奇迹——真空吸尘器。

在以 1913 年为背景的《日落黄沙》中，那伙亡命的草莽英雄在看到汽车时惊呆了。随后在他们的最后决战中，他们使用机枪对墨西哥军队进行了大规模杀戮，这预示着即将到来的屠杀。就是这种武器在第一次世界大战中，让数百万试图爬过铁丝网的人丧生。

反西部故事节拍：反西部类型英雄

就像反西部类型改变了土地、人民和技术的组合，从乡村到城市，它对英雄的刻画也从超级英雄变为反英雄。反西部类型的主角不再是持枪的动作类型英雄。在极端情况下，他变成了不知道如何开枪、反应迟钝的反英雄。

在故事史上，每当社会从乡村向城市转变时，这种转变都是预先确定的。城市复杂而间接的力量制造了一些问题，这些问题再也无法通过用枪瞄准不同种族的“野蛮人”来解决。战士不受重视，他已经过时了。

反西部类型把重点放在转折点上，即村庄突然转变为城市。它显示了随着未来社会阶段的社会力量的衰落，英雄向反英雄的衰落。以下是一些最著名的反西部类型的反英雄们，按电影上映的顺序排列。

《碧血烟花》中，汤姆·德斯特里是一个喜剧性的反英雄牛仔，自嘲的执法者，不是用枪而是通过讲述有启发性的寓言来解决问题。德斯特里是牛仔耶稣。

《日落黄沙》中的一帮法外之徒是反英雄，是无情的杀手，是试图在他们所熟悉的西部消失之前再干一票的凶恶之徒。腐败的执法者们在边境以南追杀他们，并把他们逼到一个残暴的墨西哥将军的据点里。他们能做的就是为了拯救一个自己人而光荣地死去。这是一种美丽但绝望的姿态。

《虎豹小霸王》中，随和的布奇和超级牛仔圣丹斯是典型的西部村夫。他们不够聪明，没有看到企业和国家的城市世界正向他们逼近。就像《日落黄沙》中那伙法外狂徒一样，他们被驱赶到遥远的过去，影片中这一过去以玻利维亚这个不太现代化的国家的形式呈现。最后，他们的个人英雄主义与六连发手枪，显然无法与玻利维亚军队的大规模枪火相抗衡。

《小巨人》中，杰克·克拉布可以被称为旧西部的汤姆·琼斯和利奥波德·布鲁姆[1]。杰克是一个小个子流浪汉，备受社会各阶层的腐败人物的打击。

---

1 利奥波德·布鲁姆是詹姆斯·乔伊斯（James Joyce）的著名小说《尤利西斯》中的男主角。《尤利西斯》以时间为顺序，描述了英雄——苦闷彷徨的都柏林小市民、广告推销员利奥波德·布鲁姆于1904年6月16日一昼夜在都柏林的种种经历。

作为 120 岁的叙述者，杰克讲述了他在夏安人的乌托邦世界里长大的经历，他发现这种文化比他所处的西方白人世界更优越。在故事的进程中，杰克经历了颠覆西部类型的每一个节拍：成为一个不称职的枪手，遇到一个虔诚但性欲旺盛的牧师之妻，成为被涂上柏油、沾上羽毛的蛇油推销员，成为镇上的酒鬼，并对第七骑兵队在小巨角河战役的屠杀负责。

《花村》中的约翰·麦凯比是一个赌徒，他通过在一个矿区小镇上设立妓院，为建设国家做出了自己的贡献。然后，他爱上了他雇来经营妓院的老鸨。镇上的人认为他是一个著名的枪手，尽管没有任何证据证明这一点。随着小镇的发展，他的生意、他与米勒夫人的恋情都渐入佳境。但就像布奇和圣丹斯一样，他的成功引起了一家公司的注意。他们想买断他的生意。官僚们不能接受否定的回答。

被“天命”和“美国梦”这些调调洗脑的麦凯比决定要战斗。不幸的是，他不知道怎么做。他不是一个枪手。他选择的武器不是让所有人都能看到的绑在屁股上那种有男子气概的六连发手枪。麦凯比用的是德林格尔手枪，“女人的”武器，藏在他的袖子里。最后他终于知道西部的承诺是空洞无意义的，但太晚了。相信神话让麦凯比付出了生命的代价。

后来的反西部类型，如《荒野浪子》、《西部执法者》、《致命快感》(*The Quick and the Dead*) 可以被称为“异乡人的复仇”。在这些故事中，反英雄以贪婪的杀手或复仇天使的面目出现。这是一个高度神话化和存在主义的男人（或女人），他从死亡或遥远的过去回来，对腐败的社会人士进行报复。这种反英雄是一名强大的战士，但他将正义的行动与强奸和谋杀混合在一起，使自身成为一个西部类型的黑帮匪徒。经典西部类型中清晰的道德区分早已不复存在。

反西部故事节拍：反西部类型的价值观

就像清晰的道德区分一样，西部法典的价值观也消失了。反西部类型的英雄仍然相信法典，但没有意识到它已经过时了。或者他只知道后西部城市世界的真正价值观，那就是金钱和权力。

- 《日落黄沙》中“野伙帮”抢劫银行，并会不假思索地杀死任何妨碍他们的人。他们的头儿派克在谈到抢劫中的无辜旁观者说：“如果他们动，就杀了他们。”
- 《西部往事》中，一位女士来到镇上，发现她的新婚丈夫因为土地被人杀害。这片土地上有 50 英里内唯一的水源，而即将修建的铁路将需要大量的水。
- 《花村》中麦凯比以霍雷肖·阿尔杰的故事的形式，通过自己的努力站了起来。他为矿工开了一家妓院。他的错误在于，他相信了律师向他灌输的“美国梦”的虚假价值观。
- 《虎豹小霸王》中布奇和圣丹斯是银行劫匪，他们没有意识到旧日的路已经终结了。

反西部故事节拍：对手——公司老板

反西部的主要对手不是印第安人、牧牛人或枪手。枪手只是真正的对手——公司老板或有钱人——的雇工。公司老板想窃取企业的财产，建立他自己的帝国。或者，像黑帮分子一样，他只是想杀死任何妨碍他的人。

侦探帕特里克·哈里根（Patrick Harrigan）雇佣了一支无能的小队追杀抢劫其雇主——铁路公司的“野伙帮”。

《西部往事》中，铁路大亨莫顿雇佣枪手弗兰克吓唬麦克贝恩夫人的丈夫，让他放弃自己的土地。弗兰克却冷酷地杀死了这位丈夫和他的三个孩子。

《花村》中，哈里森·肖内西矿业公司的两名代理人想买下麦凯比白手起家的好生意。当麦凯比愚蠢地要价太高时，他们就派了三个杀手干掉他。

作家威廉姆·高德曼创造了一个对立，完美地表达了《虎豹小霸王》中反西部类型的新世界。布奇和他的团伙抢劫了一列火车，火车上载着东部一家公司的工资，这家公司由 E.H. 哈里曼先生所有。哈里曼这个人物在故事中从未出现过。但他是主要的对手，代表着未来的社会阶段——城市——正快速到来。

布奇和圣丹斯抢劫小银行和火车，并且不费吹灰之力就躲开当地不堪一击的警察部队。哈里曼则以城市世界的力量回击。他雇用了一支来自西部各地的全明星队伍。布奇和圣丹斯必须击败的不再是无能的当地人，而是全国最好的执法者。布奇和圣丹斯对此的回应是试图回到过去，逃到玻利维亚的乡村世界。但社会的第二阶段已经几乎消失了。在他们临死前，布奇和圣丹斯正在探讨去澳大利亚的想法。但他们人太少了，时机也太晚了。玻利维亚军队正等着用枪将他们击毙。

反西部故事节拍：表面上的胜利

大多数故事都是从奴隶制走向自由。这也是为什么这些故事通常有一个表面上失败的情节。英雄以为他已经永远地输了，但他得到一个启示，告诉他仍可以获胜；他回来了，取得了戏剧性的胜利。

反西部类型作品并没有以自由结束。它的悲剧结局是被奴役或者死亡。因此，反西部类型作品往往有一个表面上的胜利和 / 或乌托邦式的时刻。

在南下的路上，野伙帮在墨西哥的一个村庄阿瓜韦尔迪休息了一段时间，那里是他们其中一个成员的家。那是一个郁郁葱葱的乌托邦社区，如果他们没有这样的身份，不被人追杀，他们可能会住在那里。

在几乎被全明星追捕队要了小命后，布奇和圣丹斯决定去玻利维亚。圣丹斯的女友埃塔，对他们说：

> 我二十六岁，单身，是一名教师，处于人生低谷。而唯一的兴奋点就是现在我们在一起。所以我跟你走，而且我不会抱怨，我会为你补袜子，会在你受伤时为你缝伤口。我会做任何你要求的事情，除了一件事——我不会看着你死去。

然后在一个美好的夜晚，她告诉他们她要回家了。

反西部故事节拍：战斗——屠杀

反西部类型中的对决是假的。没有看谁能最快拔出他的六连发手枪的竞赛。没有超级牛仔必须等待坏牛仔先拔枪的规则。公司以雷霆手段出击。进入20世纪后，枪支的机械化意味着最后决战就是一场大屠杀。英雄没有任何机会。

野伙帮四个幸存者摆出了一个“漂亮的姿态”，走进运动场，马帕奇将军和他的数百名手下正在那里等候。他们要求马帕奇归还他们的朋友安琪，他已被折磨得奄奄一息。当马帕奇割断安琪的喉咙时，野伙帮抓起机枪，杀死男人、女人和儿童。

最具讽刺意味的是，这些老牛仔利用现代机枪放大火力，在一个近似公平的竞争环境，对抗整支军队。但他们终究是被困的老鼠。即使是高尚的努力——如果高尚能和屠杀联系在一起的话，也不能使他们免于覆灭。事实上，正是高尚导致了他们的覆灭。

与《正午》一样，《花村》也反转了最后决斗的节拍。麦凯比并不像往常好牛仔那样，站在街道中央，在崇拜他的社区成员的注视下，面对坏牛仔。镇民们甚至不知道正在进行一场决斗。麦凯比就不是一个枪手，他只是想在大雪的掩护下，努力躲避三个残酷的杀手。与此同时，镇民们正在扑灭一个他们从未去过的教堂发生的火灾。建立小镇并打败了三个杀手的人，在孤立无援、无人赞许的情况下悄然死去。

反西部故事节拍：没有自我启示

反西部故事是少数几种英雄没有自我启示的故事类型之一。就像黑色喜剧中的反英雄，反牛仔不知道他的时代已经过去。他只有死路一条。

麦凯比不知道他在试图与杀手谈判时，是多么愚蠢。

布奇和圣丹斯的自我启示是由他们的老朋友雷·布雷德索警长替他们做的：

> 你们应该在很久以前就让自己被杀死。瞧瞧，你们可能是袭击这个地区的最重量级的人物，但你们仍是两个小亡命徒。我从没见过比你更和蔼可亲的人，布奇，也没见过比圣丹斯小子更快的人。但你们仍然只是东躲西藏的两个小亡命徒。一切都结束了，你们还不明白吗？你们的时代已经结束了，你们将满身血污地死去，而你们所能做的就是选择在哪儿死去。

但他们自己看不见这一启示。因此他们满身血污地死在玻利维亚的一个陌生小镇。

《日落黄沙》中，那些无法学习的人所付出的代价最为惨重。他们干掉了数百名士兵和村民。这是战争级的大规模杀伤。在狂风肆虐的废墟中，为数不多的幸存村民走出小镇，走向虚无。

《虎豹小霸王》结尾：西部类型之死

影片的最后一幕，布奇和圣丹斯躲在玻利维亚一个小村庄的一个小房间里。他们试图堵住身上弹孔里冒出来的血，试图逃跑。唯一的出路就是从前门逃到大马路上。

当他们为这次尝试准备枪支时，布奇告诉圣丹斯他的新想法。他们要去澳大利亚，那里的人们说英语。圣丹斯不情愿地同意了。他们不知道玻利维亚军队的一半人马正在外面的屋顶上排队集结。

与对话一样有趣的是编剧的场景策略，使这一幕成为史上最伟大的场景。跟开场时一样，（伟大的）高德曼将他的角色置于一个狭小的房间里，而且房间每秒都在越变越小。如同扑克场景（poker scene），他把两个英雄置于一个危机之中。但这次危机是真实的。这一次他们将无路可逃。

这个场景策略的关键是，高德曼在英雄所知的和观众所知的（玻利维亚军队的到来）之间建立了越来越强烈的对比。这是与开场的扑克场景相反的策略。当时观众并没有参与到这个笑话中，因为扑克场景以成功结束，而这个场景以死亡结束。这表达了这对兄弟的致命缺陷，即他们不能超越自己的个人小世界。而这正是杀死他们的原因。

再一次，通过一句对白，场景聚焦一个主题漩涡点，整部影片也就浓缩在这句话里。在最后时刻，布奇想知道圣丹斯是否看到了那个伟大的执法者勒弗斯在外面。没有。布奇松了口气，回答说："很好。有那么一瞬间，我以为我们有麻烦了。"这句最后的台词，与影片以前的时刻、台词联系在一起，让你发笑，也让你心碎。

布奇和圣丹斯拿着枪冲出前门，进入战斗，枪声大作。画面定格，我们有幸看不到他们死亡的恐怖场面，但我们听到了它。他们螳臂当车的战斗画面在三阵步枪射击声中逐渐变成棕褐色。钢琴曲响起，唤起了人们对简单、美好的日子的回忆。在那一瞬间，我们看到传奇变成了神话，我们挥别了所钟爱的两位超级英雄，并为辉煌一时的西部类型之死默哀。

我的成长故事揭秘：与高德曼的晚餐

《虎豹小霸王》是我个人成长史上的另一个重要时刻。我是在高二的英语课上看到的这部电影，当时一位新老师给我们讲了诺思罗普·弗莱的英雄理论，让我大开眼界。在理性层面，我没有把反英雄布奇和圣丹斯与故事史上更大的发展联系起来。但作为一个正在上预科学校的 17 岁的孩子，在这个国家因种族主义和越南战争而焦头烂额时，我深受这些角色和他们的命运的触动。

四年后，我女朋友的父母在他们纽约市的公寓里举行了一次亲密的晚餐会。那时，我是一名狂热的电影学生，《虎豹小霸王》的剧本几乎烂熟于心。当我发现我女朋友的父亲，一个著名的商人，认识威廉姆·高德曼时，我恳求他邀请高德曼参加晚宴。

高德曼坐在桌子的一端，旁边是一个女人，我不记得了，还有我。在接下来的两个小时里，我向高德曼提出了一个又一个问题。我不知道他是否怀疑自己来参加这个晚宴是落入了一个有预谋的陷阱，但他是个很好的人，他给这个天真而求知若渴的孩子上了一堂精彩的编剧课。我知道他很欣赏我对他工作的深深敬意，他是那部杰作的编剧，真正的作者。

偶尔，我对面的女人试图和他进行一些正常的晚餐谈话。但我没有。坐在这位大师的身边，是一次千载难逢的良机。也就是从那时，我开始了对编剧这一艺术形式的热爱。更重要的是，高德曼在《虎豹小霸王》中的工作让我看到，编剧——而不是导演——是任何电影真正的作者。就像作家也是所有其他艺术形式的故事 / 情节的作者一样，这包括小说、戏剧（剧作家而非导演）、音乐（作曲家而非指挥家）、建筑（建筑师而非建造者）和电视节目（创作者—编剧—节目统筹而非导演）。

阶梯的下一个梯级

西部类型是终极的恢宏画面的类型，展示了文明的演变和个人在其中的地位。它以城市对乡村世界的侵蚀而结束。我们在类型启蒙的阶梯上的下一步是警示性的黑帮类型。它向我们展示了城市世界的商业和政治是如何以牺牲个人自由为代价走向寡头和独裁统治的。

10

Gangster: The Corruption of Business and Politics

黑帮类型：商业与政治的腐败

黑帮故事的起源

黑帮故事是从西部类型演化而来，是最后一个真正的创世神话。一旦边疆关闭，一切进入第三和第四社会阶段（城市和高压城市），世界就无法被创造。它只能被再创造。问题是，没有人知道怎么做。

由于这些社会变化，到 1930 年，好莱坞那些颂扬男性、独行侠、父亲和斗士的类型已经不合时宜了。这些故事类型必须在一个不真实的环境中才成立，在这个环境中，问题可以严格通过个人行动和暴力来解决。而在城市里，这是不可能的。

我们需要的是一个返老还童的神话。但创作这一子类型远比创作孤独战士更具挑战性。美国流行的讲故事方式变得消极。经过十年禁酒令、有组织犯罪的兴起和大萧条开始，警示性的黑帮故事诞生了。

黑帮故事：运作原理

黑帮故事是道德的艺术，以最消极的方式表现出来。它将犯罪中强调的社会中不可接受的欲望，以及达成这些欲望的不正当方法，放大到整个社会体系中。在黑帮类型中，社会本身就是犯罪的。

每一个黑帮故事都是“国王”的故事。每一个“坏国王”的故事都是黑帮故事。执行制片人戴维·贝尼奥夫（David Benioff）将《权力的游戏》称为“中土世界的《黑道家族》”。

我们在黑帮类型的整体故事策略中看到了“国王主题”：追踪民主国家中一位“国王”的兴衰，他使用非法和不道德的手段，尤其是杀戮来获得成功。民主国家中本不该有国王；然而，一直都有。在《俄狄浦斯王》中，德不配位的国王上台后，一场瘟疫肆虐人间。2500 年后，黑帮国王则给现代社会带来暴力和恐惧的“瘟疫”。

黑帮类型的思想—行动故事观

西部类型基于美国的诫条："去西部，年轻人，去西部。"这一迁徙创造了两种主要类型：西部类型和黑帮类型。西部类型的重点是荒野中的拓荒者，而黑帮类型故事聚焦欧洲移民试图在美国城市中崛起。

这些类型是美国独有的。除了"意大利通心粉西部类型"[1]，西部类型对美国以外的故事创作没有什么影响。直到最近，它才随着科幻西部作品的出现而回归。然而，黑帮类型故事对全世界的故事创作产生了重大影响。

西部类型体现了"西部"一词，黑帮类型则体现了"黑帮"一词。这就是二者的根本差异。西部类型的方向是横向的，往西，沿着平原蔓延开来，建立农场和村庄。黑帮类型的方向是垂直的，在大城市里向上爬、赚钱、获得成功，通常是通过摧毁其他阻碍其发展的生意来达成。

通过改变空间运动的方向，从向西到向上，黑帮故事指出，创建一种生活并不是关于开垦自由的处女地。首先，它表明，成功来自组建一个组织和用钱来赚钱；其次，成功来自商业和政治的结合，黑帮分子想要钱，但他必须行使绝对的权力来获得它。

决定故事以城市为背景的主要因素是驱动故事的英雄。随着黑帮故事的出现，一个新的神话英雄诞生了。

要点：黑帮类型是牛仔变成了罪犯。这就是为什么黑帮故事标志着西部故事演变为一种犯罪故事。

与西部类型和动作类型一样，黑帮类型的重点在于个人。但与这些类型的主要人物不同的是，黑帮类型英雄只能通过加入帮派取得成功。不是现代美国

1 这种类型的电影起源于意大利，于20世纪60年代达到巅峰，通常是由意大利制片公司制作，在西班牙、意大利等地拍摄，采用了西部片的传统元素，但具有独特的风格和特点。著名的意大利通心粉西部电影包括《荒野大镖客》《大无赖》等。

生活中的个人与个人之间为成功而战，而是组织与组织之间的斗争。

黑帮思想—行动故事观是约翰·温思罗普的“山巅的光明之城”的布道和“天命”论、“美国梦”的20世纪版本。当欧洲定居者第一次来到美国时，“美国梦”有精神自由和资源财富的双重含义。实现这两者的潜力似乎无穷无尽。但随着使用犯罪和暴力手段积累财富和领土的英雄出现，“美国梦”被腐蚀了。美好生活的精神元素消失了，只剩下金钱。

这种道德变化在英雄从边疆到城市的地理变化中得到了具体体现。反过来，这种地理变化催生了三种新的故事类型：

1. 在通俗小说中，黑帮类型在黑帮史诗中达到顶峰。

2. 在严肃小说——我称之为“东部类型”小说——中，这是一个负面的“从贫穷到富有”的故事。

3. 经济—政治史诗，它详细描述了资本主义共和国的毁灭。

要点：“西部类型”和“东部类型”之间的基本区别是，“西部类型”是美国崛起的故事，而“东部类型”则是美国衰落的故事。

《了不起的盖茨比》出版于1925年，在美国人口普查宣布西部边疆已然关闭之后三十五年，仅仅是第一次世界大战结束后的七年——这场大战是腐朽的欧洲列强之间进行的战争，美国人一开始就置身事外。几十年来，严肃小说和“伟大的美国小说”，从《红字》（*The Scarlet Letter*）到《白鲸》（*Moby-Dick*）和《哈克贝利·费恩历险记》，一直在揭露美国的理想和现实之间的差距。但这些小说的读者群非常有限。

《了不起的盖茨比》的革命性在于，它将同一故事的东部类型版本、严肃小说版本，与很快就会变得更受欢迎的黑帮类型版本连接起来。

叙述者尼克·卡拉威将美国的诫条反转为“去东部，年轻人，去东部”。这正是他的迁徙路线：他从中西部开始——那里是实打实的，一切都不作假，然后去了东部，在美国伟大的商业之城纽约发财。尼克并不是去制造东西，而是去卖债券，用钱赚钱。

六年后，即1931年，好莱坞出品了三部黑帮故事：《人民公敌》、《小凯撒》(Little Caesar) 和《疤脸人》(Scarface)。这些故事定义了这种类型，并创造了基本的黑帮思想—行动故事观。

要点：黑帮类型是革命性的，它使用了流行的神话形式来揭露“人人平等”的“美国梦”与现实之间的鸿沟。

黑帮类型使用了一种类似西部类型的技巧。西部类型中，英雄不是国家的建设者，而是试图逃离文明的人。黑帮故事把20世纪20年代美国历史上真实的黑帮匪徒变成了黑暗角色，即牛仔的“坏儿子”，似乎是在通过这一角色攻击美国的现实生活。我们应该对这个怪物以及他对“山巅的光明之城”所做的事情感到厌恶。事实却并非如此。因为黑帮推动了故事的发展，也因为他非常善于赚取我们渴望的金钱，所以观众希望他赢。

黑帮分子是腐朽的社会世界的化身。曾经闪亮的城市已经变得卑鄙、黑暗和庸俗。《伟大的安巴逊》的开头两句话描述了这一腐败过程，这部电影是“花园里的机器”子类型的一个伟大示例（见“神话类型”一章）。

在《伟大的安巴逊》中，破坏性的机器是汽车。叙述者说：

> 安巴逊家族的辉煌始于1873年。他们的辉煌持续了这么多年，他们的中部小镇不断扩大，逐渐变成一个城市。

黑帮类型的故事观是什么，使其具有如此大的力量和吸引力？正如《浴血黑帮》中的黑帮党徒所说，“我们给你想要的”。首先，这当然意味着金钱。金钱等于抽象意义上的成功、胜利。这种成功被量化为美分。在盖茨比的豪宅里，金钱转化为实物，他的派对如此奢华宏大，大多数客人他都不认识，但这不重要。这证明他已经成功了。《贫民窟的百万富翁》里，萨利姆在被他的团伙干掉之前，躺在一个装满现金的浴缸里尽情享受着。

欲望和金钱能迅速地促发感官刺激和持续兴奋。它将女性物化为纯粹的性对象，她们的肉体被一次次地消费。

黑帮类型的思想—行动故事观不仅仅是为了满足“错误”的欲望。它是失去控制的欲望：“我想要一切。”而这暗示了隐藏的成本，不受约束的欲望让黑帮世界将个人吸入他无法逃脱的奴役之中。黑帮故事描绘了所有类型（包括科幻类型）的反乌托邦中最强大的奴役。

陷入“认为自由等于金钱”的陷阱并不仅限于在黑帮故事中发生。任何个人随着年龄增长和在资源、权力的阶梯上的攀爬，都会陷入这种自然趋向。黑帮故事向我们展示了每天的生活是如何被金钱游戏所吞噬的：工作、获得报酬、支付账单，并希望能够致富。

在制度层面上，黑帮类型代表纯粹的、不受约束的资本主义，世界上的所有价值观都服从于一种价值观，那就是金钱，并愿意使用暴力来获得金钱。黑帮故事的逻辑终点是对世界的吞噬。它把地球上的一切都物化、感官化，最后变成无价值的废物。

我们常常把黑帮故事观的范围缩小，认为它是职业罪犯类型的子类型。或者我们把它看作一个单一的种族群体的故事，如意大利裔美国人，黑帮故事里总是挤满了他们。但实际上黑帮故事的故事观与商业和政治一样广泛而深刻。

要点：这是一个商业—政治黑帮党徒的故事，他认为自己不是法外之徒，而是法律本身。

黑帮类型与其他类型的比较

黑帮类型与侦探类型、犯罪类型和惊悚类型同属一个犯罪类型家族，可被视为“罪犯作为英雄”的犯罪故事的一个分支类型。黑帮类型还与动作类型家族有交叉联系，因为它强调了已经进入城市世界的“坏牛仔”。

黑帮类型跟侦探类型有何不同？在“西部类型”一章中，我们说过，虽然牛仔从没结过婚，但他有三个儿子。他们是反西部类型的反牛仔、“好儿子”侦探和“坏儿子”黑帮党徒。

侦探和黑帮党徒都在城市世界里活动。一个发现真相并将罪犯绳之以法，另一个为了钱而犯罪，用谋杀来达到目的。

在我们对类型的研究中，现在讨论黑帮类型是因为它描述了西部类型之后的下一个社会文化阶段。与西部类型不同，美国独特的黑帮故事扩展到了世界各地。西部和黑帮这两种类型都远远不止是一个特定国家的故事表达。它们是对正规历史的表达，展示了任何社会都必须进行的演变。但是，西部类型向我们展示的是早已逝去的风景和社会阶段，黑帮故事则向我们展示了我们现在生活在其中的高压城市的内部运作。

更重要的是，我们在此讨论黑帮类型，是因为这种类型的最佳作品探讨了商业和政治的艺术，并展示了它们是如何从资本主义和共和国的既定理想中堕落的。黑帮类型结合了犯罪类型的道德哲学、科幻类型的社会哲学，再加上政治哲学，几乎为我们展现了现代世界的全部运作方式。

黑帮类型示例

电影

《人民公敌》、《小凯撒》、《疤脸人》、《爱尔兰人》（*The Irishman*）、《漫长美好的星期五》（*The Long Good Friday*）、《赌城风云》（*Casino*）、《无间道风云》（*The Departed*，也是犯罪类型）、《暴力史》（*A History of Violence*）、《格莫拉》（*Gomorrah*）、《性感野兽》（*Sexy Beast*）、《米勒的十字路口》（*Miller's Crossing*）、《矮子当道》（也是喜剧类型）、《美国黑帮》（*American Gangster*）、《上帝之城》（*City of God*）、《美国往事》（*Once Upon a Time in America*）、《穷街陋巷》（*Mean Streets*）、《一世之雄》（*Angels with Dirty Faces*）、《私枭血》（*The Roaring Twenties*）。

黑帮故事概览

本章将述及的内容：

- **黑帮故事节拍**
- **主题**：“存在”是错误价值观的奴役
    - 主题秘方：毁灭之路
- **如何超越黑帮故事**
    - 黑帮史诗
    - 东部类型
    - 经济—政治史诗

黑帮故事节拍

所有黑帮故事都是基本遵循《人民公敌》《小凯撒》《疤脸人》的节拍，并以这些节拍为基础让形式多元。

黑帮故事节拍：故事世界——腐败的城市

每个类型的英雄在一定程度上都是由故事世界来定义的。正如在犯罪故事中，黑帮类型世界是一个富裕和贫穷两极分化的社会。通过努力工作向上爬的通道几乎都关闭了。因此，有些人转向犯罪。

在这一类型中，城市本身是腐败的。社会被划分为：

- 犯罪的与非犯罪的。
- 下层阶级、民族社区，特别是意大利、爱尔兰天主教徒对中产阶级、北欧新教徒。

故事世界：资本主义的内在腐败

经典黑帮故事的世界在辛勤工作的“正常”美国人的正当资本主义和意大利裔美国黑帮的“欺骗资本主义”之间建立了虚假的对立。黑帮的“欺骗资本主义”就是简单的躲避警察的资本主义，其在目标和手段上与基本的资本主义不同。“欺骗资本主义”销售产品，通常是非法酒类或毒品，以满足社会上不可接受的欲望。而且它使用的手段是不道德和非法的。

高级的黑帮故事避免了这种区别，并指出当权派的世界本身就是腐败的，无论是在经济上还是政治上。这不仅仅是当权派先爬梯子的问题。

要点：高级的黑帮故事指出，腐败是资本主义制度的内在产物。

正如黑帮分子为了巩固自己的经济和政治权力而采取的行动一样，纯粹的资本主义的自然趋势就是走向垄断和寡头统治，以便它可以向客户收取尽可能高的价格。

黑帮故事的开头所描绘的资本主义制度是如此庞大和深刻，以至于它似乎根本不存在，可这是我们都认识的世界。

《教父 II》

《教父 II》的精彩之处在于它的结构是基于社会分形的概念，社会分形我们在“科幻类型”一章中讨论过。通过时间上的交叉剪辑，影片追踪了1917—1925 年间，维托·柯里昂在社区层面建立企业并成为教父的过程，以及 1958—1959 年间，他的儿子迈克尔在国家和国际层面上扩张帝国的过程。

1958 年，迈克尔在古巴与黑帮老大海门·罗斯合作。首先，他们与古巴独裁者富尔亨西奥·巴蒂斯塔以及美国一些最大的“合法”公司（如美国电话电报公司）的负责人会面，规划他们的投资。后来，迈克尔、罗斯和其他黑帮分子为罗斯庆祝生日。当他们切开一个印有古巴地图的蛋糕时，罗斯说：

我要说的是，我们现在有了我们一直需要的东西，与政府真正的伙伴关系……在这里，我们受到保护，可以自由地赚取利润，没有基福弗、该死的司法部和联邦调查局，他们都远在90英里之外。我们跟政府是友好的关系……找一个想成为美国总统的人，砸钱让其梦想成真。迈克尔，我们的规模超过美国钢铁公司。

故事世界：组织的奴役

在这个高度组织化的企业世界里，向上流动受到严格限制，个人试图通过成为组织的一分子来获得物质上的成功。

要点： 讽刺的是，通过成为组织的一分子来寻找物质上的成功的代价是，黑帮分子生活在一个越来越被奴役的世界里。

黑帮分子所处的组织具有以下特征：

- 它是一个通常以家庭为基础的王国。
- 黑帮头目（“国王”）拥有基于武力的绝对权力。
- 犯罪家族有严格的等级制度，有严格的规则和明确的权力界限。
- 团体高于一切。
- 黑帮分子从始至终都处于负债状态。他所受的奴役并不仅仅来自服从命令。他欠组织的债，组织从来不会忘记，这意味着他永远无法离开。一旦他签了字，他就永远是黑帮组织的人，而离开的代价就是他的生命。

就像犯罪类型的子类型黑色电影（如《双重赔偿》《邮差总按两次铃》），黑帮类型追踪了一趟在不断收紧的老虎钳下，不可阻挡地走向地狱的旅程。一旦个人做出第一个决定，剩下的就是通往自我毁灭的因果线。这适用于黑帮分子的妻子们，也适用于黑帮分子。在《浴血黑帮》第五季第三集，波莉姨妈对迈克尔的妻子说:“我们都想过逃。但是从来没逃过。”黑帮头目汤米·谢尔比说:“你嫁给一个谢尔比家族的人，你就永远是谢尔比的人。”

我们可以把这称为黑帮法则。在《教父Ⅲ》中，迈克尔说:“当我以为我已经跳出去时，他们又把我拉回来。”《黑道家族》中黑帮成员取笑了这句话，但这话也适用于他们。

家族用帮派规则管理他们的“王国”。它要求并收取“税金”，也就是说，向在他们的“王国”里经营的企业收取保护费。这像是一项保险政策，保证“国王”不会伤害他们的生意、他们的人。商人在死亡的威胁下舍财保命。

城市里，明确的地理边界界定了每个家族的控制范围。就像西部类型拥有早期社会的基本建筑——监狱、酒馆、教堂和杂货店——一样，黑帮党徒的生活发生在体现人类欲望的建筑中：地下酒吧（饮酒)、博彩公司和赌场（赌博）和妓院（性)。

对手也有他们自己的子世界：警察有警察局，竞争的黑帮分子住在他们自己的家庭院落里。即使是黑帮分子自己家族中的对手，也可能有自己的子世界。

故事世界：技术

黑帮故事的主要技术是枪。从西部片到黑帮片，从六连发手枪到汤普森冲锋枪，杀人工具的威力被放大了百倍。这种超级机械化的武器代表了彻底毁灭人类的力量。

另一种武器是没有标记的手枪，在用于实施谋杀后被扔掉。这种枪没有在众目睽睽之下被诚实和自豪地佩戴在英雄的腰间，它被藏在大衣口袋里。

黑帮分子的衣服也与牛仔不同。牛仔，骑马的劳工，穿着简单的衣服，戴一顶宽边帽，以保护自己免受烈日灼伤。城市里的黑帮分子则戴着时尚的软呢帽，这是吸血的旧世界贵族的象征。他们穿着暴发户的华而不实的衣服，靠贿赂和枪杀获得成功。

黑帮故事节拍：英雄——作为杀手的黑帮分子

在这个被严格划定和限制的城市世界中，新的神话英雄出现了。这一类型的作品是以英雄的角色和基本行动命名的。他不仅仅是一个孤独的罪犯，他经营着一个犯罪团伙，并无情地杀戮。

“gangster”（黑帮）一词所包含的是黑帮分子获得成功的基本方法——“gang”（团伙）。作为组织的一分子，他的力量倍增，而这种力量包含武力。

任何类型的作品中，英雄的作用都来自该角色如何执行故事策略。你要记得，黑帮类型追踪的是一个民主国家中“国王”的兴衰。

要点：因为民主制度中本就不该有国王，所以黑帮分子的覆灭从来不是悲剧。[1]

我们之所以应该鄙视黑帮分子，不同情他的覆灭，是因为他是个空洞的人。他总是先开枪，他为了金钱和权力奴役、杀戮他人。然而，因为我们在他身上投入了时间和情感，所以我们喜欢看到他成功。我们也很高兴看到有人拥有几乎无限的信心。

《教父》：领导的艺术

时至今日，《教父》仍是首屈一指的黑帮史诗。部分原因是它讲述了移民寻求“美国梦”的经典故事。还有部分原因是故事超越了黑帮类型的节拍，着重于权力的行使和领导的艺术。

---

1 罗伯特·瓦修（Robert Warshow）：《作为悲剧英雄的黑帮分子》（*The Gangster as a Tragic Hero*），1948年。——原注

编剧马里奥·普佐（Mario Puzo）通过独特的结构和类型组合实现了这一创举。这个故事追踪了一个新教父的诞生过程。将黑帮类型与神话类型、童话类型相结合。普佐使用了“三兄弟”这一经典童话故事技巧（如《三只小猪》），由最小的兄弟担任英雄。这一技巧使普佐能够比较每个兄弟在领导家庭时的风格和策略。

前两个兄弟都因错误的特质和方法而失败了。桑尼，大儿子，是个斗士。弗雷多有着一个可爱的灵魂，没可能成为教父，因此他在组织中的位置由汤姆，这个被收养的兄弟所取代。汤姆是个言论家。在与其他犯罪家族的战争中，无论是斗士还是言论家，都不能胜任教父。只有最年轻的迈克尔具有正确的特征组合——强硬和聪明，他赢得了战争，使他们的犯罪帝国壮大。

黑帮故事节拍：弱点—需求——矛盾的性格

弱点—需求是任何故事的第一个主要结构步骤。弱点指的是破坏人物生活的基本内在缺陷，需求指的是人物为了弥补缺陷和成长所必须做的事。

在简单的人物身上，弱点是心理上的，而不是道德上的。换句话说，这个缺陷会伤害人物自身，但不会伤害其他人。因此，观众很容易喜欢和认同他们。但是，这类人物没有复杂性，如果人物有变化，那么可能有少许复杂性。

作家们一个常见的误解是，“复杂的人物”等于坏人。事实上，一个复杂的人物是指有矛盾的人：

- 心理上的矛盾是一种既是优点又是缺点的特质。例如，有爱心但嫉妒心强，理想主义但愤世嫉俗，忠诚但不宽容。
- 道德上的矛盾指的是一个人有高度区隔化的道德准则。换句话说，这是一种既能帮助他人又能伤害他人的道德准则，并允许角色在对与错之间来回转换，但看不到问题所在。

黑帮分子在心理和道德上的矛盾程度比其他类型的英雄都要高。迈克尔·柯里昂相信家族、荣誉和忠诚，但他也相信杀人。他认为这并不矛盾，因为他认为自己只有在有正当理由的时候才会杀人。

弱点—需求：被禁止的欲望和极端的野心

黑帮分子最严重的弱点是什么？不像作为英雄的罪犯（如托马斯·克朗），黑帮分子既不聪明也不深刻。他犯罪不是为了赢得游戏。他是一个普通的，甚至是廉价的人，被他成为“国王”的极端野心所定义。他通过非法的酒水、毒品、赌博和性来满足客户被禁止的欲望，以积累金钱和权力。

《疤脸人》(1932 年)：崭露头角的黑帮分子托尼·卡蒙特指着他公寓外面的牌子，上面写着：世界是你的——厨师之旅。他说：“有一天我看着那块牌子，我会说‘好吧，她是我的’。”

> **要点：**在所有类型的英雄中，黑帮分子的道德体系是最矛盾的，也是最分化的。

如果认为这个无情的人根本没有价值观，那就大错特错了。他重视家族、荣誉、忠诚和金钱。但同时，他还为使用谋杀、欺骗和偷窃来达到自己的目标的行为进行辩护。用一句话来形容：他是爱家的杀手。

以下是托尼的道德准则。

托尼：听着，小男孩，要想不惹麻烦，你只需遵循一条法则：先做，自己做，并一直做……只有一件事，那就是接受命令和发出命令。

（他用机枪瞄准。）

托尼：就是它。这就是我如何为你得到南方，也是我准备如何为你得到北方的东西。这是个“打字机”。我要用它把我的名字写满这个小镇，写得大大的！

（他开始射击。）

羞耻文化的弱点和黑手党的道德准则

和牛仔一样，黑帮分子也生活在一个高度由男性主导的世界里。他是一个依靠武力取得成功的组织的一部分。这为羞耻文化创造了完美的环境。羞耻感是一个人在别人眼中没有达到某种标准时的感受。正如我们在“动作类型”与“科幻类型”中所看到的，羞耻文化重视荣誉、外表、成就、体能、自立、力量、勇气、荣耀、做得好（而不是做好事），以及自尊。

这种羞耻文化是尼采的主人道德的扭曲形式，在这种道德中，拥有武力的人是正确的，即使他错误地使用武力。因为黑帮分子通过非法行动，特别是谋杀获得成功，所以黑帮的道德准则建立在沉默的基础上，建立在不做“告密者”的基础上。这在黑手党组织中被称为缄默法则，如果不严格遵守这一准则，就会导致死亡。

要点：缄默法则是帮派成员必须遵守的一种外部约束。但羞耻文化是一种更强大的内在奴役形式。帮派成员用羞耻文化为他的破坏和谋杀行为辩护。

黑帮故事节拍：激发事件——小型罪案

黑帮分子的犯罪生涯往往是从轻微的违法行为开始的：

《人民公敌》：小时候，汤米和他的朋友在商店偷东西。

《小凯撒》：里科抢劫了一个加油站。

《教父 II》：维托·柯里昂偷了一块地毯。

黑帮故事节拍：欲望——金钱和帝国

故事的主线是由英雄的欲望线决定的。黑帮老大的目标是获得金钱和权力，并最终建立一个帝国。他很穷，一开始处于组织的底层。他想成为他的犯罪家族的老大。

帝国的最终目标是通过达成交易这一直接目标来实现的。这笔交易决定了钱和地盘，它创造了整个体系所依赖的债务。

黑帮分子对自己的金钱追求和随之而来的炫耀性消费感到无比自豪。

在《了不起的盖茨比》中，盖茨比吹嘘自己每天都穿一件新衬衫的著名场景在《疤脸人》中得到重现。托尼想用新房子的富丽堂皇来打动波比。她说："有点浮华，不是吗？"他回答："可不是吗？很高兴你喜欢。"

要点：黑帮分子严格地从金钱的角度看待自由。

这是他始终被奴役的原因之一。他永远得不到足够的钱，而别人总是试图夺走他的自由。对于黑帮分子来说，对"美国梦"的追逐变成了一场噩梦。

黑帮故事节拍：盟友——帮派成员

与作为罪犯英雄的单打独斗不同，黑帮分子处于所有故事类型中等级最森严的团队中。这个团队从家族发展而来，包括受信任的外人。这个家族组织的形式就像一个军事单位，有"上尉""中尉"和"士兵"。

黑帮故事节拍：对手——黑帮老大、竞争帮派和警察

黑帮分子的对手比其他英雄都要多。故事世界是一个残酷的自然国家。像国王一样，黑帮分子存在于一个通过武力证明自己的体系中。因此，他总是担心他的盟友会试图杀死他，就像他计划杀死那些拥有更大权力的人物一样。背叛是不可避免的，因此黑帮分子总是疑神疑鬼、孑然一身。

黑帮故事超越了典型的四点对立，变成了六点对立。

这些角色是：

1. 黑帮老大：英雄通常从阶梯的低层开始爬。他渴望爬到老大的位置。
2. 整个黑帮家族：家族是一把老虎钳，不会让英雄离开或逃避他的债务。

3. 其他帮派成员：他们在组织内部与英雄争夺金钱和权力。

4. 警察：他们代表着正常的社会，执行着用适当的方法实现目标的正确准则。

5. 竞争的黑帮家族：这些家族为争夺地盘展开竞争。

6. 英雄的个人家庭内部：黑帮分子可能会与他的父亲竞争，但更多的时候是与他的兄弟们竞争。

所有这些对手都同时与英雄作战，这就形成了冲突和暴力的密度。

黑帮故事节拍：计划——欺骗和暴力

黑帮分子的计划包括用来实现其建立“帝国”的目标的非法和不道德方法。因此：

- 计划是欺骗、偷窃和使用各种诡计，如敲诈勒索、收取保护费。此外，黑帮分子还结成联盟，但在必要时又会破坏它们。
- 该计划通常涉及有预谋的谋杀。黑帮分子会杀死所有的“王位竞争者”，包括他的老板、家族内的竞争者、其他帮派老板，事实上他会干掉所有妨碍他的人。

黑帮故事节拍：假的盟友——帮派成员

假盟友是指表面上是英雄的朋友，但实际上是敌人的角色。黑帮故事中，某些帮派成员会在故事的进程中由英雄的盟友变成英雄的对手，这使他们成为假的盟友。

技巧：转换盟友

黑帮成员是黑帮剧情的关键，因为每当他们中的一个人改变立场，就会产生一个揭示和更多的冲突。

这一技巧来自黑帮故事的一个基本主题，即**绝对权力是最脆弱的权力**。老大以下的每个人都在谋划着取代他的位置。

在《教父》中，第一任老教父有五个假盟友。他们是维托·柯里昂的司机，他参与了暗杀柯里昂的计划。迈克尔在西西里岛的两个保镖，他们试图在迈克尔的车里炸死他，但却杀死了迈克尔的妻子。中尉特西奥，他转而效忠了巴西尼。还有迈克尔的姐夫卡洛，他设计了桑尼的谋杀案。

黑帮故事节拍：揭示——背叛

假的盟友引发一个相关情节：黑帮分子的揭示。它通常会揭示敌对的黑帮团伙或帮派内成员背叛英雄的诡计。

技巧：隐藏对手的真实力量

将对手的真实力量隐藏在表面之下，不让英雄和读者看到。然后，当你揭露对手的意图和攻击方法时，你就得到了揭示。

黑帮故事节拍：驱动——不断升级的暴力

英雄最初的欲望线在故事中间变成了驱动力。英雄采取了一系列行动来达成目标。这位黑帮分子和他所有对手通过改换盟友来助力事业、争夺金钱和权力。

由于有这么多的对手从这么多的方向攻击英雄，故事通过不断升级的暴力建立起来。关于交易的商业分歧产生了暴力冲突，而后不可避免地变成了仇杀，或者说是报复性杀戮，最终变成了帮派战争。

在所有其他类型的作品中，驱动大多在于故事中所演绎的道德主张：英雄最初输给了对手，变得绝望，开始采取不道德的措施来赢得胜利。盟友抨击他的不义之举，但英雄不听。在黑帮类型里不存在这种情况。

要点：基本的黑帮故事是唯一一个几乎不讨论英雄行为的道德性的类型。

黑帮分子以其分裂的心态，从一开始就把自己的不道德行为合理化，通常是为了帮助他的家人。他是一个杀人不眨眼的人。因此，无论何时，当黑帮分子讨论采取什么行动时，他关注的是战略，而不是道德。

黑帮类型情节的视觉形状：起落形

在任何故事中，欲望线和驱动步骤都会基于英雄的方法和他最后的成功，形成一种特殊的故事形态。黑帮故事中，这些节拍采取了起落形视觉形状。

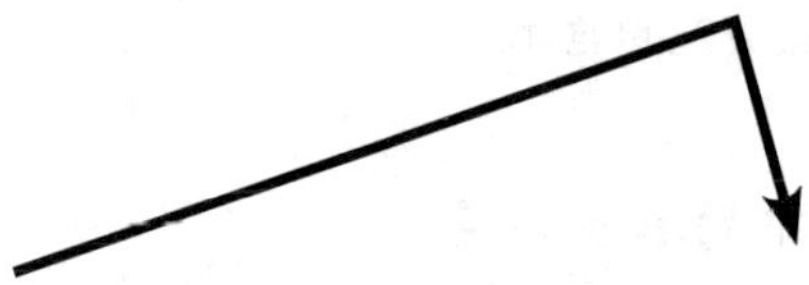

英雄在组织的阶梯上往上爬，获得财富。但这种外部成功的上升是通过最不道德的手段达成的。因此，黑帮分子作为一个人类的内在地位下降（如果地位在一开始较高的话）。通常情况下，故事的结局是黑帮分子死亡，或者是一场得不偿失的惨胜，或者是他被奴役。

《教父 II》用长时间跨度的交叉剪辑手法，对比了相隔 40 年的父子两人在权力上升过程中的行为。它用两条故事线来比较他们作为教父和建立一个犯罪帝国的方法。比起《教父》，《教父 II》更突出了移民这一主题。它追踪了一个意大利男孩维托，在西西里岛的一个黑手党老大杀死他的家人后，只身来到美国。维托的故事是一个黑暗版的霍雷肖·阿尔杰故事，他从盗窃开始，并用这笔钱建立了他的橄榄油生意。

迈克尔这条线追踪了他的帝国的扩张，通过贿赂官员，包括一名美国参议员，其犯罪帝国扩张到国际层面——古巴。

没有哪部黑帮电影像《好家伙》一样如此有效地展示了英雄的崛起和衰落。这一过程体现在三个关键段落里。第一个段落追踪年轻的亨利学习体系中的规则，并通过成人仪式在暴民社会中获得受人尊敬的地位。但这里的最精彩之处是第一次向我们展示了一个如此热爱黑帮世界的黑帮分子。与其说这是一个从奴役到自由的故事，不如说编剧向我们展示了一个从自由——或者更准确地说，从表面上的自由——到奴役的故事。

第二个段落通过亨利的叙述追踪了黑帮如何毁掉一家餐厅，作为真实世界中的吸血鬼，黑帮如何用利齿死死咬住受害人，吸干他的最后一滴血。

> **亨利旁白**：现在这家伙有了保利作为合作伙伴。有什么问题，他就去找保利。有人不付账？他可以去找保利。警察找他麻烦，要送货，汤米，他都可以找保利。但现在这家伙每周都必须拿出给保利的钱，无论如何都要拿出给保利的钱。生意不好？去你妈的，给我钱。哦，着火了？去你妈的，给我钱。被闪电劈中了，哈？去你妈的，给我钱。

这一场景的结尾是黑帮的人为了保险费烧掉了餐厅。

第三个关键段落是一个长镜头，亨利和他的新女友从后门进入一家俱乐部，穿过厨房，最后在演出时坐到前排的桌边。这一过程中的每一步，他都会把一张 20 美元的钞票塞进他人手心。这个镜头暗合了美国意大利黑帮的崛起：从外来移民，到贫苦的体力劳动者，再到社会顶层有钱有势的老板。

黑帮故事节拍：战斗——大规模谋杀或大规模破坏

战斗是故事中的最终冲突。黑帮分子与警察或其他黑帮家族作战。枪战要么摧毁了黑帮，要么巩固了他的权力。因为谋杀是他在整个故事中使用的基本方法，所以最后的战斗往往涉及大规模的谋杀或彻底的破坏。

> **要点**：如果黑帮分子在这场战斗中巩固了他的权力，那么人们总会有一种感觉：这**不会持久**。

《教父》再次翻转了传统黑帮类型的节拍。迈克尔没有被敌对帮派或警察杀死，而是让他的手下枪杀了纽约其他五个黑手党家族的首领，还有他的副手特西奥和背叛家族的姐夫卡洛。而做这些的时候，他正在教堂里担任卡洛儿子的教父。

《好家伙》也翻转了这个黑帮类型的节拍。没有枪战或帮派战争，而是亨利在法庭上指证了他以前的犯罪伙伴。当他们被关进监狱时，亨利却在证人保护计划之下过着安全而无聊的郊区奴隶生活。

黑帮故事节拍：没有自我启示

黑帮分子没有自我启示，因为他没有能力看到自己那分裂的道德准则的明显缺陷。他为自己令人发指的行为辩护，说这是为了保护自己和家人而必须做的。

《教父》中，卡洛的妻子康妮指责迈克尔谋杀了她的丈夫。迈克尔向自己的妻子凯否认了这一指控，并坚持让她不要再过问他的生意。凯看着迈克尔的手下向他这个“教父”表示效忠，将她和迈克尔分割成两个世界的门在她面前徐徐关闭。迈克尔本该得到凯的自我启示，但拜他的可悲的道德所赐，他没有。

《好家伙》使用了黑色喜剧的手法，故意剥夺了英雄的自我启示。这个英雄对他所陷入的更大的体系没有任何感觉。

> **亨利·希尔**：而这是最难的部分。今天的一切是不同的；没有行动……（我）必须像其他人一样等待。甚至不能得到像样的食物……我是一个普通的人。（我）下半辈子都得过得像个傻子。

黑帮故事节拍：新的平衡——死亡或灵魂的死亡

黑帮分子在枪林弹雨中死去，或者他取得了胜利但失去了他的灵魂。我们因一个坏人的死亡而产生的瞬间胜利感随即被这样的认识所覆盖：很快，他将被一个同样坏的人取代。

《疤脸人》中，托尼死在“世界是你的——厨师之旅”的牌子下，这正是他曾经宣称世界将是他的时指着的牌子。

《教父》中，迈克尔在道德上已经死亡。但是，他有合理化一切的能力，他认为自己所做的都是为了他的家人，这使其无法看到自己的道德死亡。

《好家伙》中，没有了犯罪生活的刺激和自由，以及他所热爱的社区，亨利面对着虚无的生活。除了他之外，任何人都能明显地感受到其中的讽刺，他怀念的过去的生活杀死了他的大多数朋友、毁掉了他的家庭，并把他送进监狱。

主题：存在作为错误价值观的奴隶

黑帮故事比其他任何故事类型更消极地表达了存在和成为。它说，生活在现代世界里，意味着我们要成为金钱和自己欲望的奴隶。现代世界的一切都被量化、交易化了，无非都是买与卖。因此，生活就是不断努力挣钱，提高我们的权力和地位。

存在是一场与我们的欲望展开的失败之战。只要活着，我们就处于一个无法逃脱的陷阱中。活着意味着“想要”。我们可以尝试过一种“平衡的生活”，“凡事有节制”，[1] 但我们注定要失败。

像黑暗科幻类型一样，黑帮类型认为，存在就是生活在一个本质上是腐败的社会体系中。这个体系似乎是基于一个自由市场，但它在政治上或经济上远非自由。市场被设计得能够不断提高我们的欲望，使其大于我们的真正需求。由此导致的结果就是一台买卖的永动机，在那里，“我们必须尽可能快地奔跑，只是为了保持原地不动。如果你想去任何地方，你必须以两倍于此的速度奔跑”[2]。这完全是疯了。一切就这样持续下去。

1 约公元前700年古希腊诗人赫西俄德（Hesiod）。——原注

2 刘易斯·卡罗尔（Lewis Carroll），《爱丽丝梦游仙境》。——原注

黑帮类型主题秘方：毁灭之路

任何类型的主题秘方都来自英雄的基本行动和这一类型所提出的关键问题。黑帮类型是一种警示故事，讲述了当个人试图在一个大众化的现代社会中使用任何手段获得成功时会发生什么。黑帮故事的关键问题是，如何在城市世界中取得成功而不失去你的灵魂？黑帮故事用它的成功秘方作答：谨防错误的欲望和不道德、非法手段。如果你表现得好像成功就是为了得到金钱，并且为了得到金钱而不择手段，就会毁了自己和家人。

更糟糕的是，作为人类这意味着不断受到错误价值观的诱惑。屈服于斯，你将生活在最糟糕的奴役之下，而且奴役你的不仅仅是错误的价值观。像佛教一样，黑帮类型的“成为观”告诉我们要提防欲望本身。由于任何欲望都必然会成为一种痴迷，我们过上美好生活的唯一希望就是完全避免欲望。

这个警示故事之所以如此消极，部分原因在于它暗示我们根本做不到完全避免欲望。我们不仅要对抗自己的欲望，还生活在一个更大的体系中，这个体系创造并加剧了这些欲望，使其超出我们的控制。

最糟糕的是，黑帮故事告诉我们，当某人寻求成功时，其会自然地落入陷阱，认为自由来自金钱。我们很容易就会栽进这个陷阱里。

这一类型给我们带来的一丝微弱希望是，通过向我们展示自己和所处的社会的最糟糕的一面，可能有机会警醒我们战胜这种痴迷。但这只能通过协同努力，以及从战术思维到战略思维的转变，更广泛和更人性化的自由才能成为我们生活的一部分。

如何超越黑帮故事

超越性黑帮故事与超越性西部故事都是从同一土壤中生长出来的，都发生在城市演变为高压城市的阶段，都在告诉我们，我们必须看一看更大的体系，看它如何腐蚀和摧毁每个人。与所谓的“伟大的美国小说”一样，超越性黑帮故事是对美国最初的两部创世文本——《独立宣言》和《美国宪法》——的虚假承诺以及国家未能履行这些承诺做出回应。

超越性黑帮类型是所有类型作品中最具挑战性的作品，原因有三：首先，它以个人化和戏剧化的方式探讨了庞大的经济政治体系；其次，它表达了生活中的两个主要故事形式，即商业和政治，以及它们是如何密不可分地交织在一起的；最后，它显示了物质主义与黑帮主义的相似之处，以及商业和政治是如何变得腐败的。

为什么将商业和政治与黑帮类型联系起来

人们可以说，商业和政治艺术是动作类型的自然延伸，就像战争类型和体育类型一样。动作类型就是关于要做到最好，精确到小数点后最后一个数的类型。商业和政治都要记分，两者都是关于赢。

商业是以经济手段进行战争的艺术，是一项赢家能赚到最多钱的运动；政治是一种通过行使权力进行战争的艺术，是一项赢家可以指挥其他人该怎么做的运动。我们没在“动作类型”一章中讨论商业和政治，因为在现代形式下，它们是极其复杂的社会的一部分。

科幻类型是关于创造社会和文化的，这一事实表明，它是讲述人们如何交换价值和管理自我的适宜类型。科幻类型通过在抽象的未来创造一个极端的暴政来强调政府，这在理论上很吸引人，但缺乏细节。

把商业和政治看作是超越性黑帮故事的本质，有很大的意义，原因有三：

1. 与其他任何类型相比，超越性黑帮故事更多的是在探讨人们实际生活的体系。它展示了人们如何去满足他们最大的两个欲望：金钱和权力。

2. 超越性黑帮故事展示了更大的金钱和权力体系是如何影响、控制并经常摧毁其中的个人的。这是现代化故事的一个版本，个人陷入了一个他 / 她无法理解或对抗的进程中。

3. 超越性黑帮故事展示了推动商业和政治走向腐败的力量，这一力量将商业变成了寡头经济，将共和国变成了独裁统治。

任何试图建立垄断的商业领头人都是黑帮分子。约翰·D. 洛克菲勒（John D. Rockefeller）是美国历史上最强大的经济黑帮分子。他用社会达尔文主义为他获得垄断的方法辩护，他说："大企业的发展只是适者生存的体现。"

任何极权主义领导人也都是黑帮分子。阿道夫·希特勒（Adolf Hitler）是终极的政治流氓。贝尔托·布莱希特（Bertolt Brecht）[1]在他的戏剧《阿吐罗·魏发迹记》（*The Resistible Rise of Arturo Ui*）中点明了这一关联。该剧讲述了一个模仿希特勒的崛起过程的芝加哥黑帮分子的故事。

超越性黑帮类型：黑帮史诗类型、东部类型和经济—政治史诗类型

超越性黑帮类型有三种形式：黑帮史诗类型、东部类型和经济政治史诗。

1. 黑帮史诗类型

超越黑帮类型的第一个方法是写一个代表国家的故事。这种故事将黑帮英雄与复杂的情节、先进的主题相结合。示例包括《教父》《教父 II》《好家伙》《黑道家族》《浴血黑帮》《大西洋帝国》《预言者》。

2. 东部类型

如前所述，"东部类型"是一个负面的"从贫穷到富有"的故事。英雄不

1　贝尔托·布莱希特（1898—1956），德国著名戏剧家与诗人。布莱希特的主要剧作有《圆头党和尖头党》《第三帝国的恐怖与灾难》《伽利略传》《大胆妈妈和他的孩子们》《四川好人》《潘蒂拉老爷和他的男仆马狄》，以及改编的舞台剧《在第二次世界大战中的帅克》《高加索灰阑记》等。

是一个真正的黑帮分子，而是试图在经济和社会成功的阶梯上攀爬的普通人。他要么失败，要么在物质上获得成功却失去了自己的灵魂。

在《伟大的美国小说之梦》（*The Dream of the Great American Novel*）中，劳伦斯·布伊尔（Lawrence Buell）指出，“美国梦”或从贫穷到富有的故事构成美国作家的圣杯——“伟大的美国小说”——的主要结构之一。这是一种成长类型的成功故事。换句话说，它是美国式的成长故事，是一个关于个人发展或形成过程的故事。在故事中：

- 一个年轻的美国人改进了自己，并通常获得了一笔巨财。
- 一个普通人变得不平凡。
- 英雄在此过程中帮助创建了美国。

从贫穷到富有的基本版本，如经典的霍雷肖·阿尔杰的故事，不仅追踪人物的个人发展，而且还追踪他们在一个充满机遇的美好国度里获得财富和社会地位的成功过程。

要点：最好的从贫穷到富有的故事强调了“美国梦”的失败，与突出“美国梦”的成功的西部故事形成对比。

在这些消极故事中，英雄可能发了财，却失去了他的诚信。这表明在美国资本主义文化中，追求经济成功和企业家精神的代价。英雄并没有从儿童到成人的变化，而是一个永久的成年儿童，有某种形式的发展停滞。他的主要弱点是他有一个错误的自我形象，即使他获得了经济上和社会上的成功，这个形象最终也会摧毁他。

东部类型指出，美国的建国神话是空洞的吹嘘。它强调了《独立宣言》的承诺与未能兑现这一承诺之间的分歧。它指出，失败的主要原因是，不再有真正的向上流动机会。个人必须成为公司的一个齿轮，或使用不道德、非法的手段来取得成功。讽刺的是，这类“伟大的美国小说”认为，美国并不伟大，或者正在衰落。

东部类型最好被理解为更大的“经济—政治史诗”的一种形式。示例包括《了不起的盖茨比》、《淑女本色》（*The Portrait of a Lady*）、《鸽之翼》（*The Wings of the Dove*）、《欢乐之家》（*The House of Mirth*）、《纯真年代》（*The Age of Innocence*）、《小镇大街》（*Main Street*）、《巴比特》（*Babbitt*）、《孔雀夫人》（*Dodsworth*）、《屠场》（*The Jungle*）、《愤怒的葡萄》、《公民凯恩》、《伟大的安巴逊》、《迪兹先生进城》（*Mr. Deeds Goes to Town*）、《史密斯先生到华盛顿》和《广告狂人》。

3. 经济—政治史诗类型

经济—政治史诗类型是追踪被困在经济—政治体系中的个人的故事。金钱和权力如何共同决定现代生活，这一问题对于英雄来说过于复杂，他无法驾驭。这些故事涉及国家和国际利益。

所有故事类型中，这一类型的小说杰作数量最多。我们可以将这一子类型进一步划分为，主要是商业或政治的故事和探讨这些体系如何相互作用的故事。

商业故事：《大空头》、《华尔街》（*Wall Street*）、《玉子》（*Okja*）、《贫民窟的百万富翁》（也是爱情类型）、《永不妥协》（*Erin Brockovich*，也是社会情节剧），《社交网络》（*The Social Network*）、《甜心先生》（*Jerry Maguire*，也是爱情类型）、《夜行者》（*Nightcrawler*，也是惊悚类型）、《辛瑞那》（*Syriana*，也是政治惊悚类型）、《毒品网络》、《华尔街之狼》（*The Wolf of Wall Street*）。

超越性商业故事：《推销员之死》、《拜金一族》（*Glengarry Glen Ross*）、《美国丽人》（也是讽刺类型）、《屠场》、《窃听大阴谋》（也是惊悚史诗类型）、《成功的滋味》（*Sweet Smell of Success*）、《伟大的安巴逊》、《迈克尔·克莱顿》（也是惊悚类型）、《鱿鱼游戏》（也是科幻类型、惊悚类型）。

政治故事：《领先者》（*The Front Runner*）、《副总统》、《性别为本》（*On the Basis of Sex*）、《宠儿》（*The Favourite*）、《玛丽女王》（*Mary Queen of*

Scots)、《国王的演讲》(*The King's Speech*)、《角斗士》(也是动作史诗类型)、《末代皇帝》(*The Last Emperor*)、《日瓦戈医生》(Doctor Zhivago)、《烽火赤焰万里情》(*Reds*)、《乱世佳人》(*Gone with the Wind*)、《最后的莫西干人》(也是动作类型、爱情类型)、《黑暗时代》(也是神话类型)、《与狼共舞》(也是反西部类型)、《候选人》(*The Candidate*)、《古庙战笳声》(也是动作类型)、《伟人投票》(*The Great Man Votes*)、《江湖异人传》(*The Great McGinty*)、《战时丈夫》(*Hail the Conquering Hero*)、《华府千秋》(*Advise and Consent*)、《华府风云》(*The Best Man*)、《五月中的七天》(*Seven Days in May*)、《灵通人士》(*In the Loop*)、《Z》、《天生赢家》(*Bob Roberts*)、《谍影迷魂》(也是政治惊悚类型)、《绝代艳后》(*Marie Antoinette*)、《至暗时刻》(*Darkest Hour*)、《约翰·多伊》(*Meet John Doe*)、《疯狂轮滑》(也是科幻类型)、《饥饿游戏》(也是科幻类型、神话类型)、《登龙一梦》(*A Face in the Crowd*)、《伯尔》(*Burr*)、《林肯》(*Lincoln*)、《1876》、《嘻哈帝国》(*Empire*)。

超越性政治故事:《王子》(*The Prince*)、亚瑟王的故事如《亚瑟王之死》(*Le Morte d'Arthur*)、《俄瑞斯忒亚三部曲》、《安提戈涅》、《理查三世》(*Richard III*)、《玩偶之家》、《海达·高布乐》、《不能在此发生》(*It Can't Happen Here*)、《汉密尔顿》(*Hamilton*)、《史密斯先生到华盛顿》、《阿拉伯的劳伦斯》(*Lawrence of Arabia*)、《白宫风云》(*The West Wing*)、《纸牌屋》(*House of Cards*)、《国王班底》(*All the King's Men*)、《总统班底》(*All the President's Men*)。

商业政治融合的超越性故事:《圣诞颂歌》(也是恐怖类型、幻想类型)、《了不起的盖茨比》、《广告狂人》、《黑暗的心》(*Heart of Darkness*)、《白鲸》、《生活多美好》、《青山翠谷》、《阿吐罗·魏发迹记》、《公民凯恩》、《权力的游戏》(也是幻想类型、动作类型)、《电视台风云》(也是黑色喜剧)、《大地之歌》(*Pather Panchali*)、《我，克劳迪乌斯》(*I, Claudius*)、《天堂之日》、《西部世界》(也是科幻类型)。

商业—政治的艺术、故事和游戏

要了解如何写出超越性黑帮故事，我们必须首先探讨一下这一类型的基础——商业和政治的故事形式。这些故事形式，就像黑帮故事本身，使用的是起落形结构，与一个国王的悲剧故事类似。

思想通过故事运行的事实意味着所有的人类活动都是故事的一种形式。但是，跟我们讨论过的生活中其他艺术形式一样，商业和政治似乎与“艺术”相去甚远。让我们再看一下理查德·弗兰纳根的小说《第一人称》中的这段话，诈骗艺术家齐格弗里德·海德尔如此解释他的成功：

> 我编造了它。每一天，就像你一样。就像一个作家……你认为商人是什么？政治家是什么？他们是巫师——他们编造，他们虚构。把我们连接在一起的一切都是故事。信仰体系、科学、金钱，它们都只是故事。澳大利亚是故事，政治是故事，信仰体系是故事，钱是故事。

商业是创造和交换价值的艺术。经济学是对这种艺术形式的研究。个人利用商业来量化日常生存中的自由和奴役，然后利用市场上的工具来增加他的自由。

要点：商业是我们为支付生活费用而做的工作。

如果我们必须用一种技巧来描述商业的艺术，那就是“低买高卖”。但这只抓住了一个庞大过程中的两个瞬间。是什么使商业是一门艺术、一个故事？是因为执行这一技巧需要复杂而困难的活动。

要点：商业是为钱讲故事。

企业声称要为顾客服务，但在现实中，商业的目标是自我增长。这就是为什么商业也是赚钱的游戏。谁能赚到（并保持）最多的钱，谁就赢。

要谈论商业如何运作，我们必须谈论人类的思维如何运作，具体来说是思维如何与其他人和环境互动来量化和交易资源。商业和全球经济体系的巨大复杂性来自人类思维的巨大复杂性。

动物的“生意”很简单。如果一只动物看到它想要的资源，它要么杀死它，要么与另一只动物争夺它，这就是故事的终点。但是，一旦我们引入人类的思维和创造符号的能力，计算和战略就开始发挥作用。一个人可以为了资源而杀死另一个人，但这对于像人类这样的社会性动物来说，代价是极其高昂的。因此，这种解决方案只在资源相对稀缺的情况下才会发生。

把一个人变成奴隶，虽然非常不道德，但从长远来看，这比杀戮要有用得多。当工作变得专业化时，交换货物就更有用，无论是以物易物还是以钱易物。

一如既往，商业思维始于人类的欲望。简而言之，人类总想要更多。虽然生来就是作为个体，但人也是一个群体、一个社会和一个系统的一部分。当生活在一起的许多个体都想要更多的时候，首要要求就是要确立“更多”的价值。这意味着价值必须被量化。

使得商业成为一种艺术形式的原因是，没有什么东西有一个客观价值。这需要人类就其价值达成一致，因此我们根据供应和需求来分配一些符号。但是，供应和需求都是主观的，我们从来没有完全了解一种产品有多少供应量，或者了解需求的数量和热度。

要点：由于商业是创建价值的艺术，商业和道德必须被视为一体。它们一起构成了在生活中创建价值的艺术。

如果商业是对价值的交换，那么政治就是对价值的控制。这就是为什么必须同时理解商业和政治的根本原因。作为一种艺术和游戏的结合体，政治是对权力的竞争，在这种竞争中，我们会记分。这种竞争就像一个故事。

注意：作家在讲述商业和政治故事时犯的最大错误是把它们分开来看。它们在实际生活中如同 DNA 的两条链。

商业和政治之间牢不可破的联系的最清楚例子莫过于美国的建国。

要点：美国是建立在对美国原住民和非裔美国人两次种族灭绝的基础上。第一次种族灭绝是为了摆脱私有土地的竞争，第二次是为了得到开发私有土地的廉价劳动力。

商业—政治故事节拍＝资本主义和共和制的故事

超越性黑帮故事抨击了庞大商业和政治体系。因此，我们必须结合两者的故事节拍。

在今天的西方世界，当我们提及商业—政治时，我们实际上是在谈论一种特殊的混合形式，即资本主义共和制。资本主义声称要通过金钱提高自由。共和制则声称通过权力来提高自由，无论是通过拥有权力，还是通过避免别人霸占你的权力。

关于资本主义和共和制的故事突出表明了这些制度可以从自由和正义走向腐败和专制。

要点：超越性黑帮类型通过展示极端资本主义和极权主义政府具有相同的缺陷而获得巨大的戏剧性影响。两者都表现了儿童的“普遍思维”。

在商业中，儿童思维代表纯粹的自我：想要、想要、想要更多。在政治上，它是一种最能接受来自上层的坚定控制的思维。只有当人类思维进入成年阶段后，它才能开始以某种接近节制和民主的方式生活。

当我们检阅超越性黑帮故事的节拍时，将仔细研究东部类型的两个最好的例子——《了不起的盖茨比》和《广告狂人》，以及经济—政治史诗的三个最佳示例:《生活多美好》《青山翠谷》《电视台风云》。

超越性黑帮故事节拍

超越性黑帮故事非常重视故事世界，其批判的主要故事世界元素有：

- 资本主义和共和制的文化。
- 资本主义和共和制的制度。
- 美国制度的组织原则。

故事世界：资本主义和共和制的文化

在探讨资本主义共和制的故事之前，我必须做出与在谈到信仰时所做的同样的区分。这并不是对我个人信仰的描述，而是对作为一个故事的信仰体系的分析。

资本主义的故事描述了我们今天所处的发达商业世界。但是，它不是现实。资本主义是一种信仰体系，许多讲故事的人，包括查尔斯·狄更斯，都对其如此评论。是赞同还是反对这种评论，由你个人决定。

字典里将资本主义定义为“一种经济和政治制度，在这种制度下，国家的贸易和工业由私人业主为了利润而控制，而非由国家控制”。

顾名思义，资本主义是一种创造资本并控制其流动的制度。但那是什么呢？资本不是一个物体，如像一块石头。资本——货币或商品——是一种创造实体的理念，是获得资源和采取行动的潜能。资本主义是为个人创造财富的一种特殊组织原则，它也影响着更大的社会单位。

亚当·斯密（Adam Smith）是苏格兰启蒙运动的关键人物，因其论文《国民财富的性质和原因的探究》（*An Inquiry into the Nature and Causes of the Wealth of Nations*，1776 年），简称为《国富论》（*The Wealth of Nations*），而被称之为“资本主义之父”。他的主要观点是，在一个“自由市场”中，个人私利将通过“看不见的手”为社会带来繁荣。个人自由＋欲望＝集体财富。

货币和道德都涉及价值。因此，资本主义并不反对道德，或者说是不道德的，它首先是一个关于自我利益如何实际增加每个人的共同利益的**道德理论**。

当我们发现亚当·斯密最初是一位写《道德情操论》（*The Theory of Moral Sentiments*，1759 年）的道德哲学家时，就知道纯粹的资本主义是一种道德理论，而不是对现实的描述这一说法是合理的。在这本书中，亚当·斯密第一次引入“看不见的手”的隐喻。

> 富人……他们的消费并不比穷人多出多少……一只看不见的手引导他们对生活必需品做出几乎同土地资源在平均分配给全体居民的情况下所能做出的一样的分配，从而不知不觉地增进了社会利益，并为不断增多的人口提供生活资料。当神把土地分给少数地主时，他既没有忘记也没有遗弃那些在这种分配中似乎被忽略了的人。

注意这是一个关于自私的价值的道德主张。这也是一种“富人的神权”。上帝创造了一个有少数统治者的世界，并用他的“看不见的手”也给了穷人一些好处。这是后来被称为“涓滴效应”（trickle down）[1] 的理论的最早应用。

> **要点：**资本主义远不是对世界如何运作的客观描述，而是一种文化和信仰体系。

将资本主义视为一个故事，有助于我们探索这一道德体系的有效性。与任何道德体系一样，责任的问题是这个概念的核心。个人应该在多大程度上对群体中其他个人和整个群体的福祉负责？

1　涓滴效应指在经济发展过程中并不给与贫困阶层、弱势群体或贫困地区特别的优待，而是由优先发展起来的群体或地区通过消费、就业等方面惠及贫困阶层或地区，带动其发展和富裕。

资本主义价值观

由于资本主义本质上是一种道德准则，它描述的是价值的所有和交换，我们必须看看它的价值观，了解它是如何运作的。资本主义将财富作为最高价值，并认为某些性格特征有助于获得财富，其中包括有主动性、自力更生、自律和延迟满足。

个人的主动性在商业中具有实用性，无论企业规模大小。但在今天的世界上，自力更生是一个错误的说法。一旦社会从荒野游牧阶段进入农业社会，特别是工业和信息社会，就没有一个商人是完全自力更生的。对警察、消防、道路和通信等公共基础设施的需要，使人们更加强调合作、建立共识和领导力。

对现代资本主义共和制的信仰体系的最激烈的批判之一见于《电视台风云》中一个著名场景。当主播霍华德·比尔警告数以百万计的观众，他的节目的所有者美国通信公司正在被一家沙特阿拉伯企业集团收购时，美国通信公司的老板阿瑟·詹森给了他一顿教训。

> **阿瑟·詹森**：你干涉了自然界最原始的力量，比尔先生，我不允许你这样做！……这里没有国家，没有民族，没有俄罗斯人，没有阿拉伯人，没有第三世界，没有西方，只有一个整体的体系。一个巨大的……交织的、互动的、多元的、跨国的美元统治体系。石油美元、电子美元、多种美元、德国马克、法郎、卢布、英镑和谢克尔。这就是国际货币体系，它决定了这个星球上的全部生活。这是当今事物的自然秩序。这就是当今事物的原子、亚原子和星系结构！你干预了自然界最原始的力量，你……要……赎罪！

民主价值观

民主被定义为“由人民治理，特别是由多数人统治”。政府的概念中隐含的意思是，社会中的每个人都可以参与决策。

如果我们把民主看成是一种故事形式，我们就会发现它与基于神和超级英雄的经典神话形式相反。在民主制度中，英雄只是凡人，在君主制中被称为“主体”（但被作为客体对待）。民主制度中的“主体”管理着组织。

要点：民主远不是对一种政府形式的客观描述，它是一种文化和信仰，它承诺每个人都可以同时获得自由和平等。

因此，民主和共和并不是两种相互竞争的治理体系。民主是一种理念，共和是运营系统。

故事世界：资本主义的体系

任何故事世界都是通过一个体系运作的。这个体系有高度明确的角色、等级制度和一整套规则。这些角色和规则负责组织和奴役。

资本主义的故事世界据说是由“看不见的手”这一机制运转。其支持者声称，如果个人拥有最大的自由，那么“看不见的手”是对**任何**人类系统如何运作的准确描述。

要点：要证明“看不见的手”在社会中创造了最大价值，一个主要困境是，资本主义是一个乌托邦想法，而且从未在现实中存在过。

故事世界：制度的组织原则

在科幻类型一章中，我们谈到了制度的组织原则，它决定了社会如何控制其成员。

> **要点：**组织原则决定了谁是相对自由的，谁是相对被奴役的。因此，文化中的所有故事都是基于这一原则，然后一次又一次地重新规划人口。

当我们比较英国和美国的制度时，可以清楚地看到这一点。英国的旧制度是基于长子继承父亲的财产。因此，英国制度的基本座右铭是：你生来如此，永不改变。

美国制度是建立在平等和自由的理想之上的。因此，美国制度的基本格言是：你可以成为你想要的任何人。

> **要点：**英国的故事是关于在一个等级制度中的继承，个人必须扮演他们与生俱来的角色。美国的故事是关于个人拥有绝对的自由，可以重新塑造自己，成为想成为的人。

超越性黑帮故事探讨了绝对自由原则的缺陷：它创造了不可能实现的期望，从而使得为获胜而不择手段的行为都是合理的，并且可能以绝望告终。

《了不起的盖茨比》

盖茨比和黛西的表弟尼克都在努力完成重塑自我这一伟大的“美国计划”。尼克说：“事实是，这个长岛西埃格村的杰伊·盖茨比源自他对自己的柏拉图式的理念。他认为自己是上帝的儿子，这个词意味着——如果它意有所指的话，意味着他必须继承天父的宏志，致力于追求一种伟大的、世俗的、华而不实的美。于是他就发挥一个十七岁少年所具备的想象力，想出了杰伊·盖茨比这个名字，并且自始至终坚定地贯彻这个信念。”

一片纯粹机会主义的土地的终极表现形式是黑帮分子。对他们来说，目标就是一切。盖茨比的商业伙伴是迈耶·沃尔夫斯海姆，据传他就是那个操纵

1919年世界职业棒球大赛[1]的黑帮分子。当被问及这个问题时，盖茨比说："他只是看到了这个机会。"

《广告狂人》

《广告狂人》是最伟大的东部类型故事和经济—政治史诗之一。和盖茨比一样，英雄唐·德雷柏用偷来的名字和背景重新塑造了自己。他从事的也是重塑自我的业务。他是一个善于推销谎言的人，他说只要你买对了产品，你就能成为你想要成为的任何人。

超越性黑帮故事节拍：角色网络

在一个超越性黑帮故事中，角色网络通常是庞大、复杂的，但又是高度组织化的，并囊括了整个社会。情节的发展往往取决于社会规则如何运作。

《了不起的盖茨比》是美国基础原则的体现，即你可以成为你想成为的任何人。作家菲茨杰拉德使他所有的人物都在虚假与真实的对比中发生变化。这是使他能如此简洁地讲述这部伟大的美国小说的技巧之一。

盖茨比和尼克都拼命地试图重塑自己。但是，尼克是坚定、充实、有道德的。他说："我思维迟钝，充满了内在规则——每个人都认为自己至少有一种基本的美德，而这就是我的，我是我所知的少数几个诚实的人之一。"

空洞、不道德、违法的盖茨比有一个可取之处：他追求的是真爱的理想。他认为黛西是完美的女人，是浪漫的美国梦。然而她也是虚假的：她自私、粗心、软弱和胆小。杰伊·盖茨比的悲剧就在于此。

尼克的女友乔丹是黛西的变体，也预示了她自己的行为。从一开始，尼克就想知道乔丹在隐瞒什么。当她把一辆借来的车留在雨中并为此撒谎时，尼克想起了报纸上的一个关于乔丹如何在高尔夫比赛中把球从一个糟糕的位置移开的报道。在乔丹差点用开车撞到别人后，她说，这怪罪于其他人挡了她的路。

---

1 世界职业棒球大赛（World Series）是美国职业棒球大联盟每年10月举行的总冠军赛，是美国以及加拿大职业棒球最高等级的赛事。

《广告狂人》的设计原则是追踪其主要角色在20世纪60年代这10年间的缓慢解放过程。创作者马修·韦纳（Matthew Weiner）用一家广告公司将他的人物连接在一起，每个人都被他们所推销的美国制度所奴役。这一制度的信条可以总结为：

- 只要能卖出去就赢了。
- 男人在工作中统治女人，在家里对她们撒谎。

因此，角色网络是建立在两个主要的对比之上的：

- 在人物内部：梦想与现实。
- 男人与女人。

第一个对比是角色为美好生活创造的梦想与他们生活的现实之间的对比。

- 在工作中，他们宣传所有人都能享受到美好生活。
- 现实是，他们的郊区生活充满了缺陷、谎言和失望。

《广告狂人》严格地凸显了两性角色，而且这些角色在当时正开始瓦解。实权在握的男人们喝酒、抽烟和四处留情。女人，无论是家庭主妇还是秘书，都必须忍受虐待。讽刺的是，女性角色都是该剧中最有趣的。她们从最低的位置开始，只是模糊地意识到什么是不可行的，但我们看到她们为了获得自由而英勇地战斗。

超越性黑帮故事节拍：英雄——企业家与老板

资本主义的故事有两个可能的主要角色：企业家和公司。在西部类型中，牛仔和农夫携手合作；但在资本主义的故事中，企业家和公司是对立的。

在所有类型的英雄中，商人是被描写得最负面的一个。他要么是无聊的数字狂要么是吸血鬼，就像《圣诞颂歌》中的守财奴斯克鲁奇一样，从他的工人和客户身上吸食生命之血。商人如同吸血鬼，这一比喻就是这个人物通常被描绘成对手，而不是英雄的原因。他体现了一种经典的观点，即商业偏向于金钱的价值，而不是家庭、正派、正确行动、关怀和爱。尽管事实未必如此。

老板是公司的人格化体现，在极端的情况下，他是“工业巨头”。这个人物通常被描绘得甚至比商人更负面，部分原因是源于真实历史上“强盗大亨”们的反竞争行为，如“铁路大亨”科尼利尔斯·范德比尔特（Cornelius Vanderbilt）、“钢铁大王”安德鲁·卡内基（Andrew Carnegie）、“石油大王”约翰·D. 洛克菲勒（John D. Rockefeller）、“金融教父”J. P. 摩根（J. P. Morgan）和“汽车大亨”亨利·福特（Henry Ford）。

要点：资本主义共和国中最富有的人创造了新贵族制度，它以金钱为基础，而不是贵族头衔。在共和国中，它可以像在君主制中一样成为一种强大的极权主义力量。

虽然《了不起的盖茨比》中黛西的丈夫汤姆是对手，而不是英雄，但他是新贵族的一个典型例子。他也是“新钱”阶层，但比盖茨比要“老钱”一些。他恰如其分地住在东埃格区一座宏伟但保守的庄园里。而来自中西部的新贵盖茨比则住在西埃格区的一个更奢华的庄园里。

技巧：普通人的史诗

只有少数几个故事利用黑帮类型对美国梦和现实之间的差距进行尖锐的社会评论。一般的黑帮故事认为，黑帮生意只是资本主义的一小部分。它只出现在少数几个城市的少数民族聚居区，由疤脸人和小凯撒这样的孤家寡人所从事。因此，要想将黑帮故事提升到新的水平，主要技巧是把它作为一部普通人的史诗来写。

史诗是个人或家庭的行为决定或展现了一个国家的命运的故事。在历史上，史诗总是关于国王和王后。因此，美国史诗、美国“国王”的概念在术语上似乎是矛盾的。

《黑道家族》是一部建立在“日常生活中的国王”技巧之上的电视连续剧。其革命性的前提在于：一个无情的黑帮老大与他的母亲、妻子和孩子们发生冲突，并去看心理医生。特伦斯·温特（Terence Winter）是该剧的编剧，后来创作了黑帮史诗《大西洋帝国》。他说：“黑帮类型是这部剧的诱饵和开关。”

编剧黛安娜·弗罗洛夫（Diane Frolov）说：“这几乎就像写宫廷里的国王和王后。在政府和法律之外，你笔下有自己的‘政府’。虽然你也写家庭的东西，但它们存在于这个更大的背景下。”

编剧为“宫廷里的国王和王后”编织情节，同时展示了一个因无法控制妻子和孩子而感到沮丧的国王的日常现实。“国王”托尼·索普拉诺可以掌掴他的儿子，但阻止不了他儿子把事情搞砸。

要点：在东部类型和经济—政治史诗类型中，英雄处于影响整个国家的位置。

《推销员之死》的作者阿瑟·米勒（Arthur Miller）称“销售”是美国的终极工作。《广告狂人》通过一个推销员来讲述常人的史诗。英雄唐·德雷柏是麦迪逊大道的一位创意总监，所以他所销售的远不止是一种产品。他销售的是美国梦。他的广告改变了美国，并最终改变了世界。这使唐·德雷柏成为美国的国王。

超越性黑帮故事节拍：弱点—需求

故事节拍：

- 每个角色都有一个独特的弱点，但所有角色都有相同的国家弱点。

- 英雄有某种形式的发展停滞，并且陷于虚假的自我形象中，从而毁灭了他 / 她。
- 如果英雄是男性，他在情感上仍然是一个小男孩。
- 如果英雄是女性，她通常会努力实现僵化的父权社会制度要求的漂亮客体的形象。

做生意并不意味着卖家或买家有心理或道德上的缺陷。恰恰相反。每个人都在满足人类生存和发展的基本需求。在此过程中，他们创造了价值。

要点：超越性黑帮故事强调了需求变成贪婪的时刻。

然后，商业就变成了一场谁能赢得最多钱的游戏。这反过来又助长了对**更多**东西的无休止的渴望。其结果就是人变成以金钱为食的野兽，而且永远不会吃饱。当贪婪对他人产生负面影响时，它就成为一种道德缺陷。

《了不起的盖茨比》中的盖茨比是一个骗子，贪图金钱和他人的妻子。但是小说中的另一个主角尼克呢？菲茨杰拉德采用第三人称讲故事的方式，让尼克描述盖茨比。因此，故事的基本结构是追踪盖茨比如何改变尼克的生活。这意味着尼克是两个英雄中的一个，也是唯一一个经历了改变的人。

尼克是一个"观察者英雄"，因此他是被动的，但这是主题所内生的。他不采取行动，直到为时已晚。他是盖茨比的助推器。尼克来到东部，在债券市场上赚取财富。起初，他也被贪婪所驱使。但与盖茨比不同的是，他没有采用欺骗的方式。

弱点—需求：作为购方的自我

超越性黑帮故事（黑帮史诗类型、东部类型和商业—政治史诗类型）也强调了一个人把自己主要看成是一个买方的瞬间。

在"科幻类型"一章中，我们谈到了社会的演变和文化的演变之间的联系。我们看到，随着社会从部落到农业，到工业，再到高科技阶段，文化也从羞耻文化到内疚文化，再到消费文化。在一个先进的经济体系中，这种向消费文化的转变表现在买方身上。

消费文化中的买方有两个主要弱点：相信纯粹的个人主义—绝对自由的神话和对自我的不安全感。

世界上最强调个人主义和资本主义文化的国家，即美国，其基础是纯粹的个人主义意识形态。这种文化将极端的个人主义与一个人是绝对自由的幼稚观念联系在一起。消费文化将创造自我主要定义为，积累使人显得成功的东西。这就产生了一种心理弱点，即对客体的爱和对自身的不安全感。

这究竟是如何发生的呢？对于一个企业来说，要销售其产品的故事，它必须在顾客心中创造出对该产品的需求。只有这样，企业才能以产品的形式来满足这一需求。产品成为故事中的第二个主要结构步骤，也就是买方所渴望的东西。

企业可以在满足人们对其产品的真正需求的基础上进行销售。但是，如果仅仅依靠真实的需求，其销售额将只是其潜力的一小部分。因此，企业利用广告（计划），通过制造自我怀疑强化了顾客的弱点—需求。“你不够好。你可以更漂亮。你可以更聪明。你可以更富有。你可以做得更好。你可以拥有更多，并且成为更棒的人。”在这个等式中，存在（身份）= 拥有东西。

心理治疗师菲利普·库什曼（Philip Cushman）把自我的不安全感或自我厌恶称为“空虚的自我”。这种内在的缺乏不仅创造了第一次购买产品的欲望，还创造了一个虚假需求的永久循环。产品暂时解决了渴望，但渴望很快又回来了。终于，企业拥有了一个终身的客户。这是消费文化的理想结果，也是技术资本主义体系最佳运作的必要条件。

要点： 产品从未满足买方的需求，因为它不是一种需求，而是一种欲望，是一种感觉，持续了一会儿，然后就消失了。就像毒品一样，该产品必须购买并再次“服用”才能体验到兴奋。

盖茨比是终极买家。他在“购买”黛西，但更确切地说，他在体现他想成为谁就成为谁的想法。盖茨比的全部意义在于，他是一个没有身份或实质的人。每个人对他来说都是“老友”。所有来参加他的聚会的人，都是来免费获得酒和乐趣的人，当然这也是假的，他们只是想消费和获得地位。

那么盖茨比死心塌地要“购买”的那位呢？黛西是美国的梦中情人：漂亮、轻快、孩子气、迷人、富有。但她也是完全空洞的，而且，与盖茨比不同的是，她无药可救。她不爱任何人。

当我们第一次见到她时，尼克谈及她和她的朋友乔丹，“这两个年轻的女人慢慢从气球回到地面……在（黛西）的声音中，有一种兴奋……一种承诺……接下来的一个小时里，有一些欢快而激动人心的事情在盘旋”。后来，尼克说：“她说话声音很轻浮……充满了……”盖茨比则说：“她的声音里充满了金钱。”

《广告狂人》是一档关于幸福的节目。它直接瞄准了《独立宣言》中所承诺的“生命、自由和对幸福的追求”。作为一个广告天才，唐·德雷柏知道他推销的美国梦是假的。但他和其他“疯子”们一样渴望购买它。

> 唐：广告是基于一件事：幸福。你知道幸福是什么吗？幸福就是新车的味道。它是摆脱恐惧的自由。它是路边的广告牌，上面写着：无论你做什么，都没关系。你很好。

《广告狂人》里所有人物都有相同的内在缺陷：他们渴望通过物质的东西获得幸福，因此他们得到的只有失望。在第五季第十二集“费用和佣金”中，唐向凝固汽油弹制造商陶氏化学公司推销，当时正值越南战争的高潮。他所说的这句话可能是整部剧的宣传语：

> 幸福是什么？它是你需要更多幸福前的瞬间。

《广告狂人》中的人物具有的第二个相同弱点是他们都表现得像儿童。唐是一个发育不良的男孩，他必须拥有女人和酒，并把他的漂亮妻子贝蒂当作孩子。贝蒂的心理医生称她是一个小女孩。皮特是一个讨厌的小男孩，一旦没按他的方式行事时，他就会嘟着嘴，侮辱任何处于弱势的人。佩吉是一个天真的小女孩，穿着娃娃领的衣服，实际上是在乞求别人的认可。罗杰是一个上了年纪的老男孩，他只求快乐，这快乐包括酒和他的情妇——琼。广告复印部的人们是兄弟会的男孩，不断地侮辱女人的长相并想方设法把她们骗上床。

超越性黑帮故事节拍：欲望—金钱、垄断和财富总量

即使在最先进的资本主义经济中，首要欲望就是要进行销售。著名推销员的座右铭是“ABC”，它代表着“永远要成交”(Always Be Closing)。完成目标。销售产生了销售者真正想要的东西：钱。卖方的长期目标是财富。

故事节拍：英雄创建或加入某种企业，他决心通过这种企业赢得财富。

表面上看，盖茨比想要黛西。但这远远不止是一个简单的爱情故事。通过将其置于东部故事结构，即在城市中追求经济成功，菲茨杰拉德把黛西变成了美国承诺被金钱和地位腐蚀的人物化表达。在这一过程中，爱情本身被扭曲和破坏了 。

黛西宅邸码头上的绿灯象征着盖茨比对黛西和金钱美国梦的渴望。

作家马修·韦纳（Matthew Weiner）对《广告狂人》的精彩构思是将推销美国人的欲望与广告人自己的个人和工作生活联系起来。广告人希望他们销售的美好生活的形象是真实的，尽管他们在理智上取笑那些买它的穷人。

黑帮类型情节的视觉形状：上升和下降、繁荣和萧条的周期

最古老的关于进程的故事，至少可以追溯到《俄狄浦斯王》，讲述的是国王和王国的兴衰。我们在西部类型中看到了这种故事形态，它追踪了文明的兴衰。黑帮类型则让我们看到了民主国家中“国王”的兴衰。

在资本主义中，兴衰表现为繁荣和萧条。在其他故事形式中，兴衰是一次性的过程；在资本主义中，兴衰则是永不停止的循环。在这一点上，它类似托马斯·科尔的《帝国的兴衰》中描述的社会阶段的永无止境的循环。

因为价值总是高度主观的和易变的，所以一个经济体永远不可能完全消除萧条，即使有政府的保障措施来缓和衰退和重启增长。为什么？因为人类心理是实际供应和需求的“增值”部分。大众的贪婪和恐惧情绪交替出现，才是真正创造繁荣和萧条的原因。

《大空头》戏剧化地讲述了三组投资者的真实故事，他们在 2007 年意识到美国的整个金融体系已经腐败并即将崩溃。利用极端的金融杠杆和房地产行业健康状况的虚假信息，银行和房地产经纪公司制造泡沫来获取巨额利润。各种联邦机构都参与了这场骗局。

主角们发现了腐败，并与系统对赌，去“做空”。当房地产的真正价值显现时，市场崩溃，主角们赚得盆满钵满。但大量的普通投资者和房主损失惨重。与此同时，政府出手拯救了银行。这部电影对现代资本主义国家进行了毁灭性的批判。

超越性黑帮故事节拍：对手

故事在冲突中前进。批判发达资本主义的超越性黑帮故事突出了三组主要对立：

1. 卖家 vs. 买家。
2. 企业家 vs. 公司。
3. 雇主 vs. 工人。

这三组对立的交织决定了故事以及它如何批判发达资本主义。

卖方 vs. 买方

无论经济变得多么复杂，资本主义故事中第一个对立总是卖方对买方。因为在一个简单的交易中只有两个参与者，他们都意识到了这种对立关系。

然而，卖方和买方之间的关系不能只是冲突。要完成交易，双方必须有一定程度的信任，相信双方交换的东西具有他们承诺的价值。经济学家蕾切尔·波兹曼（Rachel Botsman）称这为“信任跃迁”（trust leap）。这意味着卖家和买家也是盟友。注意，这在任何交易中都会产生一个基本矛盾：卖方与买方对立，但也希望买方认为他们是朋友。体系越复杂，买方就越难意识到卖方其实是想打败他。

企业家 vs. 公司

当卖方从企业家变成公司时，他在竞争中获得了比买方更多的优势。最大的优势是，关于买家对产品的需求和产品的真正价值，卖方有能力开展活动来欺骗买方。这种欺骗包括使买方相信卖家是他的朋友。

除第一季外，《广告狂人》每一季都有一个重要的情节，显示资本主义不可避免地走向集团化的趋势：唐的更具创业精神的小型广告公司与大公司竞争，必须抵御他们的收购意图。

雇主 vs. 工人

关于发达资本主义的故事在涉及第三种对立时最为严峻，也就是雇主与工人的对立。其认为由于金钱永远是最高的价值，所有者的主要动机是获取最廉价的劳动力来完成工作。其结果是，一些工人生活在永无止境的贫穷中，这是一种奴役的形式。

要点：在雇主与工人的关系中，雇主有强烈的动机使工人沦为工资奴隶。但是，正是寻求最低价格的买方使得“奴隶制”持续存在。

在《拜金一族》中，房地产公司的隐形所有者将公司员工置于一个大多数人都无法幸存的陷阱中：

布雷克：我们在本月的销售竞赛中增加了一些内容。你们都知道，一等奖是一辆凯迪拉克埃尔多拉多。有谁想看看二等奖？二等奖是一套牛排刀。三等奖是你被解雇了。

超越性黑帮故事节拍：计划——讲述一个故事

在许多方面，资本主义的艺术就是销售的艺术。

卖方说服买方以特定价格购买其产品的主要方式是通过广告和营销。

要点：广告是一种故事形式。因此，每个好广告都符合一个好故事的七个结构步骤。

在《了不起的盖茨比》中，盖茨比作为坐拥巨富的商业巨头的形象是通过虚假的故事展现的，或者说是通过他对愿意听的人讲的一系列虚假的“从贫到富”的故事展现的。

在《广告狂人》中，唐因他为赢得一家公司的业务而做的广告闻名。在第一季中，他利用怀旧之情和自己曾经的幸福家庭照片，推销柯达公司暂命名为“车轮”的新型家用投影仪。唐想出的新名字是“旋转木马”（carousel），意指快乐的家庭出游。

超越性黑帮故事节拍：道德主张——囚徒困境

超越性黑帮故事的道德主张是，作者通过对英雄的行为和正当理由进行排序来说明如何生活。一般的黑帮故事的独特之处在于，英雄几乎没为他为达到目的所做的事提供任何口头上的自辩。在东部类型和经济—政治史诗类型中，英雄在很大程度上对自己道德上的腐败视而不见。他们基于为自己或公司赚钱这一更大好处来证明自己的方法是合理的。

故事节拍：

- 英雄为了获得金钱和成功，逐渐做出越来越多的不道德行为。
- 英雄被公司吸收，在那里他 / 她失去了所有的个人意识。
- 英雄要么致富失败，要么发现获得财富的代价是付出他 / 她的灵魂。

《广告狂人》充斥着在广告公司工作的人为了钱会做什么的例子。例如，他们最大的客户是“好彩香烟”，一种让人上瘾的产品。他们知道这种产品已经导致数百万人死亡，面对政府的在标签写上警告的要求，唐建议他们通过广告宣传香烟是“慢烤的”来转移买家的注意力。

在第五季第十一集“另一个女人”中，为了让公司获得捷豹这一客户，除了唐之外，所有合伙人都安排琼，一个秘书和单身母亲出卖自己的身体。作为报酬，她成为公司合伙人。

在下一集，“费用和佣金”中，唐向凝固汽油弹制造商陶氏化学保证：“81% 的市场份额不够！”他告诉他们，既然它能在第二次世界大战中对付德国人和日本人，那么它就能在越南使用。他最后的道德辩解是：“当美国需要它的时候，陶氏就会制造它，而且它管用。”

无形的手 vs. 无形的拳头和囚徒困境

亚当·斯密描述的资本主义主要是一种道德准则。它设定了一个目标——财富，并描述了实现这一目标的理想手段。那么，资本主义故事的道德主张是什么？它反对的道德主张又是什么？

亚当·斯密支持不受管制的资本主义的主要道德和经济主张是，它将减少少数主人掌握地球上大部分资源的不公平现象。他认为，当一个人以理性的自我利益行事时，一只“看不见的手”为最多的人创造了最大的总价值和自由。这是一个道德主张。

超越性黑帮故事则提出了一些道德主张，攻击了不受管制的资本主义和“看不见的手”的论点。这里有一些替代性比喻概括了他们的论点：

1. 看不见的拳头

要点：反对不受管制的资本主义的第一个论点是，看不见的手实际上是一个看不见的拳头。

纯粹的资本主义不是从富有的主人那里向穷人提供无形的帮助，而是给了雇主一个拳头来打击他的工人。工人是一个无助的工资奴隶。

少数的主人不是把价值向下分配给所有人，而是迅速地从根本上增加自己的优势。当金钱贵族用继承的资源开始游戏，然后将资源传给下一代时，这就成了一个永久的循环。

富人向上的循环对应了穷人下降的循环。狄更斯表示，当这种差异变得极端时，穷人没有“安全网”来阻止他们坠落。

要点：看不见的拳头的影响不仅对穷人来说是灾难性的，它还减少了整个社会的总财富。

这削弱了斯密对纯粹资本主义的主要主张，即它为最大多数人创造最大的财富。

2. 看不见的嘴

故事讲述者用以攻击不受管制的资本主义的第二个比喻是，它是一张“看不见的嘴”。基于销售产品以生存和发展的需要，资本主义是一台机器，它吞噬资源并留下大量的废物。这是对社会总财富的一种消耗，但它通常不会被计入最终的利益表中。

最著名的“看不见的嘴”比喻的例子是《了不起的盖茨比》中的灰烬谷。在画有验光师 T. J. 埃克伯格的眼镜的广告牌后方，是美国贪婪的资本主义的废物垃圾场，叫作灰烬谷名副其实。

3. 囚徒困境

“囚徒困境”是超越性黑帮故事的第三个主要比喻，用来攻击资本主义和无形之手。我们在反乌托邦小说和犯罪故事中看到了“囚徒困境”，如《蝇王》《一九八四》《饥饿游戏》《鱿鱼游戏》《蝙蝠侠：黑暗骑士》。很多故事用这个比喻来论证不受管制的资本主义是不道德的和具有破坏性的，包括《黑暗的心》《大地之歌》《圣诞颂歌》《青山翠谷》《拜金一族》《电视台风云》《广告狂人》。

“囚徒困境”如何适用于资本主义的故事呢？让我们看看故事中出现的最终导致了这场战斗的对立，在商业中，对立就是交易。亚当·斯密认为，每个“玩家”都有一条互不相连的欲望线。当每个人都完成了自己的目标时，整个社区就会以某种方式发展壮大。在这一切中，对手在哪里？尽管存在信任因素，但每一笔交易都有一定程度的冲突。每个社区都充满了大量的个人，他们的欲望与对手发生了冲突。

在“囚徒困境”的故事模式中，资本主义相当于警察，而个人则是囚徒。具有讽刺意味的是，资本主义政府是不受监管的系统。当没有法律来保证整体的福祉时，每个参与者，包括个人和公司，都在某种程度上被奴役。

要点：竞争中的个人更有可能以牺牲整体为代价选择个人利益，尤其是当整体利益不明确的情况下。

这种不想失去交易的欲望意味着每个人都在同时争夺有限的资源。每个人都认为自己处于零和游戏中，即使事实并非如此。此外，试图在交易中击败其他竞争者意味着所有人都被诱导去撒谎和欺骗，以获得最好的结果。

“囚徒困境”模型攻击了亚当·斯密关于资本主义乌托邦的最佳主张：它产生了更大的**总**财富。

要点：资本主义道德体系的缺陷导致其经济体系的缺陷。极端的个人主义给所有人带来**更少**的财富。

与此同时，“囚徒困境”理论认为，在受监管的资本主义中，每个人都必须为共同利益付出一些代价，为所有人带来了更大的财富。照顾他人的道德主张对富人来说代价相对较小，但使穷人获得巨大的购买力。一旦它们超过储蓄和投资所需的临界值，这反过来又创造了一个向上的循环。

《青山翠谷》

《青山翠谷》是有史以来最伟大的电影之一。它在戏剧性地展示体系如何控制少数人方面与《七武士》不相上下。这个故事追踪了一个家庭，父亲和儿子为赚取微薄的工资在一个危险的煤矿工作。

基本的对立是雇主与工人的对立。双方都陷入了囚徒困境，都有一个基于自身利益的严酷选择。雇主关心的是公司的生存，这意味着要卖出最多的煤，并尽可能支付最低的工资。当煤的价格暴跌时，雇主自然会选择削减工资，尽管工人无法靠这么微薄的工资过活。这有可能导致公司的毁灭。

工人也有一个无奈的选择。他们试图控制自己的经济生活的唯一方法是利用团体的力量进行罢工。但这意味着他们要在如此严重的贫困中生活很长时间，难以坚持下去。其结果是导致广泛的社会冲突，造成家庭和社区的破裂。

持续不断地从矿井中提取煤炭，使山谷从绿色变为黑色（另一个灰烬谷）。一家公司耗尽了地球资源，而社区里的每个人都在受苦，没有人考虑更大的利益。最糟糕的是，工人都依赖于危险的煤矿本身。当矿井不可避免地倒塌时，英雄挚爱的父亲也去世了。尽管这些工人有伟大的心灵，但他们没有机会对抗经济体系。

超越性黑帮故事节拍：道德主张——商业腐蚀国家且损害真理

超越性黑帮故事对资本主义进行的又一次重大攻击是，它使道德屈服于金钱，这不仅影响个人，更具破坏性的是这对国家的奴役。

这些故事传达了两个主要观点。首先，由于竞选的成本很高，政治家必须求助于企业，商业界很乐意花钱将其金钱利益转化为法律，而这些法律可能会对更大的社会造成伤害。

其次，资本主义有害于真理，因此也有害于国家本身。政治家租用高科技广告服务来向公民买方兜售任何能起作用的“被包装的真相”。这种故事形式实质上就是宣传。从马基亚维利（Machiavelli）的《君主论》（*The Prince*）到纳粹德国，宣传技术一直是专制主义手册的核心。

> **要点：**企业对政府的所有权和高科技广告相结合创造的“真相”是推动共和国走向极权主义的最大力量。

超越性黑帮故事节拍：战斗——监禁、缓慢的死亡和谋杀

在商业中，战斗的步骤通常是非对抗性的。卖方首先要避免冲突，避免让人注意到公司的卖主和股东是交易中的大赢家这一事实。

超越性黑帮故事将真正的冲突暴露出来。它指出，在这场更大的战争中，有钱的新贵族让一个民族或阶级对抗另一个民族或阶级。普通工人/公民并没有意识到他们被囚禁在贫穷和缓慢死亡的监狱中。那些大声反抗的人有时会被谋杀。

有人反对将故事作为理解现代资本主义国家的模式，因为为了戏剧效果，故事必须被夸大和伪造。在某种程度上，他们的观点是正确的。但是，故事对这一制度的批判不一定是假的。绝大多数企业高管并没有下令杀死他们的反对者。但历史上充斥着危险的工作条件、“血汗工厂”、被破坏罢工者杀害的工人，以及被污染致死的案例，即使公司知道污染是致命的。

《了不起的盖茨比》中的战斗是盖茨比之死。它是由富人发动的阶级斗争

的完美例证。黛西的丈夫汤姆是个富得流油的人，他与加油站老板乔治·威尔逊的妻子默特尔一直有染。黛西在驾驶盖茨比的汽车时撞倒了默特尔，盖茨比英勇地替她承担了责任。汤姆告诉乔治，是盖茨比的车杀死了默特尔。乔治杀死了盖茨比，而汤姆和黛西则去欧洲度假了。

超越性黑帮故事节拍：自我启示——无

超越性黑帮故事的主题涉及被金钱奴役、个性丧失以及“美国梦”的腐败。但英雄很少看到这一点。

超越性黑帮故事使用了与黑色喜剧（揭示破坏性体系的喜剧）相同的最终故事节拍。它说，即使是在体系崩溃的时候，商人也大多无法进行自我启示。意识形态太强了，短期资金的涌入量太大了，以至于“房间里最聪明的人”无法意识到自己是多么盲目，他们还以为在朝着更好的方向前进。

这些故事表明，缺乏自我启示同样适用于商业腐蚀国家。就像温水煮青蛙一样，现代国家的公民可能有一天会突然发现他们的国家已经消失了。

在《广告狂人》中，唐的自我启示是微妙的，常常是向前走了一步，又退了两步。在最后一季的中期，他意识到不能再为收购他公司的大公司做那些没有灵魂的工作了。他跑到西海岸，在埃萨伦研究所花时间审视内心。

这不是好莱坞故事中典型的宏大但难以置信的自我启示：唐最终看到了他在纽约广告公司的生活有多么虚假。冥想时，他想出了著名的可乐广告“山顶”，一大群嬉皮士在那里唱道：“我想给世界买瓶可乐……”

通过这一创造性的时刻，唐将他的过去与新的自我结合起来，为我们提供了一个企业消费文化与基于社区的反主流文化的合作。这可能是电视剧史上最好的剧终时刻。

超越性黑帮故事节拍：新平衡——企业拥有了国家

超越性黑帮故事有一个消极的结局，即企业拥有个人和国家本身。其论点是，追求个人物质利益的欲望压倒了其道路上的一切。在任何一个专门的社会单元内，自由和平等之间的基本权衡永远不会消失。只有当普遍意识开始将赚钱视为一个更大的道德准则的一部分，对全人类怀有不同的责任感时，整个体系才会跃升至一个新的效率水平和道德水平。

作为终极超越性黑帮 / 黑色喜剧，《电视台风云》的结局是企业什么也没学到，并继续在毁灭之路上前行。电视台谋杀了霍华德，因为他的言论正在扼杀收视率。以下就是电视台不想让人们听到的信息：

> **霍华德**：在我们所有人惊恐的灵魂深处，我们知道，民主是一个垂死的巨人，是一个病态的、垂死的、腐朽的政治概念，在其最后的痛苦中蠕动……个人已经完蛋了。单一的、孤独的人已经完蛋了……整个世界都在变成人形生物，看起来像人，但不是。整个世界，而不仅仅是我们。我们是最先进的国家，所以我们会最先到达那里。

终极超越性黑帮故事《了不起的盖茨比》的著名结局，以比其他小说更紧凑、更有诗意的形式，描述了国家是如何被商业腐蚀的。菲茨杰拉德只用了寥寥几句话就概括了美国整个发展进程和它所承诺的梦想：从最初的自然乌托邦到一个虚假的乌托邦，建立在对金钱及其所能买到的一切的庸俗渴望之上，不惜一切代价。这些是送给所有生活在国家中并为"保持它"而奋斗的人的警世遗言。

> 月亮渐渐升高，显得渺小的房屋开始融入这月色中去，此时我的眼前逐渐浮现出这座古老的岛屿当年在荷兰航海者眼中的那种妖娆风姿——一个新世界的翠绿欲滴的胸膛。当初在看到这片大陆时，心醉神迷的人类肯定在刹那间屏住了呼吸，不由自主地陷入一种他既不理解也不渴望的美学沉思，有史以来最后一次面对某种他力所能及的惊喜。
>
> （盖茨比）肯定觉得梦想已经离得非常近，几乎伸出手就能够抓得到。他所不知道的是，梦想已经落在他身后，落在纽约以西那广袤

无垠的大地上，落在黑暗夜幕下连绵不绝的美国原野上。

盖茨比信奉的那盏绿灯，是年复一年在我们眼前渐渐消失的极乐未来。我们始终追它不上，但没有关系——明天我们会跑得更快，把手伸得更长……等到某个美好的早晨——于是我们奋力前进，却如同逆水行舟，注定要不停地退回过去。

阶梯的下一个梯级

黑帮故事告诫我们，在今天的城市世界中，追逐财富和权力是对幸福的最大威胁。这似乎是成功的途径。但它把我们变成了机器，摧毁了使我们成为人类的社区。类型启蒙阶梯的下一步就是通往幸福的第一步：幻想类型。

11

Fantasy: The Art of Living

幻想类型：生活的艺术

《欢乐满人间》

玛丽·波平斯是一位旅行中的“天使”，通过带孩子们去乌托邦世界旅行，她修复了一个功能失调的家庭。一旦她把一个家庭变成了小型的乌托邦，她就会离开，去修复另一个家庭。当然，她承诺有一天她会回来。这就是乌托邦在日常生活中的力量，只要我们能学会它是如何做到的。为此，我们的目光转向幻想类型。

幻想类型：运作原理

大脑投射符号的能力就嵌入在这一类型的标题中：幻想。具有自我意识的大脑可以创造各种它想成为的另一种自我。

要点：这种投射的能力一部分是关于成为**别人**。但幻想类型主要是关于成为**更好**的人。

成为更好（becoming more）的人的梦想与人类想获得更多（gain more）的基本愿望在本质上是不同的。它代表了个人将衡量生命的标准从数量切换到质量。

在故事结构方面，它预示着从获得其他东西的表面欲望线，转到从弱点—需求到成为更好的人的更深层次的自我启示线。

为什么幻想类型应该成为启蒙阶梯的下一梯级？我们从专注于个人的类型开始：恐怖类型、动作类型、神话类型、回忆录类型与成长类型。接下来的类型——科幻类型、犯罪类型和喜剧类型——是关于个人必须在社会中找到自己的位置。西部类型和黑帮类型显示了文明的演变。黑帮类型是一种警示性故事，提醒个人要警惕现代城市世界的消极力量。

幻想类型将我们的注意力重新集中到个人身上。像神话类型和回忆录类型一样，幻想类型主要是关于自我的进化。不同的是，它向我们展示了一条通往幸福的真正道路。它的超越性类型——社会幻想类型，把我们带到阶梯的更高处。黑帮类型表明社会腐败是不可避免的，而社会幻想类型则展示了城市世界如何能自我更新，生活在其中的个人如何能获得成长。

幻想类型的思想—行动故事观

幻想类型的思想—行动故事观表明即使在最平凡的世界中也存在着魔法。并非让东西漂浮起来的那种有趣的魔法。这种更大意义上的魔法存在于被我们每个人和我们的世界埋藏的未被探索的可能性中。最重要的是，幻想类型赞美想象力，它是向人们展示如何美好生活的主要工具。

幻想类型同时从积极方面和消极方面展示了这一点。积极方面，它展示了对完美生活或看似完美生活的憧憬。消极方面，它也展示了基于价值观念上最坏的、极端的生活愿景。

由于情节和世界的巨大反差，幻想类型是所有故事中最“高概念”的。虽然它看起来是一种“轻”形式，但这种类型的基础是严格的几何学。

要点：伟大的幻想取决于从前提开始就建立几何学，这样故事才可以在强大的基础上建构复杂的主题。

所有幻想类型都是寓言式的。而出离日常的怪诞则代表着其他一些东西。所以，幻想类型总是有两条轨道：幻想的轨道和它代表的现实轨道。经典的幻想故事结构是一个从世俗到幻想，再回到世俗的旅程。

要点：幻想故事的策略是，一个压抑的英雄探索天堂或地狱。

它在一个精确的故事序列中上演：

A= 英雄在世俗世界中的弱点

B= 挑战英雄的幻想世界

A^2= 英雄和世俗世界的改变

当更大的社会被同质化时，幻想类型是最受欢迎的。人们对生活在世俗世界中感到厌倦。幻想给了我们改变的想法，而有了想法，最终我们就能实现它。

要点：伟大幻想版的进化包括个人、社会和使之成真的社会精神。

幻想类型告诉我们如何在我们的世界和我们自己身上找到魔法，这样我们就能把生活本身变成一件艺术品。这就是为什么这种类型的哲学表达是美学。而这种类型的超越性版本，即社会幻想类型，结合了美学和社会哲学。在各种类型所表达的所有艺术形式中，没有哪种艺术形式比幻想类型更令人振奋。

幻想类型与其他类型的比较

幻想类型是推想类型家族的一分子，该家族还包括恐怖类型和科幻类型。在某种程度上，幻想类型是恐怖类型的反面：恐怖类型展示了个人层面的消极演变，一切都被关闭了。幻想类型则显示了个人和社会的演变：一切都在开放。科幻将社会幻想类型扩展到普遍进化，探索更好的人类的可能性。

故事元素	科幻类型	幻想类型
主要技巧	反乌托邦	乌托邦
类型焦点	创造更美好社会所需的结构	实现这一目标的价值观

作家们经常混淆神话类型和幻想类型，因为二者有许多相似之处。最大的区别在于整体故事结构：

- 在神话类型中，结构是围绕一个漫长的旅程建立的。
- 在经典幻想类型中，英雄跳到一个新的地方，然后再跳回来。

幻想类型示例

小说和电影

《绿野仙踪》（也是女性神话）、《爱丽丝梦游仙境》、《彼得·潘》、《柳林风声》（*The Wind in the Willows*）、《小熊维尼》（*Winnie the Pooh*）、《欢乐满人间》、《哈利·波特》和《神奇动物在哪里》（*Fantastic Beasts and Where to Find Them*）、《指环王》（也是神话类型）、《纳尼亚传奇：狮子、女巫和魔衣柜》（*The Chronicles of Narnia: The Lion, the Witch, and the Wardrobe*）、《飞越未来》、《梦幻之地》（*Field of Dreams*）、《E. T. 外星人》（*E.T.*）、《回到未来》三部曲（*Back to the Future* 1–3）、《亲爱的，我把孩子缩小了》（*Honey, I Shrunk the Kids*）、《泰山》（*Tarzan*，也是动作类型）、《渔王》（*The Fisher King*）、《蝙蝠侠：黑暗骑士》（也是犯罪类型）、《楚门的世界》、《黄色潜水艇》（*Yellow Submarine*）、《美梦成真》（*What Dreams May Come*）、《时光倒流七十年》（*Somewhere in Time*，也是爱情类型）、《潘神的迷宫》（*Pan's Labyrinth*，也是恐怖类型）、《剪刀手爱德华》（*Edward Scissorhands*，也是恐怖类型）、《太阳召唤》（*Shadow and Bone*，也是神话类型）、《英伦魔法师》（*Jonathan Strange & Mr Norrell*）、《魔法师》（*The Magicians*）。

电视剧

《伞学院》（也是科幻类型）、《路西法》（也是犯罪类型）、《行走阴阳界》（*The Dresden Files*，也是侦探类型）、《狂欢命案》（也是犯罪类型）、《圣女魔咒》(*Charmed*)。

广播剧

《牧场之家好作伴》(*A Prairie Home Companion*)。

幻想子类型

都市（Urban)、旅行天使（Traveling Angel)、旅行魔鬼（Traveling Devil)、，人间天堂幻想（Paradise on Earth Fantasy)、幻想政治史诗（Fantasy Political Epic)、(浪漫幻想）Romantic、太空幻想（Space Fantasy)、历史幻想（Historical)、魔幻现实主义（Magical Realism)、剑与魔法（Sword and Sorcery)、暗黑（Dark)、错列历史（Alternate History)。

幻想故事概览

本章将述及的内容：

- **幻想故事节拍**
- **主题：**存在就是努力实现自己的潜力
  - 主题秘方：让自己的生活成为一件艺术品
- **如何超越幻想故事**
  - 旅行天使幻想故事
  - 人间天堂幻想故事
  - 幻想政治史诗故事

幻想故事节拍

与科幻类型一样，幻想类型是一种广泛而松散的类型，因此它缺乏见于其他类型中的详细故事节拍地图。但是，它涉及的内容远不只神奇的法术或幻想的生物。幻想节拍是一个角色从平凡到奇幻再回到平凡的几何故事结构中的地标。关键节拍展现了一个压抑的英雄探索天堂或地狱的战略。

幻想类型的基本构思就是把主角送到一个新的世界，这将提升她的心理发展潜力。在幻想类型中，这通常意味着获得第二次机会，学习如何过上有风格、自由和自发性的生活。结果是，当英雄返回时，读者会明白他们可以在现实生活中达到这种进化步骤。

幻想故事节拍：故事世界

幻想类型中的世界建构无论在规模还是价值上都是巨大的。这是这一类型的突出特点，因为读者可以沉浸在这个世界中，永远不离开。

要点：任何幻想作品的成功主要取决于故事世界的质量。

要点：幻想类型作者犯的最大错误是未能充分定义故事世界的规则。

作者如何构建这个寓言世界？

第 1 步：在一个单一的物理竞技场内，描述任何世界的三个主要元素的整体组合：土地、人和技术。这包括自然环境、人造空间、社会和文化以及一些重要的工具。

第 2 步：为这个世界找一个隐喻。这个独特的故事世界的意义是帮助定义人物、安排情节，以及表达主题。一个隐喻使世界变得独特，并将寓言体现于一个强有力的形象之中。

虽然竞争激烈，《爱丽丝梦游仙境》无疑是有史以来最伟大的幻想小说。故事世界经兔子洞通向地下世界。请注意，它对地下世界的表达与其他类型截然不同。

要点：爱丽丝的地下世界不是死亡之地。在这片土地上，因果关系和过程被颠倒了，简单的思维会消亡。

仙境完全在爱丽丝的头脑中。这是一个人生活在巨大的危险假象矩阵中的故事。它象征着心灵是怪物，是不合逻辑的怪物。这种不合逻辑还有一个更深层次的真相：这就是幻想类型对现实的评论。例如说：

- “回到昨天是没有用的，因为那时我是一个不同的人。”
- “我到底是谁？啊，这是个大难题！”
- “为什么，有时我在吃早餐前就相信了六件不可能的事。”

小说作者刘易斯·卡罗尔是一位教授，他教授逻辑学。这意味着他也教授反逻辑的胡言乱语。

要点：当涉及幻想类型的目标，也就是幸福时，胡言乱语是非常有价值的。

第 3 步：根据主要人物的价值观来定义文化。使用土地和人的特定组合所共有的文化类型往往有所帮助，例如，荒野 / 乡村世界中的羞耻文化或城镇 / 城市中的内疚文化。

在《生活多美好》中，贝德福德镇代表一种内疚文化，以其领导人乔治·贝利的价值观为基础，主要价值观为爱、正直、责任和自我牺牲；波特镇是贝德福德镇的替代者，代表消费文化和恐惧文化，以其领袖波特先生的价值观为基础，主要价值观为金钱、权力和竞争。

第 4 步：赋予世界一套规则体系。幻想类型世界的运转规则与现实世界不同。与科幻类型规则一样，这些规则规定了一切，从交通、通信到社会等级、魔法。

要点：让英雄一进入这个世界就接触到幻想类型世界的规则。

在《绿野仙踪》中，多萝西的房子一落到芒奇金的土地上，格琳达就以一个发光白球的形式出现。她向多萝西解释说她是一个好女巫，多萝西已经杀死了东方的邪恶女巫，现在正穿着她的魔法鞋。

要点：我们不知道为什么这些规则在幻想类型世界中有效，**但它们在这个世界里就是合理的**。

第 5 步：确定技术和魔法系统。对幻想类型世界的一个普遍误解是，它代表回归自然，因此没有先进的技术。但自然与技术之间并不冲突。幻想类型世界为它的人物提供了一系列自然主义工具。

要点：幻想类型的主要技术是魔法。它通过万物有灵论发挥作用。万物有灵论相信所有的东西都是有灵魂或精神的活物。

与神话类型一样，幻想类型也非常强调故事世界运转所依据的魔法规则。请务必回答这六个问题：

1. 魔力是什么？
2. 谁拥有魔力？
3. 魔力的限制是什么？
4. 其他人能不能得到这种魔力，如果能，如何得到？
5. 魔力是否被限制只在某个地点使用？
6. 魔力是否可以被终止？

注意：一个角色拥有的魔力越多，他就越不容易被打败，他在故事中对你的作用就越小。

第 6 步：详细说明这是一个自由的还是奴役的世界。正如在神话类型中，幻想类型中的故事世界也倾向于走极端，要么是反乌托邦—奴隶制，要么是乌托邦—自由制。如我们在《飞越未来》中看到的，两者也可以存在于同一个故事中。关键的技巧是你如何界定故事世界的三大元素：土地、人、技术。

反乌托邦：当土地、人、技术三个元素失去平衡时，每个人都只为了自己着想，像动物一样争夺稀缺的资源，或者在更大的社会机器中充当齿轮的角色。就故事而言，一个奴隶制的世界是英雄 / 对手的弱点和价值观的体现。

《爱丽丝梦游仙境》中的仙境是一个混乱的世界。人物之间的联系是断裂的，不合逻辑，也不符合英雄对事情本该如何循规蹈矩的思维。在故事的进程中，世界变成了一个专制的君主政体，女王的疯狂幻想随时可能要了爱丽丝的小命。

乌托邦：当这三大元素处于平衡与和谐状态时，就会产生一个**社区**。在这样的乌托邦里，个人获得成长。从故事的角度来看，自由的乌托邦是英雄和她的盟友最高价值观的体现，也是英雄的自我启示和最大潜力的体现。

在《哈利·波特》中，霍格沃茨一部分是亚瑟王的土地，一部分则是现代世界。它教给年轻学生魔法的艺术，还有爱、友谊和正义等人生价值观。

《欢乐满人间》是一个“旅行天使”的故事，有自我启示的对象是故事中的主要对手，即受规则约束的严格的父亲。他从玛丽身上学到了乐趣、游戏和生活方式的价值观后，飞快地跑着，和他的孩子们在公园里放起了风筝。

第 7 步：创建子世界。在大的故事世界中，有各种子世界，英雄在通往目标的路上必须经过这些世界。每个子世界都拥有丰富的景观，供英雄探索。每个世界都表达了自己独特的价值观，并作为路上的一组情节节拍。

奥兹国著名的子世界有：死亡沙漠、芒奇金国、黄砖路、恐怖鬼森林和翡翠城。

《哈利·波特与魔法石》中的子世界包括杜斯利家、楼梯下哈利的房间、破釜酒吧、对角巷、古灵阁、火车站的 9¾ 号站台、霍格沃茨特快列车、霍格沃茨魔法学校、食堂、图书馆、海格的小屋、禁林、地下室和医务室。

第 8 步：创建双重竞技场。幻想故事显示世俗和幻想之间的对比。这些子世界的不同之处在于各自的独特的价值体系和进化的程度。

为了创造双重竞技场，定义每个子世界的时候，都要与另一个相比较。顺序是这样的：

第一，定义世俗世界。世俗世界是英雄开始故事的地方，世俗世界是她的巨大弱点、她发育迟缓以及她所处的奴役社会的物理表现。弱点将英雄禁锢在错误的思维和行为方式中。这个社会建立在一套错误的价值观之上，加剧了英雄的个人弱点和错误的生活方式。在《哈利波特与魔法石》（*Harry Potter and the Sorcerer's Stone*）的开头，哈利是一个孤独的孤儿，从来没有体会过父母的爱。他与压迫他的叔叔和婶婶一起生活，他们是“麻瓜”，看重金钱和物品，住在一栋饼干盒似的小房子里。

第二，定义幻想世界。幻想世界表达了世俗世界的反面价值观，但将其推到了极致。或者说，它是一个乌托邦的世界，有一套高度进化的价值观，与英雄原始的价值观形成对比。在这个世界中前进，促使英雄达到一个新的个人进化水平。

要点： 对读者来说，幻想世界代表的是梦想或噩梦成真。

大多数情况下，幻想通过乌托邦的技巧来实现。创造这种正面的故事世界的诀窍是，它只是看起来是完全的乌托邦。

要点： 即使是正面的幻想世界也有其两面性，乌托邦也有其黑暗的一面。

这个黑暗面是对英雄的弱点的挑战，以促使她在回家时变得成熟。换句话说，幻想世界通常是正面的，但它有一个圈套，使人物想要回家，回到一个远比以前更好的现实中去。

技术：世界与弱点

创造幻想世界的正面因素，让它在某种程度上与英雄的巨大弱点相反。这就是迫使英雄成长的原因。有许多方法可以达到“相反”。因此，有些作家不从英雄的弱点开始，而是从他们自己想去的地方开始，反向设计这个过程。例如，19 世纪 90 年代的美国、丛林巢穴、玩具公司、后院的大联盟棒球场，动画角色和真人共存的好莱坞电影制片厂，以及一个动物会说话、会开茶话会的奇怪的地下世界。

第三，定义改变后的现实世界。在访问了幻想世界后，英雄回到原来的世俗世界，基于英雄改变的视角，其发现世俗世界变得不一样了。新的世界是平凡世界潜力得到最高实现的版本。之所以如此，是因为英雄已经从幻想世界中吸取了教训，包括它的价值和最佳特征。在《哈利·波特与魔法石》的结尾，暑假哈利要回到他那压抑的麻瓜家庭生活中去，但那已经不再是他开始时那个平凡的世界。他说：“我不是回家，不是真正意义上的。”霍格沃茨魔法学校有他的朋友，是他的新家。

城市幻想

经典幻想小说通常被称为“入门幻想”（Portal Fantasy），因为英雄从世俗中跳到幻想中，然后又跳回来。城市幻想这一子类型发生在城市中，它的策略**有所不同**，是在城市的世俗地带与幻想地带之间来回穿梭。换句话说，在一个现实的故事世界里发生了奇妙的事情。

这使故事失去了表达幻想类型主题常用的整体来回运动。但它的好处是给大多数人居住的城市注入了充满可能性的幻想元素。

城市幻想的例子包括《神奇动物在哪里》《哈利·波特》《魔法师》《伞学院》《路西法》《行走阴阳界》《暗黑》。

将幻想类型置于城市之中，通常意味着该类型与其他故事类型的结合，特别是犯罪类型、惊悚类型和侦探类型。

幻想故事节拍：英雄——探索者

英雄开始湮没在世俗世界中。从某一点开始，她探索了一个幻想的世界，从而找到了自己。所有幻想故事节拍都是基于发现生命中的价值这一主题思想。

幻想故事节拍：弱点—需求——压抑和盲目

弱点—需求是任何故事的第一个结构步骤，在幻想故事中尤其重要。这也是这一类型的故事旨在解决的问题。伟大的幻想作品的诀窍之一是，英雄的弱点是幻想世界的反面。这样一来，这个世界就是对英雄弱点的考验。

要点：进入幻想世界的行为必须为个人打开奇妙而有趣的可能性，这是该类型的过上美好生活的秘诀。

因此，英雄的心理需求通常包括以下一个或多个方面：

- 突破常规和陈规陋习。
- 克服倦怠。
- 打开心扉。
- 看到自己和自己的世界的可能性。
- 学习获得乐趣。
- 学习良好的生活方式。

道德需求在幻想类型中并不总是存在，部分原因是英雄可能是个孩子。如果道德需求存在，那么它通常关于学习慷慨、爱和欣赏自己的家庭。

技巧：缓慢打开

在进入幻想世界之前，花点时间建立英雄的弱点。这是为接下来的一切做准备。没有它，就没有最后的回报。在《爱丽丝梦游仙境》中，年轻的爱丽丝有严格的逻辑和礼仪。她的主要心理弱点是，她对世界的看法过于刻板，在她看待自己时尤其如此。因此她经常被问道：你是谁？她的需求是对超现实的逻辑持开放态度，这样她才能过上有趣、刺激和有创造性的生活。

幻想故事节拍：欲望——探索一个想象的世界

幻想故事涵盖了各种各样的欲望线。通常情况下，英雄最终必须回家。但为了使幻想发挥结构性作用，英雄的直接目标必须迫使她：

- 前往一个幻想的世界，并面对自己的弱点。
- 探索一些幻想的子世界。
- 与幻想中的人物战斗。

要点：这个世界掌握着英雄成功和成长的秘密。她必须发现关于这个世界如何运作的奥秘。这样她才能回家，才能成熟。

电影《绿野仙踪》中，多萝西最初想去的是“彩虹之上的某个地方”。这就把她带到奥兹国。然而，几乎当她一到达奥兹国时，她的真正愿望就是回家，这迫使她在一些子世界中旅行。

注意：在幻想类型中，故事世界和欲望之间存在根本性的冲突。建构世界会扼杀叙事动力。

要点：扼杀叙事动力是流行的叙事中最重的罪过，在每一个类型中都是如此。

故事世界和欲望之间的冲突形成了一个“第 22 条军规”。故事世界是 360 度的。叙事驱动是以最快的速度在一个单一的方向上前进。换句话说，它们是完全对立的。这让你陷入一个巨大的困境。

要解决这个问题：

- 找到一条具体的、紧迫的欲望线，给故事坚实的脊柱和强烈的叙事动力。
- 不要一开头就解释你故事的整个世界。这样会使动作停滞。
- 把故事世界挂在英雄的欲望线上，并在英雄为之奋斗的过程中探索这个世界。

幻想类型情节的视觉形状：曲径形和分枝形

幻想类型中最常见的情节形状是曲径形和分枝形。曲径形是一条蜿蜒的道路，没有明显的方向。从结构上看，这种情节形状有一个英雄，一条从容不迫的叙事线，以及英雄连续不断遇到的许多对手。

经典的幻想类型英雄足迹会覆盖很大一片疆域，但路线杂乱无章。如同神话类型中的英雄，她还会遇到许多来自社会不同阶层的人物。但与神话类型不同的是，幻想类型中的情节主要来自她所遇到的新的子世界。

曲径形故事有《哈利·波特》、《飞越未来》、《绿野仙踪》、《梦幻之地》、《回到未来》三部曲、《亲爱的，我把孩子缩小了》、《疯狂动物城》、《玩具总动员》、《黄色潜水艇》、《剪刀手爱德华》。

分枝故事形态完美地表达了超越性社会幻想类型。正如我们在超越性科幻类型中看到的那样，故事的每个分枝都代表了一个详细的完整社会或英雄访问的同一社会的不同阶段，如荒野、村庄、城市或高压城市。

情节来源于英雄按顺序探索世界，或比较社会中的个人，如图所示。

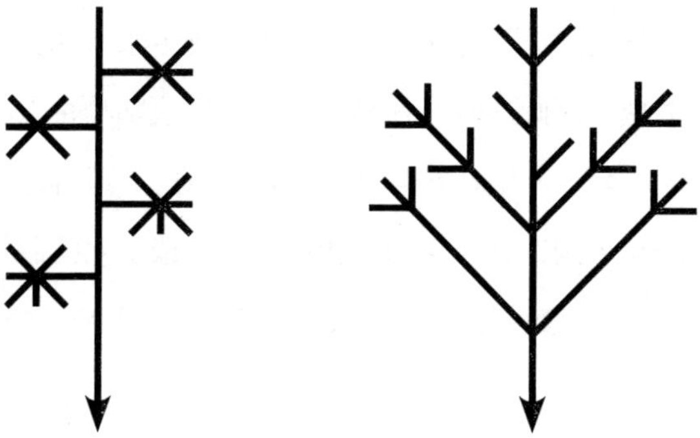

大多数社会幻想类型用左上图方式来讲述故事。例如，左上图就是幻想政治史诗《格列佛游记》（*Gulliver's Travels*）中情节的视觉表达。英雄接连来到四个分枝，每个分枝代表不同类型的社会和政治制度。

《爱丽丝梦游仙境》将地下分枝延伸到一个逻辑颠倒的世界。

《生活多美好》基于两个不同的领导人和他们的价值观，比较了同一个城镇的两个版本。

其他分枝的例子包括《圣诞颂歌》、《欢乐谷》、《误闯亚瑟王宫》（*A Connecticut Yankee in King Arthur's Court*）、《寻梦环游记》（*Coco*）和《午夜巴黎》（*Midnight in Paris*）。

幻想故事节拍：角色网络——神奇的角色

次要人物可以成就或破坏幻想故事。他们提供惊奇和战栗，但他们的真正价值在于他们与英雄的联系。正如故事世界被赋予生命是为了测试和支持英雄一样，次要角色也是如此。物品也被赋予生命了，有时也会变成人，动物也是如此。其目的是将幻想世界的每一个元素连接成一张相互联系的、触手可及的网络。

要点：赋予次要人物独特的才能、魔法能力和/或特殊能力，以突出英雄的优点和缺点。

特殊能力的例子包括：飞行能力、读心术、预见未来和施展法术。幻想类型是一种有趣的类型，因此这些人物要有趣。故事成功与否取决于此。

《爱丽丝梦游仙境》拥有幻想类型史上最好的角色网络之一。有很多有趣的物品和角色——兔子洞、通往花园的钥匙孔、变成洪水的眼泪、火烈鸟槌球棒和刺猬球、小白兔、毛毛虫、柴郡猫、疯帽子、三月兔、格里芬、假乌龟、红心小人和红心皇后。

《爱丽丝梦游仙境》中的所有次要人物都是不合逻辑的生物。它们体现了仙境攻击爱丽丝巨大弱点的根本方式，爱丽丝的弱点就是坚定地认为一切都必须处于其应有的位置之上。

《哈利·波特》系列故事中的幻想物品和人物，更是有史以来幻想作品中的佼佼者。例如，分院帽、魔杖、飞天扫帚、魔法石、猫头鹰海德薇、鹰头马身有翼兽、三头犬路威、凤凰、狼人、独角兽、蛇怪、摄魂怪、半人马、龙、妖精、鬼魂和巨人。

幻想故事节拍：对手——权威人士

像网络中许多其他角色一样，反派往往具有梦幻般的技能。他们的能力通常涉及黑魔法。

技巧：对手的力量

剧情发展过程中，要确保你的英雄迫使对手使用他们独特的力量和技能。这能增强冲突。

幻想类型中你可以有各种各样的对手。问题是，哪个对手最适合你的故事?

经典幻想中的主要对手通常是掌管体系的独裁父亲。这个狠毒的男性和/或暴虐的角色迫使英雄和所有其他角色遵守严格的规则，拥有受限的欲望和目标，崇拜金钱和权威，放弃梦想。这是毫无生气的生活，按严格的日程表在日常生活的牢笼中挣扎。这个人物是冰冷社会的人类化身。如果社会和英雄要成长，对手必须有一个关于放宽规则的自我启示，以便每个人可以过自己的生活，犯自己的错误。

- **《欢乐满人间》**：父亲。
- **《E.T. 外星人》**：军人和科学家。
- **《楚门的世界》**：导演。

幻想故事的独裁者如果是一位女性（可能是母亲），那么她具有专制父亲的所有负面因素，同时她还强调了社会中女性价值的丧失，如关怀、爱和沟通。

- **《绿野仙踪》**：西方邪恶女巫。
- **《爱丽丝梦游仙境》**：红心皇后，她命令“砍下他们的头”。

这种类型的对手在童话故事中很受欢迎，是幻想类型和恐怖类型的结合。如《白雪公主》(*Snow White*)、《灰姑娘》(*Cinderella*)、《睡美人》(*Sleeping Beauty*）中的邪恶女巫。

在社会幻想类型中，主要对手通常是社会的专制首脑。英雄和独裁者的价值观的冲突将成长的概念从英雄扩展到社会。其他反派人物反映了社会的失败和社会的病态。

在《生活多美好》中，波特先生为了拥有和统治这个小镇，不惜一切代价。波特镇（小镇的负面版本）上的小人物因为生活在一个建立在爱钱的基础上的小镇，所以都很刻薄。

幻想故事节拍：计划

幻想故事中，计划是关于如何适应这个新世界并击败对手的。该计划突出了任何故事中的核心问题：如何构建情节？这里的解决方案首先取决于英雄探索的是一个积极的还是消极的世界。

积极的世界：

1. 应该有许多好事发生在英雄身上。
2. 故事接近尾声时，引入一个负面的触发因素。

积极的幻想世界显然优于英雄原来的世俗世界，因此必须有一个可信的理由，使英雄想回家（尽管是以一种新的方式回家）。

促使英雄返回的触发因素不能是一个外部的人物或力量。相反，它应该是内部的、个人的东西，如果她留下来，那么将导致长期的伤害。

《飞越未来》中，当乔希回到自己的社区时，他受到精神上的挑战，看到了如果没有童年，他会错过的乐趣。这使他恍然大悟，如果他想在成年后有好的生活，他需要回去做一个孩子。

消极的世界：

1. 英雄可以使用现实世界中的工具来对抗反派。
2. 她的经历变得越来越像噩梦。
3. 她在经历中得到了磨砺，也得到了启迪。

《生活多美好》中，乔治在差点儿自杀身亡后，进入了波特镇——如果乔治从未出生过，贝德福德镇就会变成这样。这是克拉伦斯的计划，目的是让乔治知道，如果没有乔治，这个镇子会变得多么可怕。

幻想故事节拍：世界之间的通道

在经典幻想类型中，英雄跳到一个新的地方，然后再跳回来。

要点：经典幻想类型总是使用通道在世界之间移动。

使用通道的移动往往只需要片刻时间。但这是所有故事中最受欢迎的技巧之一。为什么？

- **通道是一个特殊的子世界。**就像神话中的冥界一样，通道应该充满了角色和物品，这些角色和物品是奇怪的、超现实的，但对故事来说却是完美的。只有再次回味这个故事，观众才会意识到这些角色是多么的恰当，并可能具有预示性。实际上，他们是故事挂毯上的针脚。
- **这条通道使观众能够从现实过渡到幻想中。**身体层面，把英雄送到新世界并不是故事中的主要问题。主要问题是在思想层面改变观众，让他们的心理过滤器从现实的"人不会漂浮"，切换到幻想世界的"人能在这里漂浮不是很好吗？"

没有这种翻转，观众就无法享受故事，也不会对更大的幻想主题——寻找生活中隐藏的可能性——持开放态度。

技巧：享受通道

通道是一个独特的子世界，值得花一些时间在那里，让读者享受与人物在一起的感觉。因为推动故事进展非常重要，所以通道并不总能出现，但一旦它出现，就能点石为金。

例如，《爱丽丝梦游仙境》中的兔子洞和《爱丽丝镜中奇遇记》（*Through the Looking-Glass*）中的镜子、《绿野仙踪》中的龙卷风、《纳尼亚传奇：狮子、女巫和魔衣柜》中的衣柜。

幻想故事节拍：驱动——穿越子世界

在故事的中间部分，英雄探索了一些子世界，在那里她必须为目标与幻想中的对手作战。由于所有的幻想都是寓言式的，这些世界对现实也做出了评论。

要点：英雄应该尽可能多地遇见幻想世界。

在《圣诞颂歌》中，幽灵把埃比尼泽·斯克鲁奇带到了他人生故事中的三个世界：过去、现在和未来的圣诞节。在每一个世界里，他都看到了自己的行为是如何伤害他人的。

在《欢乐满人间》中，玛丽·波平斯用魔法带着她照管的孩子简和迈克尔，通过伯特的街头画作进入一个美丽的乡村环境。在那里，他们玩旋转木马，与动物们一起唱歌跳舞，并参加骑旋转木马的比赛。在阿尔伯特叔叔的家里，他们漂浮在天花板上，享受着茶话会。然后孩子们去他们父亲的银行进行了一次灾难性的旅行。回到家里，玛丽带他们从烟囱来到屋顶，在那里他们和扫烟囱的人在一个美妙的“魔法世界”里跳舞。

技巧：幻想的揭示

揭示是情节中的关键之一。它暴露隐藏的信息，通常是关于对手的。

要点：幻想故事中，最好的揭示是发现幻想世界运作的秘密，或者是对手如何控制世界的秘密。

在《哈利·波特》系列的第一部中，哈利了解到魔法石可以制作长生不老药，使饮用者不死。这正是伏地魔极力寻求的东西。哈利利用隐形斗篷观看斯内普威胁奇洛教授。这是一个红色诱饵，使他相信斯内普是他的对手而不是他的盟友。在后来的书中，主要揭示的是伏地魔对魂器的使用。他需要这些东西来获得不朽和绝对权力。摧毁这些魂器是打败他的唯一方法。

在《梦幻之地》中，雷听到一个声音告诉他，“如果你建好球场，他就会来”。故事的一切都取决于这个“他”指的是谁。雷在他的玉米田里建了一个棒球场，并认为“他”是不穿鞋的乔·杰克逊，他和1919年臭名昭著的芝加哥黑袜队的其他成员确实一起出现来参加比赛。然后雷认为“他”是指棒球作家特伦斯·曼。最后，不穿鞋的乔告诉雷，“他”指的是接球手，也就是雷已故的父亲，雷一直与之疏远。雷和父亲玩起了接球游戏，弥补了多年来失去的亲子时光。

幻想故事节拍：超级魔法时刻

涉及乌托邦的幻想类型往往有魔法时刻。在这一时刻，所有的东西都联系在一起，共同发挥作用。

> **要点：**幻想必须有一个超级魔法时刻。如果你能创造不止一个魔法时刻，那就更好了。

创造超级魔法时刻的方法是问自己：当一切都恰到好处的时候，这个特殊的世界如何用行动来完美表达？

- 《欢乐满人间》：天花板上的茶话会、和扫烟囱的人在屋顶上跳舞。
- 《飞越未来》：与他的老板在钢琴上跳舞，与即将成为他女朋友的苏珊一起跳蹦床（这一刻也表达了幻想/爱情类型的本质）。当她跳着跳着，从恐惧变成快乐时，在她的世界里，她正向乐趣、自由和浪漫敞开大门。

- 《梦幻之地》：与不穿鞋的乔·杰克逊在他的个人棒球场上打球。

幻想故事节拍：战斗——最后的考验

幻想故事中的大战役可能是一场实际的肉搏战，它决定了英雄是否赢得目标。它也可以是英雄必须通过的最后考验，这是一个来自神话类型的元素。

- 在《爱丽丝梦游仙境》中，爱丽丝与女王和女王卫兵战斗。
- 在《绿野仙踪》中，多萝西与西方邪恶女巫战斗。
- 在《欢乐满人间》中，父亲挺身而出与银行行长对抗。

幻想故事节拍：自我启示——自由和乐趣

在幻想的自我启示中，英雄看到每天以自由精神生活意味着什么，并学会了以一种新的方式珍惜家园。

> **要点：**确保幻想世界解决了英雄的弱点。这样，当她回来时，就已解决了她的个人问题，而世俗的世界现在变成了一个游乐场。

自我启示可能是英雄克服了一个或多个我们之前讨论过的弱点：突破常规的桎梏、克服倦怠、打开心扉、看到自己和世界的可能性、学会享受乐趣、好好生活。

- 在《绿野仙踪》中，多萝西一觉醒来就被她的婶婶、叔叔、三个农场主和旅行推销员包围着。她欣喜地宣称“没有什么地方比得上家”。
- 在《圣诞颂歌》中，斯克鲁奇欣慰地发现今天仍然是圣诞节。他派一个男孩给鲍勃·克莱奇特买了火鸡，然后和他侄子的家人一起欢度圣诞。

主题：存在就是努力实现个人的潜能

在所有类型中，幻想类型对存在和成为抱持最积极的看法。它说，活着就等于有所创造。作为擅长制造符号的动物，我们天生就具有创造性。困难在于把这种创造性集中在我们自己身上。

对自我生活的创造性诠释是具有自我意识的动物的终极表达。幻想类型认为："我是我自己创造的角色。我每天每时每刻都在这样做。"

幻想类型主题秘方：使自己的生活成为艺术品

在每一种类型中，我们都看到了主题秘方怎样来自英雄的基本行动和该类型提出的关键问题。在幻想类型中，基本行动是探索一个想象的世界，这包括愿意去体验新事物。英雄进入一个神奇的世界，以便了解如何在她的生活中保持神奇。

关键问题是如何在生活中保持风格、自发性和自由？乍一看，这个问题似乎与英雄探索想象世界的基本行动没有关系。为了克服她的僵化死板，她必须穿越一个比她自己的世界更丰富、更奇妙的外部世界。通过发现美好是如何实现的，她明白解放自己，让自己快乐地生活，才是拥有成功生活的途径。

如果幻想类型的秘诀可以简化为一句话，那就是，任何年龄的人都要带着孩子般的好奇和顽皮生活。两部幻想类型的伟大电影《飞越未来》和《梦幻之地》都展示了英雄接受了看似不可能的挑战。在成长的过程中，我们收起了幼稚和愚蠢的、神奇的想法，以便我们能够承担起金钱、工作和家庭的责任。但为此付出的代价是巨大的。如果我们能够以某种方式保持对现在和可能发生的事情的幼稚、好奇和迷恋，同时又能达到日常生活的目标，我们将拥有幸福的生活。

幻想类型中的"成为"，意味着学习使生活本身成为艺术品的工具。这可能意味着，个人通过艺术来表达自己。更重要的是，它是一种在做任何事情时都要有创造力的态度。

这就是成为“更丰富的人”的梦想的全部内容。这项任务的至关重要的意识工具是想象力。通过想象力，我们可以看到所有事物和自己的潜力。生活变成了艺术。

自然主义的理想：艺术地生活

幻想类型引出了本书的基本主题：人类是创造符号的动物。因此，这种能力的最高形式是把世界看作一个故事。主要的故事形式是人类头脑如何组织世界并学会生活。我把这称为**新诗学**（New Poetics）。

新诗学是什么意思？为何幻想类型的秘诀对它如此重要？在一个自然主义的世界中，人文主义成为理想。没有神的人文主义意味着创造文化，而文化是人类最高能力的提炼。

> **要点：**人文主义在其最佳状态下是艺术化的生活，以创意和故事作为每一个行动的方法。

如何超越幻想故事

超越性幻想类型，被称为社会幻想类型，将重点从个人转向社会。这是一种结合了美学和社会哲学的故事类型。它创造乌托邦、表面上的乌托邦，甚至是反乌托邦。其策略是戏剧化地展现一种思想实验，即政府和社会以何种方式最大限度地提高个人幸福。

如果说幻想类型向我们展示了如何使生活本身成为一件艺术作品，那么社会幻想类型则向我们展示了社会如何使之成为现实。

社会幻想类型有三种主要类型：

1. 旅行天使幻想类型：着重于一位“天使”，他修复了社区。这种类型的社会规模比其他类型小，但相当有效。

2. 人间天堂幻想类型：主要涉及乌托邦和强调在地球上创造一个天堂社会所需的思想和文化。

3. 幻想政治史诗类型：结合了幻想故事和政治故事（见“黑帮类型”一章）。它将乌托邦和反乌托邦进行对比，有时使用假乌托邦，并强调故事世界的社会和管理结构。

超越幻想类型：旅行天使幻想类型

旅行天使幻想类型是一种“神兵天降”（the deus ex machina）[1]的类型。通常情况下，我们认为神兵天降是一个故事叙述中的败笔，因为英雄没有自己解决她的问题。她依赖一位驾着马车从天而降的神灵，通过挥手、霹雳或雷电或魔杖来解决一切。

然而，旅行天使幻想类型利用了“神兵天降”的缺陷，并将它变成了一个强大的故事结构。从主题上，旅行天使幻想类型是关于一个社区如何通过正确的老师来自我改善的，它提供了一个秘诀。虽然“天使”作为救世主出现，但她的行为却不像救世主。她并不亲自做所有的工作，越俎代庖会免除个人对自己生活的所有责任。无论是对个人还是对整个社区来说，“天使”都是发现问题、找出原因的高手。她将个人引向正确的方向，但让他自己去寻找解决方案。

这是一项复杂的壮举。这就是为什么这种类型的作品比看起来更具挑战性。一方面，它将故事的七个步骤分配给旅行天使和有问题的人物（见附录中的七步总结表）。其他人物有弱点—需求和自我启示。天使则有帮助陷入困境的人的愿望，以及如何帮助他们的计划。实际上，天使对陷入困境的人来说是一个超级盟友。

---

1 the deus ex machina，出自拉丁文，直译为“来自机器的神”，这个比喻源于古希腊戏剧，当英雄无计可施，面临死亡时，一个装扮成神的演员会被滑轮系统降下到舞台上，在最后一分钟以神圣的干预来拯救他们。一般来说，“deus ex machina”是较有争议的叙事技巧，因为它依赖于通过巧合或神圣干预而被拯救，而不是通过英雄自己的快速思考和果断行动。

因为天使承担着教育和指导整个社区的复杂任务，而不是解决她自己的问题，所以她在作者笔下是个完美人物。成功社区的行为方式体现在她一个人身上。

在最好的旅行天使故事中，天使也有一个弱点—需求。这通常是一个心理缺陷，但也可能是道德缺陷。赋予“完美”的人以缺陷，会增加故事的情感强度，因为观众会看到，天使是一个真实的人。她也必须解决一些问题才能拥有自己最好的生活。《生活多美好》中克拉伦斯为了赢得翅膀，必须帮助乔治，他是一个轻松版本的有缺陷的天使。

旅行天使的形式出现在侦探类型、喜剧类型、爱情类型和西部类型中。幻想类型版旅行天使的故事中加入了魔法。通常情况下，英雄是一个真正的天使，具备超自然的能力，包括能够隔空移物、漂浮和在空间甚至时间中跳跃。在故事中加入魔法的力量增强了观众的万物有灵论，以及一切都是相互联系和谐共生的感觉。它还突出了隐藏在世界和我们自己身上的巨大潜力。

旅行天使幻想的示例包括《欢乐满人间》、《米兰的奇迹》（*Miracle in Milan*）、《主教之妻》（*The Bishop's Wife*）、《生活多美好》。

我的成长故事揭秘：生活的乐趣令人难以置信

1964 年秋天的一个星期六下午，我母亲带着她的三个孩子去看《欢乐满人间》。从玛丽自云端飘下来的那一刻起，我就被迷住了。我依稀记得，我对这个漂亮的英国女人有好感，她的英式发音很清脆。她证明了只要你有条不紊地做家务，你就能获得乐趣。她几乎各方面都很完美，还是一个相当棒的歌手。有两件事使玛丽·波平斯成为我生命中的一个里程碑。

第一，这个美丽的幻想世界让我相信，生活每天都可以很有趣。第二，我感受到电影的巨大合成能力——集合了写作、表演、电影摄影学，以及最重要的令人惊叹的音乐——可能会改变我的生活。它使我想：这就是我想生活的地方。而且我相信我可以生活在这个地方。

超越幻想类型：人间天堂幻想类型

人间天堂策略为观众提供了一个幸福社会如何运作的详尽模型。它是一台有生命的能呼吸的机器，每个单独的部件都能很好地协同工作。

示例包括《冬日传奇》(*Winter's Tale*)、《欢乐谷》、《寻梦环游记》、《疯狂动物城》、《夜间马戏团》(*The Night Circus*，也是爱情类型)、《午夜巴黎》以及《玩具总动员 1—4》。

人间天堂幻想故事有时基于其他乌托邦艺术形式，如马戏团和花园。当一个人进入大篷车时，她就被带到了另一个世界。马戏团是一个社会的缩影，但它的特点是独特、令人惊叹，以及表演者有“飞行”的神奇能力。演出是一场盛大的奇观，观众可能看到来自世界各地的动物。最棒的是，观众看到人类通过表演惊人的勇气和体能成为“神”。然后，像旅行天使一样，这个游牧民族社区迁移到另一个城镇去施展它的魔法。

人间天堂策略的一个负面变奏是失乐园的故事。在这种形式中，作者创造了一个天堂，然后展示人类如何不可避免地破坏它，以及人类自身的缺陷。此类最著名的示例无疑是《旧约》创世纪中的亚当和夏娃。失乐园形式的其他版本有“花园里的机器”和反西部类型。

《欢乐谷》既是一个人间天堂的社会幻想类型也是一个复兴神话类型。复兴神话类型扭转了故事中常见的社会阶段的下行循环——从荒野到村庄到城市，再到高压城市，再回到荒野。它展示了高压城市如何能够重生为一个社区。

要点:《欢乐谷》的成功来自从表面上的乌托邦到真正的乌托邦的故事结构。

和《美国丽人》一样，《欢乐谷》一开始就展示了平淡的郊区子世界的奴役性，所有的房子看起来都一样。英雄大卫被这个体系被奴役，但他并没意识到这一点。这一点通过他糟糕的家庭生活体现出来。当他嘴里念叨着他最喜欢的电视情景喜剧《欢乐谷》的台词时，无意中听到他离婚的父母在电话里争吵。

英雄破碎家庭的反乌托邦与他在电视上看到的完美家庭以及表面上的乌托邦形成对立。《欢乐谷》是一部幻想影片，所以大卫和他的双胞胎妹妹珍妮弗能利用电视修理工提供的神奇遥控器进入电视通道。这里有个小彩蛋，这个电视修理工由唐·诺茨（Don Knotts）饰演，这位出色的喜剧演员曾在《安迪·格里菲斯秀》中扮演乌托邦梅贝里小镇的巴尼·法夫。

当大卫和珍妮弗，即现在的巴德和玛丽·苏进入《欢乐谷》的情景喜剧世界，我们了解到这个表面上的乌托邦所遵循的运作规则。它似乎是一个田园牧歌式的郊区村庄，一切都很完美。早餐桌上摆满了丰盛的食物。这些父母性格开朗，充满爱心。

但在这个假乌托邦的表面之下藏着一个反乌托邦，一个黑白的世界。它有着严格的服从规则，男人统治，女人服务。主要的反派是专制的市长，他决心执行这些规则。

引发这个小镇从奴役转向自由的导火索是玛丽·苏将她的约会对象斯基普引入性爱的世界。性爱后的愉悦中，斯基普第一次看到了颜色，一朵红玫瑰的颜色。接下来是蝴蝶效应，更多的变化以逐渐加快的速度接连发生。这与《生活多美好》中乔治·贝利改变许多人的效果异曲同工。

当巴德和玛格丽特一起开车时，我们看到了这一幕的缩影。他们进入一个由森林和花园组成的乌托邦子世界时，世界从黑白变成了绚丽的彩色。

接下来，巴德成为将表面上的乌托邦变成一个真正的乌托邦的领导者。他有一个启示，就是要把这个镇子改造成一个真正自由与和谐之地。启示的载体是他和约翰逊先生画的墙。它像一面镜子，照出了他们如果能醒悟过来就能成为什么样的人的画面。

在法庭上的斗争中，巴德通过向市长展示自己的情感，击败了专制的市长。创造乌托邦的要点是什么？情感是混乱的，但它们是使生活有价值的东西。镇长逃跑了，人们发现，这个镇子现在完全是彩色的了。这个社会幻想故事以一个所有人的乌托邦结束。

超越幻想类型：幻想政治史诗类型

将幻想故事和政治故事结合的幻想政治史诗类型是社会幻想类型的最黑暗形式。它强调三个高级的故事元素：体系、因果和进程。它的故事策略是对比乌托邦和反乌托邦，揭露虚假的乌托邦，并比较它们的社会结构和政府形式。

示例包括《格列佛游记》、《圣诞颂歌》（也是恐怖类型）、《爱丽丝梦游仙境》、《误闯亚瑟王宫》、《百年孤独》（*One Hundred Years of Solitude*）、《指环王》（也是神话类型）、《生活多美好》、《金色豪门》（*The House of the Spirits*）、《世外桃源》（*Arcadia*）、《午夜之子》（*Midnight's Children*）和《冰与火之歌》（*A Song of Ice and Fire*）/《权力的游戏》（也是动作史诗类型）。

《生活多美好》是电影史上最伟大的幻想政治史诗。此前，我们曾将这部电影视为最好的商业—政治史诗之一，因为它对纯粹资本主义的攻击。现在让我们从另一个角度看它。

这部电影通常被赞誉为导演弗兰克·卡普拉（Frank Capra）的杰作。但故事结构才是它的成功之处。编剧是弗朗西丝·古德里奇（Frances Goodrich）、艾伯特·哈克特（Albert Hackett）还有卡普拉，他们基于菲利普·范多伦（Philip Van Doren）的精彩前提和短篇小说创作了这一作品。

跟《欢乐谷》一样，它用幻想类型来比较现实生活中的乌托邦和反乌托邦。再一次，美国小镇成为思想实验的实验室，研究一个真正的乌托邦如何实际运作。

要点：使《生活多美好》成为首屈一指的幻想政治史诗的结构技巧是它如何在**同一个小镇**上表达乌托邦和反乌托邦。

《生活多美好》通过蝴蝶效应展示了社会自由的本质。编剧巧妙地改变了故事的原始因果关系：如果乔治没有出生，世界会是什么样子。旅行天使克拉伦斯创造了一个替代性的现在，在那里，贝德福德镇已经变成了波特镇。

这个关于替代性现在的思想实验依赖于两个主要的对比。首先是镇上的领导人之间的对比：乔治和波特。乔治·贝利是一个利他主义的资本家。他认为既要赚取利润，也有责任照顾他的同胞。这种价值观体系的负面结果是，他的财务报表的表现已经无可救药地落后了。

乔治的对手是纯粹的资本家亨利·波特。他认为，人的价值仅在于他能从他们身上赚到多少钱。

第二个主要对比是小镇本身。首先体现在波特镇和贝德福德镇的视觉对比中，例如，波特镇的主街都是霓虹灯闪烁的酒吧和夜总会。

但小镇的关键对比来自角色网络的细节描写，特别是两个版本的小镇中的次要角色。

> **要点：**作家展示乌托邦和反乌托邦的主要方式是比较在不同领导人和价值观体系之下，次要角色会变成什么样。

例如：

- 厄尼：幽默的出租车司机，有家和家人 vs. 一个被妻子抛弃的苦命人。
- 维尔莉特：一个爱玩、善良的女人 vs. 镇上的妓女。
- 高尔先生：镇上的药剂师 vs. 在监狱里待了 20 年的无家可归的酒鬼。
- 哈里兄弟：一个拯救了部队运输赢得荣誉勋章的战斗英雄 vs. 没有拯救数百人自己也丧了命的男孩。
- 乔治的母亲：慈爱而友好 vs. 刻薄而多疑。
- 乔治的妻子玛丽：慈爱的妻子和母亲 vs. 胆怯的老处女。

要点：这些次要角色中没有一个是绝对自由的，也没有一个是成功地生活在贝德福德镇的。凭他们独特的能力和社会地位，他们本该是最好、最自由的自己。

当乔治经历了波特镇的恐怖之后归来，再次看到贝德福德镇，他欣喜若狂。可如果他以前讨厌住在贝德福德，以至于想自杀，我们又怎么能说贝德福德镇是一个乌托邦呢?

这是影片中最深刻的元素之一。它表达了什么才是真正的自由社区。一个真正的乌托邦并不是每个人每时每刻都快乐得神魂颠倒。也不是一种积极的精神状态。乔治可能会在影片结束后的六个月内再次变得郁郁寡欢。

真正的自由是一种社会结构，使其人民处于最好的位置来赢得他们生活的游戏。在人生路途中，他们偶尔会感觉被邻居限制住了，并为他们没有取得的成功感到难过。但是，在所有人互相帮助、尽其所能的社会中生活是相当美好的，这也可能是我们能得到的最好的世界。

《权力的游戏》

乔治·R. R. 马丁（George R. R. Martin）的《冰与火之歌》和电视剧《权力的游戏》（其名称来自该系列小说的第一部），构成了史上最佳的幻想政治史诗之一。为简单起见，我们将这两个版本都称为《权力的游戏》。

在大多数史诗中，一个人或一个家族决定了国家的命运。在《权力的游戏》中，四个主要家族决定了七个王国的命运。联合制作人大卫·贝尼奥夫（David Benioff）将这一前提描述为“中土的黑道家族”。这场许多参战人员都试图当上国王的竞赛是中世纪黑帮之间的世界大战。

最初的故事似乎受到了视频 / 网络游戏和桌游如《大战役》（*Risk*）的影响。这款游戏也是基于大约 1300—1500 年的欧洲历史，特别是英格兰的玫瑰战争。《权力的游戏》与《格列佛游记》和《误闯亚瑟王宫》等经典幻想政治史诗不同，它没有比较政府类型，这个世界里的七个王国都是君主制。

然而，《权力的游戏》确实涉及政治对比。它利用幻想政治史诗类型来比较不同的领导、治理和战争方法。像《教父》《生活多美好》一样，通过故事结构突出了对比。

《教父》使用了三兄弟的童话故事结构来展示在犯罪战争中领导家庭的最佳策略，《权力的游戏》使用锦标赛的结构来确定在世界大战中领导国家的最佳战略，《生活多美好》为我们提供了同一城镇的另一个版本，《权力的游戏》则给了我们中世纪欧洲的另一替代版本。

这个故事使用了一个巨大的"支线"结构：

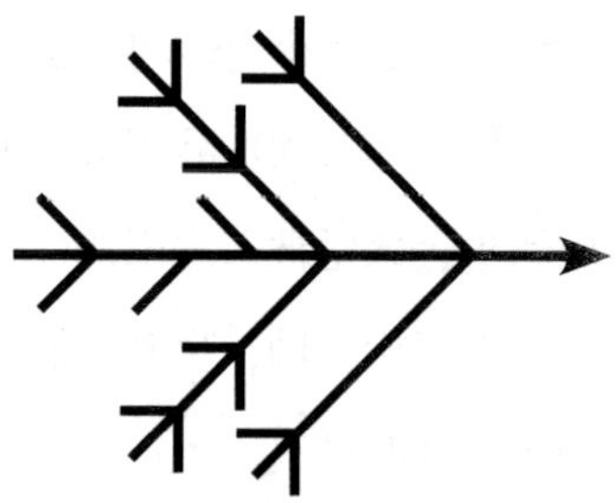

在指出哪种类型的领导力是最有效的之前，《权力的游戏》就已经把故事引向了四种类型的领导力。最重要的领导技能是在战略和道德之间权衡。在故事的绝大部分时间里，唯一的成功原则似乎是：谁的行为符合道德标准，谁就会死。故事的全部内容都是关于赢得王位游戏的策略。但讽刺的是，这个"谁的行为符合道德标准，谁就会死"的故事，最终却表明：道德领导力才是最有效的治理方式。

《权力的游戏》用以实现其宏伟壮观的织锦的三个主要技巧：

1. 锦标赛式的故事结构。
2. 所有参赛者竞争同一目标。
3. 有多个四点对立的故事分形。

技巧：锦标赛结构

这样一部恢宏的史诗，其主要的故事挑战在于大量的交叉剪辑会中断叙事动力。锦标赛结构为庞大的故事织锦提供了一个漏斗，使其进入一个特定的漩涡点，每条单独的线索显然都是赢得王位这一更大目标的一部分，这增加了这一集、这一季和整个系列的叙事动力。

> **要点：**我们越是接近故事的漩涡点，叙事线索就越少，叙事驱动的速度就越快。

这种锦标赛结构也决定了该剧最令人震惊的特点：主要人物的死亡。在《权力的游戏》之前，杀死一个主要人物会扼杀该剧；而在《权力的游戏》中，这不仅是必要的，而且能使故事变得更好。

技巧：相同的目标和漩涡点

《权力的游戏》是所有角色竞争同一目标的终极范例。目标就在片名中：权力。

> **要点：**王位代表权力。由于每个人物使用不同的领导方法来获得权力，因此争取王位的行动也是多样的。

技巧：故事分形与多个四点对立的故事分形

在科幻类型中，我们谈到过社会分形，即在社会的每个层面都存在相同的模式。这是最有价值的技术之一，可以创建一个庞大而详细的社会。

《权力的游戏》在故事中对社会分形的运用最为广泛。它是如何使用多个四点对立来创造角色网络的？在维斯特洛大地上的七个王国中，有四个主要家族在竞争王位。每个家族都建立在一个四点对立面上。每个四点对立中的任一支都有其盟友和其他对手。其结果是，读者可以认识并理解大量的人物，他们都朝着同一最终目标前进。

四个主要家庭组成了基础的四点对立，整个小说和电视剧都是建立在这一基础之上。

史塔克	兰尼斯特
拜拉席恩	坦格利安

系列中的第一家族无疑是艾德·史塔克领导的史塔克家族。家族内其实存在着一个六点对立：

艾德和凯特琳	罗柏
珊莎	私生子琼恩·雪诺
艾莉亚	布兰和瑞肯

故事发展进程中，这个家庭犯了许多战略错误。因此，它由六点对立变成了四点对立，即珊莎、琼恩·雪诺、艾莉亚、布兰（他介入的程度较低）。

兰尼斯特家族开始时是五点对立，后来变成三点对立。

瑟曦	提利昂
詹姆	泰温
乔佛里和托曼	

坦格利安家族的四点对立是：

韦赛里斯·坦格利安	丹妮莉丝·坦格利安
卓戈·卡奥	乔拉·莫尔蒙爵士

拜拉席恩家族是三点对立：

史坦尼斯·拜拉席恩	梅丽珊卓
戴佛斯爵士	

《权力的游戏》故事最后逐渐倾向最后四名竞争者：

瑟曦	丹妮莉丝
珊莎	琼恩·雪诺

感到讽刺的是，四位半决赛选手中有三位是女性，历史上最由男性主导的节目到最后竟然变成了一个女权主义的战争故事。

半决赛中参赛者的领导力形成了鲜明的对比。瑟曦一直是一个暴君。丹妮莉丝，一个深受老百姓欢迎的领导人，似乎最有可能击败男人并赢得比赛。但她变得专制和残忍，因此她失败了。

由于丹妮莉丝是如此明显的领跑者，我以为电视台的编剧会故意翻转观众预期，让珊莎成为赢家。她走得最远，是所有参赛者中领导能力最强的。这部剧的一开始珊莎只是一个被丈夫乔佛里国王和他母亲瑟曦王后支配的童养媳，然后在她的第二任丈夫拉姆斯·波顿的手中又遭受虐待。

在让北方的各个领主作为盟友加入对抗波顿时，珊莎展现了她的领导能力。在“私生子之战”前，她警告琼恩·雪诺，波顿不会让他们的兄弟瑞肯活着。但琼恩上了拉姆斯的当，几乎输掉了这场战斗。

《权力的游戏》的结局令人震惊，四位半决赛选手中没有一个赢得比赛。这是一场故事的灾难，是电视史上最糟糕的节目结局之一。人们推测，原作者乔治·马丁绝不会犯这样的错误。但谁叫剧集主理人编写最后一季时，乔治·马丁还没写完小说呢？

这场灾难也凸显了锦标赛结构的主要问题：如果《权力的游戏》中所有一

切都流向最后的赢家，那么他最好是一个伟大的赢家。编剧赌上了一切，期望最后的回报最好能值回观众多年的投入。

赢家应该体现该剧的主题：掌握战略并领导一个国家意味着什么？然而，剧集主理人却选择了一个连游戏都没玩过的角色，更不用说让这一角色获奖了。选择布兰，就像在侦探故事中把一个根本没能力犯罪的人定为凶手一样。

阶梯的下一个梯级

幻想类型的哲学促使我们敞开心扉，看到我们能够成为的一切以及我们能够创造的积极世界。但关于思想如何最有效运作，它并没有说太多。为此，我们必须把目光转向侦探类型。

12

Detective Story and Thriller: The Mind and the Truth

侦探类型与惊悚类型：思想和真相

夏洛克·福尔摩斯

夏洛克·福尔摩斯是侦探和人类思想的化身。他展示了工作中的天才能力。创作者阿瑟·柯南·道尔（Arthur Conan Doyle）强调了从物理线索到真相的归纳过程，表明一个人的聪明才智主要是由其使用的方法决定的。

《摩格街谋杀案》：侦探类型的起源

侦探故事，又称推理故事，是现代社会的主要类型。虽然柯南·道尔是其最好的实践者，但是爱伦·坡发明了它。爱伦·坡还创造了现代的心理恐怖故事。

当我们意识到恐怖类型和侦探类型在某些方面是相反的类型时，爱伦·坡既发明了现代侦探故事又发明现代恐怖故事这一壮举就更加引人注目了。二者的共同点是都关注思想。恐怖类型强调的是非理性的思想，而侦探类型则表达了理性的思想。艾伦·坡的第一篇侦探小说《摩格街谋杀案》（*The Murders in the Rue Morgue*）于 1841 年发表。现代侦探类型的许多节拍都可以在这篇小说里找到。

侦探类型与惊悚类型：运作原理

侦探故事基于翻转的七个基本故事结构步骤中的一个：将对手隐藏到最后。我们知道，故事依靠的是英雄和对手之间的冲突。问题是：当其中一个人被隐藏到最后一幕时，你如何创造情节？

你要让英雄揭开一个由对手制造的谜团。这迫使侦探和读者一起解决这个谜题。

> **要点：** 由于隐藏了对手，侦探故事是所有类型故事中情节最复杂的。

每种类型的故事都是建立在故事节拍的顺序上。当我们把侦探故事的节拍放在一起看时，我们看到它们跟踪思维的归纳过程。归纳推理意味着从物证或线索到谁是犯罪者的完整故事。

这意味着侦探故事是一个关于如何成功思考的故事。其他试图破案者的头脑被偏见、先入为主的观念和意识形态等因素所蒙蔽。相比之下，侦探则决心要看清“事物本身”。无论那些东西把侦探带到哪里，那就是她必须去的地方。

伟大的侦探故事还追踪了情节中的第二个过程：从小腐败到大腐败。这使得谋杀案具有更大的社会意义。个人的腐败中隐藏着整个社会的腐败。

在最好的侦探故事中，即使是最出色的侦探也有一个思维盲点。这个缺陷可以将故事提升至悲剧的高度。

要点：侦探调查她自身的腐败问题。

惊悚类型，也被称为悬疑类型，是侦探故事的一种形式，其中调查者处于致命的危险之中。虽然经典的侦探也要面对极端的暴力，但我们很少为他们的性命担忧。而在惊悚故事中，恐惧则是压倒性的情绪。

侦探的思想—行动故事观

侦探版的思想—行动故事观向我们表示，生活是关于提出问题、寻找真相，并确定罪责。因此，侦探故事将“我们**如何**知道”这一问题戏剧化了。在哲学中，这被称为认识论。

虽然大多数类型的作品都是以超越性形式探索生活的艺术形式，但侦探故事对思维的探索是其基本形式所固有的。侦探故事向我们表示，思想是一个永无停歇的问题解决者，符号会带来线索、揭示见解，并最终形成故事。它们不只是关于什么是有意义的、刺激的或娱乐的故事，这些内心的故事是我们每天创造的关于我们是谁、世界如何运作、什么是有价值的以及如何成功生活的故事法则，它们是关于什么是**真实**的故事。

> **要点：** 侦探思想—行动故事观的伟大见解是，生活就是通过比较不同的故事，来学习什么是真正的真相。

只有这样，我们才能做出正确的决定。当我们停止比较，并接受其中之一是“真相”时，我们的思想就会凝固成一种意识形态，无法被深入观察。

然而，侦探类型不仅关于寻找真相，它还关于将真正的凶手绳之以法。这就是为什么侦探类型的思想—行动故事观的第二个主要因素是，当我们看到一个不道德的行为发生时，我们不得不将罪责归咎于某人。我们必须将肇事者绳之以法，因为只有这样，更大的社会才能接近公平。就像线索结合在一起创造了一个故事，关于一个人的真相也满足了更广泛的社会需求。

惊悚类型的思想—行动故事观

惊悚类型呈现了侦探类型的思想—行动故事观的变体。通过使调查具有潜在的致命性，惊悚类型告诉我们，真相并不总是让我们自由，它可能导致我们被杀。这限制了我们对真相的重视程度。

惊悚类型表示，对真相的追索必须与生命本身，有时甚至与爱相平衡。但在这种类型的作品中，真相仍然是至高无上的。当危险来自家庭或爱人时，惊悚类型暗示，只有当我们揭露那些在情感上对我们有影响的人的罪恶时，才有可能获得自由和美好的生活。

侦探类型、惊悚类型与其他类型的比较

侦探类型是三大类型家族之一——犯罪类型家族的成员。除了侦探类型，这个家族还包括惊悚类型、犯罪类型和黑帮类型。犯罪类型是一个比推想类型

或神话类型更棘手的类型家族。因为它的类型成员之间更加相似，它们的许多节拍和技巧都是重叠的。因此，作家更可能选错了类型来执行其独特的故事理念。

侦探类型、惊悚类型 vs. 神话类型

要看清侦探类型与其他类型之间的本质区别，我们必须把它放在“学习型故事”的大背景下。情节包括故事的进程中英雄在**行动**和**学习**之间来回穿梭。伟大的情节来自增加冲突（行动）及增加令人震惊的揭示（学习）。

行动和学习也可应用于类型。如果我们把类型都放进一个谱系中，就会发现有些类型强调行动，有些则强调学习。像神话类型、动作类型和西部类型这样的神话类型主要是“行动”形式。侦探类型与惊悚类型是“学习”形式，处于光谱的另一端。犯罪类型和黑帮类型则接近于光谱中间。

在《故事写作大师班》一书中，我谈到了学习型故事的兴起：

> 总的来说，在讲故事的漫长历史中，已经出现了一种迁移：从几乎完全强调行动——神话类型中，观众通过模仿英雄的动作来进行简单的学习，到重视学习——观众的关注点是弄清楚发生了什么，这些人到底是谁？搞清楚了这一切之后，才能充分了解如何过好生活。
>
> 我们从一些作家那里看到这些“学习型故事”，如乔伊斯、伍尔夫（Woolf）、福克纳（Faulkner）、戈达尔（Godard）、斯托帕德（Stoppard）、弗雷恩（Frayn）、艾克伯恩（Ayckbourn）等作家。在《去年在马里昂巴德》(*Last Year at Marienbad*)、《放大》(*Blow-Up*)、《同流者》(*The Conformist*)、《记忆碎片》(*Memento*)、《窃听大阴谋》和《普通嫌疑犯》等不同电影中也可以看到。

侦探类型 vs. 惊悚类型

要点： 调查是这两种类型的脊柱。

侦探类型	惊悚类型
通常涉及已经发生的谋杀案	通常涉及一起尚未发生的谋杀案
英雄通常是一个专业的调查员，一个“私家侦探”。因此，他受过专业训练，掌握了专业技术	英雄通常是一个未经训练的普通人，他看到一些疑点并进行调查
他功夫了得，并且随身携带枪支	不太能打，不携带枪支，并且有身体或精神上的弱点，使她（是的，通常是女性），很容易受到攻击
许多嫌疑人	一个主要嫌疑人

犯罪类型 vs. 侦探类型、惊悚类型

侦探类型与惊悚类型是关于揭开真相的。犯罪类型是关于抓捕罪犯的，强调的是赢得战斗，而不是弄清楚谁干的。这样一来，犯罪类型就远离了故事中“学习”的一端，而走向了“行动”的一端。

恐怖类型 vs. 侦探类型、惊悚类型

如前所述，侦探类型和恐怖类型是对立的：一个展示了心智的最佳状态，另一个则展示了它的最坏状态。这三种类型都涉及杀戮，但侦探类型与惊悚类型掩盖了谋杀，而恐怖类型则尽可能地使其生动、恶心。

恐怖类型不用去侦察凶手的身份，因为一目了然。只要一看到他，恐怖的杀戮就随之而来。侦探类型要积极寻找凶手，恐怖类型则要逃离凶手。惊悚类型是侦探类型和恐怖类型的结合，是关于在逃避凶手的攻击同时揭开凶手的面纱的故事。

类型融合：爱情类型与惊悚类型、爱情类型与侦探类型

爱情类型经常与惊悚类型结合，赋予爱情以生死攸关的意义。在这些故事中，恐惧和爱是直接冲突的。这种结合使惊悚故事有了更多的内容，而爱情故事则有了更多的情节。

侦探类型和爱情类型之间的关系揭示了为什么我们要在最后讨论侦探类型和爱情类型。简而言之，它们是在最高梯级的类型。和爱情故事一样，侦探故事既有深刻的生物特性，又非常人性化。个人的心智是通过每天与世界的斗争而发展起来的。人类的心智既具有摧毁数以百万计的人的、严重的缺陷，又具有创造思想和现实的巨型城堡的特长。

我们其实很容易把侦探类型作为本书的第一个类型来探讨，因为它着重于思想是如何形成的，以及如何运作。作为有自我意识的动物，我们最能区别于其他动物的就是思想。此外，我们通过思想，了解世界的其他部分。

但是，正如爱情既是交配的基础，也是人与人之间最高纽带的源泉一样，人类的思想从简单的感觉发展到对真理和如何成功生活的、最深刻的见解。

到目前为止，类型的顺序已经从强调个人/个体到强调更大的社会。然后随着介绍幻想类型、侦探类型和爱情类型，我们又回到了强烈的个人层面，一个更高水平上的个人层面。尽管如此，思想和爱的方式仍对社会有很大的影响。

侦探类型示例

系列小说

《都柏林谋杀小组》系列［*Dublin Murder Squad*，塔娜·法兰奇（Tana French）］、字母谜团推理小说如《A：不在现场》［*A Is for Alibi*，苏·格拉夫顿（Sue Grafton）］、《哈里·博斯》（*Harry Bosch*）警察办案系列［迈克尔·康奈利（Michael Connelly）］、《伊瑟·罗林斯》（*Easy Rawlins*）推理小说系列

[沃尔特·莫斯利（Walter Mosley）]、《哈莱姆侦探》（*Harlem Detective*）系列［切斯特·海姆斯（Chester Himes）]、《第一女子侦探所》（*The No.1 Ladies' Detective Agency*）系列小说［亚历山大·麦考尔·史密斯（Alexander McCall Smith）]、马特·琼斯推理小说系列［Matt Jones mysteries，罗伯特·埃里斯（Robert Ellis）]、《千禧年》（*Millennium*）系列中的莉斯贝思·莎兰德（Lisbeth Salander，斯蒂格·拉森（Stieg Larsson）笔下人物]、《神探南茜》（*Nancy Drew*）系列、《女神探沃莎斯基》（*V. I. Warshawski*）系列［莎拉·派瑞斯基（Sara Paretsky）]、《彼得·温西爵爷探案》[*stories of Lord Peter Wimsey*，多萝西·L·塞耶斯（Dorothy L. Sayers）]、《布朗神父》（*Father Brown*）系列［G.K. 切斯特顿（G. K. Chesterton）]、梅格雷探长系列［Inspector Maigret，乔治·西默农（Georges Simenon）]、波洛探长系列［Hercule Poirot，阿加莎·克里斯蒂（Agatha Christie）]。

小说、电影、故事

《巴斯克维尔的猎犬》（*The Hound of the Baskervilles*）、《福尔摩斯探案集》、《大侦探福尔摩斯》（*Sherlock*）、《大侦探福尔摩斯2：诡影游戏》（*Sherlock Holmes: A Game of Shadows*）、《聚焦》（*Spotlight*，也是社会情节剧）、《马耳他之鹰》、《罗拉秘史》、《迷魂记》、《洛城机密》、《看不见的客人》（*The Trespasser*）、《蓝衣魔鬼》（*Devil in a Blue Dress*）、《时间的女儿》（*The Daughter of Time*）、《龙虎黑煞星》（*Cotton Comes to Harlem*）、《夜长梦多》（*The Big Sleep*）、《再见，吾爱》（*Farewell My Lovely*）、《无人生还》（*Then There Were None*）、《罗杰疑案》（*The Murder of Roger Ackroyd*）、《白衣女人》（*The Woman in White*）、《顺流而下，直到大海》（*Down the River unto the Sea*）、《黑色大丽花》（*The Black Dahlia*）、《无际荒原》（*The Big Nowhere*）、《月亮宝石》（*The Moonstone*）、《玫瑰之名》（*The Name of the Rose*）、《龙文身的女孩》（*The Girl with the Dragon Tattoo*）、《神秘森林》（*In the Woods*）、《漫长的告别》（*The Long Goodbye*）、《疯狂动物城》（也是喜剧类型、神话类型）、《爱伦·坡

怪异故事集》(*Tales of Mystery and Imagination*)、《瘦子》(*The Thin Man*)、《宿醉》(*The Hangover*)、《古灵侦探》(*Fletch*)、《粉红豹》。

电视剧

《火线》(也是犯罪类型)、《犯罪现场调查》(*CSI: Crime Scene Investigation*)、《谋杀》(*The Killing*)、《真探》(*True Detective*，第一季)、《海军罪案调查处》(*NCIS*)、《犯罪心理》(*Criminal Minds*)、《桥》(*The Bridge*)、《边隧谜案》(*The Tunnel*)、《小镇疑云》(*Broadchurch*)、《齿轮》(*Engrenages/Spiral*)、《美眉校探》(*Veronica Mars*)、《X 档案》(*The X-Files*)、《头号疑犯》(*Prime Suspect*)、《法律与秩序：特殊受害者》(*Law and Order: SVU*)、《蓝色月光》(*Moonlighting*)、《识骨寻踪》(*Bones*)、《法外之徒》(*Braquo*)、《神探夏洛克》(*Sherlock*)、《福尔摩斯历险记》(*The Adventures of Sherlock Holmes*)、《福尔摩斯：基本演绎法》(*Elementary*)、《心灵猎人》(*Mindhunter*)、《美国囧案》(也是讽刺类型)、《行走阴阳界》(也是幻想类型)、《怪奇物语》(也是恐怖类型)、《谜湖之巅》(*Top of the Lake*)、《双峰镇》(*Twin Peaks*)、《重案组女警》(*Scott and Bailey*)、《情理法的春天》(*Homicide: Life on the Street*)、《纽约重案组》(*NYPD Blue*)、《无敌铁探长》(*Ironside*)、《洛克福德档案》(*The Rockford Files*)、《女作家与谋杀案》(*Murder，She Wrote*)。

侦探类型子类型

警察办案（Police Procedural)、舒适推理（Cozy Mystery)、密室（Locked Room)、绅士侦探（Gentleman Mystery)、侦探喜剧（Comedy Detective)、记者调查（Reporter)、科学调查（Scientific Investigation)、太空侦探 / 太空惊悚（Cosmic Detective/Thriller)、思维与真实（Story of the Mind and Truth)、超自然（Supernatural)、黑人侦探（Black and African American)、硬汉（Hard Boiled)、女侦探（Women Sleuths)、私人侦探（Private Investigators)、传统侦探（Traditional Detectives)、历史（Historical)、国际（International)。

惊悚类型示例

经典惊悚（Classic Thrillers）

《沉默的羔羊》、《迈克尔·克莱顿》、《本能》（*Basic Instinct*）、《第六感》、《剃刀之泪》（*Razorblade Tears*）、《剽窃》（*The Plot*）、《前程似锦的女孩》（*Promising Young Woman*）、《穆赫兰道》（*Mulholland Drive*）、《夜魔》（*The Collector*）、《火车上的女孩》（*The Girl on the Train*）、《火车怪客》（也是犯罪类型）、《假证人》（*False Witness*）、《碎片人生》（*Pieces of Her*）、《禁闭岛》（*Shutter Island*）、《黑暗侵袭》（*When the Stars Go Dark*）、《无罪的罪人》（*Presumed Innocent*）、《后窗》（*Rear Window*）、《窃听大阴谋》、《辣手催花》、《煤气灯下》（*Gaslight*）、《电话谋杀案》、《七宗罪》（*Seven*）、《目击者》、《黑天鹅》（*Black Swan*）、《达·芬奇密码》（*The Da Vinci Code*）、《蝴蝶梦》（*Rebecca*）、《蓝丝绒》（*Blue Velvet*）、《亡命天涯》（*The Fugitive*）、《致命诱惑》（*Fatal Attraction*）、《擒凶记》（*The Man Who Knew Too Much*）、《与敌同眠》（*Sleeping with the Enemy*）、《恐怖角》（*Cape Fear*）、《西北偏北》（*North by Northwest*）、《美人计》（*Notorious*）、《冬天的骨头》、《电话惊魂》（*Sorry, Wrong Number*）、《夜行者》、《找到你了》（*I See You*）、《逃跑》（*Run*）、《战栗空间》（*Panic Room*）、《蒙上你的眼》（*Birdbox*）、《杰罗德游戏》（*Gerald's Game*）、《窗里的女人》（*The Woman in the Window*）、《深闺疑云》（*Suspicion*）、《致命礼物》（*The Gift*）、《致命的危机》（*Fear*）、《谜中谜》（*Charade*）。

政治惊悚

《杀死伊芙》、《国土安全》、《Z》、《逃离德黑兰》（*Argo*）、《暗黑》（也是科幻类型）、《猎杀本·拉登》（*Zero Dark Thirty*）、《豺狼的日子》（*The Day of the Jackal*）、《不朽的园丁》（*The Constant Gardener*）、《第三人》、《刺杀肯尼迪》（*JFK*）、《谍海军魂》（*No Way Out*）、《谍影迷魂》、《辛瑞那》、《视差》（*The Parallax View*）、《总统班底》。

惊悚子类型

政治惊悚（Political Thriller）、危险中的女人（Woman in Jeopardy）、心理悬疑（Psychological Suspense）、历史（Historical）、军事（Military）、科技惊悚（Technothriller）、律政（Legal）、医疗（Medical）。

侦探／惊悚故事概览

本章将述及的内容：

- **侦探 / 惊悚故事节拍**
- **侦探类型主题**：存在就是质疑和揭露罪行
- **惊悚类型主题**：存在就是揭露我们真正的敌人
    - 主题秘方：真理之路
    - 主题秘方：寻找关于我们所爱的人的真相
- **如何超越侦探 / 惊悚故事**
    - 宇宙侦探 / 惊悚类型
    - 思想与真理的故事

侦探／惊悚故事节拍

侦探和惊悚故事节拍演绎了每种类型的策略。

- **侦探故事策略**：英雄询问一些有能力犯罪的人，以揭开一个令人惊讶的真相。
- **惊悚故事策略**：把一个脆弱的英雄放在一个逐渐收紧的钳子里，并展示他试图通过寻找真相来逃脱。

侦探／惊悚故事节拍：对手的谋杀计划

所有侦探故事都以一个谜团开始。凶手的计划是整个情节的关键，因为它创造了考验侦探和观众的**谜题**。

> **要点：**对手在故事开始时做了两件事：第一，他犯了罪，通常是谋杀；第二，他想出了一个计划来掩盖它。

这一步骤对故事有巨大影响：

- 它导致了侦探类型中独特的结构翻转：对手一直隐藏到最后。
- 它使得情节如此复杂、难以创作。虽然读者跟随侦探破案，但是对手在真正地推动着行动。结果是，英雄揭开罪行的行动通常与对手的犯罪行动相反。

这导致了作家们在写故事方面犯了一个最大的错误：他们认为情节就是关于英雄追寻目标的一系列行动，但只是对**读者**来说是这样的。

> **要点：**情节是作者和对手用来将英雄置于最糟糕的困境并欺骗读者的大战略。

这就引出了最佳的情节技巧，它不仅适用于写侦探故事，而且适合写任何故事。

技巧：对手的计划为先

总是从弄清对手的计划开始，然后你才能想出英雄的计划来打败他。

侦探的对手是一种魔术师：他创造了一种独立的现实、独立的“真相”。这就是为什么谜题的关键不在于对手做了什么，而在于他如何**伪装**它。

这个罪犯必须：

- 为自己创造一个假的不在场证明。
- 至少认识一个有杀害受害人动机的其他角色。
- 陷害其中的一个或多个角色。

凶手并不只是隐藏一些东西，他还把侦探引到错误的方向。

要点：侦探和凶手在竞争哪一个**故事**被接受。你这个作家必须创造线索以支持至少两个答案：凶手和至少另一个嫌疑人。

技巧：聪明的对手

让凶手的计划变得巧妙。这是一个伟大的侦探故事的基础。它必须是一个复杂的难题，只有聪明的侦探才能想出办法。

如果谋杀案十分简单，凶手昭然若揭，也没有其他嫌疑人，没有掩盖罪行，没有“红鲱鱼”欺骗侦探走向错误的方向，那么这个故事还没开始就已经结束了。

凶手计划的重要性有深刻的哲学基础：

要点：对于所有生命而言，无论是捕食者和猎物，欺骗都是生存之道。因此，对手和英雄使用的欺骗手段越多，情节就越精彩。

这就引出了所有故事中最有用的技巧之一。

技巧：对手的计划决定了调查

一旦你弄清楚凶手的计划，导向各个嫌疑人的线索的相关调查也就会变得清晰。

为了执行这一步骤，请写下凶手的计划顺序，包括杀死受害者，然后是他为隐藏计划所做的事情，他用来误导英雄的“红鲱鱼”，以及他或他的手下在英雄调查时如何攻击英雄。

阿瑟·柯南·道尔认为密室谜案《斑点带子》(*The Adventure of the Speckled Band*)，是他最好的福尔摩斯故事。在印度行医的格林斯比·罗伊洛特医生已经杀害了一个继女，现在他计划以同样的方式谋杀他唯一幸存的继女。他坚持要她睡在一个有铃铛线和通风孔的房间里，通风孔与他的房间相连。夜里，一条致命的蛇会从绳子上滑下来，咬床上的女人，然后再通过洞口返回医生的房间。

在《利刃出鞘》中，兰森·德赖斯代尔发现他的祖父哈兰把他从遗嘱中移除，将所有财产都留给了护士玛塔·卡布雷拉。于是他策划了一个阴谋，变换了祖父的药物标签。这不仅会杀死老人，而且会把谋杀的罪名嫁祸给玛塔，从而使遗嘱失效。当其他人都在参加葬礼的时候，兰森把药瓶又换了回来。

在《迷魂记》中，盖文·艾斯特想谋杀他的妻子。在他得知他的大学老友、警探“斯考特”·弗格森患有恐高症后，他雇了一个女人玛德琳假装成自己的妻子，让斯考特爱上她。玛德琳假装有自杀倾向，跑到一个塔顶上。艾斯特和他真正的妻子早就在那，此时艾斯特的妻子因颈部骨折已经死亡。当玛德琳跑到塔顶时，斯考特由于恐高引发的眩晕而无法跟随。艾斯特从塔顶扔下真正的妻子。斯考特内疚不已，认为他应该为女人的死负责。艾斯特和玛德琳等到海岸线畅通无阻的时候才逃跑。

惊悚类型：对手的谋杀计划

在一些惊悚故事中，罪行可能已经发生。更多的时候，调查员必须阻止它的发生。但是第一步——确定对手计划——与侦探类型是相同的。

《消失的爱人》中，当尼克·邓恩发现他的妻子艾米失踪时，他担心会发生最坏的情况。警察很快就怀疑尼克谋杀了妻子。尼克慢慢才意识到，艾米制定了一个天衣无缝的计划，陷害他杀妻，要将他送入监狱。

在《擒凶记》中，本·麦肯纳博士和他的妻子在马拉喀什度假时，遇到了一个背后插着刀的人。他临死前告诉医生，一位政治家将在伦敦被暗杀。

侦探／惊悚故事节拍：故事世界——奴役社会

为了破案，侦探类型必须调查案件发生的具体故事世界。这个世界也在抵制侦探对真相的追索。

除了“舒适推理”这一子类型，侦探类型的生态环境就是城市或高压城市世界。这些奴役性的元素是城市的特征：

- 创造出对比鲜明的世界：外部 vs. 内部，公共 vs. 私人，表面的谎言 vs. 深层的真相。
- 组织是全能的。
- 个人的损失。
- 等级制度明确的公司。
- 富有与贫穷的对比。

侦探故事展示了社会的高度和深度。我们已经谈论过用乌托邦和反乌托邦来呈现自由的社会、奴役的社会。在侦探故事和惊悚故事中，我们经常看到假乌托邦的手法。社会奴役其成员的部分原因是他们认为自己是自由的。

侦探类型中假乌托邦的最好范例是《洛城机密》，影片开头的画外音蒙太奇总结了这个城市美丽外表下的现代消费／恐惧文化。

在广受欢迎的电视剧《女作家与谋杀案》中，女侦探作家杰西卡·弗莱彻对她的家乡缅因州卡博特湾发生的谋杀案展开调查。这个故事世界类似于“舒适推理”，在 1984—1996 年的播出期间里，看似田园般的卡博特湾是美国人均被谋杀率最高的地方。

在经典惊悚类型中，故事世界通常是普通的、日常的世界，专注于家庭或家族状况。但是，在这个表面正常甚至是乌托邦式的外表之下，是现实中的黑暗秘密和腐败。此类范例有《后窗》《辣手摧花》《蓝丝绒》。

在政治惊悚这一子类型中，故事世界通常是城市。随着英雄的调查，她进入一个腐败的黑洞，这黑洞巨大、相互关联，而且深达很多层。此类范例有《杀死伊芙》《Z》《第三人》《刺杀肯尼迪》《谍海军魂》《谍影迷魂》《窃听大阴谋》《辛瑞那》《视差》《总统班底》。

侦探／惊悚故事节拍：英雄的角色——寻找真相

侦探类型：侦探寻找真相，通常是关于谁杀了某人的真相。她通常是一位专业人士，靠解决致命谜题赚钱为生。

惊悚类型：英雄是身处险境的调查员。她不是什么专业人士。

危险中的女人

惊悚类型的一个主要子类型被称为“危险中的女人”。有人甚至说，惊悚类型就是为了突出将女性置于危险之中的戏剧性力量。套用玛格丽特·阿特伍德（Margaret Atwood）[1]的话说：“男人害怕女人会嘲笑他们；女人则害怕男人会杀了她们。”

《深闺疑云》中，当一个赌徒、骗子发现一个腼腆的年轻女人是富有的女继承人时，他开始向她求爱。婚礼之后，她怀疑她的丈夫是个杀人犯，而她可能是下一个目标。

《辣手摧花》中的英雄是一个十几岁的女孩，绰号查理，以她最喜欢的叔叔名字命名。年轻的查理相信她的叔叔就是“快乐的寡妇”连环杀手。随着故事的发展，她意识到一个更大的危险：在男性主导的物质文化中，女性处于无助和顺从状态。

---

1 玛格丽特·阿特伍德（1939—），加拿大小说家、诗人、文学评论家，国际女权运动在文学领域的重要代表人物。1985年，玛格丽特·阿特伍德发表的幻想小说《使女的故事》令她一举成名。

侦探／惊悚故事节拍：侦探的幽灵

幽灵是过去的事件，直到现在仍然困扰着英雄。

侦探过去的一次失败导致了她强烈的内疚、怨愤，甚至憎恨。这与所有侦探故事中的一个更大议题相关：谁犯了罪？

> **要点：**侦探的主要动机是为了补偿她过去的错误行为，即使其实这不该由她负责。

《谋杀》中，首席警探莎拉·林登是一位单身母亲，她因为视自己的工作高于儿子而感到内疚。当一个女孩被发现死在一辆被淹没的汽车的后备箱中时，莎拉执迷于寻找凶手。

《东城梦魇》中，警探梅尔·希恩受困于儿子的自杀身亡，她把儿子的问题归咎于自己。她刚刚离了婚，并与前儿媳争夺孙子的监护权。此外，一个女孩已经失踪了一年多，女孩的母亲认为梅尔要负责任。所有这些个人因素促使她去解决一个青少年妈妈被谋杀的案件。但这些因素也使她的工作更加困难。

《沉默的羔羊》中，当克拉丽斯·史达琳的父亲——一名法警——在一次抢劫中被枪杀时，她还是个孩子。她母亲无力支撑这个家庭。10岁时，克拉丽斯被送到一个农场生活。但在看到羔羊被宰杀后，她逃了出来。她在孤儿院度过了余下的童年时光。克拉丽斯决心拯救连环杀手最新的受害者，以永远平息萦绕在她心头那被宰杀的羔羊的悲鸣。

惊悚类型比侦探类型更注重在英雄和对手之间建立起强烈的情感联系，因此需要引入下一个技巧。

技巧：弱点与罪行相匹配

给英雄一个幽灵和弱点，包括心理上和道德上的，在某种程度上与对手的罪行相匹配，但也不用太严格对位。

这个技巧很有价值，因为它允许你模糊英雄和罪犯之间的区别。它还迫使英雄在调查犯罪的同时做出性格上的改变。

在《禁闭岛》中，美国法警泰迪·丹尼尔斯正在调查一个名叫瑞秋的病人的逃跑事件，她淹死了自己的孩子，从一家精神病院逃走。泰迪有酗酒问题。他的妻子几年前死于一场公寓火灾。

泰迪的真名是安德鲁·雷蒂斯。在妻子纵火并淹死了他们的三个孩子之后，他杀死了妻子。由于内疚，安德鲁彻底崩溃了，被送进精神病院康复。

侦探／惊悚故事节拍：侦探英雄——优势和劣势

侦探的优势来自她的原型。她既是搜索者又是魔术师。她的主要优势是：

- 她有一个聪明的头脑，有精确的思维过程。她总是充满好奇心，靠自己的智慧生活。
- 她有强烈的意志追求正义，这是城市世界的伟大任务。
- 她有能力从别人的角度看问题 。
- 她可以假装成别人。换句话说，她用假面来揭开假面。
- 她是一个独行侠，在组织之外生活和工作。这是一个优势，因为这使她能自由地在法律之外进行调查。
- 像牛仔一样，她介于执法者和非法者之间。因此她知道如何在犯罪的世界里游刃有余。
- 在一个公司化、组织化的世界里做一个独行侠的代价是，她会在道德上受玷污。她经常不得不干点脏活儿，因此别人看不起她。但是，她也是故事里包括警察在内的所有人物中，最关心道德的一个。
- 伟大的侦探是科学家和艺术家的结合体。科学家从物理线索中发现真相；艺术家从别人看不到的迹象中重新创造出一个新的现实。这使她成为终极的现代英雄。

要点：对于科学家–艺术家来说，真正的问题不是罪犯，而是人性。

侦探故事表明，无论我们变得多么现代和先进，人类的本性永远不会真正改变。人类可能经历了文明进化，但人类的基本思想却没有。

技巧：独特的侦探

赋予侦探解开谜团的**特殊才能**，这使主角和类型超越了一般程序，将侦探工作视为一种艺术形式。鉴于已经有数以千计的侦探，创造一个具有独特才能的侦探是一项艰巨的任务。

要点：赋予你的英雄特殊的调查能力是将自己与其他作家区分开来的最好方法。

具有令人过目难忘的特殊才能的侦探，如夏洛克·福尔摩斯、伊瑟·罗林斯、简·马普尔、萨姆·斯佩德、菲利普·马洛、女神探沃莎斯基、神探可伦坡、神探南茜、梅格雷探长、莉斯贝思·莎兰德、赫尔克里·波洛、《第一女子侦探社》中的拉莫斯维、《玫瑰之名》中的教士巴斯克维尔、彼特·温西爵爷、布朗神父、神探麦克（Mike Hammer）、女私探金西·密尔虹、哈里·博斯、美眉校探维罗妮卡、《全能侦探社》（*Dirk Gently's Holistic Detective Agency*）中的德克、《女作家与谋杀案》中的女侦探小说家杰西卡·弗莱彻、《灵书妙探》（*Castle*）中的卡塞尔、《X 档案》中的史考莉和穆德、《超感警探》（*The Mentalist*）中的帕特里克·简、《神探阿蒙》（*Adrian Monk*）中的蒙克、嗜血法医德克斯特、《罪案终结》（*The Closer*）中的钟白兰、《法律与秩序：特殊受害者》中的奥利维亚·本森、《利刃出鞘》中的贝诺瓦·白朗、《识骨寻踪》中的布伦南博士、《头号疑犯》中的珍·丹妮森、《杀死伊芙》中的伊芙·波拉斯特里、《蓝色月光》中的玛蒂·哈耶斯。

侦探／惊悚故事节拍：侦探的弱点

在许多经典侦探故事中，特别是系列故事，英雄是一个“旅行天使”（见喜剧类型和幻想类型），他解决了一桩犯罪案件，然后转到下一桩罪案。这种侦探通常没有缺点，例如，赫尔克里·波洛对过去的失败没有任何愧疚感。

在其他类型的故事中，侦探有自己的严重弱点。这些独特的弱点往往来自将侦探的本质——对真相的探寻——发挥至逻辑上的极端。她不自信、偏执，对正义的痴迷到了伤害他人的地步。这意味着她经常厌世，她生活在正义的理想和犯罪的现实互相拉扯之间。

在《波希米亚丑闻》（*A Scandal in Bohemia*）中，华生医生在描述夏洛克·福尔摩斯的心理弱点时，着重指出他的朋友对艾琳·阿德勒的看法：

> 所有的情感，尤其是（爱情），对于他那冷酷、精确而又令人钦佩的平衡的头脑来说都是可憎的。我认为，他是我见过的世界上最完美的推理和观察机器。

《洛城机密》中的三位侦探全都有严重的心理和道德上的缺陷：埃德蒙自以为是，按部就班，而且会使用高压手段；巴德脾气暴躁，对自己被看作一个愚蠢的肌肉男深感不满，并对处于困境中的妇女毫无抵抗力；万事通杰克为了名声或外快什么都肯干，而且很容易被动摇。

主要弱点：侦探受限的视角

> **要点：**侦探最严重的弱点来自作为一名侦探的内在属性，即视角受限和缺乏认知。她每次的工作都是从两眼一抹黑开始。

这种受限的视角因情感上的缺陷而变得更加复杂。这就是为什么侦探故事经常以第一人称讲述的原因。身处侦探的头脑中，使读者能切身感受到侦探在不知道发生了什么时的困惑和挫败。这也突出了读者的感觉，即这个世界充满了欺骗，而我们往往忽视和错过了很多正在发生的事情。

技巧：弱点的故事

让侦探的弱点—需求成为一个完整的故事。

弱点不仅仅是嵌入角色的，让其在日常生活中受到伤害的东西。为指责他人并隐瞒她的认知缺陷，这个人物甚至已经创造了一个关于她的弱点的**故事**。

通常这个故事包括幽灵。但这个故事包括的远不止这一个事件。这个人物在很久之前，有时甚至是在童年时就已经构建这个故事了。故事在刚开始创建时，可能有助于她撑过所处的严酷境地。但现在它已经成为一个更大的问题，正在伤害她。

一些心理学家将之称为**剧本**。这个角色一遍又一遍地重复这个剧本，得到同样的坏结果。这就变成了一个自我毁灭的循环，这个人物已无力克服。

此类范例包括《谋杀》、《东城梦魇》、《齿轮》、《蓝衣魔鬼》、《洛城机密》、《真探》第一季、《国土安全》、《纽约重案组》、《禁闭岛》、《沉默的羔羊》。

在塔娜·法兰奇（Tana French）的小说《看不见的客人》中，英雄安托瓦内特·康韦是一名女警探，她觉得谋杀办案组讨厌她，想赶她走。她创作了一个完整的故事，讲述了她如何作为受害者与本应该支持她的警察英勇斗争。其中有些是真实的，但大部分故事是她编造的，她掩盖了伤害她生活的自我缺陷。这是一个特殊的警察办案程序，因为法兰奇将英雄的弱点故事与她用来解释是谁谋杀了受害者的其他故事揉在一起。读者看到，这些故事都是人们为了合理化动机和行为而构建的，我们自己也会这样做。

要点：一个伟大的侦探总是在寻找关于谋杀的真实故事，并最终找到关于自己的故事。

一些侦探有身体和/或精神上的痛苦，这使得他们更难完成工作。例如，蒙克有强迫症；前总警司轮椅神探艾恩赛德瘫痪了，只能坐轮椅；金西·密尔虹患有耳鸣。虽然这些问题使侦探的工作更加艰难，但它们并不能取代心理和道德上的缺陷。

惊悚类型英雄的弱点：为智慧增添情感

侦探故事突出了侦探的聪明才智。惊悚故事则强调了调查员的强烈情感，英雄感到失落、没有安全感、绝望、处于边缘状态，最重要的是恐惧。

> **要点：**在惊悚类型中，英雄**在情感上深陷危境**。

在《迈克尔·克莱顿》中，迈克尔是一个“清洁工律师”，他公司的一个客户搞砸了，他就去收拾残局。他赌博成瘾，还欠了85,000美元的高利贷，因为他借钱和兄弟开酒吧，结果兄弟把钱偷走了。

在《本能》中，尼克对可卡因和酒精成瘾。他的妻子自杀了，因为她没法和这样一个暴力的男人生活在一起。

> **要点：**英雄必须有一个弱点或品质，使她更容易受到**身体**危险的影响，所以我们会为他们担心。

以下是一些弱势英雄的范例：

《杀死伊芙》：伊芙是军情五处的一名安全分析员，从事文职工作。她的对手是薇拉内尔，一个训练有素的刺客高手。

《第六感》：英雄是个男孩。

《亡命天涯》：英雄因谋杀被通缉，正在逃亡中。

《无罪的罪人》：英雄因谋杀罪被审判。

《后窗》和《目击者》：英雄受伤。

技巧：弱点与罪案的联系

让英雄的幽灵和弱点浮出水面，通过破案来克服它。

好的惊悚类型的故事情节不仅仅是在逃避攻击的同时进行调查。有两条线需要追踪：个人和罪案。换句话说，英雄的幽灵和弱点应该通过破案而浮出水面并被克服。

技巧：二合一

上述两条线索应该交织在一起。因此：

- 解决个人问题的行为应该有助于英雄破案。
- 破案应该帮助英雄解决她独特的心理或道德弱点。

观众由此获得双重满足。

《后窗》中，杰夫的心理弱点是他不愿意娶他美丽的女友丽莎［由格蕾丝·凯利（Grace Kelly）扮演］。很显然，这毫无道理。然而，通过和丽莎一起破案，他承诺要娶她，从而克服了他的恐婚症。

技巧：信仰 vs. 怀疑论

为了将爱情类型与惊悚类型的情节联系起来，需要让英雄面对这一基本问题：爱情中的信仰 vs. 怀疑论。

- 她是否对她的伴侣抱有信心、完全相信爱情，甚至不惜冒着生命危险？
- 她没能实现完全信任、自我保护，并且冒着失去此生至爱的危险？

之所以这是一个出色的故事策略，是因为它赋予了爱情生死攸关的意义。

此类范例有《深闺疑云》《致命礼物》《致命的危机》《蝴蝶梦》《美人计》《电话谋杀案》《谜中谜》。

侦探／惊悚故事节拍：价值观——侦探的准则

在“犯罪类型”一章中，我们谈到过作家如何创造一个道德准则。侦探的主要价值观来自她的基本行动：寻找真相，并将罪犯绳之以法。因此，侦探法则的三个主要价值观是真相、荣誉和专业精神。这些价值观是绝对的：侦探最终总能找到她想要找的人。

侦探／惊悚故事节拍：侦探的欲望——解开谜团，找出真相

谜团是任何侦探故事的诀窍。它是必须破解的密码，是一种只有侦探才能识别的符号模式。

侦探类型有所有类型中最强劲的叙事动力。讽刺的是，它聚焦的是找到过去发生的真相，这通常涉及谋杀。这些事关生死的巨大风险才是观众愿意回顾过去的原因。

惊悚类型的欲望：逃避攻击同时解开谜团

要点：惊悚故事英雄的欲望应该让她在麻烦中越陷越深。

这就是为什么说惊悚类型是侦探类型和恐怖类型的混合体。

当迈克尔·克莱顿调查他的朋友亚瑟的死亡时，他成为下一个暗杀目标。

要点：在最好的惊悚故事中，英雄对潜在犯罪的调查也变成了对恐惧本身的调查。

侦探 / 惊悚类型情节的视觉形状：螺旋形、框架形和俄罗斯套娃

侦探 / 惊悚类型情节使用这些视觉形状：螺旋形、框架形、俄罗斯套娃。

1. 螺旋形

最简单的视觉形状是螺旋形。螺旋形是一条向中心内旋的路径。看起来像这样：

惊悚类型经常使用螺旋形，英雄揭开对手的层层**面纱**。她不断返回一个事件或一段记忆，并在越来越深的层次上探索它。因此她不断看到新的东西。在螺旋形发展中，英雄实际上是绕着事件转，从多个角度看问题。

螺旋形故事情节是基于两个同时发生的序列：

- 深入同一个世界，得到揭示。
- 当接近自己个人地狱的中心时，英雄看到了自身黑暗的一面。

请注意，英雄同时经历了外部和内部的旅程，身体上的旅程与心理上的旅程相匹配。这种情节形状也逐渐显示了社会深层次的面貌：言下之意是，社会的真正运作方式比我们想象的要糟糕得多。

技巧：改变视角

角色会有闪回，他们通过一个新的角度来看待事件。

惊悚故事中螺旋形的示例有《窃听大阴谋》《放大》《迷魂记》《后窗》。

2. 框架形

框架形，也被称为“框架叙事”（frame narrative），是一种在超越性侦探类型与惊悚类型中使用的更复杂的技巧。

框架形是“涡流街”式的。一连串的故事讲述者各自讲述故事的一部分，而每个人都与其他人相矛盾。没有一个故事讲述者有唯一的真实答案。这种形状采用多个视角。框架形看起来像这样：

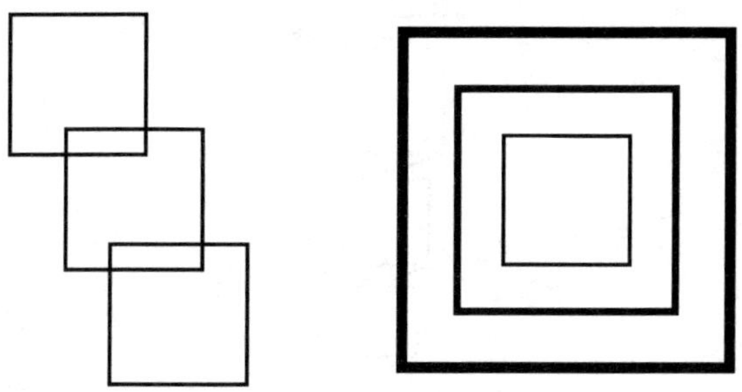

当不同的讲故事者叙述同一事件时，框架形最常被使用，如《罗生门》。它也可以被用于虚构传记和自我的故事，如《公民凯恩》。

框架形的例子包括《诺曼征服》、《偷心》（*Closer*）、《发展受阻》、《婚外情事》（*The Affair*）、《余生的第一天》（*The First Day of the Rest of Your Life*）、《巴黎》（*Paris*）和《蒙田大道》（*Avenue Montaigne*）。

要点：框架形故事与大多数分枝式故事不同之处在于，它呈现的是不同思想的序列，而不是不同子世界的序列。

3. 俄罗斯套娃

框架形的一个子类别被称为俄罗斯套娃。就是嵌套的娃娃，一个在另一个里面。俄罗斯套娃是一种螺旋的形式，但严格地通过人物的思想来讲述故事。

俄罗斯套娃有两种基本形式：

1. 思想中的思想：英雄的思想在探索一种神秘的情况，但没有发现任何结论性的东西。于是她再次寻找，这一次从一个新的角度对线索有了新的解释。她在时间上来回跳跃，依据的不是时间顺序而是心理联想。

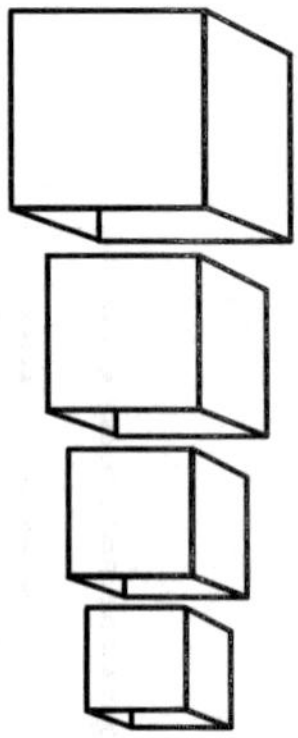

故事的顺序是按照英雄**所学**的内容，而不是英雄所做的内容来安排的（如螺旋形故事形状）。虽然有时英雄会了解到一些关于罪案的事情，但通常她了解到的是关于一段关系的真相。

思想中的思想的范例有《禁闭岛》《盗梦空间》《记忆碎片》《去年在马里昂巴德》《同流者》。

2. 故事中的故事：一个故事讲述者讲述另一个故事讲述者讲给她的故事，这个故事本身可能来自第三个故事讲述者。这就是故事版的“传话游戏”。故事中的故事的示例有《弗兰肯斯坦》和《黑暗的心》。

要点：在这两个版本的俄罗斯套娃形状中，无论英雄最终获得了什么真相，都充其量只是相对的真相，它是残帛、寸缕，或者压根儿什么都不是。

侦探／惊悚故事节拍：侦探的对手——凶手、嫌疑人和谜团

任何侦探故事的主要对手都是隐藏在多个嫌疑人中的凶手。作为补偿，作者还引入了一个侦探必须解开的谜团。

对手通常有一个光鲜的、彬彬有礼的，甚至是善良的外表，却有一颗冷酷的心。

- **《洛城机密》**：警察局长杜德利·史密斯。
- **《唐人街》**：有钱有势的诺亚·克罗斯。
- **《迷魂记》**：盖文·艾斯特，斯考特的大学同学。

侦探的对手要符合两个结构要求：

1. 他在与英雄竞争目标。对手想要逃脱侦探想要破获的罪行。

要点：对手和侦探真正竞争的目标是谁的关于谋杀的故事会被相信。

2. 他是最能攻击英雄缺陷的人物。

要点：攻击侦探的一个最大弱点应该是对手最初计划的关键部分。

- **《迷魂记》**：艾斯特利用斯考特的恐高症来为自己的杀妻行为脱罪。
- **《洛城机密》**：警察局长史密斯利用侦探们对执法部门的信任，调换证

据，并将责任归咎于手无寸铁的少数族裔。

对手的缺陷：傲慢

正如希腊悲剧一样，侦探类型与惊悚类型的对手的最大的弱点往往是傲慢，或过度自信。凶手低估了对手的心智，所以在思想斗争中败下阵来。

电视剧《神探可伦坡》就是建立在英雄利用了对手的自负之上。在每个星期，富有而傲慢的凶手都看不上穿着皱巴巴的雨衣、说话慢吞吞的警察侦探。这往往是一个致命的错误。

技巧："冰山"对手

利用"冰山"对手，并加速对他的揭示。

像冰山一样，对手最危险的部分应该隐藏在表面之下。要实施这一技巧，就要：

- 逐步披露对手的信息，并且在故事的进程中，以越来越快的速度披露对手的信息。这意味着当故事接近尾声时，你会有更多的信息揭示。请记住：你如何解析揭示的信息是决定情节成败的关键。
- 考虑让你的英雄在早些时候面对一个表面上的对手。随着冲突加剧，英雄发现了来自一个更强大的隐藏对手的攻击。

要点：因为对手一直隐藏到最后，所以是侦探和读者一同揭开凶手的面纱。

技巧：更多嫌疑人

为了挑战侦探和读者，增加更多可信的嫌疑人。

你必须引入一些可能犯下罪行的人物。否则，读者很容易就猜到是谁干的。这与该类型的基本故事策略有关：英雄询问一些有能力犯罪的人，揭开一个令人惊讶的真相。

要成为一个真正的嫌疑人，一个角色必须满足三个要求：

1. 动机。
2. 机会。
3. 没有不在场证明。

阿加莎·克里斯蒂特别善于设置各种可信的嫌疑人。《无人生还》是她最好的作品之一。七位客人被邀请到一个岛上。晚饭时，主人传来消息，说每个人都犯有谋杀罪。一个接一个的客人开始死亡。随着每次谋杀案的发生，谜题中的嫌疑人逐一减少。电视剧《迷失》扭转了这一精彩的设定，将其与科幻类型相结合，并将嫌疑人数扩大了几倍。

《谋杀》是一部侦探电视剧，需要用两季的时间来解决一个案件。这增加了警察必须调查的嫌疑人的数量。在罗茜·拉森的谋杀案中，有 32 名嫌疑人。

技巧：削减嫌疑

至少要给一个角色“除臭”。“除臭”是消除嫌疑的俚语。你的目标是创造最不可能犯罪的人物。利用动机、机会和或不在场证明，让人觉得某个人物不可能犯案。这一技巧可以应用于让读者怀疑的许多角色，而且它对真正的罪犯尤其重要。

惊悚类型的对手：攻击

在惊悚故事中，对手并不只是躲避调查员，他还会进攻。

要点：尽可能地给英雄施加压力。

最好的对手技巧：情感上的攻击

对手不仅仅进行身体上的攻击，还攻击英雄最大的情感弱点，特别是会使用内疚和恐惧的武器。

在《本能》中，尼克有很强的幽灵和弱点：他有意外枪击的记录，由于他的暴力，他的妻子自杀身亡，而且他还有酒精和可卡因成瘾问题。主要嫌疑人凯瑟琳·特拉梅尔嘲讽他妻子的死，并不断提起他深层次的情感缺陷。

> **要点：**惊悚类型的对手比恐怖类型的对手在攻击方式上要巧妙得多。

一种极端的情感攻击被称为“煤气灯效应”，来自电影《煤气灯下》(1944 年)。这种形式的情感虐待在“危险中的女性”惊悚类型中十分常见。

丈夫使妻子质疑自己的神志。他声称她看错了、太敏感了，或者在编造故事。妻子指控丈夫的所作所为，但丈夫声称她应该对这种指控负责。丈夫自称担心她的身体和精神健康。

在有一个嫌疑人的经典惊悚故事中，英雄比较快地发现了嫌疑人，并进行调查。但她并不确定嫌疑人是否真的犯了罪。只有一个嫌疑人的经典惊悚故事容易出现**情节较少**的情况：他们要么做了，要么没做。因此，使用侦探类型技巧中的“多个值得怀疑的嫌疑人”会有所帮助。

侦探／惊悚故事节拍：计划——调查

侦探类型是所有故事类型中最注重知识的。因此，它强调两个心理结构步骤：计划和揭示。这两个步骤发生在驱动过程中，即侦探为达到目标而采取的一系列行动中。

计划探索的是侦探类型固有的艺术形式：思维。它表明，思维本质上是一种解决问题和创造故事的艺术。

写一个侦探故事的首要任务是要弄清凶手将如何实施犯罪并将其掩盖，其次是确定侦探如何解决这个问题。在这个最注重思维的故事中，英雄的计划是复杂的，涉及下列心理过程：

1. 观察实物证据或线索。
2. 询问各种嫌疑人。
3. 利用归纳逻辑、理性分析，以及直觉。
4. 记忆——以闪回的形式——导致了一个深刻见解。
5. 重现罪行，重现一个关于事件经过的不同版本的现实。这个现实是一个故事。
6. 将理论在嫌疑人身上进行验证。

请注意，这个序列是从单个线索构建到整个故事的，这是一个关于这些线索意味着什么的理论。

像侦探类型一样，惊悚类型的英雄也是一个调查者，但她通常是一个陷入危险的业余人士。因此，这个故事更多的是关于她的恐惧。惊悚类型的英雄与侦探类型英雄的调查节奏相同，但她更多地是根据直觉进行调查。

惊悚类型的最大挑战是，一旦英雄受到攻击，她就不再采取调查行动，而是做出反应，叙述的动力也就停止了。

要点：英雄必须在抵御攻击的同时继续采取调查行动。

通过增加人物被伤害的风险来制造悬念。

让我们更仔细地看一下侦探用来破案的五个主要的调查步骤：

调查步骤：观察——线索和揭示

侦探寻找凶手的计划的第一步是观察实物证据。这就是为什么夏洛克·福尔摩斯要以放大镜为象征。

物证只有在成为线索时才有用，换而言之，它必须导致一个揭示或产生**新信息**，使侦探更接近真相。

> **要点：**在侦探类型与惊悚类型中，新信息的揭示都是故事结构中最重要的一步。

> **要点：**线索是对真相的部分了解，这意味着它也是模糊的，可能会把侦探引向错误的方向。

技巧：预先确定揭示的内容

在写作过程之初，你在弄清对手的计划后，接着就创造揭示。

侦探故事强调的是解谜，这导致了两个关键的情节要素：

1. 侦探类型比其他任何类型的揭示都要**多**。
2. 故事的质量基于这些揭示的质量和它们的**顺序**。

因此，揭示的内容最好真的很棒，而且你最好善于使它们越来越强。

一个伟大的揭示顺序的技巧

- 将真正的线索与“红鲱鱼”穿插在一起。
- 揭示通常应在强度上逐渐增加。
- 当你接近故事的尾声时，它们应该以更快的速度出现。
- 它们应该逐渐向“家”靠拢。换而言之，与侦探个人关系密切的某人。

让我们来看看一些有最佳情节设计的侦探故事的揭示顺序。

例如，《东方快车谋杀案》中，波洛侦探调查雷切特之死：

1. 一张未烧尽的写着 AISY ARMS 的纸暗示了戴茜·阿姆斯特朗（Daisy Armstrong）谋杀案。

2. 雷切特被刺了 12 刀。

3. 雷切特用法语告诉门房他做了一个噩梦，但他只说英语。

4. 有人看到一名身穿白色睡衣的女子走在走廊里。

5. 波洛得知，赫克托的父亲是阿姆斯特朗的检察官，而且赫克托与已故的阿姆斯特朗夫人关系密切。

6. 波洛发现了公主与阿姆斯特朗夫妇的关系。

7. 波洛证实希尔德加德认识死去的阿姆斯特朗家的女仆。

8. 他在她的手提箱里发现了指挥家的制服。

《捍卫雅各布》（*Defending Jacob*）中，一名地区检察官正在调查一名 14 岁男孩的谋杀案，而他的儿子雅各布是嫌疑人之一：

1. 读者揭示（调查者已经知道）：检察官在大陪审团面前接受询问。

2. 检察官发现被谋杀的男孩欺负他的儿子。他的儿子是嫌疑人。

3. 他的儿子在学校炫耀一把刀。

4. 检察官发现了那把刀并把它扔掉了。

5. 儿子在学校的人缘不好。

6. 读者揭示：检察官的父亲是一个被定罪的杀人犯。

7. 假期里，男孩认识的一个女孩失踪了。

8. 母亲看到男孩的泳衣上有红色斑点。她现在知道她的儿子是个杀人犯。

注意：许多侦探小说家犯的另一个错误是他们的侦探凭空得到了一个揭示。但这只是“一种预感”，或者是妄下结论的产物。

要点：揭示必须由一个具体的物理线索引发。

惊悚类型：揭示

惊悚类型的揭示通常是关于主要嫌疑人的犯罪证据的。这发生在英雄试图揭开罪犯面纱的情节驱动步骤中。在这种类型的影片中，“驱动”是两个轨道之间的一个交叉点：

1. 找到嫌疑人犯罪的证据。
2. 找到嫌疑人没有犯罪的证据。

要点：使这两条线接近平衡。这将在英雄内心产生强烈的怀疑，并导致恐惧和绝望。

两个最关键的揭示发生在故事的最后：

1. 英雄发现了新的、强有力的证据，表明嫌疑人是无辜的。英雄感到困惑不解并感到尴尬。这是英雄明显的失败。

2. 英雄偶然发现了一份确凿的证据，证明嫌疑人确实有罪。这一揭示使她更加坚定，因为它证实了她的怀疑。但是，她也很害怕，因为她知道了对手的真正力量和意图。

《窃听大阴谋》中，公司主管雇佣哈里去监听马克和安。

1. 哈里听了录音带，听到马克说：“如果有机会，他会杀了我们。”哈里将此解释为这对夫妇将受到伤害。

2. 哈里的怀疑得到了证实，他听到马克和安的酒店房间里传来暴力和尖叫声。

3. 哈里发现安没有死。

4. 哈里重新理解了磁带里马克的声音，认为他是在说“如果当时他有机会，他会杀了我们”。他意识到，安和马克已经杀死了主管。

侦探／惊悚故事节拍：对手的计划——红鲱鱼、错误的含义和谎言

英雄的调查过程中，她遇到了“红鲱鱼”和真正的线索。“红鲱鱼”是凶手为了欺骗侦探而设计的证据。

技巧：红鲱鱼

可以利用“红鲱鱼”作为对手的原始计划的一部分，来掩盖他参与犯罪的事实。

赫尔克里·波洛说：“女士们，先生们，现在，我们来谈谈我对谋杀之夜——或红鲱鱼之夜的重现。”

错误线索的意义具有讽刺意味：拥有最出色英雄的故事类型，也是凸显思维局限性的故事类型。一个错误的线索表达了头脑中没有能力看到的符号的多种可能性。

“红鲱鱼”只是侦探故事所强调的人类思维的众多缺陷之一。人的大脑倾向于建立联系，即使事情没有联系也会这样做。

这导致下面这个技巧成为作家最难执行的技巧之一。

技巧：双重线索

每条线索都应该支持至少**两个**关于谁犯了罪的答案。

在《谋杀》中，整个案件关键在于谁拥有在谋杀现场发现的钥匙卡。这张钥匙卡可以打开市政厅的一间办公室。根据其他证据，林登侦探认为它属于市长。但它却打开了市长的竞选对手达伦·里士满办公室的门。

《唐人街》中解决案件的主要线索与霍利斯肺里的盐水有关。每个人都认为盐水是来自发现他尸体的地方的附近海域。但杰克发现是来自诺亚·克罗斯庄园的咸水池，霍利斯就是在那里被淹死的。

侦探/惊悚故事节拍：调查步骤——询问

一旦侦探发现了具有象征意义的物品，并对其潜在的意义有所感觉，她就会对它们进行探究。为了了解这些线索的真正含义，她会提出问题。询问嫌疑人和寻找实物证据为侦探故事的主体部分提供了动力。

在简单的形式下，调查工作是这样的：

- 侦探前往谋杀现场并找到物证。
- 这引导她到另一个地方，在那里她询问可能的证人和其他嫌疑人，并发现更多物证。
- 这又引导她到另一个地方去跟进，问更多的问题，找到更多的证据，诸如此类。

侦探询问的人是可能犯有谋杀罪的潜在嫌疑人。因此，他们是不愿意如实回答问题的潜在对手。她向他们提出什么问题？

要点：侦探所提的问题旨在**欺骗**。

《东方快车谋杀案》中，赫尔克里·波洛说："只有通过审问其他乘客，我才有希望看到光明。但是，当我开始询问他们时，那道光，正如麦克白所说的那样，变得模糊了。"

波洛用他的问题让许多乘客冷不防措手不及。例如，他让埃琳娜·安德烈尼签上自己的名字，并问她是否去过美国。他当着上校的面训斥德本汉小姐，以便这位保护者闯入并揭露他与她的关系。

欺骗也是夏洛克·福尔摩斯破案手法的重要部分。在《波希米亚的丑闻》中，他把自己伪装成神职人员，从艾琳·阿德勒那里非法取回一张照片。当华生医生大喊"着火了"的时候，福尔摩斯看着阿德勒去取回她最珍贵的财产。在《最后一案》(*The Final Problem*）中，福尔摩斯再次使用神职人员的伪装，当他从莱辛巴赫瀑布死里逃生回来时，他伪装成一个老人，随后才向华生表明自己的真实身份。

侦探 / 惊悚故事节拍：调查步骤——直觉与归纳逻辑

侦探运用直觉加上归纳和演绎逻辑以理解证据。直觉并不是以线性方式工作的，它是大脑识别模式的能力，而模式是描述所发生的事情的符号**序列**。在收集证据后，侦探对谁可能有罪有了初步的预感。预感是一种未成形的假设，通常称为“直觉”。但它不是纯粹的猜想，而是更精细的科学方法中的第一步。

侦探被“红鲱鱼”所蒙蔽，担心她的直觉可能是错误的。现在她必须让逻辑发挥作用。逻辑是思想的语法，是一种系统性的符号序列。

要点：符号序列代表了事件的因果关系。如果这个事实存在，那么它一定会导致那个结果。不合逻辑即为错误的因果关系。

逻辑的分类与序列的两个方向有关：归纳和演绎。归纳式逻辑从具体的事物发展到一般的、抽象的原则。演绎逻辑的方向则相反，从抽象的原则到具体的对象。

一个不称职的侦探，尤其是侦探故事中的典型警察，是以演绎逻辑开始的。他有一个推测，凶手可能是谁，然后试图用事实证实推测。

要点：一旦头脑中形成了一个关于世界如何运作的固定推测，就很难运用归纳逻辑了。

一名优秀的侦探总会从归纳逻辑开始。这就是为什么夏洛克·福尔摩斯实际上是归纳法的大师，而不是推理大师。侦探收集实物证据，然后归纳出它可能形成的更大图景。但一个思维活跃的侦探也会从另一个方向播放序列，通过推理获得对线索的不同理解。

> **要点：** 侦探必须找到必要的方法对事实进行排序。这种必要的事实序列才能产生真实的故事。

《利刃出鞘》中的侦探贝诺瓦·白朗在谈到小说《万有引力之虹》（*Gravity's Rainbow*）时说："它描述了由自然规律决定的弹道的路径。这就是我的方法。观察事实，没有大脑或心灵的偏见。确定弧线的路径，悠闲地漫步到它的终点，真理就会落在我的脚下。"

侦探／惊悚故事节拍：调查步骤——记忆回溯和变化的视角

调查者发现真相的主要方式之一是通过重新思考过去。她回到记忆中，看看是否能找到一种不同的模式，揭示出更深层次的力量在发挥作用。

> **要点：** 记忆是调查者思考证据的最戏剧化的方式之一。

在记忆回溯的过程中，侦探必须从新的视角来思考事件。乍一看，这似乎不可能。她不可能突然从一个完全不同的角度来看待整个场景。要做到这一点，她必须看到或听到一段有不同观点的事件记录。

如果这种情况不可行，她可以从不同的规模上关注记忆。她可以深入挖掘以看到更小的细节。或者她可以把它看作是一个更大的视角的一部分。她的目标是找到截至目前她所忽略的因果关系，这可能是一个关键点，使一个全新的现实观点成为可能。

此类示例包括《迷魂记》《放大》《第六感》《记忆碎片》《禁闭岛》《普通嫌疑犯》《消失的爱人》。

在《窃听大阴谋》中，揭开犯罪的真相取决于对录音带上的一句对话的正确解释。当监听专家哈里·考尔第一次听录音带时，他听到"如果他有机会，他会杀了我们"。考尔担心雇用他的公司的主管会杀死这对夫妇。在听过多次录音后，考尔意识到这对夫妇实际上是在说："如果当时他有机会，他会杀了我们。”他发现得太晚了，这对夫妇是在为谋杀辩护。

侦探／惊悚故事节拍：调查步骤——创造一个新的现实

在调查的前四个步骤中，侦探收集象征性物证作为证据，并将其分解至其核心含义。现在，她将这些线索重新组合起来，关于发生的案件，创造出一个不同的现实。侦探从分析到综合，这种综合并不是简单的可验证的推测，它是一个故事。

侦探／惊悚故事节拍：最后揭示杀手的致命错误

直到这一刻，所有的线索和揭示都指向站在远处的真正的凶手。他犯了一个错误，在他的故事中留下了一个漏洞。最后的揭示是一个转折点：物理线索直接指向他。这促使侦探重构正确版本的现实。现在拼图的各个部分终于拼合在了一起。

《洛城机密》的一开始，埃德蒙向杰克透露，罗洛·托马西是他用来称呼那个杀了他父亲却逍遥法外的罪者的名字。史密斯局长射杀了杰克后，杰克临死前最后一句话是“罗洛·托马西”。史密斯问埃德蒙是否知道关于“罗洛·托马西”的信息。埃德蒙随即意识到，是史密斯杀了杰克。

在《迷魂记》中，盖文·艾斯特的假妻子玛德琳对一幅戴着钻石项链的女人的画像非常着迷。在她假死之后，斯考特开始约会朱蒂，她与那个死去的女人惊人地相似。外出就餐前，斯考特看到朱蒂戴着画像上的项链，他随即明白朱蒂就是玛德琳，艾斯特把项链送给她，作为帮助他谋杀妻子的酬劳。

要点：最后的揭示必须是最大、最棒的。如果它成功，就可以成就整个故事。

技巧：最不可能的凶手

凶手应该是最不可能实施犯罪的人。

侦探类型对揭示的强调，给作者提出了另一个具有挑战性的要求：

- 你需要一个复杂的谜题，在这个谜题中，揭示层层递进，构成最后的惊喜。
- 最后的惊喜必须是一个巧妙的解决方案，让观众感到震惊，但又具有意义。

《东方快车谋杀案》中，阿加莎·克里斯蒂想出了谜题学历史上最伟大的惊喜之一。她通过颠覆整个形式来做到这一点。读者习惯了命案必有一个凶手，以至于十二个人合谋杀死受害者的想法从未进入过读者的脑海。这个故事的核心诀窍是，十二个人正是陪审团成员的数目。他们审判并在审判后处决了死者，而这个人罪有应得。

《利刃出鞘》中凶手是兰森·德赖斯代尔则是个蹩脚的答案。他显然是最有可能谋杀他祖父的人，以至于有经验的观众立即就将他视为最后真凶。

侦探故事节拍：战斗——对凶手的审判和故事之战

侦探用一个不同的故事重新创造了罪案，然后与真正的凶手对峙，说出凶手作案的真相。实际上，侦探进行了一次“审判”，她利用“审判”的压力，让凶手犯了致命的错误。这一揭示给了侦探最后的证据，证明她的推测是正确的。在这种压力下，凶手崩溃了，做出最后一次努力——逃跑。

> **要点：**这次对凶手的“审判”实际上是一场故事的争斗。两个故事都应该是符合逻辑的，但只有一个是真实的。

在阿加莎·克里斯蒂的故事和《瘦子》系列等经典作品中，这种故事之争是在一个所有嫌疑人都在场的戏剧性场景中进行的。

电影《东方快车谋杀案》是故事之争的终极范例。在最后的审判中，所有嫌疑人都在场，侦探赫尔克里·波洛对发生的命案给出了两种推测 / 故事。对证据的第一种解释是凶手伪装成列车员，用一把钥匙进入雷切特的包厢，他把雷切特刺死，然后在火车被雪堆拦住时离开了火车。凶手可能是黑手党的一个对头，因为一些分歧进行报复。

对这些证据的第二种解释则是 12 名乘客全都出手杀害了雷切特，因为他曾策划绑架和谋杀一个婴儿，而乘客们都与这个婴儿有密切的联系。由于这些迹象的模糊性，以及受害者是一个犯有谋杀罪的卑鄙小人的事实，侦探遵循了更高的道德标准，并得出结论：真相永远不会被公布。

惊悚故事节拍：战斗——对手的最终攻击

在惊悚类型的战斗中，对手发现英雄知道了他的罪行并对英雄进行攻击。处于极度弱势地位的英雄必须做出反击。

要点：英雄应该想出一种新的战斗方式，以赢得胜利。理想情况下，她应该急中生智想出一个最后的解决方案。

在《后窗》中，杰弗里斯的腿打着石膏，坐在轮椅上，黑暗中听到凶手托瓦尔德想要让他永远闭嘴，杀人灭口。除了相机，他手边什么都没有，杰弗里斯开着闪光灯拍了一张照片，暂时让托瓦尔德失明。这使托瓦尔德动作慢了下来，但并没有阻止他。最后，托瓦尔德把杰弗里斯推到窗外。杰弗里斯用他的指尖扒住窗沿，直到警察到来救援时才放手。

迈克尔·克莱顿与公司律师凯伦·克劳德对峙。克劳德下令谋杀了迈克尔的朋友亚瑟。迈克尔说，克劳德不应该杀死他，而是应该收买他，在他把证据交给警方之前，这是她的唯一机会。迈克尔在虚张声势，他必须让克劳德认罪，这样他就可以录下证据。克劳德同意付给他一千万美元。他用手机拍了她的照片，然后当警察将她包围时，他走了。

警察办案的战斗：审讯

在过去的几十年里，电视上的侦探故事主要采取警察办案的形式，主要角色变成了警察团队。在这些作品中，战斗往往发生在审讯室里。当警察对犯罪嫌疑人穷追不舍时，就产生了一种压力锅效应。

此类例子包括《头号疑犯》中的警探珍·丹妮森、《罪案终结》中的钟白兰、《纽约重案组》中的安迪·西波维茨、《法律与秩序：特殊受害者》中的奥利维亚·本森和艾略特·斯特伯勒，以及《重案组女警》（*Scott & Bailey*）中的珍妮特·斯科特。

侦探／惊悚故事节拍：自我启示——侦探看到自己的“罪行”

侦探故事并没有给英雄一种特殊的自我启示。在系列故事中尤其如此，无论是书、电影还是电视剧。相反，英雄从一个案子到另一个案子，就像一个“旅行天使”。她用她聪明的头脑解决那些有弱点的杀手所犯下的罪行。但是，她很少对自己的缺陷有新的自我启示。

此类示例包括夏洛克·福尔摩斯、赫尔克里·波洛、马普尔小姐、贝诺瓦·白朗（《利刃出鞘》）、拉莫斯维（《第一女子侦探社》）、可伦坡（《神探可伦坡》）、尼克·查尔斯（《瘦子》）、杰西卡·弗莱彻（《女作家与谋杀案》）、温西爵爷、梅格雷探长、布朗神父、帕特里克·简（《超感警探》）和卡塞尔（《灵书妙探》）。

在更有野心的侦探故事中，侦探有严重的个人缺陷，她在故事的最后面对这些缺陷。她对自己如何在更大的悲剧中扮演的角色进行了负面的自我揭露。

在《谋杀》中，莎拉知道她出色完成了警务工作，找到了杀害罗茜·拉森的凶手。但她意识到，她可能在对工作的热忱中失去了她的儿子。

在《迷魂记》的结尾，斯考特进行了一次深刻的负面自我揭露。他意识到自己一直是个傻瓜，无法真正去爱。他把玛德琳拖到塔顶，拒绝原谅她。他明白自己对他爱的女人的死负有部分责任。

侦探／惊悚故事节拍：道德主张——诗意的正义

侦探类型的道德主张可以归结为一点：让一个有预谋的杀手为他的罪行付出代价的唯一方法是通过诗意的正义。诗意的正义是以牙还牙，是针对该罪行的创造性后果。这种解决方案在道德和故事方面都是合理的。

为什么诗意的正义在侦探类型中如此强大？把正义交到一个不近人情的系统手中，很少能让人满意。谋杀永远不可能得到全额赔偿。受害人永远地死去了，再也不会回来。只有诗意的正义才能让道德账目接近平衡，并让受害者的家人感觉正义得到了伸张。诗意的正义是出了名的难以实现。但当它发生时，没有什么比这更好的了。

《东方快车谋杀案》可能是故事史上诗意的正义最伟大的示例。一个策划绑架和谋杀儿童的人被发现死于12处刀伤。事实上，陪审团中有12名成员，使其成为在事实和象征双重意义上的完美惩罚。

《洛城机密》开头，史密斯局长问正准备晋升为警探的埃德蒙·埃克斯利，如果他认为一个有罪的人可能逃脱罪责的话，他是否会愿意用私刑处决一个有罪的人。当埃克斯利说不时，史密斯明确告诉他，他不应该成为一名警探。在故事的最后，埃克斯利用枪指着史密斯，准备以犯下多起谋杀案罪名逮捕他。当史密斯说他会跟当局谈条件摆脱罪责时，埃克斯利从背后向他开了一枪。用史密斯的标准，埃克斯利证明了他有资格成为一名警探。

《迷魂记》将诗意的正义从杀手转向侦探。这也是《迷魂记》成为最伟大的侦探故事的原因之一。当斯考特发现他爱的女人将他卷入盖文·艾斯特谋杀妻子的计划时，他把她拖到罪案发生地——塔顶。她乞求他的原谅，但他拒绝了。当一个黑暗的身影爬上楼梯时，她惊恐地后退并从塔顶跌落摔死。这效仿了之前艾斯特的妻子的死亡现场。与此同时，真正的凶手艾斯特却逍遥法外。史考特意识到他将永远为他爱的女人的死付出代价。

《窃听大阴谋》是一部超越性惊悚片，部分原因是诗意的正义适用于调查者，而不是凶手。英雄犯了一个错误，导致一个人被谋杀。这样一来，我们也看到了英雄的致命缺陷。

侦探类型的主题：存在就是质疑和揭露罪行

侦探类型指出，质疑是“存在”的日常任务和挑战。我们每天每时每刻都在审视迹象来确定真相。通常情况下，这很容易。这里看起来像是一堵墙，而那里看起来像一扇门，我将从门而不是从墙穿过去。

可当我们遇到更复杂的问题时会发生什么？侦探，“我”，必须使用最精密的意识工具来找到真相。我们的生死存亡可能取决于此。

侦探类型表明，“存在”的最大危险在于让我们把关于世界如何运作的故事观强化为意识形态。这创造了一个我们是谁以及世界如何回应我们的模板。然而，这个模板可能是错误的，它冻结了我们的自我意识。

侦探类型给了我们第二种存在感。它是关于**揭露**罪行，然后分配罪责的。每一天都是一个道德的战场，我们每个人的行为都会影响到他人。为了与他人共处，我们必须不断地平衡道德账目。

惊悚类型的主题：存在就是揭露我们真正的敌人

惊悚类型将我们对日常存在的感知从智力挑战转变为情感挑战。最困难的调查是调查我们最亲近的人。我们的亲密关系是如何控制我们的？更糟的是，如果我们的爱人或家人积极地试图伤害我们或迫使我们成为亲密关系的奴隶呢？这是可以想象到的最可怕的反乌托邦了。

这种奴役行为本身就具有破坏性。但是，揭露这种行为所需的调查也将是极具挑战性的，而且可能很危险。当我们的判断力被爱蒙蔽时，我们怎样才能看清楚？当我们的狱卒觉察到我们的调查时，我们如何突破枷锁？

侦探类型主题秘方：真理之路

每种类型中成为最好的自己的秘诀都有两个来源：英雄的基本行动和该类

型所提出的关键问题。因为侦探的最后行动是将凶手绳之以法，她常常被与警察混为一谈，但后者的工作是执行正义，而侦探的主要任务则是寻找真相。通常情况下，这种探寻的结果是有罪的人被关进监狱，无辜的人获得自由，但并不总是如此。并且这也不是问题的关键。

根据故事的类型，正确的生活方式是提出问题，看清表象背后的真相，无论后果如何。真相提高了我们的生活质量。

通过关注寻找真相的行为，侦探故事强调了人类思想的最佳状态。因此，在侦探类型中，“成为”的最高形式是艺术家–科学家，这是思维的故事中的关键要素之一。

价值观，也被称为美德，是任何类型的主题中所固有的。动作类型表明，所有的价值观都取决于勇气。侦探类型认为，所有的价值观如道德、正义和自由首先取决于真相，其次是承担责任。

决定主题秘方的另一个因素是该类型的所有故事提出的关键问题。在侦探类型中，关键问题是，谁有罪以及谁无辜？请注意，这个问题结合了侦探类型的两大主要价值观：真相和责任。

侦探故事的道德主张是确认真相和分配罪责的结合。两者都很必要。道德主张在故事的结尾，即侦探必须决定是否将凶手交给警察时达到了顶点。

惊悚类型主题秘方：寻找我们所爱之人的真相

惊悚类型中的“成为”与侦探类型不同，因为关键问题不是“谁干的”，而是“你的怀疑是否合理”。当对手与你关系亲密时，这将是一个更大的挑战。

这代表了一个更深层次的“存在”于世界的问题。我们能信任那些与我们最亲近的人吗？还是他们会为了自己的利益而利用我们？提出这些问题可能是非常困难的，但是惊悚类型认为，如果不这样做，就不可能有真正的自由和成长。

在惊悚类型中，英雄的基本行动是在逃避攻击的同时进行调查。从逻辑上看，这意味着惊悚类型要求我们揭露并直面折磨我们的人：要想活得好，我们必须站出来对付那些在伤害我们的人，即使他们可能只是在我们的想象中。否则，我们就会在自己创造的束缚中度过余生。

如何超越侦探／惊悚故事

侦探故事可能是现代世界的关键类型。在相对富裕的西方世界，我们中很少有人能成为动作英雄，但我们都是侦探。思维是我们的世界和生活的发源地，它也是我们寻求人生意义的最后疆域。

超越性侦探故事有两种主要形式：

1. 宇宙侦探 / 惊悚类型

第一种超越性侦探故事，即宇宙侦探 / 惊悚类型，是对罪恶感的复杂性和生命意义的调查。侦探的调查最终指向她自己，她发现了自己的罪恶和我们所有人对彼此承担的更大责任。这为新的道德观奠定了基础。宇宙侦探 / 惊悚类型通常将侦探类型或惊悚类型与神话类型、史诗类型和情节剧相结合。示例包括《俄狄浦斯王》《哈姆雷特》《马耳他之鹰》《罗拉秘史》《迷魂记》《洛城机密》《沉默的羔羊》《窃听大阴谋》《辣手催花》。

2. 思维与真相的故事

第二种超越性侦探故事是对思维本身的调查。结果是，我们发现思维是一个故事。思维的第一个故事是关于名为“我”的角色。表达思维故事的最佳技巧之一被称为自我反射（self-reflexive），这是一种“元”小说讲述方式，强调在故事展开时讲述故事这一行为。

思维的故事自然而然涉及我们如何认识真理。

要点： 真相只有在思维运作良好时才会发生。这是能找到解决方案的思想。

思维的故事并不是关于找到唯一的真相，而是强调能够让我们有最好的机会去接近真理的方法论。该方法论的终点是认识到特定时刻的真相，但它也是一种能产生最高形式的真相——艺术、科学和哲学——的方法。这是一种体现在艺术家—科学家身上的思维。

此类示例有：夏洛克·福尔摩斯和他的当代电视剧改编、《看不见的客人》、《罗生门》、《普通嫌疑犯》、《玫瑰之名》、《傅科摆》(*Foucault's Pendulum*)、《去年在马里昂巴德》、《窃听大阴谋》、《放大》、《同流者》、《致命 ID》(*Identity*)、《禁闭岛》、《记忆碎片》、《西部世界》、《奇遇》(*L'Avventura*)、《谋杀绿脚趾》(*The Big Lebowski*)、《富贵逼人来》、《困在时间里的父亲》(*The Father*)、《头脑特工队》、《盗梦空间》、《魔术师》(*The Illusionist*)、《足迹》(*Sleuth*)、《时时刻刻》(*The Hours*)、《追忆似水年华》、《一个青年艺术家的肖像》、《尤利西斯》、《达洛维夫人》(*Mrs. Dalloway*)、《到灯塔去》(*To the Lighthouse*)、《公民凯恩》、《喧哗与骚动》(*The Sound and the Fury*)、《押沙龙，押沙龙！》(*Absalom, Absalom!*)、《猜火车》、《精疲力尽》、《弗兰肯斯坦》、《美国精神病人》(*American Psycho*)、《双面情人》(*Sliding Doors*)、《怪才的荒诞与忧伤》(*A Heartbreaking Work of Staggering Genius*)、《真相大白》(*Everything Is Illuminated*)、《真东西》(*The Real Thing*)、《哥本哈根》、《糊涂戏班》、《诺曼征服》、《屋外有花园》、《背叛》(*Betrayal*)。

超越侦探类型：宇宙侦探／惊悚类型

由于经典的侦探故事严格集中在谁杀死了某某，超越其的第一种方式是探索一个更高级的目标和主题。宇宙侦探故事展现的是调查者寻找心理和道德的真相，终点是寻找社会问题的解决方案，以及在一个充满道德挑战的世界中过上有意义的生活的方式。

宇宙侦探故事探讨了以下三个方面的高级主题：

1. 心理：受害者为何被杀。

2. 社会：产生犯罪的社会和将罪犯绳之以法的司法制度。

3. 宇宙：寻找此生的终极意义。

在这种形式中，作家有很大的自由活动空间。然而，最能表达这三个要素的故事结构是侦探类型与神话类型或史诗类型以及情节剧的结合。

我们在第四章中详细探讨过神话类型。情节剧太广泛了，都不能被视为一种类型，但它是一种故事形式，具有某些特征，特别是亲密的对手和最后的道德抉择。将神话类型、情节剧与侦探类型相结合的主要效果是使调查的旅程更加奇妙，并增加人际关系的戏剧性和细腻的道德冲突。

宇宙侦探故事的最重要特征是侦探的调查如何引向她自己。她必须了解自己的道德和心理缺陷。

要点：侦探有一个深层的缺陷，即一个她自己的内部对手。在追踪**外部**对手，即凶手的过程里，侦探最终必须发现她的**内部**弱点。

我们之前提到过，经典侦探故事中的道德主张以英雄决定是否将凶手交给警察而告终。

要点：宇宙侦探故事问的是，还有谁应该负责？特别是，侦探自己对犯罪的责任是什么？

《俄狄浦斯王》：第一个侦探故事

俄狄浦斯是故事史上第一个侦探。《俄狄浦斯王》以土地上的一场瘟疫开始。神谕说这瘟疫是由老国王的被杀引起的，因此新王俄狄浦斯决定亲自调查是谁干了这件事。

《俄狄浦斯王》是一个宇宙侦探故事，主要体现在三个方面：

第一，侦探也是国王。这创造了侦探与王国的一对一联系：英雄怎么样，社会就怎么样。当英雄堕落的时候，社会就会有一场瘟疫。

第二，这个侦探不只是调查谋杀案，他还调查了每个参与其中的人的道德责任，包括他自己，从个人、社会和宇宙的角度来定义什么是不道德的行为。俄狄浦斯犯下了违背整个自然秩序的（宇宙的）罪，而这摧毁了他（心理）和他的王国（社会）。

第三，侦探和凶手是同一个人。这就满足了超越形式的关键要求：侦探发现，他在某种程度上是有罪的。

侦探俄狄浦斯的关键问题从"谁干的"变成"我是谁"和"正义的代理人怎么会是最有罪的人"。

《哈姆雷特》：最伟大的侦探故事

有人说，莎士比亚的四部主要悲剧，从《哈姆雷特》这个最人性化、以思想为导向的故事发展到最原始的、以生命为导向的《李尔王》。这种极端的思想因素只是《哈姆雷特》堪称最伟大的宇宙侦探故事的原因之一。

《哈姆雷特》以其面具、戏剧、真实和表演的疯狂，以及不断的质疑和探究，呈现了一个类似萨姆·斯佩德、菲利普·马洛和《唐人街》中的杰克·吉提斯漫游现代大城市的故事世界和情节序列。

下列这些只是使《哈姆雷特》成为宇宙侦探故事典范的几个故事元素：

- 《哈姆雷特》探讨了年轻人的议题：身份和承担责任。
- 该剧大量运用了鬼魂，以及大量展现了哈姆雷特内心理性与神秘之间的冲突。
- 它将神话中的人转变为现代人：哈姆雷特是一个年轻的"尤利西斯"，他试图将自己作为战士的过去与艺术的自我联系起来。
- 莎士比亚并没有用传统的战士对手来构筑这个故事。换言之，哈姆雷特并没有与他的主要对手正面交锋。事实上，他几乎就没有与主要对手对峙。

- 哈姆雷特的关键斗争不是针对克劳狄斯国王或他再嫁的母亲，而是在自己的内心深处找到让他与这个不公平的世界和平相处的正确行动。在经历了从“谁干的”到“我是谁”后，这出戏就像《俄狄浦斯王》一样，探讨了人类最大的挑战之一：一个人身份的本质。

《辣手摧花》：惊悚史诗

一部惊悚史诗代表了一个国家的命运。惊悚史诗的主题是展示西方自由和资本主义的黑暗面，攻击西方的生活方式。在这一点上，类似于超越性黑帮故事。最伟大的惊悚史诗《辣手摧花》，对美国的制度、家庭的腐败以及两性之间的不平等关系都进行了严厉的抨击。

超越侦探类型：思维与真相的故事

在介绍侦探故事节拍时，我们发现，侦探对所发生的事情的综合分析并不是一个必须被验证的推测。有两个故事同时展开。

首先是一些人的故事，他们有动机杀害另一个人。他们中的一个或多个人真的行凶了。他们预先密谋，利用诡计欺骗，试图逃避罪责。现在，一场最终的冲突将决定谁将为杀人事件付出代价。

接着是关于侦探如何揭开这一真相的故事。这就是思维工作的过程。一般侦探故事追踪发现谁谋杀了谁的步骤，而超越性侦探故事着重于思维如何工作以及它用来了解真相的过程。

要点：凭借其投射符号和自我意识的能力，思维是人类第一个也是最后一个边界。

关于思维如何工作的故事揭示了思维为什么能工作得如此之好。

要点：故事节拍的顺序追踪了思维如何成长、如何变得更聪明。

为了了解这个复杂的“思维侦探故事”是如何展开的，我们将探讨以下的启示序列。超越性侦探故事是虚构形式的认识论。

- **启示 1**：思维通过故事工作。因此，思维的故事首先是关于故事本身是怎么来的，这是故事的生物学基础。梦是大脑创造故事的显而易见的方式，但思维的艺术性要比这广泛得多。只要有自我意识，我们就可以走出自我，单独考虑我们的意识。
- **启示 2**：思维创造的第一个故事是一个叫作“我”的角色的故事。思维把自己塑造成一个角色，然后每天用这个角色来讲述一个故事。这种创造“我”的角色的能力是人类投射符号能力的最有力表现。
- **启示 3**：思维的成功在于它创造了看待自己和世界的方法论。

我自己的故事，原始的“起源故事”

思维的超越性侦探故事是关于自我意识的，即思维如何把自己创造成一个故事。所有其他故事都是通过这一镜头创造的。

作为有自我意识的生命，我们从创造自己的角色，我们称之为宾格的“我”“自我”和主格的“我”开始。我们立即意识到我们内心缺少什么，也就是我们的需求。我们创造了渴望的对象，这些对象填补了我们的不足，给了我们需要的东西。这些都是我们之外的符号，我们的思维开始用物体和人物来填充这个世界。也开始创造对手，这些人物阻止我们得到我们需要和想要的东西。这些元素一起构成了我们的“起源故事”。

意识从根本上说是一种解决问题的装置，是身体用来感知存在的危险并克服危险的工具。这个故事的成功总是归结为两个主要步骤：欲望和对手。为什么这些步骤如此原始？

- 欲望是动作的燃料，对手是反作用力。
- 欲望是吸引力，对手是排斥力，沿着同一条线前进和后退。
- 底线：欲望意味着“是”，对手意味着“不”。

要点：每一个故事都把人物放在一个限制性的环境中，展现他们为获得自由而进行的斗争。

意识通过“我”的角色体验一切，戏剧性地演绎了这场斗争。思维与情感的联系增强，因此意识学习和教导的东西更难忘，并且提高了我们的生存机会。

内心叙事和意识流的故事

技巧：结构与思维相匹配

超越性侦探故事试图将故事的结构与思维的运作、感受相匹配。

内心叙述和意识流的故事追踪正在工作的思维。人物根据心理联想，同时体验过去、现在和未来。

为什么这一技巧很有用？作为讲故事的人，我们需要解释这样一个事实，即人类只生活在当下。“现在”是第一个时间框架，我们的整个生活构成了第二个时间框架。因此，所有这些时刻的序列创造了模式，并影响了我们现在的体验。

文字和图像给了我们恒定的现在。整体故事结构向我们展示了各种“现在”如何在我们的生活中创造更大的变化模式。

此类示例包括《追忆似水年华》《一个青年艺术家的肖像》《尤利西斯》《达洛维夫人》《时时刻刻》《到灯塔去》《喧哗与骚动》《猜火车》《怪才的荒诞与忧伤》《真相大白》。

自我的故事

关于自我的故事着重于自我的创造和毁灭。

要点：展示自我的创造和毁灭的最佳方式是元小说（metafiction）。

元小说强调了这样一个事实：观众正在阅读 / 观看的故事是在作者的头脑中创造出来的。推而广之，它是关于思维本身如何是一种故事的形式，有完整的结构步骤。

这种高度专业化的小说技巧的另一个术语是“自反”（self-reflexive）。作者让观众意识到他们所看到的是一个创造出来的作品，而这个作品在他们观看的过程中被不断重新创造。

当元小说被应用于一个关于自我的故事时，思维通常会变得非常不自在，以至于永久分裂。生活变成了一个满是镜子的廊厅，一个无限的内部回归，角色在这里思考自己思考自己思考自己…… 这种情况在使用大众媒体时被放大了十倍，因为大众媒体用电子方式分割了形象与现实。

此类示例包括《禁闭岛》、《记忆碎片》、《头脑特工队》、《公民凯恩》、《八又二分之一》、《六个寻找作者的剧中人》（*Six Characters in Search of an Author*，戏剧版和《阴阳魔界》版）、《鸟人》（*Birdman*）、《盗梦空间》、《穆赫兰道》、《搏击俱乐部》、《美国精神病人》、《变形记》（*The Metamorphosis*）、《奇幻人生》（*Stranger than Fiction*）、《心理游戏》（*The Game*）、《麦田里的守望者》、《精疲力尽》、《假面》（*Persona*）、《三女性》（*3 Women*）、《福尔摩斯二世》（*Sherlock Jr.*）、“转换喜剧”（switch comedies）如《怪诞星期五》（*Freaky Friday*）和《重返十七岁》（*17 Again*）、《两男变错身》（*The Changeup*）、《化身博士》、《双面陌生人》（*The Stranger*）、《同流者》、《押沙龙，押沙龙！》、《富贵逼人来》、《四川好人》（*The Good Person of Szechwan*）、《一个青年艺术家的肖像》、《美丽心灵》（*A Beautiful Mind*）和《奥兰多》（*Orlando: A Biography*）。

《搏击俱乐部》：分裂的自我

《搏击俱乐部》是终极的自反性小说和电影。这个无名的叙述者具有强烈的自我意识。他不断反思淹没他的现代文化信息。每一个技巧和故事节拍都突出了一个审视自己直到自我毁灭的思想。

影片从英雄大脑的细胞层面开始。闪回式的故事讲述者结构采用了第一人称的不可靠叙述者（我们将在下文中讨论这一概念）。他一开始并没有告诉我们他的朋友泰勒其实是他的分身。因为叙述者无法入睡，也无法感受到情感，所以他只是为了听患者的故事而去参加他根本没得过的疾病的支持小组。他充分意识到消费文化对他的奴役：

> **旁白**：像许多人一样，我已经成为宜家的奴隶了。……我翻阅着目录想知道：什么样的餐桌组合才能展现我的个人风格？

当他告诉同是支持小组成员的玛拉，他"不止一面"时，她回答："不止一面？你是杰基尔博士和笨蛋先生！"他遇到了泰勒，泰勒晚上工作，是个放映员。

> **旁白**：你不得不佩服他：他有一个计划。而且，以泰勒的方式，这开始变得有意义了。不要恐惧，不要分神。琐事自然就到了视线之外……（看见公共汽车上 Calvin Klein 的广告）。男人就是这样吗？
>
> **泰勒**：自我完善是手淫。现在是自我毁灭……

叙述者和泰勒组成了"搏击俱乐部"，以此来确定自己的身份并与文化作斗争。

> **泰勒**：你对自己了解多少。你从来没打过架？我不想死的时候没有任何伤疤。

旁白：当战斗结束时，没有任何问题得到解决，但这都不重要了。我们都感到获得了拯救。

后来，泰勒将“搏击俱乐部”扩展到“混乱计划”——一个决心摧毁公司的运动。他认为，他们是在通过游击战将人类从消费文化和恐惧文化的压迫中拯救出来。最后，叙述者意识到，他就是泰勒。但他无法阻止泰勒接管他全部身心。

泰勒：嘿，是你创造的我。我可不会创造一个窝囊废自己来进行心理安慰。负点儿责任吧你！……你希望自己能成为的所有样子，那就是我。我看起来像你想要的样子，我像你想要的那样做爱，我聪明、有能力。最重要的是，我在所有方面都是自由的，而你不是。

叙述者陷入两个消极自我之间无休止的反馈循环，他试图自杀。他往脸颊上开了一枪，杀死了泰勒。但对都市的大规模破坏还在继续。叙述者创造了一个通往地狱的向下循环，他无法逃离。

技巧：视角和多重真相

要点：故事中采用任何视角，都是对思维如何运作和如何失败的一种评论。

使用一种独特的或多重的观点会让读者痛苦地意识到，每个人都生活在个人的监狱里。但视角也是我们从自己有限的主体性的暴政中解放出来的方式之一。在“第一人称”中尤其如此，这在侦探类型中很常见，在所谓的“第三人称有限视角”（third-person limited）中更是如此。

第三人称有限视角通过一个人物的视角展现故事。利用这种视角，作者也可以跳到其他人物的思维世界。

要点：视角可能是故事中最有力的一个技巧。

为什么？

首先，在通过特定的视角讲述故事时，我们迫使读者体验到人物独特的解释。这种强烈的角色感受将读者与故事联系起来。

其次，视角允许作者将人物的行为与作者对他们的看法分开。

技巧：视角之外的事件

为了充分发挥第一人称视角的优势，要创造出发生在英雄视角之外的事件。然后，当英雄发现她错过的事情时，就会有一个情节的揭示。

《赎罪》

少女布里奥妮·塔利斯看到她的姐姐塞西莉亚与管家的儿子罗比在喷泉边发生争执。塞西莉亚脱光了衣服，从喷泉里拿了些东西。布里奥妮没有看到的是，这两个人之间有一种强烈的浪漫吸引。这种错误的理解最终导致布里奥妮指控罗比强奸了一个15岁的女孩。她一生都在努力为这个错误赎罪，但未能成功。

多视角故事采用一种不同的方法来克服主观性的束缚。一个事件由若干个人物回忆，他们提供了完全不同的视角。因此，每个人所说的事件都是不同的。

在这里，作者告诉我们，我们的意识是主观的，我们生活在一个由其他主观意识组成的世界里。故事给了我们全知全能和自由的时刻，超越了我们自己思维的限制。

如果说故事中的视角向我们展示了思想的各种局限性和固有偏见，那么它也向我们展示了多种真理如何同时存在。在这里，读者可以看到每个人表达的不同谎言，即使他们没有意识到这是谎言。但是视角也让读者看到了每个人所理解的真相的相互矛盾。这使我们对视角和真相之间的关系有了更深入的洞察。

要点：真相不是谎言的反面。真相和谎言存在于一个光谱上，真相和谎言都是复杂而模糊的。

这是侦探类型思想—行动故事观的一个重要组成部分。在一个谎言和夸张以指数级的速度出现的世界里，知道真相的存在，即使它不是非黑即白的，对美好的生活也是至关重要的。

技巧：不可靠的叙述者

不可靠的叙述者是一种有趣的视角技术，可以增加情节。作者通过使用一个特定的人物来叙述所发生的事情，从而赢得读者的信任。由于叙述者确实在那里，读者认为他所说的就是“真相”。事实上，目击者的证词是非常可疑的。即使试图做到完全真实，个人也必然会表达偏见。

然后，叙述者以某种方式欺骗读者，要么通过掩盖真相、隐瞒信息，要么直接撒谎。当读者意识到叙述者在撒谎或自己被误导了的那一刻，就是一个精彩的揭示。读者也在这一时刻更深入地了解了思想本身。她看到每个人的思想中都有固有的偏见，包括她自己。

《罗生门》：我们都是不可靠的叙述者

《罗生门》是关于真理的相对性和不可靠叙述者的力量的终极故事示例。一个樵夫讲述了这样一件事：一个盗贼把一个武士绑起来，当着他的面强奸了他的妻子。武士最后死了。问题来了：武士是怎么死的，他为什么会死？盗贼、妻子和武士的鬼魂给出了完全不同的解释。然后，樵夫讲述了这一事件的另一版故事。

这种多重观点被称为“罗生门效应”，通常是指每个人会给出真相的不同版本。但在真理与谎言交织的光谱上，他们实际上是在说不同的谎言。每个故事都必然涉及讲故事的人的偏见和立场。

阶梯的下一个梯级

侦探类型为我们提供了寻找真相的工具。惊悚类型帮助我们相信自己，并站起来争取我们的自由，反对那些试图攻击我们的人。但是，无论是侦探类型还是惊悚类型都没有给我们提供指导，让我们知道如何才能在我们的生活中创造幸福。

在第十一章中，我们看到幻想类型如何给我们提供一种幸福的方法：打开我们的思想，使我们能够看到我们在创造的积极世界中可以成为的一切。但是幻想类型并没有告诉我们如何与那个特别的人一起美好地生活。

为此，我们需要爱情类型。

13

Love Story: The Art of Happiness

爱情类型：幸福的艺术

《费城故事》：现代简·奥斯汀

《费城故事》是浪漫主义喜剧女王简·奥斯汀的创作法则的完美体现。“冰雪女神”翠茜·洛德必须在三个追求者中做出选择。每一个追求者都代表着一个男人和一段婚姻的不同版本。爱情类型意味着选择正确的伴侣以获得幸福。

爱情故事：运作原理

爱情故事追踪了两个人，他们的吸引和感情使他们走向了婚姻。爱情故事基于每个人都**通过**另一个人成长的理念。其逻辑是这样的：英雄有一种独特的需求，只能由世界上的另一个人满足。换言之，恋人必须始终是主角所必需的，反之亦然。

> **要点：**爱情故事说，“这是我**必须**与之在一起的人，他 / 她使我的生活更加美好”。

爱的联盟是生活中最小的、最亲密的社会。我们从其他类型的作品中得知，在个人和社会整体之间，总是存在着一种内部矛盾、一种推拉，这与爱情类型的整体故事策略有关：迫使两个人为了他们共同生活的利益而牺牲他们的个性。起初，两个人物都抵制做出这种牺牲。在故事的进程中，两个人都看到长期的收益远远超过了短期的损失。

爱情类型的思想—行动故事观

爱情类型的思想—行动故事观是，爱情既是感觉也是动作。它说，生命不仅仅是活着的状态。爱是关心生命、赋予生命以意义，并使其茁壮成长。

所有类型都教给我们如何生活的秘方。爱情类型教授的是日常幸福的秘方，它在最亲密的层面上详细描述了成长的语言，并使个人和社会的生活都变得伟大。

> **要点：**爱情故事是所有故事形式中最深刻的，因为它告诉我们，我们通过组成两个人的社区，成为真正的、最好的自己。

像所有类型一样，爱情故事探讨了人类生活的一种或多种艺术形式。传统的爱情故事表达的是爱的艺术。超越性爱情故事表达了婚姻和幸福本身的艺术。它说，我们只有通过学习**如何**去爱，才能拥有幸福的生活。

从柏拉图和亚里士多德到伯特兰·罗素（Bertrand Russell）、西蒙娜·德·波伏娃（Simone de Beauvoir）、让-保罗·萨特（Jean-Paul Sartre）、欧文·辛格（Irving Singer）和贝尔·胡克斯（bell hooks），哲学家们都认为，学习如何去爱涉及在一个人的个人利益和另一个人的最佳利益之间的平衡。

爱情类型与其他类型的比较

爱情类型 vs. 动作类型

乍一看，爱情故事显然与动作故事相反。动作类型关于追逐一个目标和摧毁任何阻碍的路障。爱情故事关于创造和恢复活力，关怀是爱的动作。

但是，当我们仔细观察时，我们会发现，爱情类型的基础一直将爱情与动作的形式紧密联系在一起。事实上，在故事史上，这两者很难分开。

从一开始，这一充满了爱情故事的类型，其实都是动作故事。其结构是这样的：一个自信的男人遇到一个美丽的女人。他想要她，开始追逐她。她说不。他继续追。她抵抗了一段时间，但最终他通过“证明”他的“爱”而“赢得”了她。这不是一个爱情故事，而是一个追捕的故事。

爱情类型可能是最有问题的故事形式。没有其他哪个类型的故事涉及人类内部如此极端的差异，从“最低”的欲望到“最高”的爱。这就是为什么有人有充分的理由主张在这本书的前面部分讨论爱情故事，紧随恐怖类型和动作类型之后。恐怖类型是关于生命与死亡的第一个区别的。动作类型也是最原始的，因为它是我们生存所必需的。爱的最基本表现形式是生育，这是生命本身所必需的。在这个意义上，爱是动作的反面：一个是创造生命，另一个往往是摧毁生命。

我们最后讨论爱情类型的原因是它向我们展示了超越生育，提高情感生活质量的方法。爱是人类的最高能力和经验。没有它，我们就不能成为完全的人。

爱情故事示例

小说、电影和故事

所有的言情小说、《茶花女》（*Camille*）、《简·爱》、《恋恋笔记本》（*The Notebook*）、《蝴蝶梦》（也是惊悚类型）、《荆棘鸟》（*The Thorn Birds*）、《麦琪的礼物》（*The Gift of the Magi*）、《时间旅行者的妻子》（*The Time Traveler's Wife*）、《异乡人》（*Outlander*）、《卡萨布兰卡》、《了不起的盖茨比》（也是东部类型）、《乌云背后的幸福线》、《和莎莫的500天》、《杯酒人生》、《西雅图夜未眠》（*Sleepless in Seattle*）、《布里奇顿》（*Bridgerton*）、《诺丁山》（*Notting Hill*）、《月光男孩》（也是成长类型）、《身着闪亮盔甲的骑士》（*A Knight in Shining Armor*）、《四十岁的老处男》、《爱乐之城》（*La La Land*）、《缘分天注定》（*Serendipity*）、《卡萝尔》（*Carol*）、《洛奇》（也是体育类型）、《大病》（*The Big Sick*）、《月升王国》（*Moonrise Kingdom*）、《芳心终结者》、《婚礼歌手》（*The Wedding Singer*）、《窈窕淑男》、《土拨鼠之日》、《莎翁情史》、《贫民窟的百万富翁》（也是成长类型）、《四个婚礼和一个葬礼》、《婚礼傲客》（也是伙伴故事）、《甜心先生》、《月色撩人》、《百万金臂》（也是体育类型）、《吉尔达》（也是犯罪类型）、《当老牛碰上嫩草》（*How Stella Got Her Groove Back*）、《假如比尔街可以作证》（也是犯罪类型、社会情节剧）、《真爱》

(*Beloved*)、《霍乱时期的爱情》(*Love in the Time of Cholera*)、《巧克力情人》(*Like Water for Chocolate*)、《我的盛大希腊婚礼》(*My Big Fat Greek Wedding*)、《呼啸山庄》、《再见女郎》(*The Goodbye Girl*)、《罗密欧与朱丽叶》、《收播新闻》(*Broadcast News*)、《逃亡》(*To Have and Have Not*)、《在云端》(*Up in the Air*)、《偷天游戏》(也是盗贼类型)、《我恨你的十件事》(*10 Things I Hate About You*)、《黑暗的胜利》(*Dark Victory*)、《危险年代》(*The Year of Living Dangerously*)、《泰坦尼克号》(*Titanic*)、《请以你的名字呼唤我》(*Call Me by Your Name*)、《淑女伊芙》、《街角的商店》(*The Shop Around the Corner*)、《电子情书》(*You've Got Mail*)、《夜间马戏团》(也是幻想类型)、《朱诺》(*Juno*)、《高保真》(*High Fidelity*)、《最后的莫西干人》(也是动作类型)、《阿甘正传》(也是神话类型、情节剧)、《摘金奇缘》(*Crazy Rich Asians*)、《战略高手》(*Out of Sight*)、《爱的大追踪》(也是喜剧类型)、《乖仔也疯狂》、《几近成名》(也是成长类型)、《情到深处》(也是成长类型)、《英国病人》(*The English Patient*)、《爱情与篮球》(*Love and Basketball*,也是体育类型)、《甜心情缘》(*Brown Sugar*)、《天使爱美丽》(也是旅行天使喜剧)、《哈洛与慕德》(*Harold and Maude*)、《一夜大肚》(*Knocked Up*)、《钟楼怪人》(*The Hunchback of Notre Dame*,也是恐怖类型)、《断背山》(*Brokeback Mountain*)、《美人鱼》(*Splash*,也是幻想类型)、《二见钟情》(*While You Were Sleeping*)、《BJ单身日记》(也是喜剧类型)、《暖暖内含光》(*Eternal Sunshine of the Spotless Mind*)、《龙凤配》(*Sabrina*)、《育婴奇谭》、《情迷维纳斯》(*Delta of Venus*)、《抚爱伤痛》(*Just Wright*)、《爱娃的爱》(*Deliver Us from Eva*)、《看得见风景的房间》(*A Room with a View*)、《舞国英雄》(*Strictly Ballroom*)、《两大无猜》(*Always Be My Maybe*)、《尽善尽美》(*As Good as It Gets*)、《蒂凡尼的早餐》(*Breakfast at Tiffany's*)、《性、谎言和录像带》(*Sex, Lies, and Videotape*)、《小姑独处》(*Woman of the Year*)、《绿宝石》(也是伙伴故事)、《卖花女》(*Pygmalion*)、《窈窕淑女》(*My Fair Lady*)、《我为玛丽狂》(*There's Something About Mary*)、《待到梦醒时分》(*Waiting to Exhale*)、《君子好逑》(*Marty*)、《爱在黎明破

晓前》(*Before Sunrise*)、《爱在日落黄昏时》(*Before Sunset*)、《爱在午夜降临前》(*Before Midnight*)、《非洲女王号》(*The African Queen*)、《柳暗花明》(*The Gay Divorcée*)、《云冕霓裳》(*Top Hat*)、《马尔科姆与玛丽》(*Malcolm & Marie*)、《银海香魂》(*Humoresque*)、《霍华德庄园》(*Howards End*)、《哄堂大笑》(*They All Laughed*)、《大鼻子情圣》、《爱上罗姗》(*Roxanne*)。

爱情类型子类型

浪漫喜剧（Romantic Comedy）、爱情悲剧（Tragedy）、再婚喜剧、真爱（True Love）、爱情史诗（Epic Love）、情色（Erotica）、当代（Contemporary）、性少数（LGBTQ+）、历史（Historical）、超自然（Paranormal）、浪漫悬疑（Romantic Suspense）、青少年（Young Adult）、黑人和非裔美国人（Black and African American）、军事（Military）、健康洁爱（Clean and Wholesome）、幻想、哥特（Gothic）、吸血鬼（Vampires）、狼人（Werewolves）、动作冒险（Action Adventure）以及更多。

爱情故事概览

本章将述及的内容：

- **爱情故事节拍**
- **主题**：存在就是爱
  - 主题秘方：恋人之路
- **如何超越爱情故事**
  - 传统婚姻的悲剧
  - 再婚喜剧
  - 真爱与婚姻的艺术

爱情故事节拍

爱情故事是一种精确的类型，有二十多个不同的故事节拍。这些节拍构成了一种**舞蹈编排**，展示了两个人之间的深爱。

以下是真正的爱情故事的节拍，而不是关于性的动作故事。但是，一个真正的爱情故事并不摒弃身体吸引。吸引是关系超越友谊走向浪漫的主要特征之一。一个真正的爱情故事强调相互追逐和吸引，从动物性的欲望层面发展到更深层次的品质、兴趣和共同的价值观层面。

每一种类型都有结构元素，这让写得好成为一种挑战。但是，爱情故事，特别是浪漫喜剧这一子类型，可能是所有类型中最难写的。这是因为爱情故事是在两个相互矛盾的结构节拍上进行的：欲望和对立。一方面，这个故事应该只需要十分钟：两个人被彼此强烈吸引，剩下的就是谈判了。另一方面，观众不能只看到两个人坠入爱河，他们必须**感受**它，这意味着要用大量的页面和屏幕时间来展示双方都在努力克服对爱情的恐惧。这两个矛盾的元素导致了构成这一形式的许多故事节拍。

爱情故事节拍：故事世界 / 画布与游戏场——身心与异国的子世界

一方面，在所有类型的故事中，爱情故事拥有最小的故事世界 / 游戏场：主角的身心。无论具体时间或地点如何，这对恋人都会变得对生活在对方的心灵和身体中越来越感兴趣。从结构上看，恋人同时是故事世界、欲望和主要对手。

因为我们的头脑有象征性投射的能力，所以其中是一个丰富的幻想世界。在故事的进程中，每个角色都试图深入对方的内心。情感上，他们取悦对方的心灵，赢得他们的信任，在身体上，他们建立自己的欲望。

然而，恋人的头脑-身体并不是唯一的故事世界。把主角放在异国情调的子世界里可以促进他们对对方的幻想。这里有许多美妙的角落和缝隙，准恋人们可以在这里进行身体接触、亲密交谈，拥有一些乌托邦的时刻。

当我们说到世界建构和乌托邦 / 反乌托邦世界时，会想到的类型是神话类型、科幻类型和幻想类型等。我们通常不会想到言情小说，或一般的爱情故事。但是，我们应该把它们也纳入进来，因为这是一部伟大的爱情小说的关键之一。

很明显，言情小说中的子世界是乌托邦。但它们也是反乌托邦，而作家需要这两者将言情小说推向超越性境界。

摄政时代类型（Regency）是如此受欢迎的爱情子类型，其中一个原因是它似乎是一个爱情的伟大时代和乌托邦时代。英国的摄政时代，从 1811—1820 年，以华丽的服装、繁复的舞蹈和在大宅邸里举行的舞会为特色，它像是一个女人和男人开着诙谐玩笑的大型派对世界，读者想要一次又一次地拜访这个世界。

为什么摄政时代的世界又是一个反乌托邦？与“黑帮类型”一章中讨论的旧英国社会的基本原则类似，这是一个男人的遗产归长子继承的制度。因此，摄政时期的故事世界对妇女和几乎所有男人来说都是一场灾难。

女人都试图嫁给公爵和领主，她们就是动产。如果一个女人没有卖到大价钱，她就完蛋了。她的价值基于她是否看起来很漂亮，是否安静地端坐着，她漂亮的小脑袋里是否一片空白没有任何想法。而且最重要的是，她决不能具有对抗性。

简·奥斯汀在她所有的小说中都出色地描绘了这一点，特别是在《傲慢与偏见》中，她的女英雄伊丽莎白非常聪明，而且颇具对抗性。令人难以置信的是，她最终嫁给了郡里最富有的人。他是全英国唯一一个喜欢被准妻子说成有道德缺陷的人。

要点：你必须在爱情的故事世界里描绘出乌托邦和反乌托邦。

有史以来最好的爱情故事之一，《四个婚礼和一个葬礼》片名和前提中就埋藏着乌托邦和反乌托邦。婚礼是一个小型的乌托邦：这一时刻夫妇**之间**的爱情以及社会**对于**这对夫妇的爱都达到顶点。葬礼则是一个小型的反乌托邦，是关于绝望和死亡的时刻，社区损失了一个成员。这部电影许给观众四个乌托邦和一个反乌托邦，有谁会不想看呢？

要点：任何子世界都应该有助于创造爱。尽其所能，它应该：

- 是这些独特人物的物理呈现。
- 有助于他们彼此相爱。
- 邀请读者与他们相爱。

这就是为什么爱情类型中的子世界往往是异国情调的、舒适的、自成一体的、独特的和永恒的。

从世界上最大的言情小说销售商之一亚马逊网站上列出的类别，就可以明显看出这些主要子世界对言情小说成功的重要性：摄政时代、二十世纪、苏格兰、中世纪、维多利亚时代、古代世界、北欧海盗和都铎王朝时代。在这些背景之下，还充满了更小的浪漫子世界，以更进一步地扩展爱情故事。

《卡萨布兰卡》中，里克和伊尔莎在巴黎这个爱情之城第一次相爱。他们在卡萨布兰卡这个充满异国情调的地方重燃爱火。里克的酒吧既是逃避纳粹的人们的乌托邦，也是一个社区、音乐和乐趣的乌托邦。

爱情故事节拍：技术——爱的箴言

从外表上看，爱情故事似乎没有什么独特的技术。事实上，爱情故事的关键技术是人类的首要工具：语言。

要点：爱情故事，特别是浪漫喜剧，比任何其他类型故事都更强调诙谐的对话。

这种形式中的最大乐趣既不是色情的性爱场景也不是最后的婚姻，而是两个人之间的调侃戏谑。对于那些喜欢爱情故事的人来说，这就是通过言语进行性爱。对观众来说，这比性爱更好。

爱情故事节拍：幽灵——恐惧的循环

在爱情故事中，来自过去的幽灵是一段结局糟糕的爱情。这种深刻的情感创伤使他们失去了寻找新爱的可能性。

此类示例《乌云背后的幸福线》《西雅图夜未眠》《费城故事》《吉尔达》《茶花女》《再见女郎》《四个婚礼和一个葬礼》《芳心终结者》。

《乌云背后的幸福线》中，帕特最近从精神病院出院，但必须住在他父母的家里。他仍然无可救药地爱着他的妻子妮基。在他几乎将妮基的情人打死后，她申请了限制令。

帕特：妮基在等我恢复体形，重新开始我的生活。然后我们会在一起。

《西雅图夜未眠》：萨姆安慰做了一个噩梦的儿子乔纳。萨姆希望乔纳已故的母亲在天堂里。

乔纳：我已经开始忘记她了。

萨姆：她可以把苹果削成长长的、卷曲的长条。整个苹果……

萨姆：我爱你，乔纳。

乔纳：我爱你，爸爸。

注意事项：糟糕的爱情故事（我们不要提任何名字）以一种可预测的和不可信的方式展示幽灵。让你的角色因为很久以前失去爱情而在情感上残缺不全是这一类型的陈词滥调。

技巧：幽灵循环

避免上述这种陈词滥调的方法之一是幽灵循环，这是一种对当前爱情持续的恐惧。通常情况下，爱情故事中的主要对手是恋人。

要点：在最好的爱情故事中，真正的（内部）对手是爱情本身。当一个人开始感受到新的爱情时，他们会感到害怕。

技巧：第一场战斗

最终恋人相遇时，这种恐惧就被表现出来。为什么？他们通常会战斗。注意这在现实生活中是讲不通的。如果你被某人吸引，你最不愿意做的事情就是立即与他 / 她打起来。

那为什么在爱情故事的开头，恋人之间总是要争吵？第一，因为我们需要冲突来延伸故事；第二，他们总是打成平手。这表明他们势均力敌，而且天生一对。

他们争吵的主要原因是，他们怀疑如果坠入爱河，就会失去自由和一些自我。他们知道这种损失会很痛苦。

要点：这显示了故事的一个基本原则：亲密的对手会造成最大的伤害。

即将成为恋人的人害怕是对的。但是，这种形式的策略是，从长远来看，通过对这个独特的人的爱，他们将获得更多。示例包括《布里奇顿》《诺丁山》《收播新闻》《月色撩人》《性、谎言和录像带》《君子好逑》《绿宝石》。

爱情故事节拍：英雄的角色——恋人

爱情故事中的英雄推动了故事的发展，并提供了所有故事节拍所依赖的脊柱。这些节拍表现了两个人找到彼此的爱情的艰难，以及为实现这一目标而做出的努力的巨大价值。

爱情故事节拍：弱点—需求——爱的能力

技巧：爱的弱点

在你的故事中，你要首先确立两个人在爱情方面的弱点。

这些弱点是如此严重，以至于两个人物都经历着悲惨的生活。在成长的开始阶段，人物是孤立、封闭、无爱的。因此，他们的灵魂是死的，他们也**没有能力去爱**。

阻碍爱的潜在弱点包括：肤浅的生活、迷失在幻觉中、陷入绝望、无聊、孤独、苦闷、愤世嫉俗、害怕他人或对他人发脾气、缺乏自尊、自私、怀有偏见和自我臆断。

> **要点：**在最好的爱情故事中，主角们有一个与爱相关的道德上和心理上的弱点。他们不知道如何去爱，这伤害了别人。

技巧：相互需要

在爱情故事中，分别赋予这两个角色相同需求的变体特别有用。这有助于观众更好地理解人物如何一开始闭关自守，两人又如何在最后开花结果。

在《乌云背后的幸福线》中，帕特有双相情感障碍，但这不是他的弱点。他在爱情方面的弱点是，他执迷于过去的关系。蒂芙尼在爱情中的弱点是她一直在用性来替代亲密关系。他们在一个晚宴上相遇，蒂芙尼想要和帕特一起慢跑。

帕特：搞什么鬼？我已经结婚了！

蒂芙尼：我也是！

帕特：你他妈的在干什么？你的丈夫已经死了！

蒂芙尼：你的妻子在哪儿？

帕特：你疯了！

人物潜力

爱情故事的独特之处在于，在建立英雄的弱点—需求的同时也建立了他的潜力。这基于一个深刻的理念，即**通过爱**，通过与另一个人共同生活，我们成为最完整的自己。这就是人物的成长**潜力**。

技巧：人物潜力

虽然他们现在还没能力去爱，但请赋予每个角色巨大的潜力。英雄必须在恋人身上看到这种潜力，反之亦然。

彰显潜力的品质诸如：

- **非凡的个性**：《和莎莫的500天》《安妮·霍尔》《高保真》《大病》《月升王国》。
- **活力**：《收播新闻》《呼啸山庄》《黑暗的胜利》《卖花女》。
- **决心**：《了不起的盖茨比》、《贫民窟的百万富翁》、《甜心先生》、《绿宝石》、《绛帐海堂春》（*Born Yesterday*）。
- **价值观**：《最后的莫西干人》、《收播新闻》、《亚当的肋骨》（*Adam's Rib*）。
- **特殊能力**：《偷天游戏》《战略高手》《淑女伊芙》《逃亡》《夜长梦多》。
- **道德力量和正义感**：《卡萨布兰卡》《假如比尔街可以作证》《小姑独处》《钟楼怪人》。
- **智力**：《傲慢与偏见》《杯酒人生》《爱的大追踪》《育婴奇谭》《危险年代》。
- **善心**：《月光男孩》《时间旅行者的妻子》《西雅图夜未眠》《电子情书》《洛奇》《君子好逑》。

根据埃尔莫·伦纳德（Elmore Leonard）[1]小说改编的电影《战略高手》是展现爱人潜力的最佳范例之一。故事的开始是小偷杰克·弗利强迫联邦调查局特工凯伦·西斯科和他一起坐在汽车后备箱里，这样他就可以逃离监狱。两人之间火花飞溅，尽管她不想承认。后来，在一家酒吧里他坐在她的对面。

> **杰克**：就像第一次见到某人一样，就像你们在大街上擦肩而过，你们互相看了几秒钟，然后就有了一种认同感，好像你们都知道了什么。下一刻这个人已经走了，而且已经来不及做任何事情了。而你总是记得它，因为它就在那里，而你想让它过去，你对自己说："如果我当时停下来呢？如果我当时说了什么呢？"如果，如果，如果……这在你的生活中可能只发生过几次。
>
> **凯伦**：或者一次。
>
> **杰克**：或者一次。

这段对话概括了这两个人如何相遇，以及他们后来如何碰到对方的真实故事。他在她等待电梯的时候向她挥手。他们有这样的对话，然后他们到她的房间去做爱。

爱情故事都是关于"如果……那么……"。这是一个前提，一个假设，一个关于这两个人在这一伟大时刻完美结合的思想实验。但机会之窗很快就关闭了。

爱情故事节拍：欲望——生活和爱情

爱情中的主要欲望线是双方都希望与对方在一起。为了使故事有一个单一的主线和最大的叙事动力，一个角色的欲望通常会追踪动作。

---

1 埃尔莫·伦纳德（1925—2013），美国小说家、编剧。从20世纪60年代开始逐渐成为优秀小说家，到20世纪80年代时，已成为全美最具影响力的畅销书作家之一。他的作品以形态各异的角色和耐人寻味的对话著称，其主要作品都被搬上了大银幕，包括《矮子当道》、《战略高手》、新旧两版的《决斗犹马镇》等。

> **要点：**爱情故事的欲望是所有类型中最强烈的。

在一个关于性的动作故事中，欲望是纯粹身体层面的。一个男人看到一个美丽或性感的女人，想要她，然后出去追求并成功得到她。正如我们所说，这不是一个爱情故事。

在一个爱情故事中，强烈的欲望埋下了改变灵魂的种子。

> **要点：**一个好的爱情故事展示了爱情如何影响一个人的整体生活。因此，最好的爱情故事展现一个人试图与另一个人在生活中取得成功。

从结构上看，这意味着故事有两条欲望线：生活中的成功和爱情中的成功。因此，我们不是从爱情开始，而是从设定两个人物的成功轨道开始，即建立生活欲望。

建立生活欲望的方法主要有两种：

1. 他在工作上有雄心壮志，而她则想要爱情。换句话说，她是通过他来实现野心的。这种老式的方法现在已经不可能或不可取了。示例有，《霍华德庄园》、《理智与情感》、《逃亡》、《风月俏佳人》（*Pretty Woman*）、《黄金时代》、《卡萨布兰卡》、《茶花女》、《生活多美好》和《小姑独处》。

2. 两个人试图靠自己的力量获得成功。两个人都有成功的动力，但爱情阻挡了他们。或者两人对成功的看法有冲突。最终，他们必须学会，爱可以帮助他们在人生的道路上取得成功。示例有，《大病》《莎翁情史》《和莎莫的500天》《杯酒人生》《呼啸山庄》《傲慢与偏见》《收播新闻》《偷天游戏》《安妮・霍尔》《亚当的肋骨》《窈窕淑男》。

爱情故事节拍：欲望——凝视、巧遇和渴望

在建立了故事世界和每个人物的生活欲望后，确立故事的主要欲望：恋人。通过将爱情欲望分解成若干步骤，作家建立起两个人物之间的爱情，关键是使观众能感受到它。

关于爱情欲望的三个主要步骤是：

1. 凝视。
2. 碰面，也被称为“巧遇”(meet-cute)。
3. 渴望。

爱情欲望第 1 步——凝视

由于英雄的主要目标是赢得一个特定的人的爱，因此爱情欲望的第一步是凝视。就是一个角色第一次看到另一个角色。

> **要点：**在现实中，凝视发生在一瞬间。然而，它是一个优秀爱情故事中最重要的节拍之一。

爱情类型中的一个挑战是将故事维持在 10 分钟以上。另一个挑战是如何使主角之间的化学反应是可信的。这两个角色必须成为终生的恋人，而不仅仅是朋友。

> **要点：**凝视是欲望的闪电。但是，凝视不应该只是关于看到一个有吸引力的女人或男人，它是关于从对方的脸和动作中感知到这个人具有不可思议的价值。导致深爱的凝视具有 X 射线透视功能。

这是一个深度矛盾的时刻。虽然双方都感到强烈的吸引力，但也都很害怕。这就是“是 / 否”，也就是见于大多数爱情故事节拍中的吸引 / 排斥。我

们在介绍节拍时再讨论“是 / 否”。

《和莎莫的 500 天》：在一次员工会议上，汤姆第一次看到了公司的新员工莎莫。

> **旁白**：就所有的意图和目的而言，莎莫·费恩只是一个普通女孩。可事实并不是这样……这是一种罕见的品质，这种“莎莫效应”罕见，但每个后青春期的男性在他们的生命中至少都遇到过一次。在一个拥有 40 万间办公室、9.1 万座商业建筑和 380 万人口的城市中，汤姆·汉森现在发现了它……好吧，这只能用一种东西来解释……命运。

在以男性为主导的传统好莱坞爱情故事中，《西雅图夜未眠》是为数不多的例外，它强调了“男看女听”的根本差别。它超越该类型的方法之一就是翻转了这一节拍。

安妮是推动行动的主要人物。她一开始并没有看到她最终的恋人。她先听到了他的声音。事实上，她听到的是一个男人与他的亡妻几乎完美的爱情故事。她首先在人的层面上体验到他，更确切地说，是作为一个充满爱的丈夫和父亲这一层面。当她终于见到他时，她大概很高兴他长得不丑，但他的长相与她是否坠入爱河并无关系。

爱情欲望第 2 步——巧遇

爱情欲望的第二步是巧遇。在这里，两个角色以一种有趣的、偶然的、甚至是离奇的方式相遇。这有许多好处：

- 它让你联想到命运，这增加了赌注。这个故事不只是涉及两个人，这两个人命中注定要在一起，整个宇宙都希望这一切发生。
- 它向观众表明，这将是一段罗曼史而不是友谊。
- 它创造了直接的冲突。以吵架开始一个爱情故事在现实中不合理。但它在结构上很合理。要创造超过十分钟的故事，你必须要有冲突。

有时，这种碰面让女人愤怒，或者至少是恼火。如果男人在主控局面，他会觉得很有趣。这种方法的危险在于，它已经成为一种陈词滥调，并使故事趋向动作类型。

《和莎莫的500天》中，莎莫走进电梯时，汤姆正在电梯里用耳机听音乐。她注意到他的音乐。

莎莫：我喜欢史密斯。

汤姆：什么？

莎莫：我说我喜欢史密斯乐队。

莎莫：你……你的音乐品味很不错。

汤姆：你……喜欢史密斯乐队？

莎莫（唱）：死在你身边，是天堂般的死法。

莎莫：我喜欢他们。

（电梯停了。莎莫离开了，而汤姆站在那里目瞪口呆。）

汤姆：我靠。

《乌云背后的幸福线》颠覆了“巧遇”的节拍。帕特在社交方面极度笨拙。帕特的朋友罗尼和维罗妮卡，邀请他和蒂芙尼来吃晚饭。罗尼警告帕特不要问蒂芙尼关于她丈夫汤米的死。

帕特：你看起来不错。

蒂芙尼：谢谢。

帕特：哦，我不是在和你调情。

蒂芙尼：哦，我不觉得你在调情。

帕特：我只是看到你做出了努力，而我将会对我的妻子更好。我正努力做到这一点。我想承认她的美丽。我以前从来没有那样做过。我现在，只是在练习。汤米是怎么死的？

爱情欲望第 3 步——渴望

对于传统的男主角，我们看到两种渴望：

渴望 1：男人想要女人，但保持冷静和控制。此类示例有《风月俏佳人》《偷天游戏》《危险年代》《哄堂大笑》《窈窕淑男》《夜长梦多》《逃亡》《洛奇》《卡萨布兰卡》《大鼻子情圣》《爱上罗姗》。

渴望 2：男人想要女人，并完全暴露了他的心。在这种方法中，强硬的、愤世嫉俗的女人起初往往会嘲笑他，但她终会被他的热情、他对她的高度重视感动。此类示例有《费城故事》《呼啸山庄》《人性的枷锁》《钟楼怪人》《茶花女》《和莎莫的 500 天》。

女人对男人的渴望也同样强烈，但通常更加矜持。她必须冲破障碍，释放欲望。此类示例有《西雅图夜未眠》、《当老牛碰上嫩草》、《月色撩人》、《昨夜情深》（*About Last Night*）、《收播新闻》、《傲慢与偏见》和《偷天游戏》。

《西雅图夜未眠》中，在广播里听到山姆的声音后，安妮在工作中编了一个借口来追踪他，并雇用了一名侦探来帮忙，飞越全国，租了一辆车，找到他的房子。但当她看到他在马路对面时，她第一次产生了怀疑，匆匆赶回了家。

我的成长故事揭秘：对酷的追求

爱情故事有巨大的力量，特别是当你在易受影响的年龄看到一个伟大的爱情故事时。如果不提及《偷天游戏》（1968 年）中的这一幕，我个人的“成长文学”就不完整了。为什么？因为它几乎毁掉了我的生活。

犯罪大师托马斯·克朗实施了一起银行抢劫案，只是为了证明他能做到这一点。保险调查员薇琪·安德森怀疑他。在她寻找证据的同时，他们开始了约会。在这个场景中，克朗用他的宾利车把薇琪带回家。雨一直下，挡风玻璃上的雨刮器来回拍打着。一时间，两个人都没有说话。

克朗：明天？

薇琪：什么？

克朗：我们。晚餐。

薇琪：好的。

克朗：六点左右？

薇琪：好。

（他把车熄火。）

我第一次看这部电影的时候是16岁。在接下来的20年里，我一直想变得这么酷。我失败了，败得很惨。最后，我发现没有人可以这么酷，甚至史蒂夫·麦奎因（Steve McQueen）[1]本人也不行。但伤害已经造成了，这就是现在我的幽灵，我的伤疤，我的耻辱。它至今都很痛。

爱情类型情节的视觉形状：直线形、分枝形和圆形

就像动作类型和西部类型一样，爱情类型采用了最流行的故事形态，即直线形。典型的男性英雄有一个单一的目标，即恋人，他全力以赴地追求，并且还有一个主要对手，也是恋人，试图阻止他。

它看起来是这样的：

1 史蒂夫·麦奎因（1930—1968），著名的好莱坞硬汉派影星，赛车（轿车、机车）双料得奖选手。出演的角色大都是比较边缘的“英雄人物”，在美国影坛有重要地位。

当许多个体同时寻求爱情时，爱情故事采用分枝形。这些故事的最大风险是因交叉剪辑而缺乏叙事动力。解决的办法是采用分枝形，所有的故事情节都在一个时间和地点汇聚。

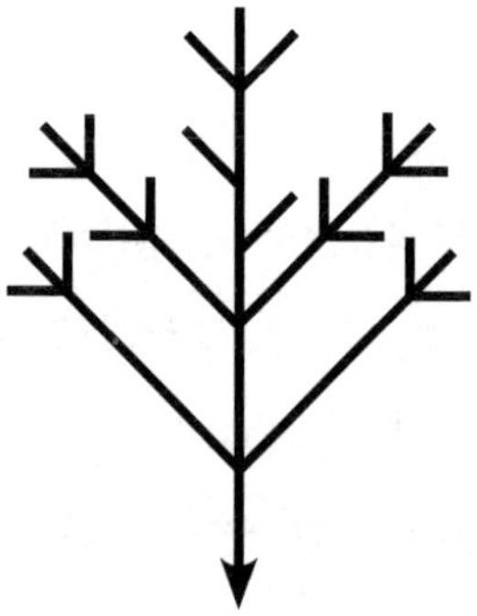

此类示例有:《真爱至上》(*Love Actually*)、《他其实没那么喜欢你》(*He's Just Not That Into You*)、《新年前夜》(*New Year's Eve*)和《情人节》(*Valentine's Day*)。

圆形故事形态讲述的是一个延伸联系的故事，只有观众知道人物之间的关系。圆形采用了一个“权杖交接”的顺序，我们从一个事件到另一个事件，在两个连续的场景中的是同一个人物。

- **场景 1**：角色 1 想要角色 2。
- **场景 2**：角色 2 想要角色 3。
- **场景 3**：角色 3 想要角色 4，以此类推，直到最后一个角色想要角色 1，从而完成这个循环。

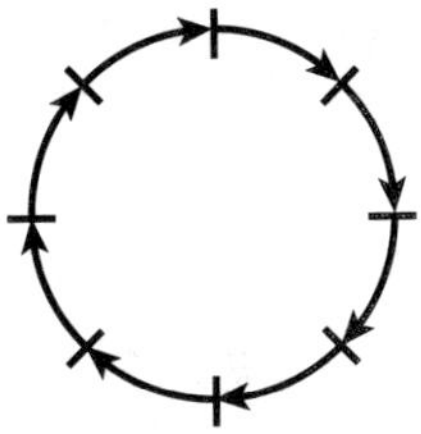

要点：圆形结构是一种滑稽的社会观，处于优势地位的观众看到了这些联系，而角色们没有。这种形式的问题在于它是高度片段化的，因此很难整体构建。

此类示例：最初的圆形故事，阿图尔·施尼茨勒（Arthur Schnitzler）的《轮舞》（*Reigen*），还包括《轮舞》的戏剧版和歌剧版，以及《蓝色房间》（*The Blue Room*）、《你好再见》（*Hello Again*）、《选择我》（*Choose Me*）、《牛仔裤的夏天》（*Sisterhood of the Traveling Pants*）、《巴黎，我爱你》（*Paris, jet'aime*）、《伯爵夫人的耳环》（*The Earrings of Madame de...*）、《自由的幻影》（*Le Fantôme de la Liberté/ Phantom of Liberty*），还有《他其实没那么喜欢你》的开头。

爱情故事节拍：盟友——爱情顾问

爱情故事的成功很大程度上取决于角色的对立。这不仅是指两个主角，而且还指英雄和盟友之间的联系和对比。

每个主角都有一个朋友，给他们提供关于爱情的建议。这些建议通常与另一性别的刻板印象缺陷有关。这些用心良苦的顾问几乎总是错的。

技巧：扩展盟友

利用盟友作为一种方式，使爱情故事超越简单的约会，成为关于男人和女人如何共同生活的故事。

《当哈利遇见莎莉》中，莎莉刚跟她的男朋友乔分手。她和她最好的朋友玛丽和爱丽丝一起吃午饭。

> **玛丽**：我想说的是，在外面的某个地方，有一个你应该与他结婚的男人。如果你不先出手，别人就出手了，而你将不得不花费你的余生去明白别人已经嫁给了你的丈夫。

技巧：把盟友和英雄联系起来

让每个朋友都成为英雄在爱情方面的巨大弱点的变体。

在浪漫喜剧《一夜大肚》中，每个盟友都把主角的弱点引向了逻辑的终点，即一种生活方式。主角本是个没长大的老男孩，他只想开派对和搞一夜情。本的盟友不是一个孤独的单身汉，而是一群有着成年男人身体的青春期男孩。每个人都是一个永远的男孩，拥有完全的自由，但没有爱情、孩子，也没有机会得到这些。

主角艾莉森是一个刚刚获得晋升的成熟女性。她的盟友不是一个对爱情和男人感到痛苦的单身女人，而是一对被婚姻折磨到崩溃的小夫妻。他们有爱情和孩子，但没有自由或自我的感觉。每个人都面临着不断变老的现实。

爱情故事节拍：角色网络

大多数爱情故事都集中在两个未来的恋人和他们的爱情顾问。但是，你仍然需要创造一个更大的社会以构成故事世界。如果你想详细描述一个乌托邦和/或反乌托邦的世界，这一点尤其有价值。此外，在一个浪漫小说系列里，一个更大的角色网络对于扩展故事的内容来说非常必要。

《布里奇顿》是用一整季电视剧的篇幅演绎的《傲慢与偏见》。这是电视媒体的一个巨大优势。《傲慢与偏见》利用一个家庭中的五个女儿，集中展示了使妇女处于巨大劣势的制度是如何设计的。在同样的社会结构中，《布里奇顿》则创造了一个四姐妹和四兄弟的家庭。这两个四点对立的家庭——姐妹和兄弟——通过女性和男性双方的视角，展现了不公正的制度。

这个角色网络也是该系列设计原则的来源。事实上，作者朱莉娅·奎恩（Julia Quinn）为每个兄弟姐妹都写了一本浪漫小说。请注意故事的策略。在第一部小说中，一个人物处于幕前，其他人物围绕着她。在下一部小说中，她退居幕后，而另一个兄弟姐妹则来到幕前。这是一个绝妙的策略，不仅为每个故事创造了一个乌托邦和反乌托邦的社会织锦，而且还将基本前提扩展成了长篇小说，然后是电视连续剧。

爱情故事节拍：主要对手——恋人

构建爱情故事最困难的部分是设置对手。许多作家错误地认为，主要对手是反对爱情的人，如竞争的求婚者或家庭成员，但这些人可以是优秀的次要对手。

爱情故事中的主要对手不是外部人物，而是潜在的恋人。这是反直觉的。潜在的恋人是英雄最想要的人，那么他 / 她又怎么能成为主要对手呢？

要点：恋人是主要对手，因为他 / 她是英雄实现爱情关系的最大障碍。

从结构上看，恋人既是欲望，又是主要的对手，这是爱情故事跻身最难写好的类型之一的主要原因。这也是我们前面讨论的问题的根源：你如何在两个被彼此深深吸引的人之间创造持续的冲突？换句话说，你如何创造足够的情节？

有四种主要技巧来设置持续的对立。

技巧：创造“奇特的一对”

使这对恋人在价值观、权力、财富或地位方面有根本的差异。理想情况是，尽量使他们在某些基本方面形成对立。

要点：要寻找一种持久的差异。

- **《四个婚礼和一个葬礼》**：美国人 vs. 英国人、前卫 vs. 矜持。
- **《泰坦尼克号》**：富有的、上层家庭的女孩 vs. 贫穷的、底层的孤儿。
- **《呼啸山庄》**：富裕的生活 vs. 激情的生活。
- **《傲慢与偏见》**：富有、傲慢的男人 vs. 中产阶级、自以为是的女人。
- **《当老牛碰上嫩草》：**她是一个来自城市的四十岁的股票经纪人 vs. 他是一个来自牙买加的二十岁的男人。
- **《当哈里遇见莎莉》：**男人观点 vs. 女人观点。
- **《风月俏佳人》**：妓女 vs. 亿万富翁。
- **《偷天游戏》**：男罪犯 vs. 女调查员。
- **《安妮 · 霍尔》**：控制欲 vs. 自由精神。
- **《卖花女》：**高级的教授 vs. 底层的卖花女。
- **《绛帐海堂春》**：知识分子 vs. 愚蠢的金发女郎。
- **《淑女伊芙》**：富有、天真的科学家 vs. 骗子。

技巧：家庭对手

引入外部对手，如家庭。

现代城市世界中，家庭之于个人的权力已经大幅下降。因此，来自家庭的反对意见不那么常见，也不像传统爱情故事中那样有效。但它在引发冲突方面仍然有价值，尤其是在种族、信仰、阶级、性别认同、性取向和身体能力等方面的不同于传统的关系中。

此类示例包括《泰坦尼克号》、《呼啸山庄》、《傲慢与偏见》、《布里奇顿》、《罗密欧与朱丽叶》、《西区故事》（*West Side Story*）、《摘金奇缘》、《霍华德庄园》、《大病》、《我的盛大希腊婚礼》、《月光男孩》、《断背山》、《请以你的名字呼唤我》、《窈窕淑女》。

技巧：错误

让每个角色都犯错，特别是对彼此犯错。

> **要点：**这一基本技巧是所有伟大爱情故事都涉及信任和原谅的原因：信任对方不会伤害他们，并在对方不可避免地伤害他们时给予宽恕。

此类示例包括《英国病人》、《四个婚礼和一个葬礼》、《卡萨布兰卡》、《霍华德庄园》、《呼啸山庄》、《茶花女》、《傲慢与偏见》、《月色撩人》、《偷天游戏》、《电子情书》、《性、谎言和录像带》、《淑女伊芙》、《窈窕淑男》、《吉尔达》、《相见恨晚》（*Brief Encounter*）。

技巧：爱情考验

考验每个角色：你能爱到什么程度？**通过冲突**来试炼他们。

在《贫民窟的百万富翁》中，强大的犯罪头目贾维德·汗控制着拉缇卡的一举一动。考验：贾马尔能克服他的嫉妒心并击败老板吗？拉缇卡能原谅贾马尔对她没有信心吗？

在《电子情书》中，凯瑟琳·凯莉拥有一家小书店。乔·福克斯的大型书店抢走了她的生意。考验：她能原谅他毁掉她的梦想吗？他能原谅她对待他的糟糕态度吗？

而在《断背山》中，杰克和恩尼斯试图隐瞒他们之间的亲密情感关系，不让他们各自的妻子知道。考验：这两个男人能否摆脱他们的传统婚姻和他们对同性恋恐惧者的迫害的恐惧，勇敢地走到一起？

在两个主角相爱的过程中，他们为以下三个越来越重要的因素而争吵：

1. 性格。
2. 成功、金钱、家庭和社会地位。
3. 道德：他们如何对待他人。

他们不是从一种冲突转移到另一种冲突，而是将一种冲突叠加在另一种冲突之上。这为故事增加了非常需要的冲突和情节。

要点： 在经典爱情故事中，所有对立的基础是人类的第一个区别：男人与女人的区别。为了结婚，双方都必须学会接受甚至享受另一性别的独特品质。

这对他们两人来说都很难做到。为什么？男人和女人的关系是建立在生理差异的基础上的，这种差异造成了心理上的倾向，这些心理上的倾向又凝结成文化陈规。

这些因素共同创造了一套整体的道德观，即双方对异性的看法，简化得可怕：男人认为女人是绵羊；女人认为男人是猪。男性将女性的联系倾向解释为“容易受到影响”和“随波逐流”。女性将男性的攻击行为倾向解释为是“自私”和“高压”。

当涉及自信和道德责任时，两种性别是如何转译成刻板形象的？

女人：“我不够好，都是我的错。”

男人：“我很好，都是你的错。”

请注意这两种性别在承担责任方面的明显矛盾。如果一个女人不够好，不能胜任这项工作，那么当事情出错时，怎么可能都是她的错呢？如果一个男人如此擅长做这项工作，那么当出现问题时，怎么会是别人的错呢？

爱情故事节拍：对立的步骤——争论

我们已经看到，两个主要人物第一次碰面经常会吵架。再次解释，这种不切实际的行动是为了给爱情故事增加情节。这也表明了角色不愿为了吸引他人而削弱自己。

从他们第一次见面开始，故事就建立了冲突。这些未来的恋人互相争吵，以显示他们旗鼓相当。他们在玩一个游戏，各自通过行动和语言来测试对方。在早期，冲突通常是关于个性，在一个肤浅的层面。

在《电子情书》中，凯瑟琳即将与她的神秘网友进行第一次约会。她很失望，因为他没有出现。出现在餐厅里的是她的死敌——乔·福克斯。她并没有意识到他就是她要见的网友。

《乱世佳人》应该是在两个潜在的恋人之间建立冲突的一个完美示例，除了一个大问题:《乱世佳人》不是一个爱情故事。

就像没有人相信《马耳他之鹰》中萨姆·斯佩德爱上了诡计多端的布里吉德·奥沙利文一样，也没有人相信斯嘉丽·奥哈拉爱上了瑞特·巴特勒，他也没有爱上她。斯嘉丽爱的是阿什利·威尔克斯，她最初的爱，也是她永远的爱。她之所以嫁给瑞特，是因为她不能拥有阿什利。他已经娶了梅兰妮这个天使。

《乱世佳人》是一个失落天堂的故事（见“幻想类型”一章），但只是从地主、白人奴隶主的角度来看。这个故事是南方作家将一个残暴叛逆的奴隶主社会转变为一个充满绅士、骑士和良好教养的失落的乌托邦式迪克西[1]的经典范例。

技巧：被迫在一起

迫使英雄和恋人一起工作，尽管他们讨厌这样做。

这与维持情节有关。现实生活中，当两个人不喜欢对方时，他们会背道而驰。但这样的话未来的恋人就没时间深入了解彼此了。迫使他们在同一地点共存，使他们能互斗，以便更好地了解对方。

在《芳心终结者》中，亚历克斯被雇来拆散那些不合适的情侣。一个男人雇他阻止女儿朱丽叶嫁给一个富有的英国人。为了接近朱丽叶，亚历克斯假装是她的保镖。尽管她强烈抗议，但她无法回避。

1　迪克西（dixie）指美国南部各州及该地区的人民，与指美国北部人的洋基（Yankee）意义相对。

爱情故事节拍：对立步骤——其他追求者

嫉妒是硬币上渴望的另一面。它也涉及凝视，但这次是来自竞争者的凝视。

技巧：第二个追求者

引入第二个，有时是第三个追求者来增加冲突。

竞争追求者是第一个外部对手。他可能是与恋人订婚或有密切关系的人。通常情况下，这个角色是古板无聊的上层社会人士。

- **《四个婚礼和一个葬礼》**：凯莉的第一任丈夫哈米什·班克斯是一个傲慢、控制欲强的苏格兰政客。
- **《芳心终结者》**：朱丽叶的未婚夫乔纳森，一个古板的英国人。
- **《西雅图夜未眠》**：安妮的未婚夫沃尔特是个快乐但无趣的人。
- **《呼啸山庄》**：嫉妒是一种丑陋的情感，常常导致残忍。当富有的埃德加·林顿和凯茜一起喝酒吃饭时，希斯克利夫对他一生的挚爱这样说：

> 告诉那个肮脏的马夫放开你。他弄脏了你漂亮的衣服。但是谁弄脏了你的心？不是希斯克利夫。谁把你变成一个虚荣的、低级的、世俗的傻瓜？是林顿。你永远不会爱他，但是你让自己被爱，因为这取悦了你愚蠢贪婪的虚荣心。

技巧：比较追求者

为了增加情节，可以考虑引入第三个追求者。

与第二位追求者相比，第三位追求者圆滑老练。

要点：第二位追求者应体现英雄认为自己身上缺少的元素。追求者代表如何生活、如何去爱的另一条道路。如果出现第三位和第四位追求者，会增加对立，并代表其他生活和婚姻道路。

简·奥斯汀是这一手法的大师。事实上，她定义了现代浪漫喜剧这一形式。采用童话中的经典“三人法则”，她通常为女英雄安排三位追求者。

1. 女英雄首先遇到的是沉闷、传统、甚至是小丑般的男人，他唯一的吸引力在于他将继承足够的钱来满足物质需求。这意味着性和情感的死亡。

2. 接下来出场的是有魅力的男人，他似乎既是结婚的好对象，又富有性吸引力。最初她被这个男人吸引，但随后发现他空洞无物、缺乏诚信。

3. 之前一直隐藏在背景中的男人，他既不魅力四射，也不沉闷无聊，但却非常正直，而且怀有对女英雄深切的爱。这个男人拥有幸福婚姻所需的各种特质。

《理智与情感》中，玛丽安·达什伍德对伟大的爱情怀着浪漫的想象。正直的布兰登上校非常爱她，但他并不符合她的浪漫理想。一天，玛丽安在暴风雨中骑马时扭伤了脚踝，被潇洒的约翰·威洛比所救。

《费城故事》中，编剧菲利普·巴里（Philip Barry）和唐纳德·奥格登·斯图尔特（Donald Ogden Stewart）是奥斯汀式男性对比技巧的大师。故事的四点对立是：

英雄：翠茜·洛德，傲慢且爱道德说教，无法原谅前夫破坏其婚姻的行为。

主要对手：德克斯特，她的前夫，上层社会的人，成熟稳重，在克服酗酒问题的过程中学会了谦逊和宽容。

第二对手：麦克，中产阶级记者，直率而热情。

第三对手：乔治，翠茜的未婚夫，死板、喜欢攀比，是“从贫民到富翁”

的化身，过于注重外表和礼节。

爱情故事节拍：计划——骗局

在爱情故事的中间部分，最大的挑战是如何建立对立，使情节不片段化。

技巧：爱情骗局

给英雄一个计划，最好是一个骗局。骗局是一个涉及欺骗的计划。有三种基本的计划：

计划 1：男方全场紧逼。这种类型的计划是男方以无赖的魅力对女方穷追不舍。这种方法的问题在于它会显得自以为是、傲慢无礼。示例有《了不起的盖茨比》《呼啸山庄》《洛奇》《傲慢与偏见》《人性的枷锁》。

计划 2：男方欺骗女方。在这种计划中男人骗女人喜欢上他。女人再次成为征服的对象，这使我们更接近于关于性的动作故事。然而，这确实代表了现实中许多男性求爱的方式。这也表达了男人为了获得真正的爱情而必须克服的内在道德缺陷。

要点：除了第一支舞，骗局是浪漫喜剧中最重要的节拍。

为什么这个技巧如此有用？

- 因为任何隐藏的东西最终都会被揭示出来。它会创造更多情节。
- 这是浪漫故事中有趣的部分。
- 骗局将爱情故事变成了一场游戏。

要点：传统的浪漫喜剧电影越像一场游戏，“传统”男人就越有可能会去看。

示例包括《婚礼傲客》《土拨鼠之日》《杯酒人生》《窈窕淑男》《芳心终结者》《四十岁的老处男》《电子情书》《大鼻子情圣》《爱上罗姗》。

《四十岁的老处男》：卡尔让安迪去书店练习与女性见面。他的原则是：只问问题。

贝丝：我能帮你吗？

安迪：我不知道。你能帮我吗？

贝丝：你在找什么吗？

安迪：有什么是我应该找的吗？

贝丝：我们有很多书，要看你喜欢什么。

安迪：什么，嗯，你喜欢什么？

贝丝：我们有一个很棒的 DIY 专区。

安迪：你喜欢自己动手吗？

贝丝：有时候……如果，嗯，有兴致的话！

安迪：你现在兴致如何？

（两人都笑了。）

贝丝：你叫什么名字？

安迪：你叫什么名字？

贝丝：我叫贝丝。

安迪：安迪。

贝丝：安迪，不要告发我，好吗，安迪？

安迪：我不会的……除非你想被告发，贝丝。

（安迪得意地走开了。）

计划 3：女方追求并欺骗男方。这个计划通常是女方想出一个骗局来让男方约她出去，有时甚至娶她为妻。例如，《西雅图夜未眠》《莎翁情史》《淑女伊芙》《昨夜情深》《育婴奇谭》《爱的大追踪》《收播新闻》《偷天游戏》。

在《淑女伊芙》中，珍·哈灵顿是一个在游轮上工作的骗子。当富有的科学家查尔斯·派克登上游轮时，她把目光投向了他。餐厅里，珍通过她的小镜子观察着他，一个又一个的女人向他示好。当他离开时，她伸出脚绊了他，他摔倒在地上。

珍：你为什么不看路？

查尔斯：我为什么不看路？

珍：看看你把我的鞋弄成什么样了。你把我的鞋跟踩掉了。

查尔斯：哦，是吗？我很抱歉。

珍：你可以把我送到我的房间里去换双拖鞋。

查尔斯：当然。我想这是我至少能做的。对了，我叫派克。

珍：哦，大家都知道。没有人谈论其他的事。这是我父亲哈灵顿上校。我叫珍，其实我叫尤金妮亚。走吧。

（穿着一只鞋的珍和查尔斯一起走出餐厅。）

珍：我们这样见面很有趣，不是吗？

查尔斯：是很有趣，不是吗？

技巧：延伸骗局

尽量将骗局延伸至故事结尾。

在浪漫喜剧中，大部分情节和观众的兴趣随着骗局的结束而结束。理想的状况是至少把骗局延伸到最后的战斗。

《芳心终结者》中有一个出色的骗局，一直延续到故事的结尾。作为一名专业的“拆散情侣者”，亚历克斯进行了深入的研究，使用高科技设备，并雇用了两名助手。为了让朱丽叶同意他做她的保镖，他让助手偷了她的车。然后他“英勇地”将车找回。

爱情故事节拍：驱动——启动

爱情故事的情节实际上是关于加深关系的。启动是指两个角色有了交流的时刻，在这一时刻，双方都发现了对方关心的东西。双方都会询问和探索对方，以发现对方的内心。

这种探索由浅入深。从讨论书籍、电影、食物和他们喜爱的地方开始，进而展示他们的家庭、家人和/或独特的习俗。最后，深入讨论他们一生的梦想是什么，他们认为人的价值是什么。

示例有《杯酒人生》《高保真》《和莎莫的500天》《乌云背后的幸福线》《月升王国》《安妮·霍尔》《当哈利遇见莎莉》《我的盛大希腊婚礼》《看得见风景的房间》《傲慢与偏见》《偷天游戏》《黑暗的胜利》《西雅图夜未眠》《西拉诺》《卖花女》《淑女伊芙》《呼啸山庄》。

两个角色之间的相互探索有两种可能的结果：

1. 最初的激情之后，两人建立起尊重。
2. 如果彼此都不喜欢对方内心深处的自我，吸引力就会被严重削弱甚至摧毁。

没有比《杯酒人生》中的一幕更能说明这种关系的了。迈尔斯和玛雅谈论他们对葡萄酒的共同爱好。这个场景的美妙之处在于，他们通过这次关于彼此所爱的对话而坠入爱河。爱情故事中的对话比其他任何形式的对话都更为重要。请注意他们是如何描述自己的。

玛雅：你为什么这么喜欢皮诺葡萄？我是说很适合你。

迈尔斯：呃，我不知道，我不知道。嗯，你知道的，这是一种很难种植的葡萄。对吧？皮薄、性情多变，成熟早。它，你知道，它不像赤霞珠那样能在任何地方生长，即使被忽视也能茁壮成长。不，皮诺需要持续的呵护和关注。你知道……？

迈尔斯：你呢？

玛雅：我喜欢思考葡萄酒的生命。它是一个有生命的东西。我喜欢思考葡萄生长的那一年发生了什么？阳光如何照耀，是否下雨。我喜欢思考所有照料和采摘葡萄的人们。如果这是一款陈年老酒，那么现在一定有很多人已经去世了。我喜欢葡萄酒不断演变的过程，就像如果我今天打开一瓶酒，跟我改天打开这瓶酒的味道不一样。因为一瓶葡萄酒实际上是有生命的。而且它在不断演变，变得越来越复杂……它的味道太棒了。

这些文字就是诗歌。它们不仅让人物，还让观众感受到了爱。真是非凡的写作。

要点：一旦你在两位主角之间建立了吸引力和对立，故事的中间部分实际上就是在**启动**和**战斗**之间来回切换。

启动的节拍导致了故事中间最大的问题：启动和战斗是直接对立的（再次回到“是 / 否”）。这就是这种来回切换很难成功的原因。

技巧：冲突 vs. 共鸣

用冲突来制造情节，用交流的时刻来表现爱是如何加深的。

这里有两种技巧，可以在故事中间建立冲突，同时继续启动。

技巧：两个情节序列

故事中间应该是跟所有追求者的一系列冲突，每个追求者都要采取行动赢得芳心。同时，恋人慢慢地获得英雄真实身份的新信息。

技巧：爱情中的红鲱鱼

恋人也应该了解一些关于英雄的虚假信息——“红鲱鱼”，让她更加讨厌男 / 女英雄。

爱情故事节拍：驱动——调情

爱情艺术家是一个调情高手，他在战略上知道何时前进，何时后退。调情通过交谈，由于表现的是两人的吸引力，我们可能会认为调情就是赞美对方。但事实并非如此。在一段脆弱的恋情中，过早地赞美对方是进入“朋友区”的最快途径。

调情是通过戏谑来表达的。从结构上讲，戏谑是“战斗”和“启动”的结合。戏谑是口头的舞蹈。

最常见和流行的玩笑形式之一，尤其是在浪漫喜剧中，是男人和女人的“即兴对答”(riffing)。“即兴对答”是“一种快速的、充满活力的、经常是即兴的语言表达，尤其是作为喜剧表演一部分的语言表达”。

> **要点：**爱情故事中的“即兴对答”通常是关于男女之间的差异，再次强调了每个故事节拍既连接又对立的双重性质。

即兴对答的乐趣很大程度上来自认识到，在许多方面，男人和女人**确实**说着不同的语言。

好的即兴对答取决于：

- 对话的音乐性。
- 对话的洞察力。

示例有《莎翁情史》《当哈里遇见莎莉》《尽善尽美》《四个婚礼和一个葬礼》《昨夜情深》《安妮霍尔》《收播新闻》。

《当哈里遇见莎莉》：当哈里和莎莉一起开车穿越全国时，他们讨论了《卡萨布兰卡》的结局。

莎莉：你错了。

哈里：我没错。他希望她离开。这就是为什么他送她上飞机。

莎莉：我不认为她想留下来。

哈里：她当然想留下来。谁不想跟亨弗莱·鲍嘉在一起？

莎莉：我不想一辈子待在卡萨布兰卡，嫁给一个开酒吧的男人。这可能听起来很势利，但我不想。

哈里：你宁可选择一段没有激情的婚姻。

莎莉：做捷克斯洛伐克的第一夫人。

哈里：而不是和跟你有过一生中最美好的性爱的男人在一起，仅仅因为他开了一家酒吧，这就是他所做的一切。

莎莉：是的。任何一个头脑正常的女人都会这么做。女人都是很实际的，即使是英格丽·褒曼，这就是为什么她在电影的最后上了飞机。

爱情故事节拍：驱动——诱惑：言语的第一支舞

鉴于爱情艺术中的每一个节拍都既是生物性的，又是艺术性的，浪漫的要点之一就是要达到肉体之爱。如何实现？通过对话。

> **要点：**优秀的对话比其他任何事情都更能说服人物发生性关系。

诱惑场面就相当于第一支舞的口头表达形式。对于爱情故事爱好者来说，这些场景代表了爱情艺术的最高表现形式。

一般来说，有两种诱惑对话。第一种是冷言冷语。冷言冷语强调争吵和男女之间的冲突。人物用轻描淡写、机智、潜台词和一语双关来表达他们对对方的兴趣。

示例有《四个婚礼和一个葬礼》《婚礼傲客》《爱在黎明破晓前》《爱在日落黄昏时》《偷天游戏》《逃亡》《漩涡之外》《夜长梦多》。

在《夜长梦多》中，侦探菲利普·马洛正在调查一起涉及薇薇安·拉特利奇的案件。随着调查深入，他开始爱上她。在这里，他们发生了口角。

薇薇安：说到马，我自己也喜欢。但是我喜欢看到它们先跑一会儿，看看它们是领先还是落后，了解它们的底牌是什么，是什么让它们跑起来。

马洛：找出我的底牌？

维维安：我想是的。

马洛：继续。

维维安：我敢说你不喜欢被评级打分。你喜欢跑在前面，拉开一个小的领先优势，在直道喘口气，然后再自由地回家。

马洛：你自己也不喜欢被评分。

维维安：我还没见过谁能做到这一点。有什么建议？

马洛：好吧，直到你脚离地跑一段我才能说。你很有水平，但我不知道你能跑多远。

薇薇安：很大程度上取决于谁在马鞍上。

第二种诱惑对话是激情对话。激情对话就是真诚地表达感情，在试图建立联系时没有任何保留。人物将他们最深切的感受和盘托出。最常见的版本是男主角诗意地赞美女主角是其性别的终极体现。

例如，《异乡人》、《莎翁情史》、《时间旅行者的妻子》、《月色撩人》、《西雅图夜未眠》、《西拉诺》、《爱上罗姗》、《费城故事》、《呼啸山庄》、《汉娜姐妹》（*Hannah and Her Sisters*）、《钟楼怪人》、《安妮·霍尔》、《罗密欧与朱丽叶》。

《费城故事》中，在翠茜与乔治的婚礼前夜，迈克迷上了她。

迈克：翠茜。

翠茜：你想要什么？

迈克：你太棒了。翠茜，你身上有一种富丽堂皇。

翠茜：我不知道——上去吧，我想，已经很晚了。

迈克：你的美好从眼神里和声音里流露出来，你站在那儿的姿态，你走路的姿态，你从内在发出光来，翠茜。你内心有被压抑的火焰，既有壁炉的温暖，也有烈火的激情。

翠茜：在你看来，我不是青铜做的吗？

迈克：不，你是血肉之躯。这就是它空白、邪恶的惊喜。你是个黄金女郎，你是黄金女郎，翠茜，充满生机、温暖和喜悦。怎么了？你眼里含着泪水。

翠茜：闭嘴，闭嘴。哦，迈克。继续说，继续说，说，好吗？

要点：如果你想写一个伟大的爱情故事，就别害羞。你必须愿意将私密的深藏的感情公开表达。

观众要求听到英雄对恋人表达全部的激情，因为他们在家里听不到。这不是对读者的侮辱。在家里没人能体会到，至少不可能达到这种程度。这就是我们看书和看电影的原因。

爱情故事节拍：揭示——第一支舞

求爱舞代表着两人关系革命性的深化。它始终是一种关于交配的舞蹈。学习复杂的舞步表明舞者愿意参与社交游戏，进入社交圈。

要点：在一个严肃的爱情故事中，舞蹈是最重要的节拍，因为它代表**爱通过动作表现出来**。

为什么这个节拍如此有价值？

舞蹈让爱变得活跃、戏剧化和无限微妙。

- 它创造了伙伴关系。
- 这是另一种用来展示他们是注定要在一起的天生一对的方式。

要点：你必须找到一种方法，在舞蹈**之后**重新设置阻挠爱情的障碍。

我们再一次创造“是 / 否”，它几乎内含在每个爱情故事节拍里。在亲密的时刻（是）之后，双方都会对即将发生的事情（否）感到恐惧。因此引出下面的技巧。

技巧：回到“否”的状态

舞蹈结束后，提醒角色他们之间的显著差别。这些差别包括金钱、地位、道德和生活方式。

在《当哈里遇见莎莉》中，哈里和莎莉参加了一个没有约会对象的新年前夜派对。

哈里：下一个新年前夜，如果我们都没有约会对象，我们俩就约会。

莎莉：说定了。

他们开始脸贴着脸跳舞。首先，莎莉对他们之间的亲密感到恐惧。然后哈里也开始害怕。当有人喊出“还有 10 秒就到新年了”时，他们凝视着对方。哈里建议他们出去透透气。

通过简·奥斯汀的作品，我们看到了第一支舞的更深层次的社会功能。在奥斯汀笔下的英国，男女双方必须学习的复杂舞步是为了让这些被规则束缚的男女有机会进行身体接触。这在某种程度上适用于任何第一支舞，但一个以要求监护人陪同出席而闻名的社会能将这一点表现得淋漓尽致。

> **要点：**第一支舞不一定是真正的舞蹈。但是，两者必须像真正的舞蹈那样相互配合。

《收播新闻》有一个双人舞的终极范例，通过语言，而不是动作。在“第一支舞”之前，新闻主播汤姆·格里尼克已经表现出对女节目制作人简·克雷格没有任何浪漫兴趣。当突发国际紧急事件时，他们必须进行现场直播。英俊的汤姆淘汰了经验更丰富的亚伦，被选为主播。亚伦在电话中告诉简关键信息，她再通过耳机将信息传递给汤姆。汤姆的直播表现很出色。直播结束后，简坐在办公桌前。汤姆走了进来，双手放在她的椅子扶手上。

汤姆：你是个了不起的女人——你一直在我脑海里，这是一种什么样的感觉？

简：是啊……那是……一个不寻常的地方。

汤姆：就像……无法形容……你知道什么时候该递给我下一句。就像，我们进入了一种节奏。就像……很棒的性爱！

（在她的笑声中，他将她拉向自己。）

这种节拍也适用于爱情并非主要形式的混合类型故事。

爱情故事节拍：揭示——第一个吻

除了冲突，揭示是情节的关键。揭示来自隐藏的信息突然为英雄和/或观众所知。爱情故事中的揭示通常是微妙的，通常是关于对方的真实性格。要获得这些揭示，需要深入挖掘他们的心理。

重点关注以下四点：

1. 两者之间的细微差别。

2. 各自对对方隐瞒的过去。

3. 他们之间日益增长却不愿表达出来的感情。

4. 他们各自隐藏的未来计划。

也许对两个角色来说，最大的揭示是第一个吻。

要点：第一个吻代表了亲密关系的一次重大飞跃，因此也代表了惊喜，因为（1）关系已经从友谊转变为恋情，（2）它也标志着故事迄今为止最高级别的欲望和恐惧。

每个角色都意识到他们可能在对方身上永远失去自我。他们已经踏上了不归路。

技巧：第一个吻

尽可能延迟第一个吻发生的时间，并使其独一无二。

这种技巧的示例包括《生活多美好》、《火树银花》、《危险年代》、《码头风云》（*On the Waterfront*）、《夜长梦多》、《偷天游戏》以及霍尔马克（Hallmark）频道[1]播出的每部电影。

第一个吻的另一种方式是由女性主导。这种方式的最佳范例是《逃亡》。

第一次性爱

令人惊讶的是，第一次性爱并不是爱情故事中的主要节拍之一。

原因有很多。首先，性爱场景是出了名的难写。每年都会为性爱场面最糟

1 霍尔马克频道是一个美国电视频道，它制作在电视上播放的电影。该频道的历史可以追溯到1988年。它以圣诞节节目而闻名，深受与亲人一起享受假期的观众欢迎。

糕的小说颁奖。遗憾的是，你的作品也会不幸上榜。

写性爱的部分困难在于结构。当情侣做爱时，故事的叙事动力基本上停止了。因此，许多作家试图尽快做完，以回到情节上来。这就形同真实生活中的糟糕性爱。

另一种应对写性爱场景困难问题的方法就是完全跳过它。鉴于这种类型的作品是关于浪漫而非友情的，这就产生了“房间里的大象”的问题。你不应该从爱情故事中删除性。但是，你也不应将性置于爱情之前，除非这是你想表达的主要内容。

这种小心谨慎的态度并不是来自某种陈旧的道德观念，即坚信性应该排在爱情甚至婚姻之后。这个世界并非如此，也许曾经是这样。

这种谨慎跟什么能让观众产生最强烈的情感冲击有关。

要点： 如果你过早地展示性爱，你实际上扼杀了观众**感觉**这两个人已经坠入爱河的可能性。

爱的感觉，尤其在故事的开头，是很脆弱的。无论如何，不要扼杀它！

技巧：先爱后性

先表现人物之间的爱情发展。然后，如果你想的话，表现他们发生性关系。一旦人物发生了性关系：

- 立即恢复到“否”。他们从所做的事情中回过神来，意识到自己**可能**犯了一个可怕的错误。
- 性爱后，让双方都试探性地和对方温柔相处，表示双方仍然想要更高级的爱。

在《哈里遇见莎莉》中，第一个吻直接导致了第一次性爱。莎莉和哈里坐在床上。她因分手而泪流满面，请求哈里抱抱她。他们开始激情拥吻。镜头切换到莎莉赤身裸体躺在床上，脸上挂着灿烂的笑容，而哈里则一脸惊骇。

有人认为在爱情故事中拖延性爱的发生是不现实的。没错，但这不是爱情故事的最佳效果。因此，打破这一规则非常危险。

根据专家的说法，写出精彩性爱场景的技巧与实际进行精彩性爱的技巧非常相似。

它们包括：

- 不要操之过急。慢慢来。
- 放纵人物的幻想。
- 精彩的性爱场景通常涉及克制力量，然后最终爆发。
- 尝试将性爱场景放在一个独特的地点。

示例有《情迷六月花》(*Henry and June*)、《体热》、《赎罪》、《阿黛尔的生活》(*Blue Is the Warmest Color*)、《四个婚礼和一个葬礼》、《同流者》、《大出意外》(*The Big Easy*)、《断背山》、《请以你的名字呼唤我》、《死囚之舞》(*Monster's Ball*)、《蓝色情人节》(*Blue Valentine*)、《百万金臂》、《威尼斯惊魂》(*Don't Look Now*)、《秘书》(*Secretary*)、《情迷维纳斯》、《英国病人》、《危险年代》、《战略高手》、《感官王国》(*In the Realm of the Senses*) 和《乖仔也疯狂》。

爱情故事节拍：表面上的胜利——完美爱情时刻

许多爱情故事都试图在一个完美的瞬间捕捉爱情的精髓。当爱情为世界增添色彩，当两个人达成交融，这是英雄个人的乌托邦。两人通常是在一个美丽的环境中合二为一，环境也是他们主观感受的直观体现。

这一刻可能不会持续太久，也可能以婚姻告终。但是两人的关系会更加亲密，观众也会为此感到欣喜。这一节拍类似幻想类型中的超级魔法时刻。在故事结构上，它感觉像是最后的胜利。但事实并非如此。它的相反节拍，即表面上的失败——恋人分道扬镳，接踵而至。

示例有《和莎莫的 500 天》、《泰坦尼克号》、《时间旅行者的妻子》、《月升王国》、《日瓦戈医生》、《无因的反叛》（*Rebel Without a Cause*）、《钟楼怪人》、《几近成名》和《四十岁的老处男》等。

在《和莎莫的 500 天》中，汤姆从浴室出来，发现莎莫一丝不挂地躺在床上。这将是他们第一次性爱。当他们开始接吻时，汤姆在音乐的伴奏下在城市中漫步，他遇到的每个人都祝贺他的好运。

爱情故事节拍：表面上的失败——分手

随着故事结尾的临近，这对恋人分手了，看起来是永远地分手了。这种表面上的失败是旧自我的死去。角色曾经遵循的传统和礼节在现在看来一文不值。但角色还不知道更好的自我和更牢固的纽带将取代他们所失去的。

示例有《乌云背后的幸福线》《甜心先生》《四个婚礼和一个葬礼》《月升王国》《杯酒人生》《婚礼傲客》《阿甘正传》《诺丁山》《英国病人》《当哈里遇见莎莉》《断背山》《风月俏佳人》《百万金臂》《傲慢与偏见》。

要点：好的分手是两败俱伤，两个角色都坠落。

《杯酒人生》中，迈尔斯和玛雅在野餐时，迈尔斯说他要回去参加晚宴彩排。玛雅愤怒地要求迈尔斯送她回家。在下车前：

玛雅：你知道在过去的三年里，我一直试图从一段充满欺骗的关系中解脱出来。我刚刚做到。

迈尔斯：自从离婚后，我再也没有和任何人在一起过。这对我来说是件大事，玛雅。和你约会。还有昨晚。我真的很喜欢你，玛雅。我不是杰克，我是他大学一年级的室友，来自圣地亚哥州立大学的大学一年级室友。

（玛雅下车。）

爱情故事节拍：道德滑坡

在分手前后，英雄不顾一切地想要得到对方的爱。这是一个道德考验。每个人都可能使用不道德的方法，虽然这并不总是发生。通常情况下，分手后的不道德手段是报复。

要点：这种道德滑坡会导致英雄对正确行为和对自我真正深度的洞察。

在《乌云背后的幸福线》中，蒂芙尼给了帕特希望，她谎称如果帕特愿意做她的舞伴，她就为帕特送一封信给他的前妻妮基。然后，她伪造了妮基的回信，暗示他们可能会复合。

在《呼啸山庄》中，由于凯茜拒绝了他们之间的真爱，希斯克利夫发誓要报复她和她的家人。

在《卡萨布兰卡》中，里克因失去了他一生的挚爱伊尔莎而痛苦不已。他拒绝给她过境信，而这封过境信可以让她和她的丈夫逃出生天。

爱情故事节拍：唇枪舌剑

爱情故事中的唇枪舌剑应集中在人物冲突的价值观，以及他们如何共同生活上。

要点：每个人都在争夺更多的权力，试图占得上风。各自仍在指责对方。

示例有《当哈里遇见莎莉》《偷天游戏》《呼啸山庄》《风月俏佳人》《傲慢

与偏见》《芳心终结者》《收播新闻》《月色撩人》《尽善尽美》《安妮·霍尔》《人性的枷锁》《卖花女》《费城故事》《乱世佳人》《阳光下的决斗》。

《呼啸山庄》中，凯茜在床上奄奄一息。希斯克利夫抱着她。

> **凯茜**：抱着我。抱着我。
>
> **希斯克利夫**：不，我不会安慰你。我的眼泪不爱你，凯茜。它们使你枯萎，并诅咒你。
>
> **凯茜**：希斯克利夫，别伤我的心。
>
> **希斯克利夫**：凯茜，我从未伤过你的心，是你自己伤的，凯茜。你爱我。你有什么权利为了你对他的那可怜的幻想而丢弃爱？为了那些世俗的东西？痛苦、死亡以及上帝和人类本可以打击的所有邪恶，都无法使我们分开。你却让我们分开了。你像一个肆无忌惮、贪婪的孩子一样四处游荡，伤了你的心，也伤了我的心。
>
> **凯茜**：希斯克利夫，原谅我，我们的时间太少了。

《芳心终结者》的编剧创造了完美的战斗场面，将其与通常更早发生在故事中的两个时刻：第一次约会和第一支舞结合在一起。

亚历克斯带朱丽叶去了一个已经关门的迪斯科舞厅。从一开始，他就知道朱丽叶最喜欢的电影是《辣身舞》（*Dirty Dancing*）。在舞厅里，他在点唱机上播放影片高潮部分的歌曲，两人重演了那场盛大的舞蹈。他完美地完成了舞步，舞蹈结束时，他将腾空而起的朱丽叶举过头顶，就像原版电影中一样。

> **要点：**编剧将第一次约会和第一支舞推迟到故事最高潮时刻，创造了影片中最精彩的节拍，也是浪漫喜剧史上的经典时刻。

爱情故事节拍：自我启示——双重反转

两个角色最终在一起的爱情故事集中在一个“双重反转”上，即恋人双方都有一个自我启示。每个人都从对方身上学习了东西。

在心理上的自我启示中，双方都意识到自己爱对方，以及不再受过去的束缚。具体来说，每个人都知道："我爱她/他，尽管一切都在让我们分离，但我相信有足够的爱来克服我们之间的隔阂。"这又回到爱情类型的关键问题：你能有多爱？

在道德的自我启示中，英雄和恋人意识到他们都是自私的。

要点：理想情况下，每个人都应该决定为对方牺牲自己最自私的那部分。这一行为是道德上的自我启示。

双重自我牺牲在侦探类型、惊悚类型和犯罪类型中相当于"诗意的正义"。如果你成功了，效果是超凡卓越的。

这种相互牺牲的最好示例莫过于欧·亨利（O. Henry）笔下美丽的《麦琪的礼物》。圣诞节平安夜，黛拉没有多少钱给她的丈夫吉姆买礼物。她以20美元的价格卖掉了自己美丽的长发，这样她就可以为丈夫的珍贵怀表买一条铂金链子。当她把礼物送给他时，却发现他的怀表已经卖了，为了给她买昂贵的玳瑁梳子。虽然他们的礼物现在毫无用处，但双方都领会了彼此的深情。

要点：自我启示的结果是"我"最终变成了"我们"。人物从两个变成了一个伟大的集体。

这对夫妇的新生活不是一个人胜利，而是两个角色互相帮助，共同面对问题。他们最大的感悟是，爱让他们更强大。

示例有《四个婚礼和一个葬礼》、《诺丁山》、《当哈利遇见莎莉》、《阿甘正传》、《月色撩人》、《风月俏佳人》、《欢乐音乐妙无穷》、《失宠于上帝的孩子们》（*Children of a Lesser God*）、《窈窕淑男》和《费城故事》。

爱情故事节拍：新的平衡——交融或告别

故事的结尾，两位英雄或者结婚，或者离婚，或者悲剧将他们永远分离。

选项1. 交融（结婚或再婚）

交融是任何幸福爱情故事的关键，也是观众情感投入的回报。这一时刻是人们阅读和观看爱情故事的主要原因之一。

> **要点：**如果你不以交融结束，你的读者会非常不高兴。因此，你最好有充分的理由不这样做。

为了让观众在结尾处感受到情感的涌动，故事中必须有三个节拍：

- 恋人之间在一开始就建立了深厚的感情。
- 分离。
- 重逢时情感的公开宣泄。

如果你在故事中击中了以上三个节拍，那么重逢的时刻**总会**让观众流下幸福的泪水。

示例有《四个婚礼和一个葬礼》《诺丁山》《当哈里遇上莎莉》《窈窕淑男》《甜心先生》《傲慢与偏见》《杯酒人生》《危险年代》《风月俏佳人》《阿甘正传》《洛奇》《最后的莫西干人》《西雅图夜未眠》《土拨鼠之日》等。

在《甜心先生》中，杰瑞进入家中，他前妻多萝西和儿子与她的姐姐住在一起。她的姐姐正在召开妇女小组会议。

杰瑞：你好。你好。我在找我妻子。等等……今晚，我们的小项目，我们的公司，有一个非常非常重要的夜晚。但它还没完成，与完成还相去甚远。因为我无法与你分享。我听不到你的声音，也不能和你谈笑风生。我想念我的妻子……我们生活在一个愤世嫉俗的世界。一个愤世嫉俗的世界。我们在一个竞争激烈的行业里工作……我爱你。你让我完整。我只是……

多萝西：别说了，别再说了，你一声“你好”，我就已经沦陷。你好。

（他们拥抱。）

“你一声‘你好’，我就已经沦陷”，是爱情故事史上最伟大的台词之一。

《杯酒人生》用半交融和未来可能的承诺形式扭转了这一节拍。迈尔斯播放了一条电话留言，玛雅在其中谈到她被他的小说所打动。她邀请他来，如果他有空的话。随着画外音的播放，迈尔斯在雨中开车。他敲玛雅的门，然后……

选项 2. 告别

这是一个悲剧爱情故事的关键时刻。作者的策略是，当爱情被夺走时，观众对爱情的感受最为强烈。

> **要点**：只有最重大的事件才能将这对恋人分开。当一个角色为了更崇高的目标而牺牲他们的爱情时，告别的效果最好。

如果处理得当，这一时刻会非常有力。但是，现在很难为这种牺牲辩护其合理性，观众不太可能相信有比真爱更重要的东西。

如果您无法证明失去真爱是合理的，那就不要尝试这个节拍。它会激怒观众。他们会愤怒地诘问：人物就为了这种事放弃伟大的爱情？

示例有《和莎莫的 500 天》《泰坦尼克号》《茶花女》《黑暗的胜利》《相见恨晚》《罗密欧与朱丽叶》《呼啸山庄》《偷天游戏》《在云端》。

选项3．告别与交融

在极少数情况下，剧中人物失去了爱情，却得到了其他东西。观众也得到了他们的“蛋糕”，并享用了它。

《卡萨布兰卡》是告别与交融的终极典范，没有其他故事能与之相提并论。里克失去了伊尔莎，但随后和他的新朋友路易斯一起离开。从本质上讲，里克为了一段婚姻而放弃了另一段婚姻（这也是电影史上最伟大的“兄弟情”之一）。

要点：这个从爱情故事到伙伴故事的转换之所以成功，是因为路易斯的那条故事线一直以来都是设定好的。而且，**与伊尔莎的故事相比，这条故事线发展得更为成熟。**

主题：存在就是去爱

爱情并不只是故事讲述者和作曲家数千年来抒发诗意的浪漫概念。它并不像柏拉图所说的那样，是一种精神错乱的时刻，尽管它可能让人觉得是那样。它不仅仅是人类确保物种延续的方法。爱是作为一个人所必须经历的一种“开花”的存在状态。

爱情故事表示，是爱把我们与世界上的其他人联系在一起。这种感觉转化为关爱他人的行动。反过来，关爱也是一个反馈循环，它不仅改善了给予者，也改善了接受者，并将影响扩展到社会中。

与其他类型不同，爱情故事并不告诉我们活着而体验到的存在是什么样子。它告诉我们当我们充实地生活时，存在是什么样子。爱情故事是好好存在的前提。

爱情类型主题秘方：恋人之道

与所有类型一样，爱情类型关于如何过上美好生活的主题秘方来自英雄的基本行动和每个故事必须回答的关键问题。在爱情故事中，英雄想要获得爱情。事实上，如果我们用一句话来描述这种形式，那就是：爱着的男人或女人。这看似简单。一个好的爱情故事总是将这一点推向极致。

要点：男人或女人必须不顾他们之间的所有差异、所有外界的反对以及各自对对方犯下的所有错误而相爱。

这就是为什么该类型的关键问题是：**你能有多爱?** 但仅仅对对方有爱的感觉是不够的。只有我们自己的内心是幸福的，我们在爱情中才是幸福的。爱让这一切成为现实，而两个完全绽放的个体反过来又创造了伟大的爱情。

爱情类型主题秘方——恋人之道在三个主要方面打动读者：

1. 爱是关怀

浪漫的爱情是一种强烈的感觉。但随着时间推移，这种感觉会逐渐冷却，两个人之间的关系会变得象征性、习以为常，甚至乏味。而关怀总是积极的。关怀意味着用爱来改变，它实现了人类富足生活的能力。只有这种积极的爱才能使双方都变得更好，并获得长久的幸福。

2. 学会如何去爱

在阅读爱情故事时，我们会为故事中的两个人物是否会在一起找到爱情所吸引。但其深层结构并不在于掌握爱的身体行为，而在于掌握爱的道德行为。爱情故事告诉我们，为爱牺牲会给个人带来更多的回报。这也是该类型的道德主张。两个角色到最后都要明白这一点。

3．畅谈的魔力

我们在前面说过，爱情的思想—行动的故事观在最亲密的层面上详细描述了成长的语言。在言情小说和浪漫喜剧中，最重要的因素就是畅谈的魔力，这意味着机智、戏谑、调情、学会倾听以及两个人之间真正的交流，无论两人的性别如何。这是一种长期有效的平等伴侣关系。套用本·富兰克林（Ben Franklin）的一句话：“如果你能坚持下去，那就是婚姻。”

如何超越爱情故事

经典爱情故事表达了爱的艺术，而超越性爱情故事探索婚姻的艺术。经典爱情故事以婚姻结束，而超越性爱情故事则从婚姻开始。它戏剧化地展现了真实、持久的爱情的障碍和技巧。它可以通过悲剧消极地表现，也可以积极地表现为展示两个人如何在一生中通过爱情成长。在积极的版本中，策略是展示一些模式，关于两个人如何一起工作和玩耍以维持个人幸福。

超越性爱情故事有三种主要形式：

1. 传统婚姻的悲剧

这种超越性爱情故事展示了这种形式的结构终点——婚姻——失败的原因。示例有《安娜·卡列尼娜》（*Anna Karenina*）、《包法利夫人》、《贤妻》（*The Wife*）、《觉醒》（*The Awakening*）、《革命之路》（*Revolutionary Road*）、《婚姻生活》（*Scenes from a Marriage*）、《呼啸山庄》、《伯爵夫人的耳环》、《相见恨晚》、《灵欲春宵》（*Who's Afraid of Virginia Woolf?*）、《纯真年代》、《淑女本色》、亨利克·易卜生的戏剧，如《海达·高布乐》和《玩偶之家》、斯特林堡（Strindberg）的《父亲》（*The Father*）。

2. 再婚喜剧

再婚喜剧表现了两个人在第二次婚姻中学习如何使婚姻持久的故事。示例有《费城故事》、《春闺风月》（*The Awful Truth*）、《我的爱妻》、《女友礼拜五》

（*His Girl Friday*）、《亚当的肋骨》和《天生一对》（*The Parent Trap*）。

3. 真爱与婚姻艺术

真爱故事探讨婚姻的艺术和使爱情持久的技巧。示例有《傲慢与偏见》《四个婚礼和一个葬礼》《瘦子》《汉娜姐妹》《理智与情感》《亚当的肋骨》《阿黛尔的生活》《爱在午夜降临前》《黄金时代》。

超越性爱情故事侧重于婚姻的核心哲学问题——如何与另一个人过上长期受益的美好生活。关键区别在于，婚姻是所有社会形式中最亲密、最感性的一种。亲密关系增加了婚姻中每个人的潜在利益，但同时也增加了被奴役、不平等和毁灭婚姻本身的危险。

与求爱不同，婚姻持续时间长，没有明确的终点。因此，婚姻似乎是一种没有戏剧性形态的艺术形式。它是一种持续的艺术形式，而不是渐强的艺术形式。

但事实未必如此。婚姻是两个人之间的活生生的关系。任何活生生的关系都必须具有戏剧性，即使它是如此之漫长，以至于人的思维无法将其作为一个整体来把握。

发现婚姻的戏剧性之所以困难，部分原因在于它与大多数故事的形态相反。它不是渐强到高潮，而是从渐弱到平衡状态。从两个独立的人之间最热烈的结合开始，爱情转变为另一种不同的关系。

> **要点：**有些人认为，从定义上说，婚姻的渐弱是非戏剧性的。其实不然，它只是另一种变化。

以下是“求爱”爱情故事的**渐强**节拍：

- **故事世界：**身心与异国情调的子世界。
- 两个人在心理和生理上的需求。

- 自我的性投射。
- 相貌、吸引、欲望、恐惧。
- 与对方的语言较量。
- 启动。
- 亲吻、舞蹈和圆房。
- 分手。
- 唇枪舌剑。
- **自我启示**：双重反转。
- **新的平衡**：交融或告别。

以下是“真正的”或持久的爱情故事的**渐弱**节拍：

- **交融**：婚礼。
- **新恋人**：日复一日地探索爱情。
- **弱点—需求**：爱情尘埃落定，两性之间的分歧也随之消除。
- **欲望**：人生的成功；之后，在激情消退的情况下培养爱情。
- **对手**：日常中关于爱情的障碍。
- **道德主张**：爱情长跑的问题。
- **自我启示**：爱是一种完整的生活方式。
- **新平衡**：更高层次的爱。

不同类型的超越性爱情故事以不同的方式演绎着婚姻的节拍。

超越性爱情故事：传统婚姻的悲剧

古老契约的戏剧

传统婚姻悲剧的故事从关注爱情中的情感开始。当情感冷却，关系会变得象征性和空洞。没有燃料，婚姻引擎就会停止运转。婚姻的参与者只是在走过场。

传统婚姻的悲剧故事随后转向了婚姻失败的更深层次的结构性原因。爱情不只是一种感觉。它是两个人作为一个整体生活在一起。因此，爱情的核心问题是契约。换句话说，当两个人生活在一起时，彼此对对方的期望和亏欠是什么？（参见“犯罪类型”中关于道德核算的章节。）

关于性的动作故事中的男人追逐美女并最终将她俘获，传统婚姻的悲剧故事演绎了男女之间的旧式婚姻契约。这种契约基于人类生活中第一个重大区别，即男人与女人的区别，并从社会生物学的角度出发看待这一问题。该契约的要点如下：

- 男人之所以有吸引力，主要是因为他有权力和金钱。
- 女人有吸引力主要是因为她美貌。
- 男方同意提供资源。
- 女方同意照顾孩子。

这些因素倾向于将男性和女性简化为生理上的差异。这笔交易的自然终点对双方来说都是毁灭性的。男人不断工作以提供资源，因此他变成了一台机器。女人事事依赖男方，因此她变成了一个孩子。双方可能都认为这是一个公平的契约，但它却埋下了失败的种子，双方最终都可能受到伤害。

传统婚姻的悲剧故事显示了这种契约随着时间推移而走向毁灭的循环。

作为人类心灵的终极投射，爱情既是一种变革性的愿景，也是一种破坏性的愿景。《包法利夫人》是一部展现这种强烈情感投射的危险能力的爱情故事。包法利夫人嫁给了一个无聊的乡村医生。在浪漫主义文学的熏陶下，她有过两次外遇，为了购买上流社会的昂贵物品，她债台高筑。在无路可走的情况下，她服砒霜自杀。

《伯爵夫人的耳环》中的老式婚姻契约的精髓就在其标题中。……伯爵夫人（我们从未得知她的姓氏）必须卖掉丈夫送给她的钻石耳环来偿还债务。由于对丈夫的金钱的依赖，……伯爵夫人陷入了被奴役的低谷。

《月色撩人》中有一个主要情节和一个次要情节。每条故事线都给出了对婚姻中的忠诚的不同看法。主线故事中，洛蕾塔与约翰尼订婚，但她并不爱他，她和约翰尼的哥哥罗尼有一段热恋。作者提出了一个道德主张，即为了真爱，不忠是合理的。

次要情节是洛蕾塔的父母科斯莫和罗斯，尽管科斯莫仍然爱他的妻子，妻子也爱他，但他却有了外遇。作者指出，这种不忠行为是错误的。因为它将肉体的激情置于更深的爱和信任之上。

超越性爱情故事：再婚喜剧

再婚喜剧是哲学家斯坦利·卡维尔（Stanley Cavell）[1]首次确定的一个子类型，是真爱故事的一种形式，其潜力几乎没有被挖掘出来。它并不比经典的求爱爱情故事更现实，但它从失败的婚姻开始。这突出了所有真爱故事中的一个关键问题：为什么他们的爱情不能持续？

这一子类型面临着严峻的挑战。首先，这种形式的故事实例很少。几乎所有再婚喜剧都是 20 世纪 30 年代中期至 40 年代早期的影片。再婚喜剧的局限性还在于它重复了许多经典求爱爱情故事的元素。在初次分手后，离婚夫妇经历了重新相爱的过程，故事以他们的再婚结束。

从好的方面看，再婚喜剧处理了持久爱情的核心挑战：这两个人如何为持久的新婚姻奠定基础？出于多种原因，再婚喜剧是一部现代化的经典女性神话。再婚喜剧的原型是丘比特（Cupid）和赛普克（Psyche）。丘比特代表“欲望”或“爱”（希腊语“Eros”），而赛普克的意思是“灵魂”或“生命的气

1 斯坦利·卡维尔，《幸福的追求：好莱坞的再婚喜剧》（*Pursuits of Happiness: The Hollywood Comedy of Remarriage*）——原注

息”。在故事中，赛普克因为缺乏信任而背叛了自己的丈夫。因此，她的婆婆，爱神阿佛洛狄忒（Aphrodite）对她进行了一系列的考验。普赛克通过了这些考验，与丈夫团聚。

然而，再婚喜剧不仅仅是一个现代化的古代神话。婚姻和再婚是我们这类物种的基础，并且以某种形式存在了很长一段时间。通过对基本故事节拍的特殊扭转，再婚喜剧可能成为未来故事创作中一种重要的真爱故事形式。

以下是再婚喜剧成功的关键因素：

1. 故事一开始，每个角色都被过去所困，并继续为破裂他们婚姻的缺陷而争吵。

2. 随着故事的发展，男女英雄被迫共度时光，双方都发现了在婚姻和孩子的责任将他们消磨殆尽之前，对方身上那更轻松、更淘气的一面，这更接近他们真实的自己。每个人都爱上了对方这新的一面。他们结婚的初衷被抛在脑后。

3. 在双重逆转（相互自我启示）中，双方都学会了如何建立一种不基于社会规则、传统男女角色或家庭的婚姻。它建立在平等者之间真实而崇高的爱的基础上。

要点：在再婚喜剧中，你必须对前任提出一些新的、更深刻的看法，使双方能够以一种更深刻的方式再次坠入爱河。

超越性爱情故事：真爱与婚姻的艺术

真爱故事的重点是如何与新的婚姻契约共存，然后扩展到一种新的存在方式和生活方式。

要点：在爱情故事中，积极的超越性故事的例子比其他任何类型都要少。

对几乎所有人来说，积极的超越性故事都是最重要的爱情故事。那为什么很少有人写呢？因为戏剧化地表现如何与爱情共度一生是极其困难的。

要点：你必须回答这两个问题：两个人的爱情如何超越最初的求爱而达到更深的层次？如何不仅创造爱情之火，还使爱情之火更加炽烈、更加持久？

这是人生的一大挑战，甚至可以说是最大挑战之一。它引出了书写真爱故事的核心问题，也是真爱故事如此罕见的原因：为故事找到一个戏剧性的焦点或脊柱。

经典爱情故事是建立在一个简洁、具体的目标之上的。它追踪求爱过程。两个角色看到对方、想要对方。他们采取的行动将他们引向婚姻的漩涡点。但是当作家超越了以目标为导向的求爱过程时，他们就没有单一的欲望线来塑造故事并赋予其动力。

问题是，什么样的艺术载体适合展示持续一生的爱情？

真爱故事的稀缺性使得我们很难使用亚里士多德的方法来举例说明该类型的节奏、原则和技巧。鉴于悲剧爱情故事演绎的是旧式婚姻契约，我们不妨从新式婚姻契约的要素入手。由此看看我们可以如何讲述真爱故事。

新式婚姻契约

新式婚姻契约在处理男人和女人的区别上与旧式婚姻契约有很大的不同。新式婚姻契约不是根据生理角色将男女对立起来，新式婚姻契约的基础是两人之间的**艺术**关系。这也为任何性别之间的现代爱情故事铺平了道路。

- 1 号恋人之所以有吸引力，主要是因为他们关心对方，让对方对自己有感觉，以及他们有过上美好生活的潜力。
- 2 号恋人之所以有吸引力，主要是因为他们有能力关心伴侣，而且鼓励对方成为最好的自己。
- 双方都同意尽其所能提供资源。
- 双方都同意照顾孩子，并承认和鼓励各自的独特照顾方式。

这种协议的自然终点是一种创造性的对立，即不否认双方的生理差异，但始终努力将双方的人类潜能最大化。

> **要点：** 新式婚姻契约将创造性发挥到了极致。每位伴侣每天都在生活的方方面面富有创造力。在这种伴侣关系中，爱情成为一种完整的生活方式。

真爱故事节拍

以下就是真爱故事如何表现新式婚姻契约，执行我们上面列出的渐弱节拍。

真爱故事节拍：交融——婚礼

故事从男女主角的婚礼或其最近的情感状况开始。之前的爱情目标已经完成。现在，他们面临着一个未知的未来，即如何共同生活。

真爱故事节拍：新恋人——日复一日探索爱情

两位英雄都代表了一种新的恋人。与典型的求爱爱情故事不同，男主角并不是一开始就想制定战略并征服女主角。女主角也不是从一开始就想揭穿他的骗局、抵挡他的欲望，并占据上风。

双方都没有寻求联合。婚礼已经举行。虽然两个角色都没被过去的欲望和计划所限制，但他们都有真正的弱点。

真爱故事节拍：弱点—需求——爱是两性之间的和解与分歧

因为这对新恋人开始了一段婚姻，他们才刚刚开始真正探索两个人之间的爱意味着什么。问题是，每个人都是旧式婚姻契约的产物。所以他们不知道结婚只是他们迈向伟大旅程的第一步。

已婚夫妇仍然受困于差异，有些是文化差异，有些是生理差异。即使两人认为自己“开明”，他们也几乎没有意识到数千年的文化期望和传统价值观对他们心灵的影响。

真爱故事节拍：欲望——成功人生

即使男女英雄不相信旧式的角色，他们也会错误地认为爱情已经在他们的生活中尘埃落定。现在他们将注意力转向工作上的成功。

这类似基本爱情故事中的“成功人生”目标。这对夫妇直到在婚姻中遇到对手时，才会提出特别的**爱情目标**。

只有在很久以后，自我启示时，这对“新恋人”才会明白，一直以来他们对爱情的真正目标应该是什么。

真爱故事节拍：对手——日常爱情的阻碍

在一般的写作过程中，我们从英雄的欲望开始。这反过来又帮助我们塑造对手。但对于真爱故事来说，主要的挑战在于没有一个明确的目标（如求爱）来给故事一个骨架。

技巧：对手先于欲望

在真爱故事中，我们需要颠倒一下过程。我们从对手入手，揭示出对爱情的特殊欲望，这种欲望将塑造故事。

任何婚姻都有无数可能的对手。但以下是最有可能出现的几类对手或对立面：

- 在不扼杀爱情的情况下处理父母和子女的关系，通常是同时进行。
- 平衡工作与爱情时产生的道德冲突。
- 更大的社会力量，如经济、政治和不断变化的社会舞台以强大但微妙的方式影响着这对夫妇。

重点关注这些障碍如何影响人物的日常爱情尝试。

真爱故事节拍：道德主张——爱情长跑的问题

真实、持久之爱的日常障碍使戏剧性的焦点集中在这种形式深层次的道德问题上。以下是一些可能的问题：

- 善意的谎言 vs. 恶意的谎言：夫妻间的完全诚实对爱情总是最好的吗？在某些情况下是否更可取？还是不可避免地具有破坏性？
- 一个人应该优先考虑子女后考虑配偶，还是配偶优先于子女？子女如何削弱父母之间的爱？
- 一个人既能爱社会又能爱家庭吗？以何种方式才能既有助于社会又不失去家庭？

真爱故事节拍：自我启示——爱是一种完整的生活方式

没有任何一个自我启示可以让一个人瞬间变成“新恋人”。它必须是一系列的自我启示，在这些自我启示中每个角色不断地重新发现，爱情不是一时的狂喜，它需要一系列新的行动，并成为一种完整的生活方式。

要点： 当激情开始消退时，他们必须有意识地保持激情或使其恢复活力。这意味着培养爱。

技巧：一切皆具创造力

将创造的理念融入生活的方方面面，尤其是在爱情中。

创造不是一个产品，而是一个过程。从更广泛的意义上讲，创造意味着两个人成为共同生活的艺术家。这样，爱就渗透至他们所做的每一项活动中。这种相互创造的具体形式包括：

- 爱人看到并帮助治愈对方身上的弱点，这些弱点使夫妻双方无法拥有更充实的生活。
- 两个人都享受性和肉体关系，将其作为相互关爱的一种方式。
- 两个人都试图创造一种更亲密的方式来了解对方，与对方相处。不是争吵、贬低或为过去的感受或错误而苦恼。而是嬉戏、温柔、亲切、尊重、共同面对挑战，以充满爱的方式做事。

所有这些构成了真正的伴侣关系。还有什么礼物能比这更好呢?

真爱故事节拍：新平衡——更高层次的爱情

新平衡并不是描述两人之间重新开始的爱情，而是描述一个更加进化的恋人：一个可能会克服孩子气，另一个可能克服机器化的倾向。他们共同创造了一种更高层次的爱情。

示例有《傲慢与偏见》《四个婚礼和一个葬礼》《瘦子》《汉娜姐妹》《理智与情感》《亚当的肋骨》《阿黛尔的生活》《爱在午夜降临前》《黄金时代》。

幸福婚姻艺术的故事

如前所述，关于真爱和幸福婚姻的故事并不多。这源于故事的一个基本原则：必须有冲突，冲突越多越好。我们可以从列夫·托尔斯泰（Leo Tolstoy）在《安娜·卡列尼娜》中关于家庭的名言中看到这一点："幸福的家庭都是相似的，不幸的家庭各有各的不幸。”

无论在哪种社会单元中，幸福几乎都不可能戏剧化。反过来，不幸福却可以产生故事（至少托尔斯泰是这么说的）。让我们看看有哪些成功展现幸福婚姻艺术的作家和故事吧。

我们已经讨论过奥斯汀的描写三个求婚者的技巧。这些男人为经典爱情故事的目标而竞争：携手女方步入婚姻。但他们也向我们展示了婚姻成功的不同秘诀。

在《傲慢与偏见》中，班纳特家有五姐妹。这些女人的主要追求者是达西、宾利、柯林斯和韦翰。让我们来比较一下这几对夫妇，看看哪一对的婚姻可能会幸福。

简和宾利这段婚姻可能会幸福。它基于旧式婚姻契约。但是宾利将是一个仁慈的、充满爱心的独裁者，而可爱的简将甘愿做他的帮手。

伊丽莎白的朋友夏洛特和柯林斯先生：在伊丽莎白拒绝了柯林斯之后，夏洛特抓住了柯林斯。这是一个极端的旧式婚姻契约。虽然柯林斯很有钱，但夏洛特太聪明、对于这样一个无趣的人来说太活跃，夏洛特觉得自己被困住了。

基蒂和韦翰：这对的旧式婚姻契约是建立在欺骗和虚假金钱的基础上的。这段婚姻很可能充满了风流韵事和相互指责。

伊丽莎白和达西：虽然是基于旧式婚姻契约，但在当时的时代和文化背景下，这段婚姻可能是最接近新式婚姻契约的。

伊丽莎白很聪明，要求平等。达西有钱，但和宾利一样，是个仁慈的独裁者，更喜欢与他平等相处的女人。

电影《瘦子》改编自达希尔·哈米特（Dashiell Hammett）[1]的著作，结合了侦探类型和浪漫喜剧类型。这一浪漫侦探故事成为许多电影和电视剧的模板。

有人说这些电影描述了历史上最幸福的婚姻。他们的幸福的决定性特征是什么？

---

1 达希尔·哈米特（1894—1961），美国侦探小说家。引领“美国革命”的巨匠，硬汉派小说鼻祖，“黑色电影”的创始人。

- 他们一起工作。
- 他们有钱。
- 他们没有孩子来分散对这段关系的注意力。
- 他们爱玩。
- 他们逗对方开心。
- 他们尊重彼此的差异。
- 他们保护对方免受伤害。
- 他们表现出孩子般的天性。
- 他们享受彼此的陪伴。

总之，创造力是他们婚姻的基础。

阶梯的下一个梯级

爱情类型给了我们日常幸福的秘方。超越性爱情类型开启了我们的巨大潜能。在每一种性别、残障、种族、阶级和信仰的组合中自由探索爱，是战胜类型的陈词滥调的有力武器。每个小小的亲密社会都会对更大的社会产生涟漪效应，并激励读者与爱同行。

对于我们攀登类型启蒙的阶梯，这意味着什么？类型的顺序是由低到高的。现在，我们已经到达顶峰，我们看到类型构成了一幅织锦。正如黑格尔的事物之间相互依存和相互作用的伟大见解，没有哪一种类型本身就是答案。

要点：我们需要类型提供的所有人生哲学。

接受所有故事形式的最佳见解，我们就能拥有幸福生活的完整体验。

14

The Future of Storytelling

故事的未来

本书不仅仅是我们在未来讲故事的指南，它还是一张通往故事和结构的地图。

我们被故事所包围，故事也根植于我们心中。每天都是一场电子游戏，但游戏目标并不是关于获得高分，而是关于克服挑战，拥有美好的生活。要做到这一点，我们必须意识到自己是讲故事的人。

无论你是在写剧本、小说、电视剧、戏剧、视频游戏或网络剧，市场上故事的未来与我们生活中的故事并行不悖。有三个突出的要素：它们必须是身临其境的、互动的和“全类型、全时间”的。这意味着以前所未有的程度混合各种类型、以新的方式结合更多类型的可能性是无穷无尽的。

今天的故事讲述者正在努力创造尽可能身临其境的体验，在360度的游戏领域中调动感官和思维。就像以前的《选择你自己的冒险》（*Choose Your Own Adventure*）系列儿童读物一样，观众将与故事进行全方位的互动，从完全被动到成为每一步的决定者。

这在小说、电视、电影、戏剧、主题公园、手机和虚拟现实（VR）等领域已经出现。它将成为尚未发明的媒体的决定性因素。

我认为互动世界中最令人兴奋的新结构之一是无论在电子游戏、主题公园还是电视中，根据主题或视角的需要，观众都可以从一个类型跳到另一个类型，从一个场景跳到另一个场景。从一个角色的视角来看，故事是幻想类型。从另一个角度看，则是侦探类型。每一种变体都是一个不同的故事体验，就像生活本身一样丰富多彩。

故事的内容会如何？正如古代神话一样，新出现的神话将帮助我们面对当今世界的巨大挑战。生态神话、复兴神话和女性神话等类型将在未来数十年引领世界故事潮流。

讲故事的未来远不止是写一个热销的好故事，它告诉观众：我们都是讲故事的人，我们有能力将自己的生活变成一件艺术品。这意味着我们每天都在有意识地创作自己的生活。

对于作家和普通读者而言，类型为我们提供了现代哲学和故事形式，指导我们的生活。我们只需要学习和使用它们。故事总是为我们指明通往启蒙的道路。本书提供了新的阶梯，其中每一种故事类型都是答案的一部分。

在本书的开头，我提出了两个主要目标。第一个目标是为作家提供他们所需要的所有技巧，以便写出广受欢迎的好故事。我的第二个目标是为读者提供一张全面的世界结构图，以及可以让他们生活得更好的人生哲学。

我还有一个秘密目标：推动新诗学的发展。诗学是讲故事的理论和实践。新诗学意味着将世界理解为故事。这是我对世界“故事化”的贡献。故事和类型是最伟大的知识。没有什么比类型故事更具广度、深度、力量和情感冲击力。

这就是为什么对我来说，故事的宏伟未来是它将为人类带来更高层次的意识。这意味着什么？在“科幻类型”一章中，我们说“技术是一种艺术形式，是思维应用于世界的实例。因此，技术水平是当时人类意识水平的体现”。

提高人类意识水平意味着将故事理解为普遍的信仰。故事不会因信仰而将人们分开，而会作为指导我们如何在有限时间里在地球上成功生活的指南，将我们凝聚在一起。我们都是为过上美好生活而奋斗的人类，我们不能回避这一观点，我们必须接受它、拥抱它。

这就是新诗学的潜在力量，生活中的故事诗学。它将世界视为虚构，视为故事，你可以从中学到经验，并在生活中每时每刻加以利用。

现在的问题是：如何开始？

你正处于一个转折点。本书给了你成功的基本要素。如果你想要创造一个属于你的写作品牌，在全球故事的竞争中脱颖而出，你必须跟最佳选手们同场竞技。如今写作的关键策略是通过复杂的情节表达高级的主题。类型是这种策略的载体，它不是通往成功的一条路径，而是通往成功的唯一路径。

也许我能分享的最重要的哲学理念就是“把握今朝”（carpe diem）。把握今朝！不要让任何人阻止你讲述你的传奇故事，那会成为你未来珍贵的遗产。就在此刻，全力奔向你的成功与伟大。

对于那些致力于将自己的生活打造成艺术品的读者来说，你们也必须把握今朝。你正在创造你的现在和未来。将本书作为每天的指南，你可以克服生活中的障碍，找到解决方案，让你成为你所能成为的一切。

还有一点：在生活的诗学中，你不仅仅是为自己而行动。如果讲故事的未来是为了推动人类意识的发展，是为了让每个人通过故事拥有一个好的生活，那么你也有责任参与其中，共襄盛举。

我们生活在一个道德的宇宙中，你的生活会影响他人，这种涟漪效应极其广泛而强大。本书将世界视为一个故事，你可以改变世界的故事，让它变得更好。这给了我们所有人拥有精彩人生的最佳机会。

让我们开始吧！

附录：七大故事结构步骤

所有好的故事都要经过七个主要结构步骤。这些基础步骤构成了故事法则。它们标志着英雄的性格变化过程。

1. **弱点—需求**：英雄被思想和行为的习惯所奴役，并深深地遭受其个人弱点的折磨，这破坏了她的生活质量。英雄需要克服这一缺陷来成长。

2. **欲望**：英雄渴求一个外在的目标，她认为这个目标是她生活中缺乏的，而且很有价值。

3. **对手**：她面对一个对手、一个阻碍她实现目标的障碍 / 挑战。最后她会发现，这个障碍 / 挑战就是她自己。

4. **计划**：她制定了一个战术或战略，使她能够击败对手，实现目标。

5. **战斗**：她与对手进入最后的对垒或战斗，一决胜负。

6. **自我启示**：在结尾处，英雄，如果她成长了的话，她会对真正的自我或更好的自我产生一个新的认识，她意识到自己在心理和道德层面的错误。然后她会做出该如何行动的决定，并采取新的行动，证明她的变化。

7. **新的平衡**：随着系统进入新的平衡状态。英雄蜕变成一个新版本的自我，同时也有了继续成长的新能力。

致谢

本书是我毕生的心血。我非常幸运，因为有很多人帮助我完成了这部作品。

我第一次开始对小说进行战略性思考是在大学二年级，当时我的室友丹尼·福尔曼（Denny Foreman）和我一起讨论伟大的文学名著。后来一位重要的抽象画家和艺术评论家吉尔伯特·罗尔夫（Jeremy Gilbert-Rolfe）向我展示了故事是如何解释世界的。在我对自己能成为什么样的人毫无头绪或信心的时候，他还告诉我，我可以成为故事领域的一支重要力量。

我告诉作家，成功者往往是那些仍然屹立不倒的人。我的父母艾米·特鲁比（Amy Truby）和杰克·特鲁比（Jack Truby）这么多年一直支持我苦学这门手艺。如果没有他们坚定不移的支持，我可能会被逼得成为一名医生。

非常感谢我的经纪人诺亚·卢克曼（Noah Lukeman），是他为我联系了世界上最好的出版商，使这本书得以出版。

所有优秀的作家都需要一位优秀的编辑。我有过很多优秀的编辑。安娜·沃特豪斯（Anna Waterhouse）、埃利·克拉克（Ell Leigh Clarke）和奥利维尔·普里奥尔（Ollivier Pourriol）对书中的一些主要观点提出了宝贵意见。丹·基弗拉汉（Dan Kivlahan）对行文进行了既富广度与深度的编辑，令我叹为观止。伊恩·范怀伊（Ian Van Wye）和法勒、斯特劳斯和吉鲁出版社（Farrar, Straus and Giroux）的团队一如既往地出色工作，使本书大放异彩。

最后，我必须对我的妻子莱斯利·勒尔（Leslie Lehr）表示衷心的感谢，作为一位才华横溢的作家，她把这部令人生畏的作品的每一章都编辑了四次。这就是爱。简而言之，如果没有她睿智的建议，这本书不可能是现在这个样子。

译后记

作为一名电影研究工作者，而不是一名专业的翻译工作者，吸引我做翻译这项我不擅长也不讨好的工作的唯一标准就是：翻译的这本书正好对我有用。

从小我们就知道阅读有两种——精读和泛读，虽然处于新媒体时代，大家都有读万卷书的壮志，但实际上真正让我们最有收获的不是阅读的量，而是阅读的质，精读一些真正有分量的经典之作会让我们受益良久。

翻译对于我来说，就是精读中的精读，翻译一本书需要我付出少则数月，多则近一年的时间，而从英语到中文语言上的转译更需要大脑付出比精读更多的注意力、思考力，从而留下不易抹去的印记。

在我的翻译生涯中有幸碰到了一些很棒的电影专业书：《电影的力量》《你的剧本逊毙了》，再加上这一本《类型故事写作大师班》，它们是我的良师，也成了我柜头上常翻的工具书。

我选择翻译这本《类型故事写作大师班》，是因为我自己也在中国电影艺术研究中心教授类型电影这门课程，国内能找到的关于类型电影好的教材并不多，而大众对于类型电影的理解也总爱把它与商业爆米花电影等同。所以，“类型”成了常常挂在嘴边，却并不真正被理解也并不真正被重视的一个词。

有幸能遇见《类型故事写作大师班》这本书，继沙茨的《好莱坞类型电影》之后，这是我认为讲类型最好的一本书，与时俱进，选取的示例新，关照的大众生活也新。最关键的是全书贯通了电影与生活、创作与接受的间隔，而这正是类型最宝贵的本质，类型是对大众的本质生活最广为人知、最深入人心的艺术摹写，它从创作人员的笔端流出，在观众的心中产生共振，而这种美好共振的基础就是我们共同的生活。

类型的秘密就是我们生活的秘密。懂类型，便懂生活。

——周舟

二〇二三年七月十八日　北京

“进阶书系”—— 授人以渔

在这个信息爆炸的时代，大学生在学习知识的同时，更应了解并练习知识的生产方法，要从知识的消费者成长为知识的生产者，以及使用者。而成为知识的生产者和创造性使用者，至少需要掌握三个方面的能力。

思考的能力： 逻辑思考力，理解知识的内在机理；批判思考力，对已有的知识提出疑问。
研究的能力： 对已有的知识、信息进行整理、分析，进而发现新的知识。
写作的能力： 将发现的新知识清晰、准确地陈述出来，向社会传播。

但目前高等教育中较少涉及这三种能力的传授和训练。知识灌输乘着惯性从中学来到了大学。

有鉴于此，“进阶书系”围绕学习、思考、研究、写作等方面，不断推出解决大学生学习痛点、提高方法论水平的教育产品。读者可以通过图书、电子书、在线音视频课等方式，学习到更多的知识。

我们将努力为以学术为志业者铺就一步一步登上塔顶的阶梯，帮助在学界之外努力向上的年轻人打牢解决实际问题的能力，成为行业翘楚。

品牌总监 刘 洋
特约编辑 吕梦阳
营销编辑 盖梦娜 王艺娜
装帧设计 颜 禾
内文制作 胡凤翼